Gerhard Köpf
Die Strecke
Roman

S. Fischer

© 1985 S. Fischer Verlag GmbH, Frankfurt am Main
Umschlaggestaltung: Manfred Walch, Frankfurt,
unter Verwendung eines Fotos vom
Bilderdienst Süddeutscher Verlag, München
Satz und Druck: Wagner GmbH, Nördlingen
Einband: Lachenmaier, Reutlingen
Printed in Germany 1985
ISBN 3-10-041106-4

Erstes Buch

Schwellengang

Ein leerer Ort wäre die Welt ohne mich, doch weder stelle ich Weichen, noch lasse ich Schranken herunter oder gehöre gar zu denjenigen, welche die großen Züge lenken. Ich gehe lediglich meine Strecke ab. Donnerte ein Zug vorüber, so träte ich rechtzeitig in den Graben, und die Reisenden nähmen mich gar nicht wahr.
Verwoben in schweigende Selbstgespräche sehe ich mir unentwegt zu: von Schwelle zu Schwelle gehend, als wäre ich längst tot.
Ich gehe unaufhaltsam, und ich habe dabei eine Haltung, die ich immer einnehme, wenn der Rest der Welt mißbilligend hinter mir hersieht.
Mit dem langen Hammer das Gleis abklopfen. Schritt für Schritt. Von Schwelle zu Schwelle. Überall und unaufhaltsam Verkrautung. Noch bei der Einlieferung hielt er das braune Mützchen in Händen und bewachte es mit eifersüchtiger Sorgfalt und Zärtlichkeit, wird berichtet. Nichts als Vorurteile sind über unsereinen im Umlauf. Romantische Verklärungen oder Mordgeschichten wie eben jene, in der ein Kollege seine zweite Frau sowie deren Kind umbringt. Die erste war ihm weggestorben und hatte ihm ein schwindsüchtiges Büblein hinterlassen: Tobias, das zu nahe am Bahndamm spielte. Während der Streckenwärter in einsamen Stunden Zwiesprache mit der Verstorbenen hielt (da wurde das Wärterhäuschen zur

Kapelle), verlangte ihn bald wieder nach einer Frau. Die Sache konnte nicht gutgehen. Erneut eine dieser verdrehten Vorstellungen, die man sich von Leuten mit meinem Beruf macht. Das heulende Tobiaschen auf der einen Seite, auf der andern die neue Frau: ihre vollen, halbnackten Brüste blähten sich vor Erregung und drohten das Mieder zu sprengen, und ihre aufgerafften Röcke ließen, heißt es, die breiten Hüften noch breiter erscheinen. Nein, dieser Kraft war er nicht gewachsen. So erzwingt es das Vorurteil, so will es dumpfe Geilheit. Mehr billigt man unsereinem nicht zu. Da muß Tobias vom Schnellzug überfahren, da müssen Weib und Kind geschlachtet werden. Da steht gleich: ein kaltes Zwielicht lag über der Gegend.
So ist das, Herr Revisor. Und jetzt kommen Sie und teilen mir mit, diese Strecke werde aufgelassen. Meine Strecke werde stillgelegt. Aber Sie billigen mir, verständnisvoll wie Sie sind, einen Vortrag vor den Ingenieuren, Direktoren und Aufsichtsräten der Thulserner Eisenbahngesellschaft zu. Um meinen Standpunkt zur Auflassung der Strecke darlegen zu können. Ich solle mich gut präparieren, auch Gelehrte seien darunter. Das beeindruckt mich nicht, Herr Revisor, denn auch in deren Köpfen – fürchte ich – spuken die üblichen Verklärungen oder Verteufelungen.
In einem Vortrag meinen Standpunkt erklären: ich komme aus einer sprachlosen Gegend und entstamme einer stummen Sippe. Weder Chronisten noch Kuriere gaben bislang Kunde von dem, was diese auszeichnet an Schönheit, Wissen und Hunger nach unserem Anteil. Soll dies nunmehr mir vorbehalten sein? Überlebte ich deshalb, weil alle Hoffnung auf mich geladen wurde? Nach mir geht es nicht mehr weiter, überlege

ich von Schwelle zu Schwelle. Die Strecke wird stillgelegt. Angesichts der verstreichenden Zeit sowie der nicht länger gesicherten Zukunft stellt sich einzig die Aufgabe, beharrlich erzählend vorauszusehen, wie es gewesen sein könnte, wenn es dereinst geschähe.
Nähme ich die Einladung zu einer Vorlesung an, so entschiede ich mich für einen Grundsätzliches klärenden ersten Teil, ehe ich den Kern eng faßte, sehr eng. Eine Stunde reichte nicht aus. Ich hätte mehr zu sagen. Die Hörer müßten Geduld aufbringen, begönne ich doch mit der Erläuterung des Wortes Gedankengang, um Verständnis für meine Arbeit zu wecken. Auch um zu zeigen, daß je schneller einer geht, er um so langsamer denkt. Während Marathonläufer durchaus zu denken im Stande seien, höre ich mich sagen, könne man solches von einem Hundertmetersprinter nicht erwarten. Er renne kopflos. Die Kurzstrecke mache wegen der schnellen Lösung gedankenblind, die Langstrecke fördere ausgiebige, abschweifende Überlegungen. Wer hundert Meilen zu gehen hat, Herr Revisor, sehe neunzig als die Hälfte an. Entscheidend sind weder Schuhwerk noch Rückenwind – entscheidend ist allein die Distanz. Die Strecke. Wichtig sind Atem, Geduld und Beharrlichkeit. Da muß einer schon gewisse Voraussetzungen mitbringen: seit alters eine bekannte Tatsache. In früheren Zeiten, Herr Revisor, bestand das Training der Läufer aus der Gewöhnung an Ausdauer durch langes Laufen in tiefem Sand. Und selbst *Das Große Bildungsbuch* auf dem Dachboden behauptet, zitierte ich: *Gehen wir intensiver, läßt unser Denken nach, denken wir intensiver, unser Gehen. Wir können nicht sagen, wir denken, wie wir gehen, wie wir nicht sagen können, wir gehen, wie wir*

denken, weil wir nicht gehen können, wie wir denken und nicht denken, wie wir gehen. Gehen und Denken aber stehen in einem ununterbrochenen Spannungsverhältnis zueinander. Nichts sei aufschlußreicher, als wenn wir einen Denkenden gehen sähen, wie nichts aufregender sei, als wenn wir einen Gehenden sähen, der denke.

Genau aus diesen Gründen werde ich näher auf die Ausführungen eines Lemberger Polonisten und Gymnasiallehrers eingehen, eines gewissen Grabinski, welcher in Kamionka geboren wurde und nach krank und einsam verbrachten Jahren in der Nähe von Lwów verstarb. Einige seiner Aufzeichnungen sind in meine Hände gelangt. Die Umstände tun nichts zur Sache. Ich habe die Papiere gewissenhaft studiert. Sie eignen sich vorzüglich zur Ausmerzung dieser verklärenden und verniedlichenden, dieser verleumderischen und dämonisierenden Vorstellungen, die über meinen Beruf allenthalten (selbst in gebildeten Kreisen) hartnäckig im Umlauf sind. Die fertigen Bilder! Die schnellen Stillegungen.

Im Zusammenhang meiner Darlegungen zur Auflassung der Strecke interessiert eine Niederschrift des Lembergers, die meinen fernen Kollegen Szymon Wawera betrifft. Ich greife auf diese zurück, nicht ohne mich (nach Sitte gebildeter Redner) mit einem Wort aus dem *Großen Bildungsbuch* abzusichern: *Der Jüngeren große Kertze ist von der Älteren kleinen Lampen angezündet worden / vnd leuchtet viel heller als jene.*

Derlei steht auch in meinem Büchlein, welches ich in der Joppentasche mitführe, dem Vorbild meines Vetters Hans Nicolussi folgend. Das Streckenjournal!

Achten Sie auf den vertrackten Abstand der Schwellen, Herr Revisor: er zwingt zur Aufmerksamkeit – wie ein seltenes Fersmaß.

Der Lemberger also berichtet, werde ich den hohen Mitgliedern der Thulserner Bahn sagen, wie dieser gewisse Wawera (das ich ins Thulsernische mit Westenthanner übersetze), ein invalider Eisenbahnschaffner in Rente, eines Tages die Direktion anfleht, ihm die Aufsicht über eine infolge Trockenlegung und veränderter Trassenführung stillgelegte Strecke zu überlassen. Unentgeltlich achte er auf wertvolles Eisen, das Gleis sei immerhin an die zwölf Kilometer lang (lächerlich gegenüber der Länge meiner Strecke, wirklich lächerlich): er werde es treu wie ein Hund bewachen.

Dies wörtlich, Herr Revisor, meine Herren.

Auf Lohn komme es ihm dabei nicht an, er habe ja seine Pension. Davon erzählend, werde ich versuchen, überlege ich von Schwelle zu Schwelle, die dicken Brillengläser der Herrschaften in der ersten Reihe zum Beschlagen zu bringen.

Verneigung!

Ich werde den Damen und Herren beschreiben, wie Westenthanner seinen Handwagen belädt und mit Sack und Pack in das verwahrloste Häuschen des einstigen Streckenwärters auf dem Damm, einige Meter über dem Gleis, zieht, wie unter der Dachrinne die Schwalben nisten und wie das Vorgärtchen mit der sich wiegenden Pappel von Unkraut überwuchert ist (wie auch meine Strecke unaufhaltsam verkrautet: Beweis der Versteppung auch unseres Wissens, Herr Revisor). Darüber hinaus werde ich die eine oder andere Stelle aus den Aufzeichnungen des Gymnasial-

lehrers vorlesen, merkt dieser doch andernorts an: sucht den Streckenwärter nicht hier. Blickt tiefer, meine Brüder, schaut hinein in eure Seelen. Vielleicht findet ihr ihn. Dies wird den gelehrten Herren möglicherweise nicht schmecken, aber ich muß die Gerüchte und irreführenden Vorstellungen, die über unsereinen kursieren, endlich beseitigen. Von dem katholischen Unterton des Schulmeisters (Brüder und Seelen und blickt hinein und so) bin ich auch nicht gerade begeistert – aber was für Urteile würden ergehn, wenn jeder nach dem urteilte, Herr Revisor, was er wirklich an einer Sache hat, und nicht vielmehr die zwingende Auktorität ihn sagen ließe, was sich ziemt, so wenig es ihm auch von Herzen gehen mag?
Gleichviel: ich werde ausführen, wie Wawera-Westenthanner mit Feuereifer das Haus in Stand setzt, wie er Fensterstöcke erneuert, das Loch im Dach flickt (bei seinem Alter keine Kleinigkeit), wie er Türen streicht, Fußboden und Zaunlatten repariert und einem herrenlosen Hund die Hütte neben dem Holzschuppen herrichtet, dabei stets munter wie ein Stieglitz vor sich hinpfeifend, wie es von dem Mann heißt. Ich sehe schon, von Schwelle zu Schwelle, die Herren den Kopf schütteln. Zugegeben: der zugelaufene Hund muß nicht sein. Und wie sie ungeduldig werden, weil sie es nicht verstehen können, daß da einer namens Westenthanner am Sonntagnachmittag den Hügel über der Schlucht erklimmt (immerhin ist der Mann Invalide) und unter einem maiblauen Himmel in langes Nachdenken versinkt.
Derlei Erfahrungen sind den Damen und Herren wahrscheinlich fremd geworden. Derlei nehmen Ingenieure, Aufsichtsratsvorsitzende und Revisoren als

Mittel zur Erkenntnis nicht mehr ernst. Dennoch reizt es sie, in ihren Stühlen sitzend wie im Kino, verschanzt hinter Titeln und Ämtern, zu erfahren, wie dieser Wawera die Trasse inspiziert, wie er mit dem Langhammer die Gleise abklopft und den Hohlweg abschreitet. Daß mein Kollege dafür wegen seines Holzbeins mehrere Stunden braucht, entlockt einigen Hörern ein schmales Grinsen. Verdient es keinen Respekt, daß Westenthanner einige Meter fehlende Schiene ersetzt, die alte Weiche mit dem ausgeschlagenen Auge des Signals wieder herstellt und die Stellstange schmiert?
Die Lampen leuchteten, vermerkt der Schulmeister, für meine Begriffe etwas sentimental, in einem heimeligen, mitunter blassen Licht.
Wawera konnte stolz sein. Ich an seiner Stelle wäre es gewesen. Er hatte eine eigene Strecke mit Tunnel, ein Weichenstellhäuschen, den Streckenblock mit Hebelwerk, dessen Scharniere er sorgsam in Schuß hielt. Er hütete sie (um die Worte des Lehrers zu gebrauchen) wie seinen Augapfel. Mit Hilfe des Schmiedes Luśnia (auf Thulsernisch: Hartnagel), den Westenthanner mit feinstem Tabak bestechen konnte, gelang es sogar, an das Gleis vor dem Block eine neue Abzweigung anzuschließen. Der Schmied wurde der Vertraute des Invaliden. Abends saßen die alten Männer auf der Schwelle vor dem Stationsgebäude, beschworen vergangene Zeiten, schickten ihren Stumpenrauch in den Himmel und redeten, begleitet vom Zirpen der Grillen, in den Sommer hinein. Der Lemberger läßt Wawera aus seinem Leben erzählen.
Ich gehe davon aus, daß dies wichtig ist, denn was für einen Schildknecht gilt, das gilt auch für einen We-

stenthanner: daß ein Mitmensch, wenn unsere Aufmerksamkeit auch nur eine Sekunde nachläßt, in dieser Sekunde zu Grunde gehen kann.
Das Bein habe er bei Rangierarbeiten verloren, danach habe er sich als Tagelöhner im Heizwerk des Bahnhofs Zbarszyn verdingt; die Frau mit Haaren hell wie Flachs und weich wie Seide (der Polonist und Lehrer will es so) habe er nicht halten können.
Der Spott der Leute aber gilt dem hinkenden Wärter einer aufgelassenen Strecke, Herr Revisor. Die Vorhaltungen des Schmiedes, sich mit der Strecke lediglich ein Spielzeug geschaffen zu haben, weist Westenthanner mit aller Schärfe zurück und gibt die sonderbare Kraft zu bedenken, die ihn an die Strecke binde.
An seine Strecke.
Obgleich sich der Lemberger gerade an dieser Stelle unscharf ausdrückt, was die Damen und Herren bedauern mögen, weiß ich doch haargenau, was gemeint ist. Gehend male ich mir aus, von Schwelle zu Schwelle, wie den Hörern allmählich die Kinnlade nach unten fällt. Im Hörsaal wird es so leise werden, daß man eine Stecknadel fallen hören könnte; den Herren wird der Mund offenstehen, wenn, mit dem Blick in den Hals der Schlucht, wie der Lehrer dies formuliert, in der stehenden Stille der Augustabende plötzlich Geräusche von den Schienen kommen. Ich zitierte: ein gedämpftes Lispeln, ein banges Seufzen, ein Klirren. Auch das kenne ich. Ich kenne es genau. Die Schienen. Die Drähte. Alles lebt. Denn nichts ist entschieden, und nichts geht verloren. Die Strecke ist nicht tot. Sie erinnert sich, sie träumt. Bedenken Sie nur, meine Damen und Herren: die Strecke.

Und ich erinnere mich mit ihr, läßt der Herr aus Lemberg seine Figur sagen, als meinte er mich, weil sie auf die Erfüllung der Träume wartet, weil ihre Sehnsucht ungehemmt pocht. Das Rattern der Räder, das Knirschen beim Bremsen, das Echo aus der Schlucht! Und ringsum Verrottung, Luftwirbel und Rauchfetzen. Die geschwärzte Wölbung des Tunnels.
Der Schulmeister gibt seinem Helden (ein Streckenwärter als Held, wann gab es dies zuletzt?) die Wachsamkeit eines Kranichs. Er läßt den Sommer vergehen und den Herbst einziehen, Herbst wie jetzt, während ich beharrlich von Schwelle zu Schwelle gehe und meinen Hammer gegen das Eisen klingen lasse. Der Lemberger jedoch heißt seinen Mann Mängel beheben, Schotter aufschütten, Makadam, den Überbau ausbessern, Schäden beseitigen, Schrauben nachziehen, Laschen überprüfen, Unkraut jäten, die Schwellen aus baltischer Fichte mit Karbolineum tränken.
Und hier? Nichts als Verrottung und Verrottung. Zufrieden ruhen die Augen des Invaliden auf einer mustergültig gepflegten Strecke, indes um mich alles verkrautet: ein Anblick, der mir teuer ist, weil er den Triumph der Dauer bedeutet.
Dort aber: die Strecke tadellos in Schuß, feinkörniger Sand, sauberer Schotter, geölte Weichen, geputzte Signale, Graphit in den Schlössern. Und immer wieder wird sich Wawera Übungen auferlegen, er wird Nachtalarm exerzieren, Posten beziehen.
Davon erzählend werde ich alle Vorteile des Vortragenden nützen. Unsicherheit wird aufkommen, sobald ich den Satz zitiere, in dem der Lemberger vom federnden Schritt seines beinamputierten Wawera spricht. Einige Hörer werden den Kopf schütteln,

andere sich überrascht anblicken. Ich aber werde das Pult verlassen, vor ihm auf und ab gehen, meine Schritte werden fest sein, als bezöge ich mein Wissen aus meinen Sohlen, ich, der Streckenwärter, seit Jahren daran gewöhnt, mit größter Aufmerksamkeit über all die Schwellen meiner Strecke zu gehen, vorbei an Feldern und sich färbenden Mooren bis hinein ins Schneegestöber.
Wawera-Westenthanner jedoch, der Hinkende, am Ende gar ein seitab gezeugter Verwandter meines Vetters Hans Nicolussi, werde ich den Damen und Herren den verloren geglaubten Faden wieder knüpfend, weitschweifig auseinanderlegen, Wawera-Westenthanner glaubte zeitweilig, erst jetzt mit seinem wirklichen Leben begonnen zu haben.
Führte ihn nicht jeder Schritt über die Schwellen sich selbst näher, lockte nicht die Vorstellung, daß er, der stationswärts Gehende, sich selber, dem tunnelwärts Gehenden, hinter der nächsten Biegung entgegenkommen werde? Jedenfalls versteht sich der Lemberger darauf, diesen Eindruck zu vermitteln. Doch zwischen Geschäftigkeit und funktionierenden Weichen nisten bald Leere und Leblosigkeit. Wawera sog die Vergangenheit der Strecke in sich auf, sprach von aufbewahrtem Gedächtnis, nannte sie (Frauen kommen ins Spiel) zuerst seine Freundin, schließlich gar sein Täubchen. Sein Ohr lag auf den Schienen, seine Augen durchbohrten den Tunnel. Der Held erkrankte, nicht zuletzt deshalb, weil die Nachricht von der endgültigen Abtragung der Strecke zu ihm durchgesickert war. Stillegung, Auflassung, Abtragung.
Trauer und Wut waren so mächtig, daß selbst dem Schmied Luśnia, dem einzigen Vertrauten, Hartnagel,

weitere Besuche untersagt wurden. An einem Novemberabend aber hört der Streckenwärter erstmals einen Zug auf seiner Strecke. Er hört einen Zug.
Zugegeben, der Lemberger wird wieder etwas sentimental, was die Herren mit verächtlich herabgezogenen Mundwinkeln quittieren werden, wenn er schreibt: ein Strom übermenschlicher Freude überflutete Waweras Herz und erschütterte ihn von Kopf bis Fuß. Im Heulen des herbstlichen Sturmes, im Pfeifen des Windes hatte er es zum ersten Mal gehört. Dieses schöne, dieses über alles geliebte Donnern! Dieses teure, dieses unschätzbare Rattern!
Eine Hoffnung, von der es heißt, sie habe den Streckenwärter nunmehr allabendlich angefallen, bis in einer schneeverwehten Dezembernacht die Stunde der Erfüllung kam, wie in den von mir im Rucksack mitgeführten Papieren wörtlich zu lesen steht. Das Signal ertönte. Die Meldeanlage arbeitete.
Stille im Hörsaal.
Die Weckladen klappten nach unten. Alles ging sehr schnell. Mantel um die Schultern geworfen, Signallampe griffbereit, hundertfach geübt, Habachtstellung, die wachsenden, größer und größer werdenden Augen in der Mündung der Schlucht, der Rauch, beizender Rauch, das Rucken vor der Station, die gebändigte Kraft, das Stoßen der Kolben. Der oberste Chef der Eisenbahngesellschaft verläßt den Salonwagen, Kondukteure umringen ihren ehemaligen Kollegen, der Höchste aller Revisoren sagt laut und deutlich: wir sind dich holen gekommen. Der Mann mit dem Holzbein springt federnd wie einst auf das Trittbrett eines Waggons, winkt mit der Signallampe in Richtung der Lokomotive und ruft *Vorwärts*, und mit

einem langgezogenen Pfiff setzt sich der Zug in Bewegung und rollt davon.

Am nächsten Tag, meine Herren, schreibt der Lehrer, fand Luśnia, der Schmied, an einem strahlend eisklaren Wintermorgen seinen Freund: still und steif, in strammer Haltung, die Signallampe noch immer in der klammen Hand. Auf seinem Posten. Der Schmied bettet den Toten, so will es der Polonist, auf die Pritsche des Weichenstellhäuschens. Ich aber vermute, daß er ihn zwischen das Werkzeug auf die Draisine legte und den Leichnam auf funkelnden Schienen ins Dorf fuhr, wo man ihn in einem Kindersarg begrub.

Seit Waweras Tod freilich, notiert der Lemberger in einem Nachsatz, habe man gemunkelt, die Strecke sei wieder zum Leben erwacht. Nachts habe man das Dröhnen der Züge, das Rattern dahinsausender Räder, das Keuchen der Maschine vernehmen können. Von irgendwoher, meint der Schulmeister, trug der Wind auf seinen Flügeln Signale herbei: das langgezogene Klagen von Trillerpfeifen. Unsichtbare Trompeten bliesen den Weckruf.

Scharniere

Ich bin hellwach. Um die Stillegung der Strecke zu verhindern, überlege ich von Schwelle zu Schwelle, muß alles aufgeboten werden, was in meiner Macht und mir zur Seite steht: das letzte Aufgebot. Vielleicht sollte ich mich als Zug wünschen.
Ich verwandle mich in einen Zug, trage die schwarze Haut, die immer wieder poliert, geölt und matt lackiert wird.
Ich stehe für Fernweh und den Ritt in den Abgrund, für das ganz große Unglück und die Verheißung, auch noch das entfernteste Ziel erreichen zu können, indes ich auf das Umspringen einer Weiche warte und die tanzenden Mücken über den Brennesselstauden der handtuchschmalen Eisenbahnergärtchen am Rand des Schienenstrangs zur großen Welt zähle.
Meinetwegen überschlagen sich scheppernde Lautsprecherstimmen.
Ich färbe weißgestrichene Lattenzäune schwarz.
Ich grüße die Schutthalden entlang der Gleise.
Ich bewahre die nur von Stationen unterbrochenen Träume der Schlafwagen.
Ich zerfetze jede Erinnerung, denn ich bin die Vergangenheit, wie ich die Hoffnung auf eine ungewisse Zukunft bin.
Sobald ich in Fahrt gerate, kann mich keiner mehr aufhalten.
Ich beginne zu schweben.

Ich befahre die Strecke: den Reißverschluß zwischen Himmel und Erde. Mein Ziel ist jener Punkt im Unendlichen, an dem alle Gleise zusammenlaufen.
Ich dampfe ab und pfeife drauf.
Es reicht nicht aus, mich als Zug zu denken. Mir stehen größere Aufgaben bevor: ich muß mich in die Geschichte der Eisenbahn verwandeln, um zu verhindern, was längst entschieden ist.
Die Gleise verrotten, der Damm verkrautet.
Aber wenn dieser Herr Revisor die Vergangenheit schon nicht versteht, so soll er durch mich gezwungen sein, sie noch einmal zu erleben.
Als Nachfahre muß ich nachfahren, was mir vorausging.
Dies ist der Fluch, den ich über die Stillegung der Strecke verhänge.
Vorbei und verweht.
Die Strecke: eingleisig, die Schienen rostig, die Schwellen morsch, die Weichen verbogen, die Signale tot.
Zug ist hier schon lange keiner mehr durchgekommen. Die Bahnhöfe verfallen, die Wartehäuschen sind windschief, die Bahnsteige verkommen. Halme und steile Gräser wachsen zwischen den Schwellen, Löwenzahn sprengt den Beton der Bahnsteigkante.
Keine Anschlußzüge mehr.
Irgendwo liegt ein Kursbuch herum, der Wind spielt mit den knisternden Seiten.
Keine Durchsagen mehr, keine Verspätungen, keine fahrplanmäßige Ankunft. Nur noch die Vergessenheit, die niedrig übers Land streicht, bis sich der Wind in den Brombeersträuchern fängt.
Jeden Abend trete ich unter die Türe meiner Back-

steinburg, schaue das Gleis hinauf und hinunter, sehe mich um, ob alles an seinem Fleck ist, prüfe die Luft und bilde mir ein, sie rieche schon ein wenig nach Schnee.
Jede Erinnerung beginnt mit der Eisenbahn: die Namen der Stationen, Züge kommen und gehen, kuppelüberspannte Sackbahnhöfe und armselige Haltepunkte irgendwo vor Nirgendwo, die Abfertigung in der Güterhalle, Postsäcke und sperrige Güter, das Hin und Her auf dem Bahnsteig, Gleisunterbau und Oberleitung, Schaffner, Zugführer und Wagenmeister, die Telegraphenmasten, wie sie vorbeifliegen, einer um den anderen, die zufälligen Bekanntschaften, die einmaligen Begegnungen, die großen Strecken, der Weltfahrplan.
Davon Teil zu sein, war immer mein Ziel.
Der erste Streckenwärter auf deutschem Boden, Herr Revisor, welcher den Transport der legendenumrankten *Adler* von London über Rotterdam rheinaufwärts begleitet hatte und für ein knappes Jahr engagiert worden war, jedoch infolge seiner Verehelichung mit einer Einheimischen länger blieb als vorgesehen, verdiente mehr als ein Direktor der Eisenbahngesellschaft.
Die Strecke, Herr Revisor, das ist nicht bloß eine Bahnlinie von Irgendwo nach Nirgendwo, um einen Zug durch eine abgeschiedene Wildnis schicken zu können. Die Strecke hat ihre ganz eigene Geschichte.
Sie beginnt mit dem, was mir zusteht.
Jedes Jahr habe ich Anrecht auf ein neues Paar Stiefel. Das Leder nutzt sich rasch ab bei dem abgehackten Schritt von Schwelle zu Schwelle. Meine Sorgen gelten Schächten und Abflußgräben, Mörtelfugen und Be-

schotterung. Hammer und Schraubenschlüssel, Horn und Signalfahne hänge ich über die Schulter. Während der zitternden Hitze über dem Gleis, im Sommer, wenn sich die Schienen von den Schwellen scheinbar gelöst haben, denke ich an Sätzen entlang. Dabei habe ich die Vorstellung, als verknoteten sich eines Tages die Schienen im Unendlichen, und ich wäre Zeuge dieses Wunders. Sätze, wie sie aus dem Radio kommen: *Du wirst nur eine einzige Gelegenheit haben, dein Leben so zu gestalten, wie du es wünschst, und sie wird sich nicht wiederholen. Deine Entscheidungen werden dein noch mögliches Leben, alles das, was dir nach der Wahl bleibt, nicht vernichten: aber diese Möglichkeiten werden verringert, bis deine Entscheidung und dein Schicksal eins geworden sind.*

Solchen Sätzen, die ab jetzt auch für Sie gelten, Herr Revisor, gehe ich hinterher bei der Kontrolle der Schraubenköpfe, beim Nachziehen der Schwellenmuttern, beim Prüfen der Laschenbolzen und der Klemmplatten, beim Entschlammen der Durchlässe nach jedem Regenguß. Prüfen, ob der Unterbau nicht abgesackt ist: Anweisung aus dem Reglement, das ich auswendig herbeten könnte: auch nachts, mitten aus dem Schlaf geholt.

Käme ein Zug, so träte ich in den Graben. Über die Möglichkeit vorbeirauschender Züge, deren Fahrpläne ich alle im Kopf habe, zimmere ich mir meine eigenen Ideen, denen ich nachhänge, wenngleich von Zug und Gegenzug nur noch die roten Schlußlichter sowie aufgewirbelte Blätter zu sehen wären. Die einzige und alles entscheidende Frage für jeden Reisenden ist: sitze ich im richtigen Zug? Sobald der Reisende diese Frage frei von jedwedem Zweifel beantworten kann, ist er von einer großen Ungewißheit befreit. In einem Traum, den ich von Zeit zu Zeit immer wieder träume, befinde ich mich in einem Land, dessen Sprache ich, abgesehen von wenigen Wendungen, nicht beherrsche. Aus einem nie geklärten Grund muß ich eine Bahnfahrt unternehmen. Die Fahrkarte löse ich an einer Art maurischem Kiosk durch ein Gitterfensterchen, wie es Beichtstühle haben. Die Wartehalle gleicht einer bunt gekachelten Moschee mit arabischen Ornamenten sowie Glasfenstern mit Darstellungen von Drachentötern. Eine junge Bettlerin, die ein debiles Kleinkind im Arm hält und es unentwegt küßt, kommt auf mich zu und zupft mich am Ärmel, während meine Blicke einer aufreizenden Frau in schmiegsamem Kleid folgen, getragen mit perlendem Lachen und verführerischer Trägheit, welche an mir vorübergeht, ohne mich eines Blickes zu würdigen. Sie geht auf hochhackigen Schuhen, ein geschlitzter Rock zeigt makellose Beine. Blauschwarzes langes Haar rahmt ein meisterhaft geschminktes Puppengesicht und fällt in Locken auf ein knapp geschnittenes Kostüm, dessen schrilles Gelb in den Augen schmerzt. Eine Sekunde später ist der Bahnsteig leer. Endlich gelingt es mir nach mühseligem Stottern, die Gleisnummer für meinen Zug zu erfragen. Sofort begebe ich mich zu dem angegebenen Gleis, wo in diesem Augenblick mein Zug zusammengestellt wird. Er besteht aus einem Wagen erster Klasse, in dem einige Herren in dunklen Nadelstreifenanzügen bereits Platz genommen haben und Zigarren rauchen, sowie aus einem Waggon zweiter Klasse, an dem von einem Schaffner hastig Zugschilder ausgewechselt werden. Der Mann trägt eine Phantasieuniform, wie sie für den Fasching von einem verwendet werden mag, der sich als Zugschaffner kostümieren will. Ruckartig reißt mir der Mann mein Billett aus der Hand, stürzt in den Waggon und weist mir, die Trinkgeldhand schon geöffnet, einen Fensterplatz an, dessen Sitzbezug dieselbe Farbe wie meine Jacke hat. Ich schaue aus dem Fenster und entdecke eine umgekippte Dose mit Rattengift neben dem Gleis. Eine dicke Mutter bringt ihre scheue Tochter in den Waggon. Sie befiehlt dem Mädchen, gegenüber von einem jungen Mann Platz zu nehmen, der kurz zuvor von seinem Vater zum Zug gebracht worden war. Während die Kinder einander stumm gegenübersitzen, hat sich draußen am Bahnsteig die Mutter bereits des Vaters angenommen, mit dem sie nach kurzem Winken und unverständlichen Verhaltensmaßregeln für die Tochter den Bahnhof verläßt. Ich betrachte das Mädchen, bewundere seine Anmut sowie das blauschwarze Haar, welches ein Kennzeichen der jungen Frauen in diesem Teil der Welt zu sein scheint. Ein Matrose nimmt neben der Eingangstüre Platz, nachdem er seinen Seesack im Gepäcknetz verstaut hat. Ich wundere mich über diesen Fahrgast, denn mein Reiseziel liegt nicht am Meer, sondern in den Bergen. Nachdem der Zug endlich nach stundenlangem Warten losfährt, ist der Schaffner, der mich auf meinen Platz zwang, verschwunden. In meinem Kopf setzt sich ein Gedanke fest, der mich nicht mehr losläßt: dieser Mann ging von einer einfachen Tatsache aus. Da gab es einen Zug und einen Reisenden, und er sah seine einzige Aufgabe darin, diese beiden zusammenzubringen. Ein Reiseziel fände sich dann wie von selbst. Der Zug rattert über wellige Schienen, die wahrscheinlich wegen der großen Hitze, die hier im Sommer herrschen soll, unverschweißt sind. Die Fahrgäste werden auf ihren Sitzen hin und hergeworfen. Ich suche die Toilette auf, verzichte aber wegen ihres abscheulichen Zustandes. Auf eine Fahrkartenkontrolle warte ich vergebens. Der Zug fährt durch eine öde Gegend: weit und breit kein Haus, kein Gehöft, keine Station. Dafür sandiger Boden, auf dem krumme Kiefernhölzer gedeihen. Manchmal ist die weite Landschaft von Steinmauern durchzogen, denen ich die Mühsal anzusehen glaube, mit der sie aufgeschichtet wurden. Hinter den Mauern liegen entsteinte Wiesen. Offensichtlich fährt der Zug auf der eingleisigen Strecke in den Nordwesten des Landes, wie ich aus dem Stand der Sonne an einem makellos blauen Himmel schließe. Die Strecke führt immer höher hinauf ins Gebirge. Einmal passieren wir ein Umspannwerk. Ein Nebengleis endet an einem efeuumrankten Prellbock, auf dem eine verdorrte Palme steht. Später fahren wir an einem sorgfältig errichteten Stapel mit nußbraunen Holzschwellen vorbei. Ich erinnere mich an eine Radiosendung über den Bau der dreihundertsechzig Kilometer langen Eisenbahn nach Rio Madeira im Herzen Amazoniens. Darin war von Schwellen aus Eukalyptusholz die Rede, weil dies das einzige Holz sei, welches dem verheerenden Termitenfraß widerstehe. Plötzlich richtet der Matrose das Wort an mich und behauptet in meiner Sprache, diese Bahn habe russische Spurweite. Danach schweigt er wieder und läßt meine Fragen unbeantwortet. Wir überqueren mehrere ausgetrocknete Flußtäler. Die Geschwindigkeit nimmt leicht zu. Kein Mensch ist zu sehen, kein Vogel fliegt auf, die Luft scheint zu stehen.

Manche Bahnübergänge sind mit Schildern versehen, deren Aufschrift ich mit Mühe entziffere und mit »Halt, wenn ein Zug kommt« übersetze. Das letzte, was ich erkenne, ehe der Zug in einem Tunnel verschwindet, ist ein riesiges Sonnenblumenfeld, dann denke ich nur noch an einen Radio-Satz, den ich einmal gehört habe: *Ja, die Schatten hatten eine offensichtliche Neigung, sich von den Dingen lösen zu wollen, als ob die Dinge Schatten des Unheils wären.*
Ich erwache und betrachte mein Spiegelbild.
Sehe ich vielleicht aus wie ein Eisenbahningenieur?
Erinnert noch irgend etwas an meine ebenso langwierige wie umfassende Ausbildung zum Revisor an der Eisenbahnakademie?
Beharrlich und unaufhaltsam gehe ich meine Strecke. Die Einsamkeit hält in der Zeit die Erinnerung fest. In mir ruhen riesige Zeitreserven. Jeden Augenblick vermag ich zu erinnern, um ihn schließlich aus dem Joch der Vergangenheit zu befreien, auf daß er nie mehr im Vergessenen verloren gehe. Dabei stelle ich mir den Zeitpfeil vor wie einen Zug, der unterwegs ist: herauf aus der Ebene, hinauf zum Fernsteinsee.
Was mich beschäftigt, sage ich meinen Schuhen. Ich sage es den Sohlen, meinem Schatten, den Schwellen, dem Schotter zwischen dem Gleis. Im Lauf der Jahre ist es mir gelungen, der Zeit mitten ins Gesicht zu blicken, denn meine Geschichte ist länger als die Strecke.
Sie muß länger sein – schon wegen der Schritte, die hinter mir gehen und nicht von mir lassen wollen.
Manchmal, wenn mir danach ist, summe ich, bis sich ein Lied auf meinen Lippen einstellt. Gesummt wird sogar der Wind des Unheils zur Brise. Seit geraumer

Zeit ahne ich den alten Mann in mir. Meine Haare sind weiß geworden von all dem, was durch meinen Kopf mußte, ehe es sich im Rechen des Gedächtnisses verfing. Auf diese Weise kenne ich mehr Tote als Lebende. Ab einem bestimmten Alter ist dies unvermeidlich. In der Tischschublade ruht das Streckenjournal. Die Einträge in sauberer Schrift, mit Tinte und Feder: als hätte ich mein Leben ins Reine geschrieben, als wäre die ganze Welt nichts als eine Anspielung auf das Unheil.
Die Stillegung.
Meine Kunst ist das Vergebliche. Wer außer mir weiß, daß das Vergebliche getan werden muß? Ich gehe die Strecke, obwohl keinerlei Aussicht besteht, ihre Stillegung zu verhindern. Aber nicht Verzweiflung ist die Folge, sondern das Glück der Arbeit. Ungebeugt tue ich das Vergebliche, Schritt für Schritt, und das macht mich unangreifbar, Herr Revisor. Ich bin stärker als das Verhängnis, weil ich mit jedem Schritt von Schwelle zu Schwelle das Vergebliche neu wage.
Eisenbahn, das war stets Ruß und Rauch und ein langer Pfiff, ein Tunnel und eine Weiche und am Ende immer der Prellbock. Soll ich von den Zügen an die letzte Rampe erzählen, von Fahrplan und Anarchie, vom Ölgeruch und Schweiß der Lokomotiven, oder vom Stolz, bei der Bahn zu sein?
Mein Streckenjournal erzählt von all dem, was mit der Bahn zu tun hat. Von den Verbindungen und den Begegnungen, von durchstochener Landschaft und pilzförmigen Breitfußschienen, deren Profile sich hundertfünfzig Jahre hielten. So lange habe auch ich mich gehalten, denn all das habe ich zu Wege gebracht, all dies ist unter meinen Händen entstanden und in mei-

nem Gedächtnis aufbewahrt. Zahllose Geschichten könnte ich erzählen. Wo soll ich anfangen? Beim Büblein, das im ostpreußischen Neidenburg – schon der Name kann einem angst und bange machen – als Sohn eines verarmten jüdischen Anwalts auf die Welt kommt? Bethel Henry rufen ihn die einen, Barthel Heinrich werden sie ihn in der Schule genannt haben. Der Bub wächst heran, und es dauert nicht mehr lange, bis er aller Welt zeigt, wo Bartel den Most holt: zuerst im Versicherungswesen, schließlich bei der Bahn. Wo sonst? Denn er erkennt messerscharf, was sich aus Eisenbahnaktien machen läßt, zumal selbst die niedrigsten Stände vom Spekulationsfieber befallen sind. Bethel Henry Strousberg lernt bei den Engländern, Barthel Heinrich baut die ostpreußische Südbahn, verbindet Berlin mit Görlitz, errichtet die Bahn am rechten Oderufer, die Mährisch-Posener Bahn sowie die Linien Halle–Sorau und Hannover–Altenbeken. Bethel macht ein Loch auf und schüttet das andere mit diesem Dreck zu, indes Barthel eine eigene Lokomotivenfabrik kauft – was soll ihm der zu langsame Borsig? – und die Belegschaft vervierfacht, die Kapazität aber verzehnfacht. Was der anfaßt, das wird zu Gold. Endlich gehört ihm auch die Dortmunder Hütte, welche seine eigenen Schienen herstellt. Schon wachsen die Bäume in den Himmel, schon wird im Bulgarischen ein Termin versprochen, der nicht zu halten sein wird. Der Höhenflug endet im rumänischen Sumpf: geplatzte Wechsel, Arrest in Petersburg, wer hoch steigt, der tief fällt, ein armseliges Ende in Berlin. Höchste Eisenbahn, ließ die Konkurrenz verlauten und rieb sich die Hände. Und was wurde aus den Geprellten? Auch davon könnte mein Strecken-

journal berichten. Ebenso von Geschichten von Gitterbrücken, Viadukten und Pontons, alle von mir erbaut, mit meiner Hände Arbeit aufgerichtet als Beweis, von gegeneinander gespannten Bögen und Gelenklagern, von aufgemauerten Denkmälern der Eisenbahnarchitektur. Oder davon, wie der Aufstand der Arbeiter beim Bau der Gotthardbahn niedergeschlagen wurde.
Die Geschichten handeln von Männern beim Gleisbau mit schwarzen Haaren, steif wie Blech, struppig wie ein Roßschweif, von Kerlen mit nacktem Oberkörper und bosnischem Zungenschlag. Geschichten, wie sie der Fischer Karl vom Zotteln aufgeschrieben hat. Geschichten vom Abstechen des Rasens, vom Abtragen der Ackerkrume, von der Befestigung der Böschungen, was da geflucht wurde, vom Fällen der Bäume und Ausholzen des Buschwerks, vom Ziehen der Wurzelstöcke und vom Sprengen des Gesteins. Alles von mir zur Seite gekarrt mit Schubkarre und Fuhrwerk. Schaufel und Hacke mußte jeder von uns selbst mitbringen. Wir, das meint Aufseher und Vorarbeiter, Schmiede, Schlosser und Dreher, Zimmerleute, Maurer, Steinbrecher und Tagelöhner. Und dreimal am Tag Appell: morgens, mittags, abends. Und wehe, du fehlst beim Verlesen vor der Mittagspause, dann ist dein Lohn für den Tag verloren. Zechgelage und Räusche, Streit und Raufhändel werden sofort der Gendarmerie gemeldet. Fürchterlich bestraft wird, wer Material von der Baustelle mitgehen läßt. Wehe, du läßt dich in einem entfernteren Wirtshaus blicken oder treibst dich nach Feierabend auf der Straße herum. Aber dazu wirst du ohnehin zu müde sein, Kamerad. Im Sommer wird vierzehn und

auch sechzehn Stunden geschunden. Fleisch, Hülsenfrüchte und Kartoffeln sind selten. Bier und Brot machen unsere Wangen rot. Denn wir errichten das Nationalverteidigungsinstrument, wir ermöglichen das Kulturbeförderungsmittel, wir walten als Assekuranzanstalt gegen Teuerung und Not, als Gesundheitsanstalt und Stärkungsmittel des Nationalgeistes, als Nervensystem des Gemeingeistes wie der gesetzlichen Ordnung, wir vom Gleisbau legen einen festen Gürtel um die Lenden der deutschen Nation. So hat es der Konsul List gesagt. Was wußte er schon vom Zotteln und vom Akkord? Ahnte er, wie sehr man als Zottler auf einen zuverlässigen Nebenmann angewiesen war? Hätte er doch bloß einmal Fischers Karl gefragt. Der hätte ihm erklärt, was Sache ist: wenn man was verdienen wollte, war alles daran gelegen, daß man einen passenden verträglichen Kameraden hatte. Denn das war Akkordarbeit und wurde wagenweise bezahlt, und wenn man keinen Wagen versäumen wollte, da mußte man den ganzen Tag gut Takt halten. Wenn wir mit dem leeren Wagen wieder oben und bei unserer Ladestelle angelangt waren, da wollte sich der Wachtmeister, wie mancher andere, immer erst ausruhen, aber ich sah wohl, wie die anderen das machten, hätte ihm der Fischer Karl erzählt. Und: schnell den Wagen rumgedreht und passend hingestellt, mit einer Hand den Zottel von der Schulter, womit der Karl den breiten Karrenriemen meint, der Zottel hieß wie der zweirädrige Kippkarren für den Transport der Erde und der Steine, und mit der anderen schon nach der Schippe gelangt; dann ging das Werfen wieder los: was hast du, was kannst du! bis der Wagen wieder voll war, und durfte gar nicht lange dauern. Bei der letzten Schippe sagte einer: ›Gut‹, und da ließen sie die Schippen bloß aus der Hand fallen, und im Nu hatten sie schon beide den Zottel auf der Schulter und zottelten wieder los. So hätte ihm der Fischer Karl Bescheid gegeben, denn so hat er es aufgeschrieben, bis er zwei Wochen nach seinem Fünfundsechzigsten im Siechenhaus starb. Aber was haben sie daraus gemacht? Was ist aus unserer Plagerei geworden? Ein Feldeisenbahnwesen, tauglich für die Anforderung eines Mehrfrontenkrieges, der Stolz der deutschen Heeresleitung. Dabei hätte die Eisenbahn doch der Leichenwagen des Unrechts sein können.

Wir vom Gleisbau haben immer in Rotten gedacht. Unser Wappentier war die Ameise. Davon erzählt das Streckenjournal ebenso wie von den Galerien, Bögen, Pfeilern und Böschungen. Von Schwellenlegern aus Sizilien ist die Rede, von der Bagdadbahn und den Schienen in den Kolonien. Dazwischen Schwärmereien von stolzen Bahnhofskuppeln, gläsernen Kathedralen, in deren Mittelschiff die Gleise laufen, als deren Altäre die Prellböcke stehen. Der König selbst hatte antik-römische Baustile befohlen. Entstanden sind Triumphbögen der Heimkehr und der Abreise, offene Durchgänge, Dienst- und Warteräume. Von ihnen könnte ich erzählen, auch von den Stationen draußen auf freier Strecke, von den Granit- und Bruchsteinfestungen mit Dienstwohnung und Gärtchen zwischen Stellwerk und Latrine, von Leipzig, wo sich ein Bahnhof an den anderen schmiegte, von Kopf- und Durchgangsbahnhöfen mit Bahnsteighallen, Unterführungen und mehr als zwanzig Gleisen, von der Ringbahn um die Stadt, die alle Berliner Bahnhöfe miteinander verband. Da wäre vom Prunk zu berichten und vom Schutt nach den Bombennächten, da gäbe es Geschichten von Probefahrten mit großem Bahnhof, Kreuz und Fahne, schützest Thron du und Altar, von Blasmusik, Fahnenschmuck, Girlanden und Freibier, von militärischer Eskortierung, Staatsakt, Sonderzug und Salonwagen. Plüsch beschwichtigt. Selbst als der Lotse von Bord ging, nahm er nach Friedrichsruh die Bahn. Erzählen könnte ich von Lokomotiven auf Schwarzweißfotos mit Rauch und Abendlicht und tief hängenden Wolken, von Beleuchtungskörpern und von der Sonne, die längst verschwunden war, als die Verspätungen gemeldet wurden. Oder die Geschichte von einer Frau, unterwegs vom Land in die Stadt, auch von der besseren, der geschlossenen Gesellschaft im Orientexpreß oder sonst einem Abenteuer der Belle Époque, dazwischen Geschichten aus Borsigs und Maffeis Maschinenhallen, von Kesselkonstruktionen und Achslasten, Geschichten aus dem Ausbesserungswerk, vom Schmieren der Lager, vom Einfetten und Nachziehen, von der schwarzen Witwe im Bananenwagen, deren Gift absolut tödlich ist. Hierher gehörten die Lügengeschichten eines Südländers, der von sich behauptete, als viertes von vierzehn Kindern aus einem Dorf namens Zapotlán oder so ähnlich am Fuße eines Vulkans zu kommen, im Jahre 1918 geboren zu sein, aufgewachsen in einem runden Tal voller Mais, in dem es ab und zu wegen der Lavaausbrüche, des Grollens und der Rauchfahnen am hellichten Tag stockdunkle Nacht geworden sei: das Schauspiel lockte Wissenschaftler an, die uns einen guten Tag wünschten und den Puls fühlten. Geboren gerade in jenen Tagen, da die spanische Grippe herrschte, versteht sich. Ferner behauptete der Südländer, könnte ich aus meinem Streckenjournal den Damen und Herren der Eisenbahngesellschaft, vor allem aber dem Herrn Revisor vorlesen, in direkter Linie von zwei uralten Geschlechtern abzustammen: mütterlicherseits von den Schmieden und väterlicherseits von den Zimmermännern. Daher seine Begeisterung für das Handwerkliche. Meine ersten Schritte machte ich, zitierte ich den Fremden, als ein schwarzes Schaf hinter mir herrannte. Damals sei ihm, erzählte er, die Angst so nachhaltig in die Glieder gefahren, daß sie seinem Leben noch heute Farbe gebe. Ein Satz, der auch für mich erzählt sein könnte. Der von mir handeln könnte. Offen zugestanden. Seit 1930 habe der Geschichtenerzähler an die zwanzig Berufe ausgeübt, darunter fliegender Händler und Journalist, Dienstmann und Bankkassierer, Drucker, Bäcker und Schauspieler: als nackter Galeerensklave von Antonius und Cleopatra auf den Brettern der Comédie Française, zu Füßen von Marie Bell. Am liebsten aber erzähle er von dem, was er, nur einen Augenblick lang, durch den brennenden Dornbusch vernommen habe. Dazu, Herr Revisor, gehörten die Lügen über einen Weichensteller – ja, jetzt sind wir beim Thema –, der zwar ausnahmsweise ohne Namen bleibe – Namen sind kostbar, wie man seit Rumpelstilzchen weiß: Erfindungen werden durch Namen gesetzlich geschützt –, dafür aber ständig eine winzige rote Laterne mit sich herumtrage. Davon könnte ich den Damen und Herren von der Eisenbahngesellschaft erzählen. Ich werde mit Hilfe meines Streckenjournals auftischen, was dieser geheimnisvolle Südländer, dessen Name ich aus lauter böser Lust ganz im Gegensatz

zu dem des polnischen Schulmeisters aus Kamionka verschweige, seinem vielleicht schnauzbartumstandenen Lügenmaul entlockt hat. Die Herrschaften der Eisenbahngesellschaft werden seinen Namen so wenig kennen wie der Herr Revisor.
War der Name des Südländers Lo Arrea, A. Reola, Leo Arra oder Arro Real? Der Herr Revisor kann ja nachschlagen. Er braucht die Hoffnung nicht aufzugeben.
Hoffnungslos ist nämlich nur jener Reisende, der den Weichensteller des Südländers um Rat frägt.
Ich habe die Antworten in mein Streckenjournal geschrieben, die der einstmals nackte Galeerensklave seinem wichtelmännischen Laternenhalter in den Mund legte, und ich könnte sie dem Herrn Revisor zum besten geben. Vielleicht sollte ich auch ihm raten, wie der Weichensteller dem resignierenden Reisenden, ins nächste Hotel zu gehen und sich unter all die Leute zu mischen, die ihr Vermögen für Fahrkarten nach allen Ecken des Landes ausgeben. Denn die nächste Strecke werde, so behauptet die Geschichte des Südländers, mit dem Geld einer einzigen Person gebaut, die ihr Riesenvermögen in Hin- und Rückfahrkarten zu Orten an einer Bahnstrecke angelegt habe, deren Konstruktionspläne, die lange Tunnels und Brücken vorsähen, bisher nicht einmal von den Ingenieuren gezeichnet seien. Überdies befinde sich der Reisende in einem Land, in dem niemand erwarte, wenn er in irgendeinen Zug steige, daß er auch dort ankomme, wohin er eigentlich fahren wollte. Immerhin seien Gleise vorhanden, wenn auch ein bißchen verkommen. In anderen Orten, gibt der Südländer durch seinen Weichensteller zu bedenken, seien sie bloß mit

zwei Kreidestrichen auf dem Boden angedeutet. Angesichts der derzeitigen Lage wimmle es in den Zügen von Spitzeln. Ein unbedachtes Wort legten diese sogleich als kriminelle Handlung aus. Man laufe dabei Gefahr, den Rest des Lebens in einem Gefängniswaggon zubringen zu müssen oder irgendwo im Urwald an einer Scheinstation aus Pappe und Sägemehl abgesetzt zu werden, die, um die Reisenden zu täuschen, den Namen einer berühmten Stadt trage. Oder soll ich dem Revisor erzählen, wie der Weichensteller des Südländers dem Reisenden erzählt, wie das Zugpersonal einen ganzen Zug voll Reisender auf freier Strecke plötzlich unter dem Vorwand auffordere, zur Besichtigung nahe gelegener Sehenswürdigkeiten wie Grotten, Wasserfälle oder Ruinen den Zug zu verlassen? Wenn die Reisenden dann in sicherer Entfernung seien, suche der Zug mit Volldampf das Weite. Die Fahrgäste aber irrten zunächst verzweifelt umher, täten sich schließlich zusammen und gründeten Siedlungen. Schließlich seien die Gruppen gut ausgesucht, wobei es an hübschen Frauen nicht fehle. Es sei doch verlockend, seinen Lebensabend mit einem jungen Mädchen in einer unbekannten malerischen Ortschaft zu verbringen. Aber ich könnte auch von Netzwerk und Oberleitung erzählen, von Schienenbus und Krokodil, vom Stellwerk und vom ausgeschlagenen Auge einer Weiche, Geschichten von Wagenmeistern und Schrankenwärtern, von Fahrkartenzwickern und von der Bahnsteigkarte, von Stationsmeistern und Fahrdienstleitern, von Gepäckträgern mit Dienstmütze und stolzen Damen aus besseren Kreisen mit aufwendigen Hutschachteln, von zu spät heruntergekurbelten Schranken, die in jedem Eisenbahnertraum einmal

vorkommen, egal, ob einer auf der Maschine Dienst tut oder am Bahnübergang. Geschichten wüßte ich vom Neid der anderen darauf, daß man als Angehöriger der Bahn gewisse Vergünstigungen hat, Freifahrten undsoweiter. Den Spruch könnte ich aufsagen, den ich im Streckenjournal notiert habe: wer nichts weiß und wer nichts kann, geht zu Post und Eisenbahn. Daneben Geschichten von Waldbränden, verursacht durch Funkenflug, Geschichten von der verführten Unschuld: *und tat ihr Haupt auf Schienen legen, bis daß der Zug aus Naumburg kam.*
Außerdem wäre vom Obermedizinalcollegium zu erzählen, welches anläßlich der allerersten Eisenbahnfahrt vor Delirium furiosum warnte. Das Streckenjournal verzeichnet kostbare Wörter: *streckenweise* zum Beispiel, oder *Stückgutverkehr, Trasse, Netz,* auch *Zug der Zeit.* Es kennt Geschichten von zerquetschten Hemmschuhlegern, Stellwerkern, Weichenreinigern und Bremsern. Es weiß, was einer denkt, wenn er zum Ankoppeln zwischen die Puffer taucht. Es erinnert sich an Heizer beim Ausräumen der Schlacke, an Funkenflug und Totmanntaste, an Vizinal-, Sekundär- oder Bimmelbahnen irgendwo schon fast neben der Welt. Sinn einer Nebenstrecke, Herr Revisor, ist einzig die Verbindung mit der Hauptstrecke. Dabei regelt die Kleinbahn den Tages-, ich behaupte sogar den Lebenslauf, wie die Bahnhofsuhr die Macht der Zeit anzeigt. Das Diktat des Fahrplans. Das Journal erzählt von der Schande eines Ortes, es nie zu einem Bahnhof gebracht zu haben, es kennt Geschichten von Kleinvieh im Abteil, vom Gänse- und Kartoffeltransport, schließlich auch vom toten Gleis, von der sterbenden Idylle, Herr Revisor.

Geschichten zwischen Heimat und Fremde: hinaus, zurück, zurück, Geschichten, die in der schmalen Welt zwischen Plattform und Bahnsteigkante, zwischen Trittbrett und Abfahrtssignal spielen. Manchmal handeln die Geschichten von Würstchen und Bier, von Zeitungen und Zündholzschachteln, dann wieder von verschmutzten Hemdkrägen, klebrigen Fingern, von Netzkarten und von den schmutzigen Fingernägeln der Speisewagenkellner, oder von Rindfleisch, Leiter des Gebirgsunfalldienstes, der – aus dem »Adler« heimkehrend – ob der Verrichtung seiner Notdurft den herannahenden Zug im Schnee überhörte. Dazwischen schieben sich Landarbeiter, Pendler, Flüchtlinge, Geschichten von aufgegebenem und fehlgeleitetem Gepäck, Geschichten vom Aufbruch in die Seebäder, von der Holzklasse, vom einbeinigen Ziehharmonikaspieler, dessen Lied von Tränen handelt und von Küssen, da flattern Taschentücher im Wind, da wird noch einmal gewunken, Vorsicht bei Abfahrt des Zuges, Reisende soll man nicht aufhalten. Hamsterzüge sind unterwegs im Streckenjournal, Rucksackreisende, Heimkehrende auf Wagendächern und Tendern, Friedland und Stadtstreicher im Wartesaal, Krieg und Vertreibung: *Weihnachten sind wir wieder zu Haus*, steht auf einem Waggon, vermerkt das Streckenjournal. Und immer wieder Abschied: *Ausflug nach Paris* – im Viehwaggon mit überhitzten Erwartungen. Eigene Eisenbahnregimenter und Schienenlastkraftwagen, lächerliche Draisinen, schließlich das Gewimmer aus den Lazarettzügen, der Geruch der Verwundetentransporte: Heimatschuß. Oder wie der Weichensteller des Südländers aus der vulkanreichen Gegend dem Reisenden rät: steigen Sie in den erstbesten Zug, der hier durchfährt. Sie sollten es wenigstens probieren, denn tausend Personen werden Sie daran zu hindern suchen. Und weiter wörtlich, Herr Revisor, meine Damen und Herren Aufsichtsratsvorsitzende der Eisenbahngesellschaft: beim Eintreffen eines Zuges stürzen die über das allzu lange Warten verärgerten Reisenden wie ein ungezügelter Haufen aus dem Hotel, und lärmend erstürmen sie den Bahnhof. Statt geordnet einzusteigen, drücken sie sich lieber gegenseitig tot; zumindest hindern sie sich definitiv am Einsteigen, und der Zug läßt sie empört auf dem Bahnsteig zurück. Silbe für Silbe habe ich dies ins Streckenjournal übertragen. Ob ich es den Herrschaften vorlesen soll? Auch wenn es nicht von mir ist. Oder weil es nicht von mir, sondern eine der wundersamen Geschichten dieses Südländers ist, dessen Name ich verschweige. Was ist mit den Geschichten der Urlauberzüge im Streckenjournal, wo es um winkende Bräute und Mütter geht und um die lockeren Mädchen von der Truppenbetreuung? Ein Puff auf Rädern, Herr Revisor. Und immer wieder Flüchtlinge, und eine unglücklich verliebte Russin, die im Filmnebel unter einer Lokomotive verschwindet, Blende und Schnitt auf Bahnhöfe: Opernbühnen des Abschiednehmens. Geschichten vom Gesicht eines dicken Kindes an einem Abteilfenster, die fahrplanmäßige Ankunft, die Zuverlässigkeit der Reichsbahn: Transportprobleme hat es nie gegeben. Kein totes Gleis, Herr Revisor, keine Bahn, die eines Tages aus den Gleisen kippte, sondern Geschichten mit fahlem Licht und hallenden Kommandos: Verschiebebahnhof. Rauch, der aufsteigt. Von einer Lok? Durchstich, Herr Revisor. Wir reisen alle im gleichen Zug; auswendig ge-

lernt, das Lesebuchgedicht. Ein Kind steigt aus. Die Mutter schreit. Die Toten stehen stumm am Bahnsteig der Vergangenheit. Endstation. Wir sehen hinaus, wir sahen genug. Der weite Wintertag der Niederung und hoch im Dämmern die Erinnerung. Ich erinnere mich an eine Geschichte vom Weichensteller des Südländers, der dem Reisenden in Aussicht stellt, ein Held werden zu können. Ich werde den Damen und Herren erzählen, wie der Südländer seinen Weichensteller mit der kleinen roten Laterne sagen läßt, erst neulich hätten an die zweihundert Fahrgäste eines der größten Ruhmesblätter in die Annalen unserer Eisenbahn geschrieben. Bei einer Probefahrt habe der Lokführer gerade noch rechtzeitig festgestellt, daß die Ingenieure eine Brücke über einen Abgrund vergessen hätten. Anstatt zurückzustoßen, habe der Führer zu den Reisenden gesprochen, die daraufhin den Zug in Einzelteile zerlegt, ihn das Tal hinunter, über den reißenden Fluß sowie anschließend den Berg hinauf getragen hätten, um ihn schließlich wieder zusammenzusetzen. Das Ergebnis dieser Bravourleistung, Herr Revisor, meine Damen und Herren, schreibt der Südländer wörtlich, sei so zufriedenstellend gewesen, daß die Gesellschaft endgültig auf den Bau der Brücke verzichtet und sich darauf beschränkt habe, den wagemutigen Reisenden – ich zitiere noch immer im Wortlaut – einen beachtlichen Preisnachlaß zu gewähren.
Solche Geschichten wären zu erzählen, auch jene von Expeditionszügen, welche jahrelang unterwegs seien, wobei das Leben der Reisenden – wie sich der Südländer ausdrückt – einschneidenden Veränderungen unterworfen sei, weswegen den Zügen auch ein Kata-

falk- und Friedhofswagen angehängt werde. Zitat: Die Schaffner erfüllt es mit Stolz, wenn sie die prächtig einbalsamierte Leiche eines Reisenden auf dem Bahnsteig jener Station absetzen können, für die er die Fahrkarte gelöst hatte. Gelegentlich, behauptet der Weichensteller mit der kleinen roten Laterne, führen diese Expeditionszüge über Strecken mit nur einer Schiene. Die eine Seite der Wagen werde durch die Stöße der Räder auf die Schwellen ganz jämmerlich geschüttelt. Reisende erster Klasse säßen auf der Seite der Schiene. Reisende zweiter Klasse müßten die Stöße resigniert über sich ergehen lassen. Aber es gebe auch Strecken, schließt der Weichensteller des Südländers seine Geschichte, Herr Revisor, auf denen beide Schienen fehlten. So treffe es Reisende aller Klassen gleich hart.
Solche Geschichten könnte man ohne Ende erzählen. Immer noch eine und noch eine. Aber an einer Rampe hört jedwede Eisenbahnseligkeit auf, Herr Revisor. Und kein Streckenjournal kann daran vorbei. Verschiebebahnhof, Fahrkartenausgabe, Bahnmeisterei. Zu den Waschräumen! Kosten für die SS: pro Person und Streckenkilometer vier Pfennig. Gütertransporte und Viehwaggons. Angeblich zur Umsiedlung. Nein: Hoffnung. Zum Arbeitseinsatz, wie es hieß. Was sagt in solchem Zusammenhang ein Wort wie Prellbock? Lauter Sackbahnhöfe.
Insgesamt fünfundachtzig an der Zahl.
Für manche ist das heute nichts weiter als ein bedauerlicher Betriebsunfall. Betriebsunfall mit siebzig Menschen und mehr in einem Waggon, mit Gepäck und einem Kübel für die Notdurft, mit einem Krug Trinkwasser, mit Kranken und Kindern und einem Mäd-

chen, das ständig auf seine Puppe einredet, als wäre sie der Schaffner. Sie sind zweiunddreißig Stunden unterwegs, und sie haben für die Welt da draußen nur Ritzen und Gucklöcher. Wohin fahren wir? Bitte sagen Sie uns, wohin. Bitte. Unruhe, Müdigkeit, Stumpfheit. Ein Platz zum Liegen. Weg da, das ist mein Platz. So eine Unverschämtheit. Streit um einen Platz im Viehwaggon. Ausgeschämt, aus und zu Ende die Scham. Kein Weinen mehr, Herr Revisor, nur noch Wimmern. Ein Ruck. Wir halten. Endstation. Raus. Alles raus. Raus, sag ich. So macht doch. Raus und Geschrei und Gerenne. Befehl: Gepäck und Kranke liegen lassen. Zugrundegelegt wurde der Beförderungstarif für die dritte Wagenklasse. Kinder unter vier Jahren die Hälfte. Der Transport in die Todeslager kam die Reichsbahn doppelt so teuer wie die Beförderung von Soldaten an die Front. Ab vierhundert Deportierte: halber Tarif; 1942 gewährt die Reichsbahn für Deportationszüge aus dem Ausland einen Rabatt von fünfundzwanzig Prozent. Judentransporte wurden an den Waggons mit Da für David gekennzeichnet, Transporte polnischer Juden mit Pj. Dazu fand alle zwei Monate eine Fahrplankonferenz statt.

So ein Zug hat gleich etwas Nationales.
Die Kunst der Ingenieure, sagt das Wort des Dichters im Großen Bildungsbuch, ermöglicht Eisenbahnreisenden bleibende Eindrücke sowie Landschaftserlebnisse von spielerischer Schwerelosigkeit. Liebliche grüne Täler lachten in der Tiefe, und von der Höhe herab nickte stolz die Tanne. Das Land öffnete die Arme, und ich, ich sank hinein in die Umarmung und war wieder der Sohn dieses Landes und seiner Bürger

einer. Die Nation trat mir nah; das Vaterland und sein hoher, goldener Gedanke. Langsam, als wäre er die Beute einer tiefen Nachdenklichkeit, fuhr der Zug. Mir aber war, als führe ich mit der Eisenbahn in das Herz meines Volkes hinein.

Die Bewerbung

Ringsum herbstliche Farben: darüber und dahinter eine Bläue in schwebender Stille. Jetzt verstehe ich, wenn es heißt, um diese Jahreszeit sei es im Thulserner Tal am schönsten: kurz vor Einbruch eines strengen Winters.
Von dieser Höhe aus verschwimmen die Gelb- und Brauntöne, der Mischwaldgürtel weiter unten gibt dem Unterschied zwischen Berg und Tal eine leuchtende Markierung. Ein scharfes Windchen pfeift hier oben, es herrscht schier grenzenlose Fernsicht. Stehende Stille. Nur ab und zu rumpelt die Bahn, mit der ich heraufgekommen bin, in die Sonntagsruhe. Diese Bahn bezwingt die steilste Strecke im ganzen Land und überwindet einen außerordentlichen Höhenunterschied herauf von der Talstation. Obwohl heute klares Wetter herrscht, war die Bahn nur mäßig besetzt. Immer wieder hört man drunten im Tal munkeln, sie solle aufgelassen werden, sie rentiere sich nicht mehr, obwohl sie im Winter gerne von Skifahrern genützt wird, die sich auf die lange Abfahrt oder die weiterführenden Tourenmöglichkeiten freuen. Im Winter ist sie stärker ausgelastet, an manchen Wochenenden müssen sogar Sonderfahrten eingelegt werden. Außerdem sollte man meinen, diese Bahn sei wegen der steilsten Strecke, der gefährlichen Abgründe und der tadellosen Aussicht weit hinaus ins Land eine touristische Attraktion, doch ist das Tal oft

nebelverhangen, es regnet viel in dieser Höhe. Man sitzt auf den lackierten Holzbänken und vergißt bei gutem Wetter wegen der Rundsicht sogar, wie unbequem sie sind. Die gesamte Innenausstattung der Bahn ist ziemlich altmodisch, mit Holzverschalung, aber jetzt ist die Bahngesellschaft froh, daß nichts erneuert wurde, sondern das alte Messing tadellos gepflegt, die Lederriemen für das Herablassen der Fenster gelegentlich sauber geflickt und die abgewetzten Bänke und Armlehnen immer wieder abgeschliffen, gereinigt und neu lasiert wurden. Die Fahrgäste stehen auf Nostalgie, die Städter sind verrückt danach, fassen jeden Griff neugierig an, und oft muß der Schaffner aufpassen, daß nicht eines der alten Schilder, auf denen in kunstfertiger Fraktur *Nicht hinausbeugen* steht, heimlich von einem Liebhaber abgeschraubt wird. Es zu ersetzen wäre schwierig, da es die Herstellungsfirmen heute nicht mehr gibt.

Natürlich ist die Bahn ein Zuschußbetrieb. Trotz langer Skiwinter und schneesicherer Lage decken die Einnahmen bei weitem nicht die anfallenden Wartungs- und Personalkosten. Deshalb sind alle umliegenden Dörfer zu einem Interessenverband zusammengeschlossen; den Löwenanteil trägt das Land. Mir ist es egal, woher ich mein Geld bekomme, ob von den Gemeinden im Tal, von denen weiter aufwärts, oder von der Regierung draußen im Land, wo in der Hauptstadt auch die Eisenbahngesellschaft ihren Sitz hat.

Für mich ist morgen der Erste, ab morgen gehöre ich zum Personal der Bahn. Heute war ich noch Fahrgast wie jeder andere, aber morgen gehöre ich dazu. Ich habe gehört, daß eine Stelle frei wird, und da habe ich mich sofort erkundigt. Bei der Bahnmeisterei haben sie mir geraten, ich solle mich schriftlich bei der Gesellschaft in der Hauptstadt bewerben und meine Zeugnisse gleich einschicken. Schon nach ein paar Tagen wurde ich vom Personalbüro gebeten, Geburtsurkunde, Heiratsurkunde, ein amtsärztliches Attest sowie ein polizeiliches Führungszeugnis nachzureichen. Außerdem benötige man ein neues Paßfoto. Ich bin sofort auf die Gemeindekanzlei gegangen und habe die Unterlagen beantragt. Zur amtsärztlichen Untersuchung mußte ich in die Kreisstadt, und weil ich in der Reihe der Wartenden ziemlich weit hinten war, hat die ganze Geschichte fast einen Tag gedauert. Erst spät am Nachmittag bin ich drangekommen, als ich alle Illustrierten im Wartesaal schon zweimal gelesen hatte. Immer wieder habe ich die Mädchen in den weißen Kitteln Fläschchen oder Aktendeckel geschäftig von einem Zimmer ins andere tragen sehen, habe auf die weißen Kniestrümpfe geschaut und die weißen Holzpantoffel mit den Gummisohlen bewundert. Eine jede, die da stolz an mir vorüberging, habe ich für eine junge Ärztin oder eine Medizinalassistentin gehalten, so daß sie es merkte. Aber ich habe natürlich nur so getan, denn ich weiß genau, daß dies den Mädchen schmeichelt, und ich kenne die Zauberkraft, die von einem weißen Kittel ausgeht. Auch bei uns im Dorf tragen Lehrmädchen in der Drogerie oder Apothekenhelferinnen modisch geschnittene Kittel, manchmal sogar mit goldenen Knöpfen. Ich lasse mich jedoch davon nicht beeindrucken. Auch nicht von der Uniform, die ich morgen in Empfang nehmen werde, wenn ich meine Stelle antrete.

Endlich hat mich die Amtsärztin hereingerufen und

mir Fragen gestellt. An ihren Augen habe ich gesehen, daß sie schon ziemlich erschöpft war, und als ich sie anlächelte, ist sie sogar ein wenig verlegen geworden. Dann aber hat sie die Augenbrauen wieder zusammengezogen und über ihrem Brillenbügel eine strenge Falte gelegt. Nach der Untersuchung von Herz und Kreislauf hat sie mich einen Naturburschen genannt, und ich habe laut lachen müssen. Einen Moment schien sie das zu erschrecken. Am liebsten hätte ich sie gefragt, ob sie am Abend noch etwas vorhabe, doch dann sind mir der Ehering und der Altersunterschied aufgefallen, und ich habe mir gedacht: laß es lieber, das ist nicht deine Kragenweite. Wahrscheinlich hätte sie mir sowieso einen Korb gegeben, denn eine Amtsärztin läßt sich doch nicht mit jedem Dahergelaufenen ein, auch wenn er noch so gesund ist. Es sei denn, sie ist im Skiurlaub und er ist Skilehrer. Aber das ist etwas anderes. Was hätte ich auch den ganzen Abend mit ihr reden sollen? In meinem Leben ist bisher wenig Aufregendes gewesen, alles ist seinen Gang gegangen, als müßte es so sein und als gäbe es gar keine andere Möglichkeit. Ich bin damit immer zufrieden gewesen, denn ich mag es, wenn es ruhig und geordnet zugeht. Da behalte ich leicht die Übersicht und verstehe mich einzurichten.

Viel ist aus mir nicht geworden. Ich drückte mich vorwiegend in der Bahnhofsgegend herum, stets in der Hoffnung, einen Hinweis auf eine geeignete Stelle aufzuschnappen. Der Zufall wollte es, daß ich von einem Eisenbahner auf die freigewordene Stelle eines Streckenwärters der Thulserner Eisenbahngesellschaft aufmerksam gemacht wurde. Sofort schickte ich mein Bewerbungsschreiben ab, in dem ich selbstverständlich meine Vergangenheit offen darlegte: geboren in Thulsern, Volksschule, Gymnasium, Studium an der Eisenbahnakademie, was man da so Studium nennt, Ausbildung eben, danach Skilehrer, nichts Festes, Gelegenheitsarbeiter, dies und das, arbeitslos. Kein Faktum wurde ausgelassen, keine Tatsache unterschlagen. Streckenwärter: das gefiel mir, aber ich gab mir wegen meines Makels keinerlei Chancen, wollte jedoch wenigstens nichts unversucht gelassen haben. Zu meiner großen Überraschung antwortete die Eisenbahngesellschaft rasch und lud mich ins Personalbüro in der Zentrale zu einem Vorstellungsgespräch. Also fuhr ich noch einmal in die Landeshauptstadt, um die Stelle eines Streckenwärters der Thulserner Eisenbahngesellschaft zu bekommen. Ich trug mein bestes Hemd, eine unauffällige Krawatte sowie meine Pfeffer-und-Salz-Kombination mit dem englisch geschnittenen Jackett. Noch einmal eine lange Zugfahrt, wie so oft zum Studium an der Akademie, nach einem zu Hause verbrachten Wochenende, die Blicke aus dem Fenster, die berauschenden Zukunftsvisionen. Streckenwärter. Welche Verlockung, welche Möglichkeiten! Wie gering erschienen plötzlich Karriere und Ruhm. Streckenwärter! Das war es, das sollte es sein. Nicht die Strecken abzufahren oder darüber Vorlesungen zu halten, sondern sie abzugehen und sie zu warten: darauf kam es an. Streckenwärter, das schien das einzig sinnvolle und gerechte Ziel all meiner Fahrten. Ich mußte die Stelle haben und war zu allem bereit. Schon sah ich mich mit dem Langhammer von Schwelle zu Schwelle gehen, Laschen nachziehen und Weichen schmieren, schon ordneten sich meine Gedanken im vertrackten Rhythmus von Schwelle zu Schwelle.

Das Taxi hat vor einem Hochhaus mit bläulich schimmernden Fenstern ohne Fensterläden in einer metallen glänzenden Fassade gehalten. Ich habe den Fahrer bezahlt, an dem Hochhaus hinaufgeschaut, bis ich wieder den Himmel entdeckte, und an New York gedacht, das ich aus dem Fernsehen kenne. Die Fenster erinnerten mich an die Sonnenbrillen von Skilehrern, hinter denen man die Augen nicht sieht, weil die Gläser eigenartig spiegeln. Mir ist aufgefallen, daß die Fenster innen keine Vorhänge hatten, und ich nahm mir vor, darauf zu achten, sobald ich eines der Büros betreten hatte.

Hinter einer riesigen Glastür, die auf Knopfdruck auf und zu ging, saß in einer Glaskuppel ein Pförtner mit einer blauen Schirmmütze, neben ihm bedienten Mädchen mit ernsten Gesichtern eine riesige Telefonanlage mit tausend Knöpfen und zuckenden oder beharrlich leuchtenden Lämpchen.

Der Pförtner hat mich höflich, aber bestimmt gefragt, wie er mir helfen könne und zu wem ich wolle. Noch ehe ich etwas sagen konnte, hatte er mir schon das Einladungsschreiben, welches ich in der rechten Hand trug, aus den Fingern genommen, auseinandergefaltet, blitzschnell überflogen und, noch ehe ich meinen Koffer mit der Linken richtig abgesetzt hatte, mit fester Stimme gesagt:

Personalbüro, elfter Stock, Zimmer 1123, Vorzimmer Frau Prinzenberg.

Mit geübter Handbewegung wies er mir den Fahrstuhl an, mit einer anderen Bewegung veranlaßte er eines der Mädchen, mich bei Frau Prinzenberg anzumelden.

Wie das Schreiben wieder in meine rechte Hand zurückgekommen ist, weiß ich nicht.

Auf dem Weg zum Fahrstuhl habe ich mir die Nummer vorgesagt: elfter Stock, Zimmer 1123.
Mit einem kleinen Gongschlag öffnete sich die Fahrstuhltür automatisch, und ich stand in einem ringsum mit beigem Samt bespannten geräumigen Fahrstuhl. An einer Wand war ein Spiegel, an der anderen eine schmale Sitzbank.
Ich drückte eine sofort aufleuchtende Taste, und die Zahl elf blinkte während einer schnellen, stufenlos beschleunigenden und wieder abbremsenden Fahrt.
Plötzlich stand ich in einem langen Korridor, an dessen Decke gelbe und rote Rohre, möglicherweise für die Entlüftung, entlangliefen. Die Rohre dienten als farbiges Orientierungssystem, waren immer wieder von Pfeilen, Symbolen und Zahlen unterbrochen, zeigten Fluchtwege, Feuerlöschgeräte, Toiletten und Zimmernummern an.
Ein wenig erinnerten mich die über den gleichfalls gelb oder rot gestrichenen Türen angebrachten Leuchtaugen an das Krankenhaus in der Kreisstadt, wo man solche Signale verwendete, um eine Krankenschwester zu einem Patienten zu rufen.
Der Teppichboden auf dem Flur schluckte jedwedes Geräusch; auch aus den Zimmern drang kein Schreibmaschinenklappern, nur ab und zu war ein leises Summen zu hören, wenn eines der Lämpchen aufleuchtete. In unregelmäßigen Abständen standen vor manchen Zimmertüren Bänke, gelegentlich auch eine gelbrote Sitzgruppe mit niedrigen Tischchen, auf denen Hochglanzzeitschriften lagen, welche zu den glasgerahmten Siebdrucken mit Motiven aus Technik und Industrie paßten. Schließlich befand ich mich bei der Eisenbahngesellschaft.

Morgen trete ich meinen Dienst an, heute stehe ich noch oben auf der Bergstation und sehe hinaus ins Land, hinunter ins Tal, aus dem ich stamme. Die Luft ist so klar und die Sicht so gut, daß ich glaube, jedes einzelne Haus weit drunten erkennen zu können, sogar, welche Farbe der Dachziegel zu welchem Anwesen gehört. Ich genieße die frische Luft und den scharfen Wind. Er macht mir nichts aus, ich habe den Kragen meiner wattierten Jacke hochgestellt; durch sie pfeift kein Windchen und sie ist federleicht. Die Helligkeit der Bläue in solcher Höhe überrascht mich. Mir fallen dabei die Atmosphäre des Flures im elften Stock des Verwaltungsgebäudes der Zahnradbahngesellschaft ein sowie die künstliche Beleuchtung, welche in die Decke eingelassen oder hinter Verblendungen versteckt war. Jetzt, wo wieder ein frischer Zug mein Gesicht streift, denke ich an die Hitze, die von der Beleuchtung in diesem breiten schallschluckenden Flur ausging.
Da es keine andere Möglichkeit gab, als den Markierungen auf den Röhren sowie den hilflos wirkenden Stolpermännchen auf den Hinweistafeln zu folgen, vertraute ich mich diesem Leitsystem an und ging in Richtung Zimmer 1123. Wie würde diese Frau Prinzenberg aussehen? Würde sie freundlich sein oder wegen meiner ländlichen Herkunft ein Lächeln aufsetzen, wie es sich auch der Portier in seiner Flugzeugkanzel nicht hatte verkneifen können? Mit meinem Köfferchen in der Hand, in dem nun, nachdem ich mich in der Toilette der Bahnhofswirtschaft umgezogen hatte, meine Reisekleidung verstaut war, marschierte ich nach 1123.
Noch einmal fuhr ich mir durchs Haar und prüfte, ob

der Krawattenknopf auch einigermaßen in der Mitte des Hemdkragens saß, zugleich darauf achtend, ihn dabei nicht zu sehr zu verschieben. Das Vorzimmer von Frau Prinzenberg hatte ich bald erreicht; über der Tür flimmerte die Anzeige *Bitte warten*.
Also setzte ich mich auf die Wartebank neben der Tür und wollte schon nach einer der ausliegenden Zeitschriften greifen, als mit einem kleinen Gongschlag das Schildchen seine Leuchtschrift wechselte: *Bitte eintreten*.
Wie ich es gelernt hatte, klopfte ich an, verzögerte das Eintreten und öffnete, wegen der elektronischen Anzeige gar nicht erst auf eine menschliche Stimme von drinnen wartend, die schwere, innen gepolsterte Doppeltür.
Frau Prinzenberg, eine etwas füllige Dame zwischen vierzig und fünfzig, wie ich schätzte, mit schwarz gefärbtem, aufwendig frisiertem Haar und flanellgrauem Jackenkleid, über dem eine Perlenkette hing, kam mir hinter ihrem blumengeschmückten, mit wenig Akten belegten Kunststoffschreibtisch entgegen und lächelte, wie ich es vermutet hatte.
Die Fenster hatten statt der Vorhänge lange lamellenartige Jalousien, die von oben nach unten sowie von links nach rechts verstellbar waren. Das kannte ich ebenfalls aus dem Fernsehen.
Die Vorzimmerdame nahm mir mein Köfferchen ab, erkundigte sich, ob ich eine angenehme Reise gehabt hätte, wies mir einen Sitzplatz in gebührender Entfernung von ihrem Arbeitsbereich an, deutete auf Journale neben Blumenstöcken und hieß mich mit gleichbleibend unverbindlicher Freundlichkeit warten.
Folgsam nahm ich Platz, spielte ländliche Bescheiden-

heit, gepaart mit Staunen und Bewunderung und sog den Duft ihres Kölnisch ein, der mich an Kurgastdamen in den Hotels meines Heimatdorfes erinnerte.
Nach einiger Zeit des Schweigens und Blätterns in langweiligen, reklamebunten Zeitschriften, nachdem alle Siebdrucke mit Zahnradmotiven sowie mit alten Zahnradbahnen mit den Augen abgegriffen, alle Blattstöcke sowie die bunten Plastikordner einschließlich des kostbar wirkenden restlichen Schreib- und Büromaterials registriert waren, verlor Frau Prinzenberg in die ihr zu lang gewordene Stille eine Bemerkung über die Witterung.
Höflich pflichtete ich ihr bei, nicht ohne ihre Aussage durch Aufgreifen einiger von ihr herausgehobener Begriffe noch einmal umzudrehen und damit zu verlängern.
Dabei konnte ich gar nicht anders, als auf ihren Busen zu sehen, ließ aber den Blick rasch weiterwandern und ihn nach einer Schleife noch einmal jackenkleidaufwärts auf den Kragen der Bluse zurückkommen. Frau Prinzenberg lächelte und strengte sich an, geschäftig zu wirken, indem sie mehrmals ein und denselben Aktendeckel von der linken auf die rechte Schreibtischseite und wieder zurück schob. Sie ordnete ihre Stifte, legte den Aktendeckel, vermutlich den mit meinen Unterlagen, genau auf die Kante des Schreibtisches, drehte sich auf ihrem breiten Stuhl und wandte sich ihrer Schreibmaschine zu.
Ich glaube, das Knistern von Seidenstrümpfen zu hören. Welches feine Geräusch es auch immer gewesen sein mochte: mir wurde in diesem Augenblick klar, daß ich die Stelle bereits in der Tasche hatte. Beweis dafür gab es keinen. Aber ich hatte das so im

Gefühl. Es war dieses Knistern. Der neue Streckenwärter der Thulserner Bahn würde ich sein. Darüber konnte es keinen Zweifel mehr geben.

Würde ich jetzt noch aufsteigen, käme ich zum Fernsteinsee, aber ich habe heute dazu keine Lust, lieber schaue ich auf die kleinen Ortschaften und Dörfer, die sich links und rechts der Strecke über das Tal und den Berg verteilen. Die Amtsräume der Bergstation sind am Sonntag natürlich verschlossen; ich will dem Reiz widerstehen, durch die Scheiben einen Blick ins Innere zu werfen; von morgen an werde ich dazu noch oft genug Gelegenheit haben, und ich werde nicht nur draußen stehen, sondern mich drinnen aufwärmen, mit den Eisenbahnern reden, politisieren, über Gott und die Welt und den verregneten Sommer und vor allem über die Strecke schwatzen.

Vielleicht würde ich auch einmal über die Strecke hinausgehen, um den Fernsteinsee, der noch weiter oben liegt, zu besuchen, in seine grüne Tiefe zu starren und mir dabei wundersame Bilder und Geschichten auszudenken, wie ich es als Kind getan hatte, als mich mein Vetter manchmal hier herauf mitnahm. Einmal sind wir mit der Schule an einem Wandertag mit Oberlehrer Ellgaß zum Fernsteinsee gegangen, es hat in Strömen gegossen, und außer einem mit dickem Nebel verhangenen, merkwürdig ruhigen Gewässer war nicht viel zu sehen gewesen. Aus lauter Ärger über das schlechte Wetter hatte einer den Fußball, den er mit heraufgetragen hatte, einfach in den Nebel geschossen. An seinem wie durch Watte klingenden Auftreffen auf dem Wasser konnten wir hören, daß der Ball wie ein Klumpen im See versank, obwohl er doch eigentlich hätte schwimmen müssen.

Frau Prinzenberg war wieder aufgestanden, hatte aus einem weißen Regal einen rotgelben Plastikordner geholt und suchend in ihm geblättert, als die Sprechanlage auf ihrem Schreibtisch zuerst zu blinken und dann zu schnurren begann. Mit schnellen Schritten eilte sie auf ihren hohen Absätzen zum Schreibtisch, ich konnte ihre gespannten Wadenmuskeln verfolgen, war aber in Gedanken bereits durch die Seitentüre in das weiträumige Büro ihres Chefs gegangen.
Meinen Auftritt habe ich genau kalkuliert und alle Mittel eines aus einem Dorf stammenden, halbwegs intelligenten jungen Mannes, welcher sich bei der Eisenbahngesellschaft um die Stelle eines Streckenwärters bewirbt, schamlos ausgenützt und wirkungsvoll eingesetzt.
Da man wegen der ländlichen Herkunft meistens für langsamer als die Großstädter gehalten wird, kann man ruhig abwarten, bis diese schon die Hälfte ihres Pulvers verschossen haben, ehe man selbst den ersten Treffer plaziert. Mir kommt vor, die Großstädter seien zu hastig, sprächen zu schnell, zu viel und gäben damit etliches von sich preis, wodurch Schwächen leicht aufzudecken sind. Wer aus Thulsern kommt, ist auf Maß und Ziel im Denken und im Gehen angewiesen, er lernt es von Kind auf, denn er wird früh die Erfahrung machen, daß bergauf vieles Reden und schnelles Gehen bald zur Erschöpfung führen. Außerdem ist es jeder Thulserner gewohnt, von Städtern ausgefragt zu werden. Da er sich auch wegen der rasch wechselnden Witterung schnell umstellen können muß, beherrscht er die Anpassung an höhere Gewalten seit Generationen. Die Alten, so stelle ich mir das vor, mußten zuerst die Winter besiegen und

die Steine aus den Wiesen tragen, ehe sie ihr Vieh darauf weiden lassen konnten, sie mußten sich vor Lawinen und Muren schützen, den Wildbächen durch regulierende Rinnen Einhalt gebieten und ihre Wege trittfest anlegen. Also wird man als Thulserner rasch eingesehen haben, daß man, ehe vorschnelle Entschlüsse gefällt werden, ehe übermütig oder überhastet gehandelt wird, zuerst seinen Kopf gebrauchen muß. Blitzschnelles Erkennen der Lage und der Situation angemessenes Handeln gehen freilich als Eigenschaften der Gebirgsbewohner allmählich wieder verloren, weil diese das Leben und Denken der Städter mehr und mehr nachahmen und in demselben Tempo, in dem sie ihre Felder an Zahnärzte oder Fabrikanten aus der Ebene draußen verkaufen, auch Übersicht, Wissen und Können ihrer Alten verlernen und vergessen.
Die Fragen des Personalchefs haben mich nicht überrascht, schon gar nicht eingeschüchtert.
Als er wissen wollte, ob ich mir die Arbeit eines Streckengängers zutraute, habe ich gelächelt. Da er mich gesund wollte, war ich kerngesund, da er mich listig wünschte, habe ich ihn mit der List besiegt, viel mehr zu wissen als er. Er war ein bebrilltes blasses Männlein, das in seinem Anzug hing und für einen Personalchef zu wenig Selbstbewußtsein zeigte. Wahrscheinlich, so vermutete ich nach zwei, drei Sätzen, hatte er noch einen mächtigeren Vorgesetzten über sich. Vielleicht litt er auch darunter, daß ihm die Gesellschaft eine so unerhebliche Entscheidung wie die Einstellung eines neuen Streckenwärters für die schon lange nicht mehr rentable Thulserner Bahn zugeschoben hatte, ohne ihn zu fragen. Vielleicht war

er darüber in Trauer verfallen und hatte sich einst bei Antritt seines Amtes erträumt, gewichtigere Entscheidungen zu fällen.
Er machte auf mich den Eindruck eines verzagten Melancholikers, dessen Leben längst entschieden war, was er genau zu wissen schien.
Darüber hinaus wirkte er für eine Vorzimmerdame wie Frau Prinzenberg viel zu schwach.
Aber jener Schwermütige hinter seinem ausladenden Schreibtisch, in seinem schwarzledernen drehbaren Ohrensessel, der mich anhand einer für solche Zwecke erstellten, in Wirklichkeit aber dafür ungeeigneten Liste ausfragte, der meine Reaktionen auch auf vermeintliche Fallen, die jedes Kind sofort entdecken konnte, testen wollte, der mich Bäumchen zeichnen hieß, ohne zu wissen, daß sich die Fragwürdigkeit solcher Kindereien längst bis ins Gebirge durchgesprochen hatte, jener dünne Mann mit den großen Augen, über denen schwere Lider hingen und unter denen dicke Tränensäcke quollen: er rührte mich.
Ich beantwortete seine Fragen so, daß er auch einige Fehler verzeichnen konnte, denn sonst wäre ich ihm unheimlich geworden. Vor mißtrauischen Melancholikern hüte ich mich, ich kenne sie zu genau.
Zwischendurch stellte ich mir vor, wie der Personalchef zur Erholung Gast im Gebirge ist, wie er in der Fallmühle seine Nerven abkühlt, sich von der Höhenluft verwöhnen läßt und jubilierend über unsere saftigen Wiesen steigt, im Morgennebel an einem Moorbach steht oder im Winter, an einem kalten Vormittag, über beinhart gefrorene Felder auf eine rauhreifüberzuckerte Birkenallee zugeht, als gelte es, seine gescheiterte Laufbahn im Personalbüro einer

Bahngesellschaft mit Sitz in der Hauptstadt des Landes mit jedem Schritt weiter hinter sich und Frau Prinzenberg mit Kette, Jackenkleid, Pumps und Seidenstrümpfen weit weg am Horizont kleiner und kleiner werden zu lassen, bis sie nur noch ein Punkt wäre und dann ganz verschwände. Als er mir sagte, ich hätte auf ihn einen tüchtigen Eindruck gemacht, ich sei für die Stelle geeignet und als Persönlichkeit erstaunlich gereift, er werde mich in die engere Wahl ziehen, könne aber jetzt noch nichts Definitives sagen, ich würde bald von der Gesellschaft hören und als er mir eine angenehme Heimreise wünschte, lächelte ich verbindlich und leer, verneigte mich dankend und leicht, doch nicht zu gewandt, damit ein Rest Klobigkeit blieb, auf den ein Pesonalchef mit einem Thulserner vor sich Anspruch zu haben scheint.

Da sah ich ihn schon, wie er verzweifelt auf einem Schneefeld ausglitt, ein Schneebrett auslöste, ich hörte den Schrei von Frau Prinzenberg und nahm gerade noch seine fuchtelnden, zusehends jedoch matter werdenden Hände unter der Staublawine wahr. Die Bergwacht würde ausrücken und einen fremden Flachländer mit schwarzen Halbschuhen bergen, einen Mann mit einem erstaunten oder tränenlos verhärmten Gesichtsausdruck in den Rettungsschlitten betten, nicht wissend, wen sie da mit einer über sein verschürftes Gesicht gezogenen Decke zu Tal transportierte. Drunten im Tal würde eine vollschlanke Dame aus der Großstadt mit gepflegten fleischigen Fingern und blutrot lackierten Nägeln die Aufgabe übernehmen, das Gesicht wieder freizulegen und den Verunglückten als den Personalchef der Eisenbahngesellschaft identifizieren, eine untere Charge jedoch im Vergleich zu jenen, welche in der Todesanzeige im hiesigen Blättchen mit gesetzten Worten namens der Gesellschaft um einen unvergeßlichen, dem Unternehmen in langen Dienstjahren treu verbundenen Mitarbeiter trauerten. Frau Prinzenberg betreute eine angemessene Zeit ein vakant gewordenes Chefzimmer, bis sie in den zwölften Stock auf die Planstelle von Zimmer 1223 berufen würde, wo sie eine Schreibkraft unter sich haben und mit Delegierungsaufgaben betraut werden würde.

Am Nachmittag bin ich durch die Hauptstadt geschlendert, habe mir die Auslagen der großen Kaufhäuser angesehen, in der Cafeteria eines solchen Kaufhochhauses »Goldbarsch paniert« gegessen, mir dafür auch eine Quittung geben lassen; ich bin anschließend an den Ständen sowie am Teppichlager vorbei in die Sportabteilung gegangen, wo ich mir einen Anorak, feste Winterstiefel mit Lukleinsohle, eine abgesteppte Lifthose für das Skifahren sowie einige baumwollene Unterhosen und Socken kaufte. Danach bin ich ins Kino gegangen. *Der Graf von Monte Christo*. Mit Jean Marais.

Jetzt stehe ich oben an der Bergstation und will, heute noch außer Dienst, die Strecke einmal in umgekehrter Richtung, sozusagen auf Probe, hinab ins Tal abgehen.

Es interessiert mich, wie lange ich brauche, obwohl die Dauer des Weges bergab nie mit der Zeit für den Aufstieg verglichen werden kann. Aber ehe ich vom Vorstand der Talstation eingewiesen werde, will ich mir ein eigenes Bild von den Schwierigkeiten der Strecke machen, will sehen, worauf ich besonders zu achten habe, wo Unterstandsmöglichkeiten sind, welche Handgriffe an gefährdeten Stellen notwendig sein werden. Wahrscheinlich wird mir der Vorstand der Talstation eine Liste in die Hand drücken, auf der alle wesentlichen Punkte zusammengefaßt sind, doch kann es nicht schaden, sage ich mir, wenn ich dann sofort weiß, was gemeint sein könnte. Einen gewissen Vorsprung an Wissen und Kenntnis habe ich gern, außerdem stehe ich dann gut da, wenn ich auf eine Anspielung sofort mit Sachkenntnis und Genauigkeit antworten kann. Bisher ist mir die Strecke der Bahn nicht außergewöhnlich vorgekommen, aber je mehr ich mich mit ihr auseinandersetze, desto öfter fällt mir auf, daß es nicht nur die Steilheit ist, die der Strecke ihr sonderbares Gepräge gibt. Mir kommt es vor, als läge das auch an den Dörfern und Gemeinden, die an der Bahn finanziell beteiligt sind. Was es genau mit dieser besonderen Spielart eines genossenschaftlich organisierten Bahnbetriebes auf sich hat, werde ich auch noch herausbringen. Zu viele Fragen soll man am Anfang nicht stellen; also werde ich mir damit Zeit lassen. Überhaupt wird es jetzt darauf ankommen, einen neuen Umgang mit der Zeit einzuüben, denn es ist für einen Streckengänger nicht so bedeutend, in welcher Zeit er seine Strecke abgeht. Wer zu schnell ist, übersieht vielleicht Entscheidendes, wer trödelt, ist mit dem Kopf leicht in den Wolken. Bergauf ist ein von Anfang an – noch in der Ebene – eingehaltenes Gleichmaß der Schrittfolge wichtig, wobei die Beschaffenheit des Schuhwerks durchaus eine Rolle spielt. Läßt sich der Fuß leicht über die Ferse abrollen und greift die Sohle dennoch auf felsigem, schottergespicktem oder weichem sandigem Untergrund, so muß man beim Gehen stets darauf achten, daß man nicht zu schnell ermüdet.

Ehe ich an der Strecke entlang hinuntergehe, will ich noch einen Blick durch das Fernrohr werfen. Ich speise den Münzautomaten mit Kleingeld, reguliere am Okular die Schärfe und taste das Panorama, den gesamten Radius nützend, langsam wie ein Kameramann in behutsamem Schwenk ab.

Capri

Gutes Flugwetter, denke ich, gehe ums Haus herum, quer durch den Garten, am Salatbeet vorbei, an den Tomaten und dem Holzapfelbäumchen. Hinter der Laube steht der Schuppen. Ich öffne den Verschlag des Stalles, greife nach Melkschemel und Melkschüssel, schnalle den Schemel um. Die Geiß dreht den Kopf, als erwartete sie mich schon. Sie blickt klug und freundschaftlich, während ich ihr um den Bart gehe und anerkennend auf ihren Leib klopfe. Sie braucht das Tätscheln, dann läßt sie sich besser melken. Und die Geiß hört den Streckenwärter, wie er zu reden anhebt, und sie hat dabei ein Geschau, als verstünde sie jedes Wort. Aber der Wolf, sagt der Streckenwärter bedächtig, aber der Wolf fand sie alle und machte nicht langes Federlesen. Das Ohr am Bauch der Ziege, höre ich, wie ihr die Milch einschießt. Meine Hände greifen nach dem Euter, massieren es und entziehen ihm die Milch. Strahl um Strahl spritzt mit einem kräftigen Klang gegen den Innenrand des Kübels zwischen meinen Beinen, und ich drücke meine Stirn fest gegen das Fell der Ziege. Und machte nicht langes Federlesen. Aber er fand sie alle. Jetzt hat er auch mich gefunden, sage ich zu der Geiß. Eins nach dem andern schluckte er in seinen Rachen, erzähle ich. Nur das Jüngste im Uhrenkasten, das fand er nicht. Ich sag dir, sie waren gewarnt, hört die Ziege. Sie waren gewarnt: die rauhe Stimme verrate ihn ebenso wie seine schwarzen Füße. Aber er fand sie. Und gewarnt war ich auch. Seit Jahren mußte ich mit einer solchen Nachricht rechnen. Und wenn ich ehrlich bin, so steh doch still, dann habe ich mich immer wieder gewundert, daß sie nicht längst damit gekommen sind. Daß er nicht längst gekommen ist, mit seiner rauhen Stimme gedroht und mit seinen schwarzen Pfoten an der Tür gekratzt hat. Macht auf, hatte er geflötet, hätte er auch bei mir geflötet, ich habe jedem von euch etwas mitgebracht. Etwas mitgebracht. Heute ist der Brief gekommen. Noch ehe ich den Umschlag geöffnet hatte, kannte ich schon den Inhalt, war mir schon bekannt, was mich erwartete. Sie aber riefen: Wir machen nicht auf. Wir erkennen dich an deiner rauhen Stimme und an den schwarzen Pfoten, die wir durchs Fenster gesehen haben. Doch er gab nicht auf, sag ich dir, mitten ins Geschau sag ich es dir. Er versuchte es noch einmal. Um seine Stimme fein zu machen, fraß er Kreide, die er sich beim Krämer besorgt hatte. Mein Wolf brauchte nicht einmal seine Stimme zu verstellen. Er brauchte auch keinen Bäcker anzulügen, damit er ihm seine Pfote mit Teig bestreiche, noch einem Müller zu drohen, auf daß er seine Pfoten mit weißem Mehl bestäube. Ein Wolf bleibt ein Wolf, auch mit weißen Pfoten. Der meine hat einfach einen Brief diktiert und machte nicht langes Federlesen. Jetzt wird auch meine Strecke stillgelegt. Eins nach dem andern schluckte er in seinen Rachen. Nur das Jüngste in dem Uhrenkasten, das fand er nicht. Hörst du, mit deinem klassischen Namen und deinem Philosophengeschau: das Jüngste im Uhrenkasten, das fand er nicht. Ein Uhrenkasten muß her. Ein Uhrenkasten. Die Zeit muß mir helfen, die Zeit wird auf meiner Seite sein. Seit Jahr und Tag versorge und bewache ich diese Strecke. Und jetzt schreiben sie mir, daß die Strecke aufgelassen werden soll. Ich werde dir vorlesen, was er mit weißer Samtpfote diktiert hat. Hier in meiner Westentasche habe ich den Brief, und wenn ich dich gemolken habe, werde ich ihn dir Wort für Wort vorlesen, dann werde ich dir Wort für Wort herbeten, was die hohen Herren von der Thulserner Eisenbahngesellschaft beschlossen haben, was sie sich ausgedacht haben, die Herren, die eine Strecke um die andere stillegen. Eins nach dem andern schluckte er in seinen Rachen. Und jetzt sind sie auf mich gestoßen. Da ist doch noch einer, werden sie gesagt haben. Da ist doch noch diese eine Strecke, diese steile Strecke, diese unrentable, vor sich hin verrottende Strecke, die nichts mehr bringt, werden sie gesagt haben. Denn er fand sie alle und machte nicht langes Federlesen. Aber das Jüngste in dem Uhrenkasten, das fand er nicht. Im Uhrenkasten! Und wenn ich ihn selbst zimmern muß. Macht auf, hatte er geflötet. Ich habe jedem von euch etwas mitgebracht. Ein Geschenk. Die Pensionierung. Die Strecke auflassen, die Schienen zum alten Eisen werfen und mich gleich mit dazu. Wir erkennen dich an der rauhen Stimme, da kannst du noch so viel Kreide fressen und noch so viel Mehl über deine Klauen streuen. Denn wenn ich erst den Uhrenkasten gefunden habe, dann werde ich mit meiner Geiß auch noch den Rest schaffen. Das haben die hohen Herren von der Eisenbahngesellschaft nämlich übersehen. Bleib ruhig und liefere deine Milch ab, und ich werde dir weiter sagen, was zu tun ist. Sie haben die Rechnung ohne den Streckenwärter gemacht, sag ich dir. Und als er an den Brunnen kam und sich über das

Wasser bückte und trinken wollte, da zogen ihn die schweren Steine hinein, und er mußte jämmerlich ersaufen. So steht es geschrieben. Einen Revisor wollen sie schicken. Zur letzten Inspektion. Ich solle ihn führen. Mit der letzten Inspektion vollende sich mein Dienst bei der Thulserner Eisenbahn. Die Herren warteten droben an der Fallmühle, an der Endstation, um mir meine Entlassungspapiere auszuhändigen. Eine letzte Inspektion jedoch müsse noch sein: der Herr Revisor habe die Aufgabe, die Strecke persönlich in Augenschein zu nehmen. Den Wanst werde ich dem Ungetüm aufschlitzen, Wackersteine werde ich suchen und dem Ungeheuer den Bauch damit füllen, solange es noch im Schlafe liegt. Persönlich in Augenschein nehmen. Und machte nicht langes Federlesen. Ich solle ihn führen. Zur Tränke werde ich ihn führen. Droben an der Endstation, an der Fallmühle, gleich hinter dem letzten Prellbock. Und er wird an den Brunnen kommen und sich über das Wasser bücken und trinken wollen. Vom langen Inspektionsgang wird er durstig sein. Eine letzte Revision, die aber nichts mehr an der Stillegung und Auflassung meiner Strecke ändern werde. Nichts mehr, denn die Auflassung sei beschlossene Sache, sagte die Kreidestimme, schrieb die weiße Pfote. Der Uhrenkasten und die Wackersteine: und dann werden wir um den Brunnen hinter der Fallmühle herumtanzen und singen. Der Wolf ist tot, der Wolf ist tot, werden wir singen, und die Herren in der Fallmühle, in der Endstation werden vergeblich darauf warten, mir die Entlassungspapiere aushändigen zu können. Vergeblich, weil sie nicht an den Uhrenkasten gedacht haben und nicht an die Wackersteine. Weil sie geglaubt haben, es reiche, wenn er nur genü-

gend Kreide fräße und der Müller nur ja recht dick weißes Mehl auf die schwarzen Klauen streute.
Ich verlasse mit dem Milchkübelchen den Ziegenstall und gehe auf das Haus zu, in dem ich verschwinde. Rasch kehre ich zurück, diesmal mit einem Briefumschlag in den Händen. Eiligen Schrittes gehe ich, der alte Mann, auf den Holzverschlag zu.
Den Melkschemel binde ich mir nicht mehr um, den Brief kann ich dir auch so vorlesen. Also hör gut zu, gemolken fällt dir Aufmerksamkeit noch immer am leichtesten. Ich werde anschließend noch einmal ausmisten und frische Streu auflegen. Sehr geehrter Herr. Das ist schon recht kreidig. Darüber die Zeilen: Ihr Schreiben vom. Dahinter: Leere. Daneben: Unser Zeichen: Prinzenberg AZ 3 Strich 22 333 Strich 4. Datum: 18. September. Mit weißer Pfote: im Rahmen des Auflassungsverfahrens der Strecke Thulsern–Fallmühle, die mit Beschluß vom 18. 9. d. J. stillgelegt wird, ergeht an Sie auf Grund Paragraph, Absatz, Zeile, Betriebsverf.Ges.Bl. vom soundsovielten, Seite, fortfolgende, nachstehende Mitteilung. Und dann schreiben sie, daß ein Revisor meine Strecke inspizieren werde, und daß ich ihn zu führen und seinen Anweisungen Folge zu leisten habe. Und daß vorgesehen sei, nach der Inspektion, in der Fallmühle, im Rahmen, warum immer im Rahmen, einer kleinen Feier mir meine Entlassungspapiere zu überreichen. Und daß ich aufgrund Paragraph soundso Betriebsverfassungsgesetz zur Auflassung der Strecke eine Stellungnahme abgeben könne, diese aber keinerlei aufschiebende Wirkung weder hinsichtlich der Stillegung der Strecke noch meiner Pensionierung habe. Obwohl die Pensionierung vorzeitig sei, werde man

mir die volle Pension ausbezahlen. In Anbetracht meiner langjährigen und verdienstvollen Tätigkeit. Und hat jedem von euch etwas mitgebracht. Gezeichnet. Hüte dich vor den Gezeichneten. Vom Revisor? Oder vom Direktor der Eisenbahngesellschaft? Oder vom Vorsitzenden des Auflassungsausschusses? Mir meine Entlassungspapiere zu überreichen. Die Strecke wegen Unrentabilität stillzulegen. Fand sie alle und machte nicht langes Federlesen. Uhrenkasten und Wackersteine. Wenn die erst zusammen sind, dann wird der Drache besiegt. Die Eisenbahngesellschaft will uns loshaben. Sie will uns stillegen. Das Gleis und den Bahndamm und die Geiß und mich. Zuletzt werden wir aus dem Häuschen vertrieben. Hier weg, weg? Du weißt, ich kann es nirgends aushalten als da herum, in der Gegend. Wenn ich nicht manchmal auf einen Berg und die Gegend sehen könnte und dann wieder herunter ins Haus, durch den Garten gehn und zum Fenster hinaussehn – ich würde toll! Das hat schon der Verirrte damals dem Pater Fichter gesagt. Laßt mich doch in Ruhe, hat er gesagt. Und: Weg, weg? Ich verstehe das nicht, hat er zu dem Pater gesagt, mit den zwei Worten ist die Welt verhunzt. Und was macht die Eisenbahngesellschaft, was soll werden, wenn die Strecke aufgelassen wird? Kannst du mir sagen, was werden soll, du mit deinem Philosophengeschau und deinem heroischen Namen, als hätte dich der liebe Gott persönlich getauft? Ich vertraue auf dich, ich rechne mit dir, du mußt mir helfen, ich habe sonst niemand, und wir kennen uns nun schon über Jahre. All die Jahre. Schließlich bist du doch eine von den Schlauen, du giltst als listig, und deshalb baue ich auf dich und deinen Rat: Uhrenkasten und Wackersteine.

Wenn alles gelingt, dann bist du wie die alte Geiß. Eine von den guten Ziegen. Ein wahrhaft edles Tier, das man nicht anpflocken muß, das keiner Schelle um den Hals bedarf, dessen Fell sorgfältig gebürstet wird, Tag für Tag, und dessen Stall peinlich sauber gehalten ist, so daß man jederzeit einen Revisor hereinführen könnte: wie in eine gute Stube.
Bitte sehr, Herr Revisor: wer ein gesundes und leistungsfähiges Tier will, der muß auch für einen einwandfreien Stall sorgen. Die Herren von der Eisenbahngesellschaft sollten sich das überlegen, wenn sie den Streckenwärtern ihre Häuschen zuweisen. Der Stall soll hell und trocken, vor allem aber lüftbar sein, ohne daß es dabei zu einem Zug kommt. Dunkle, feuchte und muffige Ställe sind gut für Krankheitserreger, nicht aber für eigensinnige Geißen. Die lichte Höhe eines Ziegenstalles sollte wenigstens an die zwei Meter zwanzig gehen, Herr Revisor, und eine Box muß wenigstens zweikommafünf Quadrat aufweisen, wenigstens. Ein Meter Breite ist gerade knapp genug. Hinter der Ziege sollte ein Gang von wiederum wenigstens einem Meter freibleiben. Fliegen müssen unentwegt bekämpft werden, die Außentüren müssen dicht schließen; eine Querteilung ist empfehlenswert, um im Sommer den oberen Teil öffnen zu können. Während der warmen Jahreszeit sollte es im Stall nicht mehr als fünfundzwanzig Grad haben, im Winter nicht weniger als acht Grad. Die Fensterfläche sollte mindestens ein Fünfzehntel der Stallgrundfläche betragen. Außerdem sind die Fenster möglichst hoch einzubauen, damit das Licht tief einfallen kann und eine starke Abkühlung in der unteren Stallhälfte vermieden wird. Zweckmäßigerweise werden die Fenster mit nach in-

nen schlagenden Kippflügeln versehen, Herr Revisor. Für den Boden empfehle ich Ihnen über dem Unterbeton sowie der geglätteten Feinschicht eine dreifache Isolierung mit Papplagen, darauf wiederum feingesiebten Beton und zum Schluß den eigentlichen Fußboden: natürlich aus Ziegelsteinen. Die Stalldecke mit Balken, Streckboden und Lehmeinstrichen sowie Stroheinlagen, die Entlüftung mittels Schloten, welche bis zum Stallfußboden reichen. Falsch ist der Einbau von Drainagerohren in die Außenwände, weil die eintretende Luft als Zugluft einströmt. Geißen erkälten sich leicht. Sie sind eben empfindlich. Wie auch ihre Halter, Herr Revisor, zu denen die Tiere in engen Kontakt treten. Das sollten Sie berücksichtigen. Im Winter müßten Sie die Rohre verstopfen. Welchen Sinn hätten sie also? Die Krippe sollte aus glasierter Tonschale bestehen, etwa einen halben Meter über dem Boden. Gleich über der Krippe müssen Sie eine Heuraufe anbringen – aber ja nicht zu hoch, sonst können Sie gleich eine Geiß mit Senkrücken kaufen. Beachten Sie ferner, daß die Ziege stets genügend frisches Wasser zum Saufen hat, wobei sich am besten überschlagenes Wasser eignet, nicht aber brunnenkaltes. Daß Grünfutter nur auf Holzrost zu lagern ist, werden Sie ja wohl wissen, Herr Revisor. Am meisten müssen Sie die Tollwut fürchten: Ihre Geiß zeigt starke Unruhe, wird kampflustig und geil, sie verschmäht das gewohnte Futter, frißt die sonderbarsten Gegenstände, scheut das Wasser, magert ab, kann nicht mehr schlucken und speichelt.
Besonderes Augenmerk verdient die Klauenpflege. Wenigstens viermal jährlich sind die Klauen zu schneiden, und zwar mit einer Klauenschere. Meinetwegen

auch mit einer Rosenschere. Vergessen Sie aber nicht, zuerst mit einem Messer den Schmutz von der Sohle zu kratzen. Das überstehende Tragrandhorn wird von hinten nach vorn geschnitten. Nicht vergessen! Von hinten nach vorn. Gegen Ungeziefer helfen regelmäßiges Striegeln sowie Wendelinus-Puder. Mit Jacutin-Puder habe ich nicht so gute Erfahrungen gemacht. Das Haarkleid muß sauber, glatt und glänzend sein. Dann haben Sie später auch Freude am Fell und können die Haare für Pinsel und Bürsten verwenden. Ziegenfelle sind ein Handelsartikel auf der ganzen Welt.
Gleichviel, ob Sie eine Thüringer Waldziege – früher nannte man sie Toggenburger Ziege – mit schokoladenbrauner Zeichnung, gesäumten Ohren und hell geschienten Unterbeinen wählen, eine lebhafte und dankbare Rasse, oder die Schwarzwälder Geiß, auch Harzziege genannt, mit hellem Bauch, die Beine nicht schwarz gestiefelt, sondern nur mit einem an der Vorderseite der Beine verlaufenden schwarzen Schienenstrich, ob Sie sich für die weiße deutsche Edelziege, hornlos und mit knapper Behaarung, Vorväter aus dem Schweizer Saarnetal stammend, entscheiden oder für die kaffeebraune bunte deutsche Edelziege mit schwarz gestreiftem Kopf, schwarzem Aalstrich über den Rücken sowie bis zum Sprunggelenk schwarz geschienten Hinterbeinen – Bauch und Vorderbeine bis zur Vorderfußwurzel gleichfalls geschwärzt: stets müssen Sie die Felle im Schatten trocknen, Herr Revisor, mit der Haarseite inwendig, immer sollten Sie das Fleisch in eine Wildbeize legen. Während Füße, Hals und Kopf als Kochfleisch Verwendung finden, kann man die Leber mit Fett und Zwiebeln dünsten, Lunge,

Herz und Gekröse fein gehackt zu sich nehmen oder das Fleisch, zusammen mit Schweinernem, verwursten. Milchfehler werden immer auf Eutererkrankungen oder falsches Melken zurückzuführen sein. Auch falsche Ernährung wirkt sich aus: zu viel Haferstroh und Rüben machen die Milch bitter. Nach dem Melken muß die Milch sofort aus dem Stall gebracht werden, um sie zu seihen, um sie, noch ziegenwarm, zu zentrifugieren und zu entrahmen, oder sie zu Käse, Butter oder Quark zu verarbeiten. Immerhin sind über hundert verschiedene Sorten von Ziegenkäse bekannt. Wie auch immer: in jedem Fall ist das sauber gereinigte Euter behutsam anzurüsten, auf daß genügend Milch einschießen kann. Knebeln oder Strippen sind blanke Tierquälerei, bloß das Faustmelken gibt auf die Dauer die Gewähr einer guten, gleichbleibenden Milchleistung. Vergessen Sie nie, gut auszumelken, Herr Revisor: die letzte Milch ist am fettreichsten. Das Lammen erkläre ich Ihnen nicht, weil ich Ihnen zu einer kastrierten Geiß rate. Sie sparen sich brünstiges Meckern, Schwanzwedeln, Rötung und Schwellungen.
Wie Sie sehen, ist das alles nicht so einfach.
Worauf Sie achten müssen beim Kauf?
Besonders wichtig sind ein langes, breites, flachgeneigtes Becken, gute Lende und fester Rücken, guter Schulterschluß, tiefe, gut gewölbte Rippe, tiefe Flanken und kräftige, gut gestellte Gliedmaßen. Schwester Canisia, die Landwirtschaftsnonne, eine Kennerin auf diesem Gebiet, rät weiter: das Euter sollte möglichst groß und weit nach hinten und vorn angesetzt sein und die Schenkelpartie ausfüllen. Sie verlangt die Striche mittellang, gleichmäßig und leicht nach vorn ge-

neigt. Nach dem Melken, meint sie, sollte das Euter zusammenfallen. Die Haut sollte weich und elastisch, die Behaarung dicht sein. Harte Haut mit glanzlosem Haar deutet auf Krankheiten, langes Haar erschwert die Pflege. Die Nonne Canisia schwärmt von einem geraden, festen Rücken mit guter Muskulatur sowie einer breiten, kräftigen, freilich nicht zu langen Lende. Senkrücken ist die Folge falscher Haltung und schwächlichen Knochenbaus. Karpfenrücken geht auf Ernährungsstörungen zurück. Anzeichen einer schlechten Leistung sind kurzer, dicker Hals, stark abgedachtes Becken, Hängeeuter, säbelbeinige Stotzen, aufgezogene Flanke, durchtrittige Klauen, dünne Röhrbeine sowie schmale flache Brust.
Aber wie gesagt: ideal ist das Futter entlang des Bahndamms, Herr Revisor.
Du bist weder zickig, noch launisch wie eine verwöhnte Hauskatze, noch kapriziös, obgleich du Grund genug hättest, stolz und eingebildet zu sein. Heißt es nicht, eine ägyptische Königin habe ihre Brüste mit Ziegenmilch gepflegt, natürlich: gleich eine ägyptische muß es sein, und Ziegen- und nicht Eselsmilch; ist nicht nach dir und deinesgleichen eine Insel im Mittelmeer benannt, wird nicht die schöne Esmeralda – dargestellt von der Lollo – von einer Ziege begleitet? Noch nie ist jemand so sehr wie ich im Kopf einer Ziege gewesen, welche die Herren Revisoren abfällig als Eisenbahnerkuh bezeichnen, bloß weil sich unsereiner ein Rind nicht leisten kann, wobei so ein unförmiges Stück Vieh gar nicht zu dem Backsteinhäuschen paßte, weil es viel zu anspruchsvoll wäre, weil es einen riesigen Stall benötigte und sich nicht mit dem Kraut zufriedengäbe, welches am Bahndamm

wächst. Auch wenn niemand zu wissen scheint, was in einer Geiß vorgeht: ich weiß es, ich weiß es genau. Du wirst mir beistehen: gegen die Revision und gegen die Stillegung. Gemeinsam werden wir die List mit dem Uhrenkasten und den Wackersteinen ersinnen. Wir werden sie ausführen, konsequent und erbarmungslos werden wir die List ausführen, leimen werden wir die Herren von der Thulserner Eisenbahngesellschaft, ohne Gnade werden wir sein, und am Ende werden wir triumphieren. Wir werden triumphieren. Du wirst mir zur Seite sein, denn du bist nicht eine von den ewig Unzufriedenen, von den Wehleidigen und Verlogenen, denen nichts einfällt als Lüge und Gejammer, die selbst nach dem Grasen auf dem saftigen Kirchhof voller schönster Kräuter zuerst sagen: ich bin so satt, ich mag kein Blatt, dann aber zu Hause wehklagen: wovon sollt' ich satt sein? Ich sprang nur über Gräbelein und fand kein einzig Blättelein. Nein, so eine bist du nicht. Sonst müßte auch ich dir den Kopf einseifen, um dich so glatt wie meine Hand zu scheren. Nein, so eine bist du nicht. Wenn hier jemand eingeseift wird, dann wird das der Herr Revisor sein, meine Gute. Schon die Alten wußten: ein Bock im Stall, das schützt vor bösen Mächten. Reitet nicht Thor, der Gott des Blitzhammers, ein von Böcken gezogenes Gespann? Und was wäre der Götterhimmel ohne die Bockskobolde, was das Thulserner Land ohne Ziegen? Droben auf dem Dachboden sitzend habe ich einmal an einem verregneten Wochenende über dich und deinesgleichen nachgelesen und gefunden, daß Bock, eigentlich Bog, ein cimbrischer Name sei für das höchste Wesen, den Spender aller Wohltaten.
Ob das stimmt, weiß ich nicht. Aber ich rechne mit dir

und zähle auf Uhrenkasten und Wackersteine. Gemeinsam werden wir über den Revisor triumphieren, über diesen Herrn, wie immer er sich schreibt. Von deinesgleichen berichten die ältesten Schriften unserer Sprache. Das verpflichtet. Ich habe es selbst nachgelesen. Auf dem Dachboden, wo ich meine Schätze versammelt habe. Da si uf den bergen gent, heißt es da in altem Thulsernisch, unde si diu liute in dem tale gesent, so bechennent si wol, ob ez sint jegir liute oder niht. Außerdem ist von euren Augen die Rede; dieses Geschau fällt jedem auf, der euch anschaut, auch einem Revisor: diu Caprea, las ich ungläubig, so heitirer ougen ist, daz si die jegir verre sehen mach. Den Jäger rechtzeitig erkennen, das ist es, worauf es ankommt. Um ihn mit einer List hinters Licht zu führen. Die Revision. Die Stillegung der Strecke. Die Auflassung. Weg von hier, weg aus diesem Häuschen, aus diesem Verschlag, aus deinem Stall? Und machte nicht langes Federlesen: eins nach dem andern schluckte er in seinen Rachen. So sprangen nacheinander alle heraus, und waren noch alle am Leben und hatten nicht einmal Schaden gelitten, denn das Ungetüm hatte sie in der Gier ganz hinuntergeschluckt. Wenn nicht der Uhrenkasten gewesen wäre. Der Uhrenkasten und die Wackersteine. Die List. Und das Wissen. Eine List ohne Wissen nützt nichts. Das ist wie beim Grafen von Monte Christo. Und als er an den Brunnen kam und sich über das Wasser beugte, da zogen ihn die schweren Steine hinein. So eine Revision macht durstig. Das Gehen den ganzen Tag. Die steilste Strecke im Land. Das macht durstig. Nicht umsonst ist die Fallmühle die Endstation, Wirtshaus und Postagentur zugleich. Nicht umsonst. Wer bis dort hinauf gegangen ist, der ist durstig. Gegangen oder gefahren. In der Fallmühle ist noch ein jeder eingekehrt, der bis dorthin gelangt ist, der die Strecke zurückgelegt hat. Die Strecke. Die sie stillegen werden. Die sie nach einer Revision, Wolf und Wackersteine, auflassen wollen. Aber diu Geiz, die bechennent si wol, ob ez sint jegir liute oder niht. Deshalb bau ich auf dich, verstehst du, deshalb rechne ich mit dir. Ohne Verbündete geht es nicht, nichts geht ohne Genossenschaft. Zu zweit aber sind wir unschlagbar. Wir werden den Revisor besiegen. Wir werden aus dem Bauch der verschlingenden Gewalt wieder auferstehen. Fragt sich nur: wer klopft dann an unsere Tür, mit welcher Stimme, in welcher Verkleidung? Eisenbahnerkuh. Vonwegen. Geiß und Eisenbahn, das gehört zusammen, seit es Lokomotiven gibt und Streckenwärter, die am Rande der Schienenstränge zur großen Welt hausen, die die Strecke sauber und fahrbereit halten, die sie pflegen und beaufsichtigen, bei Wind und Wetter, sommers und winters. Schwellengänger. Einzelgänger. Die Schritt für Schritt das Eisen abklopfen, als philosophierten sie. Die von Schwelle zu Schwelle gehen, die Weichen schmieren und die Laschen nachziehen, die Signallampen putzen und darauf achten, daß das Unkraut nicht überhandnimmt. Die niemals selbst fahren oder Weichen stellen, die nur gehen und, ohne viel Aufhebens von sich zu machen, darauf achten, daß die Strecke in Schuß ist, tadellos in Schuß: daß alles seine Richtigkeit hat. Denen man schmalbrüstige, windige Häuschen zubilligt, eher hoch als breit, mit einem dürftigen Gärtchen, die den Bahndamm mähen dürfen, weil dieses Gras sonst niemand begehrt, die eine Geiß halten, eine

Eisenbahnerkuh. Und die man für Sonderlinge hält, weil sie ihre Arbeit stets ohne Begleitung verrichten, weil sie allein unterwegs sind, von Schwelle zu Schwelle. Die alten und morschen Schwellen schenkt man ihnen als Brennholz. Sie dürfen diese heimschleppen und zersägen oder als Gartenzaun verwenden, wieder und wieder mit Karbolineum getränkt. Jawohl, die man für Sonderlinge und seltsame Spintisierer ansieht, für Eigenbrötler und ein wenig beschränkt. Jedem Baron billigt man das Recht auf Verblödung zu, aber einen Streckenwärter, der Bücher besitzt, gar noch am Ende welche liest, das darf es nicht geben. Unsereiner soll so dumm sein und bleiben, wie ein Streckenwärter nach Meinung Gebildeter zu sein hat. Aber da haben sie sich geschnitten. Da haben sie sich sauber geschnitten. Soviel kann ich Ihnen versprechen. Schließlich ist das Arbeiten auch eine Art, Wissen aufzubewahren. Aber darauf wollen sich die Herren von der Eisenbahngesellschaft gar nicht erst einlassen. Sie wollen meine Strecke stillegen. Etwas anderes haben sie nicht im Kopf. Meine Strecke soll aufgelassen werden. Sie lohne nicht mehr, schreibt so ein Herr, die Kosten für ihre Instandhaltung lägen unverhältnismäßig über dem realen Ertrag. Unverhältnismäßig. Realer Ertrag. Gewinn machte die Strecke nie. Zug ist hier schon lange keiner mehr durchgekommen. Ich meine einen richtigen Zug. Ich rede nicht von den läppischen Rangierfahrten, vom Ausprobieren der Maschinen und Waggons, die aus dem Ausbesserungswerk kommen. Davon rede ich nicht. Ich rede von einem richtigen Zug. Von einer Garnitur mit Gepäck-, Schlaf- und Speisewagen. Jawohl. Von einer solchen Garnitur rede ich. Ein totes

Gleis. Der Zug ist abgefahren. Eingleisig. Für immer auf dem falschen Gleis. Ein totes Gleis mitten durch eine zusehends verkrautende, verrottende Gegend. Wenn sie die Strecke auflassen, müssen sie mich entlassen. Sie müssen mich in die Wüste schicken. Soll ich verdursten? Ist es das, was sie wollen? Nirgendwo gibt es einen Streckenwärter auf einer toten Strecke. Aber ich werde mich dagegen wehren. Ich werde das nicht sang- und klanglos hinnehmen. Nicht ich, ich werde mich auflehnen, ich werde Widerstand leisten. Die längst nicht aufgegebenen Hoffnungen werde ich auf einem Haufen versammeln. Mit allen mir zur Verfügung stehenden Mitteln werde ich gegen die Auflassung meiner Strecke angehen. Ich kann nicht zulassen, daß meine Spur einfach verweht, daß nichts zurückbleibt als ein aufgeschütteter Damm mit dürren Halmen und verbrannter Erde, wie nach einem gewaltigen Bombenangriff. Seit ich den Brief der Thulserner Eisenbahngesellschaft erhielt, sage ich dir, du taubes Stück Vieh mit dem strengen Aroma, mit dem glatten gepflegten Fell und dem Philosophengeschau, seit ich diesen Brief in Händen habe, überlege ich bei allem, was ich sehe, bei jedem Gedanken, der mir ins Hirn schießt, ob er als Waffe gegen die Stillegung, gegen die endgültige Stillegung verwendbar ist. Ich werde Argumente sammeln, ich werde überlegen, wie ich handeln muß, ich werde abwägen, nichts übers Knie brechen, auf keinen Fall dumm gewalttätig werden, sondern listig und bedacht vorgehen. Ob ich hier draußen Verbündete finden werde, ist fraglich. Vorerst habe ich die Geiß und die Bücher auf dem Dachboden. In jedem Falle werde ich auf Jammern, Heulen und Zähneknirschen verzichten und statt dessen handeln.

Nicht reagieren, sondern handeln. Das weinerliche Zukreuzekriechen ist meine Sache nicht. Viel Konzentration wird nötig sein, und ich werde Fehler machen, aus denen ich lernen werde. Auch zusätzlicher Aufwand wird nötig, Umwege werden zu gehen, manche Weiche wird falsch gestellt sein, manches Signal übersehen werden. Hindernisse werden zu überwinden, Gräben zu überspringen sein. Immerhin steht nichts Geringeres als meine Strecke auf dem Spiel. Es geht um nichts weniger als um alles, was mich bislang, bis zum heutigen Tag und darüber hinaus bis ans Ende meiner Tage mit dem Gleis verbindet, mit jenem Gleis, das ich immer wieder abschritt, Tag um Tag, Jahr um Jahr, über dem ich grau, bucklig und krumm geworden bin, auf das ich geflucht und das ich gepriesen habe, das ich wartete, pflegte, abklopfte, das mit jedem Schritt mehr mein Gleis wurde, meine Strecke, mein Bahndamm, mein Schotter, meine Schwellen, mein Unkraut, meine Verkrautung, meine Versteppung. Das war und ist schon lange so. Niemand vermag dies zu trennen, keiner kann kommen und behaupten, die Strecke werde ab soundsovielten einfach aufgelassen, sie rentiere sich nicht mehr, mich schicke man vorzeitig in Pension. Ich habe jedem von euch etwas mitgebracht. Aber ich erkenne die rauhe Stimme und die weißen, die mehlbestäubten Pranken. Die Strecke: all das vergammelte, verrottende, verkrautende, dennoch unsterblich zwischen den Schwellen aufbewahrte, abgefahrene, abgegangene, Schritt für Schritt erworbene Wissen, das riesige Gedächtnis, unbestechlich und unvergleichlich, all die Erfahrungen und Überlegungen, das Vor und Zurück, die Zweifel, das Zaudern, die Verbesserungen und Änderungen der Trassenführung, das Wohlbehagen und die Wut, jawohl, auch die Wut, und diese vor allem, die Wut und die Enttäuschungen: Vergeblichkeiten ebenso wie Verabschiedungen. Das alles soll sich jetzt auf einmal nicht mehr lohnen? Das soll alles umsonst gewesen sein? Umsonst? Das soll stillgelegt werden? Von einem Herrn Revisor im Namen der Thulserner Eisenbahngesellschaft. Eine Strecke und stillgelegt! Diese Strecke? Stillgelegt? Meine Strecke? Keine Strecke kann je stillgelegt werden. Wo einer seine Spur legt, da bleibt sie auch. Ich werde das Wissen der Strecke nützen, das Wissen der Gleise und der Gräser, der Geiß und meiner Bücher auf dem Dachboden, und das Wissen all jener, die diese Strecke einst gebaut haben, damit ich sie abgehe und beaufsichtige, auf daß sie fahrtüchtig bleibe. Die Strecke. Ich und die Strecke, das ist alles, was ich erreicht habe, alles, was ich gelernt habe, was ich begehren werde, ohne es je zu erreichen, was ich denken werde, ohne es je zu verstehen. Die abzugehen ich mich einst entschlossen und verpflichtet habe. Die ich mir nicht nehmen lasse, die nicht stillzulegen ist, so wenig die Zeit angehalten werden kann. Das sage ich zu dir, und ich taufe dich angesichts unserer Lage hiermit auf den Namen jener Unseligen, von der es heißt, sie allein habe das Menschenschlachthaus vorausgesagt, doch keiner habe ihr geglaubt. Du aber stehst da und wartest, trotz des Schreibens der Thulserner Eisenbahngesellschaft, trotz Auflassung und Revision, auf deine Eutermassage, läßt dir die Ohren kraulen, die Lenden tätscheln, die Klauen salben, den Halsriemen lockern und am Ende gar noch die Schürfwunden pudern. So stehst du da und schaust stolzen Blickes auf denjenigen, der die

Zitzen deines kleinen prallen Milchsackes reizt, indes dein Maul längst wieder langweilig malmt und dein Bart hochmütig zittert. Meine Finger verirren sich zwischen deinen groben Grannenhaaren in der feinen Unterwolle, ehe sie dem schwarzen Aalstrich über den rehfarbenen Rücken folgen. Später werden sie das Euter mit lauwarmem Wasser reinigen, um den Launen vorzubeugen, denn das Melken ist, wie du weißt, ein Akt fürsorglicher Zärtlichkeit. Wir hören gar nicht hin, wenn die anderen verächtlich von einem verklemmten Ziegenarsch reden und über die paar lumpigen Liter Milch oder über die zaundürren Hinterstorzen lachen. Was kümmert uns das Gerede vom knöchrigen Kleinvieh, das Geschwätz von einer im freien Sprung gezeugten Stübler- und Kleinhäuslergeiß, die nichts zuwege bringe als ein geiziges Tröpflein – von ihrer Hoffärtigkeit ganz zu schweigen? Laß sie reden, streck ihnen deine Waschlappenzunge nach und vergiß nicht, kräftig gegen die Futterkrippe zu hornen. Ich weiß doch: kaum scheppert das Kübelchen, schon tröpfelt es dir, und du kannst es nicht mehr halten. Die Geiß aber und der Wolf, das solltest du wissen, werden häufig zusammen genannt: so wie Streckenwärter und Revisor. Und nicht immer geht die Geschichte mit einem lustigen Tanz um den Brunnen aus, nicht immer steht ein Uhrenkasten offen, nicht immer sind Wackersteine zur Hand. Es gibt auch Gegenbeispiele, die ich dir deshalb erzähle, damit du sie dir zu Herzen nimmst und daraus lernst. Nicht etwa, um das Melken kurzweilig zu gestalten. Nicht so viel Eitelkeit! Wozu sonst, glaubst du, rede ich mir den Mund fransig? Die Geiß aber schert sich nicht, frißt mit Lust, jeden Halm zermalmt sie schmatzend und schleckend und schlingend. Und nicht einen Augenblick verändert sie dabei ihr Geschau, diese Mischung aus Hochmut, Weisheit, Eigenbrötelei, ab und zu mit einer Prise Schalkheit, weit und breit keine Spur von einer Schwermut, so daß ich mir überlege, ob ich dich auf den rechten Namen getauft habe. Neulich die Radiosendung: da sitzt also einer in einer alten Mühle, so wie die Fallmühle einst gewesen sein mag, mitten im Gestrüpp und Gewirr aus altem Wein, Moos, Rosmarin und anderen wuchernden Kräutern, und weiß sich nichts Besseres, als Briefe zu schreiben. Die Mühle mit ihrem großen zerbrochenen Rad, ihrer Plattform, auf der Gras zwischen den Ziegeln sprießt, auf einem mit Kiefern und immergrünen Eichen überwachsenen Hügel im innersten Herzen des Flußtales gelegen, hat sich der Einsiedler auf den wohlmeinenden Rat eines verehrungswürdigen Alten ohne Belastung an Schulden, Abgaben und Hypotheken gekauft, wie es die Dokumente in der Kanzlei des Notars beweisen. Also, was sag ich: dieser Sonderling, hör zu, es geht um dich und deinesgleichen, aber es geht auch mich an und somit uns beide, am Ende auch den Revisor, der uns ins Haus steht – dieser Sonderling also erzählt seinem Freund, so wie ich dir, von der Ziege eines gewissen Herrn Grapazi, welche die ganze Nacht mit dem Wolf gekämpft habe, ehe sie von ihm aufgefressen worden sei. Das hört sich nach Ammenmärchen an, doch begeht derjenige, der es dafür hält, einen groben Fehler: er unterschätzt es. So erzählt es der Mühlenbesitzer seinem Freund in der Stadt, damit dieser verstehe, wohin es führt, wenn man in Freiheit leben will. Der Mühlenbewohner erzählt im Radio von einem Geißenhalter, der niemals Glück mit seinem Vieh gehabt habe: all seine Ziegen hätten, so heißt es, da sie allen Zwang haßten, eines Morgens den Strick zerrissen, um in die Berge zu gehen, wo sie aber nicht saftiges Gras, sondern der Wolf erwartet habe. Du wirst wissen, wovon die Rede ist, denn es geht um dich und deinesgleichen. Eines Tages habe sich dieser Mensch eine neue Ziege besorgt, und du solltest den Mühlensonderling hören, wie er seinem Freund von dem Tier vorschwärmt: gerade so, als hätte er dich vor Augen. Es wird ihm nicht anders gegangen sein als mir, als ich dich zum ersten Mal sah: wie hübsch sie war, die kleine Ziege, mit ihren sanften Augen, dem Sergeantenbärtchen, den blanken schwarzen Hufen, den zebraartig gestreiften Hörnern und den langen Haaren, die als Mantel um sie hingen. Sie war überaus entzückend, vielleicht auch ein wenig hochmütig – und dabei doch folgsam, zärtlich; sie ließ sich melken, ohne mit der Wimper zu zucken – also nimm dir ein Vorbild – und ohne den Fuß in den Melknapf zu stellen. Was also wunders, wenn der Besitzer, wie es heißt, ihr die lange Leine ließ und einen eingehegten Weideplatz am schönsten Fleck der Wiese suchte. Doch auch diese Geiß, und ich sage dir das mitten ins Gesicht, verlor die Lust, im Heidekraut herumzuspringen an diesem Strick, der ihr den Hals wund rieb. Wir Ziegen, habe sie mit geblähten Nüstern, den Kopf den Bergen zugewandt, hören lassen, wir brauchen die Weite. Trotz der Warnungen und trotz des verschlossenen Stalles sei es der Geiß gelungen, durchs Fenster zu fliehen. Endlich war sie in den Bergen: ohne Strick, ohne Pfahl. Und was für ein Gras! Tausend Kräuter. Und erst die Blumen. Und die Geiß sei halb trunken umhergesprungen und habe von oben herab auf das armselige verlassene Gehege gesehen, welches ihr nunmehr lächerlich und gering vorgekommen sei: aus solcher Höhe. Sie habe sich gewundert, wird berichtet, wie lange sie es dennoch darin habe aushalten können. Die Ziege habe einen wundervollen Tag zwischen Gießbach und Weinreben, Felsen und Gehölz zugebracht, bis der Abend gekommen sei und mit ihm nicht bloß ein frischerer Wind, sondern, heißt es in dem Brief aus der Mühle, auch der Wolf, an den das Tier den ganzen Tag über nicht gedacht habe. Da er genau wußte, daß er sie fressen würde, beeilte sich der Wolf nicht, und einen Augenblick meinte sie, es wäre vielleicht besser, sich auf der Stelle fressen zu lassen; dann aber, sich besinnend, nahm sie Verteidigungsstellung ein, den Kopf gesenkt und das Horn voraus. Mehr als zehnmal (und der Briefeschreiber beteuert seinem Freund, dabei nicht zu übertreiben) habe die Ziege, hör zu, den Wolf zum Rückzug gezwungen, dabei immer wieder jener Ziege gedenkend, welche eine Nacht lang dem Wolf Paroli geboten habe. Nie jedoch habe sein Tier, versichert der Briefeschreiber seinem Freund so ernsthaft wie ich dir, gehofft, den Wolf zu töten, denn Ziegen töten den Wolf nicht. Einer nach dem anderen erloschen die Sterne. Endlich! habe die Ziege gesagt, die nur noch den Tag erwartet habe, um zu sterben. Du verstehst mich recht. Und dann am Morgen fraß sie der Wolf. Wir aber, wir werden gemeinsam in die Berge gehen und gegen den Revisor antreten, und dann werden wir sehen, wer wem nicht gewachsen ist. Das wollen wir doch sehen.

Außer mir vor Zorn, sehe ich den Streckenwärter den Milchkübel aus dem Ziegenstall ins Backsteinhaus tragen, und ich beobachte, wie der alte Mann bedächtig die Streu zusammenkehrt, den Mist auf einer Schaufel sammelt, das Häufchen hinter dem Verschlag aufschichtet, wie er in einer Ecke mit einer Gabel Stroh bündelt und dies sorgfältig auf dem Boden verteilt. Ab und zu fährt die Hand über das Fell der Ziege, an ihrem warmen prallen Bauch entlang, geht dem Vieh um den Bart und nimmt die Schnauze in die Handhöhle, um von dort weiter über den Hals zu streichen, zwischen den Ohren zu bleiben und auf der Wirbelsäule wie auf einem Grat dahinzukraulen. Weit droben dreht ein Drachenflieger ab, segelt weiter hinaus, läßt sich über eine ganz und gar verlassene Gegend tragen, erkennt leerstehende Gehöfte, vereinzelt, verstreut, weit und breit niemand, nichts, kein aufsteigender Rauch, dafür scharfes Gegenlicht, das die Landschaft unter ihm wie eine Spiegelung erscheinen läßt, als wäre sie gar nicht wirklich, sondern bloß ein Entwurf eines Schülers, der die Fertigstellung vergessen hat. Hügel sind erkennbar, schmale Straßen, alle geteert, sie glänzen schwarz. Bestimmend aber sind die Farben der Moore sowie des wuchernden Farns. Braun wechselt mit Violett und sattem Grün, dazwischen schwarze Fäden, die Linien der Heckenreihen, Tupfer aus Büschen, Spiegelbilder einer gänzlich ausgestorbenen, menschenleeren Gegend links und rechts vom Bahndamm, der das Bild beherrscht. Der Schienenweg liegt wie eine ausgeworfene Strickleiter über dem Land unter dem Drachenflieger und gibt ihm die einzig wirkliche Garantie für eine Orientierung. Ohne das Gleis verlöre selbst der Segler bald die Übersicht, sähe nur noch eine gleichmäßige Landschaft, moorig und verkrautend, in der niemand zu leben scheint als der Streckenwärter in seinem roten aufgeschossenen Häuschen, dessen Dachziegel längst nicht mehr hell glänzen, weil sie verwittert sind und alt. Von oben betrachtet eine Idylle, friedfertig und sanft, in der jede Kleinigkeit an ihrem rechten Platz scheint, wo es, aus solcher Höhe gesehen, nichts gibt als Übereinstimmung, Ordnung und Ruhe, als hätte es nie anders sein können. Erst wenn sich die Sinne änderten, änderte sich auch das Bild, das dem Drachensegler entgegenwächst, als nähme er es unter die Lupe, als vergrößerte er, was klein ist, durch seine Art und Weise, vom Himmel herab aus den Wolken die Dinge zu sehen, so wie sie in Wirklichkeit sind. Und der Flieger hört den Streckenwärter singen, aber es ist gar kein richtiges Lied, es sind Laute und Töne, Silben und Wörter, die er in dieser Sekunde erfindet.

Beim Friseur

Der letzte Gegenkandidat bei der Bürgermeisterwahl scheiterte an der Fronleichnamsprozession. Er hatte nur eine Hand, war Kriegsversehrter, Flüchtling und außerdem lutherisch. Unmöglich, so eine Figur hinter dem Allerheiligsten gehen zu lassen.
Der Missionspater Fichter wetterte gegen den allgemeinen Verfall der Sitten und schalt von der Kanzel herab eine Stallmagd, weil sie bei der Feldarbeit ohne Büstenhalter gesehen worden sei. Seit gut fünfzig Jahren mußte eine vom Leben krumm gewordene Witwe in der Kirche in der Hurenbank stehen, weil sie vor Jahr und Tag von einem Hausierer einen Bankert ausgetragen hatte, den ihr der Missionspater nicht verzeihen konnte. Damals hatte man das Anwesen ihrer Eltern mit Jauche eingespritzt und ein Fuder Saumist auf den First gestellt.
Schließlich der bei einer Bergtour abgestürzte Tourist aus dem Ruhrgebiet, dessen Leiche in einem Heuschober verweste, weil die Thulserner nicht für die Beerdigungskosten aufkommen wollten. Angehörige habe man nicht ausfindig machen können.
Gespräche bei der Rasur.
Der Friseur hatte seinen Laden gleich neben dem Bahnhof. Man mußte zwei, drei Steinstufen hinauf, ehe man direkt unter dem silbernen Teller stand, der über der Eingangstür hing. Ich habe den Friseurladen nie leer erlebt. Immer saßen Männer hinter Zeitungen,

rauchten, schwatzten, politisierten. Der Friseur lehnte an einem der drehbahren Frisierstühle mit Nackenstütze, schnappte mit der Schere, als müßte er sie unentwegt dadurch schärfen, und er hielt im Gespräch der Männer mit seinen oftmals verqueren Argumenten und Gedankengängen lautstark mit. Obwohl viele Thulserner behaupteten, den Friseur wegen seiner Besserwisserei nicht ausstehen zu können, gingen sie doch immer wieder zu ihm. Vom Frisierstuhl aus hatte man einen guten Blick auf den Bahnhof sowie auf den Bahnhofsvorplatz, den man mit Hilfe des Spiegels überschauen konnte. Der Laden selbst war von einem merkwürdigen Aroma durchdrungen: es war eine Mischung aus Parfüm, Rasierwasser und Ledergeruch, der wahrscheinlich von der ledernen Sitzbank sowie den ledergepolsterten Frisierstühlen kam. Selbst die Haarschneidemaschine, die in einer in die Decke eingelassenen Schiene befestigt war, um von Stuhl zu Stuhl bewegt werden zu können, schien mit ihrem bräunlichen Bakelitgehäuse lederüberzogen. Braun war die dominante Farbe: der Kittel des Friseurs war braun, Stühle, die Bank, das Rauchtischchen, die Kleider- und Zeitungsständer; sogar die Holzleiste mit dem handlichen runden Griff, in welche die Tageszeitung eingespannt war, so daß man sie trotz des braunen Frisierumhangs während der Rasur oder während des Haareschneidens noch gut umblättern konnte, war braun gestrichen. Von der Decke hing die braune klebrige Schlange des Fliegenfängers. Lediglich die Fläschchen mit den diversen Wässerchen hatten unterschiedliche Farben, ebenso die Wella-Reklame neben braunstichigen Photographien ausgewanderter Thulserner. Der Fußboden war mit einem bräunlich gemusterten Stragula bedeckt, wobei hinter den Frisierstühlen, wo der Friseur während seiner Arbeit stand, ein dunkelbrauner Kokosläufer gespannt war. Wollte man Neuigkeiten mit Kommentar hören, brauchte man nur zum Friseur zu gehen. Er hörte das Gras wachsen, er wußte alles einen Tag früher. Gelegentlich unterbrach er seine Stellungnahmen zur Tages- oder Gemeindepolitik mit einem meckernden Lachen, dessen Grund nur selten verständlich war, weil es unvermutet losbrach und weniger einen ausgesprochenen als einen verschwiegenen Satz zu betreffen schien. Die meisten Kunden nahmen die Lachsalven deshalb gar nicht mehr zur Kenntnis. Sie hatten sich im Laufe der Jahre daran gewöhnt. Der Friseur war, wie Anna Kolik, Flüchtling. Nach etlichen Jahren hatte er es durch zähen Fleiß und mit Hilfe anderer Flüchtlinge zu einem kleinen Haus jenseits des Bahndamms gebracht, welches einst sein einziger Sohn erben sollte, der »auf Ingenieur« studiere.

Die Thulserner verachteten die Flüchtlinge, nannten sie, ob es zutraf oder nicht, Schlesier, Sudetler, ostpreußisches Karrenvolk, am häufigsten aber Huflü, eine Abkürzung für Hurenflüchtlinge; es war in Thulsern üblich, alles mögliche mit dem Zusatz *Huren* zu versehen: ein Hurenhaus war aber so wenig ein Puff wie eine Hurenföhl eine Nutte war. Der Zusatz Hure konnte durchaus aufwertend gemeint sein. So galt ein Hurenbub als besonders pfiffiges, schlaues und gewitztes Kerlchen. Im Zusammenhang mit Flüchtlingen jedoch galt Hure als Abwertung. Jeder Flüchtling war nicht nur Heimatvertriebener, Rechtloser, eine Art Zigeuner, dem man nicht über den Weg trauen durfte, sondern er war eben Hurenflüchtling. Und dies um so mehr, wenn er es nach dem Krieg rasch zu Grund und Boden, Haus und Anstellung gebracht hatte. Der enge Zusammenhalt der Vertriebenen aus dem Osten von Reval bis Budapest war den Einheimischen ebenso verdächtig wie die unentwegt mit schwarzen Tüchern verhängten, in schwarze lange Röcke gehüllten, meist krummen Flüchtlingsfrauen mit unbestimmbarem Alter, die sie Karrenweiber, Knoblauchbüchsen oder Flüchtlingshexen nannten. Stammgast beim Friseur war ein gewisser Adolf Panosch, der nach dem Krieg noch eine Zeitlang bei der Thulserner Eisenbahn gearbeitet hatte, ehe er wegen Kopfwackelns und Zitterns vorzeitig in Rente geschickt worden war. Panosch behauptete großspurig, als Heizer auf der Schnellzuglok zwischen Krakau und Warschau gefahren zu sein, was ihm nicht einer der Einheimischen glaubte. Seine Erzählungen zogen vielmehr den Spott der Bahnarbeiter auf sich und ermunterten sie zu immer neuen Lästereien und Verhöhnungen. Dabei schwadronierte Panosch von des Führers Traum von einer transkontinentalen Großraumbahn mit drei bis vier Metern Spurweite, wenigstens aber dem Doppelten der Regelspur. Bis in die Apriltage 1945 habe man diese gigantische Bahn geplant, deren Bau unmittelbar nach Kriegsende beginnen sollte. Während sich die Thulserner Friseurkundschaft noch über Panoschs Kopfwackeln lustig machte, erzählte er schon, dem Friseur zugewandt und von ihm wenn schon nicht Unterstützung, so doch wenigstens Gehör erhoffend, vom Zufall, der die 1435 Millimeter Spurweite, entstanden im England von 1830, später von vielen Ländern des Kontinents übernommen, zum Regelmaß gemacht habe. Zurückzuführen sei dies auf das Monopol der Stephenson-Erben. Die Thulserner versteckten sich kopfschüttelnd hinter ihren Zeitungen, als Panosch dem Friseur erklärte, die 1435er Spurweite verkrafte pro Achse höchstens fünfundzwanzig Tonnen, von dem durch das Nachbargleis sowie durch Brücken, Tunnels und Weichen beschränkten Profil ganz zu schweigen. Der Friseur wiederum, Panoschs Gesicht nunmehr einseifend und mit dem Rasierpinsel darin herummalend, lachte mekkernd, ehe er von einem Tunnelbau zu berichten wußte, welcher angeblich Europa mit Amerika verbinden sollte: unter dem Nordatlantik fahre über kurz oder lang eine Einschienenbahn, welche durch schwere und schnell laufende Kreisel in waagrechter Stellung gehalten werde. Jedenfalls habe er davon gehört, vielleicht habe es ihm auch ein Kunde, aller Wahrscheinlichkeit nach ein Kurgast, erzählt. Panosch trumpfte auf: Hitler habe die Idee verfolgt, Kohle aus dem Donez-Becken sowie Getreide aus der Ukraine ins Ruhrgebiet zu befördern. Die Breitspurbahn, mit deren Planung man 1942 begonnen habe, sollte Berlin mit München, Linz, Wien und dem Balkan verbinden, aber auch die russische Tiefe, so drückte sich der ehemalige Heizer aus, an das Reich fesseln. Eine Spurweite von drei Metern erlaube mühelos Waggons mit sechs Metern Breite, wobei von einem Mittelgang jeweils Schlaf- und Wohnabteile wegführten. Übertrage man überdies das Verhältnis der Längen, Breiten und Höhen der Regelspurwagen auf die Breitspur, biete sich die Möglichkeit zu einem knapp sieben Meter hohen Doppelstockwaggon mit einer Länge von vierzig Metern. An die dreihundert Fahrgäste könnten darin Platz finden. Speise- und

Badewagen, Gesellschafts-, Tanz-, Konferenz- und Lesewaggons würden ebenso selbstverständlich wie Bar, Geschäftsräume, hotelähnliche Treppenaufgänge, Clubs und Personalunterkünfte: selbstverständlich auch Frisiersalons. Salons, wohlgemerkt. Auf Schienen. Eine Kleinstadt auf Schienen. Sagen wir: von Budapest nach Danzig. Räder müssen rollen für den Sieg, schloß Panosch, während der Friseur voll Bewunderung das Rasiermesser am Lederriemen wetzte, welches er sogleich durch das eingeschäumte Gesicht des Heizers ziehen wollte. Als ein Thulserner einwandte, eine Zugmaschine müsse es in solch einem Fall aber wenigstens auf eine Antriebsleistung von zwanzigtausend PS bringen, fuhr Panosch dazwischen, den Friseur bei seiner Arbeit unterbrechend: das sei ja gerade das Elend gewesen. Elektrifiziert hätte man solch eine Leistung jederzeit hergebracht, doch der Führer habe wegen des mit jedem Zug mitzuführenden Flakwaggons jedwede Oberleitung abgelehnt: die Flak brauche freies Schußfeld. Der Friseur lachte meckernd. Ehe er seinem Kunden durch eine Geste mit dem Rasiermesser den Mund schließen konnte, preßte Panosch noch den Satz heraus, es sei mit der Breitspurbahn wohl auch deshalb nichts geworden, weil in dieser Zeit alle Gleise am Prellbock gewisser Lager zusammengelaufen seien. Es wurde still im Friseurladen, nur das Geräusch des Rasiermessers war zu hören, das über die Bartstoppeln des Flüchtlings kratzte. Längere Zeit schwiegen alle; manchmal räusperte sich der Friseur, wenn er das Messer am Leder rieb. Über dem Lederriemen hing im Herrgottswinkel ein Eckregal, auf dem das Radio stand: ein Nordmende ›Fidelio‹ mit hellbraunem Gehäuse. Um es einzuschalten, mußte sich der Friseur auf die Zehenspitzen stellen. Auf einmal durchbrach Musik das Schweigen. Eine Stimme sang: O holdes Bild in Engelschöne, oft wenn in Träumen ich dich angeschaut. Um die Verlegenheit aufzulösen, aber auch um zu verhindern, daß Panosch auf sein Lieblingsthema, das seit Oktober 1941 gültige Kursbuch für die Gefangenenwagen, zu sprechen kam — ein schier unerschöpflicher Gesprächsgegenstand, auf den der Heizer wieder und wieder gekommen war, lenkte der Friseur, der es sich überdies nicht mit der einheimischen Kundschaft verderben wollte, das Gespräch auf Lokales: es ging um Hanspeter Nonnenmacher. Ich kannte ihn, denn er war einige Jahre vor mir in die Volksschule gegangen. Ich hörte hinter meiner Zeitung aufmerksam zu. Nonnenmacher war wie ich im Waisenhaus aufgezogen worden, nachdem seine Flüchtlingsgroßmutter, Magda Lahdik, eines Tages vor Schwäche beim Putzen des Hausganges des Thulserner Viehhändlers zusammengebrochen war. Magda Lahdik hatte das Kind aus dem Osten mitgebracht. Manche Einheimischen wollen sogar erfahren haben, Hanspeter sei gar nicht ihr richtiges Enkelkind gewesen, sondern die Lahdik habe den Buben unterwegs aufgelesen. Im Waisenhaus dagegen hieß es, die Eltern von Hanspeter seien auf der Flucht bei einem Tieffliegerangriff ums Leben gekommen. Später wurde Hanspeter von dem Bijouteriefabrikanten Luitpold Nonnenmacher, in dessen kleiner Fabrik erzgebirglerische Arbeiterinnen schöne Lieder sangen, an Kindes Statt angenommen. Nonnenmacher spezialisierte sich auf Reißzeug und Lederuhrarmbänder; eine kleine Knopffabrik, die er nach dem Krieg zusätzlich betrieben hatte, gab er bald wieder auf. Das Gebäude diente als Lager. Dort habe ich manchmal mit dem um einige Jahre älteren Hanspeter gespielt. Damals ahnte noch niemand, daß er einst Rekordzahlen über Pistenkilometer und Beförderungskapazitäten der Seilbahnen ermöglichen würde. Als Befürworter des Gletscherskilaufs wollte er durchsetzen, daß das Thulserner Gletschergebiet von allen vier Himmelsrichtungen her zugänglich sei. Glaubte man Hanspeter, so wollten alle Kurgäste nur eines: möglichst schnell möglichst bequem möglichst hoch hinauf. Im Friseurladen hörte ich noch einmal seinen Werdegang, erfuhr die Summe, die er beim Verkauf des Betriebes seines Ziehvaters erzielte, erfuhr vom Stimmenverhältnis, mit dem er in den Gemeinderat gewählt worden war, wurde über seinen Vorsitz im Fremdenverkehrsausschuß informiert. Nach und nach wurden die ehrgeizigen Pläne des stets großsprecherischen Verkehrsamtsleiters bekannt: die einen wußten von der Erschließung der Ausflugsgebiete, die nächsten vom Bau eines Stausees, wieder andere von einer Gletscherbahn-Aktiengesellschaft. Gewiß: anerkennend wurde vermerkt, wie Nonnenmacher es bewerkstelligt hatte, daß jeder im Tal Fremdenzimmer vermietete, daß Bauernhöfe verkauft und in Hotels umgebaut wurden, daß einheimische Handwerksbetriebe und Bauunternehmer Hochkonjunktur hatten. Was der Nonnenmacher anfaßt, hieß es bald, wird zu Geld. Er gründet Firmen, errichtet Zwischengesellschaften, übernimmt Beteiligungen, baut ein riesiges Sporthotel sowie Appartementblocks mitten in die Bergwiesen. Schließlich will er ein Bungalowdorf in unmittelbarer Nähe des Gletschers aus dem Boden stampfen, sowie Kurse für das Durchklettern gefrorener Wasserfälle einrichten. Der Friseur lachte meckernd. Da sehe sich rasch einer nicht mehr hinaus, lautete der Kommentar. Der Flüchtling Panosch wollte etwas von drohender Überfremdung gehört haben, die der Gemeinderat seinem Verkehrsamtsleiter vorgehalten habe. Sogar die Regierung habe sich eingeschaltet. Plötzlich hätten das Verwaltungsgericht Formfehler entdeckt und die Banken die Kredite gekündigt. Der Konkursrichter habe festgestellt, daß Hanspeter Nonnenmacher mit Millionen in der Kreide gestanden habe, ergänzte der Friseur. Die Schere klapperte, ein neuer Kunde nahm auf dem Frisierstuhl Platz und bekam einen braunen Umhang umgelegt, der nach Leder und Zigarrenrauch roch. Das gesamte Privatvermögen, Hotels, Pensionen sowie Bergbahnaktien seien Teil der Konkursmasse geworden. Das Argument des jungen Unternehmers, das Tal bekannt, die Einheimischen wohlhabend gemacht sowie Arbeitsplätze und damit der Jugend eine Zukunft gegeben zu haben, stößt auf taube Ohren. Ihm wird entgegengehalten, andere Regionen ohne Hotelruinen und verrottende Skiliftmasten seien bei den Gästen beliebter; die Zahl der Übernachtungen sinke rapide. Was habe man aber auch ein Hallenbad auf Betonpfeiler an einen Steilhang bauen müssen? Nonnenmacher allein trage die Schuld, wenn sich jetzt soundsoviele Einheimische verkalkuliert hätten und auch ihnen die Versteigerung ins Haus stehe. Der Friseur habe es gleich gesagt. Jetzt aber sagte er zu seinen wartenden Kunden, während er einem Thulserner den Nacken ausrasierte: keiner von euch hat in den Nonnenmacher hineingeschaut, ehe er von der Sanna-Eisenbahnbrücke in die Tiefe sprang. Die Friseurkundschaft beschloß, die Frage nach der Schuld als Haarspalterei abzutun, ohne dabei zu ahnen, welches Faß sie damit für den Friseur auftat. Haarspalterei, äffte dieser nach. Was hier Haarspalterei heiße, wollte er höhnisch fragend wissen. Wenn hier einer etwas von Haaren verstehe, dann sei dies doch wohl er – und sonst keiner. Einige lachten, aber niemand wagte zu widersprechen. Schon als Kind hätten ihn die Skalpierszenen seines Landsmannes Karl May, von dem er alles gelesen habe, wessen er habe habhaft werden können (DurchdieWüstedurchswildeKurdistanvonBagdadnachStanbul), am meisten interessiert. Damals habe er beschlossen, Friseur zu werden. Und nicht etwa wegen Hitlers Bruder, der einem Gerücht zufolge in Berlin einen Friseursalon betrieben haben soll. Das Gefühl bei der Berührung von Frauenhaar sei unbeschreiblich, aber der Kavalier genieße und schweige. Mit Haut und Haaren habe er sich seinem Gewerbe verschrieben. Die lausigen Zeiten seien vorbei, in denen man an seinem Handwerk, welches, solange man vom Bader gesprochen habe, immerhin ein Seitenzweig der Medizin gewesen sei, kein gutes Haar lassen wollte. Schließlich habe man auch diesen alten Zopf abgeschnitten, die Vorurteile seien denn auch zum Haareausreißen gewesen. Um ein Haar hätte der Friseur bei seiner Schwadroniererei seinem Kunden die Warze im Genick wegrasiert, auf die er eigens aufmerksam gemacht worden war. Panosch, der Heizer, wollte dazwischen und vom Haar geschorener Verbrecherinnen sprechen, doch die Einheimischen unterbrachen ihn jäh, um dem Friseur Gelegenheit zu geben, über die langhaarigen Jugendlichen heutzutage herzuziehen, über solch ungewaschenes

Revolutionsgesindel, bei dessen Frechheit ihm manchmal die Haare zu Berge stünden. Gottlob werde man die schulterlange Pracht beim Kommiß zu stutzen wissen. Die Bürschchen würden schon merken, wie ein Dauerlauf mit der Gasmaske schmecke; der Spieß treibe ihnen schon die Flausen aus dem Kopf. Wieder hörte ich dieses meckernde Gelächter und das Schnappen der Schere. Der Wortschwall des Friseurs riß nicht ab: Bubikopf und Pferdeschwanz, Schnecken, Dutt, Zopf und Haarnetz, Farah Diba-Turm und kurz geschoren – wie neulich die Heilige Johanna in den Kurlichtspielen –, gefärbt, gebleicht, geflochten, gepudert oder in Dauerwellen gelegt, der Friseur war in seinem Element. Schon in der Berufsschule habe er von Haaropfern in der Antike gehört sowie vom langen Haar nicht nur als nobler Tracht, sondern auch als unverwechselbarem Zeichen des Freien. Nur Sklaven, Leibeigenen, Gefangenen und Ehebrecherinnen habe man den Kopf geschoren. Der Held seiner Jugend sei Barbarossa gewesen, wenngleich ihn das Unternehmen Barbarossa seine besten Jahre gekostet habe. Außerdem, ganz im Vertrauen, meine Herren, wir sind ja unter uns: wer erinnere sich nicht an den sonderbaren Augenblick, da er verwirrt, erstaunt und ängstlich stolz seine ersten Schamhaare habe sprießen sehen? Der Bart mache zwar noch keinen Philosophen, unterscheide aber immerhin deutlich den Jüngling vom Manne. Der Friseur sagte: Manne. Gebe es nicht auch einen Thulserner Aberglauben um die Macht der Brusthaare? Jawohl, in einem Zopfmuseum lägen sogar goldene Schutzhülsen in Vitrinen. Schließlich habe der Verlust der Haare nicht selten den Verlust der Würde bedeutet, wenngleich man heute Glatzköpfe als besonders intelligent einschätze. Er sei da anderer Meinung, verkündete er, nachdrücklich mit der Schere schnippend. Kämme und Haarnadeln zählten zu den ältesten Zeugnissen menschlicher Kultur. Man bedenke nur Aufwand und Einfallsreichtum, wenn es um Kopfschmuck gegangen sei. Und dies zu allen Zeiten, in aller Herren Länder – Federn, Muscheln, Perlen und Perücken. Die Haartracht als Kennzeichen des Stammes: siehe Irokesen, ohne Brusthaar, wie alle Indianer. Manche Naturvölker, wurde die schweigend und amüsiert zuhörende Runde belehrt, verglichen das Haareschneiden mit der Kastration. Gottlob legten hierzulande die besseren Leute Wert auf tadellosen Schnitt sowie sorgfältige Pflege. Die Herren sollten doch beispielsweise nur an den Kurpfarrer und Artikelschreiber des Thulserner Boten denken. Dieser Herr sei der lebendige Beweis für des Friseurs Theorie: je kultivierter das Haar, desto intelligenter der Kopf. Häufig genug habe man beobachten können, daß der Herr Expositus, selbst wenn er gerade mit jemandem spreche, frömmelnd den Kopf zur Seite neige, einen Kamm aus der Joppentasche ziehe und sich sorgfältig und ausgiebig kämme. In seinen Predigten dagegen tue er, als habe er Haare auf den Zähnen. Beruhigend sei aber doch, daß nicht einmal die unruhige Jugend auf die Rock'n Roll-Tolle verzichten wolle. Filmstars täten ein übriges: Wer zöge nicht Yul Brynners Glatze die verführerische Lockenpracht der Gina Lollobrigida vor? Die Geschichte von Samson und Delila habe er erstmals anläßlich eines Einkehrtages des Kolping- und Gesellenvereins aus dem Munde des Missionspaters Fichter gehört. Ihm komme es vor, als habe er die Bußpredigt gestern vernommen: Es ist nie kein Schermesser auf mein Haupt kommen. Wenn man mich schöre, so wiche meine Kraft. Und bei der Meisterprüfung vor Innung und Handwerkskammer habe ihn der Zunftmeister ausgerechnet nach der Bedeutung jenes tibetanischen Glaubens gefragt, demzufolge die Haare verstorbener Ahnen als Bäume aus dem Boden wüchsen. Gleichviel: ob Rapunzel oder Absalom, ob Struwwelpeter, Loreley oder Münchhausens Zopf – stets sei Haarmagie im Spiel gewesen. Kein Wort jedoch über den Liebeszauber mit aufgelöst getragenem Hexenhaar. Gottlob habe man in Thulsern bislang keinen Mädchenzopfjäger in Haft nehmen müssen, wohingegen anderenorts durchaus schlimme Fälle ruchbar geworden seien. Der Friseur bekannte sich als Liebhaber stark behaarter Frauenbeine und führte dies auf seine Kindheit zurück, in der er in Chemnitz auf einem Jahrmarkt die berühmte bärtige Helena Potocka aus Mährisch-Ostrau bestaunt habe: ein kapitales Weib, löwenmähnig wie ein Pudelmensch. Freilich dürfe keiner der Anwesenden von einem Meister des Friseurhandwerks die Preisgabe der Ingredienzien seiner Haarwuchstinkturen und Bartessenzen erwarten. Perückenwut des Sonnenkönigs hin, preußischer Militärzopf oder englischer Haarbeutel her: er als staatlich anerkannter Keraloge und Ondulierkünstler werde es in seinem Kappsalon nie zulassen, daß dem Ansehen seines Gewerbes auch nur ein Härchen gekrümmt werde. Die Rothaarigen seien, zugegeben, ein Kapitel für sich.

Des Wortschwalls müde lenkte einer der Anwesenden das Gespräch auf ein Thema, welches das Thulserner Tal seit einiger Zeit ebenso beschäftigte wie der

Selbstmord seines Fremdenverkehrsdirektors: die Gülle. Thulsern hatte zuviel Gülle, und obwohl es während der Wintermonate verboten war, die schneebedeckten Wiesen mit Jauche zu färben, sah man immer wieder vom einen oder anderen Hof ein braunes breites Rinnsal zu Tal fließen. Die Welt sei verkehrt: anstelle der einst selbst errichteten und genossenschaftlich genützten Käsereien führen nunmehr aluminiumgleißende Achtachser von Sammelstelle zu Sammelstelle, um die Milch in einem Milchwerk abzuliefern. Die Halsbänder der Kühe, denen man schon im Kälberalter die Hörner abnehme, enthielten Kraftfutterdaten, die Kraftfutterbox habe den Melkstand verdrängt, und – dies sei der Gipfel – in den Supermärkten Thulserns werde Billigquark aus dem Ruhrgebiet angeboten. Der Kunstdünger führe beim Vieh zu ständigem Durchfall, die Kuhfladen seien nicht mehr mit den früheren vergleichbar, Unfruchtbarkeit und Eutererkrankungen griffen um sich, die Anfälligkeit der Herden nehme immer mehr zu, kaum ein Bauer verfüttere heute noch Streu, zumal alle Streuwiesen aufgelassen seien. An die Stelle des Misthaufens sei Flüssigmist getreten, der angeblich den Arbeitsaufwand verringere. Aber wohin mit der Gülle? Schon kündige das Wasserwirtschaftsamt die Verseuchung der Gewässer an, die Gruben seien übervoll, es werde schwarz abgelassen, die Strafe riskiere man. Mit dem Futtermittelimport habe nicht nur der Viehbestand, sondern auch der Mistanteil überhand genommen. Halte man dagegen weniger Vieh, laufe man Gefahr, für nicht existenzfähig eingestuft zu werden und billiges Geld gestrichen zu bekommen. So einfach sei das. So mancher sei auf falschen Rat hereingefallen, habe den Viehbestand aufgestockt, teure Maschinen angeschafft, um schließlich vor einem Schuldenberg zu stehen. Außerdem: welches Mädchen wolle heute noch Bäuerin werden? Lehrerin, Sprechstundenhilfe oder Verkäuferin in einer Boutique, natürlich auch Stewardeß oder Fernsehansagerin, das sei gefragt. Der Kreislauf der Natur, wie man so schön sage, sei so lange unterbrochen, wie die Lehrfilme für die Landwirtschaftsschulen von den Dünge- und Futtermittelfabriken kämen. Einige Seitentäler, das Achtal voran, könne man landwirtschaftlich abschreiben: Ganze drei Bäuerlein gebe es noch, und diese seien am Aufhören. Der Friseur hielt sich zurück, während es zwischen den Einheimischen hin und her ging. Er schnappte mit der Schere, kämmte, bürstete, gab sich geschäftig und spürte, wie wenig er doch bei den Thulsernern zählte. Als wollte er sich dafür rächen, begann der Friseur, die Thulserner aus seiner Sicht darzustellen. Was ihm zuerst aufgefallen sei, als es ihn infolge der Kriegswirren in dieses Tal verschlagen habe? Der Aberglaube natürlich. Nirgendwo auf der Welt gebe es so viele Gesundbeter, Warzenbesprecher und Sympathieheiler wie hierzulande. Unausrottbar sei der Glaube der Thulserner an überirdische Kräfte. Hagelstürme würden abgewendet und Todkranke geheilt, Fälle, die von den Ärzten längst aufgegeben worden seien. Verstopfte Euter oder Eierziehen, Ringelblumensalbe und Krampfadernsud, all dies habe er hier kennengelernt. Meisterwurz gegen Rheumaleiden, Johanniskraut gegen die Thulserner Melancholie sowie gegen Schlafwandel, Holunder gegen Prellungen: die Mittel seien unerschöpflich. Vermutlich wohne in jedem dritten Haus ein Quacksalber und lebe davon nicht schlecht, denn so nebenher gehe da doch einiges ein. Der Friseur unterbrach seine Arbeit, um den Zeigefinger am Daumen zu reiben, doch die Anwesenden hatten sich hinter Rauchschwaden und Zeitungen verbarrikadiert. In den Küchenschränken stünden neben Eingemachtem Weckgläser mit verschiedenen Tees und getrockneten Kräutern, welche freilich erst in Verbindung mit geheimnisvollen Sprüchen wirkten. Das Fieber und den Hexenschuß, die senk ich beide in den Fluß. Die Schmerzen und die Pein, die fahren hinterdrein. Und dies alles selbstverständlich im Namen des Vaters, des Sohnes und des Heiligen Geistes. Amen. Ein Kunde hustete. Selbst Fernbehandlungen, fuhr der Friseur fort, würden praktiziert, sofern der Name des Patienten bekannt sei und die Gebete zum Elfuhrläuten erhört würden. Auch schwarze Sympathie sei bekannt geworden: innerhalb drei Wochen würden Kühe, Schweine und Hühner krank, der Hof brenne nieder, der Bauer erhänge sich oder lande im Irrenhaus, die Nebenbuhlerin werde auf dem Fahrrad vom Blitz gestreift, einer Klatschbase wachse plötzlich ein enormer Kropf. Milchzauber und Ungezieferrufen gehörten zu Thulsern wie seine Eisenbahn. Dabei sei der eine oder andere Handaufleger wegen Verstoßes gegen das Heilpraktikergesetz schon das eine oder andere Mal mit dem Gesetz in Konflikt geraten. Dennoch würden weiterhin Flechten besprochen, Verbrennungen gelöscht, Bettnässer getrocknet – vorausgesetzt, die Mondstellung sei günstig und die Bezahlung angemessen. Die Schere klapperte, der Kamm schlug gegen die Schere, der Friseur lachte kurz und meckernd. Manche Thulserner seien so abergläubisch, daß sie sich nur bei abnehmendem Mond die Haare schneiden ließen. Angeblich wüchsen diese dann nicht so schnell nach. Bislang sei noch jede Kanzelrede wider den Budenzauber selbst des wortmächtigen Paters Fichter fruchtlos geblieben, zumal kein guter Heiler nach seinem Kriebeskrabes aufs dreifache Kreuzschlagen vergesse. Er habe es mit eigenen Augen gesehen und mit eigenen Ohren gehört: da streiche der Sympathieheiler der kranken Kuh über das Euter und murmle mehrmals: gelobt sei der Tag, an dem unser Herr Jesus Christ geboren ward. Selig gepriesen sei der Tag, an dem unser Herr Jesus Christ am Kreuz gestorben ist. Geheiligt sei der Tag, an dem unser Herr Jesus Christ von den Toten auferstanden ist. Das sein heilige Stunden, da still ich dir, Alma, all deine Wunden. Gelobt sei Jesus Christus. In Ewigkeit. Amen. Es fehle nicht viel, und die Thulserner behaupteten, sie hätten Lahme wieder gehen sehen und Stumme wieder sprechen hören. Alles Mumpitz, Humbug, fauler Zauber. Da mischte sich ein Einheimischer ein, der bislang hinter einer Illustrierten geschwiegen hatte. Vonwegen fauler Zauber und so: er selbst kenne die Geschichte des Holosteric, einer alten Glaslinse, die ein Heiler als Jugendlicher noch vor dem Ersten Weltkrieg, einem schweren Traum gehorchend, unter einer Kreuzwegstation des Kalvarienberges vergraben habe. Nachdem aber ein Leichen- und ein Hochzeitszug darüber hinweggegangen seien, habe er die Linse bei Vollmond wieder ausgegraben und, da er Ministrant gewesen sei, am Sonntag während des Hochamtes dem Pfarrer unter die Altardecke geschmuggelt, so daß dieser unwissend seinen Segen darüber gesprochen habe. Seither verrate der Holosteric dem Sympathieheiler die vielfältigen Geheimnisse der Verwünschungen. Jetzt lachten die Einheimischen, und der Kunde blinzelte. Der Friseur war nicht sicher, ob sich die Einheimischen über ihn oder über sich selbst lustig machten. Deshalb war er dankbar, als das Gespräch, keiner wußte, warum und wie, auf die Untertunnelung von Schloß Hohenfernstein kam. Geplant sei ein unterirdischer, sechzig Meter langer Gang für die Besucher. Er solle vom Badehaus im Erdgeschoß des Ritterbaus über eine zwölf Meter tiefe Treppe in das Fundament und durch den Fels hindurch unterhalb des Schlosses wieder ins Freie führen. Die Kosten beliefen sich auf nicht weniger als zwei Millionen Franken. Es gelte endlich, die Besucherströme zum und vom Schloß zu entwirren. Überdies werde mit dem Tunnel der Forderung des Brandschutzes nach einem Fluchtweg entsprochen. Bisher sei es schließlich so, daß alle Besucher am Torbau von Schloß Hohenfernstein zusammenträfen. Bei einem Tunnel jedoch stiegen die Besucher am Ende der Führung wie bisher über eine Wendeltreppe des Pallas hinunter und gelangten dann nach der letzten Besichtigungsstation, der königlichen Küche, über den unterirdischen Gang ins Freie. Die Schlösser- und Seenverwaltung habe ebenso wie das Landesamt für Denkmalpflege das Einverständnis erklärt. Um Schäden an der Bausubstanz zu vermeiden, sprenge man mit kleinster Dosierung: installierte Meßgeräte in jedem Stockwerk registrierten jede noch so kleine Erschütterung. Die Opposition im Gemeinderat strebe nach einer anderen Lösung und greife dabei auf die Pläne des schwermütigen Königs selbst zurück. Danach sollte eine Plattform vor dem Pallas gebaut werden, von der aus sich

der König an Bären habe ergötzen wollen, welche unterhalb des Pallas in einem umzäunten Gehege gehalten werden sollten. Von der um die Hälfte billigeren Plattform aus könne oberirdisch dem Hang angepaßt eine Treppe den Besucherstrom wieder ins Freie führen. Im Winter sei dies freilich eine Zumutung.
Der Friseur zurrte an der Haarschneidemaschine, wechselte den Scherkopf aus, legte den gebrauchten Kopf in ein braun ausgeschlagenes Etui und sagte laut: der Nächste bitte. Vor lauter Staunen und Zuhören hatte ich vergessen, daß die einladende Geste des bereits wie ein Torero seinen Umhang schwingenden Meisters mir galt. Ich war an der Reihe, und während ich auf dem Stuhl Platz nahm, dessen Sitzpolster noch einmal blitzschnell gewendet wurde, ehe ich richtig saß und den Papierkragen am Hals spürte, der verhindern sollte, daß Haare in das Hemd fielen, was aber doch jedesmal vorkam, glaubte ich plötzlich, das Geheimnis von Thulsern erkannt zu haben: überall flirrte es nur so von Spezialwissen. Ob Oberlehrer Ellgaß, Schwester Canisia, Vetter Hans Nicolussi, Anna Kolik oder der Gemeindehirt, ob Ritana, die Saaltochter, der Ladeschaffner Schalderle, der Heizer Adolf Panosch oder der Flüchtlingsfriseur: jeder verfügte über einen Reichtum an Wissen und verstand sich darauf, dieses erzählend weiterzugeben. Und alle Fäden schienen bei mir zusammenzulaufen. Es konnte unmöglich Zufall sein, daß immer wieder ich es war, dem erzählt wurde. Diese Überlegung machte mir zugleich angst, denn ich vermutete, daß sich hinter der Preisgabe all dieses Wissens ein Auftrag verbarg, den ich ausführen mußte, ohne ihn doch bislang richtig erkannt zu haben. Ich spürte Beklemmung bei dem Gedanken, hier-

in zu versagen, zumal mir all diese Geschichten wie Hoffnungen vorkamen, die auf mich geladen wurden. Sollte ich sie weitertragen, bestand darin ihre Erfüllung? Oder foppten mich die Thulserner nur? Wußten sie bereits, daß es nach mir nicht mehr weitergehen würde, daß die Strecke stillgelegt würde? Erzählten sie deshalb? Erzählten auch sie gegen die verstreichende Zeit?
Das Surren der Haarschneidemaschine im Ohr überlegte ich, was in meiner Lage zu tun war. Es mußte weitergehen, aber wie, das wußte ich in diesem Augenblick nicht. Noch war ich nicht Streckenwärter. Noch war ich nichts. Der Friseur hatte Mühe, mit dem Kamm durch mein verfilztes Haar zu fahren. Es war nicht nur verschwitzt, sondern mit Farbe verklebt. Dies war auch der Grund, warum ich zum Friseur gegangen war. Eine Woche lang hatte ich einen sonderbaren Arbeitsauftrag ausgeführt. Als Gelegenheitsarbeiter durfte ich nicht wählerisch sein; ich mußte annehmen, was kam. Diesmal war es um einen rundherum schwarzen Kohlenkeller gegangen. Ich hatte die Aufgabe, ihn zu weißen. Es kam selten vor, daß ich über einer Arbeit verzweifelte, aber im Kokskeller bin ich verzweifelt. Vier Tage waren nötig gewesen, um mit einer rauhen Handbürste den Dreck von den Wänden zu kratzen. Die meisten Probleme bereiteten die Ecken sowie die Decke. Ich steckte die Bürste auf einen Besenstiel, um einigermaßen zurechtzukommen. Der feine Staub fiel mir in die Augen, die schon nach dem ersten Tag entzündet waren. Die Kohlenschwärze schien so undurchdringlich, daß ich nach anfänglicher Zuversicht, den schwarzen Keller weiß zu bekommen, bald jede Hoffnung aufgab; daß es mir

zuletzt dennoch gelang, kam mir jetzt, im Friseurstuhl sitzend, das Geräusch der klappernden Schere sowie das meckernde Gelächter des Friseurs im Ohr, wie ein kleines Wunder vor. Ich hatte keine Erklärung dafür. Ich erinnerte mich nur noch an die Phantasiebilder, die mich im Keller während des Bürstens und Weißens nicht mehr losgelassen hatten. Anfangs stellte ich mir vor, Heizer in einem Schiffsbauch zu sein, danach bildete ich mir ein, als Grubenarbeiter unter Tage zu arbeiten, vielleicht verschüttet zu sein, wie ich es aus Erzählungen von Kriegsheimkehrern kannte, denen ich atemlos gelauscht hatte, wenn sie ihre Schreckensvisionen ausbreiteten. Zuletzt entschied ich mich für das Dasein eines zu Unrecht Verurteilten: ich kam mir vor wie der Graf von Monte Christo in seinem Verlies, denn es war noch nicht lange her, daß ich den Film mit Jean Marais, den ich bewunderte, in den Kurlichtspielen gesehen hatte. Der Graf von Monte Christo war dazu verdammt worden, einen über und über schwarzen Kohlenkeller zu weißen: er sollte das Wunder der Verwandlung vollbringen. Ich kratzte und bürstete, atmete den Staub ein, hustete, rieb die Augen, es juckte in den Ohren, und obwohl es im Keller ziemlich kalt und feucht war, schwitzte ich wie unter tropischer Sonne. Bilder trieb es mir vor Augen, deren Herkunft ich mir nicht erklären konnte. Ich sah mich als krankes Kind mit dickem Schal um den Hals im Bett sitzen und in alten Fotografien wühlen, die in einer Schuhschachtel durcheinander lagen. Ich spielte mit leeren hölzernen Filmspulen, die ich beim Fotografen erbettelt hatte. Da die Spulen in der Mitte geschlitzt waren, konnte ich sie ineinanderstecken und sonderbare Autos bauen, merkwürdige Fahrzeuge mit sechs und sieben Achsen. Das Wissensspiel fiel mir ein: Magihara antwortet auf jede Frage. Man mußte einen Plastikmagier mit indischem Aussehen auf eine bestimmte Frage drehen, die sich auf einem Papierkreis befand, danach die kniende Figur auf einen winzigen Spiegel auf der rechten Seite des Spielfeldes stellen, wo sie sich, geleitet von magnetischen Kräften, so lange drehte, bis ihr nadelspitzer Zeigestab auf die richtige Antwort wies. Wo ist der längste Tunnel? Wie lange braucht das Licht von der Sonne bis zur Erde? Nenne den größten Binnensee der Erde! Welches Lebensalter erreichen Rebhuhn, Kuckuck, Buche, Karpfen, Sommerlinde, Weinstock, Flußkrebs? Welches ist das höchste Bauwerk der Erde? Was kosten hundert Gramm kleinste Unruhfedern für Taschenuhren? Dazwischen schoben sich Sätze aus dem alten Lesebuch, die mir während des Bürstens und Scharrens wie Hohn vorkamen: des Faulen Äcker sind immer voll Nesseln. Wo Berge abzutragen sind, da reicht das Händereiben nicht. Ein Löffel voll Tat ist besser als ein Scheffel voll Rat. Der Löffel! Mit einem abgebrochenen Löffel hatte sich der Graf von Monte Christo durch die Mauern geschabt. Mit List war er entkommen, nachdem ihm ein gleichfalls eingekerkerter Gelehrter sterbend sein Wissen um den Schatz anvertraut hatte. Ich bin ein Mann und muß mich ducken, stand auf einem Thulserner Haus, und wann es Glück regnet, so bleib ich trucken, fiel mir ein, wann es Unglück regnet oder schneit, so werd' ich nässer als ander Leut. Gott behüt dies Haus so lang, war in Altusried zu lesen, bis ein Schneck die Welt durchgang, bis ein Ameis dürst so sehr, bis sie austrinkt s'ganze Meer. Wie im Fieber schoben sich solche Sprüche in meine

Gedanken; manchmal schien mir, als käme ich stundenlang nicht von solchen Sätzen frei. Längst war der Friseur dazu übergegangen, die Haare hinter den Ohren auszuschneiden, sein Kamm strich an den Koteletten entlang, die Schere schnappte, dann wieder trat der Flüchtling zurück, betrachtete das Ergebnis zufrieden, machte sich wichtig dabei, strich mit dem Kamm hier glatt und stutzte dort noch einige längere Haare, die er vorher übersehen hatte.
Eine laute Stimme drang von draußen in den Friseursalon. Die Kunden wandten sich dem Fenster zu, der Friseur unterbrach seine Arbeit, um ebenfalls hinauszuschauen. Allein in meinem Stuhl im braunen Frisiermantel sitzend, konnte ich im Spiegel sehen, daß ein fliegender Händler auf dem Bahnhofsvorplatz seinen Stand eröffnet hatte, wie dies jeden ersten Donnerstag im Monat im Ort üblich war. Während ich noch in Gedanken im Kokskeller war, den ich am Ende doch weiß bekommen hatte, hörte ich den Jahrmarktschreier, dessen Sprüche mich aus dem Keller in die Gegenwart zurückholten: da gehts her, Leut, verkaufts euer Vieh, damits bei mir kaufen könnts, schlagts die Fensterscheiben ein und verkaufts Glas, damit ihr bei mir einkaufen könnts, stehts net da, wie no amal Gulden elf, tuts enkere Mäuler zu, daß es net so zieht. Da schauts her, das nenn ich ein Messer. Da kann ma um Mitternacht a nackate Laus rasiern. Aber was nutzt dös Messer, wenn ka Gabl dabei is? Dös is a Gabl mit vier Zunken, Leut, schauts her: auf den ersten kommts Kraut, auf den zweiten s'Fleisch, junges, zartes Weiberfleisch, auf den dritten einer von der Regierung und auf den vierten einer von de Flüchtling. Außerdem ham ma Reibbürstn, Wutzlbürstn, Wichs-

bürstn und Bürstn zum Weißeln. Meine Damen und Herren Kurgäst und Einheimische: her mitm Geld, mei Schwiegermutter muß zum Militär, zu die reitenden Milliweiber bei der Gebirgsmarine.

Die Anwesenden feixten und vertieften sich erneut in ihre Zeitungen. Sie wußten: diese Stimme gehörte dem Steinhauer, der nach dem Krieg eine Kreissäge auf ein Halbkettenfahrzeug montiert hatte, um mit diesem von Haus zu Haus zu fahren und Brennholz auf Schürlochgröße zu schneiden. Eines Tages riß es ihm eine Hand in die Säge. Den blutenden, sägemehlgetränkten Teil in sein Taschentuch wickelnd, radelte er zum Doktor. Später kaufte sich Steinhauer einen Bus für Bettfedernreinigung, mit dem er über Land fuhr, nebenher seinen Bürstenhandel sowie sein Bauchladengeschäft betreibend. Zeitweilig war ich Gehilfe im Bettfedernreinigungsbus, wendete die Inletts, schaltete das Gebläse ein, bewunderte, wie der Bus, ausgenommen der Fahrersitz, vollkommen umgestaltet worden war. Pappkartons machten die Scheiben blind, im Inneren roch es nach Gebügeltem, nach Heißmangel und Wäsche. Und ich war Steinhauers Gehilfe. Zeitweilig, wohlgemerkt. Ich verteilte die Handzettel: Nur einige Tage! Werte Hausfrau, melden Sie sich am Maschinenwagen rechtzeitig an. Abholen, Vernähen und Rücklieferung kostenlos. Lassen Sie sich von unseren Fachkräften beraten. Lieferung von Inlett in vielen Farben. Auch Flachbetten, Federn zum Nachfüllen, Umarbeitung von Normal auf Karo-Stepp. Solide Facharbeit wird garantiert. Schon spürte ich den feinen Pinsel, der die letzten Haare aus dem Nacken strich, schon schwenkte der Friseur den braun umrandeten ovalen Handspiegel, um mir meinen geschorenen Hinterkopf zu zeigen, schon zerriß das papierne Kreppband um meinen Hals, ein Geräusch, das mich an eine Hinrichtung denken ließ. Der Friseur löste die Klammer des Umhangmantels, schüttelte ihn und bat, mit einer Hand flink die Schublade aufziehend, in der sich die Kasse befand, den nächsten Kunden, einstweilen schon einmal auf dem Stuhl Platz zu nehmen. Ich zahlte, verabschiedete mich, ging hinaus, die zwei, drei Steinstufen hinunter, blinzelte, weil sich die Sonne im silbernen Teller, dem Zeichen der Friseursinnung, über der Ladentüre, spiegelte, schämte mich beim Blick auf den Bettfedernreinigungsbus, weil ich auch dort als Gelegenheitsarbeiter bekannt war, und schlug endlich, um auf und davon zu können, die Richtung zum Bahndamm ein. Das Gleis gab mir wieder Hoffnung. Ich wollte weg, einfach weg. Als ich in meine Joppentasche griff, spürte ich eine Münze, vermutlich Wechselgeld vom Friseur, und in diesem Augenblick beschloß ich, den Groschen, oder war es ein Franken, auf die Schienen zu legen und zu warten, wie ein Bub zu warten, bis das Geldstück von einem darüberrollenden Zug zerquetscht würde. Dabei überkam mich wieder das stolze Gefühl, eine Art besoffenen Wissens von einer Macht über die ganze Welt, wie ich es zu Zeiten meines Ziehvaters Vetter Hans Nicolussi bisweilen verspürt hatte. Aber mein Rücken juckte: es mußten doch einige Haare ins Hemd gefallen sein.

Die Stimme Thulserns

Die Strecke kommt mir vor wie ein Metermaß, jede Schwelle ein Strich. Was andernorts gelegentlich behauptet wird, kann ich nur bestätigen: es gibt tatsächlich Gegenden, in denen alle Entfernungen nach der Eisenbahn bestimmt werden – wie nach dem Nullmeridian von Greenwich. In meinem Lesebuch, dem *Großen Bildungsbuch,* einem Sammelsurium von Tabellen, Erklärungen, Geschichten, Abbildungen, schwarzweiß und in Farbe, immerwährendem Kalendarium, Romanauszügen, Länderkarten und Statistiken, befindet sich ein Foto: ein dicker, weißer Strich, der quer über eine Straße läuft. Zuletzt wurde ich durch eine Schulfunksendung über Längen- und Breitengrade daran erinnert. Ich höre solche Sendungen nicht ungern, denn ich halte damit meinen Kopf wach. Früher, vor meiner Zeit auf der Strecke, habe ich viel gelesen. Dabei war *Das Große Bildungsbuch* meine Lieblingslektüre. Eine Zeitlang versuchte ich sogar, unterwegs zu lesen, doch das Gehen von Schwelle zu Schwelle beansprucht meine Konzentration, es läßt keine Zeit mehr für ein Buch. Der vertrackte Abstand zwischen den Schwellen verhindert jedwede andere Tätigkeit. Auch die Dienstvorschriften verlangen höchste Aufmerksamkeit und erlauben kein leichtfertiges Abschweifen, wozu Bücher verführen. Außerdem wäre mir *Das Große Bildungsbuch* auf die Dauer

im Rucksack zu schwer geworden. Es erwies sich über eine längere Strecke als niederdrückend. Es war, als trüge ich Steine, als handelte es sich bei der Schwarte um einen Steinbruch. Lange Zeit suchte ich nach Ersatz, denn mein Kopf verlangte nach Nahrung.
Ich schuf Lesedepots. Jedes Unterstellhäuschen wurde mit ausreichend und abwechselnd ausgewähltem Lesefutter versehen, so daß ich während meiner Ruhepausen meinen Lesehunger stillen konnte. Auf diese Weise habe ich meine Wellblechunterstände nach und nach zu Vorratskammern ausgebaut. Diese Methode hat sich bewährt: vor allem, weil sie eine reizvolle Gleichzeitigkeit des Lesens ganz unterschiedlicher Bücher ermöglicht. In den Büros der Eisenbahngesellschaft wird man sich wohl kaum einen belesenen Schwellenhopser vorstellen können; dort halten sie unsereinen für stumpfsinnig. Aber die Herrschaften haben keine Ahnung. Indem sie uns unterschätzen, begehen sie einen groben Fehler.
Es ist nicht bei den Lesedepots geblieben. Weiterhin auf der Suche nach Möglichkeiten, Wissen leicht zu machen, bin ich auf die Radio-Idee gekommen. Wahrhaftig hat sich beim Radio Bildung in Luft aufgelöst, in Äther, wie es so schön heißt. Äther: das gefällt mir. Aus dem Äther, über Ätherwellen! Durch den Äther bin ich mit der ganzen Welt verbunden; ich kann nicht verlorengehen. Selbstverständlich behielt ich meine Lesedepots bei, doch das Batterieradio, welches ich am Handgelenk tragen kann, das schwarze Zauberkästchen hat mir schon viele schöne Erlebnisse verschafft. Über Ätherwellen hörte ich fast ein ganzes Jahr lang Kapitel für Kapitel aus *Die Abenteuer von Malapane*. Ich verwandelte mich in den jungen Hel-

den, der von Schwelle zu Schwelle ging, Laschen überprüfte, Weichen schmierte, mit dem Hammer gegen die Gleise klopfte. Nur eines bedauere ich wieder und wieder: Ich kann nicht zurückblättern. So wunderbar das Radio auch immer sein mag, so lehrreich seine Sendungen sind, so sehr sie Medizin sind gegen meine Schwermut, die Berufskrankheit der Streckenwärter: Ich kann nicht zurückblättern. Anfangs habe ich das Radiohören mit dem Gehen von Schwelle zu Schwelle verglichen: es geht immer weiter, immer vorwärts, Schritt für Schritt. Aber dann ist mir aufgefallen, daß ich stehenbleiben und verschnaufen oder zurückblicken kann, indes das Radioprogramm immer weitergeht, unaufhaltsam. Deshalb mußte ich den Vergleich mit meiner Arbeit verwerfen. Gewiß: ich bin ein aufmerksamer Hörer, ich habe meinen Lieblingssender, *Die Stimme Thulserns*, ich habe meine Lieblingssendungen, wozu auch Wunschkonzerte zählen, ich weiß: das Radio ist wie der Weltfahrplan. Alles ist mit allem verbunden. Trotz des schlechten Empfangs in diesem Seitental ist das Radio fester Bestandteil meines Lebens auf der Strecke geworden. Aber ich kann nicht zurückblättern. Das Radio ist rastlos, es birgt in sich die Gefahr der Ungeduld und der Nachlässigkeit. Es gibt eben nichts, was ohne Fehl und Tadel wäre. Nicht einmal das Radio ist makellos. Es hat einige Zeit gedauert, bis ich mir das so klargemacht hatte, daß ich es schmerzlos akzeptieren konnte. Zurückblättern müßte man das Radio können, denn das Zurückblättern ermöglicht Genauigkeit; zurückblätternd lassen sich die Dinge besser bedenken. Den Worten, die ich aus dem schwarzen Kästchen höre, denke ich gehend nach. Ich

denke ihnen hinterher. Könnte ich zurückblättern, bestimmte ich das Tempo, verfügte ich über die Zeit, die ich sogar anhalten könnte, denn ich verehre die Dauer ebenso wie Übersicht und bedächtig gefällte Urteile. Ganz im Gegensatz zur Eisenbahngesellschaft, deren Beschluß zur Stillegung der Strecke zweifellos überhastet gefällt wurde. Das steht für mich fest.
Um Mißverständnissen vorzubeugen: weil ich soeben ein wenig am Radio herumgenörgelt habe, bin ich noch lange kein Feind der Ätherwellen. Ich weiß genau, wann ich bestimmte Sendungen einschalten muß. Das Wunschkonzert kommt jeden Nachmittag, anschließend folgen Nachrichten aus der Region. Da ich viele Melodien kenne, summe ich oft mit. Seit ich denken kann, kenne ich das Lied von der Schwäbschen Eisenbahne. Zuletzt hörte ich es im Sonntagnachmittagsprogramm, während ich gerade die lange Kurve vor der Brücke inspizierte. Sobald ich die ersten Takte vernahm, drehte ich auf volle Lautstärke und hielt das Gerät ans Ohr, wobei meine Mütze ein wenig verrutschte. Aber darum kümmerte ich mich nicht: ich hörte das Lied, welches ich schon in meiner Kindheit gesungen hatte. *Trullatrullatrullala, goht an Schalter, lupft de Huat, oi Billettle send so guat.* Der Empfang war tadellos: kein Knacken, kein Rauschen, kein anderer Sender, der sich einmischte. Selbstverständlich sang ich sofort mit, zuerst brummelnd, um in die Melodie hineinzukommen, dann lauter und mutiger, zuletzt fast übermütig und in erstaunlicher Harmonie. Da ringsum die Welt in Stille versank, erschrak ich vor der eigenen Stimme. Seit wenigstens zwei Stunden hatte ich keinen Ton gesagt, sondern nur das Knirschen des Schotters unter meinen Sohlen

gehört. Deshalb kam mir der erste Laut aus meinem Mund sonderbar vor, als klänge er im Schädelinneren nach. *Auf der schwäbsche Eisabah git's gar viele Haltstatione: Schduegert, Ulm und Biberach, Meckabeure, Durlesbach.* Das Lied versöhnte und drehte meine Gedanken zurück: es war wie Zurückblättern. Eisenbahnfahrten über Land fielen mir ein, das Rumpeln im Schienenbus über sonnenbeschienene Felder, vorbei an Flüssen und Straßen. Ich sah Autos mit dem Zug um die Wette fahren, und ich war enttäuscht, wenn Bahn oder Straße eine Kurve machten, so daß ich nie den Ausgang des Rennens erfahren konnte. Gewann das Auto oder gewann der Schienenbus, in dem ich saß, ich, ganz allein, niemand sonst, als fahre der Zug nur für mich, und als fahre er immer weiter, weiter und weiter, zuletzt auf den Schienen der Transsibirischen Eisenbahn? *Wie der Zug no wieder schdaut / Und er nach seim Böckle schaut, / Findet er bloß Kopf und Soil / An dem hintre Wagedoil.*
Zugegeben: der grausige Schluß hat mir nie richtig gefallen. Schon als Kind sah ich zwischen den Puffern des letzten Wagens den vom Rumpf getrennten Kopf des Geißbocks, den Kälberstrick um den Hals, zweimal verknotet; ich sah, wie es aus dem Hals auf das Gleis tropfte, indes der Schädel des Tieres im Rhythmus der Schienennähte gegen die Außenwand des Waggons schlagen mußte, mit dumpfem Klang aufprallend. In diese verzerrten Bilder hinein klangen die Worte des Radiosprechers, die mich nur langsam wieder beruhigten, ehe sie mich erneut in Aufruhr versetzten: die Strecke der Schwäbischen Eisenbahn habe man 1849, ein Jahr nach den Unruhen, in Betrieb genommen, sie jedoch sehr wohl als Ergebnis der

Revolution betrachtet. Mich dagegen hätte interessiert, wann das Lied entstanden war, doch darüber erfuhr ich nichts. Ich stellte mir vor, wie ein Bänkelsänger auf einem Jahrmarkt die Geschichte zum besten gab, wie er mit seinem Zeigestab auf die einzelnen Bilder wie auf Stationen deutete, von denen das letzte genauso aussehen würde, wie ich es mir seit meiner Kindheit vorgestellt hatte. In Gedanken an das Bäuerchen, welches schwäbisch geizig die Eisenbahn überlisten wollte, zum Schluß aber zornig wie Rumpelstilzchen den Schädel seines Geißbocks dem Konducteur *an de Ranze schmeißt,* drehte ich das Radio wieder leiser. Später erzählte der Sprecher, ein Heimatforscher habe das Lied einem Tübinger Commersbuch entnommen, ein anderer halte es für ein Schweizer Kasernenlied, das in Basel entstanden sei. Das interessierte mich jedoch ebensowenig wie die Nörgelei eines Schulmeisters, Durlesbach komme in Wirklichkeit gleich hinter Biberach, also vor Meckenbeuren: zu der Umstellung sei es lediglich aus Reimzwang gekommen. Erst bei den letzten Sätzen des nun doch ein wenig durch Überreichweiten gestörten Senders merkte ich wieder auf, unterbrach mein Brummeln, ließ den Hammer nicht länger gegen die Schiene klingen, sondern hörte ungläubig zu: mit Beginn des Sommerfahrplans wird der oberschwäbische Bahnhof Durlesbach im Schussental an der Bahnstrecke Ulm – Bodensee geschlossen. Gegenwärtig halten dort nur noch drei Züge täglich. Es heißt, jeder dieser Züge habe mehr Wagen, als Fahrgäste aus- und einsteigen. Die Bahnschranke, die derzeit noch von Hand auf- und abgekurbelt werde, solle durch eine automatische Sicherung ersetzt werden. Die noch verbleibenden bahntechnischen Handhabungen (der Sprecher sagte: Handhabungen) würden am Neujahrstag von einem Drucktastenstellwerk in Aulendorf übernommen. Ich war durch diese Nachricht so verstört, daß ich sofort das Radio ausschaltete und es den ganzen Tag nicht mehr andrehen konnte. Die Nachricht hatte mich aus dem Rhythmus gebracht.

Mein kleines batteriebetriebenes Radio habe ich immer bei mir. Es wiegt nicht viel und hat in jeder Tasche Platz. Meist trage ich es an einer Kordel ums Handgelenk. In der anderen Hand halte ich meinen Langhammer, mit dem ich in regelmäßigen Abständen gegen die Schienen schlage. Ich klopfe die Strecke ab und nenne das: mit dem Hammer nachdenken. Manchmal trage ich anstelle des Hammers den großen Schraubschlüssel. Auch er läßt sich als Hammer benützen, auch mit ihm klopfe ich ab. Der Empfang in diesem engen Gebirgstal ist häufig gestört. Er ist stark witterungsabhängig: bei gutem Wetter bekomme ich sogar ausländische Sender herein, zum Beispiel Radio Tirana. Ich mag solche Namen, bei denen ich Fernweh bekomme: Radio Tirana. Das zergeht auf der Zunge. Oder: Hilversum, Monte Ceneri, Samarkand. Wenn ich solche Namen höre, komme ich mir vor wie Sindbad der Seefahrer. Das Gerät ist nicht mehr ganz neu. Oft kracht es, oder andere Sender mischen sich ein, überlagern das Programm, das ich gerade hören will. Dann muß ich versuchen, den Sender fein einzustellen, oder ich drücke mein Radio fest ans Ohr. Mit dem Programm bin ich zufrieden. In der Regel interessiert mich eigentlich alles, was gesendet wird. Meistens kann ich es sogar direkt für mich brauchen. An dem Tag, an dem die Nachricht von der Eisenbahngesellschaft bei mir eintraf, hörte ich eine Sendung über fünfundzwanzig Barone, die Händel mit ihrem König hatten. Ich habe nicht alles mitbekommen, aber einige Stellen aus einem Brief, den der König hinterlegte, sind mir noch im Gedächtnis. Ich habe ein gutes Gedächtnis. Schon als Schüler hatte ich ein gutes Gedächtnis, und ich bin der Meinung, daß ein gutes Gedächtnis in meinem Beruf notwendig ist. Dem König war an einer Beilegung des Streites gelegen. Die Worte, die er in seinem Brief wählte, haben mir imponiert. Bestimmt hat das auch dazu beigetragen, daß ich mir einzelne Stellen merken konnte. Geben wir ihnen die Absicht, das Vorstehende für alle Zeiten fest und unverletzt zu erhalten, folgende Sicherstellung, schrieb der König. Für alle Zeiten fest und unverletzt. Das muß man sich einmal vorstellen. Die Barone sollen fünfundzwanzig ihres Standes aus dem Reich wählen, die mit allen Kräften den Frieden und die Freiheiten, die wir ihnen gewährt haben, halten und halten lassen sollen, diktierte der König seinem Schreiber. Dergestalt, daß, wenn wir oder einer unserer Beamten in irgend etwas gegen irgend jemand uns verfehlt oder einen Artikel der Sicherstellungsurkunde übertreten haben und die Verfehlung vieren der vorgedachten fünfundzwanzig Barone erwiesen wird, diese vier Barone zu uns kommen sollen mit der Bitte, jene Verfehlung unverzüglich zu sühnen. Das waren die königlichen Worte.

Solche Sendungen höre ich gerne, noch dazu, wenn sie in England spielen, dem Ursprungsland aller Eisenbahnen dieser Welt.

Unzählige Eisenbahngeschichten kommen aus England. Das ist kein Wunder, wenn man bedenkt, wo die

ersten Lokomotiven gebaut, wo die ersten Strecken gelegt wurden. Und das auch noch untertage. Ich kenne mich von Berufs wegen ein wenig in der Eisenbahngeschichte aus. Damals, als ich meine Arbeit aufnahm, wurde man noch in Eisenbahngeschichte geprüft. Heute ist das anders. Heute lacht jeder darüber, denn heutzutage zählt man den Schienenverkehr nicht mehr zum Fortschritt. Die vielen Stillegungen sind der beste Beweis dafür.
Aber ich werde das nicht einfach so hinnehmen.
Und wenn wir die Verfehlung nicht binnen vierzig Tagen sühnen, legte der König fest, sollen die vorgedachten vier Barone die Sache den übrigen der fünfundzwanzig Barone vortragen, und jene fünfundzwanzig Barone werden uns dann mit der Gesamtheit des ganzen Landes in Anspruch nehmen und beschweren auf alle Weise, wie sie können, sagte der König, und in meinem Radio pfiff es und knackte, und ich hatte Mühe, den Sender wieder zu finden. Vielleicht bin ich an das Rädchen gekommen, mit dem er eingestellt wird. Vielleicht habe ich den Zeiger auf der Skala verdreht. Als ich den Sender endlich wieder gefunden und erneut fein und klar genug eingestellt hatte, war der König mit seinem Brief schon fast zu Ende. Ich hörte gerade noch etwas von Beschlagnahmung unserer Burgen, Länder, Besitztümer und etwas von Vorbehalt unserer Person, unserer Königin und der Kinder. Und nachdem gesühnt ist, werden sie uns wieder gehorsamen, wie sie es vorher getan. Da kam eine Störung herein, denn es war ein feuchter und nebliger Tag. Bei Nebel ist der Empfang nie besonders gut. Und werden alle im Lande, die diesen Eid den fünfundzwanzig Baronen nicht freiwillig schwören,

durch unseren Befehl dazu bringen. Mehr war nicht zu verstehen. Es rauschte nur noch in dem kleinen schwarzen Kästchen. Vielleicht waren auch die Batterien schon schwach. Ich habe sie ausgewechselt. Gottlob habe ich im Keller einen größeren Vorrat angelegt, denn ich möchte es unter allen Umständen vermeiden, eines Tages ohne Radio zu sein. Ich habe sonst kaum jemanden, mit dem ich sprechen kann. Das Radio aber verbindet mich mit der ganzen Welt. Regelmäßig höre ich Nachrichten, manchmal auch den Landfunk, Vorträge oder Sportübertragungen. Wäre ich gläubig, ersetzte es mir am Sonntag zeitweilig sogar den Kirchenbesuch. Aber ich glaube nichts, und ich bin auch nicht fromm.
Der Brief des Königs ist mir nicht mehr aus dem Kopf gegangen. Immer wieder mußte ich an diese Worte denken. Schließlich verstieg ich mich sogar in die Vorstellung, selbst einer dieser fünfundzwanzig Barone zu sein. Doch dann sagte ich mir, diese Geschichte habe tief im Mittelalter, lange vor der Erfindung der Eisenbahn gespielt, und deshalb sei es nicht möglich, daß ich in ihr vorkomme und als Baron mitspiele. Aber so ist das mit dem Radio. Es kümmert sich nicht um die Jahrhunderte, so wenig es sich an Grenzen hält. Ein Sender mit großer Reichweite kennt keine Hindernisse, er überwindet Berge und Grenzen federleicht. Das imponiert mir an dieser Einrichtung. Besonders die Bezeichnung: aus dem Äther, denn bei Äther denke ich auch an Betäubung. Die ganze Woche bin ich nicht mehr von den fünfundzwanzig Baronen freigekommen. Auch noch am Sonntagmorgen dachte ich an sie, obwohl gerade eine ganz andere Geschichte erzählt wurde – die Geschichte von einer Witwe, die

Gott anflehte, er möge den Landesfürsten recht lange leben lassen, obwohl ihr der Herr viel zuleide getan hatte. Mir kam die alte Frau zuerst verdreht und frömmlerisch vor, denn für gewöhnlich werden Tyrannen verwünscht. Aber schlagartig wurde mir klar, daß die Witwe mit mir und den fünfundzwanzig Baronen zu tun hatte, als ich hörte, wie sie ihre Gebete vor dem Schinder begründete:
Ich hatte zehn Kühe, als dein Großvater lebte, las die Sprecherin im Radio die Worte der Witwe, und ich hörte gebannt zu. Das Wetter war gut am Sonntag, demzufolge auch der Empfang. Das Radio stand auf dem Küchentisch, und ich drehte es noch ein wenig, um die Stimme klar hereinzubekommen. Zwei davon nahm er mir weg, sagte die Stimme. Da betete ich gegen ihn, er möge sterben und dein Vater möge Herr im Land werden. Als aber das geschah, nahm mir dein Vater, edler Fürst, drei Kühe. Wieder betete ich, sagte die Frau, und ich stellte mir vor, daß eine alte Schauspielerin die Zeilen las, du mögest Herr werden und dein Vater, oh Fürst, sterben. Nun hast du mir vier Kühe genommen. Darum bitte ich für dich. Denn ich fürchte, der nach dir kommt, nimmt mir auch die letzte Kuh mit allem, was ich habe.
Wie gut, daß ich neue Batterien eingelegt hatte. Sonst wäre mir diese Geschichte entgangen, und der Sonntag hätte eine andere Wendung genommen. Der Sonntag und die folgenden Tage und Nächte.
Unterwegs habe ich Zeit genug, die Dinge zu bedenken. Kein anderer Beruf hat solche Vorteile. Nirgendwo sonst auf der Welt ist solches Hinterherdenken möglich als auf meiner Strecke, die jetzt stillgelegt werden soll.

Da laufen die Bilder und Gedanken in meinem Kopf zusammen wie die Schienen und Strecken an einem Eisenbahnknotenpunkt. Während ich von Schwelle zu Schwelle gehe und in regelmäßigem Abstand meinen Hammer gegen das Eisen der Gleise klingen lasse, bedenke ich die Lage der Witwe und der Barone, überlege ich, was der König mit Sühnen meint und mit unverletzt für alle Zeiten. Zuletzt weiß ich nicht mehr genau, ob ich mich in die Gebete der Witwe einbeziehen oder ob ich mich nur einmischen soll. Denn alles läuft auf der Strecke zusammen. Es sind nicht nur Schwellen, über die ich gehe. Es ist nicht nur Schotter, der unter meinen Schuhen knirscht. Es ist das Geröll, das bedacht und erzählt werden muß. Zu dem Geröll gehören auch diese Radiosendungen, von denen ich nicht lassen will.
Ich habe sehr viel Zeit zum Nachdenken. Gehend male ich mir aus, wie es gewesen sein könnte. Einen Fuß vor den anderen setzend gehe ich die Strecke ab, schreite vorwärts und schweife in Gedanken seitwärts. Die Schritte bringen mich vorwärts, aber im Kopf kann ich zugleich vor und zurück, kann zur Seite und im Bogen denken, in Leitern oder in Spiralen. Da gibt es keine Hindernisse. Das ist wie mit den Radiowellen; das ist wie mit dem Äther. Steig in die Luft und verschwinde. Entlang der rostigen Schienen einer unaufhaltsam verkrautenden Strecke lege ich mir zurecht, wie es zum heutigen Tag gekommen ist. Dabei hole ich mitunter weit aus, um dann wieder atemlos zur Gegenwart aufzuschließen, als wäre Gestern gerade erst gewesen, und es ist doch viel länger her. Warum hat die Witwe gebetet und nicht dem Fürsten das Schloß in Brand gesteckt? Sind Rache und Gewalt

bloß eine Frage der Mittel, nicht aber der Zwecke? Da wird ihr eine Kuh um die andere genommen, Generationen von Tyrannen halten sich schadlos. Das läuft doch auf die Frage hinaus, ob in bestimmten Fällen Gewalt Mittel zu gerechten oder ungerechten Zwecken ist. Ich habe genügend Zeit, um darüber nachzudenken, denn diese Frage kann nicht einfach so beantwortet werden. Da darf nichts übers Knie gebrochen werden. Meine Gedanken und Erfahrungen kann ich unterwegs von Schwelle zu Schwelle vor mir herschieben wie ein Schneepflug, ich kann sie aber auch links und rechts vom Bahndamm liegen lassen, um sie, wenn der rechte Augenblick dafür gekommen ist, wieder aufzulesen wie aus einem Korb verschüttetes Obst. Der Gang über die Schwellen trennt die Welt in zwei Hälften links und rechts vom Bahndamm. Das Gleis ist die Naht, und ich komme mir vor wie Moses, für den sich das Meer teilte.

Auf diese Weise geht nichts verloren. Die Strecke bewahrt alles auf.

Alles liegt bereit, wartet nur darauf, aufgelesen und in Gebrauch genommen zu werden. Deshalb behaupte ich auch, die Strecke sei mehr, viel mehr als bloß eine gewöhnliche eingleisige Eisenbahnlinie irgendwo weit vom Schuß. Ich kann auf ihr in der Zeit vor und zurückfahren, kann dank der Weichen seitwärts rangieren und meine Wagen- und Denkgarnituren umstellen. Zugegeben: es gibt auch Prellböcke. Der größte Prellbock steht kurz hinter der Endstation Fallmühle. Offen aber ist noch immer die Frage, ob Rache und Brandschatzen als Prinzip, sagen wir einmal als Prinzip, als Mittel zu gerechten Zwecken sittlich sei. Kann man im Falle der Witwe und der

Barone, von denen ich nichts Näheres weiß, weil der Empfang an diesem Tag nicht besonders gut war, in rechtmäßige und unrechtmäßige Gewalt trennen? Wenn ich mich erst einmal in solchen Fragen festgebissen habe, lasse ich nicht mehr locker. Auch die sich ins Bild schiebenden Eisenpuffer des Prellbocks hinter der Endstation können dies nicht ändern, obwohl es sich um mächtige Puffer handelt, die einerseits anzeigen, daß hier die Strecke endet, andererseits aber auch verdeutlichen, daß hinter der Endstation die Welt nicht aufhört, denn der Prellbock fällt wie ein Hügel nach dieser Seite jenseits der Schienen ab. Als Kind habe ich diesen Hügel zum Schlittenfahren genützt, später bin ich die fünf, sechs Meter mit den Skiern abgefahren. Am Prellbock habe ich das Skifahren gelernt, später auch das Radfahren. Der Prellbock ist mir immer als ein widersinniges Symbol vorgekommen. Einerseits vermag er die mächtigste Lokomotive aufzuhalten, andererseits kann man von ihm abfahren und den Schwung nützen, der einen weit in die Ebene hinausträgt, immer weiter weg. Am Prellbock stehend machte ich mir eines Tages klar, daß jede Endstation zugleich Ausgangsstation sein kann: es kommt nur auf die Richtung an, in die einer fährt. Will ich von Fallmühle nach Thulsern, so ist Fallmühle der Anfang, fahre ich umgekehrt, ist Fallmühle Endstation. Fallmühle ist aber immer als Endstation angegeben. Wer Fallmühle sagt, meint Endstation. Wer Fallmühle mit Endstation gleichsetzt (und dies tun die meisten, vor allem aber tut es die Eisenbahngesellschaft), der hat das Verhältnis von Anfang und Ende nie richtig verstanden. Das Geheimnis der Strecke besteht nicht zuletzt darin, daß dieses von der Eisenbahngesell-

schaft für überflüssig gehaltene Stück Nebengleis Bestandteil des großen Streckennetzes ist, daß die Anschlüsse auch dieser verrottenden Linie noch immer im Fahrplan verzeichnet sind, schließlich, daß jedes Schottersteinchen, jede Lasche, jede Schraube, jedes noch so rostige Stückchen Draht seine eigene, unverwechselbare Geschichte hat.
Ich muß gegen die Stillegung antreten. Dabei kann ich nicht von meiner Person absehen, denn ich habe die Strecke gewartet, bin sie abgegangen, habe an ihr, von Schwelle zu Schwelle, meine Ideen verankert und verschraubt, habe mit Schienen, Schwellen, Schotter und Damm einen Pakt geschlossen, ein Bündnis, welches aufzulösen die Eisenbahngesellschaft sich vergeblich vornehmen wird.
Die Verabschiedung der Strecke.
Vielleicht meint die Eisenbahngesellschaft, das Abschiednehmen gehöre ohnehin zur Eisenbahn. Dann sollte sie aber auch bedenken, daß das Ziel nichts, die Bewegung aber alles ist. Das gilt für die Bahn wie für den Streckenwärter. Das gilt überhaupt für alles, was mit der Bahn zu tun hat. Und was kann ein Wort wie Strecke noch bedeuten? Jedes Hinausfahren des Zuges aus einem Bahnhof schafft Verlust, doch ist solcher Verlust nicht mit der Stillegung der Strecke aufzuheben. Wieviele Verwehungen der Strecke habe ich im Laufe der Jahre schon freigeschaufelt, wie oft habe ich das Gleis gereinigt und fahrbereit gehalten? Wie oft habe ich mich schon für dumm halten lassen müssen, da ich diesen Posten angenommen habe? Und immer wieder ging ich die Eisenbahnstrecke entlang mit einem Glücksgefühl, wie es wahrscheinlich nur wenige bei ihrer Arbeit kennen. Dazu das Radio mit seinen

Übertragungen, auch wenn es rauscht und knackt und sich die Sender überlagern. In solchen Augenblicken bin ich stolz und leicht, als könnte ich durch die Lüfte segeln. Solche Tage haben ein friedliches und feierliches Ende, selbst wenn es mir schwindlig wird vor lauter Eskannnichtsein, als läge Schnee in der Luft. Jeder Zug bringt Trennung. Soviel ist gewiß. Doch nicht die Trennung von der Strecke. Das werde ich zu verhindern wissen. Keine Sekunde kann mein Kopf aufhören zu denken. Ob ich es will oder nicht: ein Gedanke zieht den anderen nach sich, und der bringt wieder den nächsten hervor, genauso wie Schwelle auf Schwelle folgt, Schienenmeter auf Schienenmeter. Zwischen den Zügen aber liegt eine Stille, wie sie nur auf meiner Strecke zu hören ist. In diese Stille hinein tropfen meine Gedanken, lassen sich wegtragen von den Windstößen, die über den Bahndamm fegen, verschwinden endlich im Schneegestöber, bis die Erinnerung wieder alles hervorbringt, was längst vergangen schien. Und es war doch bloß verweht.
Deshalb sehe ich sie vor mir: die Witwe und die fünfundzwanzig Barone, den König, der seinen Brief diktiert, die alte Frau, die ihre runzligen Hände nicht zur Faust ballt, sondern zum Gebet für den Schinder faltet. Wie gut, daß ich diese Radiosendungen gehört habe. Ich höre stets die richtigen Sendungen zum richtigen Zeitpunkt. Es kann gar nichts Falsches geben. Eines hat mit dem anderen zu tun, greift ins Nächste, ordnet, obwohl es zuerst wie Unordnung wirkt. Ohne die Radiosendung wäre ich möglicherweise nie zu der Einsicht gelangt, daß es ein Recht auf Widerstand gibt. Es wird ein Recht sein, wie es jedem Menschen zusteht: weil er Mensch ist. Ich rede nicht

von dem Querulanten mit seinem Beharren auf seinem Recht. Bei ihm wird der Anspruch zur fixen Idee. Ich rede von mir und der Stillegung der Strecke. Ich überlege, ob Gewalt in der Hand eines einzelnen das Recht in Gefahr bringt, und ich bedenke, in welchem Verhältnis Recht, mein Recht und Gewalt zueinander stehen. Die Witwe. Wegen der Witwe komme ich in solche Denkstrudel. Die Witwe und die fünfundzwanzig Barone lassen mich die Frage stellen, ob Gewalt stets dort ein Problem ist, wo sie nicht in den Händen des Rechts liegt. Mein Recht und mein Widerstand gegen die Eisenbahngesellschaft. Wenn der Bedrückte nirgends Recht kann finden, höre ich aus dem Radio, wenn unerträglich wird die Last – greift er hinauf getrosten Mutes in den Himmel und holt herunter seine ewgen Rechte, deklamiert einer, die droben hangen unveräußerlich und unzerbrechlich wie die Sterne. Mein Recht auf Widerstand gegen die Stillegung liegt in der Natur der Sache, sage ich mir. Das ist das Recht, mit dem ein Streckenwärter geboren wird. Dieses Recht ergibt sich aus der Sache selbst, nicht aus irgendeiner Vorstellung. Sagen Sie nicht, Herr Revisor, solches Recht lasse sich nicht erzwingen und deshalb könne man nicht von Recht sprechen. Nicht einmal das Recht auf Wahrheit kann erzwungen werden, wie wir beide genau wissen. Sagen Sie nicht, mein Recht könne ohne Strafe übertreten werden. Übertreten, so sagt man doch? Da ist noch immer das Gewissen, meine Herren. Auch eine Eisenbahngesellschaft hat ein Gewissen, auch eine Kommission für die Stillegung der Strecke hat ein Gewissen. Das bleibt ihr nicht erspart. Die Mißachtung meines Rechts, Herr Revisor, rächt sich auf die Dauer. Die Eisenbahngesellschaft wird schon sehen, wohin sie kommt mit ihrer Stillegung. Niemand kann Recht setzen, der nicht die Vollmacht dazu besitzt. Ich habe die Eisenbahngesellschaft nicht bevollmächtigt, meine Strecke stillzulegen. Man hätte mich wenigstens fragen können. Die Kommission hätte sich meine Einwände anhören müssen. Sie hätte auf mich achten sollen und auf meinen Rat. Solange aber noch Vernunft vor Wille geht, darf meine Strecke nicht aufgelassen werden.

Die runzligen Witwenhände und die fünfundzwanzig Degen der Barone stellen mir eine Frage um die andere, auch die, ob ich dem Übel mit Gewalt widerstehen soll. Soll ich in die Hauptstadt fahren und das Gebäude der Eisenbahngesellschaft in die Luft sprengen? Mit Explosivstoffen kenne ich mich ein wenig aus. Jeder, der einmal beim Gleisbau war, kennt sich damit aus. Irgendwo muß sogar noch Pulver sein in meinem Wärterhaus, ich habe es nicht vergessen. Anstatt etwas in die Luft fliegen zu lassen, breite ich aus, was mir anhängt. Gewiß: auf der einen Seite steht das vermeintliche Recht der Eisenbahngesellschaft, über die Strecke zu entscheiden, die sie gebaut hat. Auf der anderen Seite aber steht mein Recht auf Erhaltung meiner Strecke. Es ist das Recht dessen, was sein kann und sein sollte. Keine Stillegung! Das Recht der Eisenbahngesellschaft berücksichtigt seine Opfer nicht: es geht einfach über uns hinweg, über mich und über die Strecke. Soll ich eine Revolution anzetteln, Aufruhr und Landfriedensbruch? Ich, der einzige Mensch weit und breit?

Wenn ich schon allein auf weiter Flur stehe, in meiner schmalen und langen Welt entlang dieser Stichstrecke, wenn ich schon das Sorgfältige verehre, das Gewo-

bene, wo am Kleinen Großes hängt – wenn schon zu meiner schmalbrüstigen Backsteinburg an der bedeutungslosesten Nebenstrecke der Welt nicht einmal ein ordentlicher Weg führt, geschweige denn eine breite Straße, auf welcher der Postbote wie ein Schmetterling mit flatterndem Umhang heranradelt, um die alles entscheidende Nachricht zu übermitteln, der Bote mit kleinen weißen Flügeln am Schuh und an der Mütze, auf einem einzigen Rad daherbalancierend, um die Botschaft der Götter der Eisenbahngesellschaft unsereinem hienieden zu überbringen – wenn ich schon nicht einmal mehr einen Weg zu meinem Eisenbahnerhäuschen wert bin, dann muß es mir doch wenigstens gestattet sein, daß ich mich meiner Verbündeten auf meine eigensinnige Art und Weise versichere.
Ich bin nur über die Strecke erreichbar. Einen anderen Weg gibt es nicht. Vor und zurück, mit etlichen Weichen, Abzweigungen und Abstellgleisen, welche unweigerlich an einem Prellbock enden, bleiben mir als Mitstreiter einzig meinesgleichen, wie ich sie jederzeit erinnere. Denn ich war immer dabei, wo sie waren, und wer weiß, wer sich noch einmischen muß, weil auf ihn nicht verzichtet werden kann. Ich greife vermeintlich Verstreutes und Abwegiges auf, für mich gibt es nicht Nebensächliches noch Bedeutungsloses, weil auch eine noch so unbedeutende Nebenstrecke mit allen großen und berühmten Eisenbahnstrecken der Welt verbunden ist, weil der Fahrplan auch sie verzeichnet, weil sie Bestandteil einer Hoffnung ist. Denn wozu sonst hätte man einst in dieser verlassenen Gegend eine Bahn gebaut? Jetzt aber behauptet die Eisenbahngesellschaft, diese Strecke rentiere sich nicht mehr. Hinweg damit und auf den Schrott. Ich freilich

als Streckenwärter vermag zwischen rostigen Schienen und dem Wissen der Strecke sowie ihrer Schönheit genau zu unterscheiden. Deshalb gibt es für mich kein altes Eisen, deshalb bekenne ich mich zu Tradition und Herkunft, woran ich anknüpfe, ohne daraus für meine Person großartige Ansprüche abzuleiten, wohl aber wissend, daß das Morgen stets vom Gestern zehrt und der Stillstand untrennbar zum Fortschritt gehört.

Zweites Buch

Der Seitenwagen

Bei Nebel könne er nicht umhin, an das bewegte Leben jenes Piloten zu denken, der ihn aus der Hölle seiner Missionsstation geflogen habe. Pater Fichter saß in seinem mit Fahrradgummi geflickten, abscheulichen Geruch verströmenden Kleppermantel im Seitenwagen meiner 500er Tännel & Preuß, die ich erst kürzlich von der Witwe Saliter gekauft hatte. Den Hut hielt der eiserne Missionspater mit dem Griff seines Stockschirmes fest, seine andere Hand umklammerte die Haltestange vor dem halbhohen Windabweiser aus Plexiglas, der vom alten Saliter stets besonders gepflegt worden war. Zuletzt hatte Saliter nur noch Friedhofserde in seinem Seitenwagen befördert. Nach seinem Tod wußte seine Frau nicht so recht wohin mit dem Motorrad: es war eine günstige Gelegenheit, und solch eine Maschine zu besitzen war schon lange mein Traum gewesen. Die Witwe setzte noch einmal den Preis herab, nachdem ich ihr zugesichert hatte, selbstverständlich auch ihre Kurgäste sowie schweres Gepäck mit dem Motorrad zum Bahnhof zu bringen. Pater Fichter kam seit Jahr und Tag nach Thulsern in die Sommerfrische, wie er sich ausdrückte. Schon als Kind hatte ich ihn gekannt, zumal er häufig bei den Waisenhausnonnen gegessen, ab und zu in Windeseile eine Messe gelesen oder in seiner Soutane bei der Heuernte geholfen hatte. Schwester Canisia hatte befohlen, den Herrn Pater stets mit Handschlag zu begrüßen, egal, ob man gerade einen Suppenlöffel oder eine Mistgabel in der Hand hielt. Pater Fichter wartete majestätisch, bis man ihm näherkam, streckte einem seine Rechte entgegen, zog einen mit dieser ganz dicht zu sich heran, bis man direkt unter seinem Bart stand und den aufdringlichen Zigarrenatem roch.

Der Pater war ein Hüne und schien nicht zu altern. Noch jetzt im Seitenwagen kauernd, kam er mir wie ein Riese vor, und ich erinnerte mich daran, daß Vetter Hans Nicolussi vom Pater stets nur als vom Rübezahl gesprochen hatte. Vetter und Pater kamen gut miteinander aus, es hätte mich nicht gewundert, wenn sie einander geduzt hätten. Kaum hatte man dem Pater die Hand zum Gruß gereicht, zog einen dieser an seinen Prälatenbauch, fuhr einem durchs Haar, riß an den Haaren und an den Ohren, drehte mit schallendem Gelächter an den Ohrmuscheln wie an einem Lichtschalter, nannte mich Herr Reichskanzler oder Exzellenz und gab mir zum Abschluß seines Begrüßungszeremoniells eine schallende Ohrfeige, noch immer begleitet von dröhnendem Gelächter, daß der Prälatenbauch bebte. Jetzt hatte ich den Peiniger im Seitenwagen, jetzt roch ich nicht nur den ekelhaften Zigarrenatem, der sich mit dem Gummigestank des Kleppermantels vermengte, sondern ich hatte auch den undurchdringlichen Morgennebel in der Nase, spürte, wie die Feuchtigkeit um meinen Mund gefror, fühlte, wie sich die Lippen spannten, bis sie schließlich unter stechendem Schmerz von lauter kleinen Rissen zerteilt würden. Der Missionspater, den ich zu nachtschlafender Zeit in aller Herrgottsfrühe zum Bahnhof fahren mußte, weil dies zum Kaufvertrag der Seitenwagenmaschine gehörte, schwatzte unentwegt. Bei Nebel gedenke er mit großer Bewunderung des Flugkapitäns Ganghofer, der ihn aus Hongkong geflogen habe. Aufgetürmte Wolkenwände habe er überwunden, merkwürdiges Englisch mit der Bodenstation sprechend, das der Pater, dem die Legende die Kenntnis wenigstens zehn lebender und fünf toter Sprachen andichtete, ganz zu schweigen von den komplizierten afrikanischen Dialekten voller Zisch-, Pfeif- und Jodellaute, auf eine so verblüffende Art und Weise nachäffte, daß man glauben konnte, er spreche in diesem Augenblick tatsächlich über Funk mit der Bodenstation Guangzhou oder Kanton: Guangzhou, this is Cathay Pacific CX-707, estimating X-ray kilo at two-fifteen. – Roger, CX-707 go ahead – CX-707 cleared at 8000 meters by X-ray kilo. Der Kapitän habe es ihm, dem Missionspater, großzügig gestattet, im Cockpit Platz zu nehmen: geistlichen Beistand benötige selbst die Fliegerei, zumal diese dem Himmel am nächsten komme. Während des Fluges durch eine undurchdringliche Nebelsuppe habe er dem Piloten die Lebensbeichte abgenommen, schrie mir Pater Fichter aus dem Seitenwagen entgegen, indes ich mich auf die Straße konzentrierte. Ich durfte die Weggabelung nicht verfehlen, denn nähme ich im dichten Nebel die falsche Richtung, erreichte ich den Zug nicht mehr, mit dem der Geistliche zuerst in die Hauptstadt fahren wollte, um von dort mit dem Flugzeug nach Rom zu fliegen: der Vatikan erwarte ihn, hatte er am Vorabend nach etlichen Schoppen Rotwein geheimnistuerisch behauptet. Ich durfte unter keinen Umständen die Gabelung verfehlen. Zuerst beruhigte ich mich damit, den

Weg genau zu kennen, schließlich war ich ihn schon tausendmal gefahren. Außerdem könnte ich mich, und damit sprach ich mir noch mehr Zuversicht zu, an die Kirche halten, die genau in der Weggabelung stand. Sie konnte unmöglich übersehen werden, doch heute war der Nebel besonders dicht. In dieser Kirche las Pater Fichter gerne seine schnellen Messen, in denen er das Latein nur so herunterrasselte, während der Wandlung den Kelch hochriß, so daß gelegentlich Meßwein herausschwappte, womit der Pater bei Ministranten und Bevölkerung Bewunderung, bei den Betfrauen jedoch Abscheu hervorrief. Angeblich las Fichter in dieser Kirche deshalb besonders gerne, weil sich deren Tore nicht mehr verschließen ließen und er auf diese Weise auch denen predigen konnte, die sich lieber vor der Kirche aufhielten. Die Stimme des Paters war nicht zu überhören, Rübezahl schien mir erneut ein gerechter Name für den Geistlichen zu sein. Kapitän Ganghofer aber habe mit knapp vierzig Jahren den Sprung vom Ausreißer zum Piloten geschafft, hörte ich aus dem Seitenwagen. Dabei sei der Flugkapitän, der vor dem Nebel keinerlei Respekt gezeigt habe, obwohl Hongkong wegen des kuriosen Flughafens eine Spezialausbildung erfordere – sonst lande man entweder in den Wellblechbaracken oder aber im Meer –, als Jugendlicher mit siebzehn Jahren von Thulsern in die Großstadt gezogen, wo er sich als Liftboy und Gehilfe eines Würstchengrillers verdingt habe. Durch ein Mißgeschick habe er jedoch den Würstchenwohnwagen angezündet, für den er erst zwei Tage verantwortlich gewesen sei. Schließlich ließ der Missionsgeistliche seinen Flugkapitän als Kellner und Skilehrer in Davos untertauchen, wo er sich weniger im Hotelfach als vielmehr auf der Tanzfläche der Après Ski-Bars einen Namen gemacht habe. Wegen einer Schlägerei habe Ganghofer, der nichts mit dem Lieblingsdichter des Kaisers zu tun habe, weder verwandt noch verschwägert oder sonstwie, sofort die Stelle verlassen müssen, um sich nach einer demütigenden Tour endlich in Oberammergau als Kulissenschieber und Hausbursche durchzuschlagen. Mehr als ein halbes Jahr habe der Flugkapitän in Oberbayern zugebracht, wußte Pater Fichter, den Hut mit dem Griff des Schirmes haltend, zu berichten, ehe es ihm gefiel, den Besieger des Nebels, wie er ihn auch nannte, ins Parkhotel nach Düsseldorf zu versetzen, von wo aus er nach Hamburg gegangen sei, um endlich als Steward nach Sydney zu schippern, von dort aber in die Schweiz zu gelangen, wie, spiele in diesem Zusammenhang keine Rolle, um ein Jahr lang in Luzern als Reiseleiter eines finnischen Reiseunternehmens Gletschertouren zu organisieren. S' isch a guete Zit gsi i dr Schwyz, kommentierte der Geistliche. Ich fuhr langsam; der Schweiß stand mir auf der Stirn: wenn ich nur nicht die Weggabelung mit der Kirche verfehlte. Mein Auftrag lautete, Pater Fichter zum Bahnhof zu bringen. Weigerte ich mich, so nähme mir die Witwe Saliter am Ende das Motorrad wieder ab, das ich noch längst nicht abbezahlt hatte. Die Fahrt brachte mir immerhin einen Fünfziger: ein stolzer Preis für die Kleinigkeit, den geschwätzigen Rübezahl in ein Eisenbahnabteil zu setzen. Die Witwe Saliter hatte mir, ich weiß nicht warum, eingeschärft, den geistlichen Herrn erst zu verlassen, wenn er sicher in einem Coupé erster Klasse säße. Und ich hatte es ihr in die Hand versprechen müssen. So wollte es die übertriebene Sorge einer alten Frau, der soeben erst der Mann, ein Sägewerksbesitzer, weggestorben war. Ich kniff die Augen zusammen, um den Nebel durchdringen zu können, aber ich sah kaum zwei Meter weit. Ringsum verschluckte der Nebel alles, womöglich waren wir längst an der Weggabelung vorbei und in die falsche Richtung gefahren. Den Pater schien dies überhaupt nicht zu kümmern. Er hielt mit dem Griff des Schirmes den Hut und schickte seinen Ganghofer per Motorroller, Autostopp, Orientexpreß und Containerschiff über Teheran, Delhi, Singapur, Saigon bis Hongkong, dessen Kai-Tak-Airport er im Cockpit mit Kapitän Ganghofer bei dichtem Nebel rollend und schlingernd verlassen habe. Indes Ganghofer in der Kronkolonie eine neue Existenz aufbaut, nehme ich das Gas zurück, starre durch den Nebel, daß meine Augen zu brennen beginnen, und erinnere mich zuerst nur in Bruchstücken, schließlich aber sehr klar an die Nebelgeschichten, die Vetter Hans Nicolussi sowie Schwester Canisia zum besten gegeben hatten. War da nicht stets die Rede vom Drachen gewesen, dessen Dunst und Dampf das Thulserner Tal so oft in Nebel hüllten? Hatte nicht die Nonne Canisia vor der Oberin stets nur vom Tatzelwurm gesprochen, der das Tal hinauf und hinunterkrieche? Wie war das mit Grendel und den nebeldampfenden Mooren voller seuchenbringender Dünste? Das Motorrad knatterte durch die morgendliche Stille. Kein Mensch war unterwegs. Wahrscheinlich hatte ich die Weggabelung längst passiert. Nebel und Pest hatte Canisia oft zusammen genannt, hatte in ihren Geschichten aus Thulserns Vergangenheit manchmal ein ganzes Jahr lang keinen Sonnenstrahl den dicken Pestnebel durch-

dringen lassen: man glaubte, daß derjenige, dem es gelinge, sich auch nur von einem Sonnenstrahl bescheinen zu lassen, von der Seuche verschont bleibe, und darum suchten auch die Menschen zur Mittagszeit die höchsten Punkte auf, aber es gelang keinem, einen Sonnenstrahl aufzufangen. Der Drache aus dem Fernsteinsee, der das Thulserner Gold bewachte, fiel mir ein, während meine klammen Finger das Gas noch einmal drosselten und sich um den Bremsgriff der Motorradlenkstange legten. Thulsern war einst ein Goldgräberdorf. In den Bergen, vor allem auf dem Taneller, wurde Gold gefunden. Deshalb hatte man eine Bahn in dieses abgelegene Seitental gelegt: nur des Goldes wegen, das der Drache hütete, wie Schwester Canisia, aber auch Vetter Hans Nicolussi von Zeit zu Zeit behaupteten.
Rümbl rümbl / bär da epas gibt, / geat en hümbl! / raübl raübl, / bär da nicht gibt, / geat kam taüvl! – das war das Kinderbettellied, als kaum mehr Gold gefunden wurde, als Thulserns Verfall begann: lange, bevor die Eisenbahn das Tal erreichte. Schnell war der Glanz des Goldes dahin, vom Nebel verschluckt. Viertausend Jahre Raubbau stellten die Rechnung. Nicht einmal der Bau einer Eisenbahnlinie vermochte die sich ausbreitenden Gletscher aufzuhalten: ein Mundloch ums andere deckten sie zu. Die Bewohner des Tales wurden schwermütig, was an der Überzahl Thulserner Wirtshäuser abzulesen war. Der Fund einer Serpentin-Lochaxt am Hang eines Thulserner Kogels ließ darauf schließen, daß schon in der ausgehenden Jungsteinzeit im Thulsernischen nach Gold gegraben worden war. Schwester Canisia zufolge berichtet ein namenloser Chronist, dessen Schrift sie gefunden

und übersetzt habe, zu seiner Zeit sei der Boden so ergiebig an Gold gewesen, daß man kaum zwei Fuß tief habe graben müssen, um auf gediegenes Gold zu stoßen, aber eine Grube habe nicht mehr als fünfzehn Fuß betragen. Unser Friseur führte den Niedergang des Goldbergbaues nach seiner glanzvollsten Epoche auf die mehrmals wiederholte Austreibung der Thulserner Erweckungsbewegung aus dem Tal zurück. Oberlehrer Ellgaß dagegen vertrat die Theorie, überaus starke Schneefälle seien für die allmähliche Stillegung der meist sehr hoch gelegenen Bergwerksbetriebe ausschlaggebend gewesen. Bei so hoher Schneelage sei es den Knappen, erinnerte ich mich, auf meinem Motorrad durch den Morgennebel tastend, nicht immer möglich gewesen, ins Tal abzufahren. Innert weniger Tage sei man oftmals total eingeschneit gewesen, lebendig begraben. Von Anna Kolik kenne ich die Geschichte, derzufolge einstmals die Knappen, nachdem sie ihre Lebensmittelvorräte aufgezehrt hatten, beschlossen haben sollen, den unter ihnen weilenden Geistlichen zu töten, um sich von dessen Fleisch zu ernähren. Der Geistliche soll jedoch im letzten Augenblick die Todesgefahr erkannt haben und den Kamin hochgeklettert sein, von wo aus er sich unter Aufbieten aller noch vorhandenen Kräfte durch die Schneemassen mit bloßer Hand ins Freie geschaufelt habe. Kurz darauf seien ihm die übrigen Knappen gefolgt und dadurch dem sicheren Tod entgangen. Die fast zehn Meter langen bemalten Schneestangen beiderseits des Altars jener in der Weggabelung liegenden Kirche, die ich wahrscheinlich im Nebel übersehen hatte, gäben davon Zeugnis.
Alle Thulserner, die es zu etwas gebracht hatten, die

aufgestiegen waren wie der Flieger Ganghofer, hatten dieses verrottende Goldgräbertal einstmals rechtzeitig verlassen: die Künstler voran. Sogar Pater Fichter zog es wieder fort von hier. Rom war nichts als ein Vorwand. Warum war ich zurückgekehrt und geblieben? Hatte ich nicht jetzt ein Motorrad? Was hielt mich noch? Konnte ich nicht jederzeit mit meiner Seitenwagenmaschine diesem Land für immer den Rücken kehren? Schon sehr früh begannen die Weitsichtigen und Ungeduldigen mit dem Auswandern: der Erfinder Anton Schädler zog ins Niederländische, der Rokokoarchitekt Hans Jörg Köglhofer verschwand in Ungarn; Franz Sales Stapf, Baumeister des Turmes der Pfarrkirche, Faßmaler und Vergolder, ließ sich in den Albaner Bergen nieder; Bonaventura Heel, Steinmetz und akademischer Bildhauer, zog über Montada nach Lavamünd, wo er sich vermeintlich hoffnungslos in die später als Trapezkünstlerin berühmt gewordene Sandra Cosmea Lagerfeld verliebte, das hübscheste Mädchen, das er je gesehen hatte. Doch diese erbarmungslose Phantasmagorie zerbrach vor der Zeit, weil sich die betörend schöne Brillenträgerin, die vorzugsweise schwarze Anzüge trug, von ihm nicht berühren lassen wollte. Jedes Anfassen verstand sie als Angriff, schon ein Händedruck war für sie eine Verbrennung. Zu oft habe sie die Falschen umarmt, sie komme sich abgegriffen vor, ihre Haut sei wund. Heel litt darunter, denn das Gedächtnis der Bildhauer sitzt in den empfindlichen Händen. Er wußte nicht einmal, ob seine Angebetete, für die er zeitweilig den Rand der Welt entlanggekrochen wäre, überhaupt ahnte, was sie ihm bedeutete. Mit der Erinnerung an sein Begehren und an die irisierende

Schönheit dieses Mädchens erreichte er ein hohes Alter, was ihm wie ein ewig währender Fluch erschien. Zuletzt klammerte er sich an ein Bild, von dem er nicht mehr lassen konnte: er sah ein scheues bebrilltes Mädchen, das hastig rauchte, in einen Mantel aus Finnland gehüllt war, auf einer Parkbank im Mirabellgarten saß und an einem langen gelben Schal strickte. Ob er mit diesem Mädchen einst auch in einem Regionalzug gefahren war und ob es sich am Bahnhof mit wäßrigroten Augen für immer von ihm verabschiedet hatte, wußte er schon nicht mehr genau.

Der Beichtstuhlschnitzer Engelbert Deisenhof, der nicht nur die kunstvollen Aufbauten und Fassaden der Beichtstühle, sondern auch deren Betschemel mit allerlei beim Knien schmerzhaftem Stuckwerk und allegorischen Folterszenen verzierte, lebte nach exzessiven Studienjahren in Salamanca zuletzt in Brügge. Er liebte die verhaltene Traurigkeit von Flanderns niedrigem Himmel.

Franz Theodor Driendl, Totentanzmaler und nachmaliger Bühnenausstatter, wanderte aus. Er starb in Rio de Janeiro während eines Umzugs inmitten langer brauner Beine und bunter Straußenfedern.

Syrius Köberle hatte als Akt- und Madonnenmaler Zugang zum monegassischen Hof und wurde in seiner Hochzeitsnacht, vermutlich aus Eifersucht, in Carrara erstochen.

Ich dachte an das Wort Blindflug, während ich vorsichtig die Seitenwagenmaschine durch die Nebelwaschküche lenkte, jeden Augenblick zu einer Vollbremsung bereit, und ich dachte an den Grund, der Pater Fichter über all die Jahre immer wieder aus der

Mission in meinen Ort zurückgeführt hatte. Es war nicht nur die Sommerfrische. Sie war dem Geistlichen nur ein Vorwand, um sich immer wieder neu in das Geheimnis der Thulserner Zeit zu vertiefen, das im Thulserner Holzkalender beschlossen war. Es handelte sich um einen Holzkalender, von dem es auf der ganzen Welt nur ein Exemplar gab. Und dieses lag im hiesigen Pfarrhof. Dieser Kalender bestand aus sieben schmalen Tafeln von hellem glattem Ahornholz, die durch zwei Lederbänder buchförmig zusammengehalten wurden und beiderseitig beschrieben waren, so daß auf jede Seite ein Monat traf. Die Vorderseite der ersten Tafel und die Rückseite der letzten Tafel trugen eingeschnitzt den Thulserner Drachen, unser Wappentier. Die Kerbzeichnungen, Schrift- und Zahlzeichen waren mit dem Stichel ausgeführt, die Kerblinien waren zur Hervorhebung mit roter und schwarzer Tinte gefärbt. Alle Tafeln waren in gleicher Weise in drei Felder eingeteilt. Links war ein durch eine senkrechte Schnittlinie abgegrenztes Feld mit Angabe des Monatsnamens und der Zahl der Monatstage. Rechts vom Monatsfeld teilte sich die Tafelfläche der ganzen Länge nach in zwei Querfelder. In dem oberen Querfeld waren figürliche Darstellungen mit Überschriften zur Bestimmung der Festtage und der Tagesheiligen. Offenbar war zur damaligen Zeit die Kenntnis der Bildersprache erheblich besser als heute. Fünfmal nur hat der Schnitzer seine Buchstaben durchgestrichen und verbessert. Im unteren Querfeld befanden sich Zahlenstäbe für die Zahlen eins bis einunddreißig. Zwischen den beiden Querfeldern lief in einer waagrechten Linie eine Reihe von soviel eingekerbten Dreiecken, als der Monat Tage zählte. Der Schalttag war nicht berücksichtigt. Da jedes siebte Dreieck größer gezeichnet und mit einem Kreuz versehen war, also den Sonntagsbuchstaben vertrat, vermutete Pater Fichter immer wieder die Existenz eines zweiten Kalenders, den er eines Tages finden würde. Dessen war er sicher. Es waren nur solche Feste aufgenommen, die unveränderlich auf einen Tag fixiert waren, nicht aber Ostern und die dazugehörigen sowie andere bewegliche Festtage: also handelte es sich um einen immerwährenden Kalender. Einmal beobachtete ich Fichter, wie er sich mit aufgekrempelten Ärmeln über den Kalender beugte und laut sagte: es müßte doch mit dem Teufel zugehen, wenn wir da keinen Sinn hineinbrächten! Um mich zu konzentrieren, begann ich, gegen den Nebel anzubuchstabieren: Adventskalender, Alpenkalender, Zinnfigurenkalender – aber der Nebel wurde undurchdringlicher. Nur Pater Fichters Stimme vermochte ihn zu schneiden: die Zeit sei in Wirklichkeit ein Gefängnis, kugelförmig und ohne Öffnung – eine entsetzliche Strafe. Die Vertreibung aus dem Paradies erst habe die Vergänglichkeit ermöglicht. Seither werde jeder über einem Abgrund geboren. Alles zerfalle, was sehnsüchtig erhalten bleiben wolle. Dieses ewig alte, ewig neue *Verweile doch*. Die Zeit alleine sei der größte Menschenfresser, wovon er als Missionar etwas verstehe – ebenso wie vom Gold, von dem die Mutter Kirche im Laufe der Jahrhunderte gerade aus den Missionen einiges zusammengerafft habe.

Seine Berufung zum Missionar verpflichte ihn nachgerade zu einer Auseinandersetzung mit dem Kannibalismus. Schließlich sei das Geheimnis der Transsubstantiation schlicht ein kannibalisches: denn das Wort ist Fleisch geworden. Nehmet, esset, das ist mein Blut. Die Liebe geht durch den Magen, und ich hab dich zum Fressen gern. Mit dem Essen beginne das Leben, das da heißt: fressen oder gefressen werden. Kraule mich, krabble mich, hinter den Ohren zart und fein, oder ich freß dich mit Haut und Bein. Er, Pater Fichter, sei jederzeit in der Lage, aufgrund seiner missionarischen Tätigkeiten eine wahrhaftige Historia und Beschreibung einer Landschaft der wilden nackten grimmigen Menschenfresser in der vermeintlich Neuen Welt zu geben – und solches vor allem angesichts der landauf landab sich wohlfeil ausbreitenden neuen Körperlichkeit, der wie einem Modepopanz gehuldigt werde, angetreten unter der Devise: geschlachtet werden noch immer die Töchter. Jaja, in diesen Topf von Stein / Da machte man das Mädchen ein, / Das, nachdem es anfangs hart, / Später weich wie Butter ward. Der Kindlifreßbrunnen zu Basel sei ebensowenig zufällig wie die Angst vorm Schwarzen Mann oder die Tat jenes in Duisburg verurteilten achtfachen Mörders, der das Fleisch junger Mädchen portionsweise im Kühlschrank eingefroren habe. Menschenfresser heißen insgemein die sogenannten Kannibalen, Hottentotten oder andere Wilde: mit diesen Worten beginne das einschlägige Stichwort im *Großen unvollständigen Universal-Lexikon aller Wissenschaften und Künste*. Wie wunderbar sei doch in dieser schlichten Aussage der religiös-sittliche Auftrag aller Kolonisation und Missionierung besiegelt. Neben der Zeit aber sei der Tod der größte Menschenfresser, wie schon der Prediger Megerle, übrigens ein Landsmann, einer aus der Meßkircher Zunft, ausführe: das kälberne Fleisch ist nicht mein Speisz!

Schon der Ursprung der Menschheit stecke voller Kannibalismus, wovon Schwager Kronos ein beredtes Zeugnis ablege. Väter fräßen ihre Söhne, diese ersännen tückische List zu grausiger Rache. Sogar Gottvater Zeus verschlinge seine erste Gemahlin, um an ihrer Stelle die Verkörperung von Weisheit und Tapferkeit zu gebären. Fichter betonte erneut die Doppelbödigkeit eines Wortes wie Abendmahl: werdet ihr nicht essen das Fleisch des Menschensohnes und nicht trinken sein Blut, so habt ihr kein Leben in euch. Wer aber mein Fleisch isset und mein Blut trinket, der bleibt in mir und ich in ihm. Auch in den Bächen des Paradieses ströme das Blut. Hand des neugebornen Knaben, den die Metz erwürgt im Graben, dich soll nun der Kessel haben. Tigereingeweid' hinein, und der Brei wird fertig sein. Polyphem und Sindbads dritte Reise, Dornröschens Schloß voller Menschenfresser, Rotkäppchen und Däumling, Jonas und der Machandelbaum: meine Mutter erschlug mich, mein Vater aß mich – Kannibalismus vom Ölberg bis zu den Brüdern Grimm. Erst die Verdauung beweise den Triumph des Organismus über den Geist! Während Pater Fichter vom Seitenwagen aus daraufhin seinen Flugkapitän Ganghofer ohne entsprechende Kenntnisse und Erfahrungen als Manager einer Luftfrachtgesellschaft in Fernost tätig werden ließ, um ihn anschließend in die hochnäsige Gesellschaft des Hongkong Flying-Clubs einzuführen, vergegenwärtigte ich mir die Herkunft des Schotters, der zwischen den Schwellen der Thulserner Bahn lag, die dem Lockruf des Goldes wegen und nur deshalb gebaut worden war: der Schotter bestand zum überwiegenden Anteil aus jenen Schlakken, welche die Schmitten, Poch- und Schlemmwerke und die kleineren Schmelzhütten abgeworfen hatten. Schließlich verdankten auch die Thulserner Saumwege und Steige ihre Existenz den Goldtransporten: neben Pferden und Mulis wurden auch Ziegenböcke zum Tragen der Lasten auf besonders steilen und gefährlichen Steigen herangezogen. Ganghofer absolvierte die ersten Flugstunden und kannte nur noch ein Berufsziel: Pilot. Ich aber dachte an die flache halbkugelförmige grobblasige Schlacke, an Pochgang und Mühlgold, Amalgamierung und Reibschüsseln. Ich sah das Eis wachsen, und ich erlebte die Enttäuschung beim Auffinden nur noch tauben Gesteins. Vor Antritt der Frühschicht sah ich die Knappen ihr Mus aus geröstetem Sterz in einer Gußeisenpfanne bereiten, schmeckte Roggenmehl, Wasser und Salz, sah das stehende Fett des Schaffleisches, fühlte das kratzige Wollhemd, hörte das Knirschen der Lederschuhe mit den geschnitzten Holzsohlen, in denen Nägel steckten, die dem Träger der Schuhe das Gehen in steilem Gelände erleichterten. Ich erkannte Ganghofer als Zeitungsverkäufer und hörte ihn zeitweilig als Nachrichtensprecher einer Radiostation. Endlich erhielt er den Pilotenschein, um eine Stelle als Safariflieger in Tansania antreten zu können, aber zugleich sah ich die malerische Sonntagstracht der Goldbergwerksknappen aus Seide und Tuch, die blütenweißen Halskrausen in grellem Sonnenlicht, die violetten gestickten Wämse, die samtenen Jacken, darüber kurze, mit Pelz ausgeschlagene Röcke und Mäntel. Goldwäscher bevölkerten das Thulserner Tal, Ganghofer flog als Buschpilot, es verschlug ihn nach New York; dort hatte er Pech, wie Pater Fichter betonte, um ihn Socken und Hosengummi verkaufen lassen zu können: für einen Flieger eine wahrhaftige Demütigung. Der Nebel ließ nicht nach, im Gegenteil, ich hatte den Eindruck, er werde noch dichter und flösse noch zäher. Eine neue Offerte verschlägt das Beichtkind des Paters wieder nach Afrika: mit der Air Congo kurvt der einstige Thulserner über den Urwald, landet im Busch, baut Bruch; wiederum Training, Lehrgänge. Tests in Nairobi, London, Miami folgen: endlich das Examen, diesmal mit Auszeichnung. Speziell in Flußbiegungen oder unterhalb der Stromschnellen der Sanna, die dem Fernsteinsee entspringt, reicherten sich Goldflitter und Goldkörner an, die von den Goldwäschern als Schnüre oder Nahten bezeichnet wurden. Die zum Goldwaschen erforderlichen Werkzeuge werden in einem Bericht über die Goldwäscherei geschildert, der im Bahnhofswartesaal zu Thulsern eingerahmt wurde, wo man ihn neben den Suchbildern des Roten Kreuzes und später neben den Fahndungsblättern von Terroristen, Bombenlegern und Mastensprengern aufgehängt hatte: die Goldwäscher hatten vier kleine Mölterl, jedes von ihnen aus einem einzigen Stück Holz und eineinhalb Schuech lang, eine gemeine Butte, ein hölzernes Schaff, eine eiserne Haue zum Sandfassen, ein kleines Schafferl, worin ein Tiegel und ein kleines hölzernes Pixl, worin ein Blatter mit Quecksilber ist, ein Fazinettl, einen eisernen Dreifuß, worauf die Waschbank liegt. Pater Fichters Schützling war längst Copilot bei Nippon Airlines, stieg auf von Flugzeugtyp zu Flugzeugtyp, die das Steckenpferd des Missionsgeistlichen zu sein schienen, denn er konnte genaue Angaben über Schubkraft, Spannweite, maximale Reichweite, Reiseflughöhe sowie Landegeschwindigkeit machen. Ganghofer segelte nach dem Willen des Paters zwischen Hongkong, Manila, Tokio, Bangkok, Singapur, Kuala Lumpur hin und her, bald mit der Fokker F-27, bald mit einer Boeing 707 oder einer Convair 880. Einstweilen schwirrten in meinem Kopf die Worte von Oberlehrer Ellgaß umher, der seiner Schulklasse auf einem Ausflug zu den Bergwerksruinen Freiberg-Eisenberg einst Sinn und Zweck solcher Ausrüstung erklärt hatte: der eiserne Dreifuß wurde ins seichtere Wasser gestellt, im tieferen wurde der Stecken in den Grund geschlagen. Auf Stecken und Dreifuß wurde die Waschbank so angelegt, daß sie zum Stecken hin abschüssig lag. Auf der Bank wurden drei Lodentücher ausgebreitet, durch die Wurfgatter wurde Mölterl für Mölterl Sand geschüttet und mit Wasser begossen. Während sich der schwere Sand an die Lodentücher heftete, wurde der leichte Sand weggespült. Der Sand aber wurde in der Butte ausgewaschen, bis man den sogenannten Schlich erhielt. Zuletzt wird Ganghofer Besitzer eines Schlosses in Schottland. Der Pater will, daß der Kapitän seine Ferien mit der Besteigung von Sechstausendern im Pamir verbringt. Überhaupt seien Skilauf und Bergsteigen das Höchste.

Vielleicht hätte ich die Kirche mit dem offenen Tor in der Weggabelung nicht übersehen, wenn nicht der Geistliche erneut versucht hätte, den Nebel durch Geschichten zu vertreiben. Noch immer hielt sich der Fahrgast den Hut mit dem Griff des Stockschirms, indes die andere Hand den Haltegriff umklammerte. Ich fuhr sehr langsam, hockte wie starr auf dem schweren Motorrad und tastete mich im dicken Nebel vorwärts. Nichts scheinen die Gebildeten lieber zu tun als über ihresgleichen herzuziehen. So auch Pater

Fichter, der eben noch den schwierig anzufliegenden Flughafen von Hongkong mit seinem Ganghofer verlassen hatten, um mit der nächsten Turbulenz bei einem Amtsbruder zu landen, den er offensichtlich nicht ausstehen konnte. Durch Nebeldunst und Kleppermanteldampf schrie mir Rübezahl die Geschichte von Anastasius Peter Blümlein ins Ohr, auch Krüppelpfarrer genannt, Seelsorger an der St. Theobaldus Kirche zu Pitterke im Landkreis Hannover. Durchaus kein Pfarrer für Krüppel, wie das Wort vermuten lasse, sondern selbst verkrüppelt. Der Amtsbruder habe Markus 9, 47 ernst, das heiße wörtlich genommen: ärgert dich dein Aug, so reiß es aus. Es ist besser für dich, mit einem Aug gen Himmel zu fahren als mit zwei Augen zum Höllenpfuhl. Blümlein habe sich nacheinander ausgerissen: das rechte Auge, beide Ohren, mehrmals büschelweise Haare, vier Zähne, den linken Arm und, zum Schluß, beide Beine, was, mit nur mehr einem Arm, kompliziert gewesen sein dürfte. Er mußte fortan in die Kirche getragen werden, beteuerte Pater Fichter im Seitenwagen. Freilich soll der Geistliche regen Zulauf gehabt und mit der nicht ausgerissenen Zunge wortgewaltig gepredigt haben. Ein stattliches Glied übrigens habe er nicht geopfert, da es ihm, wie er, darob befragt, bekannte, nie Ärger, sondern stets nur Vergnügen bereitet habe. Der Amtsbruder habe mit einer bronzenen Gedenktafel schließlich zuviel Beachtung gefunden. Eine Schande sei es, wie ungerecht die Mutter Kirche mit jenen verfahre, die namenlos in der Mission ihre besten Jahre hingäben. Darüber wolle er in Rom ein Wörtchen bei den zuständigen vatikanischen Stellen verlieren. Als Lenker der Seitenwagenmaschine hatte ich ganz andere Sorgen. Mit den Augen sah ich ein grausiges Tier, halb Schlange, halb Drache sich um einen Baum winden und einen alles verhüllenden Atem aus Schwefeldampf und Nebel ausstoßen, mit den Ohren hörte ich das nicht enden wollende Geschwätz des Geistlichen, der seine Art und Weise, den Hut mit dem Griff des Stockschirmes im Fahrtwind auf dem Kopf zu halten, einem Filmhelden abgeschaut haben wollte, im Kopf suchte ich nach einem vernünftigen Grund dafür, daß mir die Witwe Saliter für die Ablieferung des Priesters in einem Abteil erster Klasse einen Fünfziger versprochen hatte. An der Sache mußte ein Haken sein. Schon immer hatte ich Pater Fichter mißtraut, nicht zuletzt, weil er mich als Kind so oft an den Haaren gezogen, in die Ohren gekrallt und mir schallende Ohrfeigen zum Zeichen der herzlichen Begrüßung gegeben hatte. Grüß Gott Herr Pater Fichter, Grüß Gott Herr Reichskanzler. Was war, wenn der Missionsprediger eine panische Angst vor Zügen hatte? Was, wenn er sich mit aller Gewalt sträubte, die Perronsperre zu passieren, die Stufen des Eisenbahnwaggons hinaufzusteigen, ein gemütliches Coupé, selbstverständlich Raucher, zu suchen, sein Gepäck zu verstauen, den stinkenden Kleppermantel auszuziehen und es sich am Fenster bequem zu machen? Durfte ich handgreiflich werden? Reichte meine Kraft gegen diesen Hünen aus? War Goliath überhaupt zu besiegen? Schon schwitzte ich vor Anstrengung, indes ich den Pater dem Bahnsteig entgegenzerrte, schon stemmte er sich mit der übermenschlichen Gewalt, wie man sie Wahnsinnigen nachsagt, dagegen, zum Zug gebracht zu werden, schon fuchtelte er mit seinem Stockschirm, schon versuchte er, mich damit zu treffen, mir ins Gesicht zu schlagen, mir die Ohren umzudrehen und Haare auszureißen, wie er es immer getan hatte, in Thulsern und vermutlich auch in der Mission. Hätte ich ihn auf einen der auf dem Bahnsteig bereitstehenden Kofferkulis hieven, ihn dort festbinden und damit zum Waggon erster Klasse rollen sollen? Wie sollte es mir gelingen, diesen Goliath zu überlisten, welche Finte hätte bewirkt, daß sich dieser Rübezahl fügte? Nur mit Arbeit früh bis spät kann dir was geraten. Neid sieht nur das Blumenbeet, aber nicht den Spaten, tönte es mir aus dem Seitenwagen entgegen: ein Spruch, der angeblich im Rauriser Hof zu finden sei, aber auch in der Halle des Kaiser Franz Joseph-Jubiläums-Greisen-Asyls zu Innsbruck, welches vom Zugfenster aus gut sichtbar sei. Wie sollte es mir gelingen, Pater Fichter durch den Nebel zum Zug, in den Waggon zu bringen – denn säße er erst einmal, soviel war gewiß, winkte er mir beim Abfahren noch freundlich lachend mit dem Stockschirm zu, als hätte es die letzten Stunden überhaupt nie gegeben. Aber zweifellos hatte ich längst die entscheidende Weggabelung mit dem einzig richtigen Weg verfehlt, denn der Nebel war so dicht, daß ich selbst vom Seitenwagen sowie von meinem furchterregend mächtig wirkenden Fahrgast nur noch schemenhafte Umrisse erkennen konnte. Lediglich die Tatsache, daß der Seitenwagen mit der Tännel & Preuß-Maschine und deshalb mit mir verbunden war, gab mir einen traurigen Rest an Sicherheit. Wenigstens lernte ich allmählich verstehen, weshalb es im Thulsernischen so viele Nebelsagen gab. Auch der Schelm, nichts weiter als der altdeutsche Ausdruck für Seuche und Landsterben, wurde ich aus dem Seitenwagen heraus belehrt, trage mitunter ein Nebelkleid. Die Sage gehe, der älteste Drache sei, wie uns cimbrische Mythen zeigten, die feuerschnaubende, wassergießende Wetterwolke. Spätere Entwicklung habe bald das eine, bald das andere Element bevorzugt: als Wasserdrache bilde sich der Wolkendämon fort zum Geiste der Sanna, des Thulserner Stromes, der aus dem Wolkenbruch entstehe, als Feuerdrache trete er in Blitzmythen auf, wechsle sogar in ein ganz anderes Gebiet über, denn der feurige Drache unserer Koboldsagen, der schätzeschleppend die Luft durchziehe und durch den Kamin mit seinen Anhängern verkehre, habe das Blitzgewand aufgegeben und kleide sich in das Feuerkleid der Sternschnuppen und in den bescheidenen Kittel des Herdrauches, weswegen vor allem die cimbrische Märchendichtung den Nebeldrachen in vielfältiger Gestalt aufweise, wovon er seinen Heidenkindern manch schaurig-schöne Geschichte erzählt habe, um damit zu ihrer Bekehrung beizutragen.

Die Heidenmission sei ihrem innersten Wesen nach im tiefsten Sinne des Wortes kulturfördernd. Wo der Missionar, besonders unter Primitiven, sich niederlasse, verbreite er ganz von selbst eine wohltuende Atmosphäre von Zivilisation um sich. Er lehre die Eingeborenen bessere Häuser bauen, Ziegel brennen, führe Nutzpflanzen ein, erziehe durch Vorbild und Wort zu Reinlichkeit und planmäßiger Arbeit. Zivilisation lackiere, Kultur bilde. Der Missionar erweise sich als Botschafter echter Kultur, dem es nicht auf den Schein, sondern auf das Wesen ankomme, indem er überall Bildung verbreite: zur fortschreitenden Veredelung des Verstandes und des Herzens. Auf diese

Weise wachse die Mission zur Mutter der Schule. Die Wirksamkeit des Missionars ziele ab auf Herzenserneuerung. Die Missionsgeschichte beweise, wie die Missionare auch unter den wildesten Völkern bei treuem Ausharren günstig auf die Sitten gewirkt hätten. Welchen Dienst leisteten beispielsweise die Brüder in Neuguinea, wenn sie unentwegt unter den schwierigsten Verhältnissen gegen Aberglauben, Trägheit und Falschheit der Papuas kämpften und versuchten, diese zu Menschen zu machen. Ein wenig bekanntes, aber unheimliches Hemmnis der Kultur unter den Wilden sei der bei ihnen allgemein herrschende Kommunismus. Auch erreiche die Mission in stiller Geduldsarbeit, daß die Frau ein nützliches Mitglied der menschlichen Gemeinschaft werde: erst müsse die Frau innerlich eine andere werden, ehe der Mann ihr Liebe und Achtung entgegenbringen könne. Selbiges gelte auch für das Verhältnis der Indianer zu den Weißen. Es gehöre zu den reinsten Freuden des missionarischen Berufes, erleben zu dürfen, wie unter den rohen Stämmen die Frau an die Seite des Mannes trete, Gatten- und Mutterpflichten erkenne und anfange, Sonnenschein und Wärme um sich zu verbreiten. Wahre Frömmigkeit sei die Brunnenstube missionarischen Wesens. An materiellen Gütern, gar an Gold und Silber, sei noch kein Missionar interessiert gewesen. Jedenfalls sei in der Chronik seiner Missionsstation darüber kein Wort verzeichnet – wohl aber ein Satz wie: *wer unter den menschenfressern erzogen, dem schmeckt keine zuspeis, es sei denn, sie hat hand und fuß.*

Daraufhin stimmte Pater Fichter ein cimbrisches Mariengebet an, nicht ohne unerwähnt zu lassen, daß der

Vater des Partisanen Josip Broz-Tito als Eisenbahnarbeiter vom Cimbernland nach Kroatien gegangen sei: O mùatar'me himal' khear aber dain oge – O Mutter im Himmel, kehr zu uns dein Auge – un pete for alje bo rùafan tzo diar – und bete für alle, die rufen zu dir: Ave Maria. Die Cimbern habe man für Raeter, Tiguriner, Hunnen, Goten, Langobarden oder auch für Reste der bei Vercellae geschlagenen Germanen gehalten. Dabei gingen sie auf Klosteruntertanen des aus Ulm stammenden Bischofs Walther von Verona zurück, welcher sich der Rodung und Urbarmachung der Ländereien in den Lessinischen Bergen, vom Suganertal bis zur Etsch angenommen habe. In den *Hundert Büchern von Tafamunt* werde anläßlich der Beerdigung des seligen Heinrich von Bozen geschildert, wie zu dessen Begräbnis als armem Tagelöhner zu Treviso an die dreißigtausend Cimbern von den Bergen herabgestiegen seien. De jungan, de altan sain alj' un dain fùassan – die Jungen, die Alten sind all dir zu Füßen –, for lentage un toate, das ist iar gapet – für Lebende und Tote, das ist ihr Gebet: Ave Maria. Und der Gesang aus dem Seitenwagen des Motorrads durchdrang den Nebel. Es wurde in Bruchteilen von Sekunden dunkler und dunkler. Plötzlich hörte ich Stimmen um mich, ganz deutlich hörte ich das Gegrüßest seist du Maria voll der Gnaden, der du für uns das schwere Kreuz getragen hast, der du für uns Blut geschwitzt hast, Blut geschwitzt, und ich roch Weihrauch, und ich sah leuchtende Kerzen, der Auspuff meines Motorrades knatterte, ruckartig trat ich auf das Bremspedal, riß an der Handbremse, kuppelte aus, da war kein Nebel mehr, das Motorrad hielt, der Pater stand im Seitenwagen, nahm den Hut ab, stieg aus, der Kleppermantel rauschte dabei sein Gummirauschen; ungläubig riß ich die Augen auf. Was war geschehen? Warum Weihrauchduft und Kerzenlicht statt Nebel und Feuchtigkeit? Endlich richtete ich mich im Sattel meiner Tännel & Preuß auf und erkannte, wo ich war. Ich hatte die Weggabelung doch nicht verfehlt, nein, ich war geradeaus gefahren, immer geradeaus, ja, ich war zur Weggabelung gekommen, aber ich war geradeaus weitergefahren, ich war weder nach links noch nach rechts abgebogen in meiner Angst.

Als führe ich noch immer, aber in Zeitlupe, und als sähe ich mir dabei selbst zu, meinte ich, die Seitenwagenmaschine an Skulpturen vorbeigleiten zu lassen, die Pater Fichter sogleich mit einer Stimme wie durch Watte zu erklären begann: die höchste Zierde bildeten vier Figuren im Mittelraum. Sie stellten die vier letzten Dinge dar. Erstens der Tod. Das Menschenleben gleiche einer Pilgerreise. Einmal komme der Tod über jeden, und keiner kenne den Tag, noch den Ort oder die Stunde. Daher stelle der Künstler den Menschen als Pilger mit Mantel, Hut und Pilgerkreuz dar. Ihm nahe sich von rückwärts, etwas erhöht, der Tod in Gestalt eines beflügelten menschlichen Skeletts. In der Rechten halte die Plastik die Sanduhr, in der Linken zücke sie den Dolch. Der Pilger mache eine ausweichende Bewegung, sein Antlitz trage einen ernsten Ausdruck. Zu Füßen des Pilgers spiele rechts ein Engel nach Kinderart mit einer Seifenblase in der Linken, in der anderen Hand halte er eine Muschel ohne Leben. Auf der linken Seite halte ein Putto die gebrochene Kerze, indes links unten aus dem Boden die sodomitische Traube sprieße, die beim Berühren in Staub

zerfalle. Die Körperhaut des Skeletts aber hänge gleich einer Fahne am Rücken. Ich war, was du bist; du wirst sein, was ich bin, höre er den Tod zum Pilger sagen, flüsterte Pater Fichter.
Ich aber hörte Rosenkranzbeten, während der Geistliche seine Stimme steigerte: zweitens das Gericht. Ein schöner Jüngling, soeben dem Grabe entstiegen, erwarte das Gericht. Das Leichentuch bedecke noch in kühnem Schwung den rechten Oberarm, den Rücken sowie die Lenden. Ein Engel auf seiner Schulter weise tröstend auf einen barmherzigen Richter, der mit dem Kreuz auf einem Regenbogen über dem Jüngling throne. Zu seinen Füßen kauere auf dicken Büchern der Widersacher, nackt und in heftiger Bewegung. Zwei Hörner wüchsen aus seinem Kopfe. Spitze Tierohren sowie ein Ziegenbart beidseits des Kinns unter dem höhnisch grinsenden Maul umrahmten die Fratze. Auf die häßlich gerunzelte Nase sei ein Zwikker geklemmt mit Gläsern, dick wie ein Flaschenboden. In der Rechten halte die Gestalt einen Federkiel in ein mächtiges Buch. Unter dem Gesäß zucke ein buschiger Schwanz, die Zehen an den Füßen endeten in Krallen. Von dort aus nehme eine Inschrift folgenden Wortlauts ihren Anfang:
Vergiß nicht, Mensch, daß wo du bist, der Böse in der Nähe ist. Bereit, vom Denken dein und Treiben das Schlimme in ein Buch zu schreiben. Nichts übersieht er, ist voll Tücken, der mit dem Buche auf dem Rücken. Und seine Brille auf der Nas': bedenk, s'ist ein Vergrößerungsglas.
Wieder hörte ich deutliches Rosenkranzleiern, noch immer schien die Seitenwagenmaschine zeitlupenschnell an Figuren vorbeizufahren, die von dem im

Seitenwagen aufrecht stehenden Pater salbungsvoll erklärt wurden.
Drittens die Hölle. Eine allegorische Darstellung der sieben Hauptsünden. Der Zorn: ein nackter Mann mit aufgesträubten Haaren, Flüche auf den Lippen. An seinem Herzen ein ewig nagender Wurm. Die Unlauterkeit: halb Mensch mit herabhängenden Brüsten, halb Tier mit fledermausartigen Flügeln, Sinnbild der Nacht, der Stunden der Sünde. Die Hoffart: eine Frauenbüste, eitel geschmückt, auf dem Kopf ein Pfau, der ein Rad schlage. Die Trägheit: eine Skulptur mit Schlafmütze und Nilpferd auf dem Kopf. Der Geiz mit Hakennase und dukatenbesetztem Kragen. Daneben der Neid: fratzenhaft auf den Geiz schielend. Schließlich die Unmäßigkeit: die Büste eines Schlemmers, welcher eine Flasche zum versoffenen Maul führe. Und alle schienen in den Rachen eines drachenartigen Ungeheuers zu stürzen, aus dessen Schlund Höllenflammen schlügen.
Viertens der Himmel: eine schöne Frauengestalt in fürstlicher Kleidung, mit reichverziertem Sternenkreuz auf der Brust, schwebend auf einer Wolke, umgeben von Weisheit mit lieblichem Gesicht, in der Hand eine Trompete, von Wahrheit, die mit der Rechten den Schleier vom strengen Antlitz ziehe – das faltenreiche Kleid sei auf der Brust mit einer Strahlensonne geschmückt, von der Wissenschaft, die ein Füllhorn mit Instrumenten, Schlange und Globus umfasse, sowie zuletzt von der Klugheit, die in der Rechten einen Spiegel, in der Linken aber ein Buch halte.
Ich war schnurstracks durch das stets offene Portal gefahren, wo nach der Frühmesse auf der linken Seite die schwarz verhüllten Flüchtlingsfrauen, in der rech-

ten Bankreihe einige wenige alte Männer ihre Lieblingsandacht hielten: den schmerzhaften Rosenkranz – der du für uns bist gegeißelt worden, der du für uns bist mit Dornen gekrönt worden.
Und ich hatte meine Seitenwagenmaschine gerade noch vor dem Hochaltar zwischen den zehn Meter hohen Schneestangen zum Stehen gebracht. Und zum ersten und einzigen Mal in meinem Leben glaubte ich, zu Rosenkranzgeleier Musik zu hören, Orgelmusik, ganz deutlich, von der Empore herab, etwas mit operettenhafter Wehmut: Lippen schweigen, s'flüstern Geigen.
Aber tosend.
Orgel eben.

Das Streckenjournal

Vor mir die weiten Flächen leerer Äcker im Herbst. Hier den Faden aufnehmen, einfädeln, anknüpfen, um Übersicht zu erzielen, ohne dabei die Ordnung der Vielfalt zu zerstören. Die ganze Zeit denke ich daran. Von Schwelle zu Schwelle. An manchen Tagen kann ich es schier nicht erwarten, bis ich den Mantel an den Haken hängen kann. Sofort gehe ich in die Küche, setze mich an den blanken Tisch, ziehe die Tischschublade auf und hole das Schreibbuch hervor. Mit beiden Händen hole ich es hervor, wie einen Schatz, den ich eigenhändig versenkte und jetzt wieder hebe. So hole ich das Schreibbuch aus der Schublade. Ich streichle es, ehe ich es behutsam aufklappe, ehe ich es sorgfältig aufschlage, vorsichtig, als könnte es jeden Augenblick auseinanderfallen. Aber nein, es ist fest gebunden. Das in einen schwarzen, mittlerweile fettig schwarzen Stoff gebundene Schreibbuch, das vom vielen Streicheln fettig abgegriffene Buch, welches einen zerschlissenen, einen zerlesenen Eindruck erweckt, obwohl es hauptsächlich zum Hineinschreiben dient – dieses Schreibbuch streichle ich, ehe ich es öffne. Es fühlt sich anders an als die Geiß, und trotzdem denke ich häufig an sie, wenn ich über das Schreibbuch fahre. In Wirklichkeit ist das Schreibbuch ein Rechnungsbuch mit dünnen Linien, bläulich und rötlich unterbrochen, mit Spalten und Abteilungen, um die ich mich jedoch nicht kümmere. Das

Schreibbuch enthält meine Aufzeichnungen. Es sind Aufzeichnungen, die sich über Jahre erstrecken. Ob sie eines Tages von jemand gelesen werden, ist vollkommen gleichgültig. Wichtig ist der Vorgang des Aufzeichnens, wichtig ist das aufbewahrte Gedächtnis, das Wissen, denn nichts geht verloren, und nichts ist entschieden. Mit einem möglichen Leser haben diese Aufzeichnungen überhaupt nichts im Sinn. Wer sollte die in meinem Schreibbuch niedergelegten Aufzeichnungen schon lesen oder lesen wollen? An sie heranzukommen ist schlechterdings unmöglich. Denn ich bewahre das Schreibbuch in der Tischschublade meines Küchentisches auf. Dabei handelt es sich um eine verschließbare Schublade, zu der es nur einen Schlüssel gibt. Und den habe ich. Da ich den Schlüssel freiwillig niemals herausgäbe, müßte mir derjenige, der das Schreibbuch zu lesen vorhätte, Gewalt antun. Er müßte mich niederschlagen. Ich müßte wenigstens bewußtlos sein. Dann könnte er mich durchsuchen, und vielleicht fände er den Schlüssel. Ich müßte besinnungslos sein. Erst dann wäre der Leser in der Lage, den Schlüssel an sich zu nehmen, vorausgesetzt, er fände ihn. Und wenn er ihn nicht findet, hat er mich umsonst niedergeschlagen. Reue wird ihn überkommen, bittere Reue. Hätte er mich nicht niedergeschlagen, so könnte er mich wenigstens fragen, wo ich den Schlüssel verborgen halte. Da ich es ihm aber unter keinen Umständen verriete, müßte er mir drohen. Zuerst probierte er es mit gutem Zureden. Wie bei einem Hund. Danach drohte er mir. Beispielsweise, daß er mich sofort niederschlüge, wenn ich ihm nicht auf der Stelle entdeckte, wo ich den Schlüssel verborgen halte. Als wäre das Geschriebene ein Tresor, den man mit einem Dietrich knacken könnte. Entschlüsseln.

Von Schwelle zu Schwelle. Solche Ideen habe ich, wenn ich von Schwelle zu Schwelle gehe. Es gäbe natürlich noch eine andere Möglichkeit. Der Leser könnte, endlich zum Mörder geworden, versuchen, die Tischschublade gewaltsam zu öffnen, um an das in den fettig abgegriffenen schwarzen Stoff gebundene Schreibbuch heranzukommen. Er könnte sich dabei eines Schraubenziehers, eines Dietrichs oder eines Stemmeisens bedienen. In meiner Werkstatt läge derlei griffbereit herum. Aber die Freude wäre getrübt. Schon möglich, daß der Leser endlich nach neuerlicher Gewaltanwendung an das Schreibbuch gelangt wäre. Aber da plagte ihn sein Gewissen erneut. Schreckliche Gewissensbisse trieben den Mörder und Einbrecher um. Immer wieder dächte er an die Bluttat. Die Bilder brennten sich unauslöschlich in sein Gedächtnis ein. Wie er das Beil schwingt und auf den Kopf des Streckenwärters einschlägt. Wie das Blut hervorquillt und ihn besprizt. Wie die Schädeldecke dumpf knackt. Wie Gehirn austritt. Wie sich Blut an das Beil legt, wie es über den Schaft kriecht, die Kleidung sprenkelt. Oder er stünde beschämt vor dem gesplitterten Holz der Tischschublade. Er könnte sein Lebtag keine Schublade mehr aufziehen, ohne dabei an meine Tischschublade erinnert zu werden. Diese Schwelle mußte er überschreiten, ehe er das Schreibbuch an sich nehmen könnte, von dem er noch immer nicht weiß, was es überhaupt enthält. Am Ende sind nur wenige Seiten mit Belanglosem beschrieben, mit Aufzeichnungen möglicherweise, mit denen gar nichts anzufangen ist. Stumpfsinnige Statistiken. Rechnungen aus dem Haushalt eines Streckenwärters. Brot soundsoviel, Wurst soundsoviel, Käse soundsoviel. Wein soundsoviel. Wieso plötzlich Wein, wo doch sonst immer Bier steht? Wieso auf einmal Wein, welchen Wein, an welchem Tag? Schon begönnen die Fragen und verketteten sich mit Vorstellungen, die man sich vom Leben eines einschichtigen Streckenwärters in einem roten Backsteinhäuschen am Rande der eingleisigen Thulserner Strecke macht. Aber dies änderte nichts an der Tatsache, daß dieser mögliche Leser, der vorgab, sich für die Aufzeichnungen speziell dieses Streckenwärters der Bahnlinie zwischen Thulsern und Fallmühle zu interessieren, diesen entweder niedergeschlagen, umgebracht oder aber dessen Tischschublade aufgesprengt haben müßte. In die Küche zu gelangen war ein leichtes gewesen, da der Streckenwärter niemals seine Haustüre absperrt. Er schließt sie zwar, aber er sperrt sie nicht ab. Er hat sie noch nie abgesperrt. Und welcher Leser könnte sich nach solcher Gewalttätigkeit noch der Lektüre eines Schreibbuches hingeben, ohne daß ihm immer wieder der Frevel seiner Tat im Kopf spukte? Von Schwelle zu Schwelle. Und was hätte er endlich von dieser grausamen Anstrengung? Was stünde endlich in diesem verfluchten Schreibbuch, dessentwegen er zum Einbrecher und Schlächter geworden war? Die Aufzeichnungen! Welche? Die Aufzeichnungen, die ich über Jahr und Tag hingebungsvoll nach getaner Arbeit meinem Streckenjournal anvertraut habe. Aufzeichnungen nicht von alltäglicher Art. Kein Wort von stumpfsinnigen Listen: Brot soundsoviel, Käse soundsoviel. Das wäre zu einfach. Meine Aufzeichnungen beschäftigen sich mit ganz und gar anderen Dingen.

Meine Aufzeichnungen gelten der Strecke und allem, was mit ihr zusammenhängt. Und da kommt einiges zusammen. Was mir von Schwelle zu Schwelle einfällt, verzeichne ich in einem kleinen schwarzen Büchlein, welches von einem Hosengummi zusammengehalten wird. Dieses kleine schwarze Büchlein trage ich jeden Tag, solange ich leben werde, in meiner Joppentasche. Der einstmals feste Umschlag ist schon ziemlich mitgenommen, denn das Büchlein liegt stets griffbereit in meiner rechten Joppentasche. Ich fasse es oft an. Meine Hand gleitet in die Tasche und umklammert das Notizbüchlein für die Aufzeichnungen unterwegs. Das große Streckenjournal eignet sich nicht für unterwegs. Sein Format ist zu sperrig. Für den Gang von Schwelle zu Schwelle gibt es das kleine Büchlein. Ich berühre es, auch wenn ich oft wochenlang nichts hineinschreibe. Oft schreibe ich wochenlang auch nichts ins Streckenjournal. Manchmal kommt es mir vor, als hätte ich erst dann Grund zu einer Notiz, wenn ich vorher das schwarze Büchlein berührte, mit dem Hosengummi spielte, der es zusammenhält, oder die Seiten vor meiner Nase vorbeiknistern ließ. So schnell, daß sie rauschen. Hin und wieder rieche ich auch an meinem Notizbuch. Am Schreibbuch in der Tischschublade rieche ich sowieso. Ebenso an der Geiß. Habe ich nach Dienstschluß ein Fußbad genommen, so widme ich mich, nachdem die Ziege versorgt ist, den Rest des Abends allerlei Lektüre und auch dabei immer wieder dem Streckenjournal. Den Aufzeichnungen, die nicht selten mit dem Gelesenen zu tun haben, wobei das Lesen und das Aufschreiben ohnedies zwei Formen ein und derselben Tätigkeit sind. Das Essen erledige ich nebenher, es sei denn, ich konzentriere mich ausschließlich auf eine besonders vorbereitete oder irgendwie sonst herausragende Mahlzeit. Ich habe eine Schwäche für Ziegenkäse. Deshalb enthält das Streckenjournal gewisse Aufzeichnungen darüber, eingeleitet mit dem Satz: die Bibel enthält keinerlei Hinweis auf Käse, obgleich in Genesis 18 von Butter und Milch die Rede ist, die Abraham, nachdem er sich im Lande Kanaan niedergelassen hatte, den Boten des Herrn auftrug. Und setzte es ihnen vor und blieb stehen vor ihnen unter dem Baum. Während des Essens zu lesen ist unhöflich und obendrein ungesund. Beim Essen liest man nicht, beim Essen schreibt man nicht, mit dem Essen spielt man nicht. Aber darum kümmere ich mich nicht. Ich lese während des Essens, ich mache während des Essens, wenn es sein muß, meine Aufzeichnungen, und wenn es mir in den Sinn kommt, dann spiele ich auch mit dem Essen. Jeden Brocken soll man dreiunddreißigmal kauen. Und dabei nicht sprechen. Sonst kommt Luft in den Magen, und der Speichel rinnt nicht, wie er soll und verdaut nicht so, wie er könnte. So habe ich es gelernt. Aber ich halte mich nicht daran. Ich rede sehr viel mit mir und mit dem, was mich umgibt. Das mag sonderbar sein, wenn mehrere da sind. Aber außer mir ist so gut wie nie jemand da. Ich bin die meiste Zeit mit mir allein. Gottlob. Dreiunddreißigmal, ehe man ihn schluckt. Derlei Maximen stehen allerdings nicht im Streckenjournal. Dazu sind sie viel zu banal. Ich gehe von Schwelle zu Schwelle. Nichts hält mich auf. Eine Zeitlang habe ich mich anläßlich meiner Aufzeichnungen mit Federn beschäftigt. Zu jeder Antriebskraft gehört eine Feder – gleichviel ob bei einer Uhr oder bei den Aufzeichnungen gegen die verstreichende Zeit. Ohne Federn sind überdies die Konstruktionszeichnungen der Streckentrassen undenkbar. Ehe ich ins Streckenjournal schreiben konnte, mußte ich mich des Handwerkszeuges versichern. Das Thema hat mich über Monate in Atem gehalten. Man muß die Feder zwischen den Fingerspitzen festhalten, damit alles, was man erfindet, in sie hineinfließt und sie es für das Streckenjournal formuliert. Plötzlich interessierte ich mich für Schreibfedern. Dabei geschah etwas, was mir schon öfter aufgefallen war. Ich lese stets zur rechten Zeit die richtigen Bücher. Kaum faszinierten mich Schreibfedern und alles, was damit zusammenhing, schon stieß ich auf ein Rätsel des Thulserners Johannes Lorichius, das mir die Entwicklungsgeschichte meines neuesten Forschungsgegenstandes auf kurzweilige Weise erschloß: Gans beschmiert ein Schaf, die Kuh besorgt das Getränk – Antwort: Feder, Pergament, Tintenhorn. Die Feder, heißt es, sei dazu bestimmt, die laufende Chronik zu schreiben. Außerdem, las ich weiter, besitze die Feder eine mutwillige Neigung zur Unabhängigkeit. Da horchte ich auf und las schnell einen weiteren Satz: auch zeigte sie eine ganz ausgeprägte Vorliebe fürs Flanieren. Nichts anderes meine ich mit Abschweifung und Ausflug der Gedanken, während ich an das Gleis gebunden bin, von Schwelle zu Schwelle. Zudem gestattete sie sich wiederholt Abweichungen. Kurzum: sie bewies nicht den rechten Gehorsam – eine Haltung, die auch ich für meinen Teil in Anspruch nehmen möchte, besonders wenn es um Entscheidungen geht, die rasch gefällt werden müssen. Etwa: was ist zu tun, wenn ein Schreiben kommt, das nicht nur eine Revision, sondern die endgültige Stillegung der Strecke anzeigt? Was ich mit meinem Streckenjournal anvisiere, das ist ein Stramin, stelle ich mir vor, ein tragfähiges Netz, welches außer der nötigen Luft zum Atmen nichts durchläßt, da jede Kleinigkeit von Bedeutung sein kann. Als Streckenwärter lernt man derlei schnell. Schon ein winziger Stein, der, ausgelöst von einem auffliegenden Vogel, weit oben einen zweiten Stein ins Rollen bringt, und dieser einen dritten, und so fort, kann die Strecke blockieren, ein Unglück auslösen, verschütten, was nicht zugedeckt werden darf. Die Eintragungen ins Journal ermöglichen mir die Abschweifungen, die ich mir während des Gehens von Schwelle zu Schwelle versagen muß. Es gibt nur wenige Weichen zu Anschlußgleisen auf meiner Strecke. Und auch die Abzweiger enden an einem Prellbock. In der Regel handelt es sich um Rangiergleise, die notwendig sind, um neue Garnituren zusammenstellen zu können. Auf dem einen oder anderen Seitengleis steht auch einmal ein Waggon, der nicht mehr gebraucht wird. Dann wird der Abzweiger zum Abstellgleis. Mit der Stillegung der Strecke wollen sie mich ebenfalls aufs Abstellgleis schieben. Aber das wird ihnen nicht gelingen. Um dagegen anzukämpfen, werde ich mich auch der Eintragungen ins Streckenjournal bedienen. Die weiten Flächen der leeren Äcker im Herbst haben mich Langmut gelehrt. Und der Schienenstrang, der durch dieses verlassene Land vorrückt, eine Spur aufreißt wie eine Wunde, tat ein übriges. Es gibt keinen Tag, an dem ich nicht über die Schwellen gegangen wäre. Aus der Ebene ins Hügelland und schließlich hinauf ins Gebirge. Jetzt wollen sie mich entlassen. Ich höre sie schon sagen, ich solle mir einen schönen Lebensabend machen. Ein Fleckchen Erde in der Heimat sei doch eine gute Voraussetzung. Daß sie immer gleich mit dem Fleckchen Erde kommen müssen. Ich habe das Häuschen mein Lebtag abbezahlt. Mit jedem Schritt über die Schwellen habe ich dafür bezahlt. In der Heimat. Ich verabscheue dieses heimelige Getue um Heimat, Haus und Hof. Zu viele dicke Wörter kommen mir dabei in den Sinn: Blut und Boden, Gemüt und Gegrübel, Scholle und Schicksal, Stolz und Stamm. Solche Begriffe lauern wie versteckte Wolfsfallen. Das Bild vom verlorenen Sohn, der nach Jahr und Tag, des Umherirrens im Sumpf der Großstädte müde, nach Hause zurückkehrt. Reumütig kehrt er heim, einst in Zorn und Hochmut geschieden. Da steht der Heimkehrer auf einem Hügel und blickt hinab ins Tal, und wie bestellt kommen ihm aus dem Herbstnebel, Gegenlichtaufnahme, in Farbe, die Orte seiner Kindheit entgegen, die Gespenster steigen aus den Grüften, und ein wehmütiges Wohlbehagen breitet sich aus, sentimentale Wärme, auch der entschlossene Wille zur Aneignung dessen, was längst als verloren galt.

Nichts habe ich im Sinn mit dem dampfenden Boden: plötzlich wird wieder klein und holdselig, was dereinst voll Inbrunst verachtet und verlassen wurde. Rauch, Herd und Nestwärme. Darüber das Firmament. Heimat, deine Sterne. So lautet das Angebot der Thulserner Eisenbahngesellschaft. Das haben sie sich sauber ausgedacht. Da werden sie sich aber sauber schneiden. Ich sehe älter aus, als ich in Wirklichkeit bin. Streckenwärter altern rasch. Wind und Wetter: wieder so ein unwiderlegbares Paar. Wie lange ich die Strecke schon abgehe, weiß ich nicht mehr. Irgendwann einmal muß ich es vergessen haben, wahrscheinlich, weil es unwichtig geworden ist. Wichtig ist vielmehr: ich übe diese Tätigkeit gerne aus. Gleichmaß beruhigt. Im Laufe der Jahre habe ich mir die Strecke Schwelle für Schwelle angeeignet. Ich habe sie zu meiner Schnur von Medaillons gemacht. Ein Lineal, trotz der zahlreichen Krümmungen und Unebenheiten. Ein Maßstab. Hier gibt es nichts, was ich nicht kenne. Dennoch steckt meine Strecke voller Geheimnisse. Auch ihnen gelten die Aufzeichnungen in meinem Schreibbuch. Wer allerdings Begebenheiten aus meinem Leben darin erwartet, wird enttäuscht: keine Nabelschau, kein Blick in mein verschachteltes Inneres, keinerlei Umkreisen eines völlig bedeutungslosen Lebens. Ich bin nicht wichtig. Wichtig ist allein die Strecke. Wichtig ist, die Strecke abzugehen. Und ringsum die Verrottung. Kräuter und steife steile Halme überwachsen die rostenden Schienen, zwängen sich zwischen dem Schutt hindurch. Feldgras wuchert, wilde Kamille, Huflattich, Schafgarbe; weiter oben dann, im Steilstück, vor allem Disteln. Ein von Disteln überwuchertes Bahngleis. Der Schotter als Nährboden für Disteln. Schotter: Bettungsmaterial aus gebrochenem Naturstein mit Korngrößen von zweiunddreißig bis dreiundsechzig Millimeter. Steine, welche die an die Bettung gestellten Forderungen erfüllen müssen. Bettung: Unterlage für das Gleis. Dient der Herstellung und Erhaltung der nach Höhe und Richtung vorgeschriebenen Gleislage, der gleichmäßigen Verteilung der Kräfte und Stöße auf den Unterbau, der Erhöhung der Elastizität sowie Quersteifigkeit des Gleises und der Entwässerung wie auch Durchlüftung des Oberbaus. So steht es im *Großen Adler,* aus dem ich es gelernt und später ins Streckenjournal übertragen habe. Der *Große Adler* ist eines meiner wichtigsten Nachschlagewerke, das ich seit meiner Ausbildung kenne. Von meinem ersten Gehalt habe ich mir eine gebrauchte Ausgabe gekauft. Die Vorzugs-Ausgabe, sechste bearbeitete und ergänzte Auflage. Ich kann Abend für Abend über dem *Großen Adler* sitzen und darin nachlesen. Ein Stichwort führt zu einem anderen. Ich lese darin wie in einem Kursbuch, finde Anschlüsse und Aufenthalte, entdecke Querverbindungen und Zusammenhänge. Und: Wörter und Sätze, die unmittelbar mit mir und meiner Arbeit zu tun haben. Höhe und Richtung der vorgeschriebenen Gleislage. Höhe und Richtung. Die gleichmäßige Verteilung der Kräfte und Stöße. Die Erhöhung der Elastizität sowie der Quersteifigkeit.

Alles Argumente gegen die Stillegung eines Stückes Steppe, eigensinnig sich seinen Weg bahnend, gleich einem Flußlauf, begleitet von gestutzten Kopfweiden und morschen Zaunlatten, teilweise aus alten Schwellen, von lasch durchhängenden Leitungen in verbeulten blechernen Führungen, von verbogenen, störrisch abstehenden Drähten, die vielleicht ein Vorsignal mit einem Hauptsignal, dieses wiederum mit dem Stellwerk irgendeiner bedeutungslosen Station irgendwo auf der verlassenen Strecke verbinden. Aber die meisten Drähte sind gekappt, fast sämtliche Leitungen sind unterbrochen. Ich habe auf diesen unerträglichen Zustand die Thulserner Eisenbahngesellschaft schon hundertmal hingewiesen. Im Laufe der Jahre habe ich regelmäßig Meldung gemacht, Bericht erstattet: ohne Erfolg. Ohne auch nur einen Hauch von Erfolg. Niemand hat es höheren Orts für notwendig erachtet, meine Hinweise zur Kenntnis zu nehmen. Alles in den Wind gesprochen. Dasselbe mit meinen Verbesserungsvorschlägen. Ebenso die schriftlichen Ausführungen, teilweise mit illustrierenden Zeichnungen und Skizzen auf Millimeterpapier versehen, sogar die Mängelberichte im Meldebuch. Meine Eintragungen hätten, so hörte ich zuletzt, und das ist jetzt schon wieder Jahre her, meine Eintragungen hätten keinen dienstlichen, sondern eher privaten Charakter. Sie handelten von Angelegenheiten, welche nicht im Zusammenhang mit meinen Dienstaufgaben und außerhalb des Interesses der Thulserner Bahn stünden. Damals entschloß ich mich, das Meldebuch aus dem Schreibpult der Bahnmeisterei droben in der Endstation, der Fallmühle, zu nehmen, und es in meiner Tischschublade unterzubringen. Diesen Wechsel habe ich nie bereut. Außer mir, der ich regelmäßig meine Eintragungen mache und meine Dienstpflicht nie vernachlässige, bekommt das Streckenjournal keiner zu Gesicht. Ich lasse mir Zeit. Niemand sonst bestimmt das Tempo meiner Überlegungen. Nicht einmal die Eisenbahngesellschaft mit ihrem Brief. Das Öffnen der Tischschublade und das Herausnehmen des Schreibbuches ist bereits Bestandteil des Eintrags. So gesehen bin ich immer auf der Strecke, so gesehen habe ich nie aufgehört, von Schwelle zu Schwelle zu gehen, lese ich. Das Abschrauben der Kappe des Füllfederhalters, bei dem ein unübertreffliches, auf der ganzen Welt einmaliges Geräusch entsteht, welches mich schier jeden Abend neu betört und mir die Gewißheit gibt, soeben einen Akt von höchster Bedeutung eingeleitet zu haben, etwas in Gang gebracht zu haben, welches nun mit unbeirrbarer und erbarmungsloser Konse-

quenz abläuft und nicht mehr aufzuhalten ist. Nicht mehr aufzuhalten ist. Wie ein Streckengänger. Als unterzeichnete ich die endgültige, ein für allemal verbindliche, nicht mehr reversible Fassung des Weltfahrplanes, eines gewaltigen Buches, das sämtliche Anschlußmöglichkeiten aufführt, die denkbar sind. Der Weltfahrplan enthält alle Stationen, alle möglichen Verbindungen einschließlich der Seilbahnen sowie der Fährschiffe, er verzeichnet alle Umsteigemöglichkeiten und alle Wartezeiten. Er verbindet alle Strecken. Und meine Strecke ist Bestandteil des Weltfahrplans.
Über dem Stehpult an der Wand meines winzigen Büros im Backsteinhäuschen hängt eingerahmt ein Spruch, den ich dem *Immerwährenden Kalender* entnommen habe, weil er wie für Streckenwärter geschrieben scheint: *Man sollte niemals Gedanken trauen, die einem im Sitzen kommen.* Und darüber hängt die Fotografie meines Vetters Hans Nicolussi. Noch als junger Mann, die Hände im Hosensack, die Joppe offen, darunter die Weste, Flanellhosen mit Aufschlag, mit Hemd und steifem Kragen um die Krawatte mit einfachem Knoten, auf dem Schädel das Schieberkäppi. Erst nachdem ich den Vetter angeschaut und mich seines Einverständnisses versichert habe, lese ich meine Eintragung noch einmal Wort für Wort, korrigiere hie und da, streiche darin herum, aber nicht zu viel, schließe das Buch mit der nämlichen Sorgfalt, mit der ich es aus der Tischschublade hob, und lege das Streckenjournal behutsam an den Ort seiner Aufbewahrung zurück. Wer derlei für Pedanterie oder Schrulle hält, hat nicht begriffen, worum es geht. Es ist ebenso hochmütig wie leichtfer-

tig, unsereinen für dumm, pedantisch oder verschroben zu halten. Die Herren von der Eisenbahngesellschaft werden dies, fürchte ich, noch lernen müssen. Es gibt eben gewisse Dinge oder Vorgänge, meinetwegen auch Denkweisen, die nicht so leicht erklärbar sind wie die Achsfolge einer Lokomotive. Man versteht sie nur, indem man sie tut. So ist das mit meinem Verhältnis zur Strecke. Die Herren, die in der Fallmühle, der Endstation, auf mich warten, werden sich ebenfalls mit diesem Problem auseinanderzusetzen haben. Schließlich handelt es sich um Ingenieure und Aufsichtsräte, Professoren und Eisenbahnwissenschaftler.

Im Streckenjournal steht: ob aufgelassen oder nicht – es bleibt doch meine Strecke. Es bleibt meine Landschaft von abweisender Schönheit, durchwirkt mit intensiven Farben, nicht grell, sondern sanft und still, wie die zahlreichen kleinen Moore, bräunlich und violett, zu gewissen Zeiten, wenn die Heide blüht, fast glühend, dann wieder milchig, wie bei leichtem Schneetreiben. Selbst wenn dieses Land tief verschneit ist, kommt es mir vor, als schimmerte unter der Schneedecke das verhaltene Farbenspiel des Heidekrauts. Schier endlos gestreckte Felder haben immerdar den Glanz einer früh hereinbrechenden Dämmerung. Thulsern ist ein Randgebiet, ein schwebendes Grenzland. Zwischen Moor und Gestein, mit Wäldern und weiten Seitentälern. Die verfallenden Häuser gleichen verwunschenen Schlössern, in denen alles Vergangene gegenwärtig ist. Die Zeit und die Schwellen: die Schwellen geben mir das Maß für die vergehende Zeit. Unterwegs von Schwelle zu Schwelle erobere ich auf jedem Kontrollgang mit jedem Schritt dieses Land neu. Ich erschaffe die Welt in verkleinertem Maßstab im Rhythmus des vertrackten Abstandes zwischen den Schwellen. An manchen Tagen betäubt mich dies bis zur Glückseligkeit. So habe ich es mir immer gewünscht, und ich spüre, wenn ich hier fortginge, beschwöre ich ein Unglück herauf, welches mir den Rest meines Lebens nachhinge. Deshalb bleibe ich auf meiner eingleisigen Strecke, deren Abzweigungen alle an einem Prellbock enden. Dies ist meine Strecke, ihr entlang wurden meine Sehnsüchte geboren, und meine Hoffnungen haben sich hier erfüllt. So wie es ist, so ist es gut. So sage ich es mir vor. Die Dinge denke ich mir am rechten Fleck. Das heißt nicht, daß es keine Widerhaken mehr gäbe und kein Begehren. Allein die Existenz eines Streckenjournals beweist: es gibt Mängel. Jedoch das Gleichmaß gaukelt Gerechtigkeit vor. Ich will herausfinden, ob es sie wirklich gibt. Der Abstand zwischen den Schwellen zwingt zu größter Aufmerksamkeit. Dies ist nicht anders an dem Tag, an dem mich meine Papiere erwarten. Bis ich den Umschlag öffnen werde, wenn ich ihn öffne, ist noch Zeit. Auf dem Weg dorthin werden Verabschiedungen nötig werden. Soviel ist gewiß. Vorerst versehe ich meinen Dienst entlang der Strecke, wo die Schatten aus der Erde treten, wenn ich aushole und voranschreite und die Zeit hinter mir lasse, indem ich sie aufzehre, als zeigte eine Schiene zurück, als liefe die andere vorwärts: in die Zukunft. So absolviere ich Station um Station. Eine um die andere kommt mir entgegen, holt mich ein, geht als Erinnerung an das längst nicht Vergangene durch mich hindurch, um mich meinem Ziel näher zu bringen: einem Geflecht aus Entschwundenem und Verbrauchtem, aus zuversichtlich Ersehntem und Verlangtem. Dazwischen aber immer wieder, von Schwelle zu Schwelle, ich und ich, allein weit und breit. Der Revisor wird schnell festgestellt haben, in welchem Zustand fortschreitender Verwahrlosung die Strecke und das Thulserner Land sind. Er wird seinen Rapport schreiben, einen ausführlichen Bericht über jede Kleinigkeit auf der Strecke und somit auch über mich. Sie werden mir die Verrottung der Strecke anlasten, mir werden sie die Schuld dafür in die Schuhe schieben wollen. Der Streckenwärter habe die Strecke verwahrlosen lassen, wird es heißen. Er habe sie auf den Hund gebracht, keine Weichen mehr geschmiert, keine Laschen mehr nachgezogen, die Nähte nicht mehr verschweißt, die Drähte nicht mehr verknüpft. Ich werde mich zu verantworten haben, und ich werde die Gelegenheit zu nützen wissen. Ich werde meinen Standpunkt zur Auflassung der Strecke darlegen. Das Ergebnis einer einmaligen Inspektion durch den Revisor wird den Aussagen des Streckenwärters entgegenstehen, der diese Strecke sein Lebtag abgegangen ist. Was brauche ich einen Revisor, da ich das Streckenjournal habe? Sie werden irgendeinen blassen Besserwisser schicken, einen Professor aus dem Institut für Verkehrsgeschichte der Universität, einen von jenen, die für alles und jedes ihre Begriffe haben und deshalb glauben, auf Erfahrungen verzichten zu können. Aber ich werde an die Sätze denken, die ich erst vor wenigen Tagen aus dem *Großen Adler* ins Streckenjournal geschrieben habe. *Der Schienenstrang, der kreuz und quer durch ein Land läuft,* habe ich geschrieben, *ist die Lebensader. An ihm und auf ihm spiegeln sich der Geist meines Tales, seine Sorgen, seine Furcht und seine Hoffnungen. Tausende von Gesprächen werden an ihm geführt, zwischen Menschen, die sich nie gesehen haben und die sich nie wiedersehen werden.*

Aus der Bärenzeit

Ich wurde Streckenwärter, weil ich schon als Kind viel in Bahnhofsnähe gespielt habe, mit meinem kleinen Schäufelchen beim Be- und Entladen der Waggons mit Koks oder Kartoffeln eifrig dabei, den fluchenden, ein wenig süßlich nach Pfeifentabak und Schnaps riechenden Arbeitern mehr im Weg als eine Hilfe, stets jedoch heroisch gesättigt, wenn ich am Abend beim Gebetläuten zu Hause sein mußte. Wo stünde schon geschrieben, wie lang diese Tage waren, wo fände sich der Hinweis auf den längsten Sommer meines Lebens, der damit begann, daß ich mich mit meinem Freund Quirin, der nach dem Abitur Richtung Essen gefahren war, um ein Mädchen zu besuchen, welches als Kurgast in Thulsern Urlaub gemacht hatte, am Bahnhofsvorplatz verabredete? Das Poussieren von Kurgastmädchen, die sich abends hinter hell erleuchteten Fenstern langsam auszogen, war verzehrend magerer Lohn ausdauernd zungenschweren Werbens. Wir standen jeweils unten und schauten hinauf ins Helle. Alles wurde uns zu eng. Hinter Heubüscheln liegend, füllten wir die Nachmittage mit glühenden Visionen, schwarze ausländische Zigaretten rauchend, um uns auf diese Weise unseren Anteil an Luxus und Weite zu sichern. Als Quirin aus Essen zurückkam, kreisten unsere Gespräche um zwei Dinge: darum, daß sein Motorrad, das er selbst zusammengebaut hatte, schrottreif war und daß Susanne, so hieß das Mäd-

chen, in Duisburg mit einem Fernfahrer verlobt war. Schweigend streiften wir über abgeerntete Felder, ehe sich unser Interesse immer stärker auf den Bahnhof konzentrierte, denn er schien uns das Wichtigste von ganz Thulsern. Fast täglich hielten wir uns dort auf oder trieben uns in seiner näheren Umgebung herum, immer wieder den Tempel umrundend, von dem aus wir uns erheben wollten.
Wir bestimmten ein Opferlamm.
Es hieß Edmund Nachtblei und war Bahnhofsvorstand.
Nachtbleis Glatze war mit roten Pünktchen gepfeffert, und der Mann geriet in Aufruhr, sobald jemand eine Fahrkarte verlangte, die über das Thulserner Land hinausging.
Dann begann Nachtblei zu schwitzen.
Wie er schwitzte.
Auch wir waren aufgeregt. Schließlich handelte es sich um unsere erste große Reise. Wir wußten: Nachtblei würde es sofort herumerzählen, wohin es uns verlangte. Er würde mit seinen Kollegen darüber sprechen, und bald würde es die ganze Gemeinde wissen.
Dies war im Sinne unseres Planes. Die Leute sollten aus dem Staunen nicht mehr herauskommen. Sie sollten über uns reden, als wären wir Teil jener Luxuswelt, von der in den Abendzeitungen voll Bewunderung berichtet wird: Toni Sailer saß mit Liz Taylor bei einem Kir Royal im Café Fuchs. Platzen sollten die Thulserner vor Neid.
Als Nachtblei, durch das Fenster des Dienstraumes auf den Bahnhofsvorplatz spähend, uns kommen sah, begann er zu schwitzen.

Der Bahnhofsvorstand erwartete ein weiteres Konzert im Wartesaal, wo wir schon oft *Völker, hört die Signale* geschmettert und die fabelhafte Akustik gelobt hatten. Danach hatten wir uns auf eine Parkbank am Vorplatz gesetzt, Rentner angeschwacht, bunte Tücher um den Hals, Kettchen an den Handgelenken, billige Ringe an den Tintenfingern. *We shall overcome.* Das war unsere Hymne. Endlose Strophen lang.

Die Bewohner des Dorfes kannten sie bisher nur aus den Fernsehübertragungen von Krawallen in Großstädten. Jetzt richtete sich Thulsern darauf ein, daß auch in dieser windstillen Ecke in Kürze Jugendliche von Polizisten an ihren langen Haaren über den Gehsteig geschleift würden. Die Veteranen blinzelten in die Nachmittagssonne und warteten auf Barrikadenbau und Gefechtsordnung. Es war zwölf Uhr mittags, als wir uns dem Bahnhof näherten. Nachtblei hatte Dienst wie am Tag zuvor, als wir ihm eröffneten, seine Frau, die als Verkäuferin arbeitete, habe unser Wohlgefallen gefunden, wobei wir hämisch meckerten und uns anstießen, locker mit den Knien wackelnd. Seine Drohung, uns bei der Gendarmerie anzuzeigen, quittierten wir mit Gelächter, in welches er seine Vorwürfe hineinschrie: Herumlungerer, Gammler, der Bahnhof sei keine Wärmehalle für ungewaschene Kommunisten. Wir aber blieben ruhig und sagten, seine Frau sei doch ganz handlich; auch Ratzinger, der strafversetzte Landgendarm, habe dies bereits erkannt: neulich im Schwimmbad habe er sich neben sie gelegt und den ganzen Nachmittag ihre Titten angestiert. Affenscharf. Dabei wippten wir, rempelten uns an, kicherten und schnippten unsere Zigaretten weg.

Wir gingen drei Schritte vorwärts, drei Schritte zurück, drehten uns, wirbelten ruckartig auf den Absätzen herum und riefen stahlblauen Auges: zieh, Schurke. Nachtblei jedoch wischte sich mit einem Taschentuch den Schweiß von der Glatze, während wir unsere Colts kühlten, in den Lauf bliesen und abzogen.

Wir setzten uns auf die Brücke, leiteten den Verkehr um, bemalten das Pflaster mit bunter Kreide und forderten Freiheit für Fidel Castro, großmäulig ankündigend, das Rathaus zu besetzen, die Gendarmeriekommandantur, die Schnapsbude neben dem Bahnhof, wo die Rentner täglich aufgeregter über uns sprachen. Wir interviewten Hausfrauen zur Antibabypille und fragten sie, was sie von Muschelwährung hielten. Regelmäßig trafen wir uns im Bahnhofsabort, drohten mit Dienstaufsichtsbeschwerde wegen barschen Umgangs mit Bahnkunden und wissentlich falsch erteilter Auskunft. Unerschöpflich war unser Repertoire, mit dem wir Nachtblei zur Weißglut trieben. Bis zur übernächsten Station kauften wir Fahrkarten, die wir nicht benützten und deshalb mit einem Rückerstattungsantrag ersetzt bekommen wollten. Außerdem verlangten wir die genauen Zuganschlüsse bis Peking. Verweigerte uns Nachtblei diese Auskunft, beschwerten wir uns an höherer Stelle oder wollten einmal mit seiner Frau reden. An lauen Sommerabenden fuhren wir zum Schwaltenweiher, wo wir nackt badeten. Wir sagten dazu weißeln, vielleicht, weil wir beide eine käseweiße Haut hatten und die Nacktheit in ihrer Lächerlichkeit nur gemeinsam zu ertragen war.

Nachtbleis Frau: ein unerschöpfliches Thema, stets zu

neuen Variationen herausfordernd. Unser Gott: James Dean. Das Ziel unserer Reise: Paris. Eine andere Wahl gab es nicht. Auf nach Paris. Paris, Paris, Paris! Sofort zum Montmartre, sofort ins Quartier Latin, sofort ins Café zur Greco. Hinweg mit dem Dorf. Das Ende der Bärenmarkenidylle! Mit dem Orientexpreß! Wir mußten mit dem Orientexpreß nach Paris fahren. Der Orientexpreß war für uns gerade gut genug. Und wir würden malen: Aquarelle, Bilder in Tempera, und die blassen Französinnen würden niemals erfahren, daß wir nur den Stil unseres Zeichenlehrers kopierten. Wir aber würden saftige Preise verlangen und herrlich davon leben. *Aux armes, citoyens!* Und die Mädchen. Erst die Mädchen. Alle würden sie kleine Bardots sein. Und eines wäre Tochter einer Kunsthändlerin und besäße vielleicht ein Haus in der Nähe von Nizza. Wir brannten lichterloh. Eine Woge trug uns dem Bahnhof entgegen. Jedem, den wir unterwegs trafen, erzählten wir, wohin es uns zog: dem Hausdeppen des Altersheimes, einem feingekleideten Kurgastehepaar, auch der Pfarrhaushälterin mit dem großen Kropf. Nach Paris! Plötzlich stand ein riesiger Mann vor uns: Ratzinger, der Gendarm.

Ich sehe, wie die Pensionisten, auf ihre Stöcke gestützt, die Vorhalle verlassen. Ratzinger baut sich vor uns auf. Der Gendarm reißt unter dem Koppelschloß seine Uniformjacke straff und winkt mit dem weiß behandschuhten Finger. Lässig tänzeln die beiden Halbstarken auf ihn zu. Ich spüre mein Herz bis zum Hals klopfen. Uns sei nicht bekannt, daß man nicht nach Paris fahren dürfe. Seit wann man dies vorher der Gendarmerie melden müsse. Von wegen: wir und den Verkehr gefährden. Überhaupt: Verkehr, welch ein Wort!

Wieder stießen wir uns, doch es gelang uns nicht, das Zittern zu verheimlichen. Ratzinger drohte uns Prügel an. Wir sprachen von Körperverletzung und Dienstaufsichtsbeschwerde, ein Zauberwort, wie wir im Umgang mit Beamten glaubten. Er schlage uns ungespitzt in Grund und Boden. Ob er den starken Mann spielen wolle, Mathias Klostermeyer? Er werde uns vorladen. Mit solchen Rotzlöffeln werde er noch lange fertig. Quirin schlug vor, an die französische Regierung ein Auslieferungsgesuch zu richten. Ich erklärte mich bereit, Ratzinger bei der Orthographie behilflich zu sein. Wir lachten hysterisch, ehe wir davonrannten, einfach weg, über die Felder, Haken schlagend, bis wir hinter einem Heubüschel verschnauften, eine Zigarette anzündeten und beschlossen, dem Ratzinger eine Cola-Flasche in den Arsch zu rammen.

Die Bahnhofshalle war vollkommen leer, als wir uns wieder zu Nachtblei wagten. Unter dem dunklen Hallendach leuchtete die Uhr, vor der Verladerampe lagerten Gepäckstücke, Körbe, Schachteln, pralle Taschen und Koffer mit Aufklebern. Es roch nach verschwitzten Hemden und hektischen Vätern, die auf dem Bahnsteig zur Eile drängten, mit zwei und drei Koffern behängten Müttern, die mit Blicken ihre Familienangehörigen suchten. Aber kein Mensch war zu sehen. Wir standen auf dem leeren Bahnsteig. Im Flimmern der Gleise sahen wir den Eiffelturm, hörten, wie der Orientexpreß einfuhr, doch nicht einmal die Rangierkolonnen waren unterwegs. Kein Wagenmeister sprang zwischen die Puffer, kurz bevor sie aufeinanderprallten, kein Lokführer lehnte den Ellbogen aus dem Kippfenster mit dem Windabweiser, keine Anweisung für die nächste Wagengarnitur war zu hören. Dennoch glaubte ich, in diesem Augenblick den Kupplungshaken gelöst zu haben, auf der Bremsbrücke zu stehen und die Kurbel zu lockern, während ein einsamer Wagen mit mir und mit Quirin über glühende gußeiserne Weichen in eine dunkle Winternacht hinausglitt. Doch nichts von alledem. Ich höre meine Stimme von damals wie das Echo meines Bedauerns, und ich erkenne den Seesack von Quirin, auf den er in dicken Buchstaben *Paris* geschrieben hatte, eine Kugelschreibermine damit leerend. Nachtblei würde aus allen Wolken fallen. Nicht Peking, sondern Paris war an der Reihe, und diesmal war es ernst. Als Quirin und ich grölend die Bahnhofshalle füllten, sahen wir Nachtblei hinter seinem Schalter in Deckung gehen. Wir tänzelten ihm entgegen und brachten das Gespräch wieder auf seine Frau und den Gendarmen, dann auf Jonny Cassidy und flowerpower. Die Glatze des Bahnbeamten glänzte. Wir verlangten zweimal Paris. Einfach. Und was finden wir am nächsten Tag, werter Genosse Nachtblei? Zwei sauber geschriebene Zettelchen mit der exakten Zugverbindung Thulsern–Paris, mit allen Umsteigebahnhöfen, den Aufenthaltszeiten sowie den Gleisnummern. Colt aus der Hüfte. *Viva Maria*. Und jetzt auf zum Wursteinkauf. Wenige Augenblicke später betraten wir das größte Geschäft des Dorfes, schnappten uns einen Einkaufswagen und rollten, an ihm herumturnend, durch die Lebensmittelgassen, laut nach französischem Stangenbrot verlangend, das es hier natürlich nicht gab. Der Wagen füllte sich mit Dosenbrot, Fleischkonserven, Fischdosen, Sardellenpaste. Am Schluß gelangten wir in die Wurstabteilung. Kon-

stanze Nachtblei garnierte soeben eine Platte mit Aufschnitt. Die junge Frau hatte ein rosiges Gesicht und eine zart schimmernde Haut. Es war überhaupt nichts Besonderes an ihr, außer daß sie stets guter Laune und freundlich zu jedermann war. Wir lachten sie an, und sie lachte zurück. Es wurde kein Wort gesprochen. Quirin und ich standen da und starrten die Frau an. Eine Frau wie im Kino. Vollbusig. Die oberen Knöpfe ihres Kittels geöffnet. Quirin und ich sahen uns an und ließen uns von der Verkäuferin alle Wurstsorten zeigen.
Jedesmal mußte sich Konstanze Nachtblei dabei ein wenig vorbeugen.
Schon standen wir mit Sack und Pack am Bahnhof, unter rotköpfigen Bäuerinnen, unterwegs in die Kreisstadt, vorbei an Mösern und quer durch mückenbestandene Nachmittagswiesen. Abschied vom Bahnhof, von der Wagenremise und der Laderampe, von den Brettern hinter dem Holzschuppen, in dem der große Zweirädler aufbewahrt wurde, von aufgerichteten Schwellen, welche die Eisenbahner in freien Stunden zersägten. Mit dem Kleinholz wurde im Winter der Warteraum geheizt, bis der Donnerofen glühte. Der kleine Dienstraum reichte gerade für ein Stehpult, worauf das große schwarze Berichtbuch lag. Nachtblei war nirgends zu sehen. Am Tag unserer Abreise versah Schwand seinen Dienst. Er war bedächtig, lehnte an der Laderampe, stopfte eine Pfeife, stieß den Dunst in die Nachmittagsluft, ließ die Schranken herunter, nickte, schmunzelte und meinte, der Schienenbus müsse jeden Augenblick kommen. Die Schranken fielen rasselnd in die Verankerung, der Triebwagen dröhnte heran, der Fahrdienstleiter ging in sein Büro,

erschien wieder mit der roten Mütze auf dem Kopf und der Kelle in der Hand. Er meinte zu uns, wir sollten sauber bleiben, und er half, unsere Seesäcke im Innern des Waggons zu verstauen. Draußen sagte er etwas zu einer Frau, worauf diese hell lachte. Wir konnten es nur sehen. Schwand blickte am Zug entlang, hob die Kelle, nickte dem Zugführer zu, pfiff sehr lange, wie uns vorkam, länger als sonst. Der Zug ruckte an, Schwand ging gleich weg, wir sahen ihm nach.
Quirins neue Freundin Nanni radelte auf einem Kinderrädchen eine Zeitlang neben dem Zug her. Schwand jedoch, dachten wir, würde in sein Büro zurückgehen, den Zug abmelden, seine Eintragung machen, vielleicht die Pfeife auf dem Treppenabsatz ausklopfen, oder er würde hinter das Haus gehen, um wieder eine Schwelle zu zersägen. Quirin und ich hatten uns gerade gesetzt, und wir waren sogleich über die Plastiküberzüge der Sitze hergezogen, auf denen man im Sommer wegen der Hitze klebte. Sie rochen nach Erbrochenem. Wir verstauten die Seesäcke im Gepäcknetz, aber es war zu eng: nicht geeignet für Reisende nach Paris. So ratterten wir in dem verdreckten Schienenbus der nächsten Station entgegen. Der Zug fuhr viel zu langsam. Als kämen wir nie von zu Hause fort. Endlich nahte der Schaffner, vor dem wir mit unseren Fahrkarten mächtig angeben wollten. Es war der Schalderle. Den Schalderle kannte jeder. Früher war er Knecht gewesen, danach war er als Ladeschaffner von der Bahn übernommen worden, zuletzt, wenige Jährchen vor der Rente, wurde er noch als Zugbegleiter eingesetzt, wofür er, wie er jedem ausgiebig erzählte, extra einen Lehrgang habe absol-

vieren müssen. Dabei falle ihm das Lernen außerordentlich schwer. Schon nach kurzer Zeit habe er einen heißen Kopf und die Buchstaben verschwömmen vor seinen Augen, als hätte er ein schlechtes Bier erwischt. Schalderle drehte unsere Fahrkarten in seinen dicken Fingern hin und her, ehe er sich, der Zug war nur mäßig besetzt, neben uns niederließ. Herrgott, meinte er, nach Paris habe er auch immer einmal gewollt. Leider sei er jedoch während des Krieges nicht nach Frankreich, sondern an den Balkan verlegt worden. dort habe er gegen die Partisanen Titos gekämpft: Helden in lautlosen Gummischuhen, die stets dann den Paß hinuntergehuscht seien, wenn er und sein Troß gerade hinaufgeschnauft und so weiter. Aber Paris! Was er dort um Himmels willen tun würde, wollten wir wissen. Zuerst würde er sich alle Sehenswürdigkeiten vornehmen, begann Schalderle, nahm die Mütze ab und wischte sich mit dem Handrücken über die Stirn: den Eiffelturm, das Grab Napoleons; den Turm würde er zu Fuß besteigen. Dies sei er sich als einstiger Ladeschaffner schuldig. Sodann: die Mona Lisa, eine Dampferfahrt bei Nacht, er gedenke, unter dem Triumphbogen am Grab des Unbekannten Soldaten zu stehen, und er ginge, sagte er atemlos, die Stiegen zum Montmartre hinauf, abwärts aber fahre er mit dem Bähnchen. Den ganzen Tag wolle er unter den Malern bleiben. Später würde er mit der Metro an der Station *Stalingrad* vorbei heimwärts fahren, um am nächsten Tag vielleicht den Flohmarkt zu besuchen, auf jeden Fall aber die Markthallen: er interessiere sich für die Ergebnisse der Ziegenzucht. Wir waren platt. Weshalb er daran Interesse habe, wie er sich die Namen merken könne, warum er nicht zu den

Weibern wolle? Auf Nepp falle er nicht herein: der Schalderle sei doch nicht dumm. Woher er dies wisse? Sein großes Ziel sei der Weltfahrplan. Schon immer habe er sich gerne mit Zugverbindungen beschäftigt, noch in der Zeit, in der er Knecht gewesen sei, sogar lange vor dem Krieg, danach aber immer mehr, seit er diese langweilige Strecke fahre, besonders im Winter, wenn kaum jemand mitfahre. Er habe sich ausgiebig Gedanken darüber gemacht, was er wohl in den einzelnen europäischen Metropolen, in die er gerne führe, anfangen könnte. Auch in der Zeit, in der er ins Holz gegangen sei, in den Wäldern entlang der Strecke, die er jetzt befahre, woran Fortschritt erkennbar sei, habe er darüber nachgedacht. Wenn einer jahraus jahrein als Ladeschaffner mit einem Vierkant in der Hand seine Gedanken dem Abstand zwischen den Schwellen anpasse, was mir heute keinerlei Mühe bereitet, brauche man ein Ziel, sonst schlafe einem der Kopf ein, und man werde leichtfertig. Daher habe er sich Prospekte kommen lassen. Prospekte? Ja. Er habe einfach die Fremdenverkehrsämter der Reihe nach angeschrieben. Auch jenes von Belgrad, wo er während des Krieges im Lazarett am Bruch operiert worden sei. Während eines Tieffliegerangriffs. Die Prospekte habe er alle gelesen, da sie bequem in seiner Joppentasche Platz gehabt hätten. Wochenlang habe er Stadtpläne studiert. Er habe ja Zeit genug gehabt. So habe er gelernt, worauf es in diesen Städten ankomme, wie man sich Orientierung verschaffe und die Übersicht nicht verliere. Als Ladeschaffner habe er ein Gedächtnis für Straßen. Er könne uns auf den Kopf zusagen, wie man vom Trocadero ins Araberviertel komme, wie weit Obelisk und Oper voneinander ent-

fernt seien, wie man vom Quartier Latin zum Père Lachaise komme, welche besonders günstigen Zugverbindungen es über den Ärmelkanal gebe. Er habe sie alle im Kopf. Sein Ziel sei, wie gesagt, der Weltfahrplan.
Wir hatten plötzlich keine Lust mehr, nach Paris zu fahren.
Sobald der Zug an einer der Stationen hielt, stieg der Schalderle aus, sang den Namen, sah kontrollierend am Zug entlang, gab das Signal zur Weiterfahrt, um sich schnurstracks wieder auf uns zuzubewegen und weiter auf uns einzureden: von Straßen und Querverbindungen, von Zügen in der Bretagne und von dem schweren Lehrgang, bei dem er der mit Abstand älteste Teilnehmer gewesen sei. Wir packten die von den Essiggurken naß gewordenen Brote aus, bissen hinein und bekamen Durst. Schalderle saß dabei, schaute auf die Brote und wiederholte: nach Paris habe er immer gewollt.
Erneut hielt der Zug.
Schalderle stieg wieder aus, um wie zum Spott die Station auszurufen.
Seine Gesten in Zeitlupe.
Seine überschaubare Wirklichkeit.
Der Weltfahrplan.
Der Schienenbus wurde noch leerer, Schalderle setzte sich zum Fahrer und ließ uns allein zurück. Wir versuchten, uns Mut anzusummen.
Als der Schaffner durch den Wagen ging, um die nächste Station anzukündigen, sahen wir weg.
Plötzlich bemerkte Quirin, daß etwas mit dem Fahrplan nicht stimmte. Wir hätten längst viel weiter sein müssen.

Uns fehlte eine ganze Stunde.
Der Orientexpreß würde längst nach Paris unterwegs sein, wenn wir in Burg einfuhren.
Nachtblei hatte uns einen falschen Fahrplan herausgeschrieben.
Er hatte sich um eine ganze Stunde vertan.
Oder hatte er sich auf diese Weise gerächt?
Wir schworen, sofort nach unserer Ankunft in Paris für seine Strafversetzung nach Sibirien zu sorgen.
Wir brüllten nach Schalderle, erklärten ihm hastig die Lage, baten ihn händeringend, etwas zu unternehmen.
Doch Schalderle kam aus dem Lachen nicht mehr heraus.
Er sprudelte, schlug sich auf die Schenkel, faßte sich an den Kopf, lachte und lachte.
Schließlich sagte er kichernd: nächster Anschluß nach Paris in zehn Stunden und fünfzehn Minuten! Gleis siebzehn!
Draußen wurde es dunkler, wir aber setzten die Sonnenbrillen auf. In Burg warteten wir, bis alle Fahrgäste den Zug verlassen hatten. Erst dann wagten auch wir uns hinaus.
Schalderle ließ es sich nicht nehmen, uns auch noch beim Aussteigen behilflich zu sein. Er lachte noch immer und riet uns, den Fahrdienstleiter zu suchen. Er habe uns bereits angekündigt, wir sollten schöne Grüße bestellen. Außerdem könne er die Bahnhofsmission empfehlen. Schließlich müßten die Thulserner in der Fremde zusammenhalten. Während seines Lehrganges habe er in einem Heim für Eisenbahner genächtigt und die Betriebsküche der Bahnmeisterei benützt, zu der Unbefugte allerdings keinen Zutritt

hätten. Wir saßen frierend auf einer Bank vor dem Häuschen des Fahrdienstleiters, als käme daraus eine erlösende Botschaft.
Schon begannen wir uns wegen der großmächtigen Aufschrift auf dem Seesack zu schämen.
Nach einer Stunde waren wir bei den Postlern der Nachtschicht, den Frauen der Putzkolonne, die mit den Eimern schepperten und lange Besen trugen, an denen wie magere Fähnchen die Putzlappen baumelten, wohl bekannt. So auf den Schlafsäcken zu hokken, bei Bockwurst, Brot und Senf, mit schmutzigen Händen, schon ein wenig abgerissen, ehe die ganz große Reise angetreten wurde – das verschaffte uns heroische Gefühle.
Der Eisenbahner meinte, dies sei ein gutes Training für das Übernachten unter den Brücken von Paris. Wir sollten uns an die Luftschächte der Untergrundbahn halten, riet er, dort dringe warme Luft aus der Tiefe.
Wir packten unsere Wurstbrote aus und boten dem Beamten, der seine Dienstjoppe offen trug, eines davon an. Er entschied sich für das mit dem matschigen Brathering und ließ uns dafür als Gegenleistung aus seiner Thermosflasche einen kräftigen Schluck tun.
Durch solche Verbrüderung bekamen wir Oberwasser. Mit dem Mann war wenigstens zu reden. Außerdem war er nicht so aufrecht und unbeugsam wie der Schalderle.
Der Rotbackige erzählte vom Krieg und daß er nur aus Verlegenheit bei der Eisenbahn gelandet sei, keine Frau habe, was aber gerade im Alter, wenn man einsam werde, erhebliche Nachteile bringe. Für Kunst interessiere er sich nicht besonders. Er habe zu Hause

ein Bild mit einer offenherzigen Zigeunerin, das er bei Woolworth gekauft habe. Das sei echte Volkskunst. Ab und zu höre er eine schöne Platte, damit sei sein Bedarf an Kunst gedeckt.

Jetzt bleibt erst mal ruhig, sagte der Bahnbeamte, und hört mir gut zu. In Bukarest haben die Kollegen vergessen, einen Kurswagen nach Paris anzuhängen. Der Wagen muß aber nach Paris, versteht ihr, weil er morgen wieder zurück nach Bukarest muß. Versteht ihr nicht? Das ist auch gar nicht so wichtig. Wichtig ist, daß der Wagen irgendwann heute nacht hier durchkommt, und ich werde den Wagen und die Lok, die ihn zieht, auf Gleis siebzehn einfahren lassen, ganz kurz stoppen, eher bloß anbremsen und ihr müßt dann blitzschnell in den Wagen springen – und ab die Post nach Paris. Klar?

Wir begannen zu tanzen und den Mann mit den roten Backen und der offenen Dienstjoppe zu umarmen. Wir klopften ihm auf die Schultern, schlugen uns auf die Schenkel, drehten uns, als wären wir besoffen. Wir sagten immer wieder bloß *Mensch,* sanken schwindlig auf die Schlafsäcke und schliefen ein.

Gegen drei Uhr morgens rüttelte uns der Fahrdienstleiter.

Meine Herren, aufwachen jetzt, hellwach sein, gleich ist es so weit. Der Kurswagen aus Bukarest läuft ein. Ihr habt ganz wenig Zeit. Noch während des Ausrollens müßt ihr den Wagenschlag öffnen, die Seesäcke hineinwerfen und dann aufspringen und nichts wie hinterher. Jeder Handgriff muß sitzen. Eine falsche Bewegung darf es nicht geben.

Der Zug wird sofort weiterfahren. Er wird aus einer Lokomotive, einem leeren Wagen erster Klasse und

einem überbesetzten Waggon zweiter Klasse bestehen. Ihr werdet schon sehen, wo ihr Platz finden werdet. Wenn ihr nicht richtig aufspringt, ist diese unwiederbringliche Chance vertan. Also: blamiert mich nicht!
Hastig sammelten mein Freund und ich unser provisorisches Nachtlager zusammen, rafften die dickwulstigen Schlafsäcke mit den Matten der Unterlage zu einem Bündel, stießen die leergefutterten Thunfischdosen beiseite und warteten aufgeregt, an den Schnüren der Seesäcke zupfend.
Es dauerte nicht lange, und ein Zug lief ein.
Dann geschah alles sehr schnell und genau so, wie uns der rotbackige Fahrdienstleiter, der jetzt seine Joppe zuknöpfte, geraten hatte.
Ich lief neben dem Wagen her, öffnete den Schlag, der schnappend aufsprang, und ich warf, immer noch laufend, den Seesack in den Gang des Waggons. Wendig wie ein Pirat enterte ich den Zug, schnellte hinauf, streckte eine Hand aus, streckte sie weit aus, beugte mich hinaus, zurück, mich mit der anderen Hand am Haltegriff neben der Tür festklammernd, ich sah Quirins Gepäck an mir vorbeifliegen, und ich wollte meinem Freund helfen, hinter dem Seesack her, hinein in den Zug.
Doch da stand auf einmal eine Gestalt, mitten im Weg, wer weiß, woher sie plötzlich gekommen war. Sie stand da, und Quirin sah sie nicht, denn nur ich konnte sie sehen, nur ich. Er aber rannte auf sie zu, schnurstracks auf sie zu, als wäre sie gar nicht vorhanden, und er streckte seine Hand aus, fast hätte ich sie berühren können. Quirin jedoch stolperte, seine Beine gerieten durcheinander, er stolperte über diese fremde

Gestalt, er schlug auf, er schlug mit dem Gesicht auf das Pflaster – er schlägt mit dem Gesicht auf das Pflaster, sein Schädel scheppert, und Sie stehen da, Herr Revisor, Sie stehen auf dem Bahnsteig, ohne sich zu rühren, als wären Sie ein granitener Block und alles andere um Sie wäre Luft, einfach Luft.

Erst jetzt weiß ich, da Sie hinter mir gehen, da Sie mich verfolgen, da Sie, Herr Revisor, vergeblich versuchen, mich einzuholen, erst jetzt begreife ich, daß Sie es sind, der Quirin diese schnappende aufspringende Wagentüre mitten ins Gesicht schlägt, mitten ins Gesicht, und ich muß zusehen, wie mein Freund auf dem Pflaster zurückbleibt, während der Zug schon aus der Station hinausfährt, Paris entgegen, mit jedem Meter mehr.

Vom Gleiten

Mich zum Gegner zu haben, ist kein Honiglecken. Leicht ist mir nicht beizukommen, wenn ich mit Ihnen Schlitten fahre, Herr Revisor. Aufgepaßt!
Ich spiele *Die Stimme Thulserns*. Sie hören eine Sportreportage, Herr Revisor: es geht um Langlauf. Davon verstehe ich etwas, denn für das Laufen bin ich richtig gebaut: nicht zu hager und lang. Laufen ist bei unsereinem immer groß geschrieben worden. Nur wer läuft, Herr Revisor, kennt das Gefühl, zugleich der erste und der letzte Mensch auf der Welt zu sein. Mir ist es nie um ein Stückchen blaues Band oder um einen Pokal gegangen, meine Runden habe ich stets wie im Traum gezogen. Am besten war ich immer dann, wenn kein Mensch weit und breit war, Herr Revisor, der mir die Laune verdarb. Aber jetzt sind Sie da. Sie und das Schreiben der Eisenbahngesellschaft. Frieren Sie, ist es Ihnen zu kalt? Spüren Sie den Schmerz der Kälte? Ich habe ihn nie empfunden, und warum? Weil ich es bisher immer verstanden habe, mich rechtzeitig warmzulaufen. Bis ich bei der Fallmühle ankomme, glühe ich wie ein Ofen. So ein Lauf, Herr Revisor, meine Damen und Herren der Eisenbahngesellschaft, ist ein Lauf ums Leben, und er ist ein Leben für sich, wenn man das so sagen kann. Freilich: früher oder später bin ich noch immer gestolpert. Aber was tut's? Auch das muß einer können: die Beine im richtigen Rhythmus heben und senken. Ich gehe einfach, ich

laufe nicht mehr um die Wette, Herr Revisor. Überholte mich jetzt einer, ich schwöre es, ich röche, wieviel er noch drin hätte, über wie viele Reserven er noch verfügte. Sie könnten mich nie überholen, Herr Revisor. Sie drehten wahrscheinlich viel zu früh voll auf, und anschließend bliebe Ihnen jämmerlich die Luft weg, ganz jämmerlich. Dieses Gefühl des Gehens über die Schwellen aber ist das einzig Ehrliche und Wirkliche, das es für mich auf der Welt gibt. Das Gehen, Herr Revisor, beginnt im Kopf. Gehen, sokken, stiefeln, latschen, walzen, schreiten, stolzieren, humpeln, hinken, federn, eilen, rasen, laufen, rennen, Herr Revisor, marschieren, hasten, munter fürbaß. Meine Schuhe tragen kleine Eiselchen am Absatz, damit ich diesen nicht so schnell abtrete. Man kann das Eiselchen hören, wenn ich über den Schotter gehe. Die Langlaufübertragung kann sich nicht recht halten. Sie wird erneut überlagert. Es muß so eine Art Reisebericht sein, der sich dazwischenschiebt, denn soeben sagt ein feiner Herr zu einer vornehmen Dame: wenn mein Weg zu höckerig für meine Füße oder zu steil für meine Kräfte ist, so gehe ich weiter zu irgendeinem ebenen samtenen Pfade, welchen die Phantasie mit Rosenknospen des Vergnügens überstreut hat. Hört, hört, Herr Revisor. Ob Sie Ihren Schwellengang auch mit Rosenknospen überstreut vorfinden? Oder wie schätzen Sie Ihre verzweifelte Lage ein? Wenn die Widerwärtigkeiten auf mich eindringen, sagt die Radiostimme, und es knackt und rauscht dabei ein wenig, wenn ich keinen Schutzort auf dieser Welt finden kann, so wähle ich einen neuen Weg. Das laß ich mir gefallen, Herr Revisor, das ist wieder einmal ein Vorschlag aus meinem schwarzen Zauberkästchen, den ich mir zu Herzen nehmen werde. Solche Hilfe kann ich brauchen. Hast du es eilig, so nimm den längeren Weg, rieten die alten Thulserner, während sie ihren Reisesegen spendeten. Ich sehe dir nach, ich sende dir nach mit meinen fünf Fingern fünfundfünfzig Engel, Gott im Gesunden heim dich mir sende. Manchmal sammle ich unterwegs Vogeleier. Ich verstecke sie unter meiner Mütze. Auf diese Weise halte ich sie warm. Nichts geht verloren. Neulich brachten sie im Radio ein Gespräch mit einem Mediziner, der allen Ernstes behauptete, nach vierzig Minuten intensiven Laufens schalte sich die rechte Seite des Gehirns zugunsten der linken Seite aus. Glauben Sie das, Herr Revisor? Während des Laufens werde ich ruhiger, das ist sicher. Ich habe während des Gehens weniger Angst als während des Sitzens oder Liegens. Ich kann mich auch leichter konzentrieren, von Schwelle zu Schwelle. Enttäuschungen kränken mich weniger, wenn ich die Möglichkeit habe, sie abzulaufen, von mir wegzugehen sozusagen. Zuerst bin ich noch ungelenk und steif, wenn ich frühmorgens auf die Strecke gehe. Aber schon bald werde ich warm, beginne zu schwitzen, und meine Schritte werden geschmeidig, Anfang und Ziel sind vorgegeben: das ist es, was mich erst richtig ruhig macht. Gehen ist alles. Der Rest heißt Warten, Herr Revisor. Das Gehen gibt meinem Leben den richtigen Rhythmus. Das Gehen über die Schwellen ist ein Stück meiner selbst. Es ist das beste Mittel gegen das schwarze Tier Melencolia, das ich gut kenne. O ja, das gebe ich zu. Aber sie wird ausgelöscht, wenn ich mich an das Barfußlaufen in der Kindheit erinnere. Gehend kann ich mich verwöhnen und mich zugleich bezwingen. Solange ich gehe, habe ich Zeit, meinen Gedanken zu folgen. Beim Gehen über die Schwellen habe ich meinen eigenen Wind. Wer geht, Herr Revisor, schläft nachts besser, ohne deshalb mehr Schlaf zu brauchen. Auch die Eßgewohnheiten werden durch das Gehen verändert, Mißtrauen gegenüber dem Körper wird abgebaut, Niederlagen und Niedergeschlagenheit werden anders eingeschätzt. Der Fuß, Herr Revisor, sollte den Boden zuerst mit der Ferse berühren, dann abrollen und sich schließlich mit den Zehen abstoßen. Beim Gehen bin ich stets in der Lage, unaufhaltsam mit mir selbst zu sprechen. Ich habe außerdem genügend Zeit, um die Gedanken in meinem Kopf abzukühlen. Aufstoßen, Rülpsen, Spucken und ab und zu ein Fürzchen gehören selbstverständlich dazu. Außerdem: stets der Ehrgeiz, die Strecke zu Ende zu bringen, die man sich vorgenommen hat, Herr Revisor. Wie die Langläufer, von denen der Reporter im Radio erzählt: für die Langläufer, die auf die lange Reise gehen werden, ist die Beschaffenheit des Schnees von größter Wichtigkeit und auch die Frage, ob man der Loipe mit spitzem oder schnellem Ski begegnen soll. Die Mixturen, die in den Wachskabinen auf die Laufflächen gerieben oder mit der Lötlampe aufgebrannt werden, sind streng gehütete Geheimnisse eines jeden Läufers. Im Abstand von einer halben Minute werden die Athleten auf die dreimal zu durchmessende Rundstrecke von je zehn Kilometer geschickt. Jeweils ein Drittel ist Aufstieg, flaches Gelände und Abfahrt. Die Strecke hat ihre Tücken, sagt der Reporter, Herr Revisor. In ihrem leichten Laufdreß stoßen sich die Läufer mit den hohen, bis zur Schulter reichenden Stöcken ab. Mit weit ausgreifenden Gleitschritten entschwinden sie aus dem Stadion, jagen oder werden gejagt, sagt der Reporter, rufen, wenn sie die Skienden des Vordermannes erreicht haben, um die Doppelspur zum Überholen für sich zu haben – oder müssen selbst beiseite treten, wenn der Ruf hinter ihnen ertönt, Herr Revisor. Der russische Weltmeister Vladimir Kusin geht im roten Pullover und mit der dunklen, weiß gestreiften Mütze mit Startnummer fünfundvierzig auf die Strecke. Sofort schwingt er im Gleichtakt kräftig die Arme, läuft aber mit kurzen Trippelschritten. Der Russe weiß, daß ihm diese Strecke nichts schenkt, Herr Revisor, sagt der Reporter, denn im Abstand von eineinhalb Minuten folgt ihm der Schwede Sixten Sternberg, diesem wiederum der Norweger Hallgeir sowie dessen Rivale, der Finne Veikko Hakulinen, der die Nummer zweiundfünfzig trägt. Vorne im Feld liegen Scheljukin, Kolchin und Terentjew, das russische Dreigestirn, verfolgt von Per-Erik Larson, der mächtig aufgedreht hat. Hakulinen läuft einen bestechend geschmeidigen Stil, doch schon erscheint der Tschechoslowake Matous in der großen Südschleife. Kusin hat trotz seines kraftvollen Stils wertvolle Sekunden eingebüßt, die kaum mehr aufzuholen sind. Wieder geht es steil bergan, vorbei an ausgeaperten Matten und Felsen hinein in den Wald mit den vereisten Abfahrten, die von den Langläufern auf ihren schmalen Birkenholzlatten das ganze fahrerische Können verlangen, sagt der Reporter. Nach zwanzig Kilometer zeigt sich, daß Pavel Kolchin, der die erste Runde noch als siebenter durchlaufen hatte, im Gegensatz zu anderen, die schon völlig ausgepumpt sind, über reichliche Kraftreserven verfügt. Er hat sich auf den dritten Platz vorgeschoben, er ist schneller als der

Kraft verschleudernde, stampfende Kusin. Der Finne Hakulinen rückt ebenfalls auf, sein rundes Lappengesicht zeigt keinerlei Müdigkeit, betont der Reporter. Nach etlichen tiefen Atemzügen hat sich der Schwede Sternberg wieder gefangen, mit federnden Stockschüben gelingt es ihm sogar, das Tempo noch zu steigern und Kusin zu überholen. Hakulinen geht nach kräftigem Endspurt durchs Ziel: der Jäger aus den Wäldern Suomis ist erstaunlich frisch. Hallgeir landet überraschenderweise weit abgeschlagen, während Pavel Kolchin doch noch den dritten Platz belegen kann, gefolgt von Kusin, Scheljukin und Matous. Thorleif Haugk und Johan Grüttumsbraaten finden sich auf den hinteren Rängen. Der Reporter beendet seine Übertragung mit Schwärmereien von den Wäldern und Tundren des Nordens, in denen sich der Mensch den Ski geschaffen habe: von alters her benützten ihn Holzfäller und Jäger, um die weiten heimatlichen Schneeflächen in beschwingtem, zeitsparendem Gleichschritt, wie sich der Reporter ausdrückt, zu durchmessen. Noch heute gebrauchten sie den Ski als unentbehrliches Gerät in den langen Monaten des nordischen Winters. Bis zum heutigen Tag seien unter den Siegern im Skilauf immer wieder Männer zu finden, die den Beruf eines Jägers oder eines Waldarbeiters ausübten. Dazu wüßte ich auch einiges zu sagen, Herr Revisor. Wer aus Thulsern stammt, der wächst mit dem Skifahren auf. Meine ersten Rutscher, abgesägte Fichtenlatten mit zaghafter Krümmung und Spannloch am Bug, erhielt ich mit vier Jahren. Die Bindung bestand lediglich aus einem bei Schneestarre kaum mehr beweglichen, geschweige denn verstellbaren Lederriemchen über die Schuhspitze: sogenannten Zehenriemen. Daß der Ski nach Thulsern kam, hängt eng mit der Eisenbahn zusammen. Ein norwegischer Ingenieur besichtigte seinerzeit die neu eröffnete Strecke der Thulserner Bahn, jene Strecke, Herr Revisor, die Sie stillegen wollen, und er brachte die ersten Ski ins Thulserner Tal. Im Fremdenbuch des Hospizes St. Pirmin, etwa sechs Kilometer von Tandern in Richtung Gaichtpaß gelegen, findet sich unter dem 10. Dezember 1899 der Eintrag: mit Schneeschuhen von Gaicht nach St. Pirmin in eineinhalb Stunden, von St. Pirmin auf die Drusenfluh in vier Stunden, zehn Minuten, abwärts in dreißig Minuten. Herrliche Rundsicht. Morgens um sechs Uhr wird er losgegangen sein. Wahrscheinlich hat er nur das Knirschen der eigenen Schritte gehört. So wie ich, Herr Revisor, nur noch das Knirschen des Schotters unter meinen Schuhen höre. Ab und zu wird der Norweger, wie ich, die Spur eines Hasen gesehen haben. Durch die Frühnebeldecke stoßend, ganz allein mit sich und dem Schnee, griffigem Firn, körnigem Gähwindenschnee, rauhem Harsch oder geführigem Pulver, wird er Kehre um Kehre genommen haben, bis er den ersten Sattel erreicht haben wird. Da malst du dir mit jedem Schritt nach oben schon jeden Schwung nach unten aus. Schnaufend vor Anstrengungen, mit hochrot geschwollenem Kopf überlegst du, daß du den Schwung hoch ansetzen mußt, um einen Zug auf den Ski zu bekommen, wie du die Kanten einsetzen wirst, den Ski entlasten willst, um ihn laufen zu lassen. Deine Gedanken gelten Klammerschwung und Rückenlage, dem Gleiten sowie den Schlägen von den Bodenwellen: der Ski darf weder rutschen noch querstehen. Es ist schwer, einen langen geschnittenen Bogen zu fahren, denn Rotation mit der Schulter heißt:

der Ski geht hinten weg, du mußt Kraft aufwenden, viel Kraft, damit der Ski auf Eis nicht ausbricht und du den Schwung über einen weiten Radius ziehen kannst. Bei falscher Belastung hat es schon manchen hineingebügelt, verblasen oder verhagelt. Ab und zu werden Lemminge, kleine braunschwarze Nager, die Spur des Norwegers gekreuzt haben. Kommt ein Skistock in ihre Nähe, so richten sie den Kopf auf, zwitschern, zischen, pfeifen, schlagen die Nagezähne ratternd aufeinander. Schwirrend fällt eine Schar Schneehühner ein. Ich denke an Zelten im Schneesturm, lasse die Heringe einfrieren, hole Schnee zum Schmelzen im Topf über der Esbitflamme: es dauert fast eine Stunde, bis bei dieser Kälte das Wasser endlich kocht. Nach einer warmen Mahlzeit, Linsen mit Speck, wird der norwegische Eisenbahningenieur noch einmal einen Kontrollgang ums Zelt gewagt haben, Herr Revisor, das er hoch über der Strecke in den Schnee gesetzt hat. Er wird einen tiefen Graben um das Zelt gezogen haben, mit dem ausgehobenen Schnee aber wird er die Sturmmatten des Vorzeltes am Boden befestigt haben, vermute ich. Nachts wird er den Polarstern gesucht haben, und er wird die mit Eispanzern überzogenen Felsrücken, die Gletscherspalten und die meterhohe Schneedecke, das flimmernde Farbenspiel der weiten Hochebene bewundert haben. Schlaftrunken wird er anderentags erwacht sein, vor dem Zelt wird er die Augen gerieben haben, wie ich es tue, genau so wie ich es tue, Herr Revisor, wenn ich aus einem Unterstand hervorkrieche und zuallererst, noch ehe ich an etwas anderes denke, das Gleis inspiziere, links und rechts die Strecke hinauf- und hinunterschauend. Erst dann versorge ich mich

mit Trockenmilch, Schokolade oder Studentenfutter, Backerbsen oder Püreeflocken, manchmal auch mit luftgetrocknetem Fleisch. Und dann schalte ich das Radio ein. Vielleicht höre ich eine Sendung über die Geschichte des Skis. Ich lasse die Skikultur im Osten beginnen, erfinde mir einen, Herr Revisor, der am Bottnischen Meerbusen auf Schnee und Eis wartet, bis er dann auf seltsamen Holzlatten über Meer und Land in den hohen Norden wandert, wo er sich vermehrt und dem Land seinen Namen gibt. Auch Chinesen, Kurden und Kirgisen sowie Indianer sind des Skilaufs kundig. Der Skilauf ist der Vorläufer der Eisenbahn: zwei parallele Spuren quer durchs Gelände, von keinem Hindernis zu bremsen. Auch beim Skifahren ist von einer Strecke die Rede, Herr Revisor.
Die Geschichte der Eisenbahn beginnt mit der Geschichte des Skilaufs. Und diese Geschichte ist alt, sehr alt. Hat man nicht in Skandinavien und Nordrußland Felszeichnungen gefunden, die über viertausend Jahre alt sein sollen: Darstellungen von Menschen mit kufenähnlichen Brettern an den Füßen und mit einem Stock in der Faust? Der älteste Ski der Weltgeschichte ist im Skimuseum Holmenkollen am Fuße der berühmten Sprungschanze zu bewundern: das Brett ist zweitausend Jahre alt und hat eine Zehenbindung aus Weidenrinde. So lange, Herr Revisor, rührt jede Eisenbahngeschichte her. Bedenken Sie, was der Lapplandbahn vorausging: der große lappländische Jagdski. Eine Spezialität. Sodann erfinde ich einen armen Webstuhlmacher namens Sondre Nordheim, der in den Bergen Telemarks lebte und nur einen Ski mit Zehenbindung hatte, worüber er schier verzweifelte, weil es ihn danach verlangte, elegante Schwünge

zu fahren und Kurven zu drehen. Außerdem wollte er über die verschneiten Dächer seines Heimatdorfes Morgedal springen. Tage und Nächte lasse ich Sandre Nordheim tüfteln und ihn endlich die Fersenbindung erfinden. Wir schreiben das Jahr 1850. Schon werden die ersten Sprungschanzen konstruiert: Hoppbakken, welche stocksteife und aufrechte Sprünge ermöglichen. Fichtenbüschel in der Hand helfen, das Gleichgewicht zu halten. Nach ein paar Jahren werden im Berliner Zirkus Schumann die ersten Thulserner mit Hilfe einer selbstkonstruierten, nur an die fünfzig Zentimeter breiten, mit Seife und Talkum bestrichenen Sprungschanze achtzehn Meter weit über eine Elefantengruppe springen. Die Thulserner Eisenbahn brachte die ersten Kurgäste in dieses verlassene Seittal. Fiebernde und Blutspuckende wurden auf Bergspaziergänge geschickt, bei regelmäßigen Konzerten im Gemeindesaal summten die Kehlkopfkranken die neuesten Operettenschlager nach Kräften mit, bei Festlichkeiten in den Hotels tanzten schwerkranke Damen und Herren in angetrunkenem Zustand die damals üblichen Tänze. Um besser bergauf steigen zu können, bauten Thulserner Schreiner, allen voran der legendäre Ski-Ulr, den rechten Ski etwas kürzer, so daß er tiefer einsank und nicht so leicht zurückrutschen konnte. Steigfelle wurden ausprobiert, bergab diente der Stock zwischen den Beinen als Bremse. Diese Entwicklung verlief parallel mit der Entwicklung der Thulserner Bahn, Herr Revisor. Das ist *eine* Strecke. Verstehen Sie: eine einzige Strecke. Das kann man nicht voneinander trennen. Das gehört zusammen: Ski und Eisenbahn. Sagt man nicht von einem guten Skiläufer, er gleite wie auf Schienen?

Daß der erste Skilift von Eisenbahningenieuren konstruiert wurde, ist kein Zufall. Angeblich haben die Herren das Prinzip dem Löschen der Bananenfrachter im Hafen von Genua abgeschaut. Die Fersenbindung, die sogenannte Rattenfalle mit Zehenschlaufe und Schuhskelett, setzte sich auch in Thulsern durch. Jetzt war der Ski derart mit dem Fuß verbunden, daß er jeder seitlichen Bewegung folgte und dennoch das Schreiten nicht behinderte. Unter den Kurgästen, welche mit der Bahn heraufgekommen waren, erfinde ich mir einen Leipziger Apotheker und späteren Glaziologen und Lawinenforscher. Ihm zur Seite stelle ich die große blonde Agnes Duborgh, eine norwegische Kammerzofe mit feinsten Manieren sowie erstaunlichen Kenntnissen von den Telemarkern. Den Apotheker mache ich zu einem Pionier des Skisports. Ich lasse ihn die Brüder Johann und Tobias Fehwieser begleiten, beide Angestellte der Thulserner Eisenbahn und schon beim Streckenbau wegen Klugheit und Wagemut aufgefallen, und ich sehe sie mit langen Holzstangen, Seiltänzern gleich, die Überquerung des Gräner Furkajochs wagen: Dauer zehn Stunden, Rückkehr am nächsten Tag. Noch ehe Mathias Zdarsky seine Lilienfelder Skilauftechnik entwickelt und in Thulsern die erste Skifabrik Mitteleuropas eröffnet wird, ermögliche ich es dem englischen General Lord Roberts, einem einstigen Kommandeur Seiner Majestät in Afghanistan, dem wegen seiner kolonialherrlichen Meriten das Prädikat Roberts of Kandahar verliehen worden war, in Thulsern einen Preis für ein Kombinationsrennen zu stiften, bestehend aus Abfahrtslauf und Torlauf: den Roberts-of-Kandahar-Preis, den später die Arlberger für sich reklamieren und in Arlberg-Kandahar-Rennen umtaufen werden – Beweis für List und Erfindungsreichtum der oberen Lechtaler, Herr Revisor, die freilich zur Strafe bis heute noch nicht an eine Eisenbahnlinie angeschlossen sind. Die Thulserner aber verbesserten ihre Strecke, gaben sich Telemarkschwüngen hin, schwangen die Schaufeln der Skier in die Höhe, übten Reiß- und Stemmkristiania, die sie kurz und bündig Kristl nannten. Längst hatten sie das Zeitalter der vorzeitig erschöpfenden Faßdauben hinter sich, verstanden sich auf Stockeinsatz, Schlittschuhschritt, Doppelstockschub und Temposchwung. Die Nähte zwischen den Schienen wurden verschweißt, als Bilgeri-, Kabelzug- und Kandaharbindung mit Liftstrammer, Langriemen, heutzutage mit komplizierter Fersenautomatik einander ablösten. Tourenskier aus Hickory, Esche oder Birkenholz gelten längst als überholt, wirken wie handbetriebene Bahnschranken. Gleiches gilt für kratzende, beißende Pullover mit Norwegermuster und sich begegnenden Elchen quer über der Brust oder für weiße Stirnbänder mit gestricktem Kreuz über der Schädeldecke. Kaum einer kaut heute unterwegs Suppenwürfel oder Erbswurst, das Dextroenergen-Zeitalter hat solche Nahrung verbannt. Nur ich nage noch an solchen Gewohnheiten, die mir teuer sind, weil sie längst der Vergangenheit angehören. Lamellenhobel und Schuppenschliff machen Gamaschen und Silberwachs überflüssig, während ich mich erinnern kann, wie die ersten Ski mit Stahlkanten bewundert wurden. Aus dieser Zeit stammen auch Pläne, die Thulserner Bahn zu elektrifizieren. Vor mir, Herr Revisor, entlang der Strecke die Farben Lachsrot, später Violett: die verrottenden Hotels mitsamt ihren stolz verblaßten Fassaden, zart schimmernde Ocker- und Brauntöne unter einem tiefblauen Himmel. Vorbei sind die Zeiten der Boutiquen, Diskotheken und Pommesbuden, der Seilbahnstationen mitten im Ort, der Heimat unter geschnitzten Kunststoffgiebeln und edelweißverzierten Balkonen, der Heimat in den gemütvoll rustikalen Gasthöfen, wo die Beweisstücke für die arme Vergangenheit wie Reliquien hinter Glas aufbewahrt wurden: keine Heimat mehr auf Heimatabenden, beim Skihaserlball in Smoking und Edeldirndl aus Seide und Taft. Geblieben sind die Geheimnisse der Wachskunst, die heute keiner mehr beherrscht: in Vergessenheit geraten, wie bald auch die Strecke, Herr Revisor, an der entlang einst die Geheimnisse erfunden wurden wie glühende Lobpreisungen. Abgefahrene Kanten erhöhen die Sturzgefahr; Belagschäden, verursacht durch Wurzeln oder Steine, verhindern eine sichere Skiführung. Ein gut gewachster Ski dreht leichter, nach zehn Tagen Fahren besitzt jeder Ski nur noch fünfzig Prozent seines Kantengriffs. Wachs, Feilen, Ziehklingen, Kantenschärfer, Reiniger, Wachskorken und Polierschwamm gehören zur Grundausstattung, Herr Revisor. Die beste Art zu wachsen ist noch immer das Heißwachsen, aber Sie können heutzutage auch elektrisch schmelzen, mischen, auftragen und einbügeln. Die Skioberfläche können Sie auch mit Möbelpolitur auf Hochglanz bringen. Angegriffene Oberkanten schützt man ebenso wie angerostete Stahlkanten mit Gleit- und Pflegewachs. Kanten feilt man von der Lauffläche her, erst danach seitwärts. Im mittleren Bereich empfehle ich das Entgraten mit Schleifpapier, an der Schaufel und am Skiende muß abgerundet werden. Rost sollten Sie mit Schleifgummi entfernen. Sie können noch eine Menge lernen, Herr Revisor. Überschüssiges Wachs müssen Sie selbstverständlich mit einer Ziehklinge abziehen, danach aber die Lauffläche noch einmal polieren. Glaswolle ist nicht schlecht. Immer vom Skiende zur Skispitze reiben! Die Geheimnisse des Gleitens sind auch die Geheimnisse der Bahn. Beide verbunden durch das Gehen: das ist meine Wissenschaft, Herr Revisor. Sie beginnt bei der Ausrüstung. Die Kleidung eines Streckengängers sollte möglichst bequem und wetterfest sein. Ähnliches gilt für die Schuhe, genauer: für das Schuhwerk. Jeder Schuh berührt pro Streckenkilometer vermutlich wenigstens dreihundertmal den Boden. Multiplizieren Sie dies mit meinem Körpergewicht von annähernd neunzig Kilogramm, die man mir nicht ansieht, so kommen Sie auf soundsoviel Tonnen bei, sagen wir einmal, fünfzehn Kilometern. Sie können das selbst ausrechnen, schließlich sind Sie der Revisor. Bedenken Sie dabei die Wucht, die sich von den Füßen auf die Knöchel, Knie und Hüften überträgt. Schuhe, Herr Revisor – wir waren bei den Schuhen: wichtig sind Halt, gut gepolsterte Sohlen, Luklein beispielsweise, harte Innensohle, weiche Schicht zwischen Sohle und Fuß, flexibel am Ballen, wo sich die Sohle bei jedem Schritt biegt. Wichtig außerdem: breiter und fester Absatz bei der Ferse, gute Fersenbettung bei seitlicher Führung, Weichbettung des Fußballens, Stützung des Längs- und Quergewölbes eventuell durch eine Kork-Leder-Einlagsohle. Folgen von billigem und falschem Schuhwerk sind Blasen, Hühneraugen, Wadenkrämpfe, Bänderzerrung, Gelenkschmerzen oder Entzündung der Achillesferse. Gehen wir weiter zu den Schuhbändern, Herr

Revisor: für die vier untersten Ösen verwenden Sie am gescheitesten ein kurzes Schuhband, für die oberen Ösen dagegen ein fest schnürbares Band. Auf diese Weise bekommen Ihre Zehen Platz und genügend Luft, zugleich erhält der Fuß selbst festen Halt. Achten Sie bei der Wahl der Socken auf Schafwolle, denn Schafwolle leitet die Hitze am besten ab. Nylonsocken dagegen reiben Ihre Füße nur unnötig auf. Pflegen Sie Ihre Füße durch Bürstenbäder, Trockenbürsten, Einfetten mit Hirschtalg, um Blasenbildung zu verhindern.

Wichtig ist eine Mütze auf dem Kopf: nicht nur, um Vogeleier darunter aufzubewahren. Eine Mütze ist so wichtig wie das regelmäßige Schneiden der Fußnägel, denn im Bereich der Schädeldecke gehen nahezu vierzig Prozent der Wärme verloren, die der Körper beim Gehen abgibt. Sie werden schwitzen, Herr Revisor. Im Winter werden sich auch an Ihren Augenbrauen kleine Eiszapfen bilden. Bei Hitze aber erweitern sich Ihre Blutgefäße unter der Haut, um das warme Blut aus dem Körperinnern näher an die Oberfläche zu bringen, so daß die Wärme nach außen entweichen kann. Herzschlag und Blutkreislauf werden sich beschleunigen, Herr Revisor. Bei extremer Hitze befeuchten unsere Schweißdrüsen die Hautoberfläche mit nicht weniger als zweieinhalb Litern Wasser pro Stunde. Und wir müssen stundenlang die Strecke entlang gehen. Durch die Verdunstung der Flüssigkeitsmenge auf der Hautoberfläche wird der Körper so weit abgekühlt, daß die Temperatur gerade im richtigen Bereich bleibt: vorausgesetzt, Herr Revisor, Sie sind einigermaßen auf dem Damm, will sagen: gesund. Ein Hitzekollaps entsteht, wenn Ihr Körper durch Schwitzen zuviel Flüssigkeit verliert und zuviel Blut zur Kühlung an Ihre Körperoberfläche gepumpt werden muß. Durch den Druckabfall vermindert sich die Blutzufuhr zum Gehirn. Schwindelgefühle, Benommenheit, Delirien, Erbrechen und Durchfall sind die Folgen, Herr Revisor: Sie werden es schon sehen. Regen ist kein Problem: an heißen Tagen, Herr Revisor, werden Sie für jeden Tropfen dankbar sein. Auch im Schnee zu laufen, ist ein wunderbares Erlebnis, wenn ich das so sagen darf. Sie haben dann das Gefühl, auf einer Postkarte vorzukommen. Hagel und Eis dagegen sollten Sie meiden. Bei Wind halten Sie den Kopf leicht gesenkt und stemmen sich gegen den Wind. Bewegen Sie dabei energisch Ihre Arme. Rückenwind dagegen streckt Ihre Schritte. Es ist, als schöbe eine freundliche Hand. Bei Gewitter die alten Regeln: Buchen sollst du suchen, Eichen sollst du weichen. Ducken Sie sich in eine Mulde, suchen Sie Deckung in einem Gebüsch. Rollen Sie sich ein.

Für den Umgang mit Hunden gibt es fünf Möglichkeiten. Jeder Streckenwärter kennt – wie jeder Postbote – mindestens eine Hundegeschichte. Erste Möglichkeit: ach, was für ein nettes Hündchen. Zweitens: hau ab, du Bestie. Drittens: nehmen Sie das Vieh gar nicht erst zur Kenntnis. Viertens: lassen Sie es ganz nah zu sich heran und beginnen Sie urplötzlich zu toben, stoßen Sie markerschütternde Schreie aus, lassen Sie Ihre Arme wie Windmühlenflügel kreisen. Fünftens: spritzen Sie dem Köter Salmiakgeist in die Augen. Das hilft.

Sie glauben gar nicht, Herr Revisor, welche Rolle richtige Ernährung für einen Streckengänger spielt. Vermutlich haben Sie schon von den Spaghetti-Orgien der Marathonläufer gehört. Vor längeren Streckeninspektionen rate ich Ihnen aus Erfahrung, folgende Speisen zu meiden: Salz, Sauerkraut, Kartoffelchips, geräucherten Fisch, Speck, Frankfurter Würstchen, Dosensuppen, Kakao, Anchovis, Erdnußbutter, Zwiebeln, Knoblauch, Oliven, Mandeln, Gewürzgurken und Maggi. Was Sie benötigen werden, sind Kohlehydrate. Das weiß man nicht erst seit der Internationalen Sportlerdiättagung in Leningrad. Es gibt Streckenwärter, die gewaltige Berge von Pfannkuchen oder Kaiserschmarren wegputzen. Kässpatzen sind besonders gefragt. Allerdings ohne Zwiebel. Verzichten Sie dagegen auf Milch. Sie hinterläßt einen pelzigen Geschmack im Mund, eine unangenehme Trockenheit. Vergessen Sie nicht zwischendurch das Dehnen und Strecken von Wadenmuskel und Achillessehne. Stärken Sie Schienbeinmuskel, Oberschenkelrückseite sowie Gesäßmuskel. Dehnübungen sind unverzichtbar, Herr Revisor. Ich warne Sie vor den großen Leiden der Streckengeher: vor Läuferknie, Knorpelerweichung der Kniescheibe, Mortonszehen, Fersenschäden, Spalt- und Ermüdungsbrüchen in Mittelfußknochen sowie in Schien- und Wadenbein, Knochenhautentzündungen, Knöchelbeschwerden, knopfförmigen Auswüchsen am Fersenbein, Wadenkrämpfen, Seitenstechen, und – gar nicht so selten: Blut im Urin. Davor warne ich Sie, Herr Revisor. Wenn Sie der Strecke nicht gewachsen sind, so werden diese Schwierigkeiten nicht ausbleiben. Plötzlich tropft Blut aus Ihrem Schwanz, Herr Revisor. Da werden Sie aber nicht schlecht staunen. Das garantiere ich Ihnen. Und woher kommt das? Weil Sie der Strecke nicht gewachsen sind, Herr Revisor – jener Strecke, die Sie stillegen wollen, die Sie aber nicht einmal ohne an sich Schaden zu nehmen abzugehen in der Lage sind. Ein Trauerspiel ist das.

Sehen Sie es doch endlich ein, geben Sie es doch endlich zu, drücken Sie sich doch nicht länger um Tatsachen, machen Sie dem grausamen Spiel ein Ende, setzen Sie einen Schlußstrich, und die Sache ist für mich erledigt. Ich werde es auch nicht weitersagen. Wem sollte ich es denn schon groß mitteilen? Hier lebt doch niemand mehr. Die Strecke ist doch längst tot, ist doch schon lange am Verkrauten, Herr Revisor. Jawohl. Haben Sie eine Ahnung davon, wie dunkel es auf einer Eisenbahnstrecke sein kann? Sie gehen von Schwelle zu Schwelle und sehen kaum die Hand vor den Augen, dann halten Sie inne, stehen und horchen in die Schwärze, als wollten Sie etwas begreifen, ahnten aber doch im selben Augenblick, daß Ihnen dieses Geheimnis auf immer unentdeckt bleiben wird.

Sie wollen mit allem, was Sie sind und haben, auf die Strecke zugehen, wollen sie erobern und sich öffnen, aber die Strecke bewegt sich mit jedem Ihrer Schritte, mit jedem Gedanken voll Eroberungswille weiter von Ihnen weg. Das ist das Rätsel Strecke, Herr Revisor. So kann es einem ergehen, wenn man an seine Kindheit denkt. Was fällt einem da ein? Nasenbluten und nie endenwollende Tage? Das Verhältnis von Weg und Ziel, Herr Revisor. Ich begriff es an einem späten Winternachmittag auf einem Hörnerschlitten, einer Schalengge, wie man dazu in Thulsern sagt. Auf der Schalengge transportierten die alten Thulserner Heu von den Städeln im Gebirge, Thulserner Gold, manchmal auch Holz oder erlegtes Wild. Auch meine angeblich verschütteten Eltern wird man nach ihrer Bergung auf solch einem Schlitten ins Tal gefahren haben. Halb sitzend, halb stehend lenken die Schalengger ihren kompliziert steuerbaren Schlitten sowohl an den beiden Hörnern als auch mit den Beinen. Diese Aufgabe kommt dem mit dem Rücken zur Fahrtrichtung auf zwei schmalen Holzbrettern Sitzenden zu, der dabei allerdings aufpassen muß, daß er seine Beine nicht zwischen Kufen und Sitzbrett einklemmt, denn sonst sind sie sofort gebrochen. In der Regel sitzt ein Schalengger zwischen den Hörnern vorne, sein Sozius aber hinten. Nur die Rucksäcke der beiden berühren einander. Bei entsprechender Fracht, die mit Seilen an der den Berg auf dem Rücken hinaufgetragenen Schalengge festgezurrt ist, wird das Lenken deshalb zum Abenteuer, weil die Ladung nicht selten wegen des steilen Geländes und des hohen Abfahrtstempos ins Rutschen gerät. An Lichtmeß wurden in Thulsern anläßlich des Gesindewechsels regelmäßig Schalenggenrennen durchgeführt. Sie begannen an Rosa Dopfers Gartenhäuschen auf der halben Höhe eines Hügels mit Namen Hörnle, von dem aus Böllerschüsse verstorbenen Veteranen den Weg in die Ewigkeit erleichtern sollten. Hinter dem Gartenhäuschen wurden die Kufen geschliffen, gewachst oder mit einem Gaskocher aufgeheizt. Der Starter, seit Jahren der Pfarrmesmer, senkte eine Flagge, so daß dies auch, obwohl es stets am Zunachten war, wenn die Schalenggenrennen ausgetragen wurden, vom Zielrichter, der Schwester des Mesmers, gesehen werden konnte. Diese nahm mit einer Stoppuhr die Zeit. Bahn frei und Geschrei. Der Schlitten wurde angeschoben, sofort ging es steil bergab, die Fahrer, jeweils zwei an der Zahl, mußten schnell aufspringen, was besonders für den Sozius, der mit dem Rücken zur Fahrtrichtung sitzen mußte, nicht leicht war. Rosa Dopfers grünes Eisengitter, neben dem ein eingeschneiter Leiterwagen auf den Frühling wartete, war rasch passiert. Doch mußte schon an dieser Stelle an die erste Kurve, das sogenannte Kircheneck, gedacht werden. Wurde die Kurve nicht rechtzeitig eingeleitet, so bestand Gefahr, daß der Schlitten mitsamt seinen Piloten zwischen Hydranten und Spritzenhaus den Steilhang hinab Richtung Flosche jagte, womit ein gefrorener, im Sommer von Fröschen wimmelnder Tümpel gemeint ist, der in der Talsohle von Pfarrers Loch lag, einem für mutige Skispringer geeigneten Abhang. Vorbei am Kircheneck, durch die Anfeuerungsrufe der Zuschauer, welche die Strecke säumten, Herr Revisor, schoß die Schalengge über Holperer und Buckel dem nächsten Gefahrenpunkt zu: Brauns Eck zwischen der Villa Goldonkel und Märzer, dem Bauern, dem das Hörnle gehörte. Wurde Brauns Eck nicht gemeistert, gab es zwei Ausweichmöglichkeiten: die eine führte bergauf Richtung Mesmer, wo man den Schlitten hätte wenden und erneut die Bahn hinuntersausen können – die zweite Möglichkeit endete blamabel im Hof von Elisabeth Kauz, der Damenschneiderin, die mit ihren Mädchen in den Fenstern saß, um dem Spektakel zuzuschauen und abzuwarten, wer die Kurve nicht bekommen und in ihrem Hof enden würde. Hätte man dort umkehren und das Rennen wieder aufnehmen wollen, wäre zu viel Zeit verstrichen, die man auch auf dem unmittelbar nach Brauns Eck folgenden Steilstück, der Kirchsteige, nicht mehr hätte hereinfahren können. Schon höre ich die Anfeuerungsrufe der Zuschauer, schon sehe ich die bunten Mützen, Pullover und Anoraks, und ich höre mich als Radiokommentator des Hörnerschlittenrennens. Ich fahre als Reporter auf einer Schalengge mit, sitze als dritter Mann zwischen Lenker und Bremser, umklammere das Mikrofon, das plötzlich aussieht wie eine Dusche, mit der ein Kind Telefon spielt. Aber ich muß diese Strecke hinunter, obwohl ich tausend Ängste ausstehe: wegen der Geschwindigkeit, wegen der Waghalsigkeit des Lenkers, wegen der Steilheit der Bahn. Der Schlitten rast auf den nächsten kritischen Punkt zu: Kreuzwirts Stadel, ein ehemaliger Eiskeller, liebe Zuhörer, in dem das Elektrizitätswerk jetzt alte Masten, Kabelrollen und Isolatoren aufbewahrt. Rechts von Kreuzwirts Keller öffnet sich eine schmale vereiste Schlucht Richtung Kindergartenpavillon und Josefskapelle, vorbei am Transformatorenhäuschen, welches bei dieser Kälte geheimnisvoll summt; links geht es in eine leicht überhöhte Kurve, vorbei an der Wiese, die zum Knopfladen von Kappers Anna gehört, welcher unmittelbar nach Brauns Eck links liegengelassen wurde. Längst ist es mir mulmig geworden, ich weiß nicht mehr, ob es der Fahrtwind ist, den ich in den Ohren sausen höre, oder mein eigenes Blut. Die Schalengge zieht unter meinem Hintern davon, ich darf die Beine nicht zwischen Kufen und Sitzbrett stecken. Meine Damen und Herren, wenn der Lenker jetzt die Kurve nicht bekommt, rasen wir unaufhaltsam auf Kreuzwirts Keller zu, wo wir an der morschen Bretterwand zerschellen werden; unsere Schädel wird es gegen die Balken schlagen, es wird kaum hörbar knacken. Wenn nur bloß der Bremser ein wenig die Richtung beeinflußte – doch er kann nicht sehen, wohin wir fahren, er bremst nur auf Zuruf des Steuermanns, der für sein risikoreiches Fahren bekannt ist: freiwillig, hörte ich oben am Start jemand sagen, würde ich mit dem nicht einmal im Hinterhof von Elisabeth Kauz, der Damenschneiderin, umkehren. Jeder in Thulsern kennt die Geschichte des übermütigen Hörnerschlittenfahrers, der, vom Oberen Wirt kommend, spät nachts in angetrunkenem Zustand bolzengerade auf Kreuzwirts Stadel zugerast war, wo man ihn am nächsten Morgen fand: einen erstaunten Ausdruck im Gesicht. Doch mein Lenker hat die Kurve gemeistert, knapp zwar und haarscharf am Eiskanal Richtung Transformatorenhäuschen vorbei, aber immerhin, immerhin. Das letzte steile Stück ist eine Gerade. Wir schießen dem Ziel entgegen, welches gleich hinter der Jungfernburg liegt.

Schon sehe ich die Mesmerin mit der Stoppuhr, wir rasen an ihr vorbei, nur allmählich verliert das Gefährt an Tempo, bis es endlich auf der Höhe des Anwesens des Sattlers Niedermeier am Bahndamm zum Stehen kommt. Und mit diesem Jubel, meine Damen und Herren, Herr Revisor, geben wir zurück ins Funkhaus.

Schulfunk

Hier ist wieder *Die Stimme Thulserns*, Landesstudio Vorderadelberg. Verehrte Hörerinnen und Hörer: Im Schulfunk bringen wir nun einen Vortrag von Professor Hort ... – ausgerechnet hier gibt es eine Funkstörung, so daß ich den Namen des Gelehrten nicht richtig verstehe: Horthalm, Hortholm, Horthelm oder so ähnlich? – über das Gehen, mit dem Titel *Irologie oder Er nahm sie bei der Hand und führte sie auf sein Schloß*. Hören Sie zur Einstimmung den ersten Satz aus dem Klavierkonzert von Carl Grandison.
Lieber Hörer, beginnt der Professor, quo vadis? Wir alle kennen das Wörtchen *gehen* und benützen es meist, ohne viel darüber nachzudenken. *Gehen* gehört zu den ältesten Wörtern, die wir kennen. Schon der Namenlos aus der Benediktiner Liedersammlung formuliert poetisch: *swaz hie gât umbe/daz sint alle megede/die wellent ân man allen disen sumer gân!* Unter Hinweis auf Mathäus 7, 13 reflektiert eine Passage im Narrenschiff den *Weg der Sellikeit*, und der Cherubische Wandersmann fragt unzweideutig: *Halt an, wo laufst du hin? Der Himmel ist in dir*. Von dort ist es ein kleiner Schritt zu Paul Gerhardts *Nun geht, ihr matten Glieder, geht hin und legt euch nieder*. Schon vernehmen wir das Flehen des Mädchens bei Claudius: *Vorüber! Ach, vorüber! Geh, wilder Knochenmann*, begleitet von Goethes Wander-

segen: *Und jeder Schritt des Wandrers ist bedenklich.* Aus Genua vernehmen wir, der Mohr könne gehen, er habe seine Schuldigkeit getan, während es in den *Räubern* heißt: *Geh du linkswärts, laß mich rechtswärts gehn.* So schreiten wir munter fürbaß durch die Literaturgeschichte, verehrte Hörerinnen und Hörer, höre ich den Professor dozieren, und wir stellen eine Zwischenfrage: *Wer wandelt droben im Licht?* Sehen Sie, meine Damen und Herren, das poetische Wort *Licht* läßt *gehen* nicht zu, es verlangt *wandeln,* doch *vorbei sind die Kinderspiele, und alles rollt vorbei: das Geld und die Welt und die Zeiten und Glauben und Lieb und Treu.* Aus dem Osten erfahren wir die schonungslose Analyse unserer Zeit: *Der Abstieg war schwerer als früher der Aufstieg und nicht einmal dieser war leicht gewesen. Ach, was für mißlungene Geschäftswege es gibt, und man muß die Last weitertragen. Gehet hin und tut desgleichen,* möchte man da mit Lukas 10, 37 raten, denn *Leben heißt abseits marschieren, den Weiden entlang, immer der Spur seiner Pflichten nach.* Sich einen *Weg zu bahnen durch das unbarmherzige Gestrüpp der Gegebenheiten,* meine Damen und Herren, *sein Fleisch in ihm zu lassen, aber auch sie, die Gegebenheiten, mit dem Element seines Willens zu verwandeln, dessen Kraft gerade in der Verschmelzung mit dieser Welt wuchs,* empfiehlt ein argentinischer Vizekonsul. Ich aber antworte: *Wovon man abweicht, das ist nicht der Weg.* So spricht die Stimme des Professors aus dem Radio, und ich werde weiter zuhören, jedoch mit gesteigerter Aufmerksamkeit, denn bei schnellerem Gehen wird der Gedankengang schwieriger, da die Gedanken langsamer fließen. Oder sagt das auch schon der

Gelehrte? Belassen wir es bei diesem kulturgeschichtlichen Querfeldein!
Liebe Hörer: wir alle können gehen, haben als Kleinkinder das Gehen erlernt, wie wir das Sprechen erlernt haben. Wir können sogar laufen, springen, hüpfen, tanzen, wenn wir nicht gerade eine Prothese haben wie so mancher Held in so mancher Geschichte. Was aber, so lautet die entscheidende Frage, müßte eine Wissenschaft tun, die das Gehen erforschte? – Ich denke über den Namen des Professors nach: zweifellos hat er mit dem Hort des Drachen zu tun. Entweder hat ein Vorfahre des Professors dem Drachen den Hort abgenommen, oder aber er hat ihn anstelle des Drachens bewacht. Oder beides. Oder eines nach dem anderen.
Ein einschlägiges Lexikon der Wissenschaftstheorie, sagt der Professor im Radio, kennt den Gehtmanschen Doppelschluß: *Geht man davon aus, daß wenn A, dann B, dann geht man davon aus, daß wenn nicht A, dann B oder A, dann B oder C.* An dieser Stelle genüge ein Hinweis auf den apokryphen Hermeneutiker Rupprecht S. Ramsenthaler aus Kiew.
Ich aber will versuchen, liebe Hörerinnen und Hörer, meine Damen und Herren, ausgehend vom lateinischen *ire* (so verlangt es akademischer Brauch) umrißhaft eine *Irologie* zu skizzieren. Zunächst müßten die anatomischen und physiologischen Bedingungen des Gehens erforscht werden: Kerngebiete der Irologie, welche darzulegen hätten, wie Knochen, Gelenke, Muskeln beim Gehen aufeinander abgestimmt sind – vergleichbar mit Morphologie und Syntax. Ein weiteres Kerngebiet der Irologie müßte untersuchen, welche nervlichen Prozesse beim Gehen ablaufen, wie

nämlich – gesteuert durch ein im Gehörgang befindliches Gleichgewichtsorgan sowie durch bestimmte Willensimpulse, die den Geh-Akt in Bewegung setzen – auf den verschiedenen nervlichen mit Hilfe noch zu erforschender neurophysiologischer Prozesse (die eine chemo-elektrische Basis haben, welche wiederum mit unserem gesamten Stoffwechsel in engster Verbindung steht) die Geh-Motorik überhaupt zustande kommt.
Freilich: eine derartige Aufgabe wird, geehrter Hörer, einem größeren Institut mit Physiologen, Anatomen und Neurologen für Jahrzehnte Arbeit geben. Man verlangt von ihnen wissenschaftlich exakte Ergebnisse, die alle sofort bezweifelt oder über den Haufen geworfen werden müssen, wenn sich herausstellen sollte, daß zum Beispiel die Enzephalogramme von Gehenden in Feuerland, sagen wir am Stadtrand von Ushuaia, mit denen von Lappland nicht übereinstimmten. Hier müßte eine Ethno-Irologie oder eine Ethno-Iro-Klimatologie versuchen, Abhilfe zu schaffen. Der Iro-Pädagoge untersucht, wie man derzeit das Gehen beibringt (ich denke auch an eine spezielle Iro-Didaktik), wie man es früher gelehrt hat und welche Bedeutung man in den verschiedenen Gesellschaftsschichten dem richtigen Gehen beigemessen hat und beimißt. Dem Iro-Soziologen wird auffallen, daß bestimmte Arten des Gehens gemeinschaftlich ausgeübt werden. Diese verschiedenen Arten des Gehens (ich denke an Volksläufe, Jogging oder die Berufsmarschierer) sind allemal soziologisch interessant. Denkbar und aufschlußreich wäre auch eine Teildisziplin namens Migrologie, die gerade bei den wanderbegeisterten Völkern Mitteleuropas ein reiches Betäti-

gungsfeld mit soziologischen, historischen und politischen Fragestellungen fände. Die verschiedenen Gehweisen sind auch anatomisch-physiologisch zu unterscheiden, da die kleinste Einheit des Gehens, der Schritt, das Passem (vergleichbar mit dem Lexem) beim Gehen, Wandern und Marschieren nicht identisch und folglich vom Migrem und Marschem separat zu untersuchen ist. Die Iro-Gerontologie, verehrte Hörer, befaßt sich mit der Tatsache, daß ältere Menschen beschwerlich gehen. Sie wird bei ihren Forschungsarbeiten kräftig von der Iro-Pathologie unterstützt (vergleichbar mit der Aphasieforschung, die sprachliche Ausfallerscheinungen traumatischer oder genetischer Art untersucht). Gleichzeitig stellt sie fest, daß ältere Menschen zwar beschwerlich, aber eigentlich recht gerne gehen, während Jugendliche, denen das Gehen physisch viel leichter fällt, lieber fahren. Dieses Phänomen wiederum fällt in den Bereich des Iro-Psychologen, der sich mit der Frage beschäftigt, wie und unter welchen psychischen Bedingungen Menschen gehen. Dabei kann ihm der Iro-Pragmatiker helfen, denn er erforscht das faktische Gehverhalten vom Schlendern bis zum Laufen, vom Flanieren bis zum Spurten, und er versucht, von hier aus dem inzwischen wissenschaftlich unüberschaubar gewordenen Gehen auf die Spur, um nicht zu sagen: auf die Schliche zu kommen. Der Iro-Pyrologe schließlich stellt fest, daß Menschen besonders schnell laufen, wenn es brennt, und erhärtet diese empirisch belegbare Hypothese durch eine von der Forschungsgemeinschaft finanzierte, von der Ortsfeuerwehr überwachte sowie von Maß-Spezialisten aus dem Kader der Skiweltmeisterschaftssponsoren auf Tausendstel genau gestoppte iropyrologische Tests.

Was aber, höre ich mit einem heimtückischen Unterton den Professor die Radiohörer fragen, was aber ist mit dem Ballett, der höchstentwickelten Form des Gehens? Das Ballett ist künstlerischer Ausdruck und somit Teil der symbolischen Selbstrepräsentation, so nennen es einschlägige Nachschlagewerke, meine Damen und Herren, welche die Menschheit seit Anbeginn in den verschiedenen Darstellungsformen oder Symbolismen unternommen hat. Der Symbolismus des Tanzes ist hochgeschichtlich. In mythischer Vorzeit (welche für gewöhnlich auch als grau bezeichnet wird, was weiß Gott nicht stimmt) wurde der Tanz als Ausdruck der Stammeszugehörigkeit ausgeübt, zur Beschwörung von guten und bösen Geistern, zu Jagd, Hochzeit, Sieg und Tod. In geschichtlicher Zeit ist der Tanz von Priestern verschiedener Religionen zu kultischen Zwecken benutzt, von den Griechen (leicht gähnend: siehe Plato) zum unterschwellig sich vollziehenden Einschleifen der Grundformen ästhetischen Maßes mittels eurhythmischer Bewegungsabläufe empfohlen und ästhetisch-pädagogisch eingesetzt worden. Sofern Damen unter den Hörern, werden diese zu nicken beginnen. Seit dem 16. Jahrhundert schließlich spaltet sich der Tanz, ich zitiere ein Handbuch im Wortlaut, spaltet sich der Tanz in Hoch und Niedrig, in Volks- und Gesellschaftstanz, mit den unterschiedlichen Beeinflussungen hin- und herüber (vergleichbar der Volks- und der Kunstballade, ballata: Ball-/Tanz-Lied), und er hat gleichzeitig in der Form des Balletts seine Ausprägung als eigenständiges künstlerisches Ausdrucksmedium gefunden. Das Ballett ist eine besonders differenzierte Körper- und Bewegungssprache, die sich zum Ausdruck unterschiedlicher Gefühle, Befindlichkeiten oder Zustände von der Lähmung bis zur Ekstase eignet. Ja, sie eignet sich sogar für das Erzählen von allerdings auf einen dramatischen Kern verkürzten Geschichten, wie es die Titel *Schwanensee* oder *Romeo und Julia* beweisen. Die Körper- und Bewegungssprache des Balletts vermag dies, meine Damen und Herren, nur vermittels einer ihr eigenen exklusiven Symbolik, die sich im Laufe der Geschichte herausgebildet hat und von Choreographen weiterentwickelt worden ist. Verständlich werden so verschiedene Erscheinungsformen des Balletts wie des unter Nijinskij, Isadora Duncan, Seidenschal und Speichenräder, Martha Graham oder John Cranko nur, wenn der Betrachter alle die aufgeführten Faktoren zusammennimmt und ihre Beziehung zueinander sieht. Um sie untersuchen zu können, benötigt er Kategorien, die es ihm erlauben, diesem sich ständig vollziehenden Prozeß der Entwicklung des Ausdruckstanzes von Peking über Moskau bis Las Vegas auf der Spur zu bleiben. Inwieweit diese schwierige Arbeit des Ballettforschers Wissenschaft genannt werden kann, sehr geehrte Hörerinnen und Hörer, ist eine Frage der terminologischen Übereinstimmung. Ich melde hierbei allerdings sogleich Bedenken an, eingedenk eines Wortes von Wilhelm von Humboldt anläßlich seiner Mühe, mit Professoren zurechtzukommen, dieser unbändigsten und am schwersten zu befriedigenden Menschenklasse mit ihren ewig sich durchkreuzenden Interessen, ihrer Eifersucht, ihrem Neid, ihrer Lust zu regieren, ihren einseitigen Ansichten. Gelehrte dirigieren ist nicht viel besser als eine Komödiantentruppe unter sich zu haben. Der Gelehrte aber, höre ich den Professor dozieren, der im Grunde nur noch Bücher ›wälzt‹, verliert zuletzt ganz und gar das Vermögen, von sich aus zu denken. Wälzt er nicht, so denkt er nicht. Das habe ich mit Augen gesehn: begabte, reich und frei angelegte Naturen schon in den dreißiger Jahren ›zuschanden gelesen‹, bloß noch Streichhölzer, meine Damen und Herren, die man reiben muß, damit sie ›Gedanken‹-Funken geben, ehe in endlosen Sitzungen das Millimeterpapier neu erfunden wird. Die Verbindungen aber, verehrte Hörer, zwischen der medizinischen Erforschung des Gehens mit ihrer naturwissenschaftlich exakten Methode und ihrer auf Anatomie und Physiologie beschränkten Fragerichtung und der historisch-ästhetischen Erforschung des Balletts als eines präsentativen Symbolismus sind äußerst – PAUSE – minimal, hauchdünn und oft kaum vorhanden. Konklusion: mag sein, daß der Iro-Physiologe erklären kann, warum beim pas de deux bestimmte Bewegungen nur soundso oft möglich sind; mag sein, daß der Iro-Soziologe nach eingehendem Studium des Marschierens in allen Erdteilen das eine oder andere Phänomen des Duisburger Balletts erhellen hilft; mag sein, daß der Iro-Pragmatiker von seiner Kenntnis des faktischen Gehverhaltens her einige Erscheinungen im Macbeth-Ballett *(Er nahm sie bei der Hand und führte sie auf sein Schloß)* besser sehen lernen hilft. Aber das ist auch alles. Die Analogie, meine sehr verehrten Damen und Herren, hat ihren Dienst getan. Wir können sie nun verabschieden.

Drittes Buch

Fallmühle

Hinter der nächsten Biegung liegt die Endstation Fallmühle, ein Bahnhof mit Wirtschaft, in der sich Waldarbeiter, Jäger und auch mein Vetter Hans Nicolussi gerne aufhielten. Man sieht das Haus erst, wenn man an den wuchernden Haselnußstauden links und rechts der Böschung vorbei ist. Früher gehörte zur Fallmühle tatsächlich eine Mühle, wie der Vetter zu berichten wußte, doch wann man diese habe verfallen lassen, wisse er nicht mehr; das müsse schon vor seiner Zeit gewesen sein. Ähnlich wie zu dem aufgelassenen Pfarrhof, in dem wir wohnten, führte auch ins Wirtshaus eine Steintreppe mit einigen Stufen, die bröckelten. Auch hier war das Eisengeländer verbogen und rostig. Im dunklen Hausgang stand ein großer Tisch, der den Postboten als Depot für ihre schweren Säcke diente. Führte ein Zustellgang in dieses Seitental, machte jeder Postbote in der Fallmühle Station. Links wies eine steile Stiege in den ersten Stock; unter ihr stapelten sich, halb durch einen zerschlissenen Vorhang verdeckt, Putzkübel, Besen, Schaufel, eine Axt, ein Weidenkorb zum Reisigsammeln mit zerbrochenem Henkel, ein Paar Skier, Lappen, Dosen, eine Rattenfalle sowie einige alte Joppen, die an rostigen, in die Holzstiege getriebenen Nägeln hingen. Geradeaus führte der Weg in die Küche, vorher konnte man links zu den Toiletten abbiegen. Rechts ging es in die Wirtsstube, einen dunklen, verrauchten, von Bier und

Wein dampfenden engen Raum mit einem blauen Kachelofen, an dem einige Kacheln angeschlagen waren oder fehlten. An der Decke hingen schwere Virginiaschwaden; die Tische waren roh, Pfützen standen darauf; die Bedienung wischte sie manchmal mit einem schmutzigen Lumpen, den sie hinter der Theke hervorholte, trocken.

In der Wirtsstube, zu der noch ein selten gebrauchtes kleineres Nebenzimmer gehörte, wo es sogar Tischdecken gab und Vorhänge an den Fenstern, bediente Ritana. Sie war eine rotblonde Frau von etwa fünfunddreißig Jahren, von fester Statur, mit kräftigen Armen und breiten Händen, fleischigen, nicht ungepflegten Fingern, sie hatte ein klares Gesicht und einen offenen Blick, dem zugleich Verschwiegenheit abzulesen war. Ritana ging stolz durch das Wirtshaus, in dessen Obergeschoß sie eine Kammer bewohnte, wo sie in einer Truhe angeblich wichtige Papiere sowie Erspartes aufbewahrte. Ich sah gerne auf Ritanas Lippen, die mir verlockend erschienen, auf eigenartige Weise aber auch abweisend, herausfordernd vielleicht. Manchmal schien mir, als flimmerten ihre Augen grünlich, aber wahrscheinlich reizte mich dann nur der stehende Rauch in der Stube, die niemals gelüftet wurde. Bestellungen nahm Ritana schweigend mit einem fragenden Kopfnicken entgegen, auf einem schmalen Blöckchen notierte sie die Anzahl der gewünschten Biere. Obwohl böse Zungen behaupteten, an ihr hätten sich schon viele die Hände abgewischt, wagte es keiner der Männer, Ritana zu berühren, wenn sie an ihnen vorbei durch die engen Stuhlreihen streifte. Vielleicht riskierte der eine oder andere einmal einen Blick, doch dann, ich bin sicher, flimmerten

Ritanas Augen, so daß der Mann sofort die Augen senken mußte und sich für sein Begehren schämte. Wenn ich mit Vetter Hans Nicolussi in der Fallmühle einkehrte, hörte ich dem Gespräch der Männer zu, verfolgte aber jeden Schritt und jede Bewegung Ritanas. Am besten gefiel mir, wenn sie ihre Schürze leicht hob und beiseite streifte, die schwere schwarze Geldbörse aus einem schwarzen Täschchen zog, welches sie um den Leib gebunden hatte, die Börse öffnete, sie leicht schüttelte und Kleingeld herausgab oder vom blanken Tisch mit einer Handbewegung, welche keinerlei Widerspruch duldete und endgültig war, die Zeche einstrich. Durch das Schneetreiben schob ich den Karren mit Hans Nicolussi auf die Fallmühle zu und beschloß, die Fracht hinter dem Haus bei der Holzveranda, auf der im Sommer Gartenmöbel standen, wenn im Freien bedient wurde, so abzustellen, daß man sie nicht entdecken würde, weil sie zwischen all dem Gerümpel nicht auffallen konnte. Im Sommer standen dort Sonnenschirme, ausgebleichte, zerschlissene Segel voll Fliegendreck, unter denen sich manchmal Kurgäste an dem berühmtem Nußkuchen der Fallmühle gütlich taten. Im Sommer trug Ritana ein luftiges freundliches Dirndl mit Puffärmeln und einer weißen Schürze, das ihren Gang noch stolzer machte, sie noch unerreichbarer. Bei der Veranda würde ich Hans Nicolussi parken, es würde ihn zuschneien, aber das machte nichts. Ich würde mich nicht lange in der Wirtsstube aufhalten. Ich nahm mir vor, eine Kleinigkeit zu essen, denn ich hatte wegen der schweren Fracht Hunger bekommen, auch Durst. Der Inhalt der Feldflasche war aufgebraucht, mich verlangte nach mehr.

Vorsichtig blickte ich mich um, ob mir nicht heimlich einer zusah, wie ich den Karren abseits schob, durch die Einfahrt hindurch den kleinen Berg hinauf, denn die Veranda lag ein wenig höher als die Straße. Ein Wegmacherkarren würde dort nicht auffallen, und da es immer weiter schneite, würden die Spuren bald nicht mehr zu sehen sein, und Vetter Hans Nicolussi würde man, seinen Rucksack umklammernd, für einen zugeschneiten Sack voll Sand oder Streusplit halten. Noch einmal versicherte ich mich, daß mir auch aus dem kleinen Abortfenster niemand nachspionierte oder zufällig einen Blick von meinem Manöver erhaschte, schob den Karren in die dunkelste Ecke, die ich finden konnte, wäre beinahe noch über einen Rechen, der querlag, gestolpert, prüfte, ob Hans Nicolussi auch unbeweglich und gerade saß, daß er nicht kippen und gut eingeschneit werden konnte. Danach ging ich zurück auf die Straße und begann, den Schnee abzuwischen, schüttelte die Flocken von meiner Jacke und ging mit festen Schritten auf den Eingang zu. An der Steintreppe stieß ich die Schuhe gegen den bröckelnden Beton, klopfte noch einmal den Schnee ab und sog schon den beizenden Bierdampf ein, der, mit Virginiaqualm vermengt, aus der Wirtsstube drang. Ich betrat den dunklen Gang, legte vor der provisorischen, wackligen Flurgarderobe ab und erschrak plötzlich heftig über einen Aufschrei. Der Schrei war so durchdringend, daß ich keinen Tropfen Blut gegeben hätte; sofort schoß mir Hans Nicolussi in den Kopf, mir war zugleich schwindlig, ich glaubte, in dem schwarzen Gang einen Stein heranfliegen zu sehen, vielleicht kam er die Stiege vom ersten Stock herunter, ich riß die Arme hoch und tastete mit den

Fingern meine Schläfen ab, ob nicht Blut aus ihnen fließe, doch sie waren nur feucht vom Schnee und naß vom Schweiß, es war nichts dabei, das klebte oder süßlich schmeckte. Erst jetzt merkte ich, daß mir etwas zwischen den Beinen hindurchschlüpfte und mit rasendem Tempo in der Rumpelkammer unter der Stiege verschwand, von wo aus es krachte, als wäre die Axt umgefallen, als schlüge eine Schaufel gegen den Blechkübel. Ich war der Katze auf den Schwanz oder in den Rücken getreten, ich hatte sie nicht gesehen, in der Dunkelheit nicht mit dem Vieh gerechnet, das wahrscheinlich ebenso erschrocken war wie ich. Ehe ich die Klinke der Wirtsstubentür in die Hand nahm, mußte ich tief schnaufen, mir war, als bebte ich. Als ich die Türe öffnete, sah ich sofort die rotblonden Haare Ritanas, und ich zitterte, tat aber gleich so, als wäre es draußen so bitter kalt, damit mir keiner meine Erregung ansehen konnte. Einige Holzknechte sahen auf und grüßten mit stummem Nicken, unterbrachen kurz ihre halblaut geführte Unterhaltung, musterten mich, wunderten sich vielleicht über mein Alter, doch fragte keiner, obwohl ich es befürchtet hatte, nach Hans Nicolussi. Ich nahm an einem kleinen Tischchen in der Nähe des heruntergekommenen Kachelofens Platz, denn die übrige Runde schien komplett, und es war kein Platz mehr frei. Mit ihrem geraden festen Gang kam Ritana auf mich zu, fragte, ob ich den Vetter heute zu Hause gelassen hätte, lächelte ein wenig, mir schien eine Spur zu spöttisch, doch sah ich dabei ihre Sommersprossen. Sie beantwortete ihre Frage nach dem Verbleib Hans Nicolussis zu meiner Überraschung selbst. – Ein Bier? Ich nickte und sagte mit leicht vibrierender, viel zu unsi-

cher wirkender Stimme: und ein großes Brot, ich habe Hunger.
Ritana drehte sich, ich sah sie wie durch einen Nebel zur Theke gehen, das Guckfensterchen in die Küche öffnen, ich hörte sie laut das Brot bestellen. Wieder wandte sie sich um, die rötlichen Haare, lauter kleine Röllchen, flogen, schienen zu fliegen, um mir das Bier zu zapfen. Viel zu schnell war der Krug gefüllt, sicher und gewandt kam sie mit ihm auf mich zu, stellte ihn fest auf den Tisch, wünschte Zum Wohlsein, ich nickte und ehe ich den ersten tiefen Zug kalten Bieres genommen hatte, war sie schon wieder weg, und ich merkte, daß mir leicht schwindlig wurde, weil ich viel zu hastig trank. Wenn ich das Bier weiter so in mich hineinschüttete, würde ich bald noch einen Krug und noch einen bestellen, denn von dem gepfefferten Brot würde der Durst nicht kleiner werden. Langsam beruhigte ich mich und glaubte, wieder bei fester Stimme zu sein. In die halblaute Wirtshausunterhaltung sagte ich versuchsweise einige Worte, die keiner verstehen würde, und wenn, dann hielte er sie für das Selbstgespräch eines Halbbetrunkenen. Ich lehnte an dem Tisch, setzte mich hin, wie ich es an Hans Nicolussis Tisch nie gewagt hätte, lümmelte, ohne es zu merken, fuhr mit den Fingern in der Bierpfütze auf dem Tischchen hin und her, den Namen meines Vetters ausschreibend, den vollen langen Namen: Hans Nicolussi Zurbrükken, mit Doppel-K, und darunter schrieb ich meinen Namen.
Vom Nebentisch hörte ich, nachdem mir Ritana wieder ein wenig lächelnd, doch nicht mehr spöttisch, wie mir vorkam, die Holzplatte mit dem Käse gebracht hatte, daß jetzt über mich gesprochen wurde.

Ich sei doch der Zögling des Wegmachers, des verrückten Straßenmeisters und Experten in Fragen der Verkehrsgeschichte, der Alpenübergänge, Muren und Verbauungen, meine Eltern seien doch damals unter eine Lawine geraten, die ein Kurgast unvorsichtigerweise ausgelöst habe, als er, unerfahren und kopflos, eine Höhenwanderung unternommen habe. Man habe nie erfahren, welcher Kurgast es gewesen sei, obwohl seinerzeit noch gar nicht so viele Kurgäste in Thulsern übernachtet hätten. Vetter Hans Nicolussi hatte nie etwas von einem Kurgast auf einer Höhenwanderung gesagt. Deshalb verhielt ich mich jetzt still, kaute den Käse und sah vor mich hin, als könnte ich damit meine Tischnachbarn zu weiterem Erzählen ermuntern. Sie schweiften ab, behaupteten dazwischen jedoch immer wieder, und zwar abwechselnd einer um den anderen, als hätten sie es abgesprochen, ein Kurgast habe ein Schneebrett ausgelöst, welches sich zu jener Lawine ausgewachsen habe, die meine Eltern unter sich begrub. Sollte ich dieser Version glauben? Wer hatte recht, Vetter Hans Nicolussi, die Holzknechte, wer?
Ich sehnte mich nach der Wahrheit, und mir war, als könnte ich nicht einmal mehr der Erzählung des Vetters vertrauen, die für mich bislang unumstößlich gewesen war. Jetzt gab es nur noch einen Menschen, der mir sagen konnte, wie es wirklich gewesen war: Ritana.
Doch Ritana war gerade nicht in der Wirtsstube, vielleicht war sie in die Küche gegangen. Ein Blick in die Runde überzeugte mich davon, daß sie nicht benötigt wurde: alle Krüge waren frisch gefüllt, fast alle Männer in der Gaststube vesperten, löffelten eine

Suppe, schnitten ein Stück Geselchtes ab, spießten ein Eckchen Käse auf oder enthäuteten eine Hartwurst. Einige rauchten. Alle schwiegen.
Vielleicht war Ritana nach oben in ihr Zimmer gegangen, in die Kammer, in der die Truhe stand, von der Vetter Hans Nicolussi gesprochen hatte. Woher wußte er überhaupt, daß in Ritanas Kammer eine Truhe stand, war er schon in der Kammer gewesen, hatte er sie hinaufgetragen, teilte er mit Ritana ein Geheimnis, von dem er mir nichts gesagt hatte, vielleicht weil ich ihm noch zu jung dafür erschien, oder vielleicht weil es mit dem Lawinenunglück zu tun hatte?
Während ich kaute, schossen mir derlei Gedanken durch den Kopf; am Schluß war ich davon überzeugt, daß Ritana eine Freundin meines Vetters Hans Nicolussi sein mußte. Vielleicht war sie auch hinausgegangen, hinüber zur Veranda, auf der sie im Sommer in luftigen Kleidern bediente, wo sie den Karren stehen sehen würde, und auf der Stelle würde ihr klar sein, daß ihr Freund Hans Nicolussi nicht mehr lebte, erschlagen war von einem Stein, in den Wegmacherkarren gebettet, den Rucksack fest im Griff.
Der Virginiarauch schien sich in bizarren Schwaden von der Holzdecke der niederen, dampfigen Gaststube zu senken, er stand so dicht vor meinem Gesicht, daß ich mir die Augen reiben mußte. Die Konturen des Raumes verschwammen, die Kanten des Kachelofens wurden weich; mir war, als würde das Zimmer unmerklich noch niedriger, als rückten die hohen Tische und die wackligen Stühle enger zusammen, als neigte sich zuletzt auch der Fußboden.
Eine schiefe Ebene entstand, ganz recht, eine schiefe

Ebene, als höbe man einen Tisch an einem Ende an, das ganze verrottende Haus senkte sich, an der schräg hängenden Lampe über dem Tisch konnte ich es deutlich erkennen: die Fallmühle versank wie ein gemächlich untergehender Ozeanriese schräg in sacht fallendem Schnee, einem geheimnisvollen, unwiderstehlichen Sog ausgesetzt und immer schwerer werdend. Deshalb hatte Ritana den Raum rechtzeitig verlassen, sicherlich war sie zuerst in ihre Kammer und dann hinaus zum Karren zu Vetter Hans Nicolussi gelaufen.
Deshalb also konnte ich sie nirgends entdecken.
Wo war sie mit ihren Serviererinnenschuhen, die über die Knöchel reichten, an Zehen und Ferse aber offen waren und auch an der Seite, links und rechts von den Ösen für die Schnürbänder Luftlöcher hatten?
Nirgends konnte ich Ritana sehen.
Die Bahnhofswirtschaft sank, sie verneigte sich vor dem toten Hans Nicolussi Zurbrükken, Wegmacher von Thulsern, Lawinensprenger und Erfinder, der draußen starr im Wagen saß, seinen Rucksack umklammerte, nein: ihn sacht im Arm hielt und ganz sanft zugeschneit wurde, so wie er es sich vielleicht immer gewünscht hatte.
Ich mußte aufstehen, mußte dringend mein ganzes Gewicht auf den beiden unsicheren Beinen spüren, mußte merken, wie es auf die Kniescheiben drückte, wie schwer die Arme am Rumpf hingen, wie kompliziert es war, den Kopf auf den Schultern zu balancieren. Vorsichtig mußte ich mich auf den schon längst schräg abfallenden Tisch stützen, irritiert von einem in flachem Winkel einfallenden Lampenlicht, einem nur mäßig hellen, halbmatten Lichtkegel, wie mir

vorkam, durchwirkt von rotweißen Karos des Lampenschirmes, die gleichfalls zu schwanken begannen, im Rhythmus der Lampe mitschaukelten, unappetitlich wie das Kabel, an dem die Lampe baumelte – oder verschwammen die Karos, rot und weiß und rot und weiß, schon ineinander? Sie lösten sich an den Rändern doch ganz deutlich auf, verschmolzen, flossen ineinander, ein zäher Brei, rot und weiß und weiß und rot, bildeten eine hellrote Soße: Himbeersoße mit Schlagrahm, zahnwehsüß, verkocht wie Skiwachs.
Der Teller rutschte mir weg, auch das Glas, ich trank viel zu hastig, zu hungrig; gegen den Hunger trinkt man nicht, hätte Vetter Nicolussi gesagt; festhalten mußte ich mich, wo konnte ich mich anklammern, ich hatte zu wenig Hände, um das festzuhalten, was mir gehörte, um es in Sicherheit zu bringen, es vor dem sicheren Absturz, hinunter vom Tisch, vor dem Versinken des ganzen Hauses zu bewahren.
Und draußen saß Vetter Hans Nicolussi, starr und ungerührt. Warum saßen die anderen Männer noch, die Waldarbeiter mit schweren Gamaschen und genagelten Schuhen, warum genügten ihnen zwei Hände, warum schwankte bei ihnen nichts, nichts geriet ihnen ins Schwimmen, und warum starrten sie mich an, leicht schräg in ihren Stühlen hängend, scheinbar gehalten von einem unsichtbaren elastischen Gummiband, festgeschnallt, mit grüngläsernen Froschaugen, warum klebten ihre Teller, ihr Besteck, ihre Gläser und Aschenbecher auf den Tischen, warum floß die Bierlache auf der rohen Fichtenplatte nicht ab, tropfte nicht auf den verschmutzten Fußboden, der unter meinen Füßen immer mehr nachgab? Ich mußte an Ritana denken, an ihre schlanken Fesseln, um die sich

das Stützleder ihrer Schuhe legte, daran, wie die Ferse herausschaute, wie sie offen war, an die festen Waden und den Rocksaum. Durch die hellen Strümpfe sah ich an der Vorderseite der Beine, jeweils links und rechts vom Schienbein, dunkle kurze Härchen, die sich wie Borsten in einer Art Rinne unter den Strumpf flach auf die Haut gelegt hatten. Der Raum war schräg, ganz eindeutig, wie ich, nachdem ich mir noch mehrmals die Augen gerieben hatte, mir es nicht länger einbilden konnte.

Ich wollte hinaus, aber mir war, als müßte ich dazu bergauf gehen, so steil stand die Fallmühle schon, als schaffte ich dies inzwischen nicht mehr, als rutschte ich ab, als wäre der Boden nicht nur steiler und steiler, sondern auch ohne jedweden Halt, ohne Griff, ohne einen Widerstand, an dem ich mich hätte festhalten können.

Stand da nicht Ritana plötzlich in der Türe, direkt unter dem Türgerüst, wo man während eines Erdbebens stehen muß, wie Vetter Hans Nicolussi raten würde, glänzte da nicht die gestickte Schürze mit der kunstvoll aufwendigen gestärkten Schleife, so vornehm, daß sie überhaupt nicht in die Umgebung dieses verrotteten Wirtshauses paßte, in dem sich Holzknechte fluchend unterhielten, das sowieso über kurz oder lang Kopf voraus im Schnee versinken würde?

Ich wollte meine Hände in Richtung Türe ausstrekken, warum nahm ich denn noch einen heftigen Zug aus dem am Rand verfetteten Glas, viel zu gierig, das Glas mußte doch längst leer sein, wer schenkte denn da immer wieder nach, ein Trick vielleicht, das Bier schmeckte viel zu bitter, eine Folter, es war abgestanden, das Glas immer wieder zu füllen, lau, wie gesot-

ten, würde es Vetter Hans Nicolussi abschätzig zurückgehen lassen, draußen im Schnee, im Karren, meine zu kurzen Hände, zu wenig Hände, Ritana unerreichbar, nie würde ich sie einholen können.
Ich knickte leicht zusammen, stemmte mich gegen die teuflische Schräge des Hauses, das mir noch morscher vorkam, bröckelte da nicht schon der Kalk, bröselte es nicht zwischen den Holzpaletten hindurch, ich wollte ein Gegengewicht zur Neigung des Gasthofes bilden, darauf käme es an, dachte ich blitzschnell, auf Geschicklichkeit und Mut: auf ein Gegengewicht.
Wenn alle zusammenhalten würden, könnte man das alte Gleichgewicht wieder herstellen, und Vetter Hans Nicolussi würde nicht vor einem aus den Fugen geratenen Wirtshaus stehen müssen, es kam doch nur darauf an, daß ich die anderen in der Gaststube überzeugen konnte, warum hörte mir denn keiner zu, daß es mir gelingen würde, warum redeten sie alle durcheinander, ohne auf mich zu achten, sie auf meine Seite zu bekommen, sie herüberzuziehen auf die richtige Seite, aber ich war ja keiner von ihnen, wie sollte das je gelingen, wo ich doch keiner von ihnen war, auf meine Seite, so daß sich die Fallmühle unmöglich, ganz unmöglich neigen konnte und die alte Gerechtigkeit mit dem gewohnten Gleichgewicht, der geliebten Balance wieder hergestellt werden konnte. Doch schwankend verzweifelte ich, hatte nicht mehr nur Bedenken, sondern Angst und merkte, wie mich zu frösteln begann: sicheres Zeichen für die Angst, die alte, unausrottbare Angst, die in mir hochkroch, bis sie endlich, siegreich wie stets, jede Faser meines bebenden Körpers erfaßt hatte.
Nichts war in diesem Augenblick schwieriger, als

aufzustehen, einfach gerade zu stehen und, Schritt für Schritt, einen Fuß vor den anderen setzend, auf die Türe zuzugehen, den Raum zu verlassen, hinauszugehen, den Rauch und den Qualm, die Stimmen, das Gewirr und die schneidende Luft zu teilen, den Bierdunst hinter mir zu lassen, frische Luft zu holen, auf den schwarzen Gang zu gelangen.
Würde ich erst auf dem Gang stehen, hätte ich das Schlimmste schon überwunden. Aber es gelang mir nicht. Ich war zu schwer. Immer wieder drückte es mich nach unzähligen Versuchen höchster Willensanstrengung in den Stuhl, mit drei-, mit zehnfachem Körpergewicht. Kalt war es geworden, der Kachelofen mußte ausgegangen sein, jemand mußte Fenster und Türen aufgerissen haben, sperrangelweit, ein eisiger Wind durchzog den Raum, ohne daß er den Virginiarauch, dessen Schwaden wie Wände standen, durchdrungen hätte.
Wie unsäglich schwer war es hochzukommen, wie unendlich mühsam, als trüge ich Zentnerlasten auf den Schultern, schwankende Sandsäcke, schwerer noch als Vetter Hans Nicolussi jemals hätte sein können. Aber ich mußte in die Höhe, koste es, was es wolle, ich mußte aufstehen und hinausgehen, doch das bedeutete bergauf. Immer mehr versank die Fallmühle, das verrottete Holzfällerschiff, der Neigungswinkel wurde steiler und steiler.
Mit Schwimmbewegungen suchte ich Halt und fand keinen. Je öfter ich um mich griff, um so sinnloser erschien es mir, um so müder wurde ich, jedesmal erfolglos die Hände wieder einholend wie ein schlaffes Netz, dann wieder auswerfend, schwer und sinnlos, taumelnd, tastend, greifend: ins Leere.

Benommen sah ich das Besteck, Teller und Gläser, ich wankte hoch, torkelte, schien zu fallen, fing mich wieder, glitt mit den Händen über glatte Stuhllehnen, über Tischplatten, auf denen Bierlachen standen, und zuletzt über Menschenrücken, Rücken mit Wolljakken und rauhen Westen, die nach Baumpech rochen und nach frischem Sägemehl.

Ich hing an einem Seil, oder bildete ich mir das nur ein, hilflos wie ein Bergsteiger in Not, es schleuderte mich an einen gegenüberliegenden Tisch, weg von einem Menschenrücken, hin zum nächsten, breit und wollig, wieder schwingend stolperte ich endlich der Türe zu, verhedderte mich, glaubte, die Türschnalle schon erreicht zu haben, streckte süchtig beide Hände aus, streckte sie ganz weit aus, so weit ich eben konnte.

Doch ich war keinen Millimeter vom Fleck gekommen.

Die gedämpften Geräusche der Wirtsstube nahm ich kaum noch wahr, ich bewegte mich, reglos bewegte ich mich, in einem von Watte umgebenen, ganz und gar abgeschotteten Raum, einer schrägen Zelle, einer Kajüte auf einem sinkenden Dampfer, deren Türe von außen siebenfach verriegelt worden war. Das Wasser aber stieg und während es stieg, gefror es zugleich.

Mit allerletzter und größter Anstrengung muß es mir doch noch gelungen sein aufzustehen, mich wankend aufzurichten, mich tatsächlich auf den Beinen zu halten, der herbeigesehnten Türe zuzustreben, die unendlich schwer zu öffnen sein würde.

Aber selbst das habe ich geschafft, und ich gelangte hinaus auf den dunklen Gang, fand wie von selbst den Weg, mußte noch einmal eine Türe aufmachen, immer noch schwankend, ehe ich mich über eine Schüssel beugen konnte, aus der mir der Geruch rosafarbener Tabletten gegen Urinstein entgegenschlug. Oberhalb der Schüssel umklammerte ich mit verkrampft kalten Händen die Wasserleitung. Ich hielt sie mit einer Gewalt, daß ich sie schier aus der Verankerung gerissen hätte. Danach war mir bedeutend wohler, mir wurde auch kühler, obgleich der Nebel noch immer in Schwaden vor meinen Augen stand, die Wände weiterhin aus Watte und Kuchenteig zu bestehen schienen und keinerlei Garantie boten für Halt und Zuverlässigkeit. Vor dem fleckigen, größtenteils blinden Toilettenspiegel stehend, erkannte ich dünne Schweißperlen auf Stirn und Oberlippe. Mein Mund klebte, ich hatte das dringende Bedürfnis, ihn gründlich auszuspülen und mich zu waschen, am besten ein duftendes heißes Vollbad zu nehmen, denn auch unter den Achseln dampfte ich, und die Hände waren pappig, als hätte ich Marmelade umgerührt.

Die Tür wurde aufgestoßen, herein kam ein Holzknecht, knöpfte noch im Gehen seine Hose auf, während ich mir mit Toilettenpapier über den Mund wischte und halb benommen die Hände trocknete. Ich mußte, indes der Fremde sein Wasser abschlug, aus Ekel sofort den Raum verlassen und fand mich wieder, heftig mit aller Anstrengung gegen ein erneutes Würgen schluckend, immer wieder schluckend, mich voll darauf konzentrierend, im schwarzen Hausgang der Fallmühle, die wieder zu schwanken begann, noch schneller, noch mächtiger, diesmal noch verstärkt durch Schlingerbewegungen: sie war wirklich ein Schiff, auf dem es mich endlich zu Boden streckte. Ich sah wie in Zeitlupe meine Knie weich werden, den

Knick in der Hüfte, verbunden mit einem leichten Stich, mein Oberkörper wurde zu schwer, so daß es mich zu Boden drückte. Ich fühlte noch, wie ich der Länge nach hinschlug. Während des Fallens jedoch spürte ich schon die damit verbundene Erleichterung.

Wahrscheinlich habe ich den einen oder anderen an der Flurgarderobe hängenden Mantel mitgerissen. Jedenfalls schien mir, als deckte mich etwas zu, während ich zum Liegen kam. Überhaupt schien der Fall sehr lange zu dauern, unverhältnismäßig lange, mit einer bewußten Verzögerung und geheimnisvollen Dehnung der Geschwindigkeit, wie ich es vom heranfliegenden Steinbrocken auf Vetter Hans Nicolussis Kopf kannte.

Der letzte Gedanke, ehe mein Schädel auf die Bodenbretter krachte, so daß er schepperte und dabei zu zerspringen schien, galt dem Vetter draußen im Karren im Schnee. Ich glaube, im Bruchteil dieser Sekunde beneidete ich ihn. Ganz deutlich sah ich Ritana bei ihm stehen. Wischte sie ihm nicht gerade den Schnee von der Kappe, beugte sie sich nicht hinunter zu ihm? Wie würdevoll er im Karren saß. Strich sie ihm nicht über die Schultern und Hände, waren das nicht ihre empfindsamen Finger? So viel Sanftheit mußte der Alte selbst durch seine Schwielen und Schrunden, durch all die Hornhäute spüren, und auch ich sehnte mich plötzlich angestrengt danach, Ritanas Fürsorge zu gewinnen.

Aber um mich war es längst dunkel geworden, nur noch einige Fünkchen flimmerten mir vor den Augen. In meinen Ohren war das anfängliche Rauschen in ein Dröhnen und Brausen übergegangen, doch danach folgte eine Stille, als wäre ich in einem schalltoten Raum eingesperrt. Mir kam fetzenweise vor, als schwämme ich in einem Aquarium: Blasen stiegen auf, sobald ich den Mund auftat, mein Gesicht war schwabbelig schwammig verzerrt, all die langsamen Bewegungen wurden vor der Glasscheibe, durch welche kein Laut drang, von Holzknechten mit offenen, triefenden Mäulern verfolgt. Sonderbare Pflanzen streiften meine Wangen, sie fühlten sich wie Wollknäuel an. Das Wasser war mit Sägemehl durchsetzt, die größeren Bröckchen taumelten wie Fischfutter an mir vorbei. Ich wäre schneller von der Vitrine weggekommen, hätte ich Schwimmhäute zwischen Fingern und Zehen gehabt. Zwar suchte ich erstaunt nach solchen, doch lenkten mich meine Haare ab, wie sie wegstanden: sie schwangen langsam in Schlangenlinien, meine Nase drückte gegen das Panzerglas, wobei mein Gesichtsausdruck blöd wirkte. Obwohl ich mich ständig bewegte, kam ich nicht vom Fleck. Dabei nahm ich doch alle Kraft zusammen, den Mäulern, aus denen unaufhaltsam in dünnen Fäden Speichel lief, zu entkommen. Der Speichel vermischte sich mit Bier und Urin und drang in das Becken, in dem ich zappelte.

Ich erwachte wieder in einem rot-weiß-karierten Kissenberg, über mir ein gleichfalls rot-weiß-kariertes, aufgebauschtes, federleichtes Plumeau. Nicht einmal mehr Unterhemd und Unterhose trug ich am Leib, wie mir zuerst auffiel; danach, daß es ringsum duftete. Es roch frisch, kühl, ein wenig wie Kölnisch Wasser. Vom Bett aus konnte ich bequem auf das Fenster gegenüber sehen, hinter den Scheiben schneite es lautlos und unaufhörlich.

Mit den Händen tastete ich meinen Körper ab, fühlte, wie heiß die Waden waren, spürte den Schweiß in der Leistengegend, mich fröstelte, ich kannte die Hitze des Fiebers sowie das Frieren aus meiner Kindheit. Mein Kopf war schwer, er lag in einer weichen Kuhle auf dem frisch überzogenen Kopfkissen und schien nicht mehr richtig zu mir zu gehören. Neben dem Bett stand ein Nachtkästchen, darauf, auf einer Glasplatte, eine Lampe, deren Schirm wiederum rot-weiß-kariert war und am unteren Rand leicht gebauscht. Gerne hätte ich probehalber das Lämpchen einmal angeknipst, doch ich fürchtete die Kälte, sobald ich die Arme unter der Bettdecke hervorstreckte. Außerdem gab es da noch die Schublade im Nachtkästchen, die mich trotz meines elenden Zustandes magisch anzog.
Meine Augen brannten, die Lider drückten mit ihrem Gewicht, ich rollte mich unter der Decke zusammen, so daß die Knie beinahe die Kinnspitze berührten. Ich dämmerte weg.
Der ständige Schneefall hatte das Licht in der Kammer milchig gebrochen. Wieder wanderten meine Gedanken hinaus zum Karren, zu Vetter Hans Nicolussi, der soeben, mit Ritanas Hilfe, sein Gefährt verließ. Er richtete sich auf, wirkte dabei ein wenig zittrig vom langen, unbequemen Sitzen, streckte die Glieder, machte ein Hohlkreuz, dehnte die Arme. Ganz deutlich bewegten sich seine Schulterblätter unter der Joppe. Ständig berührte er auf geheimnisvolle Weise Ritana, war mit ihr durch Hände, Blicke oder versteckte Gesten verbunden. Auch sie ließ den Vetter nicht einen Augenblick allein, reichte ihm ihre Hand, strich über die Joppe. Abwechselnd trugen sie den Rucksack, dessen Kordel lose baumelte. Ineinander

verschlungen gingen sie über den Hof, ich sah es ganz deutlich, weg von der Veranda, auf der Ritana im Sommer bediente. Ein stolzes Paar. Und beide trugen sie einen Stein, faustgroß, an dem ein wenig Blut klebte: wie Filz von einer Kappe.

Ich bildete mir doch nicht einfach nur ein, beide sprechen zu hören. Sie unterhielten sich: nicht laut, eher tuschelnd. Flüsterten sie sich nicht gerade etwas über den Lawinentod meiner Eltern zu? Bekannte nicht Vetter Hans Nicolussi Zurbrükken hinter vorgehaltener Hand, meine Eltern seien gar nicht unter eine Lawine gekommen, sondern hätten, tief verschuldet und in eine zwielichtige Sache verwickelt, Hals über Kopf bei Nacht und Nebel Thulsern verlassen, mich jedoch als Beweis ihrer Unschuld zurückgelassen, um mir in Vetter Hans Nicolussis Obhut eine tadellose Erziehung sowie die denkbar beste Ausbildung zu garantieren – wozu sie selbst wegen ihrer erbärmlichen wirtschaftlichen Lage niemals imstande gewesen wären? War dies die Wahrheit über meine Eltern?

Dann lebten sie also noch, vielleicht in einem fernen Land, am Ende in jenem Feuerland, das es nur in meiner Vorstellung gab, dem Land meiner Sehnsucht, nach dem ich mich verzehrte, von dem ich seit meiner Kindheit träumte, mir stets wünschend, der listige Salamander sei jederzeit mit seinen Freunden in der Lage, mich dorthin zu bringen.

Ich kannte doch seine Abenteuer; ich wußte doch, wie er, anläßlich eines Ringkampfes, bei dem er mit seinem Freund Unkerich die Kräfte messen wollte, seinen Gegner zu Boden brachte, ein glatter Schultersieg, bei dem der Dicke jedoch wegen seines Gewichts durch eine Bodenlücke fällt: und wie alle Freunde mit ihren Wunderschuhen an einem Seil in ein Felsengrab klettern, wo unter gebleichten Bärenknochen Unkerich wieder hervorkriecht. Gemeinsam entdecken sie Tropfsteinzapfen sowie unerforschte geheimnisvolle Felsengänge. Ich erinnerte mich genau, wie wichtig bei all diesen Abenteuern immer wieder die Schuhe waren, aber auch, wie Forscherdrang vor gefährlichen Schlangen nicht haltmachte. Obwohl die Gruppe von einem mächtigen Wassersturz in die Tiefe gerissen wurde und die Wassermassen sie durch röhrenenge Gänge zwängten, ehe sie einen See in der Höhlenhalle erreichten, gaben die Freunde niemals auf. Nicht einmal ein Grottenolm schreckte sie ab, obwohl er versuchte, Piping den Zwerg für immer in die Tiefe zu ziehen. Nahe der Wärmequelle einer Steinzeitfeuerstelle sitzen die Freunde beratend im Kreis. Während sie ihre Kleider trocknen, bricht ein riesiger Felsbrocken mit Getöse von der Höhlendecke. Zum Vorschein kommen Versteinerungen, die der kluge Salamander sogleich zu erklären versteht: Ichtyostege, vormals Riesenlurche.

Aber noch mitten im Satz tappt ein Bär um die Ecke. Vor Angst flüchten die Freunde samt dem Salamander auf die übergroßen Tropfsteine, die von der Decke der Höhle wachsen und zwischen denen sie bald eine Hängematte aufspannen, mit der sie später (nachdem die beiden Höhlensprossen just in dem Augenblick einstürzen, in dem der Bär unter der zum Netz verwandelten Hängematte wartet) den bedrohlichen Höhlenbewohner gefangensetzen.

Deutlich standen mir jene Bilder vor Augen, auf denen der schlaue Salamander den Bären mit Honig aus der

Höhle lockt, und wie die Freunde, endlich wieder im Freien, gemeinsam fröhliche Lieder singen, um schließlich mit dem sich als vollkommen gutmütig erweisenden Bären alle Freunde und Bekannte von nah und fern zur großen Höhlenschau einzuladen, wo der Salamander, auf einem schroffen Felsen stehend, zu den Hörern spricht.

Tief im weiß-rot-karierten Kissen, die Knie eng angezogen, fröstelnd mich von einer Seite auf die andere wälzend, murmelte ich in hohem Fieber die letzten Sätze der Geschichte, die ich seit dem ersten Lesen in Kindertagen auswendig kannte: *Doch die größte Attraktion ist der Salamandersohn, der als Forscher und als Held einen langen Vortrag hält. Stolz erhellt sich sein Gesicht bei dem Ahnenfundbericht. Unter Jubel, ungeheuer, schildert er die Abenteuer.*

Doch wie kam Anna Kolik plötzlich in meine Kammer? War auch sie unter den Zuhörern? Wie war es ihr gelungen, trotz ihres Hüftleidens ihre Gruft zu verlassen und den schier endlos langen Weg in die Fallmühle zurückzulegen? Schleppte sie wieder Reisig und Brennholz aus dem Wald hinter sich her, um es vor dem Waschküchenfenster des aufgelassenen Pfarrhofes feinsäuberlich aufzuschichten? Die Kammer duftete, seit Anna Kolik sie betreten hatte, nicht länger nach Kölnisch Wasser. Vielmehr glaubte ich ganz deutlich den Geruch von schimmelndem Kuchen wahrzunehmen, von dem Reste am versilberten Stockknauf von Anna Kolik klebten. Sie hatte wieder die ausgefransten, an den Fingern zur Hälfte abgeschnittenen Handschuhe an. Vor ihrem Gesicht trug sie das schwarze Tuch.

Anna Kolik ging auf das Bett zu, schleppte sich zum

Nachtkästchen, knipste wortlos die Lampe mit dem gebauschten, rot-weiß-karierten Schirm an. Mir war, als könnte ich durch das schwarze Tuch vor ihrem Gesicht sehen, wie sich Speichel in ihren ausgefransten, kreuzquer vernähten Mundwinkeln sammelte. Warum kamen mir ihre Augen zu Sehschlitzen verengt vor? Ächzend stützte sie sich auf die Glasplatte des Nachtkästchens, und ich fürchtete, daß sie diese mit ihren an den Nagelwurzeln entzündeten Fingern verkratzen könnte. Mit einer Hand faßte sich die Alte an den Rücken, als plagte sie Ischias. Die verschwollenen Fingerspitzen deuteten auf die geheimnisvolle Nachttischschublade und rüttelten schließlich daran. Anna Kolik stellte verärgert fest, daß die Schublade verschlossen war. Hastig nestelte sie an einer Rocktasche, bis sie endlich einen Schlüssel hervorbrachte, an dem eine Quaste hing, wie ich es vom Tabernakelschlüssel aus der Ministrantenzeit kannte. Wieder roch es nach naßschwerem Kuchen, gräbelig und aufdringlich. Tropfte da nicht im Hintergrund ein Wasserhahn, schlug da nicht ein Tropfen wie ein Geschoß in eine Emailleschüssel? Mit fahrigen Bewegungen öffnete Anna Kolik die Schublade des Nachtkästchens, nachdem sie zweimal den Schlüssel hatte umdrehen müssen. Und die Quaste baumelte. Die alte Frau hielt mit einer Hand das Tuch vor ihr Gesicht, mit der anderen zog sie an der Schublade und begann, sobald diese etwa dreiviertel herausgezogen war, in ihr zu wühlen. Jetzt lehnte sie den Krückstock neben das Bett.
Schon vermutete ich, sie würde das in braunes Packpapier gewickelte Buch des spaniolischen Gelehrten herausziehen, um mir noch im selben Augenblick zu sagen, meine Eltern seien gar nicht unter einer Lawine

gestorben, sondern scheintot begraben worden: erstickt, einfach erstickt.
Doch es kam ganz anders.
Anna Kolik fand in der Schublade eines der grünen Heftchen, die neue Abenteuer des Salamanders enthielten. Sie holte ihre Drahtbrille aus der Rocktasche, öffnete das mit grünem Filz ausgelegte Brillenetui, setzte die Brille nach unvergleichlicher Art alter Frauen auf und sagte, ihr schützendes Tuch in einigem Abstand vor ihrem Mund, so daß sie die Worte in polnischem Singsang zischeln lassen konnte:
Deine armen Eltern, du Findelbündel, sind nicht tot. Freu dich, denn ich habe von einem Gelehrten erfahren, daß sie, vom Scheintod errettet, mit einem mächtigen Papierdrachen mit Hilfe des Salamanders nach Feuerland entkommen konnten.
Doch sei der Drachen von einem Orkan zerfetzt worden, und alle seien in die aufgewühlte See gestürzt, mit Hilfe von Riesenschildkröten jedoch glücklich an Land geschwommen. Um sich gegen angreifende Eingeborene zu schützen, welche die Eindringlinge ins Meer zurücktreiben wollten, seien Eltern und Freunde des Salamanders hinter den zu einem Schutzwall aufgetürmten Schildkrötenpanzern in Deckung gegangen. Der kluge Salamander jedoch habe mit seinem Schuh einen heranfliegenden Bumerang derart abgelenkt, daß der Werfer, vom eigenen Wurfholz getroffen, in Ohnmacht gefallen sei. Um solche Schuhe zu bekommen, hätten sich die Eingeborenen schließlich erboten, Eltern und den Salamander zu einer Goldmine zu führen. Gegen Durst und Fliegen kämpfend habe sich die Expedition zu den Bergen durchgeschlagen und sich sämtliche Taschen mit faustgroßen Gold-

brocken vollgestopft. Doch plötzlich sei ein gewaltiger Steppenbrand über das verdorrte Land gefegt, die Freunde hätten gerade noch im Bau eines Riesenkaninchens Schutz gefunden. Der Salamander habe in einem furiosen Lauf Hilfe herbeigeholt: Pelikane, Tausende von Pelikanen, die ihre mit Wasser gefüllten Schnabelsäcke in die Flammen entleert hätten.
Schließlich habe sie der kundige Salamander aus dem Busch geführt: *Eingeborene, die sie sehen, glauben, Wunder seien geschehen. Der Zauberer lobt immerzu den guten Salamanderschuh.*
Weiter durch den Urwald streifend, diesmal angeführt von einem Koala-Bären, hätten sie Reisig gesammelt, um anschließend die Eier eines Buschhuhns zu braten, wobei sich ein Flughörnchen gerade noch rechtzeitig vor einer durchs Blätterdach züngelnden Schlange gerettet habe. Schnabeligel und Leierschwänzchen sowie ein Känguruh, welches vom Salamander vor einer Meute wildernder deutscher Schäferhunde bewahrt worden sei, hätten als neue Verbündete die Eltern zu Schafzüchtern gebracht. Die Eingeborenen hätten den Eltern ein weites Stück Land sowie etliche Schafe geschenkt; sie seien beim Aufbau einer Farm mit Rat und Tat zur Seite gestanden. In diesem Augenblick glaubte ich, Anna Kolik ihr schwarzes Tuch vom Mund entfernen zu sehen und in das zwar zerfurchte, dennoch aber ebenmäßige und gütige Gesicht einer alten Frau zu blicken.
Da war nichts mehr zu sehen von kreuzquer vernähten Mundwinkeln, sondern da stand ein Lächeln, das sanft war, und auch die Haut dieses Gesichts war gar nicht ledrig und runzlig, sondern glatt und jung und sommersprossig.

Ich sah direkt in das Gesicht von Ritana, die mit großer Sorgfalt meine Wadenwickel wechselte, in lauwarmes Essigwasser getauchte Geschirrtücher, welche, mit Handtüchern umwickelt, das beste Mittel gegen Fieber waren, weil sie es aus dem Kopf in die Füße zogen und von dort einfach weg.
Wie lange ich in dem rot-weiß-karierten Bett gelegen bin, wußte ich nicht, doch fühlte ich mich bedeutend gesünder. Mein Kopf war frei, die Zunge zwar noch ein wenig pelzig, doch der Druck vom Magen gewichen. Von früher her kannte ich das Gefühl, nach fast überstandener Krankheit mir so stark vorzukommen, als könnte ich Bäume ausreißen. Doch schon wenige Schritte hätten mir bewiesen, wie schwach ich in Wirklichkeit noch war.
Ritana begann, mein Kissen aufzuschütteln. Nebenher betonte sie stolz, das jüngste von fünf Kindern gewesen zu sein. Ihr ältester Bruder sei bei ihrer Geburt schon siebzehn Jahre alt gewesen; ihre Mutter habe mit Stoffen, Tüchern, Seiden und Posamentierwaren gehandelt. Während sie sprach, stellte ich sie mir als Kind vor: rotblond, ernsthaft, umsichtig, schon damals mit einem breiten Gesicht und lebhaften Augen. Ihre energischen Bewegungen beim Aufräumen ihrer Kammer verrieten, daß Ritana jemand war, der von früh an hatte zupacken müssen. An dem Kind, folgerte ich, sei nichts Schwebendes gewesen. Vielleicht besaß die Frau deshalb jetzt die Großzügigkeit derer, die mit ihrem Leben in Einklang stehen, gleichviel, ob sie Erfolg haben oder nicht. Ich sah sie an ihrem Tisch in ihrer Kammer sitzen und denken. Alles, was sie tat, kam mir überschaubar vor; da war nichts Hintergründiges.

Sie wolle nicht bewundert werden, sagte Ritana in die Stille hinein, obwohl sie für mich in Wirklichkeit eine Diva war, ohne oberflächlicher Prachtentfaltung zu bedürfen. In ihren Bewegungen und gewöhnlichen Handgriffen erkannte ich eine Noblesse jenseits von Pelz und Seide. Ritana träumte ich mir als Gefährtin von Vetter Hans Nicolussi, obgleich dieser unverhältnismäßig älter war. Für mich spielte dies überhaupt keine Rolle.

Das wenige in Ritanas Kammer, das ich jetzt langsam mit den Augen zusammensuchte, war von äußerster Schlichtheit, aber auch von Qualität, die diese Frau wie selbstverständlich beanspruchte. Luxus schätzte eine Frau wie sie nur aus einer gewissen Entfernung.

Bislang wußte ich über Ritana nur, was Vetter Hans Nicolussi erzählt hatte: daß sie, mißlang ihr etwas, fluchen konnte, daß selbst die Holzknechte schwiegen, daß sie gutes Essen liebe und gerne über Tangomusik spreche, wozu sie geschmeidige Bewegungen vollführe. Ihr fehle in der Fallmühle Tanzmusik, weswegen sie sich ein Radio in ihre Kammer gekauft habe. Nie hätte ich gedacht, daß ich einmal in Ritanas Bett liegen würde und sie drüben am Tisch sitzen sähe, am Fenster, vor dem es unaufhörlich schneite.

Sie klärte mich über die Kraft der Wadenwickel mit Worten auf, die von Vetter Hans Nicolussi hätten gesagt sein können. Wie dieser Straßennamen kannte, konnte Ritana Todesursachen aufzählen: vom Blitzschlag bis zur Blutvergiftung, vom Hornissenstich bis zum tödlichen Sturz vom Heustock. Selten wich Ritana meinen Fragen aus. Enttäuschungen nahm sie meiner Einschätzung zufolge sehr genau wahr, obwohl sie von ihr abzuprallen schienen. Gewiß war sie

nicht wehleidig. Wenn ich ihr beim Gehen und Reden zusah, wuchs mein Vertrauen. Mir war, als hätte ich sie schon viel früher ständig in meiner Nähe gebraucht. Machte sie Vorschläge von großer Kühnheit, so lachte sie jauchzend, veränderte dabei blitzartig ihren Gesichtsausdruck, spielte mir einmal die lüsterne, dann wieder die hexenhaft fahle Frau vor, keifend, schnaubend, aber auch jubilierend. Aus scheinbar einfachen Sätzen faltete sie eine minuziöse Beschreibung eines armseligen Lebens, in welchem Lust an Bosheit und Liebe zur Klarheit ebenso ihren Platz hatten wie Genauigkeit, Überschwang und tiefe Niedergeschlagenheit.
Ritana liebte die List: wie Vetter Hans Nicolussi.
Wollte ich von ihr etwas über das Leben wissen, machte sie Vorschläge, stets mit einem Rest kühler Distanz, voll mißtrauischen Wissens. Sprach sie von ihrer Kindheit, wirkte sie wie eine alte Frau, die ganze Bücher zu erzählen weiß. Da ich immer wieder auf ihrem Verhältnis zu Vetter Hans Nicolussi beharrte, konnte sie müde und grantig zwischen den Blumen auf dem Fenstersims sitzen und stur behaupten, es wäre besser, mit ihr zu reden, zu essen oder zu trinken, als sie auf schamlose Weise aushorchen zu wollen. Dazu lachte sie glucksend, mit sich aufhellender Mimik oder zart und hinterlistig. Ihr Gang war, wenn sie sich vom Fenster wegbewegte, grazil, vorsichtig.
Enorme Lust verschaffte ihr das Entlarven meiner heimlichen Gedanken und Wünsche: sie las in mir wie in einem aufgeschlagenen Buch.
Ritana log nie, sondern versuchte, mit Wahrheit zu erschrecken. Was immer sie tat, es steckte voll Stolz und Eigensinn. Darin war sie Vetter Hans Nicolussi

am nächsten. Wie er war auch sie weder eitel noch schwatzhaft, weder unbekümmert noch arglos, manchmal lebhaft und ein wenig übermütig, dann gleich wieder nachdenklich, streng und still, nie böse, kalt oder ohne Geduld.

Ihre Kammer, das bedeute für sie, eine Türe hinter sich zumachen und endlich unbelästigt von jedweder Einmischung mit sich allein sein zu können. Besonderen Wert auf größeren privaten Besitz lege sie nicht, auf Luxus komme es ihr nicht an. Solange sie als Näherin gelernt habe und auch einmal, eine Zeitlang, von besseren Herren abgeholt und mitgenommen worden sei, habe sie sich blenden lassen. Doch nach so manchen Erfahrungen habe sie erkannt, worauf es ankomme, dies könne sie jedem versichern. Auch sie habe einmal höher hinaus wollen, doch sie habe Lehrgeld bezahlen müssen, vielleicht mehr, als man in der Fallmühle wisse.

Ritanas Kammer war bescheiden eingerichtet, nur mit dem Notwendigsten. Da war nichts Überflüssiges: zwei bequeme Sessel, ein Tisch, Bilder an den Wänden, einige Bücher. Die Kammer paßte zu Ritanas Verständnis von Freundlichkeit, die jedes Getue verabscheute.

Diese Frau sah, was ist und wie es ist. Sie legte Wert auf Beständiges, Dauerhaftes. Deshalb wirkte hier alles aufgeräumt, sachlich, doch nicht trostlos, sondern klar und geordnet. Jedes Ding hatte seinen festen Platz und schuf auf diese Weise eine überlegte Ordnung, wo klares Denken leicht gedeiht.

Man solle, riet Ritana, ehe sie den Raum wieder verließ, seinen eigenen Weg in größter Ruhe, beharrlich und gelassen gehen, sich nicht beirren lassen und

seine Gefühle nicht verschmieren. Übrigens habe sie in dieser Hinsicht viel von Vetter Hans Nicolussi gelernt. Wie er, wolle sich auch sie stolz einen alleinigen Menschen heißen.
Meine Gedanken kehrten zum Vetter draußen im Schnee zurück, worüber ich allerdings, erschöpft von der ersten längeren Begegnung mit dieser Frau, einschlief und erst wieder erwachte, als ich erneut ihre energischen Schritte die Stiege herauf hörte.
Ritana betrat ihre Kammer und setzte sich sofort an den Tisch, nicht ohne vorher ihre Serviererinnenschürze abzunehmen und den Lederriemen zu lösen, an dem die große schwarze Geldbörse in einem Säckchen vor ihren Bauch gebunden war. An sicherer Stelle, wie sie kommentierte.
Nachdem sie sich gesetzt und ihrem Atem eine Zeitlang zugehört hatte, kam sie selbst zur Ruhe und begann langsam zu sprechen, ohne aufzusehen.
Seit sie denken könne, versicherte sie mit ernstem Gesicht, beschäftige sie sich mit Plänen, welche dem Kältestrom entgegenwirkten. Dies mußte sie mir zuerst erklären. Ich verstand nur wenig. Sie wisse mittlerweile, fuhr sie davon unbeeindruckt fort, wie viele Ziele anvisiert worden seien: einige hätten sich schrittweise und gleichmäßig entwickelt, andere wiederum seien versandet oder an inneren Widersprüchen zerbrochen.
So viele Menschen hätten sich Hoffnungen gemacht auf eine neue vollkommenere Ordnung, weit weg von der Alten Welt, wo große Flächen billigen Landes die Wunschfunken hätten fliegen lassen. Immer wieder kreisten ihre Gedanken um Gleichheit, gerechte Verteilung der Arbeit, Regelung des Eigentums sowie

Neuordnung der Beziehungen zwischen Mann und Frau, nicht zu vergessen die Abschaffung von Gewalttätigkeiten.
Aber mittlerweile sei sie skeptisch geworden.
Schon dieser Katalog wecke ihre Zweifel: ob es sich dabei nicht um Ladenhüter handle?
Ihr sei die Blickrichtung zu sehr rückwärts gewandt, sie interessiere sich nur noch für eine flammende Zukunft, wisse aber zugleich, daß sie Verbrauchtes und Vergangenes mit Erhofftem zuerst versöhnen müsse. Vegetarier wollten die Nahrung ändern, lächelte Ritana, Nudisten die Kleiderordnung, Freiländer die Rechte an Grund und Boden, Freigeldfanatiker die Gesetze des Handelns, Naturheilkundige die Medizin und Okkultisten das verstandesorientierte Weltbild.
Das vielerlei Gerede über derlei sei sie leid, auch finde sie kaum mehr einen aufgeklärten Geist, welcher nicht von kalten Zeiten, von Eiszeit, vereisten Verhältnissen und Beziehungen ausgiebig zu schwadronieren verstehe.
Schnee, und dabei sah mir Ritana mitten ins Gesicht, habe dagegen für sie etwas Beruhigendes, Gleichmäßiges, Sanftes. Ich stimmte zu, wollte mich in ihren Gedankengang einfädeln, auch etwas beisteuern, doch sie ließ es nicht zu, sondern sprach eigensinnig weiter, ohne Tempo und Tonhöhe zu verändern.
Es war keine Hektik, aber auch keine Leidenschaftslosigkeit in ihren Sätzen.
Die Frau deutete auf die schwere verschlossene Truhe in ihrer Kammer, die von Anfang an meine Neugier geweckt hatte. Darin bewahre sie, neben ihr teuren Dokumenten, Plänen und Aufzeichnungen sowie

wichtigen, auch mich betreffenden Papieren unter anderem Briefe ihrer und meiner Vorfahren auf, welche ausgewandert seien.

Tief im letzten Jahrhundert hätten sie Thulsern verlassen und sich Icarians, Moravians, Rappisten, Amanas und Hutteriten angeschlossen, Bewegungen mithin, die sie, Ritana, im Laufe der Jahre, in denen sie in der Fallmühle die Saaltochter spiele, sorgfältig studiert habe. Mir sagten die Namen nichts, ich verlangte nach Erklärungen, mein abklingendes Fieber über solchen Neuigkeiten vergessend. Schon schüttelte ich das Kissen selbst auf, schon saß ich aufrecht im Bett und beobachtete aufgeregt jede Regung in Ritanas Gesicht.

Die ältesten Briefe besitze sie von Ahnen, bekannte die Frau überlegen, welche sich einer gewissen Mutter Ann Lie angeschlossen hätten und mit der Geisterwelt, vermutlich über den Weg von Kräutern und Drogen, in Verbindung getreten seien. Von Offenbarungen sei in den Papieren die Rede, welche die Körper der Familien nur so geschüttelt hätten. Heftige Verrenkungen und Zuckungen seien als völlig normal angesehen und beschrieben worden. Es seien friedfertige Menschen gewesen, weshalb man sie auch immer wieder wegen Verdachts der Spionage verfolgt und eingesperrt habe. Sie hätten sich von Milcherzeugnissen, Obst und Gemüse sowie vom Verkauf von Heilkräutern ernährt; später seien, von einem Onkel her wisse sie dies, einfache Möbelfabriken und Stoffhandelsstationen dazugekommen, welche jedoch dem klösterlich einfachen Leben, in dem auch Juden und Neger akzeptiert worden seien, keinerlei Abbruch getan hätten. Ich hörte Auszüge aus den Briefen von

Auswanderern, Thulserner Vorfahren, die voll Hoffnung und Zuversicht aufgebrochen waren, in Amerika ein besseres Leben zu finden: die größte Bitte aber an Dich ist, mir doch wieder einmal auf meine Post hin zu antworten. Wenn ich nur wüßte, ob ich hier mehr verdiene als zu Hause in Thulsern. Oder: es geht uns hier sehr gut in Amerika, und es soll uns nicht wieder einfallen, nach Thulsern in das finstere Regental zurückzukehren. Wir können Dir nur schwer raten, herüberzukommen. Bleibe in Thulsern, das können wir auch nicht sagen. Die Reise von Thulsern nach Amerika kostet dich wenigstens tausend Taler, und wenn Du in Detroit anlangst und willst ein Haus haben, wo Du mit Deiner Familie wohnen kannst, dann kostet Dich das sechzehnhundert Taler, und sechs Stunden vor der Stadt kostet es Dich vierhundert Taler, aber da muß einer allein wohnen und ist keine Kirche und keine Schule auch nicht in der Nähe. Es wäre viel besser gewesen, wir hätten noch in Thulsern die englische Sprache gelernt. Man muß sich hier viel gefallen lassen, wenn man die Sprache nicht beherrscht. Die Deutschen gefallen mir hier nicht so recht, sie tun alle sehr hochtrabend, als könnten sie kein Deutsch mehr verstehen. Es ist schön im fremden Lande, aber Heimat wird es wohl nicht. Auch habe ich gutes und reichlich Wasser und bin hier zudem in größerem Umkreis der einzige Schreiner. Einen Gehilfen zu nehmen steht mir nicht an. Auch Taglöhner, Kleinbauern und Dienstmädchen kommen in den Briefen zu Wort: hier gehn die Kohl Bänk wieder ganz schlecht und ich glaube daß wir wieder stricken denn die Herrn wolln zehn Cent von die Tonne Abziehn, von fünfundneunzig auf fünfundachtzig Cent per

Tonne haben wir schon vier Schichten diße Woche darum nicht Geschafft. Morgen ist Versammlung ob wir vor fünfundachtzig Cent die Tonne schaffen oder ob gestrickt wird wenn es gut Wetter bleibt ist hier auf der Erde Arbeit genug und besser vor uns deutschen wie in der Kohl Bänk hir auf der Bänk wo ich bin werden die deutsche zu vil unterdrückt wir gingen vor bar Tagen bei dem Bas er sollte uns den Tag das Hangende nach schissen lassen denn wir müssen mit drei Mann den Karren herauf drücken bei die Engländer hatt er das Hangende schissen lassen dahin kann der Esel die Karren herauf bringen da sachten wir vor dem Bas er sollte uns auch das Hangende schissen lassen da sagte der Lump det et guth nov vor dötschman, Gott däm dötschmän kent puschen de Senewebitschen das heißt auf deutsch das ist gut genug vor die Deutschen Gott verdammen der deutsche kann noch drücken die Hurenkinder, so geht es uns deutsche. Wer hir noch was magen will der mus auf dem Land dem Ackerbau das ist noch vihl wert.
Ritana ging zum Schrank, entnahm ihm ein frisches, exakt zusammengefaltetes Leintuch, kippte die Couch zu einer Liege aus und spannte mit geübten Griffen das Leintuch darüber. Danach setzte sie sich wieder an ihren Tisch.
Insgesamt seien es dreizehn Dörfer gewesen, heiße es in den Briefen, der Landbesitz habe am Schluß an die hunderttausend Morgen betragen. Kern sei jeweils eine Familie gewesen, bestehend aus gleichberechtigten Männern und Frauen mit einem allen gemeinsamen Eigentum, Gottesdiensten mit Tanz und Marschmusik, Spiritismus, offenem Bekenntnis eigener Mängel und Abkehr von der schnöden Welt. Doch wegen

des zölibatären Lebens habe es keinen Nachwuchs gegeben, und neue Mitglieder habe man, da diese ihre gesamte Habe der Gemeinschaft zur Verfügung hätten stellen müssen, nur schwer, am Schluß überhaupt nicht mehr gewonnen.
Wieder erhob sich Ritana, um aus dem Bettkasten unter der Couch ein rot-weiß-kariertes Kopfkissen sowie ein Plumeau mit demselben Überzug hervorzuholen, diese sorgfältig auf der Liege ausbreitend. Das Kopfkissen schüttelte sie auf, während sie das Plumeau auf der Hälfte zurückschlug.
Kein Privateigentum zu haben sei auch Kennzeichen der Perfektionisten gewesen, wie sie aus Briefen wisse, denn auch dieser Gruppe hätten sich Verwandte, immer auf der Suche nach neuen, besseren Lebensmöglichkeiten, angeschlossen. Einige hätten sogar den Gründer, einen gewissen John Humphrey Stapf, auf einer seiner Vortragsreisen persönlich kennengelernt. Geistliche, Lehrer und Ärzte, aber auch Handwerker und Farmer hätten sich in Vermont gefunden, sich zusammengeschlossen, Sümpfe trockengelegt, Bäume gefällt, Felder urbar gemacht und gegenseitig öffentliche Kritik geübt. Das habe ein jeder aushalten müssen. An Nachwuchs habe es denen nicht gemangelt, berichtete Ritana lächelnd, sich auf einen Verwandten berufend: er schreibe von seltsamen Sitten, wonach die Gemeinschaft als Familie angesehen worden sei und sich innerhalb derselben jedes Mitglied seinen Geliebten nach seinem Wunsch habe aussuchen können, ohne daß es deswegen Mord und Totschlag gegeben hätte, da die Liebe nicht zu einer dauernden Verbindung wie der Ehe verpflichtet habe. Allerdings seien später doch als Folge solcher Praktiken Ver-

leumdungen, ja Lynchdrohungen von Außenstehenden ausgesprochen worden, wovon in den Briefen, welche sie sorgsam verwahre, den Schlüssel für die Truhe immer auf ihrer Brust, häufig genug die Rede sei.
In einem Brief aus dem Jahre 1857 berichte ein Ahn begeistert, daß Stapf, das Oberhaupt der Sekte, das Patent für eine einzigartige Jagdfalle erlangt habe, deren Herstellung zur Haupteinnahmequelle der Gemeinschaft werde.
Ritana begann, den Reißverschluß an ihrem Rock zu öffnen und mit selbstverständlicher Eleganz aus dem Kleidungsstück zu steigen, welches sie sorgfältig an mehreren Schlaufen an einen Kleiderbügel hängte: ein Vorgang, wie ich ihn bislang noch nie erlebt hatte. Mit offenem Mund sah ich die Frau vom Bett aus in einem seidig glänzenden Unterrock vor mir stehen und sich völlig unbefangen bewegen, während ich die Knie anzog, um mein Kinn aufzustützen.
In mehreren Briefen werde berichtet, fuhr Ritana, sich nunmehr die Bluse aufknöpfend, mit lockerer Stimme fort, wie es wegen der Jagdfallenherstellung zu immer neuen Fabrikgründungen gekommen sei, wie in Färberei, Druckerei, Seidenfadenherstellung, ebenso in Schlosserei und Gießerei die Arbeit ausschließlich von Lohnarbeitern verrichtet worden sei, während sich die gescheiteren und älteren Perfektionisten auf Verwaltung und Organisation sowie auf kleineren Gartenbau beschränkt hätten.
Mit der Herstellung von Eßbesteck hätten sie endlich den Weltmarkt erobert.
Die Bluse roch nach Gastwirtschaft, Bier und Virginiarauch, als Ritana sie über den Stuhl hängte. Von

nun an konnte ich meinen Blick nicht mehr von Ritanas kräftigen Oberarmen, ihren ganz und gar selbstverständlichen Bewegungen wenden. Während sie die Strümpfe auszog, erklärte sie mir, wie die ausgewanderte Verwandtschaft immer wohlhabender geworden sei. Der letzte Brief berichte noch vom Bau eines schloßähnlichen Gemeinschaftshauses mit runden, aber auch mit viereckigen Türmen, überdachten Gängen, weißen Säulen sowie einem weitläufigen Park. Speisesaal und Wohnhaus seien durch einen unterirdischen Gang miteinander verbunden gewesen, für Bäder, Küchen und Wohnungen seien Dampfanlagen installiert worden; in einem mächtigen, prachtvollen Saal habe man Versammlungen, Konzerte, Theateraufführungen sowie Empfänge veranstaltet. Die Tische im Speisesaal, nach dem Vorbild des Abendmahles jeweils für zwölf Plätze bestimmt, hätten ein jeder eine Drehscheibe besessen, so daß man die Speisen nicht extra habe herumreichen und die Gäste damit inkommodieren müssen. Ritana hatte wundervolle Zehennägel, rosa glänzende Kunstwerke, ebenmäßig und sauber wie frisch gebadet, obwohl sie die ganze Zeit auf den Beinen gewesen war, wohlproportionierte Zehen, welche stolz in Reih und Glied standen.
Ich konzentrierte mich vollends auf Füße, auf Fersen, Knöchel, Waden und Knie, als hätte ich nie im Leben derlei gesehen, so daß ich Ritanas Ausführungen über die umfangreiche Bibliothek ebenso nur zur Hälfte erfaßte wie ihre Bewertung der Kindererziehung, welche bei den Perfektionisten von speziell ausgebildeten Erziehern und Schwestern zwischen dem dritten und dem vierzehnten Lebensjahr in eigens dafür errichte-

ten Kinderhäusern vorgenommen worden sei. Ritana wurde immer schöner, ihr rötliches Haar begann zu schimmern; ich wußte nicht mehr, wo ich noch hinsehen sollte. Jede Stelle schien zu flimmern, gleichviel, ob ich auf Zehen, Finger, Achsel, Bauch oder Brust sah.

Sie wies mit ausgestrecktem Arm auf ein kleines, mit einem billigen Holzrahmen eingefaßtes Bild an der Wand neben dem Schrank, welches einen knollennasigen, großäugigen fremden Menschen mit fleischigen Lippen und priesterähnlichem Stehkragen zeigte. Als läse sie von einem Zettel, sagte die Frau mit ein wenig Zittern in der sonst energischen Stimme: das ist Anton Hans Bärlapp: geboren am vierzehnten Mai 1771 als siebtes Kind verarmter Eltern in Thulsern, 1782 kaufmännische Lehre, 1799 Kauf der größten Spinnerei, Beschränkung der Verzinsung, Auszahlung des Überschusses an die Arbeiter, Bau von Wohnungen, Schulen, Fortbildungsstätten, 1812 bis 1814 Herausgabe seines Hauptwerkes *Das Chrysanthemenfeuer,* 1824 Kauf von Siedlungen in Amerika und Mexiko, 1832 Gründung einer Tauschbank, einer Art Warendepot, das Produkte zu taxierten Arbeitswerten entgegennahm und entsprechende Bescheinigungen für Gegenwaren, gleichfalls zu deren Arbeitswert abgab, 1844 Gründung der *Gesellschaft der redlichen Pioniere von Tandern,* gestorben am siebzehnten November 1858 im Alter von siebenundachtzig Jahren.

Die ganze Zeit, während sie redete, hatte ich auf Ritanas Atem geachtet und das rhythmische Heben und Senken ihrer Brust bewundert. War mein Fieber wieder gestiegen, daß meine Zunge so pelzig wurde, daß ich schwitzte und zugleich fror? Ritanas Stimme

kam mir jetzt weiter weg vor, als spräche sie durch Glas, als bewegte sie sich auch langsamer, verzerrt, in Zeitlupe.
Das Überstreifen des Nachthemdes bekam ich gar nicht mehr richtig mit, obwohl ich ganz genau hinsah und meine Augen ausschließlich auf Ritana gerichtet hielt.
Gerade dies mußte, im Gegensatz zu jedem anderen von Ritanas so selbstverständlich getanen Handgriff, blitzschnell gegangen sein.
Noch als Kind habe sie, fuhr die Frau unbefangen fort, sich auf ihre frisch bezogene Liege setzend, Hungerrevolten, Mietstreiks und Gasthausbesetzungen während der schlechten Zeit miterlebt. Auch sie habe mit Hungernden die Getreidespeicher besetzt, ein dürres Mädchen mit knochigen Beinchen und Ärmchen und leuchtend feuerrotem Haar. Außerdem könne sie sich an Kriege zwischen Werkspolizei und Arbeitern erinnern sowie an Massenspeisungen in Obdachlosenasylen, in aufgelassenen Schulen und in Gefängnissen. Sie kenne Arbeitslosendörfer aus Kisten, Blech und Müll am Rand der Städte. Aber trotz verbeulter Möbel, zerschlissener Tapeten und verdreckter Lagerhäuser habe sie den Funken der Selbsthilfe überspringen sehen – und darauf komme es schließlich an. Damals habe sie erlebt, wie das Punkte- und Markenfieber grassiert sei: eine Frau habe für Marken, für die sie wiederum etwas zum Essen bekommen habe, ein Kind ausgetragen, eine andere habe sich für Punkte scheiden lassen, einer habe für Punkte ein neues Gebiß erhalten, ein anderer wiederum Tomaten mit Holz und Eingemachtem bezahlt. Ein Friseur habe Haare gegen Papiersäcke geschnitten, Bügeleisen gegen

Wandbehänge, Holzabfälle gegen ein Drahtseil, ein Xylophon gegen Einweckgläser getauscht. Ritana legte sich auf das frische Leintuch, zog ihr Nachthemd glatt, streckte sich und deckte sich mit dem Plumeau wie einstudiert zu.

Am liebsten aber sei ihr unter all den Plänen für ein besseres Leben der Vorschlag eines Handlungsreisenden geworden, der sich eines Winters in die Fallmühle verirrt habe. Seine Vision sei die einer ganz und gar unabhängigen Familie auf einem Hochgebirgsplateau in Feuerland. Dabei müsse sie an Wolldecken, Schnee und prasselndes Kaminfeuer denken, und dies mache sie ruhig und versöhne sie.

Jeder arbeite auf seine Weise an der Weltmaschine. Sie habe einst auch andere Pläne geschmiedet und Illusionen nachgehangen. Nie habe sie sich als junges Mädchen träumen lassen, dereinst als Bedienung in der Fallmühle zu enden. Dort auf jenem Plateau in Feuerland vermute sie übrigens auch meine Eltern und nicht mehr, wie hier jeder behaupte, unter einer Lawine, weswegen sie mir von den Briefen in ihrer Truhe erzählt habe, die sämtlich geradesogut von meinen Eltern stammen könnten.

Ich solle beharrlich bleiben und kühn, niemals den Mut verlieren oder mich von Neidern kleinmachen lassen, sondern stets an meine Vision glauben.

Damit löschte sie das Licht und nahm mich in den Arm.

Behutsam machte sie mir Mut.

Ich aber lag noch lange wach, bald ausgestreckt, bald zusammengerollt. Später tauchte auch ich, nach so viel Anstrengung und Verabschiedung, endlich in den Schlaf. Als ich am nächsten Morgen erwachte, galt

mein erster Gedanke nicht mehr Vetter Hans Nicolussi, sondern Ritana, die mir in dieser Nacht so nah war.
Noch roch ich ihren leicht säuerlichen Atem, noch hatte ich den rauhledernen Geschmack ihrer Brust auf der Zunge. Ihr Schoß schmeckte nach Fisch.
Erst danach fiel mir der Vetter draußen in seinem Karren wieder ein. Ob er noch da war, eingeschneit, hinter dem Haus, unentdeckt bei der Veranda?
Während ich mich streckte, hatte ich das Gefühl, eine schwere Arbeit hinter mir zu haben.
Ich stand auf, streifte endgültig Fieber und Phantasien ab, schlüpfte in meine Kleider, welche sauber gefaltet oder auf Bügeln, die Unterwäsche frisch gewaschen und gebügelt, bereit lagen und verließ Ritanas Kammer, um die bei Tageslicht keineswegs finster erscheinende Stiege hinunter in die freundlich wirkende Wirtsstube zu gehen. Obwohl noch früh am Morgen, saßen bereits einige Holzknechte vor ihren halbgefüllten Biergläsern, die auf Bierfilzchen standen. Es roch nach frisch gescheuertem Holz, nach gereinigtem Fußboden und nach altem Rauch, auch ein wenig süßlich nach Schnaps. Am stärksten drang das Putzmittel durch: so rochen die Klassenzimmer, wenn nach den großen Ferien der Unterricht begann.
Stolz wie eine strenge Lehrerin ging Ritana zwischen Tischen und Bänken; ich bewunderte und begehrte sie in diesem Augenblick noch mehr. Die weiß gestärkte Schleife ihrer Kellnerinnenschürze stand steif wie eine Schwesterntracht und wippte verhalten bei jedem Schritt. Ritana lächelte aus karminroten Mundwinkeln, als sie mich sah; ihr helles Gesicht mit den fliegenden Sommersprossen deutete auf einen kleinen,

mit einer weißen Tischdecke gedeckten Tisch in der Ecke, auf dem ein Frühstück stand. Dem Duft von frischem Brot folgend begab ich mich zu dem Platz, von dem aus sowohl die Wirtsstube wie draußen der Hof am besten zu überblicken waren. Ich aß mit großem Appetit, ließ nichts stehen und fühlte mich danach gestärkt.

Nachdem Ritana lächelnd, ohne ein Wort zu sagen, das Geschirr abgetragen hatte, ging sie mit ihren schnellen geraden Schritten zu den Holzknechten, um dem ältesten von ihnen etwas ins Ohr zu flüstern. Dabei beugte sie sich ein wenig hinab, und ich befürchtete eine Sekunde lang, ihre Brüste könnten die Schultern des Holzers berühren. Mir winkte Ritana nur mit den Augen. Mit zwei Holzknechten verließ sie den Raum, um hinaus in einen strahlenden Wintermorgen zu gehen. Der über Nacht gefallene Schnee glitzerte wie im Film, beim Atmen standen kleine Wölkchen vor Mund und Nase, die Luft war eisklar, beißend und flirrend vor Kälte, die Sonne spielte mit jedem Schneekristall. Ritana und die Holzknechte lenkten ihre wegen der Kälte flinken Schritte am Haus der Fallmühle vorbei in Richtung Veranda. Ich konnte jede ihrer Bewegungen vom Fenster meines Eckplatzes aus verfolgen. Zuerst glaubte ich, mir werde sofort wieder siedheiß und die Fallmühle beginne wieder wie ein Ozeanriese zu schlingern, sich zu neigen und endlich zu sinken, doch dann stellte ich beruhigt und gar nicht erstaunt fest, daß ich gelassen blieb, während Ritana und die Holzknechte auf Vetter Hans Nicolussi im Karren zugingen.

In diesen Augenblicken ging ein Teil meines Lebens zu Ende. Sie schüttelten den pulverleichten Schnee von der Leiche, bliesen ihn von Gesicht und Mütze. Der Vetter saß starr im Karren, die schützenden Pranken, die mir jetzt sonderbar fremd und schwielig vorkamen, um den Rucksack wie zum Gebet gefaltet. Auch Hans Nicolussis Gesichtszüge wirkten verändert oder vielleicht nur durch das Glas verzerrt, hinter dem ich in der Wärme saß, sicher und gestärkt, bereit, die folgenden Schritte entlang meiner Strecke ohne den Wegmacher zu gehen.

Er hatte die Spur gelegt, ein Stück Weg geebnet, und während er von der Beherrschung der Natur schwadroniert und geschwärmt hatte, hatte er sterben müssen. Ein Stein hatte ihn getroffen: ausgelöst vom Flügelschlag einer verschreckt auffliegenden Dohle, der mich jetzt, da ich dies ohne Hämmern im Kopf halblaut sagen konnte, nicht mehr kalt zu streifen schien. Ritana war in meiner Nähe, ich war ihr in dieser Nacht nah wie selten jemand gewesen. Nach dieser Frau verzehrte ich mich, sie roch ganz anders als Vetter Hans Nicolussi, hatte feine Finger und tadellose Zehen, sie hatte andere Sehnsüchte als den Straßenbau, sie wußte von Siedlern und besaß Briefe aus Feuerland, deshalb sahen für sie Vergangenheit und Zukunft heller aus: keine Alpenpässe, keine bedrohlichen Steinschläge, keine in den Fels gehauenen Pfade. Und ich hatte Ritana umarmen können, ich hatte sie ganz und gar gesehen, da sie nichts vor mir verborgen hatte. Sie hatte mich gepflegt, sie hatte Anna Kolik besiegt und den Scheintod. Wer sonst hätte mich vor Untergang und Ertrinken, vor einem schlingernden schwankenden Schiff gerettet? Nachdem sie den Vetter vollends vom lockeren Schnee befreit hatten, packten ihn die beiden Holzknechte

und hievten ihn aus dem Wegemacherkarren, welcher von Ritana in die einstige Wagenremise der Fallmühle geschoben wurde. Einer der Holzknechte faßte den Vetter unter den Armen, der andere griff in die linke und rechte Kniekehle. Der eingeknickte Leichnam wurde aufs Haus zugetragen.
Als die Holzknechte ihre Last schwer atmend auf einen rohen, blitzblank gebürsteten Tische gestemmt hatten, trug Vetter Hans Nicolussi Zurbrükken noch immer seine Wegmacherkappe erhaben auf dem Schädel, in dem ein winziges Loch war. Der Blutschorf hatte Kappe und einige Haare derart miteinander verbunden, daß man eine Schere gebraucht hätte, um dem Toten die Mütze vom Kopf zu trennen.
In diesem Augenblick betrat Ivo Julen, Gemeindehirt im Austrag und in der kalten Jahreszeit Aushilfstotengräber, die Wirtsstube. Der Mann kam aus der Küche. Ich roch es. Er ging leicht vornübergebeugt und seitlich etwas eingeknickt. Es war der schlurfende Gang eines langjährigen Trinkers. Das Gesicht des rotkopfigen Hirten war aufgeschwemmt; häufig lief Speichel aus dem Mund, selten war die Nase sauber geputzt, die wenigen Haare auf dem Kopf klebten verschwitzt aneinander. Die gichtigen Hände zitterten. Ich glaubte, Wachs zu kneten, als mich der Hirt per Handschlag begrüßte. Die Fingerknochen seiner Hand schienen durch Jahre vom Schnaps aufgeweicht. Niemand nahm den Hirt ernst. Gab er Anweisungen, wurden diese nur dann befolgt, wenn sie wie durch Zufall richtig waren. Saß der Hirt nicht trinkend bei den Holzarbeitern, so lag er auf seinem Kanapee in der Stube, unter dem leere Bierflaschen rollten. Der Hirt setzte sich zu mir an den Tisch und begann zu

erzählen: daß die Fallmühle schon ewig Familienbesitz sei, daß er der letzte Hirt sei und hier in der Austragskammer sterben werde. Nach ihm höre es auf, er habe dies im Gespür. Nichts mehr gehe weiter, alles stürze dem Ende entgegen. Dem Ende. Die blutunterlaufenen Äuglein schimmerten feucht. Der Mann lispelte, deshalb verstand ich nicht sofort jedes von Speichel begleitete Wort, das er ausstieß. Erst als er von Vergänglichkeit, Tod und Ende redete und dabei immer weinerlicher wurde, mit dem Daumen zum Tisch wies, auf dem Vetter Hans Nicolussi lag, konnte ich das Gejammer entschlüsseln. Einst sei die Fallmühle eine Gipsmühle gewesen, führte der Hirt mit unkontrolliertem Fuchteln der Arme aus, danach erst sei sie Säge, Gastwirtschaft und Bahnhof geworden. Immer aber habe eine Landwirtschaft dazugehört, ebenso die Zollstelle. Auch Poststation sei die Fallmühle von Anfang an gewesen. Die Waldarbeiter und Ritana achteten nicht auf den Hirten, sondern begannen behutsam, Vetter Hans Nicolussis Jacke aufzuknöpfen. Ritana machte sich an den Doppelknoten der Schuhbänder uind versuchte beharrlich, ihn zu lösen. Sobald sie dies erledigt hatte, wußte ich, daß sie die Schnürsenkel mit einem schnurrenden Geräusch durch die Ösen ziehen würde. Dies hätte ich gerne gesehen und gehört, doch der Hirt hatte seine feuchte schwammige Hand auf die meine gelegt und hielt mich fest. Gegen das Sterben, sagte er, helfe nur das Erzählen davon, wie es einmal gewesen sei, denn so werde es nie wieder. Alles müsse aufbewahrt werden, lispelte der alte Mann. Bäume und Steine hörte man erst dann singen, wenn es die Menschen nicht mehr täten. Im Winter sei es für den Postboten besonders mühselig gewesen, die Fallmühle zu erreichen. Der Rucksack habe mit den scharfen Kanten der Pakete in den Rücken gedrückt, häufig sei eine Skispitze oder ein Skistock gebrochen. Der kleine Landbote Maroder, ein Militarist und fanatischer Fußballspieler mit einem Stiftenkopf, habe immer wieder einen geräumten Weg beantragt, zumal er, ungewöhnlich kleinwüchsig, oft genug bis über die Hüfte im Schnee versunken sei. An dieser Stelle konnte ich über die Schulter des Hirten sehen, daß Ritana einen Schuh geöffnet hatte und nun sorgfältig das Schuhband aus den Ösen zog. Dieses Geräusch, wenn der Vetter seine Galoschen abstreifte, habe ich immer gerne gehört. Aber an Stelle des Wegräumens, welches wegen der unentwegten Schneestürme ohnedies sinnlos gewesen wäre – sei man hinten fertig gewesen, habe es vorne schon wieder alles verweht gehabt –, fuhr der Hirt unbeirrt fort, habe er der Postagentur geraten, einen kräftigeren Boten zu schicken. Maroder habe ihm dies sehr übelgenommen und ihn später sogar wegen einer Lappalie bei der Gendarmerie angezeigt. Man habe jedoch die Anzeige niedergeschlagen: wahrscheinlich einfach vergessen oder nicht zur Kenntnis genommen, sei doch der Landgendarm ein gerne gesehener Gast der Fallmühle gewesen. Mein Vetter habe die Aufgabe von Maroder übernommen. Wo der hingetreten sei, habe man nicht mehr Schnee schaufeln müssen. Und jetzt liege er hier auf dem Tisch: möge ihm die Erde leicht werden. Freilich, stieß der Hirt schmatzend und triumphierend hervor, könne man jetzt kein Grab auftun: der Boden sei bockgefroren. In Finnland lehne man die Leichen an die Hausmauer, wie er wisse. Dort stünden die Erstarrten wie Totenbretter, welche auf den Frühling warteten. Soeben hatte Ritana den zweiten Schnürsenkel entknotet und ließ ihn durch die Öse schnurren, während die Holzer Vetters Joppe mit den grünen Beschlägen bereits über den Stuhl gehängt hatten. Zuerst habe er es bloß gespürt, jetzt aber wisse er es genau, daß ihn keiner mehr ernst nehme, daß er zum Gespött geworden sei und niemand mehr seine Anweisungen befolge. Man habe ihn kaltblütig abgeschrieben, weil er saufe, darin dem Vorbild seiner Väter und Großväter folgend, welche auch das Wasser nicht mehr hätten halten können. Aber selbst er, der sabbere und lisple, dessen Hände gichtig seien und dessen Gehirn in Schnaps schwimme, verfüge über seltenes Wissen und glaube an seinen Stern, an seinen einzigen, ureigenen Stern, den er sich von keinem rauben lasse. Trotz Suff und Verachtung: so heruntergekommen könne keine Kreatur sein, daß ihr nicht das Recht auf einen eigenen Stern zustünde, und sei dieser noch so absonderlich. Ähnliches kenne er vom Landschaftsmaler Pichler, welcher in Tschaffein vom Gehalt einer ledigen Lehrerin gelebt und Kinder wie die Pest gehaßt habe. Er sei es auch gewesen, welcher die Kinder habe im Berg verschwinden lassen. Dabei habe er immer lieber mit dem kleinen als mit dem großen Pinsel gearbeitet. Dicke Bretter habe der sein Lebtag nicht gebohrt. Er aber, der Alphirt, der Wirt habe werden wollen, höre helle Trommeln und das schrille Singen der Dudelsäcke. Goldbraun schimmere es im Glas. Goldbraun sei das Getränk, welches nur Kaledonier – wie er einer sei – vertrügen. Schon seine Ahnen hätten Kehlen aus Leder gehabt. Wie jeder normale Mensch habe auch er in seiner Jugend eine grandiose Tat vollbracht: eines Tages habe er sich eingebildet, das Meer sehen zu müssen. Deshalb habe er seinen Rucksack gepackt und sei aus dem Hochgebirge immer weiter hinaus in die Ebene gegangen, bis er am Meer angelangt sei. Alles zu Fuß. Mehrere Monate sei er unterwegs gewesen. Unerhörtes habe er gesehen und erlebt. Ich aber sah, wie Ritanas schlanke Finger Hans Nicolussis Weste, diese verehrungswürdige Weste, über die Joppe am Stuhl hängten und wie sie begannen, das kragenlose Hemd aufzuknöpfen. Ich sah nur die Finger. Am Meer stehend, eine vollkommen andere Luft atmend, habe er, seiner Einbildung Folge leistend, beschlossen, als Kohlentrimmer auf einem Schiff nach Schottland anzuheuern: dort verstehe man sich am besten aufs Brauen, und für einen zukünftigen Wirt sei dies wichtig. Vetters Hemd schien hundert Knöpfe zu haben, und jeder schälte sich noch komplizierter aus dem Knopfloch. In Schottland, schwärmte der Hirt feucht, habe er Getränke mit keltischen Namen kennengelernt, Schnäpse, mit denen man sich zwei Räusche habe ansaufen können, ohne am nächsten Morgen mit einem Brummschädel zu erwachen. Den Duft der Hochmoore habe er noch jetzt in der Nase, ebenso das beizende Aroma der Torfrauchschwaden. Vereint steige all dies aus dem holzgereiften Destillat. Liege er des Nachmittags auf seiner Gautsche, befinde er sich in Wirklichkeit gar nicht in der Fallmühle, sondern in jenem Land, wo man ein freistehendes Messer im Strumpfband trage. Glühend heiß sei der erste Schluck gewesen. Er saufe nur, um diesen Geschmack eines Tages wieder zu gewinnen. Klar und durchsichtig sei dieses Land, aber auch finster und voller Tücken. Er wisse genau, er ginge, um dorthin zu gelangen, um noch einmal dorthin zu kommen, in alle Fallen, nur um dieses Ziel von fern zu sehen. Er habe Kenner über die Geheimnisse des Landes befragt: in der Regel alte Männer und Frauen mit nie mehr wiederholbarem, endgültig verschwundenem Wissen. Firmengeschichten habe er studiert, lange Gespräche geführt, mit Destillerieexperten gezecht, sich mit Brauern und Mälzern verbrüdert. Immer komme ihm, denke er daran, die unverstellte Schönheit weiter Flächen mit vielerlei Braun- und Violettönen vor Augen. Ritana hatte alle Knöpfe an Vetters Hemd gelöst. Sie zog es aus der Hose, streifte die Hosenträger von den Schultern, rollte den Vetter kurz von einer Seite auf die andere, um ihm aus den Ärmeln zu helfen. Das grauweiße Brusthaar sproß um den Hals des Toten, als wären die eingerollten Härchen Buschwindröschen. Das Getränk setze einem mit Erinnerungen zu: fruchtbare Felder, verschwiegene Gebirgszüge und Granitstädte, stolz, mutig und würdevoll, sabberte der Hirt. Was er damals getrunken habe, sei wie destillierter Tau der Bergwiesen gewesen, und alles, was er jemals danach in die Gurgel geschüttet habe, sei daneben wie Einreibemittel für kranke Maulesel. Die Geschichte des Destillationsgeheimnisses aber sei blutiger als eine Arena mit hundert Gelehrten voll Neid und gelbem Haß. Da bedürfe es schon der Kenntnis der Araber bei der Herstellung von feinstem Parfüm, wie er es eines Tages Ritana zum Geschenk machen werde: der schönsten Frau, der er jemals begegnet sei.

Ritana indes war mit Vetters olivgrünem Unterhemd beschäftigt, welches sie dem Mann über den Kopf ziehen wollte. Dies erforderte ihre ganze Aufmerksamkeit. Der Hirt wischte sich über den immerwährend feuchten Mund, Speichel klebte an den teigigen Fingern. Er faselte von einer Landschaft, die dufte, einem Land, das nie austrockne, und dabei schmatzte er, wo es kalt genug sei, um sich in einem Gasthof aufwärmen zu müssen, von Wiesen und Weiden und riesigen lilafarbenen Mooren, darüber einem gelbgrauen Himmel voll Meerwasser und Sturm. Er redete von Weiden, die vor solchem Horizont unendlich schienen, von gänzlich baumlosen Bergen, wo verkrüppelte Büsche und Hecken Schutz böten für Mohn, Brennessel, Baldrian, Erika und roten Fingerhut, welche sich unter den schneidenden Zaunwinden duckten. Gerste benötige man, Wasser und Torf, den Torfrauch zum Trocknen der Gerste und zur Verwandlung in aromatisches Malz. Dank Ritanas Geschicklichkeit schlugen Vetters dicht behaarte tote Arme nicht hart auf das seifenblasse Holz des Tisches. Sie hatte dem Mann das Unterhemd genommen und zu Joppe und Weste über den Stuhl gehängt. Ihre Finger glitten zum Gürtel der Hose, öffneten ohne weitere Umstände die Schlaufe, legten den Dorn zur Seite und zogen das Leder durch die Schnalle. Die Nebenprodukte, schwatzte der Hirt an mich hin und doch an mir vorbei ins Leere, seien als Viehfutter begehrt, nichts gehe verloren, das Korn sei blaß, runzlig und süßlich, so stelle er sich Scheintote vor, von denen es in Thulsern nie welche gegeben habe, allen Lügen einer entstellten Flüchtlingsfrau zum Trotz. Hüte dich vor den Gezeichneten, setzte er hinzu. Die Türe öffnete sich in diesem Augenblick, und in Begleitung des Missionspaters Fichter betrat Anna Kolik die Wirtsstube. Die neuen Gäste setzten sich still in eine Ecke und rührten sich nicht. Der Hirt schien sie nicht bemerkt zu haben. Er war beim Vorgang des Malzens, der Umwandlung von Gerste in Malz, einem Aufbaustoff für Kinder, mit Lebertran, doch Pichler, der Landschaftsmaler, habe Kinder bis aufs Blut gehaßt. Ein erfahrener Mälzer sehe sofort, ob die Gerste genügend aufgequollen sei. Deshalb zerdrücke er sie zwischen Daumen und Zeigefinger. Die bestbezahlten Handwerker in jeder Brennerei aber seien die Brauer. Täglich zweimal wendeten die Mälzer die Gerste: bei vollkommener Stille. Ich hörte die Uhr ticken, sah zum Pater, sah Anna Kolik, als Ritana, ohne mit der Wimper zu zucken, Knopf für Knopf Vetters Hosenlatz öffnete. Brauer und Destillateure hätten ihre eigenen unveräußerlichen Geheimnisse und fürchteten jedwede Veränderung an ihrem Arbeitsplatz. Jede Spinnwebe sei ihnen teuer und bedeutsam. Das Wasser, lallte der Hirt, müsse über Granit und Torf fließen, doch keiner habe ihm je verraten, worüber zuerst. Allerdings habe er erfahren, wie dort die Großväter den Alkoholgrad bestimmten: Anfeuchten von Schießpulver mit Alkohol, Kerze daneben und warten, ob das Pulver sich entzündet. Viel habe er in seinem Leben nicht gelernt, das Auswendiglernen sei ihm immer schwergefallen, doch eines habe er sich gemerkt. Dabei erhob sich der Hirt schwankend, legte die semmelweichen Finger an die Hosennaht, verkrampfte sich zu einer krumm eingeknickten, vermeintlich strammen Haltung und stammelte, die Augen in eine unerreichbare Ferne gerichtet, während ihm der Speichel aus den Mundwinkeln über das Kinn rann, folgende Worte: Branntwein hat dann die Normalstärke, wenn das Volumen des in ihm enthaltenen Alkohols zusammen mit dem aufgefüllten destillierten

Wasser ein Gewicht von zwölf Dreizehntel dessen ausmacht, was ein gleiches Quantum an destilliertem Wasser wiegt, wobei das Volumen all dieser Flüssigkeiten bei einer Temperatur von 51 Grad Fahrenheit berechnet wird. Beim letzten Wort sackte der Hirt in sich zusammen, fiel krachend in den Stuhl, worum sich jedoch niemand kümmerte. Ritana hatte die Hose des Vetters über dessen Geschlechtsteil geöffnet, nun machte sie sich daran, dem schweren Mann das Gesäß hochzuheben, um die Hose über Hüfte und Oberschenkel herunterzuziehen.
All dies, hob der Hirt endlich wieder spuckend an, hänge ab von Holzfässern; Eichenfässer verfügten über eine gute Porösität. Vor seinen Augen ragten die Kamine schottischer Destillerien in einen regenverhangenen Himmel. Soeben zog Ritana dem Vetter die Socken von den Fersen. Ich hörte wieder das Ticken der Uhr und suchte die Augen des Paters sowie die von Anna Kolik. Alle Anwesenden saßen vollkommen still. Die Vormittagssonne leuchtete in den warmen Raum. Es war ein strahlender Wintertag. Dort oben im Schottischen schließe man Beerdigungen mit Böllerschießen, durchbrach der Hirt das Schweigen, dann kehrten die Trauernden in das Haus des Verstorbenen zurück und griffen zur Flasche. Nach Mitternacht gebe es keinen Nüchternen mehr. Früher, ja früher habe man auch in der Fallmühle gebrannt: Erdäpfelschnaps. Wer aber glaube, seinen Bedarf an Kartoffelschnaps aus eigener Brennerei decken zu können, der irre sich: das meiste schlucke die Steuer. Bis auf den letzten Tropfen habe man den Alkohol an den Staat abgeben müssen. Zu einem festgesetzten Preis. In der staatlichen Verwertungsstelle habe man den Rohsprit

noch einmal gereinigt. Schließlich verwende man ihn auch bei der Herstellung von Rasierwasser. Mit der Arbeit habe man kurz nach fünf Uhr in der Früh begonnen. Gottlob sei es nicht weit zum Arbeitsplatz gewesen: die Stiege hinunter und quer über den Hof. Freilich hätten sich Weiber und Gesinde auch einmal über den aufdringlichen Gestank beschwert, der sich beim Dämpfen und Gären der Bodenbirnen ausbreite. Die seien nämlich nach der Ernte nicht tot, sondern verbrauchten ihre Stärke und bildeten Keime. Speisekartoffel, wie etwa schwarze Sieglinde, habe er nie verwendet, ihm sei es auf möglichst viel Stärke angekommen. An die zweihundert Zentner Bodenbirnen habe er täglich gewaschen, um nach drei Tage dauernder Gärung der Maische diese bei der Destillation zu kochen und den kondensierten Dampf Tröpfchen für Tröpfchen aufzufangen: gut zehn Hektoliter habe man in den besten Zeiten herausgebracht. Die anstrengendste Zeit seien die Monate zwischen September und April gewesen. Da habe es oft keinen Sonntag und keinen Feiertag gegeben, sogar während der Weihnachtszeit habe man gebrannt. Schließlich seien die Bauern auch an der Schlempe interessiert gewesen: das Vieh könne davon fett werden. Gewiß: Alkohol dürfe keiner mehr beigemengt sein. Die Vorstellung von besoffenen Kühen erheiterte den Hirt, doch seine Augen, die während des Erzählens zu leuchten begannen, wurden rasch wieder stumpf. Die Hand fuhr über den Mund; ich sah, wie der Adamsapfel des Mannes hüpfte. Dies bedeutete nichts anderes, als daß das Erzählen durstig gemacht hatte. Ehe er weitere Worte herausbrachte, schrieben die Hände des Hirten einige Gesten in die Luft, fielen jedoch schnell und müde wieder auf den Tisch. Am ärgsten sei stets bei Leichenschmäusen gebechert worden. Hätten wir lieber das Geld vergraben, versuchte der Hirt verzweifelt zu singen, das wir im Leben vertrunken haben, hätten wir so einen Haufen, klang es weinerlich, Kinder, was könnten wir saufen.

Es komme darauf an, mit Bedacht zu trinken. Nie solle man Alkohol in sich hineinschütten, um damit etwas hinunterzuspülen. Ritana ging zur Theke und schenkte für alle Anwesenden Schnaps aus. Dem Hirten stellte sie die Flasche vor die zitternden Hände. Kein Wort fiel. Nur die Uhr tickte unaufhörlich, ließ die Zeit verstreichen, die dennoch stillstand. Erst nach einer längeren Pause begann Anna Kolik in die Stille der Stube hinein zu sprechen. Einst hätten die Ärzte beim Sterben die Geistlichen ersetzt, doch Vetter Hans Nicolussi, mit dem eine Welt endgültig zu Ende gehe, habe mit seinem Tod über beide triumphiert. Man studiere den Tod sein Lebtag, fügte sie hinzu. Der Hirt setzte die Flasche an den Mund. In meinem Glas schien die Sonne zu schwimmen. Der Pater hatte eine Virginia aus der Tasche geholt und steckte sie an, als rauchte er sie zu Ehren des toten Vetters. Die Wintersonne spielte mit den dünnen, das Zimmer durchziehenden Schwaden. Das Leben sei die größte Ausnahme, welche die Natur zubillige, sprach Anna Kolik. Ihr Blick ging durchs Fenster ins Weite. Ein Kadaver sei noch Körper und doch schon Toter, ein Rückstand Leben sei noch in ihm, deshalb solle man den Leichnam sanft behandeln und ihn vorsichtig betten. Aus demselben Grund wünsche man dem Toten auch, daß ihm die Erde leicht sein möge. Der Hirt wiederholte es lallend. Der Virginiarauch stand jetzt, von der

Sonne getragen, direkt über dem Tisch. Ritana verließ nach einer Weile ihren Platz, ging in die Küche und kam mit einer Emailleschüssel voll dampfenden Wassers wieder. Ein Stück Kernseife schwamm obenauf. Über Ritanas Arm hingen weiße Lappen sowie ein großes Handtuch. Pater Fichter erhob sich von seinem Platz, krempelte die Ärmel hoch und begann schweigend zusammen mit Ritana den Toten zu waschen. Die Frau machte sich daran, den Vetter zu rasieren. Sie wetzte das Messer an einem Lederriemen, seifte mit dem Pinsel das Gesicht ein und fuhr durch die knisternden Stoppeln. Der Hirt führte erneut die Flasche zum Mund. Ritana rasierte Vetter Hans Nicolussi. Mit geübter Hand zog sie das Messer durch den Schaum, wischte es ab und setzte es erneut an. Der Pater war unterdessen mit dem übrigen Körper beschäftigt. Sie seiften ein, wuschen, trockneten. Kein Wort fiel. Ich dachte an Hans Nicolussis Zunge. Lag sie, zerbissen und teigig, in einem Mundwinkel, wie eine tote Katze, von einem Hanfstrick erdrosselt? Ritana ging vom Tisch weg, hinaus, die Treppe hinauf, in ihre Kammer, aus der sie mit einer Nagelschere sowie einer Zange zum Schneiden von Fußnägeln zurückkehrte. Vetters lüstern langer Fingernagel und die in der Westentasche in Schach gehaltene Wut. Ich sah Hans Nicolussis großen linken Zeh in Ritanas linker Hand, zwischen Daumen und Zeigefinger, während ihre rechte Hand die offensichtlich scharfe Zange exakt entlang des Nagels, parallel zur Wölbung des Zehen führte. Ritana schnitt die Nägel des Toten mit größter Sorgfalt. Nach einiger Anstrengung begann sie zu sprechen, betonend, im Fußgelenk wiederhole sich die von der Hand bekannte Gliederung.

Erneut fiel mein Blick auf ihre Finger. Die Knochen der Fußwurzel, sieben an der Zahl, seien jedoch gegenüber denen der Handwurzel mächtiger entfaltet, im Vergleich zu den Fingern wirkten die Zehen dagegen eher verkümmert. Der Fuß müsse zur Körpergröße in einem richtigen Verhältnis stehen, um gewissen Gesetzen der Schönheit zu genügen. Bei einem Mann erwecke ein zu kleiner Fuß den Eindruck von Unsicherheit. Die geschnittenen Nägel sammelte die Frau neben der Emailleschüssel, Stück für Stück. Die Augen des Hirten schienen sagen zu wollen, man solle die Trophäen nur ja sorgfältig aufbewahren. Einmal schnippte ein Nagel zur Seite und verschwand unter dem Tisch. Ich aber war längst mit Vetter Hans Nicolussi und der leuchtenden Ritana mit dem bimmelnden Pferdeschlitten unterwegs im Winterwald, flog vorbei an Bäumen, die unter dem schweren Schnee ächzten, den strengen Dampf von Pferdeschweiß in der Nase, mit dem sicheren Gefühl, wenigstens einen Meter über dem Boden zu schweben. Wir kamen in die Nähe des Scheidbaches zwischen Grän und Biberwier, wo Waldarbeiter schon öfter den Scheidbachmann johlen und jauchzen gehört haben wollten. Habe man ihm angegeben, so sei er augenblicklich zur Stelle gewesen, nicht selten die Vorwitzigen brüllend und glucksend in die Irre führend. Einst habe ihm ein besonders Übermütiger zugejodelt und sogleich habe ihm ein wie aus der Erde gewachsener mächtiger Mann Angst wie noch nie in seinem Leben eingeflößt. Ein andermal habe es sich zugetragen, daß mehrere Buben, welche im Holz nahe des Scheidbaches beim Schäfzgen Handlangerdienste geleistet hätten, in einem verrottenden Heustadel nächtigend,

den Scheidbachmann durch Juchzen herbeigelockt hätten. Plötzlich sei dieser über ihren erhitzten Köpfen einhergeflogen, dabei einen Lärm verursachend, als prasselte ein Schubkarren voll faustgroßen Flußkieseln auf das Dach des Stadels. Der wilde Mann aber habe den Halbwüchsigen zugerufen, sie sollten ihm ein Härlein von ihrem Kopf, ein Nägelchen von ihrem Finger geben, sonst springe er ihnen ein Lebtag lang auf den Buckel, hocke ihnen auf und lasse sich tragen – so schwer, daß sie sich zu Tode schleppen müßten. Viele hätten ihn schon tragen müssen, hatte mir einst Vetter Hans Nicolussi erzählt, wenn der Wilde ihnen auf die Achsel gesprungen sei. Mancher sei von ihm verblendet worden. Zwei Mägde, in der Nähe des Scheidbaches Streu tragend, wußte Ritana zu berichten, habe er so getäuscht, daß ihnen gewesen sei, als wären sie unter Hunderten von fremden Dienstboten in einer riesigen unbekannten Stadt. Eine dritte Frau, welche sich beim Gersteschneiden verspätet hatte und in die Nacht gekommen war, habe der Albgeist johlend verfolgt, Lästerliches ausstoßend, Worte, die sie nicht wiederholen könne, so unflätig, und sie sei um ihr Leben gerannt. Endlich zu Hause angekommen habe sie bei einem Blick in einen Spiegel an sich einen gewaltigen Kropf festgestellt, den sie nie mehr losgeworden sei. Ritana war mit dem Nagelschneiden fertig. Da sprang die Katze auf den Tisch, beschnupperte den Toten und schickte ihre Zunge über die Haare an Waden und Schienbein. Endlich verscheuchte jemand das Tier, das lautlos verschwand.
Ich stellte mir vor, auf dem Bock eines Pferdeschlittens zu sitzen, eingemummt in ein Fell, die Zügel lose in der Hand, das dampfende Pferd lenkend, während

Ritana mit dem Vetter, mit dem Missionspater und der Flüchtlingsfrau hinter mir im Schlitten säßen. Wir führen und führen, immer weiter, immer tiefer hinein in einen Rauhreifwald, bis wir zum Schluß nur noch ein winziger Punkt wären, ehe wir in einer blauen Ferne für immer gemeinsam verschwänden. Unaufhörlich und gleichmäßig sprach die Uhr, klopfte ihr Ticken in die Stille, wie nur bei solchen Gelegenheiten, während die drei den Vetter umstanden. Ritana verschwand und kam mit frischen Kleidungsstücken zurück. Mit Hilfe von Pater Fichter streifte sie dem Vetter weiße Unterwäsche über. Schließlich lag er in einem schwarzen Anzug auf dem Tisch. Anna Kolik saß in einer Ecke am Ofen und sah in die Weite, ihre Gedanken versanken im polnischen Osten. Da öffnete sich die Türe, und Schwester Canisia, die Landwirtschaftsnonne, stand in der Gaststube. Stumm glitt ihr Blick über alle Gesichter. Aus einer Tasche holte sie Wachsstöcke, die sie, obwohl es heller Tag war, entzündete. Die Klosterfrau roch nach Pferdemist. Sie durchbrach die Stille, schimpfte über die Kälte, lobte die Sonne, ging um den Tisch herum und holte einen Zollstock sowie einen Notizblock aus ihrer Kutte. Mit unerhörter Geschwindigkeit begann sie, den Liegenden zu vermessen, machte zwischendurch Notizen, murmelte Unverständliches, leckte, wie ich es vom Vetter her kannte, die Spitze des Bleistifts, ehe sie schrieb, fuchtelte mit dem Zollstock, maß Abstand der Beine und Arme, Breite der Schultern, Größe der Füße, schrieb alles auf, kratzte sich mit dem Meterstab den Handrücken, ging schnellen Schrittes im Zimmer auf und ab, nein, sie wolle sich nicht lange setzen, auch nicht den Umhang ablegen, sie müsse

gleich wieder weiter, rieb sich die Hände, diese Kälte, welch ein Tag, sie verschluckte sich fast. Schließlich wandte sie sich Ritana zu, schob den Pater zur Seite, wisperte und flüsterte endlich Anna Kolik etwas ins Ohr. Diese stand da, zog eine Hutnadel aus ihrem schwarzen Schal, näherte sich dem Toten und rammte, von allen Blicken verfolgt, mit unerhörter Kraft die Nadel in die Ferse des Vetters. Keiner regte sich. Kein Wort fiel. Nichts geschah. Nicht einmal Gewebewasser trat aus. Nur mein ganzes Leben stürzte in diesem Augenblick auf den Nadelstich zu.
Quotidie morimur, hörte ich nach einer Weile die Nonne sagen: wir sterben täglich und verlieren alle Stund' eine von unserm Leben. Je länger wir leben, desto mehr sterben wir. Zwar meinten wir, unser Lebenslicht gleiche dem einer langen Kerze, und wir bildeten uns ein, ewig zu leuchten. Dabei seien wir nichts als Stümpflein. Wer aber sterbe, ehe er sterbe, der sterbe nicht, wenn er sterbe. Zu dieser Kunst, täglich zu sterben, brauche es allerdings mehr als eine Kutte, wie einst der vormalige Traubenwirtssohn und nachmalige Bußprediger Megerle gelehrt habe, den sie noch – vom Ruhm unverschattet – gekannt habe: Ach, die Welt ist nichts als ein Tanzboden, auf dem es die kuriosesten Sprüng' gibt. Was ist schon der Mensch? Canisia blickte Ritana ins Gesicht, gab sich die Antwort jedoch selbst: ein Buch voller Eselsohren, ein Raub der Zeit, ein Musikant, der nichts anderes zu spielen weiß als sein läppisches Larifari! Ja, lach nur, eitler Weltaff', ereiferte sie sich und fuchtelte mit weitem Ärmel. Lach nur, daß es dir schier das Maul aus den Angeln reißt. Das Ach bleibt nicht aus. Gockle nur herum, du Scherz der Elemente. Aber laß

dir's gesagt sein: kein stolzer Federhansl bleibt ungerupft.

Die Nonne klatschte in die Hände, blickte triumphierend in die Runde, zupfte den Pater an der Joppe und zog ihn mit sich hinaus.

Durchs Fenster sah ich, wie sie draußen mit voller Kraft die Pickel in die gefrorene Erde schlugen.

Bei jedem Atemzug standen ihnen kleine Wölkchen vor dem Mund, als wären die beiden schnaubende Drachen.

Drachenkunde

Das Symbol der Thulserner Eisenbahn ist ein Drache. Welch ein Zufall! Über der Strecke, Herr Revisor, schwebt der Drache des Thulserner Wappens. Die Strecke, Herr Revisor, besteht nicht nur aus dem Damm, den Schienen, dem Schotter und den Schwellen. Nehmen Sie nur ein Wort wie Gleiskörper, Herr Revisor: G-l-e-i-s-k-ö-r-p-e-r. Buchstabieren Sie es. Stellen Sie sich vor, mit der Hand über einen solchen Körper zu streichen, mit vorsichtiger Zärtlichkeit und ohne eine Stelle zu vergessen. Jede Schrunde ist wichtig, jede Schramme verweist auf eine Geschichte; es gibt nichts, was nicht von größter Bedeutung wäre. Lassen Sie nichts aus, schmiegen Sie sich an, bedenken sie: Ihre Hände gleiten über einen Körper mit Ausbuchtungen, Geraden, Rillen, Rundungen, mit Plätzen zum Verweilen und mit Gegenden, die bislang niemand berührt hat. Erst wenn Sie dafür das richtige Gespür entwickelt haben, das aus Geduld besteht und aus bedingungslosem Vertrauen, werden auch Sie empfindlich werden für die Luft entlang der Strecke, für die Strömungen, die sie umgeben. Ich will Ihnen sagen, wie ich mir dieses Wissen erworben habe. Indem ich Drachen steigen ließ: ebenflächige Drachen und Bogendrachen, Kasten- und Deltadrachen. Von Schwelle zu Schwelle habe ich mich über lange Jahre in die Geheimnisse des Drachenbaues vertieft, habe über Bespannung, Befestigung, Rahmenmaterial,

Knoten, Rollen und Winden, Auftrieb, Stabilität, Waagen, Kiele und Seitenruder nachgedacht, über Schwänze und Schleppsäcke meditiert und die Windverhältnisse entlang der Strecke genau studiert, bis ich schließlich Start, Steuerung und Landung perfekt beherrschte. Oft genug habe ich mich der altmodischen Technik des Laufstarts bedient, Herr Revisor. Das Laufen bin ich gewohnt, denn bei leichtem Wind braucht so ein Drachen volle Aufmerksamkeit und Aufmunterung. Bei mir ist das nicht viel anders. Die Frage ist nur, ob ein Querfeldeinlauf, Herr Revisor, volle Aufmerksamkeit und Aufmunterung garantieren kann. Querfeldein, die Strecke entlang. Verstehen Sie, worauf ich hinaus will? Es kommt vor allem darauf an, wie der Wind weht: sanft, mäßig, frisch oder kräftig. Märzwinde eignen sich zum Drachensteigenlassen vorzüglich. Ebenso späte Herbstwinde. Sie erlauben dem Drachen das Reiten auf der Thermik. Die Luft unter den Wolken steht im Schatten und ist daher kühler als ihre Umgebung, sie sinkt spiralförmig ab, wirbelt die wärmere Schicht durcheinander, wie ich Ihre Gedanken, Herr Revisor, und läßt sie rings um die kalte Luftsäule wie in einer Röhre wieder hochsteigen. Das ist das Geheimnis des luftigen Ofenrohrs, Herr Revisor, in dem ein gut gebauter Drachen tänzeln kann wie ein Zirkuspferd. Selbstverständlich beeinflußt das Gelände die Bodenwinde. Die Umgebung der Strecke ist ebenso entscheidend wie die Strecke selbst. Die leicht gewellten Moore entlang des Bahndamms sind ein ideales Flugfeld. Der sanft landeinwärts gerichtete Wind ist stets gleichbleibend, und er ist eben geschichtet. Die Hügelspitzen dagegen erzeugen verspielte Turbulenzen. Die Leine sollten sie Hand über Hand einholen, Herr Revisor. Ein wirklich leistungsfähiger Drachen wird sich stets so viel Leine von der Rolle holen, wie er gerade benötigt. Das müssen Sie bedenken, wenn Sie hinter mir hermarschieren auf Ihrem Revisionsgang. Jedesmal, wenn der Drachen sinkt, gibt er Leine frei. Bringen Sie ihn dann in leichtere Winde, so zieht er wieder an. Dies nur als kleiner Hinweis. Schwierig wird es, wenn der Drachen einen übermäßigen Zug ausübt, Herr Revisor; notfalls muß dann die Leine unterlaufen werden, wozu in der Regel zwei Männer nötig sind. Und Sie sind allein, vergessen Sie das nicht. Sie sind allein mit mir. Schon die Wahl der Flugleine beeinflußt das Verhalten des Drachens. Ein zu großer Querschnitt zieht den Vogel nach hinten und abwärts gegen den Horizont, und das wollen Sie doch nicht, Herr Revisor. Ein zu geringer Querschnitt freilich birgt in sich die Gefahr des Zerreißens. Und das wollen Sie auch nicht. Daß Ihnen der Drachen davonsegelt, daß er einfach abhaut, auf Nimmerwiedersehen, daß ich Ihnen einfach davonlaufe. Es gibt da eine Faustregel, Herr Revisor, die ich Ihnen sogar verrate: man mißt die Fläche des Drachens in Quadratfuß und wählt eine Leine, deren Reißfestigkeit, gemessen an der Gesamtfläche, wenigstens dreimal größer ist. Sie haben die Wahl zwischen Zwirn, Schnur, Seil, Polsterleinenfaden, Angelschnur, Nylon mit Innenkern aus Baumwolle – oder Klaviersaiten. Doch diese sind wegen der elektrischen Ladung der Luft über der Strecke wenig ratsam, Herr Revisor. Da knistert es zuviel. Da ist die Hülle über Ihnen geladen. Da funkt es bisweilen. Bedenken Sie das, wenn Sie mich an eine Leine legen wollen. Wählen Sie gut. Ein Drachen ist nicht anders als ein angebundener Flugkörper in überzogener Fluglage. Das wollte ich Ihnen nur gesagt haben, Herr Revisor. Angebunden, aber in überzogener Lage. Wie ich. Der Auftrieb, Herr Revisor, resultiert aus dem an der Drachenfläche abgelenkten Druck. Verstehen Sie, was ich Ihnen damit sagen will? Da wird der Druck ausgenützt. Schamlos ausgenützt. Für den Aufwind, Herr Revisor. Bedenken Sie das einmal und wenden Sie es an: auf Ihre Revision. Auf Ihre Pläne zur Stillegung der Strecke. Der Drachen wird aber nicht nur nach oben gedrückt, Herr Revisor, er wird auch angesogen. Er wird regelrecht angesogen. Das kommt von der Strecke. Von der Geländeform des Bahndamms. Die Sache ist sehr einfach: auf einen fliegenden Drachen wirken drei verschiedene Kräfte – Auftrieb, Schwerkraft und Sog. Sie brauchen dabei nur an mich zu denken. Seit Sie da sind, seit Ihrem Brief habe ich Aufwind, überwinde ich die Schwerkraft und verdeutliche Ihnen den Sog, der von der Strecke ausgeht. Was für den Drachen gilt, das gilt auch für mich. Alle Kräfte aber tarieren sich im Zentrum des Drucks aus, und zwar genau in dem Punkt, Herr Revisor, von dem man sagen kann, daß in ihm alle Druckkräfte wirksam sind. Verstehen Sie: ich bin ein Drachen. Ich bin Ihr Drache. Und Drachen gibt es seit fünfundzwanzig Jahrhunderten, Herr Revisor: mit religiöser, zeremonieller und militärischer Bedeutung. Drachen stiegen bei Beerdigungen – wie jetzt zur Stillegung der Strecke, verstehen Sie? –, und sie stiegen zum Signalisieren wichtiger Botschaften, sie halfen beim Fischen und beim Ausloten der Geheimnisse der Luft, waren Transportgerät und dienten sogar der Rettung, Herr Revisor. Rettungsdrachen! Nie davon gehört? Maximaler Auftrieb aber läßt sich nur erzielen, wenn der Drachen direkt gegen die Windrichtung steht. Und wer beeinflußt den Wind, Herr Revisor? Selbstverständlich die Strecke. Wie Sie sehen, ist eines untrennbar mit dem anderen verbunden. Alles ist verknüpft und verknotet. Jeder Knoten aber ist ein höchst empfindlicher Punkt. Deshalb kommen Sie nicht drum herum, Herr Revisor, die Knoten zu lernen: die Bucht, einfachen und doppelten Palstek, Kreuzknoten mit Slipstek oder mit halben Schlägen, Rundschlag mit zweifachem Schlag, doppelten und dreifach gesicherten Schotenstek und selbstverständlich den Allerweltsknoten – den Fischerstek. Aber wenn Sie meinen, Sie könnten mich damit binden, dann haben Sie sich getäuscht. Achten Sie lieber auf das Bespannungsmaterial. Ich sage es Ihnen gleich: Stoffdrachen fliegen beständiger als Papierdrachen. Außerdem sind sie widerstandsfähiger. Gut geeignet ist Uniformfutter. Etwa von meiner Dienstjacke, Herr Revisor. Aber nichts kommt an Leichtigkeit und Eleganz der Seide gleich.

Das lernten die Thulserner Kinder in der Schule. Bald wurde es unter den Eisenbahnern Thulserns Mode, Drachen zu bauen. Seither hat der Drachenbau bei Angestellten der Thulserner Bahn Tradition. Ich bin der letzte auf diesem Gebiet, Herr Revisor. Sollen nach mir keine Drachen mehr steigen? Wollen Sie, Herr Revisor, auch diese Strecke für immer stillegen? Mit Drachen maßen die Stationsvorsteher die Entfernungen zwischen Zug und Station, mit Drachen veranstalteten sie kurzweilige Wettkämpfe, schließlich schickten sie beim Bau der Pfeiler der Sanna-Brücke Baumaterial zu den Arbeitern hoch, wobei sie mächtige Körbe benutzten, die von riesigen, über der Baustelle schwebenden Drachen getragen wurden. Die Kampfdrachen aber waren nicht nur erstaunlich wendig und manövrierfähig, sondern sie waren auch mit Schneidevorrichtungen aus Glasscherben oder Porzellansplittern ausgerüstet, denn Ziel eines Drachenkampfes ist es, die Schnur des Gegners zu durchschneiden. In Neujahrsnächten ließen die Eisenbahner über den Stationen mittels großer Drachen verschiedenfarbige Feuerkugeln aufsteigen, die den Drachenmäulern den Anschein gaben, als spuckten sie Pech und Schwefel. Sogar Heißluftdrachen ließ man über der Thulserner Strecke steigen. Irgendeinem Schrankenwärter muß das Buch *Die zehntausend unfehlbaren Künste* in die Hände gefallen sein, denn darin, Herr Revisor, findet sich der bemerkenswerte Satz: man kann Eier mittels Abbrennen von Zunder dazu bringen, in der Luft zu fliegen. Man nehme ein Ei und entferne den Inhalt aus der Schale, zünde ein wenig Beifußzunder im Innern des Loches an, so daß eine starke Luftströmung entsteht, und das Ei wird sich von selbst in die Luft erheben. Mein Vetter Hans Nicolussi, der einen Drachen benutzte, um sich auf dem Rücken liegend über einen Teich treiben zu lassen, ermutigte mit seinem Einfall einige Gleisarbeiter zu einem von Drachen gezogenen Draisinenwettrennen. Der Ladeschaffner Schalderle ging sogar so weit, seine heiratsfähige Tochter, die in einem an einer Drachenschnur hängenden Sessel saß, über der Laderampe des Güterbahnhofes von Thulsern etliche Meter in die Höhe steigen zu lassen, um sie an den Mann zu bringen. Zuletzt wurden unter den Eisenbahnerwitwen auch Wettbewerbe im Bemalen von Drachen veranstaltet. Zu den von den Thulserner Eisenbahnern besonders bevorzugten Drachen zählte der Nesselwanger Hundertfüßer mit spanischem Rohr und zweischenkliger Waage. Außerdem erfreuten sich großer Beliebtheit: die Oy-Schlange aus gespaltenem Bambus, der Wertacher Kreisdrachen mit einer dreischenkligen Waage, der schwanzlose Keller-Drachen, der vierschenklige, gerne als Siegeszeichen verwendete Pfrontener Falke oder panische Schmetterling, je nach Wind, der mit traditionell langer Waage ausgestattete Titanier, der schwer startbare Bregenzer Kampfdrachen, der echte Lindauer, Herr Revisor, verwandt mit dem oberschwäbischen Bogendrachen, wie Sie vielleicht wissen, denn sicherlich haben Sie sich über die Strecke informiert, die Sie stillegen wollen, der Isny-Dreistabdrachen mit Papiersummern, der zuweilen mit gebogener Querstrebe fliegende Scheunentordrachen sowie der Steirische Birnenspitzendrachen mit einem Rahmen aus gebogenem Rundholz, ein guter Segler, der Lechtaler mit einer Schwanzlänge, die der vierfachen Länge seiner Diagonale exakt entspricht, der klassische Diamant mit Rundstabrahmen, Tiroler Kastendrachen aus Hickory, der Allgäuer Luftabwehrdrachen mit fünfschenkliger Waage, das für kräftige Winde geeignete Romaner Sechseck, der doppelte Ladurner. Die Strecke ist eine Drachenstrecke. Und jetzt kommen Sie mit Ihren Bibliothekskenntnissen, Herr Revisor. Kehren Sie um, gehen Sie zurück in Ihr Institut, lesen Sie die Helden Ihrer Wissenschaft und raufen Sie weiter mit Ihresgleichen um die Macht. Ihre Sehnsucht ist eine Konzeption. Meine Sehnsucht ist die Strecke. Was wissen Sie schon von Drachen? Sie kennen den Sinn des Drachens so wenig wie den Sinn der Strecke.

In Thulsern, Herr Revisor, unterscheidet man nicht zwischen dem Drachen, den man steigen läßt, und dem Ungeheuer, das den Hort bewacht. Im Thulsernischen sind beide gleich. *Denn im Bild des Drachens, behauptet die Chronik von Alt-Thulsern, ist etwas, das in Einklang steht mit der Vorstellungskraft der Menschen, und so erscheint der Drache in verschiedenen Gebieten zu verschiedenen Zeiten. Der Drache besitzt die Fähigkeit, viele Formen anzunehmen, doch diese sind unerforschlich.*
Nicht einmal Konfuzius konnte sich den Drachen erklären. Die Vögel fliegen, die Fische schwimmen und die Tiere laufen. Wer läuft, kann von einer Falle aufgehalten werden, Herr Revisor, wer schwimmt, von einem Netz, und wer fliegt, von einem Pfeil. Bedenken Sie nur und überlegen Sie, wie Sie selbst zu Fall kommen.
Drache, das heißt: der scharf Blickende!
Ihnen wünsche ich, daß Sie vom Drakunkuluswurm befallen sein mögen: dem längsten im Menschen lebenden Fadenwurm, dessen Larven im Trinkwasser verrottender Gegenden heranwachsen und auch Hunde, Katzen und Wölfe als Wirte akzeptieren. Stufenbrunnen und primitive Wasserstellen wie etwa der Trog hinter der Fallmühle sind bevorzugte Umschlagplätze. Bei einem Durchmesser von eineinhalb Millimeter werden die Weibchen bis zu hundertzwanzig Zentimeter lang, Herr Revisor. Nach Durchbrechung der Darmwand reifen sie im Körper des Wirtes heran, bis sie geschlechtsreif sind. Die begatteten Weibchen wandern vorwiegend in das Gewebe der Beine und siedeln sich dort an. Sie durchbohren mit dem Kopf die Haut und erzeugen ein Geschwür. Wenn die vom

Drachenwurm befallenen Stellen mit Wasser in Berührung kommen, Herr Revisor, zieht sich der Wurm infolge des Kältereizes zusammen. Es kommt zur Ausstoßung von Larven in das Wasser. Nach Entleerung der gesamten Brut stirbt das Weibchen und verkalkt. Die Larven werden von Flohkrebsen (der Gattung Zyklops, Herr Revisor), wie sie das im Radio nannten (es waren Nachrichten für unsere Kompostfreunde, eine Sendung des Landfunks), verschluckt und in der Bauchhöhle dieses Zwischenwirts infektionsreif. Die Übertragung auf den Menschen erfolgt durch den Genuß von Trinkwasser. Sind Sie nicht durstig? Möchten Sie nicht einen Schluck nehmen? Drakunkulose, Herr Revisor, die Drachenkrankheit. Der Drachenwurm bevorzugt die Fersen- und Knöchelgegend. Durchbricht er mit dem Kopf die Haut, so entstehen Pusteln, Popeln, haselnußgroße Knoten, Entzündungen und furunkelähnliche Schwellungen. Rollen Sie sogleich eine Socke herunter, Herr Revisor! Schauen Sie nach, überprüfen Sie Ihre Achillesferse. Nach dem Durchbruch wird eine seröse reine Flüssigkeit entleert. Als träte Gewebewasser aus. Vorsichtig, in einem gläsernen Tropfen. Wenn Sie durstig sind, sollten Sie in der Bahnhofsrestauration einkehren, Herr Revisor. Sie war einst berühmt. Heute steht sie im Sumpf, die Stuben sind moosbestanden, der Eingang schlammbedeckt, der früher so schmucke Vorplatz ist eine Wildnis, im Seitengebäude steht das Brackwasser knöcheltief. Die Bahnhofswirtschaft war der Stolz der Thulserner Bahn. Empfänge wurden gegeben, Faschingsbälle veranstaltet, rauschende Feste wurden gefeiert, der Besitzer wurde mit Herr Ökonomierat angesprochen. Lange Zeit war die Bahnhofswirtschaft

der Versammlungsort der Thulserner. Berühmte Redner trugen dort ihre Streitigkeiten aus, Gelehrte kamen von weit her, um mit hochwissenschaftlichen Vorträgen der Bevölkerung über Wochen Gesprächsstoff zu liefern. Ich erinnere mich an einen Engländer, Herr Revisor, der behauptete, in Hörweite der Viktoriafälle geboren worden zu sein. Warten Sie, ich glaube, er hieß so ähnlich wie auch eine Lokomotive hätte heißen können. Bei jedem gelehrten Engländer stelle ich mir vor, daß er aus einem Geschlecht von Eisenbahningenieuren stammt, daß seine Vorfahren über Achsabstände und Festigkeit der Kessel, über das Patent auf die Gelenklokomotive oder über den seitenverschiebbaren Radsatz bei Lokomotiven zum Durchfahren der Krümmungen mit Halbmesser nachgedacht haben. Wenigstens am Brückenbau über den Ärmelkanal sollte einer beteiligt gewesen sein.
Eisenbahn – das war immer ein besonderer Duft. Vögel saßen auf Leitungsdrähten, und der Rauch flog über die Felder davon. Dieser Engländer aber wußte nichts von Sechskupplerreihen oder mit Kuppelstangen verbundenen Triebachsen, dafür aber alles über die geheimnisvollen Zusammenhänge zwischen Eisenbahn und Drachen. Dieser Engländer hat es fertiggebracht, daß die vollkommen überfüllte Bahnhofswirtschaft still wie eine Kirche war, als er mit seinem Vortrag anhob. Drachen und Eisenbahn: beide mit hypnotischer Kraft, beide dem Gold verbunden, magisch wie ein Tigerauge. Legten nicht Größe und Kraft einer Lokomotive einen Vergleich mit dem Drachen nahe? Waren nicht beide am Unterbau am verwundbarsten, Herr Revisor? Feuerspeiend zogen beide durch steiles und abseits gelegenes Gelände, und was

dem Drachen seine Höhle, war der Lokomotive ein Tunnel. Glich nicht der Dreispitz des Drachentöters dem Schürhaken des Heizers, Herr Revisor, wo lag der Unterschied zwischen dem Pech, das man dem Drachen in den Schlund warf, und den Kohlen, die im Kessel der Lok verschwanden? Außerdem: die Zauberkraft, Herr Revisor! Jedenfalls verstand sich der Engländer darauf, die Hörer in der Bahnhofswirtschaft mit solchen Fragen in Staunen und Unruhe zu versetzen. Überhaupt sei unsere Gegend samt dem benachbarten Allgäu eine Drachengegend. Bei Erkenbollingen nächst Füssen habe ein Drache einem Roß den Kopf abgebissen, dieses sei jedoch noch kopflos bis nach Roßhaupten getrabt, das davon seinen Namen habe. St. Mang, der Heilige des Allgäus, habe dem Drachen eine feurige Kugel in den Rachen geworfen. Als heizte er eine Lok, Herr Revisor, als setzte er eine Maschine unter Dampf. Merken Sie, worauf ich hinauswill? Bei Wertach grub sich ein Drache tief in den Boden ein, wovon heute der Grüntensee zeuge. Im Urisee hauste ein alter Drache, dessen Weibchen mit sieben Köpfen im benachbarten Frauensee Quartier gefunden haben soll. Im Säven bei Lermoos sonne sich ein Ungeheuer, bei Oberstdorf habe ein singender Schulmeister einen Drachen besiegt, dessen Brut noch im Seealpsee schlummere, um dereinst, wenn die Stunde gekommen sei, die Felswände zu durchbrechen und das gesamte Trettachtal unter Wasser zu setzen. Im Hohen Schloß zu Füssen zeigt ein Wandgemälde, wie St. Mang dem von ihm erlegten Drachen die Zunge herausschneidet, Herr Revisor. In Nesselwang hauste im Keller eines Bierbrauers ein Drache. Der Brauer täuschte ihn mit einem Spiegel und erschoß ihn mit einer geweihten Kugel. Auf dem Georgswasen bei

Kranzegg hat eine Jungfrau den Lindwurm zuerst mit ihrem Gesang betört, ehe ihm ein Einheimischer ein frisch geschlachtetes Kalb vor die Höhle legte, das er mit ungelöschtem Kalk gefüllt hatte. Der Drache fraß es auf, und als er seinen Durst mit Wasser löschte, geriet der Kalk in Brand, und der Drache zerbarst.
Dieses Land, Herr Revisor, war ein Drachenland. Heute überspannt eine riesige Autobahnbrücke das Thulserner Tal. Der Verkehr rollt darüber hinweg und hält das Thulserner Land nur noch für einen Abgrund. Manchmal legt ein Autofahrer auf der Brücke eine Pause ein, um sein Wasser abzuschlagen und sich großartig dabei vorzukommen, wenn er es hinabregnen läßt. Während er seinen Hosenschlitz wieder schließt, beugt er sich vielleicht kurz über das Geländer, das so mancher Selbstmörder hinter sich ließ, als die Brücke noch neu war. In die Thulserner Tiefe ist schon lange keiner mehr gesprungen.
Im Drachen freilich steckt, wie in der Strecke, das Geheimnis der Zeit, verkörpert durch die zwei Schienen, von denen eine vorwärts zeigt, die andere aber zurück. Während die eine noch dauert, hat die andere schon begonnen. Und dennoch treffen sich beide erst im Unendlichen.
Wer aber zwischen diesen Schienen seine Strecke geht, wird vor dem Horizont immer kleiner.
Darum, Herr Revisor, gibt es nur eins: gefaßt zu sein auf der einsamen Strecke. Denn plötzlich ist der Drache da.
Plötzlich gleitet der von grünem Blut durchpulste Hals aus dem tuftigen Loch.
Plötzlich rollen die Steinchen und werden zum tödlichen Steinschlag.

Plötzlich knackt und rauscht es im Gebüsch am Bahndamm.
Plötzlich teilt sich die Verkrautung.
Und schon schwebt das Haupt über Ihnen, Herr Revisor, schon züngelt die gespaltene Zunge zwischen den Schachtelhalmen.
Und es nützt nichts, im Namen von Wissenschaft und Fortschritt zu protestieren. Dazu ist es dann zu spät.

Im Waisenhaus

Ich habe die Strecke gewartet, darum bin ich nicht umgekommen. Jede Erinnerung beginnt mit der Eisenbahn. Auch die an meine Zeit im Waisenhaus, welches, nie behobene Folge des letzten Krieges, im Bahnhofrückgebäude untergebracht war. Das Bahnhofrückgebäude als Waisenhaus, die Wagenremisen als Stallungen, der frühere Güterschuppen mit der Laderampe als Tenne, beide beherrscht von Schwester Canisia, der Landwirtschaftsnonne. Zwar stand Oberin Castuline dem Konvent vor, doch Canisia hatte das Sagen, denn sie versorgte ihre Mitschwestern, kommandierte das Vieh, ordnete an, wann geschlachtet, gemäht, Heu eingefahren und gedroschen wurde. Ihr zur Seite: ein speichelnder Bernhardiner mit blutunterlaufenen Augen, ein mächtiger Brocken, ein Kalb von einem Hund, gutmütig und faul. Das Waisenhaus gleich hinter dem Bahndamm, Schwester Canisia, die Erfinderin von flirrenden Lügen, die sie nach getaner Arbeit zum besten gab, mit denen sie die Waisenkinder zu Bett brachte und ihnen den Schlaf raubte. Während die Kinder im Schlafsaal nebeneinander lagen, die Decke bis zum Kinn, da es überall im Bahnhofrückgebäude zog, rückte Canisia mit ihrer Kindheit heraus. In das Anfahren des letzten Zuges, in das Rucken und Pfeifen hinein setzte sie ihr Heranwachsen im Gasthaus Rößle, gab vor, aus einem alten Pferdehändlergeschlecht zu stammen, Kutschen als

Vorläufer der Eisenbahn, entdeckte uns die Welt der Schmiede und Sattler, der Seiler und Schuster, ließ uns teilhaben an der Fertigung lebenslang haltbarer Tränkkübel sowie am Werdegang ihres Vaters, welcher als Koppelführer begonnen habe, mehrmals ins Italienische gezogen sei, bis ihm eine reiche Heirat als Krönung seines Geschäfts den Kauf der Mailänder Großfirma Valerio und Gatti Fratelli mitsamt Stallungen, Bereitern, Wagenpark und Drumunddran ermöglicht habe. Dazu summte sie: *Mamatschi, schenk mir ein Pferdchen. Ein Pferdchen wär mein Paradies.* Canisia wußte von Außenstellen in Neapel und Rom, wich bald nach England aus, bald nach Holland und Belgien und griff schließlich bis Argentinien und Brasilien, um den Pferdehandel niedergehen, dafür jedoch die Strohhutindustrie aufblühen zu lassen. Die Nonne in der blauen Landwirtschaftstracht hatte dabei in der Regel die Ärmel ihrer Kutte zurückgestreift, manchmal sogar, bei arger Hitze, hochgekrempelt. Während des Erzählens spielte sie damit und strich öfter über ihre Schürze, Sätze aus uralten Schriften hersagend, die es angeblich in der uns Waisenkindern verschlossenen Klosterbibliothek gab, welche im Maschinenhaus des Bahnhofes untergebracht war: das Thulsern ist ein rauchs und schneeigs Land, hat aber schön und starck Lüet, Weyb und Mann, die können all trefflich spinnen und selbiges ist auch den Mannen nicht spöttlich. Der gemeine Mann ißt gar rauch und schwartz Gersten oder Habernsbrod. Wer hätte nach solchen Sätzen gleich einschlafen können? Zwischen den Bettreihen auf und abgehend, erzählte Canisia von den Regeln der Gestüterei, und wir wurden davor gewarnt, uns jemals auf den Kauf von Friesen, Flemminger, Westfalen oder Gelderischen Roß einzulassen. Dafür standen wir mit den Händlern Scheuerle und Stöckler vor Gericht: einerseits sei es seitens der Österreicher verboten gewesen, Pferde ins gegnerische Venedig einzuführen, andererseits hätten die Venezianer mit hohen Preisen gelockt. Von Spitzeln und Hintermännern, Schmieden und Koppelknechten lernten wir Geographie, bis wir am nächsten Abend das Urteil erfuhren, welches die beiden Täuscher wegen des Schmuggelns von vierzig Rössern erwartete. Derart beunruhigt, versöhnte uns das Vertrauen der Züchter, Pferdehändler mit ruhigem überlegenem Wesen jenseits jedweder Schönfärberei, jeden Feilschens und Schacherns. Weitere Lektionen folgten, und bald kannte jeder von uns, stets als Einwand gegen die Eisenbahn, deren Geschwindigkeit beträge, seinen Itinerario per la condotta dei cavalli: alle Strecken zu Fuß. Wurde einer von uns, längst im Bett liegend und einer neuen Lüge entgegenfiebernd, von Canisia aufgerufen, als säße er in der Schulbank, so konnte sie bei ihrem Unterricht mit jedem, aber auch jedem von uns rechnen. Du, sag auf, was Max Fugger von Kirchberg und Weißenhorn von der Gestüterei sagt: ein Roß ist um so viel mehr wert, als man auf ihm in den hungarischen Heiden einen Türken erreiten kann. Auch ist das Gebirge vorteilhafter für die Pferdezucht als die Ebene, denn ein jung Roß muß auff- und absteigen, um einen starcken Rücken und gute Hufe zu bekommen. Die Ebene eignet sich bloß für trächtige Stuten. Und kaum hatte ein in die Decke gerolltes Waisenkind derlei hergeschnurrt, entdeckte uns Canisia den pädagogischen Nutzwert solcher Rede, hieß uns junge Fohlen und riet zu steinigem Lebensweg, um einen starcken Rücken und Ausdauer zu bekommen. Gleich ging es mit einer Gesindeschelte weiter, daß man ihm alles wohl zu der Hand richten müsse, und wenn die Burschen nicht mittäten, werde sie, Canisia, wie weiland der Stallmeister im Gasthof Rößle, zur Streugabel greifen. Doch ließ die Nonne keinen Abend drohend ausgehen, sondern schloß häufig mit einem Singsang, der die Kinder noch im Schlaf das Fernweh lehrte. Von größter Beliebtheit war ihre Schilderung der Route Lindenberg – Mailand, der Weg durch die Täler, die stete Sorge um die Pferde, die Launen der Natur, ein Wetterumschlag, Steinlawinen, Eis und Schnee, dann aber Rebgärten, Äcker und die Po-Ebene. Und die Wirtshäuser: eine Strecke aus Wirtshäusern.

Jede Strecke ließ Canisia bei der Fallmühle beginnen und dort wieder enden: Niederstaufen »Löwen«, Lautrach »Engel«, Götzis »Sonne«, Balzers »Post«, Chur »Steinbock«, Thusis »Krone«, Splügen »Bodenhaus«, Campodoleino »Croce Bianca«, Chiavenna »Cavallo bianco«, Varenna »de Calvi«, Lecco »Corona«, Carzaniga »Posta«, Monza, Mailand. Darin vermengt: weiters ersuche ich, ja nicht darauf zu vergessen, mir versprochener Maßen ein ungarisches Pferd mitzubringen. Verzeihen Sie aber, daß ich eine kleine Beschreybung gebe, wie selbes ich gerne möchte: vier- bis fünfjährig, älter nicht, fünfzehn bis sechzehn Fuß hoch, schön von Hals und Kopf, gut in den Füßen, im Leib so starck als es gibt, die Farb überlasse ich Ihnen, nur nicht schwarz. Dabei sah Canisia, von Bett zu Bett gehend, jedem von uns ins Gesicht und merkte an, nur Gesichter sprächen die Sprache, in der man nicht lügen könne, weswegen sie stellvertretend für uns

erfinden müsse: es gehe um nichts weniger als um unseren Anteil. Sie erklärte die Durchblutung der Haut, verfolgte die Linie des Haaransatzes, verlor sich in Dichte und Form der Augenbrauen und Wimpern, schwärmte von Nase und Mund, Stellung und Modellierung der Ohren, Lage der Augen, Schamröte, Blutfülle und Blässe, Angstschweiß, Tränen und triefendem Speichel. Die meisten Waisenkinder, welche im Bahnhofrückgebäude in der Obhut der Schwestern lebten, waren Flüchtlingskinder mit kranken Gesichtern. Es gab kein Kind, welches ohne Schaden dem Konvent überstellt worden wäre. Das eine hatte eine krause Stirn, eine hochgezogene Oberlippe, geblähte Nasenlöcher, das andere eine hochgeschobene vorspringende verquollene Unterlippe, verengte Lidspalten und ein Gesichtsödem. Die rotviolette Färbung verschiedener Gesichtspartien sowie Trommelschlegelfinger oder Uhrglasnägel waren ebenso häufig wie eine mit Bläschen übersäte Körperhaut, wie bei Windpocken, schuppende Flächen, Mundverziehung durch Verbrennungsnarben oder Hände nur noch als Stümpfe. Canisia kämpfte gegen Milch- und Mehlnährschäden, gegen Ekzeme, Scharlach und Diphtherie. Hatte einer starre Gesichtszüge mit weißgelblichen Schwellungen, so tropfte es beim anderen aus dem halboffenen Mund. Mißbildungen an Ohren und Nase, beidseitige Lippen-Kiefer-Gaumenspalte oder verkleinerte Augen gehörten zum Alltag. In diese Gesichter hinein erzählte Canisia ihre Geschichten, für sie erfand sie Alpenübergänge, die zwar gefährlich waren, aber stets gemeistert wurden.
Mußte ein Kind auf die Krankenstation, so kam es in den Genuß einer Geschichte, die sich Canisia nur für

diesen Patienten ausdachte. Erst nach der Genesung erfuhren die anderen Waisen, was die Nonne einem von uns anvertraut hatte. Auf diese Weise entstand eine Sehnsucht nach Fieber, von dem man durch Canisias Fabulieren geheilt wurde. Simulanten erkannte die Klosterfrau rasch, darin war sie unbestechlich. Hatte ein Kind Mandelentzündung, so fuhr es dank Canisia mit der Transsibirischen Eisenbahn quer durch die Mandschurei, nicht ohne die leichten Schienen bemängelt zu haben, welche nur eine geringe Achslast von dreizehn Tonnen vertrügen, nicht ohne die dünne Schotterschicht sowie die nicht imprägnierten Schwellen zu vergessen. Bei Keuchhusten fuhr die Nonne mit dem geplagten Kind wegen der heilenden Höhenluft die Andenstrecke durch Peru und Bolivien, und ehe der Patient gesund war, hatte er sich zu einem Experten für Zinn- und Kupferminen entwickelt, war von Mandoza nach Valparaiso, von Antofagasta bis Cuzco gereist, keine Station überspringend. Als meine Krankheit abklang, hoffte ich auf eine Fahrt quer durch Australien, wohin ich dereinst auswandern wollte. Die Nullarbor-Gerade mit ihren vierhundertachtundsiebzig Kilometern hatte es mir besonders angetan. Vierhundertachtundsiebzig Kilometer kein Baum, kein Strauch, kein Haus, nur Telegraphenmasten. Im Zug: nur Rentner. An jedem Fahrgast verlor die Bahn hundert Franken. Eine Eisenbahngerade: die Vollendung einer mathematischen Idee. Schon fuhr ich von Perth nach Sydney und von dort, vielleicht, wenn das Fieber nicht ganz so rasch sank, über das Wasser nach Neuseeland, von Invercargill bis Auckland, untertags mit dem Silver Fern, nachts mit dem Northener, zwischen Picton und Wellington mit der

Fähre. Aber dafür war ich nun zu alt. Die Landwirtschaftsnonne hatte anderes mit mir vor. Sie senkte das Fieber, und ich genas, noch ehe ich einen Meter Bahnfahrt hinter mich gebracht hatte. Nachdem mich die Nonne gewogen hatte, entschied sie, mich für die Landwirtschaft mit heranzuziehen und mich in die Geheimnisse des Käsens und Butterns einzuweihen: dies sei, wie immer mein späteres Leben verlaufe, in jedem Fall von Vorteil, die Eisenbahnlügen könne ich mir von den Flüchtlingswaisen erzählen lassen, Neues habe sie derzeit nicht auf Lager, sie benötige dafür zuerst ausgiebige Lektüre sowie gründliches Studium von Nocks Großem Atlas der Eisenbahnen, welcher derzeit in der Kammer der Oberin Castuline liege, weil diese, angeregt von einigen Hinweisen, endlich auch auf den Geschmack gekommen sei und erkannt habe, wie weit man mit dem Finger auf der Landkarte komme und welcher Segen doch die Eisenbahn sei, auch wenn der hoffnungslos überaltete Konvent in einem Bahnhofrückgebäude untergebracht sei, was Castuline nie verwinden werde und würde sie hundert Jahre alt. Für mich begannen Tage und Wochen voller Belehrungen über Fermente, Hefen, Schimmelpilze, Saures entwickelte sich zum Alkalischen, was immer dies sein mochte, weicher Teig, flaumige Rinde, gewachsene Rinde, Naturrinde, halbfester, harter trockener Teig, Blauschimmel und geschmolzener Teig kamen in meinem Kopf zusammen, schließlich auch die Flüssigkeiten, die am häufigsten für die Reifung von Käse verwendet werden: Salzwasser, Milch, Buttermilch, Weißwein, Apfelwein, Bier, Weinbrand, Tresterschnaps und Olivenöl, dazu die Berührung mit dem Heu bestimmter Gräser, der Asche von Eichenholz, Buche oder Akazie, in Weinbaugegenden von Weinreben und abgehackten Bäumen. Und als Krönung: hundertundachtzehn verschiedene Sorten von Ziegenkäse. Von nun an durfte ich länger aufbleiben als die anderen Waisenhauskinder. Mein erstes Käsen sollte mit einer Käsegeschichte belohnt werden, als soeben der letzte Zug die Station verließ. Schließlich war Käse der bedeutendste Exportartikel Thulserns. Er hatte dieses unbedeutende Seitental in aller Welt bekannt gemacht, Käse galt als Hauptnahrungsmittel. Ich gierte schon nach meinem Anteil, vermutend, es handle sich um einen Güterzug nur mit Käse, jeder Waggon prall gefüllt mit einer anderen Sorte, geheimnisvoll verteilt über ein Netz von Käsereien und Sennstationen, doch nichts von alledem. Die Oberin Castuline kam dazwischen, um die gelegentlich selbst in diesem Konvent auftretenden Zwistigkeiten und kleinen Gehässigkeiten unter den Nonnen mit einer Predigt über Himmel und Hölle zu tadeln. Jedes Vergehen sei ein Kerker, der sich schließe, der Sünder finde sich auf einen Felsen gespannt, jeder Übeltäter zeuge im Sterben das Ungeheuer, welches sein Leben zusammensetze, und der Tiger trage auf seinem Rücken den Schatten der Gitterstäbe seines ewigen Käfigs. Auf Canisia aber treffe, haderte die Oberin, Paragraph vierachtundachtzig De Coelo et Inferno: Mitschwestern, die sich nur zum Zwecke des Ruhmes ihrer Gelehrsamkeit auf die Wissenschaften geworfen, ihre Vernunft aber nicht dadurch ausgebildet und Freude am Gedächtniswissen nur deshalb gehegt hätten, weil sie es in ihrem Dünkel bestätigt habe, die liebten sandige Plätze gleich Bahndämmen: diese zögen sie Feld und Garten vor, weil das Sandige und Schottrige ihren Studien entspreche. Canisia dagegen berief sich auf Malvina, Baronin von Servus und ihre Abhandlung über Alpinismus im Dschungel, derzufolge der Selbstgerechte in der Hölle einer im Feuer rotglühend gemachten Frauenstatue in die Arme geworfen werde, während Ursula Vulpius als Trost für die Mittelklasse die Vorstellung von einem Himmel propagiere, in dem die Toten all jenes verwirklichten, was ihnen hienieden versagt geblieben sei. Doch keine der Nonnen dieses Konvents erreiche die Höhen, die jenseits der Monotonie ihrer Gebete lägen. Sie verabscheue die brennenden Ebenen, Äcker und Täler, aus denen mit bestürzender Deutlichkeit nichts als Gewissensbisse ragten. Schafft die Furcht vor der Hölle ab, fuhr die Oberin schroff dazwischen, und ihr werdet den Glauben der Christen abschaffen. Solches Gemeingut habe sie ihrem Brevier auch schon entnommen, setzte Canisia dagegen. Einem jahrelang Erblindeten aus Goldaming, der später auf dem Gebiet der hinduistischen Missionen zu arbeiten und Meskalin zu schlucken begonnen habe, diesem Herrn zufolge könne das Paradies die Vorstellung von dem sein, was wir entbehrten – oder die Verklärung dessen, was wir besäßen. Die Patagonier aber meinten, die Sterne seien die Toten ihres Stammes, und sie gingen auf der Milchstraße auf die Jagd. Unsere Bibel jedoch enthalte weder einen Hinweis auf Zwerge noch auf Käse. Selbst Gen. 18 enttäusche: und er trug Butter und Milch von dem Kalbe auf und setzte es ihnen vor und blieb stehen unter dem Baum. Als frören sie, saßen die Nonnen eng zusammen, und dennoch glaubte ich, zwischen jeder einen eisigen schwarzen Abstand zu erkennen. Sie schauten mit leeren Augen geradeaus oder lächelten abwesend. Hin und wieder formte eine Nonne einige zumeist schwer verständliche Worte, zusammenhanglose Satzgebilde, die entweder um ein Leiden, ums täglich schlechter werdende Essen oder um einen Fetzen Kindheitserinnerung kreisten und kreisten. Und immerdar glitten die Rosenkranzperlen, ausgedörrt wie alte Pflaumen, durch die runzligen Finger, immerzu schnurrte eine der Klosterfrauen die Zauberformel herunter: der du für uns Blut geschwitzt hast. Dazu bewegten sich die ausgesaugten Lippen in gespenstischer Geschwindigkeit und zogen gelegentlich Speichelfäden.

Schwester Canisia aber ging energisch auf und ab, nutzte die weiten Ärmel ihrer Kutte wie ein Dominikaner, gestikulierte, hob zu sprechen an, brach wieder ab, fuchtelte, beruhigte sich endlich und sagte schließlich, während sie sich setzte und die Ellbogen auf den rohen Tisch stemmte: Lügner arbeiteten nicht mit doppeltem Boden, sondern bodenlos.

Oberin Castuline verbat sich ein für allemal solche Aphoristik mit der Bemerkung, was für einen Schrofelfahrer gelte, habe noch lange keine Berechtigung in einem Waisenhaus zu Thulsern, zumal der Konvent (wo gebe es derlei sonst auf der Welt?) im Rückgebäude eines verlotterten Bahnhofes untergebracht sei. Nicht einmal bei den Hottentotten, wo sie immerhin sieben Jahre als Lehrerin in der Mission tätig gewesen sei, mute man einer Klosterschwester solche Schamlosigkeit zu.

Doch Canisia, die Landwirtschaftsnonne mit den geröteten Fingern, war in ihrem Wortschwall längst weiter, und ich hatte Mühe, den Anschluß zu finden. Wo waren wir? Beim Epos der apokryphen Thulser-

ner Rhapsodin Karlina Piloti, welches diese in ihrer Villa *La Meridiana* hoch über Tafamunt am Bannwaldsee unvollendet zurückgelassen habe. Sie, Canisia, habe das Bündel eng beschriebenen Papiers in der Klosterbücherei zwischen alten Fahrradschläuchen, die dort weiß Gott nichts verloren hätten, aufgestöbert – einem Kabinett überdies reich an unbekannten Schätzen, wenn man, wie sie, alles Gebrauchte und Abgegriffene verehre.
Unumstrittener Held dieses Gleichnisses vom Verhältnis zwischen geistiger und leiblicher Nahrung sei der Repräsentant der Thulserner Wesensart: der Gartenzwerg!
Sie, Canisia, die Landwirtschaftsnonne, setze das begonnene Werk der Karlina Piloti, die ich anderweitig finden, verlieren und zehn Jahre zu spät wieder für immer finden sollte, fort, sie fühle sich dazu berufen, ja geradezu verpflichtet, und sie lasse sich durch nichts und niemanden davon abbringen. Und wenn man ihr die Stiefel vor die Tür stellen sollte. Sechs große Kapitel mit dreiunddreißig Abschnitten habe sie schon gedacht, teilweise auch formuliert und aufgeschrieben. Der vollständige Titel laute ab jetzt: *Der Gartenzwerg oder Der böse Blick*. Dabei folge sie einem ebenso einleuchtenden wie komplizierten dramaturgischen Gliederungsprinzip, welches am Leitfaden des Leibes ausgerichtet sei; alle Kapitel und Abschnitte seien mit einer Käsesorte überschrieben.
Das erste Kapitel *Milde Weichkäse* mit den Abschnitten Camembert, Brie, Carré de l'Est, Coulommiers, Neufchâtel und Doppelrahmweichkäse handle von der Landung mit dem in einen Flugdrachen verwandelten Fesselballon sowie von der rasanten Talfahrt.

Dabei seien Exkurse über die Hutproduktion in Lindenberg, über verlassene Häuser und das Grundmuster von Stuben eingebaut. Da man beim stilvollen Käseschmaus mit den milden Sorten beginne, sei auch in der Gliederung des Epos mit einer Steigerung zu rechnen. Außerdem spiele eine nicht untergeordnete Rolle, daß man vor dem Probieren die Rinde entferne, diese aber mit einem feuchten Tuch bedecke, wolle man den Käse über längere Zeit aufbewahren. So ein Epos sei resistent; auf die Haltbarkeit komme es allemal an. Das Aufschneiden des Käses wie des Epos sei nicht nur vom ästhetischen Standpunkt aus wichtig, sondern auch eine Frage des Geschmacks. So wie eine in Scheiben geschnittene Ananas weniger schmackhaft sei als eine der Länge nach halbierte, so gewännen manche Käse noch zusätzlich, wenn man sie dergestalt aufschneide, daß Rinde und Teig gleichmäßig verteilt seien.

Für den Umgang mit Epen empfehle sie eben diese Vorgehensweise. Allein das Vokabular des Käsekenners lege solches nahe, ermögliche es doch, den Reifezustand zu definieren. *Blind* nenne man beispielsweise einen Greyerzer ohne Löcher oder von gepreßten ungekochten Teigen, *passé* bezeichne Käse, welche eine Spezialreifung, etwa in Asche, Schnaps oder in abgeschlossenen Töpfen durchgemacht hatten, *muffig* heiße der Kenner nicht genügend ausgetrocknet verpackte Ware: statt der zu erwartenden Edelpilze und Kasein-Fermente gebe es wegen der Feuchtigkeit nur Spuren von Moder und Fäulnis. *Durch* freilich verweise auf Reife und geschmeidigen Teig, der Käse laufe nicht mehr. *Richtig* schließlich verdiene als Prädikat jener Käse, den man gerade so möge, wie er sei: mithin ein ganz und gar eigensinniges Werturteil.

Auf dem Gletscher treffe der Gartenzwerg einen einzigen Menschen: den Postkartenmaler Eugen Zeller, Sohn des Adlerwirts, akademischer Bildhauer und Hochradfahrer, welcher den Flugplatz Erde-Mars auf seine Ansichtskarten male, stets davon träumend, eines Tages mit einem Zeppelin die Alpen zu überqueren und hinter der Mädelegabel für immer im All zu verschwinden. Zeller erweise sich zur Überraschung des Gartenzwerges als ausgekochter Käsekundler, vor allem Historisches betreffend. Seinen Nachforschungen zufolge ließ sich Attila, die Geißel Gottes, Käse aus Frauenmilch reichen, klein, rund und schneeweiß, was der Gartenzwerg mit den Worten quittiere, schlimmstenfalls träume er kommende Nacht, er werde noch an der Brust genährt, seinem liebsten Platz. Doch sei er, der Ballonfahrer und Drachensegler aus Feuerland, seinerseits ein später Nachfahr des Aristeus, Sohn des Apoll und der Kyrene, welcher von den Musen die Kunst der Medizin, vom Zentaur Chiron aber die Geheimnisse der Gerinnung von Milch erfahren habe, was Virgil in seinen *Georgica* verschweige, wenn dort die Rede davon sei, wie Aristeus sein Wissen den Menschen weitergibt, nicht ohne Eifersucht auf Prometheus, dessen Zündelei schlicht überschätzt werde. Auch Johannes Langius, ein ausgewachsenes Original, rechne er zu seinen Altvordern, zumal jener Medicus des in vielfacher Hinsicht recht unentschiedenen 16. Jahrhunderts die Gewohnheit hatte zu sagen, Käse sei ein hervorragendes Heilmittel, auf das die Ärzte im allgemeinen nur deshalb ihren Bannfluch schleuderten, weil jenen seine wundersamen Eigenschaften unbekannt seien. Auf die Merowinger gehe die Praxis des Käse-Gottesurteils zurück: sei einer des Diebstahls verdächtig gewesen, habe man ihn zur Kirche geführt und ihm Brot und Käse verabreicht, indes der Priester Gott um ein gerechtes Urteil angerufen habe. Handelte es sich um einen Schuldigen, wurden Käse und Brot verdaut. Der Unschuldige aber habe die Nahrung nach angemessener Zeit wieder von sich gegeben. Was wäre überdies, werfe der Zwerg ein, die Fabel von Maître Corbeau ohne den Käse, und was wären die Memoiren des Seingalters ohne den Hinweis auf sein Vorhaben, ein Käse-Dictionnaire verfassen zu wollen, wenngleich ihn eines Freundes Scheitern an einem Dictionnaire der Botanik abschrecke? Zeller jedoch, der Postkartenmaler und Hochradfahrer, entgegne geschickt mit jenem Mönchsküttler, den es nach ausgiebigen Fußmärschen durch die Touraine bis Orléans besonders in Olivet nach Käse, Nüssen und Wein verlangt habe, indes die Herrschaften in seinen Schriften andere Sorten bevorzugten, wie es das Mittagessen zwischen Musau, Kornaz sowie den Verlegern Leubold und Cavalier beweise: Austern, Beefsteak, Nieren in Champagner und Brie. Emil Azola begnüge sich in *Der Bauch* mit einer eindringlichen Schilderung des Handels mit Käse aller Art, und ein Erforscher der Küchen des Vatikan verliebe sich in seinen Quartheften unsterblich in die Käserei von La Roque in der Normandie. So funke es zwischen dem Postkartenmaler und dem Gartenzwerg, ein Wort gebe das andere, ein Stich locke den nächsten Trumpf. Einer wolle den anderen übertreffen, bis schließlich der Zwerg von seiner Aufnahme in die Bruderschaft der Chevaliers du Tastefromage, vormals Brillat-Savarin, angeberisch berichte. Zeller kontere mit seiner Mitgliedschaft in der Guilde de Maîtres fromagers et Compagnons de Saint-Uguzon, einer Bruderschaft, welche immerhin über etliche Sektionen verfüge.

Das letzte Wort behalte schließlich doch der Held, der Gartenzwerg, aufgrund seiner Zugehörigkeit zur Loge Remoudou, einer Vereinigung mit Sitz in Battice. Die Prüfungen aber, welche den Aufstieg vom »Ehrsamen Freund« über den »Feinen Kenner« zum »Seigneur des Remoudou« ermöglichten, verschweige der Gartenzwerg diskret, was sie, Canisia, die Landwirtschaftsnonne, bedaure – ebenso verhalte es sich mit der Übergabe der Urkunde mit Wachssiegel und Band. Uns freilich, und das hieß mich und den Konvent des Waisenhauses, mache sie auf den Thulserner Käselehrpfad mit Ausgangspunkt in Wiggensbach aufmerksam. In mittlerweile stillgelegten Käskuchen unterrichte sie, Canisia, über Rührmilch, Zieger und Schlotter, Backsteiner und Weißlacker. Lohn für ein erfolgreich bestandenes Examen sei eine Schüssel voll Kässpatzen nach Art des Ägidius Kolb aus Ottobeuren. Im Abschnitt Doppelrahmweichkäse sei freilich auch von den größten Hotelbränden der letzten hundert Jahre die Rede. Sie schüfen ein motivisches Gegengewicht zu der dachsteinblauen Skiabfahrt über Firnis und Eis. Der Gartenzwerg traversiere Tiefschneehänge und gelange an überhängende Schneebretter, die er mutwillig auslöse und auf deren Kamm er, wie ein Wellenreiter, zu Tal brause, das mörderische Tempo als einen subtilen cerebralen Reiz jodelnd auskostend.

Vor dem zweiten Kapitel ein Intermezzo, Epik und Käsekunde betreffend: das Punktesystem. Der Feinschmecker verstehe sich darauf, Käse zu klassifizieren,

der Laie aber orientiere sich an Namen oder Herkunftsländern. Sie, Canisia, bediene sich für eine derartige Klassifizierung der höchst einfallsreichen graphischen Bestimmungsmethode nach Doktor Antonio Godet y Mur, Direktor des städtischen Instituts für Nahrungsmittelhygiene in Saragossa. Im zweiten Kapitel endlich, *Aromatische Weichkäse,* werde eine Lawinenfahrt des Gartenzwerges beschrieben. In den Abschnitten Livarot, Pont-l'Evêque komme es auf die Zusammensetzung der Schneekristalle an, während in Munster Géromé und Maroilles noch einmal ausgiebig auf verschiedene Kurventechniken wie Kristiania, Telemark und Arlberger Innenschulter eingegangen werde. Schließlich die Pointe: wie der Gartenzwerg durch kräftiges Klatschen in die Hände eine Lawine auslöst. Wie das nächste Kapitel heiße und was da passiere? *Marmorierte Käse.* Weswegen auch die Glaziologie, als neueste Modewissenschaft landauf landab dem dritten Teil vorbehalten sei: Glaziologie und Psychologie! Die Sehnsucht nach der Eiszeit als modisch geschmäcklerische Angelegenheit, bei der jedweder Begriff der Gletscherkunde neuerdings sogleich zur psychologischen Metapher werde!
Canisia stand auf, nahm den überquellenden Aschenbecher, ging, den speichelnden Bernhardiner im Vorbeigehen streichelnd, ins Nebenzimmer, um den Aschenbecher in den Mülleimer zu kippen. Als dessen Deckel zuklappte, gab es einen Knall. Ich erschrak heftig. Die Nonne war bereits zurück und lächelte, doch ihrem Gesicht waren die Spuren anzusehen, welche das Erzählen gegraben hatte. Außerdem schien es fahler geworden, aber das lag vielleicht an der Beleuchtung. Canisia ging zum Fenster und stellte

beruhigt fest, daß es unaufhörlich schneite. Mitten im August. Dann setzte sie sich zurück in den Sessel und dehnte sich wie eine Katze. Der Hund lag zu ihren Füßen. Augenblicke des Schweigens folgten. Die Nonne schaute mich eindringlich an, und ich wurde verlegen. Schließlich drängte ich nach weiteren Erzählungen aus dem Gartenzwerg-Epos, traute mich aber zuerst nicht, die Stille mit meiner Bitte zu zerschneiden. Sanft unterbrach Canisia das Schweigen.
Sie brachte die Rede auf Pilotis Großvater, welcher sich als Sekretär der genialen Betrügerin Adele Spitzeder, Gründerin der Dachauer Volksbank, verdingt und seinen Gewinn in Wasser, das heiße in dreizehn Seen umgesetzt habe.
Wie die Idee zum Gartenzwerg in ihr gereift sei?
Ich beschäftige mich, sagte Canisia, mit der Einwanderung der Thulserner ins Breitachtal, vom Tannberg her über den Gaichtpaß. Die Thulserner brachten ihre Architektur mit, und das vierte Kapitel meines Epos sieht den Gartenzwerg in einem Thulserner Haus. Das Kapitel heißt *Halbfette Schnittkäse:* der Gartenzwerg schaut zu, wie der Rauch durch die Fensteröffnung abzieht. In einer Stubenecke führt das Hühnerloch ins Freie, denn auch Hühner sind in der Stube. Nach burgundischer Sitte halten die Thulserner Vorräte, Vieh und Heu vom Haus in einiger Entfernung. Im Haus gibt es keine Treppen, alle sind außen angebracht. Der Gartenzwerg entschlüpft durch das Pestloch, das aus der Hauswand in Höhe der Stubenbank herausgesägt und mit einem Schieber versehen wurde. Herein kommt er wieder durch eines der Glorielöcher, durch die das Licht fällt und die Dreifaltigkeit im Winkel leuchten läßt.

Canisia beschrieb, als wäre sie jetzt der Gartenzwerg, das Innere der Stube, die umlaufende Wandbank mit dem Ecktisch, den Ofen mit gußeisernen Reliefplatten, das bemalte Holzwerk. Sie schwärmte von der hölzernen Stubendecke, die durch gekehrte Friese in quadratische Felder geteilt sei. Sie begeisterte sich für den Fußboden aus Tannenbrettern, den in der Wand verankerten Stubenkasten und die Ofenbank mit den eingemauerten Tragehölzern. In der Fensterbank stehe der Tisch mit der Platte aus Birnbaumholz. Die Außenwände läßt sie von je zwei gleich großen, in tiefen Laibungen liegenden Kreuzstöcken durchbrochen sein, die oberen Fensterscheiben kreuzweise in Blei gefaßt, mit dem Schieber in der Mitte. Das Kanapee nehme den größten Teil der Ofenwand ein. Es sei mit schwarzem Leder bezogen, dessen Ränder mit weißen Porzellanknöpfen befestigt seien. Der Ofen werde von der Küche aus beheizt, habe einen gemauerten Hals, sein Unterteil stehe auf zwei gewundenen Eisenfüßen. Über dem Unterbau erhebe sich der Kachelaufsatz, der die Kochnische, das Rohr, enthalte. An drei Seiten sei der Ofen von den an der Decke befestigten Ofenstangen umgeben, auf denen kleine Wäsche, aber auch Teigfladen getrocknet würden. Die Fensternischen seien weiß getüncht, die freien Mauerflächen schimmerten bläulich, Grundton der Holzmalerei sei ein nach Grau gebrochenes Gelb. Wie Ahornholz.
Der Gartenzwerg wolle von dort nie mehr weg.
Er blinzle hinauf ins Glorieloch und verzehre einen Saint Nectaire, einen Bauernkäse aus dem französischen Zentralmassiv, erdig schmeckend, mit einer dünnen grauen Rinde, die gelegentlich mit roten Schimmelpilzen bewachsen ist.

In die Stube trete Fedor, der gefangene Russe. Er erzähle sein Leben und wie es sich begeben habe, daß er beim Milch- und Leichenkutscher, dessen einziger Sohn in Rußland vermißt werde, zum Ernteeinsatz gekommen sei, kahlgeschoren und mit abstehenden Ohren und Augen voller Angst. Und wie ihm der Kutscher, der viel fluche und einen Sprachfehler habe, die Joppe seines Sohnes aufzwinge. Manchmal strich er ihm sogar über die Glatze, die bald wieder zuwuchs und verbot Fedor, in der Gefangenenjoppe herumzulaufen. Beim Kutscher gebe es keine Gefangenen. Obwohl der Krieg längst zu Ende war, blieb Fedor, erläutert Canisia. Der Gartenzwerg, erfuhr ich, decke auf, daß Fedor ein Nachfolger jenes Ignaz Lindl, Prediger aus Baindlkirch, sei, dessen hypnotische Kanzelkraft weithin gerühmt wurde. Lindl sei mit einer Schar von erweckten Anhängern ausgewandert. Seine schweizerische Freundin, die Kaufmannswitwe Anna Schlatter aus St. Gallen, Mutter von etlichen leiblichen und zwei angenommenen Kindern, habe Zeit genug gefunden, in ihre Salz- und Pfeffertüten auch die Friedensidee der Thulserner Erweckungsbewegung einzuwickeln. Davon handele der zweite Abschnitt, Reblochon überschrieben. La rebloche bedeute im savoyardischen Dialekt »das Nachmelken«, und dieser Käse sei aus jener Milch gemacht, welche die Sennen von der abzuliefernden Milchmenge zurückbehielten. Sie hätten ihre Kühe nie ganz ausgemolken. Der Gartenzwerg, erhaben über Zeit und Raum, werde Zeuge, wie die Regierung gegen Lindl und seinen Kreis von Anhängern vorgehe und wie sich diese unter den Schutz des Zaren Alexander I. begäben, der Lindl schon wiederholt einen Ruf nach Petersburg erteilt habe. Kurz vor Lindls Ankunft in Petersburg sei den Jesuiten wegen Proselytenmacherei jedwede Tätigkeit untersagt worden. Die Societas Jesu werde am 13. März 1820 aus Rußland ausgewiesen, und ihre Güter würden samt und sonders konfisziert. Fraglos habe der Gartenzwerg dabei seine Hand im Spiel, behauptete Canisia streng. Die Jesuiten hätten Lindl auf heimatlichem Boden übel mitgespielt: Versuche der Stillegung schon damals.

Mit den aus der Vertreibung der Jesuiten freigewordenen Mitteln sowie zusätzlich vom Zar bewilligten dreihunderttausend Rubel sollte nach Lindls Plänen in Ovidiopolis eine Emigrantenkolonie gegründet werden. Wegen Eiseskälte, Hungersnot und politischer Verfolgung seien seinerzeit zahlreiche Familien aus Thulsern nach Südrußland ausgewandert. Sie kämpften sich durch meterhohe Schneewächten in den Herzen, vereiste Köpfe und gefrorene Gedanken, sagte die Nonne Canisia ernst.

Die Reise nach Rußland dauert länger als zehn Wochen. Unterwegs kommen Kinder zur Welt, ein älterer Mann stirbt. Achsbrüche und andere Widerwärtigkeiten habe der Gartenzwerg gar nicht erst mitgezählt. In fünfzig Wagen zögen siebzig Familien, angeführt von Schäfflern, Wannenmachern und Buchbindern, auch Huterern aus Lindenberg nach Sarata, dreißig Stunden von Odessa entfernt.

Lindl habe dort eine neue Gesellschaft auf der Grundlage der Gütergemeinschaft ins Leben gerufen. Symbol sei das Sonnenrad von Hitzlo gewesen, welches die Erweckten gesehen hätten. Der Gedanke der Gemeinsamkeit trotz geschützten Eigensinns sei in Sarata derart zum Blühen gekommen, daß man noch heute den Kindern aus der engeren und weiteren Umgebung einen besonderen revolutionären Mut sowie Freude und Geselligkeit bescheinige. Isaak Babel sei der Berühmteste geworden: hervorgegangen aus den Thulserner Babel – Kohlenhändler, Stukkateure und Erfinder.

Ein Jahr nach der Gründung von Sarata sei Lindl jedoch, wie schon Karlina Piloti den Gartenzwerg habe berichten lassen, vom Zaren wegen Aufwiegelei und Verbreitung der Idee der Gütergemeinschaft des Landes verwiesen worden, woraufhin er zuerst nach Wuppertal und dann weiter ins schottische Hochland gezogen sei.

Fedor aber, der gefangene Russe, sei in Sarata geboren.

Damit sei dieser Motivkranz gewunden.

Der folgende Abschnitt, Saint Paulin überschrieben, nach dem langen haltbaren, leicht säuerlich schmeckenden Käse mit orangefarbener Rinde benannt, präsentiere ein strahlendes Winterwetter. Der Gartenzwerg überquere die Straße und gehe, nachdem er sich die Langlaufski angeschnallt habe, was bei ihm eine langwierige Prozedur sei, weil er sich wegen einer vormals in den Kordilleren zugezogenen Zerrung nicht mehr problemlos bücken könne, Richtung Kienberg, der sich gleich hinter dem Rustschuh auftürme.

Canisia nahm das Manuskript und las vor, langsam, betont, in ruhigem Rhythmus. Der Gartenzwerg schlug den Weg über die Viehweide ein. Dieser war leicht abschüssig, und wenn weniger Schnee gelegen wäre, hätte er die Skier bequem laufen lassen können. So aber mußte er mit kräftigen Doppelstockschüben

durch den hohen Schnee pflügen und geriet nach wenigen hundert Metern ins Dampfen. Er sah hinüber zu den Bergen, wo es Lifte gab und wo die Pistenwalze schon in aller Frühe in Betrieb genommen worden war, um den Kurgästen, die das Geld nach Thulsern brachten, gemächliche und eingeebnete Abfahrten zu präparieren. Der Gartenzwerg aber freute sich, wenn der Schnee bei den Stockeinsätzen aufstob. Dabei merkte er, wieviel es über Nacht wieder geschneit hatte. Es kostete ihn einige Mühe, die Birkenlatten durch den Schnee zu bewegen, und er sah rasch ein, daß Langlauf unter solchen Umständen eine arge Schinderei war. Andererseits verlockte ihn die Vorstellung, als erster eine Spur zu legen. Kein Wölkchen stand an dem hellblauen Himmel, aus dem das Wintersonnenlicht flimmerte.
Canisia ließ den Zwerg den Einschnitt zwischen Edelsberg und Josberg passieren und ihren Helden sich auf die Abfahrt hinunter in den Ortsteil Kappel, dessen erste Häuser sie gleich links am Eingang wollte, konzentrieren, weil der Gartenzwerg dann weiter über die Felder und über die Hauptstraße ins Moos spuren sollte, dabei jedoch vorher noch einen Bahnübergang zu meistern hatte.
Er ging in die Hocke, den Oberkörper leicht nach vorne geneigt, versuchte, die Skier nicht zu eng zu führen, um einen guten Stand zu haben und nicht in den Bach zu fallen, von dem er wußte, daß er weiter unten kommen würde, auch wenn er ihn jetzt noch nicht sehen konnte, weil er zugeschneit war. Die Skistöcke klemmte er unter die Achseln, und so kurvte er bei mäßiger Fahrt ein wenig zittrig den Hang hinunter. Vor der Straße konnte er wegen des Tief-

schnees nicht richtig abbremsen und ließ sich deshalb einfach auf den Rücken fallen. Er lachte dazu, kicherte und munterte sich mit derben Sprüchen auf, wischte den Schnee ab, der wie dünner Staub auf den Kleidern lag, prüfte, ob die Bindung noch in Ordnung war, schnallte die Skier ab, überquerte, die beiden Latten in der Hand, die zugeschneite, geräumte und gestreute Fahrbahn, um sich auf der anderen Straßenseite die Skier wieder zurechtzulegen, in die Bindung zu steigen und dem Bahndamm zuzusteuern, wo er die Skier wieder abschnallen mußte, vorsichtig den Schotterdamm erklimmend, nach beiden Seiten blickend, ob nicht ein Zug komme, den man wegen der verschneiten Landschaft erst im letzten Moment, wenn es bereits zu spät wäre, hören konnte. Als der Gartenzwerg auf der anderen Seite des Bahndamms angelangt war, schnallte er seine Birkenskier wieder an und tappte dem Moos entgegen, zufrieden mit sich und seiner Leistung, zwei unmittelbar aufeinanderfolgende Hindernisse mit nur einer Notbremsung überstanden zu haben, die bei gespurter Loipe nicht notwendig gewesen wäre. Nachdem er das Moos erreicht hatte, ging der Gartenzwerg wieder in Richtung Süden. Er streifte vorbei an niedrigen Hölzern, durch Büsche und suchte sich einen Weg an der Faulen Ach entlang, einem zu dieser Jahreszeit zugeschneiten, sonst aber träge dahinfließenden langweiligen Moorbach, dessen Fischbestand er in Jugendtagen mit einer scharfen Gabel aus dem Eßbesteck (an einen Spazierstock gebunden) dezimiert hatte. Sich deutlich erinnernd kam er wieder auf die Erweckungsbewegung und überlegte, beharrlich Schritt für Schritt spurend, welche Rolle die Frauen dabei gespielt haben mochten und ob diese dem Fischen der kleinen Mädchen an der Faulen Ach irgendwie entspräche oder ob bei Erfahrungen solcher Art grundsätzlich keine historischen Verbindungslinien zu ziehen möglich sei. Wie bekannt spielten die Frauen zu allen Zeiten in gefühlsbetonten, wie auch immer religiös gearteten Bewegungen eine nachweisbar wichtige Rolle. Er brauchte hierbei nur an den Iznanger Franz Anton Mesmer oder an Resl von Konnersreuth zu denken. Von einer alten, längst vermoderten Frau, einer Gesundbeterin übrigens, habe er einmal gesagt bekommen, daß Gott den Weibern, den gebenedeiten, seine Geheimnisse zuerst anvertraue und die Wiedergeburt aller Propheten naturgemäß durch ein Weibsbild erfolgen müsse. Frauen eigneten sich vorzüglich dazu, verbotene Zusammenkünfte als harmlose Kränzchen oder Gunggelhos zu tarnen und verbotene Bücher in Umlauf zu bringen, wofür er sich besonders einsetzen wolle.

Canisia habe in einer Abhandlung über die Thulserner Erweckungsbewegung, der ausführlichsten, neuesten und fußnotenreichsten, derer sie habhaft werden konnte, nachgeschlagen. Sie stamme von dem Missionspater Fichter und trage den Titel *Transkription von meines Amtsbruders Hildebrand Dusslers Berichten zur hiesigen Erweckungsbewegung nebst einer Abhandlung über den Thulserner Magnetismus,* erschienen im Selbstverlag des Vereins für Thulsernische Geschichte. Ihr Gartenzwerg solle die Deutungen und Ausführungen Fichters gegen den Strich bürsten. Schon im Abschnitt Morbier, benannt nach einer Spezialität der Franche-Comté, komme dies zum Ausdruck. Dabei sei sie während des Schreibens von dem grauen Streifen ausgegangen, der horizontal mitten

durch den Käse laufe: das ist eine Pflanzenkohleschicht, denn nach der halben Reifezeit wird der Laib durchgeschnitten und erst ausgereift, nachdem er mit Kohle bestreut und wieder zusammengelegt worden ist.
Der Gartenzwerg mache sich Gedanken über Kreszenz Ramsberger. Ein gewisser Mendler, so berichte Fichter, schilderte seine Erweckung durch die Ramsbergerin dergestalt, daß er, nachdem er eine Weile mit der Frau still beisammengesessen sei, diese auf einmal sagen gehört habe, es werde ihr furchtbar übel und sie müsse hinaus, wenn er nicht augenblicklich gehe. Als dieser Mendler habe gehen wollen, habe die Kreszenz gefragt, ob er glaube, daß auch sie ihm die Seligkeit bringen könne.
Darauf Mendler: ja, wenn es andere Weibsbilder könnten, so werde sie es wohl auch können. Hierauf sei die Ramsbergerin auf ihn zugesprungen und habe verlangt, daß er ihr die Hand gebe.
Fichter aber vermerke, zurückgreifend auf eine Aussage Heggelins im Krisenjahr der Erweckungsbewegung: *Es ist räthlicher, daß weibliche Finger den Flachs der Erde verspinnen, als daß weibliche Köpfe mit der Neugeburt aus dem Himmel zerbrechen; neugeboren zu allem Guten sollen sie schon seyn, aber darüber Vorlesungen halten sollen sie nicht.*
Canisia erbose dieser Satz, den sie auswendig kenne, immer wieder, wie sie beteuerte; er schien ihr der Inbegriff von Ignoranz. Deshalb stochere der Gartenzwerg an dieser Stelle des Epos zornig mit dem Skistock im Schnee und klopfe eine Pulverschneehaube von einer niederen Fichte, unter der ein Hase gelegen sei, welcher daraufhin verschreckt aufgeschossen sei und hakenschlagend das Weite gesucht habe.

Allerdings verweise dieser Fichter neben dem beschränkten Heggelin auch auf einen Kaplan Völk. Dieser habe begeistert berichtet, daß vormals lose Stallmägde verklärte Gesichter sowie eine überraschende Einsicht in die Schriften gezeigt hätten, vor der er, Völk, sich in Beschämung habe beugen müssen.

Dies wertete Canisia als Beweis dafür, daß nicht alle Frauen innig, still und arbeitsam wie Armella gewesen seien.

Von Armella handle der Abschnitt Baby Gouda Français. Der Name Armella, bekannt von Grabinschriften des oberen Montafons, gehöre zu einer bretonischen Dienstmagd, die einen großen Einfluß auf die Erweckungsbewegung ausgeübt habe. Armella, die schon als Kind den Beinamen »la bonne« getragen habe, geboren in Campenéac, später Dienstmagd in Ploërmel, sodann Pförtnerin bei den Ursulinen von Vannes, wo sie auch begraben sei, habe eine komplizierte Fraktur am Bein erlitten, als sie nahe an einem Roß vorbeigegangen sei, welches plötzlich wild ausgeschlagen habe. Sie habe es einem Gebetsversprechen zugeschrieben, daß sie fürderhin wenigstens auf Krücken habe gehen können.

Der Gartenzwerg, erzählte Canisia, interessierte sich besonders für die Zärtlichkeiten, welche bei den Winkelzusammenkünften der Erweckungsweiber ausgetauscht worden seien. Deshalb stoße er ein deutliches »pah« in die eisige Winterluft des klaren Tages, sich dabei die Nase trockenreibend.

Welch ein Spiel der Lüsternheit, welche Selbstbetrügerei unter mystischer Bemäntelung entfließt dem Bericht eines braven jungen Mannes, an den sich schon

eine etwas ältere Mystikerin zu solcher Küsserei drängelte, ihn umfaßte und drückte und wieder und wiederholt fragte: spürst du nichts? Regt sich nichts? Ist er tot, der alte Adam, hüpft er nicht, dein Genußwurzler? stehe (laut Pater Fichter, wenn auch nicht wörtlich, so doch sinngemäß) in einem der Berichte von den Zusammenkünften auf einer Gunggelhos, auf der sich wiederum eine andere Alte gewundert habe, daß die Burschen nur ihre Tochter geküßt hätten und Väter und Mütter bald nicht mehr imstand seien, ihre mannbar werdende Brut von gemischten geheimen nächtlichen Versammlungen fernzuhalten, bei denen es, wie die Quellen behaupteten, zu vielfältigen Formen von Venusdiensten gekommen sei. Von anderem mehr kein Wort in Gegenwart der Oberin. Und der Zwerg stapfte weiter, nun langsamer werdend, wie Canisias Lesetempo, mit den Langlaufskiern durch das Moos, entlang den Verwindungen der Faulen Ach, denen er folgte, als dürfte er keinen Meter breit abweichen. Er hatte es so gewollt, und deshalb störte ihn auch die grelle Sonne, der er, durch die Gläser der Sonnenbrille bei derlei extremen Lichtverhältnissen nur unzulänglich geschützt, südwärts entgegenging.
Der Gartenzwerg finde sich wieder bei der bedeutendsten Figur der Erweckungsbewegung, bei Thekla Erot. Sie ist hübsch, kräftig, voll erblüht, aus Wertach stämmig, wo ihr Vater die Schuhmacherei betrieben und das mystische Licht durch die Schusterkugel entdeckt habe. Ihre Wege hätten sie von Wertach nach Wiggensbach und Kempten geführt, wo sie sich, ohne in ein Dienst- oder Abhängigkeitsverhältnis treten zu wollen, als Krankenpflegerin und mit Spinnen durchgebracht habe, oftmals sehnsuchtsvoll an den Werta-

cher Weiler Bichl denkend, wo sie mit fünf anderen Geschwistern aufgewachsen, ehe sie in Hellengerst einem Pfarrer verfallen sei, nachdem er ihr seine ganze Seelenlage kniend und unter Tränen entdeckt habe. Der Abschnitt über die Erot sei mit Ausführungen über den Tomme de Savoie verschraubt, einem trokkenen Käse aus Savoyen, der Leidenschaftlichkeit der Frau kontrastierend.

Thekla Erot habe sodann nach Kempten fliehen müssen, sei für drei bis vier Wochen in Seeg untergekommen, bis man ihr in Benken einen Dienst als Pflegerin einer kranken alten Frau vermittelt habe, wo man ihr allerdings bald darauf mit Totschlagen gedroht und zur Schädigung ihres Rufes eine Leiter ans Fenster gestellt habe. Ihr Fluchtweg habe sie zu dem einschichtig in einem Tobel hausenden Sensenschmied Jakob Siller aus Ziller geführt, bei dem sie sich über Wochen unentdeckt aufgehalten habe, immer in der Furcht davor, geschändet oder über den Haufen geschossen zu werden. Danach sei sie, ehe sie der Pfarrer von Hellengerst als Köchin zu sich genommen, noch über vier Wochen wieder in Kempten untergebracht gewesen. Sie habe jedoch erneut fliehen müssen, sei als Hausgenossin untergetaucht, sich französisch kleidend zur Stadtjungfer und sich schließlich zur Mamsell entwickelnd, geduldig Demütigungen ertragend, bis es zu offenen Mißhelligkeiten mit der Hausfrau gekommen sei, woraufhin Thekla Erot über den Lech ins Bayerische zu Pfarrer Anger in Zahling geflohen sei, mit dem sie gebetet, gelesen, geredet und, nachdem dieser bald seinen alten Putzteufel nach Pfronten abgeschoben, endlich auch geschlafen habe. In Augsburg sei Thekla Erot mit einem Mädchen niedergekommen, das unter dem Namen Itta ins Taufregister eingetragen worden sei, während Anger ins Passauische habe wechseln müssen, wo das Pfarrvolk über das mitgebrachte Balg sowie den außergewöhnlichen Einfluß der Hauserin gestutzt, und wo die Aussage, es gehöre einem Augsburger und sei dem geistlichen Herrn lediglich zur Pflege anvertraut worden, wenig Glauben gefunden habe.

Der Gartenzwerg schob seine Langlaufskier immer mühseliger und matter über die Felder, am Bahndamm entlang, wo der Schnee wieder tiefer, auch schwerer geworden war. Wieder und wieder wischte er sich den Schweiß von der Stirn, trocknete die tropfende Nase oder legte eine Verschnaufpause ein, ohne jedoch die Gedanken von Thekla Erot lassen zu können.

In Bergkirch am Inn habe Thekla am Kreuzdienstag ein zweites Mal geboren und dem Kind den Namen Frieda Jakobina zugedacht. Anger habe nicht beabsichtigt gehabt, daß die Entbindung im Pfarrhof vor sich gehe, sondern sie sollte in der Wohnung ihres Bruders Max Josef Erot, dessen Frau gleichfalls Thekla Erot hieß, stattfinden, zumal diese Frau mit einem Mädchen, Augusta Maria, niedergekommen sei. Thekla Erot aber war wegen der in Untersuchungshaft befindlichen Küchenmagd Chantal Randl an diesem Tag für die zum Bittgang anwesenden Nachbargeistlichen zum Kochen eingeteilt. Dabei sei sie unversehens von den Wehen überrascht worden. Zur Vermeidung allen Aufsehens seien die zwei Kleinkinder als Zwillinge der Frau Max Josef Erots ausgegeben worden. Anger habe die Eintragung ins Taufbuch verzögert. Das Kind sei nach kurzer Zeit an Angina verstorben.

Kurz nach Angers Suspendierung sei Thekla noch einmal, diesmal mit einem Knaben namens Karl, niedergekommen. Nach der Vertreibung aus Bergkirch sei sie, ein Kind an der Hand, das andere auf dem Arm, ins Thulsernische zurückgekehrt, wo sie von der Mesnerin zu Ilgen mit Naturalien versorgt worden sei. Später habe der Sohn Karl sich selbst gerichtet, Itta sei schwindsüchtig gestorben und Thekla im hohen Alter von einer Leiter gefallen.

Der Gartenzwerg war, den Tränen nahe, die letzten dreihundert Meter über die Viehweide geglitten, müde geworden vom Laufen und Denken, schwitzend, zugleich aber sichtlich erregt wegen seiner baldigen Begegnung mit dem Hund Mao von Bringfried, dessen Liebe und Zuneigung er nach der Imaginierung des Lebensweges der Thekla Erot noch bedeutender einschätzte als zuvor. Außerdem hatte sich der Himmel ein wenig zugezogen, Wolken waren aufgekommen, und es war damit zu rechnen, daß es am späten Nachmittag und in den frühen Abendstunden wieder zu schneien beginnen würde. Als der Gartenzwerg den Hauseingang erreicht hatte, bog Mao gerade mit freudestrahlendem Gesicht um die Ecke. Nachdem er sich um die Skier gekümmert, diese abgerieben, die Bindung überprüft und nachgesehen hatte, ob der Belag irgendwelche Schäden genommen habe, ging der Zwerg in die Walser Stube, zog sich aus, wunderte sich über die gänzlich naßgeschwitzte Unterwäsche und knüllte diese zu einem Bündel zusammen, das er in der Korbtruhe im Bad verstaute. Danach ging er unter die Dusche, spritzte sich von oben bis unten abwechselnd kalt und heiß ab, ließ den dichten Strahl auf sich prasseln und bereitete abschließend ein Voll-

bad vor. Nachdem er es sich in der Wanne bequem gemacht hatte, schaltete er das Radio ein, um Musik aus dem Film *Grandison* zu hören, eine an *L'Empéreur* angelehnte, reichlich verspielte, dennoch ernste, mitunter sogar pathetische Phrase, bei deren starken Durakkorden sich der Gartenzwerg an das Schlußbild des Filmes erinnerte: wie Carl und Rose Grandison auf einen blühenden Kirschbaum zugingen, die Kinder an der Hand, wie der Hund in die Luft sprang, und wie das Bild, aus etlicher Entfernung schon, eingefroren wurde.
Die Rhapsodin legte die Brille zur Seite und klappte das Manuskript zu.
Wir schwiegen eine Weile, und ich hatte Mühe, die Vielzahl der Eindrücke zu einer wenigstens vorläufigen Ordnung auseinanderzuklauben. Schwester Canisia bemerkte es mit Genugtuung, und sie kommentierte es mit dem Satz: *wo die Seele sitzt, bleibt umstritten*. Meine Augen schmerzten, eine Befürchtung klebte an der nächsten. Canisia mußte es gemerkt haben und referierte in wenigen, zurückhaltend gesprochenen Sätzen über ihr weiteres Vorhaben, von den kommenden Kapiteln, welche die Namen von Pyrenäenkäsen trügen. Schließlich stehe ihr noch der umfangreiche Teil mit den Ziegenkäsen bevor, die Namen der einzelnen Abschnitte habe sie schon im Kopf: Sainte-Meure, Chabichou, Pyramiden aus Indre, Crottin de Chavignol. Woher sie diese Kenntnis all der Käsesorten hatte, traute ich mich nicht zu fragen. Mir war, als verletzte ich mit solcher Neugier das Vertrauen, welches während des Erzählens aufgekommen war.
Also schwiegen wir wieder und sahen einer Kerze zu, die langsam herunterbrannte.

Meine Müdigkeit war längst verflogen.
Wäre ich jetzt zu Bett gegangen, hätte ich sicherlich die ganze Nacht kein Auge zugetan.
Canisia legte behutsam das Manuskriptbündel zur Seite, stand auf, strich ruhig an den Vorhängen entlang und fragte nach einer Weile, ob ich nicht durstig sei.

VorherSage

Hier ist wieder *Die Stimme Thulserns*, Landesstudio Vorderadelberg. Verehrte Hörerinnen und Hörer: im *Landfunk* geht es heute um einen sonderbaren Fund, der vor wenigen Tagen unserer Redaktion ohne Absender zugesandt wurde.
Es handelt sich dabei um ein umfangreiches Konvolut von Makulaturblättern, deren Verfasser bisher nicht ermittelt werden konnte. In Zusammenarbeit mit den Experten vom Heimatverein sind derzeit auch Wissenschafter damit beschäftigt, die Papiere auszuwerten. Mit unserer heutigen Sendung verbinden wir die Hoffnung auf eine Mitarbeit unserer Hörerinnen und Hörer.
Schreiben Sie uns also, meine Damen und Herren, wenn Ihnen etwas von diesem Manuskript, seinem Autor oder dem Herausgeber bekannt sein sollte. Selbstverständlich wird jeder weiterführende Hinweis honoriert. Die Aufzeichnungen tragen den Titel *VorherSage*.
Wir senden das Vorwort sowie das erste Kapitel:

Vorwort

Auf einem ausgedehnten Streifzug durch ein abgeschiedenes Seitental weit droben im Land meiner Altvordern stieß ich eines Tages an einer stillgelegten

Eisenbahnstrecke auf ein leerstehendes Bahnwärterhäuschen. Das Gebäude befand sich in einem erbärmlichen Zustand: Türe und Fensterläden fehlten, die Scheiben waren teils eingeschlagen, teils durch morsche Bretter ersetzt, das rissige Mauerwerk bröckelte, unter der Dachrinne nisteten die Schwalben, das Vorgärtchen mit der sich wiegenden Pappel war von Unkraut überwuchert, Wind und Regen zogen ungehindert durch ein schadhaftes Dach.

War es die Verwahrlosung, die mich anzog, oder war es der Geruch von alten Büchern, den die Ruine zu verströmen schien? Ich weiß es nicht, und ich kann mir auch kaum erklären, wie ich plötzlich ins Innere gelangen und inmitten verrottenden Gerümpels vor einem überraschend großen Küchentisch stehen konnte, dessen Schublade offenbar gewaltsam aufgestemmt worden war. Meiner Neugier nachgebend, zog ich die Schublade vorsichtig auf, um ihr ein dickes Rechnungsbuch mit fettig abgegriffenem Einband zu entnehmen. Schon blies ich behutsam den Staub vom Deckel, schon öffnete ich den sorgfältig verschnürten Umschlag, schon begann ich die eng mit Tinte und Feder in fast pedantisch sauberer Handschrift gefüllten Zeilen zu lesen.

Jetzt ist die Zeit gekommen, meinen Fund der Öffentlichkeit zu übergeben. Es eher zu tun, wäre übereilt gewesen, heißt es doch ausdrücklich im Buch Ekklesiastes, Kapitel drei, Vers sieben, worin der Prediger es sich zum Ziel setzt, Bilanz zu ziehen und zu erforschen, ob das Leben wert ist, gelebt zu werden: »Für alles gibt es eine Zeit – fürs Schweigen eine Zeit und eine Zeit fürs Reden.«

Der Herausgeber versichert mit Nachdruck, vorlie-

gende Aufzeichnungen weder sprachlich geglättet noch sonstwie überarbeitet oder geordnet zu haben, wie dies in der Regel mit derlei Fundsachen geschieht. Ich habe nichts hinzugefügt und nichts weggelassen. Auch was der Leser für einen Verstoß gegen die Rechtschreibung oder das Regelwerk der Grammatik halten mag, entspricht dem Original und somit dem Willen des Urhebers dieser Blätter, dem ich mich respektvoll beuge – selbst dort, wo ihn beim gelegentlichen Zitieren philologische Sorglosigkeit auf jedweden Quellennachweis verzichten läßt. Offenkundig war es die ausdrückliche Absicht des Verfassers, seiner Niederschrift keinen Schlüsselbund anzuhängen.
Auch ein Vorwort fehlt. Desgleichen ein Leitspruch sowie eine Widmung. Aber was wurde nicht schon alles an Vorreden formuliert!
Beteuert ein Autor dem müßigen Leser, er möge ihm ohne Schwur glauben, dies Buch, das Kind seiner Einbildungskraft, sei das schönste, lieblichste und verständigste, das man sich vorstellen könne, obgleich es nichts anderes sei als die Geschichte eines dürren und welken Mannes, wunderlich und voll seltsamer Gedanken, so setzt ein anderer seinen Zeilen eine scharfe Warnung voran: »Wer in diesem Buch ›Ähnlichkeiten mit Personen und Ortschaften‹ aufzuspüren versucht, wird mit Gefängnis, nicht unter 18 Monaten, bestraft.« Während der erste seine Anstrengungen darlegt und um Wohlwollen heischt, kontert der zweite: »Wer nach ›Handlung‹ und ›tieferem Sinn‹ schnüffeln, oder gar ein ›Kunstwerk‹ darin zu erblicken versuchen sollte, wird erschossen.« Schließlich gibt ein dritter zu bedenken: Dieses Werk »kann einfach als eine Ge-

schichte gelesen werden, bei der man einiges überschlagen kann, wenn man will. Es kann aber auch als eine Geschichte gelesen werden, von der man mehr haben wird, wenn man nichts überschlägt.«
Sämtliche könnten auch diesem Buch gelten.
Welche Haltung der Verfasser nachstehender Aufzeichnungen zu solchen und etlichen anderen Fragen einnimmt, eröffnet sich dem Leser freilich erst nach gewissenhafter (und mehrfacher) Lektüre, der ich nunmehr das Manuskript überantworte.

Der Herausgeber

Erstes Kapitel

Unsereiner wird schon alt geboren, und wir selbst müssen das letzte Wort über uns sagen: um erzählend die Zeit zu besiegen und Dauer zu ermöglichen, obwohl alles dagegen spricht. Das ist es, was ich meinen Zeitvertreib nenne. So ziehe ich die verrottenden Gleise entlang, vorbei an Feldern, sich violett färbenden Mooren und verwitterten Telegraphenstangen, meinen geringen Besitz in meinem Gedächtnis aufbewahrend, wo ihn niemand sieht oder vermutet. Scherben und Bruchstücke. Zu mehr habe ich es nicht gebracht. Doch reicht dies aus für die vielfältigen Verlockungen, mir etwas einzubilden, mir etwas ausdenken oder wünschen zu können.
Manch einer lebt noch immer so, als sei alles beim alten, als könne man einfach von einem Abenteuer heimkehren, sich in den Lehnstuhl setzen und davon erzählen. Mein durchschossenes Gedächtnis aber und meine Erbitterung sagen mir: die Tage der Rosen sind

gezählt. Und da ich die glücklichen Tage niemals so erleben kann, wie sie in der Erinnerung glänzen oder in der Hoffnung strahlen, erinnere ich mich daran, wie es gewesen sein könnte, wenn es dereinst geschähe. Denn für mein jetziges Leben wüßte ich nichts Besseres als die Erfindung des nächsten. Ich weiß: allmählich geht es dem Ende entgegen, und all das scheint mir, als hätte ich es schon einmal erlebt, als erwachte ich in der Fortsetzung meines Traumes wenigstens ein Jahrhundert später und fragte zuerst: wer hat mich ausgedacht? Wer hat mir diese unbändige Kraft verliehen, die Welt, als wäre ich dazu verflucht, immer wieder neu zu erfinden – und dennoch die Dinge nur auf diese eine Weise geschehen lassen zu können? Heißt es nicht auch, nur einmal wandere der Mensch über diese fliehende Kugel, und eilig werde er zugehüllt und sehe sie nie wieder? Gewiß bin ich nicht der einzige in stolzem Abseits, der sich vorkommt wie ein Überlebender einer Vergangenheit, die sich nicht vollzog, weil sie sich endlos vernichtete, weil sie sich in jeder Minute selbst verzehrte, ohne jemals aufzuhören. Auch ich beginne den Augenblick zu entziffern, den ich gerade durchlebe, aber ich enträtsle ihn nicht. Dennoch sage ich mir in jeder Sekunde den letzten Augenblick voraus, von dem ich gerade so weit entfernt bin, daß ich mir die Schatten schon vorzustellen vermag, die ihn verdüstern.

Vielleicht fängt erst an diesem Punkt meine wahre Geschichte an. Dann könnten wir von diesem Augenblick an die Strecke abgehen, in dieser oder jener Gesellschaft Abstecher von der geraden Linie wagen, uns seitwärts halten, im Gestrüpp verlieren, dabei dennoch Ausblicke genießen, auf den Gesang der

Drähte hören, eigensinnig Verbindungen herstellen, verlorene Berichte auflesen, sie mit krausen Gedanken, vom Weg abführenden Fragen und kreuzqueren Anekdoten verweben, dabei vorgreifen und zurück im rabiaten Zeitgeschehen und manchmal sogar dem Stillstand nachgeben bei so viel Fortschritt – um die andere, die derzeit noch abgewandte Seite der Strecke endlich kennenzulernen und dabei sie dem Vergessen, mich aber der Einsamkeit zu entreißen, die sich um mich zusammenzieht.

Seit alters heißt es, daß im Augenblick des Sterbens, in dem die Seele endlich erlöst ist und auffliegt gen Himmel, jeder noch einmal sein Leben wie im Traum vor einem inneren Augen vorbeiziehen sieht – gerade für die Dauer eines Lidschlags. Es ist der Traum von der eigenen Geschichte.

Auch ich träume mich am Ende weit vor mir. Bis ich zu mir komme und sterbe, muß ich in rasantem Tempo einiges hinter mich bringen: getreu der Aufgabe, beharrlich erzählend vorauszusehen, wie es gewesen sein könnte, wenn es dereinst geschähe. In meinem letzten Traum wird nachgeholt, was in Zukunft geschehen wird.

Die ganze Zeit über stand ich am Gartenzaun des Backsteinhäuschens am Rande des Schienenstrangs zur großen Welt, habe langmütig dem Spektakel zugesehen und mir dabei mein Teil gedacht. Ich hatte genügend Muße, gelassen das Stichwort für meinen Auftritt abzuwarten. Jetzt ist die Zeit reif für die Abdankungsfeier.

Und ich bin der Abwart.

Ich, der Gartenzwerg.

Nachdem all das Erzählbare schon vorbei und gelaufen scheint, beginne ich, mich unserer Geschichte zu erinnern.

Jetzt frage bloß keiner, woher ein Gartenzwerg das alles hat und weiß. Ich war nämlich Bücherstütze in der Bibliothek von Babel. Auf diese Weise habe ich aufgesogen, was auf meinem Rücken ausgetragen wurde.

Unser allererster König, ganz weit vorne, hieß Alberich. Alberich zeugte Bendith, Bendith zeugte Couchemar, Couchemar zeugte Cauld Lad, Cauld Lad zeugte Cluricaun, Cluricaun zeugte Duergar, Duergar zeugte Durin, Durin zeugte Dvalin, Dvalin zeugte Elfe, Elfe zeugte Fachan, Fachan zeugte Fennix, Fennix zeugte Fenodoree, Fenodoree zeugte Foddenskkmaend, Foddenskkmaend zeugte Folletti, Folletti zeugte Goblin, Goblin zeugte Goggolore, Goggolore zeugte Gwarchell, Gwarchell zeugte Gewazig, Gewazig zeugte Habetrot, Habetrot zeugte Killmouli, Killmouli zeugte Kirkonwäki, Kirkonwäki zeugte Korred, Korred zeugte Laurin, Laurin zeugte Loc, Loc zeugte Lutin, Lutin zeugte Nagumwasuch, Nagumwasuch zeugte Nis, Nis zeugte Norggen, Norggen zeugte Oberon, Oberon zeugte Querxe, Querxe zeugte Rarasch, Rarasch zeugte Regin, Regin zeugte Spriggan, Spriggan zeugte Svart, Svart zeugte Tenz, Tenz zeugte Thusser, Thusser zeugte Tomte, Tomte zeugte Tontuu, Tontuu zeugte Trud, Trud zeugte Yarthkin, Yarthkin zeugte Ymir, Ymir zeugte Zinsel, Zinsel zeugte – wen wohl? Und alles geschah im Rosengarten, inmitten der Dolomiten. Unser tatsächliches Alter weiß niemand. Begraben sind wir am liebsten unter einer Eberesche, und vor bösen Geistern schützen uns Gänseblümchen im Haar.

So war das ganz weit vorne und in der Uhr zurück.
Aber im Anfang?
Was war im Anfang, wird man wissen wollen.
Damit es gleich gesagt ist, ohne Umschweife und gradheraus: im Anfang war die Verachtung. Und nichts als die Verachtung. Nicht Liebe noch Zuneigung, nicht Haß noch Abscheu.
Keines der großen und echten Gefühle, wie man so sagt, sondern Verachtung. Beschlossen in der alles niedersengenden Frage, die mein Leben entschied – in der Frage: was will denn der? Das ist wie vom Land kommen und das Gesetz suchen.
Mit hämischem Begleitorchester gestellt, mitunter zum schrillen Crescendo des Ekels gesteigert: was will denn der? Je öfter ich diese Frage im Laufe der Jahrhunderte gehört habe, desto seelenloser hat sie mich gemacht. Sie hat mir regelrecht die Seele ausgetrieben, sie hat sie mir hinausgefragt. Buchstäblich. Elsa, ach Elsa.
Heute bin ich, und ich vermerke dies mit allem Respekt, ein ganz und gar seelenloses Wesen. Ich will mir diesen Seelenschmus nicht mehr leisten, weder hinten, noch vorne, weder oben, noch unten. Hinweg und vorbei! – Welch eine Anmaßung, höre ich sagen, in Zeiten eines sich merklich zum Siechtum neigenden Säkulums, eines Säkulums voller Seelenkunde und Seelenpflege. Welch eine Herausforderung, höre ich raunen, angesichts all der Qualen, die tausend Jahre und mehr durchlitten, seelisch bedacht und sorgfältig formuliert wurden, wohlbedacht, sei's weitschweifig und wortgewaltig oder karg und knapp, sei's fernöstlich geheimnisvoll oder älplerisch verstockt.
Wir wollen ins Schlaraffenland und stecken doch in

Schlamm und Sand. Unsereins aber steht pausbäckig in Gärten herum, macht ein freundliches Gesicht, fragt: wo ist das nächste Klavier und ist rundherum guter Dinge selbst dann noch, wenn die Welt in Scherben fällt.
Gepflegte Beete, gestutzte Hecken und ein messerscharf gemähter Rasen sind Merkmale meiner paradiesischen Umgebung. Verachtung aber zeugt Fleiß, jawohl. Fleißig ist unsereiner. Fleißig und strebsam. Wie der Rest der Welt genau weiß. Wir stehen aufrecht. Wir sind wieder wer, und wir können uns sehen lassen. Aufrecht stehen wir gegen den Irrtum, die Tugenden des Fleißes, der Pflicht und der Ordnung, worunter auch die Sauberkeit fällt, seien fraglich geworden: weil politisch mißbrauchbar.
Unsereiner ist der lebende Gegenbeweis.
Meist sind wir beschäftigt, denn von nichts kommt nichts. Wir haben einen Spaten in der Hand, einen Goldfisch an der Angel, wir schieben eine Schubkarre, wir bewachen das Anwesen. Heimat, deine Sterne. Grund und Boden, äußerste Nähe und vertraute Umgebung, Kindertraum und Großelternland. Vaterländisch wird die Sache erst später, und am Ende sei sie etwas, das dann wieder allen in die Wiege über dem Abgrund scheine, wie es heißt. Fest steht: in Wahrheit ist es würdig und recht, billig und heilsam, niemals auf die Tugenden zu verzichten, die sich von Fleiß, Ordnung und Sauberkeit herleiten. Sie gehören, einerseits andererseits, untrennbar der deutschen Seele an, aus deren Geschichte das eine oder andere leidige Kapitel mehr oder minder sattsam bekannt sein mag. Die gute Seele: auch sie wollte ins Schlaraffenland und steckte doch in Schutt und Sand. Was Kraft und Mut gewon-

nen haben, hat oftmals List wieder verspielt. Weil aber unsereiner nun einmal zu törichtem Ungestüm neigt und Tapferkeit bloß unter Verzicht auf Bedachtsamkeit zu buchstabieren vermag, könnte ich jederzeit mich und die Meinen mit berechtigtem Stolz von der staufischen Reichsidee herleiten. Aber das wäre zu bescheiden, denn Kraft, Mut und großartig leuchtende Gestalt zeichnen schließlich nicht nur blechern-edle Ritter aus, sondern sie sind *die* Eigenschaften des Hauptes aller Engel, des Beschützers der Kirche Gottes, des Fahnenträgers aller himmlischen und irdischen Heere – ich will es kurz machen und bündig: des Erzengels Michael, dessen Bildnis dem Reichsbanner vorangetragen wurde, längst ehe es ein flügellahmer Bundes-Adler emblematisierte. Will sagen: unsereiner strudelte mit der Völkerwanderung kreuzquer, von Götaland nach Kappadokien, vom Burgundischen auf die Balearen: das ist das Vandalische in mir. Schließlich kam ich bis Karthago. Unsereiner war längst dabei, als Heinrich I. bei Riade an der Unstrut ein für allemal festlegte, woher der böse Feind kommt: aus dem Osten nämlich, wohin weiland in Hameln im Jahre 1284 am Dage Johanni et Petri, ergo am 26. Juni, der 1370 verfaßten *catena aurea* des Mindener Mönches Heinrich von Herford zufolge, hundertdreißig Kinder verschwanden. So denke ich, pausbäckig und mit ausgeprägter Nase, denn Gott der Herr machte den Menschen aus einem Erdenkloß, und er blies ihm ein den lebendigen Odem in seine Nase, so also denke, nein: grüble ich, auf meine Schaufel gestützt, über den Gartenzaun gebeugt, denn des Nachbarn Gras ist immer grüner, am Feierabend, zu Operettenklängen aus dem Wunschkonzert – Melodien, welche mein Herz bewegen, so zum Steinerweichen des Gemüts, wie es da singt: komm Zigan, komm Zigan. Zigeuner hin und Geige her, im Kopf bin ich längst weiter, lasse es auf dem Lechfeld toben, schlage mich, im Herzen noch Puszta, Ziehbrunnen und Piroschka, für Otto I. in einem Scharmützel mit den Ungarn, die, woher sonst als aus dem Osten, herangaloppiert waren, auf Pferden ohne Sattel, rohes Fleisch unter dem Hintern. Aus dem Osten: wie die drei Weisen aus dem Morgenland. Vom Erzengel also stammt unsereiner ab, und zwar in direkter Linie. Von Michael, der nicht nur zügellosen Reitervölkern heimleuchtet, sondern der es auch dem Antichrist zeigt, so richtig zeigt.

Doch just die Affäre mit dem Antichrist, dem stets Maskierten, bald Engel, bald Teufel, legt den Riß durch die Welt. Da wird auf der dem Glorienschein abgewandten Seite das unbedachte Michele geboren, das den vom Antichrist, dem Hauptfeind über Jahrhunderte hin, ausgesandten Heuchlern und Schmeichlern treuherzig, blauäugig, parzivalisch auf den Leim kriecht. Diese zwei Seiten, die da auf einmal sichtbar werden, bilden den Stollen nicht nur für die später Abgesang auf Abgesang folgende Leier von den zwei Seelen ach in unsereiner Brust undsoweiter, sondern auch für unser zwiespältig Wesen bis auf den heutigen Tag, da ich über den eisernen Gartenzaun staune, innerdeutsch, sozusagen: den Zarewitsch im Herzen und den Kopf von Pulverdampf umnebelt, störrisch wie ein hartnäckiger Fleck auf der ansonsten allemal weißen Weste. Sei's Kirche und Staat, schützest Thron du und Altar, sei's Hüben oder Drüben. Das Zwiefache ist es, das Zwiegenähte. Jedoch: auch Ambivalenzen schaffen Luft, mit gespaltener Zunge zu sprechen, hat schon manche Mark eingebracht. Jedenfalls hat unsereiner im Laufe der Geschichte oft genug den Beweis dafür angetreten, mit dem Spaten in der Hand, links die Trümmerfrau und rechts den Goldfisch an der Angel, daß sich selbst schwerste Stunden mit aufgekrempelten Ärmeln und schlechtem Gedächtnis leicht überstehen lassen. Da wird die Zipfelmütze zuerst einmal ein wenig tiefer ins Gesicht gezogen, da werden die Fensterläden eine Epoche lang eben nicht geöffnet, der Mond zur Seite geschoben, die Bürgersteige hochgeklappt, da bleibt die Angel eben für eine Saison im Schuppen. Schließlich kann das Mützchen sogar als Tarnkappe verwendet werden, wie unser blonder Held beweist, und vergessen wir nicht: unsere Kopfbedeckung gleicht der des Dogen von Venedig gerade so wie der Tiara des Papstes oder dem Matterhorn, unserem Schicksalsberg. Der Leim der Heuchler und Schmeichler im Geiste des Antichrist tat seine Wirkung: aus Michael ward Michel – ein Spottname für den gutmütigen, unbeholfenen und einfältigen Teutschen. Als solcher urkundlich erstmals erwähnt ist unsereiner in einem Klagebuch auf das Jahr 1642. Die Puritaner hatten in England gerade jedwede Theateraufführung verboten, womit sie, beiseite gesprochen, bei meiner Verwandtschaft bis 1660 mäßigen Erfolg hatten, Monteverdi hatte die *Krönung der Popäa* und Rembrandt die *Kompagnie des Hauptmanns Frans Banning Cocq* zum Abschluß gebracht, Saskia stirbt und Galilei, dafür erfindet Pascal eine Rechenmaschine für Addition und Subtraktion, auf daß alles im Lot bleibe. Hobbes denkt über den Bürger nach, nächtelang, wie versichert wird, die Franzosen gründen Montreal, und Abel Tasman entdeckt Tasmanien, indes hierzulande viel Entscheidenderes geschieht: Herzog Ernst von Sachsen-Gotha, mit Beinamen der Fromme, ordnet: womit unserem Wesen endlich einmal Genüge getan wird. Er ordnet nämlich das Schulwesen, befiehlt Schulpflicht und stellt seine Erfindung unter geistliche Oberaufsicht. Doch Wunder überall: das Klagbuch klagt nicht nur, es preist auch die guten Seiten des teutschen Michel, lobt ihn als Vorkämpfer wider alle Sprachverderber, Konzipisten und Kanzlisten, welche die Muttersprache mit allerlei welschem Beiwerk auf den Hund brächten und so sehr verhunzten, daß sie sich selber nicht mehr gleichsehe. Sieh an: ein früher Purist steckt also in ihm, ein Akademiker und Reiniger, ein Ausputzer und Säuberer, womöglich jüngstes Mitglied der Fruchtbringenden Gesellschaft, der Deutschgesinnten Genossenschaft oder der Aufrichtigen Tannengesellschaft. Jedenfalls einer, dem das Saubere am Herzen lag, und somit ganz eindeutig einer von uns – kurzum die geglückte und seit ihrer amtlich nachweisbaren Existenz unsterbliche Verbindung von Erzengel und Tölpel, eine Mischform, das treffliche Bild mit den zwei Seelen rechtfertigend. Unbeirrbarer Wortforschergeist im Lichte des Positivismus (sprich Jagens und Sammelns) schreibt den Namen über das Klagbuch hinaus den Wallfahrten der Teutschen in der Mitte des 15. Jahrhunderts zum französischen Mont Saint-Michel zu, weil dort für den Wiederaufbau der Abtei ein Ablaß ausgeschrieben worden war, den die schuldverliebten teutschen Pilger unter unbeirrbarem Absingen sämtlicher Strophen aller zu jener Zeit bekannter Michaelshymnen erflehten, um damit bei der einheimischen, für ihre Frivolität und Libertinage bekannten Bevölkerung den Spott über diese teutschen Michel zu wecken, solider Grundstock für erbfeindschaftlichen Hohn, der es zuletzt so weit trieb, einen Betteljungen, welcher bloß zum Scheine wallfahret, einen Michelot zu rufen. Ob solcher Forscherglaube berechtigt ist oder nicht, soll mich in meinem Gärtchen nicht kratzen. Diese Frage liegt jenseits meines von Haus aus umzäunten, somit begrenzten Horizonts, zumal derlei Bücherstaub- und akademisch etymologische Augenwischerei den Zusammenhang von erzengelhaftem Geblüt und tölpelhafter Stümperei mit großkatholischem Schritt über die Jahrhunderte hinweg verleugnet wie weiland Petrus seinen Herrn, noch ehe der Hahn dreimal krähte.

Da lob ich mir den Dichter unserer Hymne, da lob ich mir die *Michelsode*. Genau dreihundertein Jährchen hat es gedauert, bis dem ersten urkundlichen Eintrag ein feierliches Gedicht zugesellt wurde, wie es in Kreuzworträtseln, sechs senkrecht, zwölf waagrecht, gerne bezeichnet wird, passend zu den von mir selten versäumten Wunschkonzerten, welche meinen guten Geschmack prägten. In diesem Jahr stirbt Hölderlin, und Rosegger wird geboren, auf daß alles im Lot bleibe, im Deutschen Reich zählt man sechzehn Millionen Preußen, Schnorr von Carolsfeld illustriert *Der Nibelungen Not,* im Koservatorium zu Leipzig wird *Der fliegende Holländer* uraufgeführt, der erste mit Schrauben versehene Ozeandampfer läuft vom Stapel, Jenny von Westphalen heiratet, und allüberall in deutschen Landen werden tausend Jahre Deutsches Reich festfeierlich begangen. In diese Fahnenherrlichkeit hinein tönt die *Michelsode:* Ihr habt anno Dreizehn

den Michel gewecket und ihn aus dem bleiernen Schlafe geschrecket. Das also war die Hoffnung der Revoluzzer: daß der Tölpel wieder zum Erzengel erwache. Daran schloß sich, wie mir am Gartenzaun bei blutrotem Alpenglühen, unwiderlegbar wie der röhrende Hirsch über meiner Ottomane, klar wird, die eine, alles ganz und gar umtreibende, alles aufreibende Frage, direkt mitten in unser Herz: sag, wo ist Vetter Michels Vaterland?
Doch halt, gemach, gemach! Wie ist, wird man sogleich wissen wollen, aus dem Michel plötzlich ein entfernter Verwandter, ein Vetter geworden? Der arme Vetter mit der Zipfelmütze, als soldatisches Abzeichen seit dem 18. Jahrhundert vorgeschrieben für preußische Soldaten bei Nacht und außer Dienst, der Vetter ist dem Geist der Komödie des Jahres 48 entsprungen. Er verliebt sich sogleich in Base Röschen vom Lande, die proppere Maid, das Mädel, das freilich bei einem Siegesfest der Revolutionierer leicht geschürzt als Göttin der Freiheit mit Jakobinermütze und trikolorer Schärpe auftritt, ihre immer ein wenig fröstelnden (deshalb geizigen) Brüstchen mäßig bedeckend. Vetter Michel selbst erscheint barhäuptig mit den Worten: mir ist, als wäre mein Kopf jetzt viel freier und das Denken viel weniger beschwerlich, als ich glaubte. Sei wach, rät man ihm flugs, damit sie, gemeint ist Röschen als Freiheitsgöttin, dir nicht wieder entflieht.
Einst Arbeitskappe der Bauern, womöglich oberschwäbischer Herkunft, am Ende gar Lindenbergs Hutmachern zuzuschreiben, wird die Schlafmütze, etwas nach vorne gestülpt, rasch jakobinisch, und ebenso schnell ist sie wieder in die Bettkappe zurückverwandelt.

Vetter Michel hat die Vorteile solcher Verwandlungskunst geschwind erkannt. Schon geht er behende damit um, schon behauptet er keck und modern: Ich bin ein Militärzivilist. Ich kann, wie die Amphibien im Wasser und auf dem Lande, in einem Zivil- und in einem Militärrock leben.
Einer bestimmten Gattung gehöre ich im Augenblick, da man mich fragt und ich bekennen sollt, nicht an.
Und weil es offenbar schwierig ist, das wahre Gesicht dieses Baldanders, dieses treulichen Wechselbalgs zu erkennen, weicht der Dichter aus. Er beschreibt nicht den Vetter selbst, sondern dessen Vaterland. Damit zurück zur brennenden Sorge, zur Frage: sag wo ist, sag wo ist Vetter Michels Vaterland? Die Antwort kann nicht länger aufgeschoben werden, zumal in Zeiten wie den unseren:
Wo Belagerungszustand ein Recht ist und das Volk ein gehorsamer Knecht ist, wo die Volksvertreter Philister sind, und die ärgsten Heuler Minister sind, tönte es da aufmüpfig, wo am Ende alles einerlei ist, wenn es nur nicht gegen unsre Polizei ist.
Da sei Vetter Michels Vaterland?
Da ist Vetter Michels Vaterland?
Michel: in seiner äußeren Erscheinung eine höchst dumme Persönlichkeit, schreibt die Anweisung zum siebten Auftritt vor. Dumm, aber treu! Er kann zwar schnaufen wie eine Lokomotive, so schnell laufen aber kann er nicht. Er, der Präsident eines Schafkopf-Clubs, wird von einer folgenreichen Erkenntnis erschüttert. Ich habe früher viel geschlafen und immer geträumt, nichts als geträumt. Ein Geständnis? Mitnichten. Mehr, viel mehr. Jetzt wird mir alles klar, ich war ein Träumer, ein Schläfer, ich erfaßte die Zeit

nicht, ein Engel mußte mich wecken. Der Erzengel Michael freilich tat's nicht. Dennoch faßt der Vetter einen Entschluß, der ans Eingemachte geht, an die Substanz. Man soll ihn ferner für keine Schlafmütze mehr halten. Man soll einsehen, endlich einsehen, bitte sehr, daß ich nicht so dumm bin, wie ich aussehe, als mich die Welt verschreit, wohlfeil verschreit, möchte man hinzufügen. Ich werde ein Demokrat. Stürzt ab, verlangt die Regie, womit der Auftritt doppelbödig endet. Habe ich auch keinen guten Kopf, so besitze ich doch ein gutes Herz! Keine Schlafmütze mehr sein zu wollen, sondern Demokrat, das kann nur eins bedeuten: die Schlafmütze abzulegen. Michel zieht seine Schlafmütze vom Kopfe und sagt dabei: das, was mir bis jetzt am teuersten war, lege ich auf des Vaterlands Altar. Trefflich, kann man da nur sagen. Trefflich. Vor allem, wenn man die traurige Lebensgeschichte bedenkt, die der Vetter hinter sich hat: meine Eltern habe ich nicht gekannt, obwohl man einmal munkelte, mein Vater sei Reaktions-Rat gewesen und habe mich als Kind den Regierungen überlassen, welche mich dazu benützten, mir den Impfstoff für alle anderen deutschen Kinder zu entnehmen. Als alle geimpft waren und mein Arm dem Vaterlande nichts mehr nützte, belehrt uns der Vetter, wurde ich, um meinen Kopf ja nicht zu wecken, zu einem Zensor in die Lehre gegeben. Wegen allfälliger Verliebtheiten wird der Kerl geschaßt und dem Friseurhandwerk überantwortet: hier kam ich mit Deutschlands größten Zöpfen in freundschaftlichste Berührung. Wieder wird er ver- und herumgestoßen, Deutschlands Kasperl Hauser: sehen Sie mich an, klingt das nicht spaßig, ich war Deutschlands Furcht. Aber *Der deut-*

sche Michel oder Familien-Unruhen, ein Zeitbild, endet, man möchte es nicht für möglich halten, hoffnungsvoll. Vetter Michel hat Röschen, die Freiheitsallegorie, im Arm: Nun, da ich die Freiheit habe, ist mein langes Leid belohnt. Jetzt muß ich nur noch erfragen, wo die deutsche Einheit wohnt. So spricht er, ehe der eiserne Vorhang fällt.

Das Herz möcht einem aufgehn bei so viel Weit- und Seitenblick. Jetzt aber sag endlich, endlich: sag wo ist, sag wo ist Vetter Michels Vaterland? Die Frage duldet nicht länger Aufschub. Denn worum soll es denn sonst gehen als ums deutsche Vaterland? Worum sonst wohl?

Zwar war es soeben tausend Jahre alt geworden, ein Denkmal schon, also innen hohl, doch Alter schützt vor Torheit nicht, und Faulheit stärkt die Glieder, pfiffen die Spatzen von den Giebeln Krähwinkels ebenso wie von den Kirchturmspitzen Schildas.

Ich will es ohne Umschweife und auf die gewohnt direkte Art sagen – mit Worten, wie sie die eiserne Lerche der Revolution setzte.

Mein Deutschland streckte die Glieder ins alte Bett, so warm und weich. Die Augen fielen ihm nieder, dem schläfrigen deutschen Reich.

Für Vetter und Vaterland galt gleichermaßen: hast oft geschrien dich heiser, nun schenkt dir Gott die ewige Ruh. Dich spitzt ein deutscher Kaiser pyramidalisch zu.

Pyramidalisch – das ist, notabene, stets die Form der Zipfel- und Schlafmütze gewesen und bis auf den heutigen Tag auch geblieben, wie solches ebenso sinnfällig wie unwiderlegbar an meiner Kopfbedeckung zu erkennen ist, ohne die ich den vormärzlichen Vorgartenstürmen kaum hätte trotzen können. Meine Vorvettern indes hatten nicht einen Zaunkönig eingebüßt, als nach dem Sturm sie gezählt die Häupter ihrer Lieben: kein einziges hat gefehlt. Und was sangen die frechen Spatzen von Krähwinkel und Schilda, welchen Kehrreim pfiffen sie diesmal? Deutschland, höre ich da, nimmt nur die Hüte den Königen ab, das genügt ihm schon. Der Deutsche macht in Güte die Re-he-vo-lu-uti-on. Gehens heim, Majestät, es könnt' gschoßn wern. Auch ist der Stein der Weisen kein deutscher Pflasterstein. Punktum. Die Vettern hatten, was sie brauchten, gepriesen sei der Völker Lenz: sie durften auch ferner rauchen in ihrer Residenz. Die Vettern warns zufrieden. Sie hattens doch nach all den Jahren zu einem Posten noch gebracht, und leider allzu oft erfahren, wer hier im Land das Wetter macht. Du sollst, rief da so mancher aus voller Brust, verdammte Freiheit mir die Ruhe fürder nicht gefährden! Lisette – noch'n Gläschen Bier. Ich will ein guter Bürger werden. Diogenes in seiner Tonne, vortrefflich! Wie beneidete man ihn. Es war ja keine Julisonne, die jenen Glücklichen beschien. Sei's Monarchie, sei's Republik – das sollt' den Vetter nicht gefährden: zum Teufel mit der Politik. Er wollt' ein guter Bürger werden. Jedwedem Umtrieb blieb er fern und ließ den Hecker das Volk beglücken. In welcher Mühle man den Michel mahlt, das macht dem Vetter nimmermehr Beschwerden. Der war sein Herr, der ihn bezahlt. Er wollt' ein guter Bürger werden. Doch halt: Kommando zurück! Wie war das doch gleich mit Deutschland, das seinen Königen angeblich nur die Hüte abnimmt? Hutkundliches ist gefragt, um Geschichte anschaulich zu machen, um ihr Haupt zu entblößen.

Unsereiner als Zipfelmützenträger versteht sich auf derlei kulturgeschichtliches Abschweifen. Soll ich bei Kleopatras Hut beginnen oder beim Strohhut der alten Sachsen? Beim Hut als Zeichen des freien Mannes oder beim zuckerförmigen Juden-Hut, bei der Kopfbedeckung des Erasmus, dem Helm der Landsknechte oder dem schwedischen Schlappmodell Gustav Adolf, bei der Jakobinermütze oder bei Napoleons Dreispitz? Seht ihr den Hut dort auf der Stange? Dann bedenkt, daß Bischöfe Mützen, Doktoren aber Hüte tragen und nur selten ein Papst seinen Hut nimmt. Mit dem Hute in der Hand kommt man durch das ganze Land. Bück dich, mein Herz, und grüß recht artig: zieh den Hut, auch wenn er dir gelegentlich hochgeht, bleib auf der Hut und bedenke die Phantome des Hutmachers. Dem Bürger fliegt vom spitzen Kopf der Hut, denn der Mensch ist gar nicht gut. Drum hau ihn auf den Hut. Hast du ihn auf den Hut gehaut, dann geht's ihm wieder gut. Da kommt der Hut über dich wie ein Heiligenschein. Wie kann ich die Geschichte unter einen Hut bringen, vor wem soll ich den Hut lüften: vor Hitler mit Zylinder oder Bismarcks junkerlichem Wagenrad, vor Wilhelms Pickelhaube oder dem Tschako der Polizei, vor Eberts solider Sattlersonntagstracht oder Adenauers Pepitahütchen? Und dann sind da noch Chaplin und Luis Trenker mit seinem Zweimannzelt aus dem Val Gardena, Stahlhelm, Schlafmütze, Doktorhut, vom Barette winkt die Feder, die Dame darf das Hütchen aufbehalten. Thomas Manns Homburg und Belmondos Borsalino. Der Hut: die Angströhre, die Dunstkiepe, die Warmluftglocke. Die Kreissäge und o-la-la, was sind das nur für Karnickel, die von Philosophen

im Seinskeller aus dem Hut gezaubert werden? Wie weit sind wir entfernt von Mimes Tarnkappe? So ein Hut kann dein Gehirn auf den Kopf stellen, denn was ist das Geheimnis der Hüte?
Ich will es Ihnen verraten.
Das Geheimnis der Hüte – auf eine Formel gebracht – heißt: wes Kappe du trägst, des Gedanken du liest.
Punktum.
Nähere Auskünfte erteilen die Schweißbänder.
Bitte sehr: passend zum Hut die Kokarde. Zu tragen wie ein Orden!
Der Orden aber ist ein eigner Stern. Wer einen hat, der soll sich bücken. Bück dich, mein Herz.
Was soll ich noch groß sagen?
Achtzehnhundertvierzigundacht, als im Lenze das Eis gekracht, Tage des Februar, Tage des Märzen, warens nicht auch Vettermichelsherzen, die voll Hoffnung zuerst erwacht?
Man weiß das ja, man kennt den weiteren Verlauf, ich will mich nicht lange damit aufhalten. Ich bin schon wieder weiter, und längst sind nicht alle Märze vorbei. Ich bin schon im Spiegelsaal zu Versailles, ich bin dabei, als Ludwig II. von Bayern auf die Kaiserkrone verzichtet und lieber Schlösser baut, ich höre das Hurrageschrei, in welches Bismarck das Zweite Reich hineinruft, und ich sehe den Kartätschenprinzen vorneweg, vorneweg. Die schwarzweißrote Verpreußung beginnt, und noch eh die blinkenden jubelnden 70–71er in die Scheiden zurückfahren, beginnt die serienmäßige Produktion von unsereinem zu Gräfenroda im Thüringerwald. Zu Erzengel und Tölpel und Vetter ist der Wichtel gekommen, und du, Rübezahl, hütest ihn wohl. Der Wichtel hat, wie Vetter Michel,

seine Eltern nie gekannt, er blieb Vetter und Wichtel und wurde nie Sohn, wuchs, seit der Entlassung Bismarcks, hinein in eine vaterlose Gesellschaft, hinein in Zeiten, da die Industriegesellschaft die Väter den Familien entwöhnte, weiterhin und immerdar, in Serie, zur See mein Volk, zur See, durch Kaiserreich und Republik, durch den Ersten Weltkrieg, mit Hermann Löns und Ernst Jünger in einem Regiment vereint, bis hinein ins Dritte Reich, welches vorerst den Höhepunkt markierte. Schon 1929 veröffentlichte einer aus Rheydt im Rheinland ein Buch:
Michael. Ein deutsches Schicksal in Tagebuchblättern. Der Gartenzwerg als Fra Diavolo. Vetter Michel stand immer dann besonders hoch im Kurs, wenn die kämpferische Idealfigur Michael ganz und gar unerzengelhaft in die Bredouille geraten war. Und das soll öfter als einmal vorgekommen sein. Man kennt derlei, man hat auch das mittlerweile gelernt, geübt und exerziert, man versteht sich allerbest darauf, in den Dunst der Legenden auszuweichen. Ach, man kennt derlei, man kennt es zur Genüge.
Der Vollständigkeit halber sei noch erwähnt: auch ich bin ein 48er, mich haben sie als Nachzügler hundert Jahre nach der Geburt des Vetters aus dem Geiste der Komödie aus dem Kriegsheimkehrerofen gezogen, frisch lackiert, pausbäckig, mit einer roten Zipfelmütze, was gar nichts besagen will. Vielleicht habe ich, als Päckchen fehlgeleitet, als Republikflüchtling aus Gräfenroda kommend, SBZ und Eisernen Vorhang, sorgsam in Holzwolle gewickelt, fragil mit Viermächtestatus, sämtliche Selbstschußanlagen und das ganze verdammte verminte Gelände glücklich überwunden, und habe in den Westen gemacht, um unser-

einem zu seiner eigentlichen Größe zu verhelfen. Mein Zwillingsbruder bleibt drüben und ein wenig zurück, wie man hört. Angel, Spaten und Reh sind stets in meiner Näh, um der Welt zu zeigen, wozu der Mensch geboren.
Aus Ton bin ich, und zu Staub werd ich, Asche zu Asche, obgleich ich, ungern wiederhole ich mich, unsterblich bin. Gepflegte Beete, gestutzte Hecken und ein messerscharf gemähter Rasen – was fehlt da noch zur Glückseligkeit? Im Jahre meiner Geburt stirbt Lehar, doch die Operette lebt in mir fort und fort, es ist das Jahr der Währungsreform, Luftbrücken werden geschlagen, Blockaden aufgehoben, der fünfte Uranus-Mond wird entdeckt und die ersten HO-Läden werden eröffnet, die Transandenbahn überquert eine Paßhöhe von 3857 Metern – so hoch ist bislang keine Eisenbahn gedampft.
Ich selbst gedeihe prächtig, wachse hinein ins Wirtschaftswunderland mit Nierentisch und Nitribitt, ich, ein Nachfahr von Rumpelstilzchen, stets davor auf der Hut, den Bart zwischen die zwei deutschen Scheiter zu klemmen oder höheren Töchtern unbedachte Versprechungen zu machen. Schneeweißchen und Rosenrot heißen die Früchtchen und waren so fromm und gut und unverdrossen und faßten sich an den Händen und schworen: wir wollen niemals auseinandergehen und uns nicht verlassen, solange wir leben. Mutter Germania aber, eine arme Witwe, setzte hinzu: was das eine hat, soll's mit dem andern teilen. Eine saubere Kindheit das, denkt sich unsereiner und wird schon alt geboren: mit einem verwelkten Gesicht und einem ellenlangen Bart. Das Ende des Bartes aber war in eine Spalte des viermächtigen Klotzes ge-

klemmt. Ich sprang hin und her wie ein Hündchen an einem Seil, und ich schrie die beiden treudeutschen Mädel an, von denen ich ohnedies wußte, daß sie ihren in ein Bärenfell genähten Prinzen bekommen würden: was steht ihr da, schrie ich, könnt ihr mir nicht Beistand leisten, ihr glatten Milchgesichter? Doch eine von diesen neugierigen Gänsen wollte sogleich wissen, was ich angefangen habe. Den Baum habe ich mir spalten wollen, erboste ich mich, um Kleinholz in der Küche zu haben. Bei den dicken Klötzen verbrennt gleich das bißchen Speise, das unsereiner braucht, der nicht so viel hinunterschlingt wie ihr gieriges Volk. Ich hatte den Keil schon glücklich hineingetrieben, und es wäre alles nach Wunsch gegangen, aber das verwünschte Holz war zu glatt und sprang unversehens heraus, und der Baum fuhr so geschwind zusammen, daß ich meinen schönen weißen Bart nicht mehr herausziehen konnte. Und was fällt dem Bankert als einzige Lösung ein? Die Schere. Das Gör kappt mir den Bart. Und dies nicht nur einmal, denn kaum will ich angeln, und ein verwünschter Fisch will mich hineinziehen: Bart und Schnur waren fest ineinander verwirrt. Abermals holt das Stück Menschenkind sein Scherchen hervor und schneidet mir den besten Teil ab. Hatte ich im Wald mein Säckel Gold in Sicherheit zu bringen, so waren's diesmal Perlen, die ich mit einem Fluch auf das unselige Jungmädchenvolk beiseite schaffte. Zugutletzt hatte ein Adler vor, mich zu entführen und fortzuschleppen. Die blöden Kinder reißen an dem Greifen: mit dem Ergebnis, daß meine Kleider samt und sonders zerfetzt werden. Mein aschgraues Gesicht war zinnoberrot vor Zorn, als ich die beiden deutschen Hälften ausschimpfen wollte. Doch da mischte sich der ins wappengeile Bärenfell eingenähte Prinz ein, welcher es längst auf die doppelte Jungfräulichkeit abgesehen hatte. Schon wollte ich auf alten Adel vertrauen – ein Kapitalfehler – und dem Junkerchen vorschlagen, die beiden gottlosen Weibchen zu verschmausen, zarte Bissen, fett wie junge Wachteln, da versetzte mir doch der Glücksbankert einen einzigen Schlag mit der Tatze, und ich regte mich nicht mehr. Seither bin ich aus den Märchen verschwunden. Mit diesem Schlag endet meine Kindheit. Ich erwache und merke, daß ich eine Schulbank drücke. Sobald ich des ABCs sicher bin, buchstabiere ich alles, was ich über meine Vorfahren in Erfahrung bringen kann: ich informiere mich ausgiebig. Soeben gehe ich in die vierte, fünfte Volksschulklasse, nachmittags Religion und Turnen sowie die Vorbereitung auf die Oberrealschule im Schatten Neuschwansteins, der Gralsburg, da kommt, schon über dreißig, gleich nebenan in einem Allgäuer Wirtshaus ein ganz Großer von uns Kleinen auf die Welt – einer, der sein wahres Format unter Schienenstößen erreicht, einer, dem ich manches verdanke. Was, das sage ich nicht; geht auch niemand was an. Das wäre einmal eine Geschichte für sich. Was sollte ich auch sagen: unter Gelächter und Schnäpsen geboren, wie ich im Zeichen der Jungfrau, in der Nebenstube im *Schwarzen Adler* – einen Tusch auf ihn, einen Trommelwirbel. Ich sage bloß: Ein Männlein steht im Walde und hat vor lauter Purpur. Die Farbe tut nichts zur Sache. Das Mäntlein aber ist vorne und hinten zu kurz, überall schaut es heraus, überall lugt es hervor, das Kleinbürgerliche, auffällig und abstoßend und rührend, wie ein zu großes Loch im Strumpf. Und alle können es sehen. Aber was tut's?

Unsereiner hält sich für ausersehen. Die magische, die göttliche Zahl Sieben ist unsereinem auf die Brust tätowiert, leuchtend weithin. Ich bin ein Sonntagskind, geboren am siebten Tag der Woche. Sieben Todsünden muß ich fürchten, eine davon soll der siebte Himmel sein, sieben Sakramente werde ich empfangen, sieben Weltwunder verlangt es mich zu bestaunen, nach sieben fetten Jahren wechselt der Kalender, so steht es im Buch mit den sieben Siegeln. Sieben Gewürze benötigt man fürs Lebkuchenhaus, vielleicht schaff auch ich einst sieben auf einen Streich, die sieben Schwaben oder die sieben Raben, sieben Samurai oder die glorreichen Sieben; der Wolf und die sieben jungen Geißlein werden es mir sagen, hinter den sieben Bergen, bei den sieben ... Beinahe hätte ich mich verraten.
Jetzt bin ich aschgrau, und abermals krähte der Hahn. Der Wind hat gedreht, ganz deutlich ist es zu merken: er weht jetzt aus einer anderen Richtung, herein und hinaus, dort, wo der Zimmermann das Loch gelassen hat.
Das Kleine aber hat Bestand.
Noch wird es geliebt, noch wird es gehätschelt. Klein, aber oho.
So heißt es nicht nur von den Vorgärten, wo unsereiner zu finden ist, mit Spaten, Reh und Angelrute, wo wir uns ins Fäustchen lachen. Nicht in die Faust. Die bleibt in der Tasche: beim aufgeklappten Messer.
Klein, aber mein.
Kleine Geschenke erhalten die Freundschaft. Davon weiß unsere Republik ein Lied zu singen. Kurz und schmerzlos wünscht sich jeder sein Ende, wie oft aber möchte er davor noch alles kurz und klein schlagen?

Der kleine Mann auf der Straße freilich will Brötchen, kein Brot verdienen. Ein Küßchen in Ehren und noch ein Bierchen: gepflegte Beete, gestutzte Hecken, messerscharf gemähter Rasen – ich stehe im Garten Eden, mittendrin stehe ich, als Däumling und Hänschenklein, ich lehne mich über den Zaun oder ich sitze auf einer Bank vor dem Haus oder liege auf dem Grübelsofa, s' ist Feierabend, erbarmungslos geht soeben die Sonne unter, und aus dem Radio tönt die Frage: hast du dort droben vergessen auf mich, denn das ist meine Welt und sonst gar nichts?
Uns ängstigen nicht so sehr die Schrecken, die wir kennen; die uns Unbekannten, die wir uns vorstellen, ängstigen uns viel mehr.
Ich freilich bin der letzte, der die Geschichte meiner Sippe kennt. Nach mir, fürchte ich, gibt es keinen mehr, der sie erzählen könnte. Es wird Zeit zu überlegen, was an meinem offenen Grab zu sagen ist.
Ich darf nichts dem Zufall überlassen. Sorgfalt tut not. Diese Aufzeichnungen werden mein Erbe sein. In ihnen ist Wort geworden, was ich je begriffen und an Einsichten zuwege gebracht habe. Größeren Reichtum besitze ich nicht. Was bleibt mir da noch anderes übrig, als mich zu erfinden, als mich auszudenken – aus und zu Ende zu denken? Schon will ich vorgreifen und zurück im rabiaten Zeitgeschehen. Wenn ich nur aufwachen und den ersten Satz sagen könnte. Dann erfände ich mir nämlich einen. Einen, der sich sehen lassen könnte. Einen, der sich gewaschen hätte. Einen, der alles überstehen wird, was über ihn hinweg rollt. Aber meine Möglichkeiten sind beschränkt, meine Fähigkeiten begrenzt. Für mein jetziges Leben wüßte ich, in flatternder Trance auf meinem Gehirnhügel

sitzend, nichts Besseres als die Erfindung des nächsten. Denn unsereiner wird schon alt geboren, und wir selbst müssen das letzte Wort über uns sagen.

Viertes Buch

Stillstand

An dem Tag, an dem man die Welt wegen ihres flandrisch flachen Himmels für eine Scheibe hätte halten mögen, umkränzt von gestutzten Weiden, nahm mich Vetter Hans Nicolussi mit auf seinen Weg. Im Morgengrauen sahen wir den Fernsteinsee schimmern, doch hielten wir uns weiter südwärts, wo schwere Wolken lagerten. Hans Nicolussi sprach mir Mut zu, während wir, sanft von kühler Luft umflossen, immer höher stiegen. Bald stand der Berg dunkel senkrecht vor uns: von den ersten Strahlen der Sonne unwirklich ausgeleuchtet glänzte Hans Nicolussis Gesicht. Fichten und Tannen wirkten wie eine Armee, welche uns den Weg verwehren wollte. Über mäandrische Fußsteige, der Vetter nannte sie Geißenwege, rückten wir auf unsicher lockeren Steinen vorwärts, vorbei an überhängenden Felsen, die Hans Nicolussi zu Ausführungen über den Bergsturz bei Hintergaß an der Arlbergbahn, zu knappen Sätzen anläßlich der von ihm erlebten und wieder behobenen Steinschläge und Murgänge ermunterten. Während seiner einsamen Inspektionsgänge habe er sich immer wieder Gedanken über Hangverbauung und Stützmauern gemacht: Stabilität durch Grobblockwände oder durch Schwellen. Nebel stieg wie Opferdampf auf, Hügel wuchsen aus Hügeln, Berge aus noch ferneren Bergen, der eine über, der andere wieder hinter dem nächsten. Der Vetter erzählte von seinen wirren Jahren, da er auf die Walz gegangen sei. Seinerzeit, sagte er, habe er die Route des Mailänder Boten über Sand, Schotter und Knüppelbrücken genommen, obwohl ihn der Gotthard mehr gereizt hätte. Und die Unterkünfte? In der Regel habe es fürchterlich gestürmt und geheult, die alten Stalltüren seien aufgeknarrt, um mit Geprassel wieder zugeworfen zu werden. Im Montafon, furkawärts, hätten sie besonders viel Pech gehabt: kaum hätten sie mit ihrem Stellwagen den steinigen engen Weg angefangen, da sei die Deichsel gebrochen. Während einer zurück ins nächste Dorf geritten sei, um eine neue zu besorgen, habe er sich mit einigen anderen Reisenden zu Fuß bergan gemacht. Später sei der elende Karren noch einmal stehengeblieben, und es habe weitere zwei Stunden gedauert, bis man ihn wieder fahrtüchtig bekommen habe. Eine gute Stunde seien sie unterwegs gewesen und mitten in einem elenden Dörflein angekommen, als die Vorderachse entzweigegangen sei. Der Kutscher habe alle Elemente zusammengeflucht, wie ich mir denken könne. Weil im Dorf kein Wagner zu finden gewesen sei, habe man zur Notachse greifen müssen, doch seien noch einmal fast eineinhalb Stunden vergangen, bis diese mit Ketten für das Fahren eingerichtet gewesen sei. Bei der Rückkehr endlich habe er mit dem hiesigen Zoll Bekanntschaft gemacht. Nach tagelanger Fahrt im unbequemen Postwagen, eingekeilt und mürbe gestoßen, habe man kaum Aussicht gehabt, vor zwei Stunden abgefertigt zu werden. Bei solchen Gelegenheiten lerne man Geduld. Deswegen habe er sich vorgenommen, stillschweigend zu warten, die Zähne zusammenzubeißen und wortlos auf- und abzugehen. Zweifellos hätten die Zöllner seine Gemütsverfassung bemerkt, und endlich, endlich sei auch er gerufen worden. Ein Zöllner habe ihn mürrisch gemustert, ihm halb den Rücken zugekehrt und ihn aufgefordert, den Koffer zu öffnen, gebieterisch fragend, ob er Konterbande mit sich führe. Er und Konterbande. Überhaupt, welch ein Wort! Er aber habe sich als Hans Nicolussi Zurbrükken und als gebürtiger Thulserner vorgestellt, worauf der Zöllner seine Frage barsch, fast drohend wiederholt habe. Nun seien seine Sachen mit offensichtlich feindseliger Gründlichkeit untersucht worden, jedes Täschchen habe er zweimal umdrehen müssen. Gefunden habe man nichts, doch als er, nachdem die peinliche Prozedur beendet gewesen sei, begonnen habe, Kleider, Wäsche und Bücher langsam mit der ihm anerzogenen Sorgfalt wieder zu verstauen, habe ihn der Zollbeamte mit der Frage angeherrscht, ob er denn nicht sähe, Blutsackermant, daß er hier im Weg stehe. So unfreundlich sei er nach jahrelanger Walz von jenem Thulsern aufgenommen worden, dem er Zuneigung, Wissen, die besten Kräfte seines Lebens als Wegmacher und Straßenmeister habe widmen wollen. Ich aber sah mich, während der Vetter so sprach und abschweifte, durch eine kanadische Weite streifen, zuerst noch in Begleitung eines Salamanders, dann aber allein. Wohlig fühlte ich mich in ein rot-blau-kariertes Baumwollhemd mit weiten, doppelt umgeschlagenen Ärmeln gewickelt, durch das kein Windchen pfiff. Über dem Hemd trug ich eine Weste, darin dem Vorbild des Vetters folgend, der sein Leben lang zwischen Hemd und Joppe eine Weste trug, deren schwarze Schnallen auf dem Rücken lose baumelten, an einer Seite an zwei Ecken ausgefranst, und deren Seitentäschchen an den Rändern abgespeckt und abgewetzt waren, da Vetter Hans Nicolussi die linke Grube für seine Taschenuhr, die ich einst erben würde, reserviert hatte, in der rechten Tasche aber seine Wut immer dann aufbewahrte, wenn er sie, weil sein Gegner im Rang über ihm stand, im Augenblick nicht herauslassen konnte, sondern sie mit dem überlangen Fingernagel des rechten kleinen Fingers im Westentäschchen in Schach hielt. Meines Vetters Weste kam mir wie ein bizarres Haus vor, mit weiten Eingängen, mit Zimmern und Dachböden, wo zwischen düsteren Wollröllchen, die sich in den Nähten wie Spinnweben eingenistet hatten, wundersam gespielt werden konnte. An jenen Stellen, an denen das schwarze Futter mit groben, von Hans Nicolussi höchstpersönlich ausgeführten Gitterstichen mit Achternadel und Sternfaden zusammengehalten wurde, glaubte ich, über ein frisch gemähtes Stoppelfeld zu laufen, jeden Schritt auf der nackten Fußsohle genauer spürend, bis es schmerzte und sich kleine rote Pünktchen auf der sonst eher gelblichen Sohle gebildet hatten. Wer klug sei, meinte der Vetter überlegen, lasse sich beizeiten eine Hornhaut wachsen, und ich sah, wie er sein Schuhband löste, den Latschen vom schweißelnden Fuß zog, die warme Luft aus dem Wegmacherstiefel abziehen ließ, die Hose über die Wade hinaufrollte, bis der kompliziert wirkende Sockenhalter sichtbar wurde, der die lange olivfarbene Unterhose einzwängte, so daß sie auf der Haut Muster bildete. Bedächtig schob der klobige Mann den wollenen Wadenstrumpf bis zum Knöchel und zog ihn über die Ferse vom Fuß. Nach den Zehen, fast so groß wie Pfoten, fielen mir die gebirgigen Zehennägel auf, die nicht glatt und gerade waren, wie ich es von meinen

Füßen her gewohnt war, rosig schimmernde Rücken, jeder Nagel ein kleines Wunder, sondern schroff und rauh wie ein Reibeisen. Jeder Nagel hatte einen anderen Charakter und barg entweder etwas Wolle oder ein wenig schwarzbraunen festgeschwitzten Staub unter sich. Die Farben glänzten unterschiedlich matt: der Nagel des großen Zehen spielte ins Braungelbliche hinüber; je kleiner und sanfter die Zehen wurden, um so dunkler wurden ihre Nägel. Der Nagel des kleinen Zehen hatte sich zu zwei Dritteln unter den vorletzten Zehen geschoben. Hans Nicolussi blickte stolz und erstaunt auf diese zerklüftete Landschaft und nahm meine Hand, so kam es mir jetzt vor, griff Zeige- und Mittelfinger heraus, um sie zu den Hornhäuten seiner Sohle zu führen, als wäre ich blind. Unter solcher Führung beugte ich mich mit meinem Arm hinunter, wie mir schien, geriet in die Nähe des Fußschweißgeruches, mußte deswegen wenigstens einmal schlucken, um dann meine tintenverschmierten Finger wie über Schmirgelpapier gleiten zu fühlen, mehrfach auf und ab, bis Vetter Nicolussi gemerkt haben mußte, daß mir der Dampf seiner Füße widerstand. Er zog den Strumpf zurück über seinen kalt werdenden Fuß. Noch tagelang hatte ich den Eindruck, mit meinen Fingern über Glaspapier zu fahren. Eine Hornhaut brauchst du, sagte der Vetter, sonst merkst du jeden Schritt, doch dies komme schon noch, ergebe sich mit der Zeit von ganz allein. Unsereinem wachse die Hornhaut umsonst, ächzte der Vetter, die Socke wieder am Sockenhalter vertäuend. Hans Nicolussis Hornhaut garantierte Schutz und Unverletzlichkeit. Vor dem Einschlafen ließ ich mir an jenem Tag von dem alten Mann noch einmal vom Bad im Drachenblut erzählen, und ehe ich wegdämmerte, erinnere ich mich jetzt, sah ich mich prüfend um, ob über meinem Bett nicht gerade eine Linde ein Blatt verlor. Aber passieren konnte mir nichts, denn die klobigen Pranken meines Vetters, des Wegmachers, die gleichfalls über und über mit Hornhäuten überzogen waren, strichen mir dabei, dachte ich, die Strähnen meines Haarwirbels aus den Augen. An den Fingerkuppen war die Hornhaut ziemlich glatt, da der Alte jeden Tag einen Schaufel- oder Pickelstiel aus Buchenholz umfassen mußte. Hans Nicolussi war der letzte Wegmacher weit und breit und verantwortlich für die Straße zwischen Grän und Schattwald, vor allem aber für die Hauptstraße Thulserns, die zum Gaichtpaß führte: eine für Wegmacher seit jeher mit Sorgen verbundene enge Hochgebirgsstraße, die im Sommer von Muren und Steinschlag, im Winter aber von Lawinen bedroht wurde. Jetzt gingen wir sie ab, der Vetter führte mich als Nachfolger ein, während ich mich mit dem wunderbaren Gefühl stärkte, seine Pratzen in der Nähe zu wissen: Hände wie Schaufeln. Sobald ich diese Hände mit den meinen verglich, kam mir der kleine Finger Hans Nicolussis noch immer so dick vor wie meine beiden Daumen zusammen. Und die Spannweite zwischen seinem Daumen und der Spitze des lüstern langen Fingernagels am kleinen rechten reichte aus, um dazwischen ein Zelt aufzuspannen. Wir gingen auf dem Bahndamm der Thulserner Strecke, ein Stück Steppe mit eigensinnigem Bewuchs. Hans Nicolussis Stock schlug gegen das Gleis, die Antwort des verrotteten Eisens blieb in Klangfarbe und Tonhöhe immer gleich: ein gutes Zeichen, wie der Vetter kommentierte. Unsere

Schritte waren deutlich zu hören; manchmal knirschte der Schotter. Die Linie des Bahndamms weckte in mir die Sehnsucht, ein ganzes Leben lang an ihm entlangzugehen. Das gleichförmige Wischen des Wegmachersteckens über die Schwellen, ehe er auf das Gleis traf, erzeugte ein sanftes Geräusch, das mir Hoffnung gab, wenn ich an die Zukunft dachte. Ich hatte die langen Strecken im Kopf, die ich mit dem Vetter zurückgelegt hatte, seit er mich, nachdem meine Eltern unter eine Lawine geraten waren, zu sich genommen und großgezogen hatte. Der Vetter kannte jede Kurve und jeden Strauch; er wußte genau, wie lange man von einem Kilometerstein zum nächsten brauchte, er ging Schritt für Schritt, setzte Fuß vor Fuß, geduldig, ohne Hast, in gleichbleibendem Tempo von Anfang an, gleichviel, ob das Gelände anstieg oder bergab ging; mein Vetter schritt maßvoll, als hätte er seinen Gang dem trittsicheren Braunvieh abgeschaut, wenn es sich in schattenlosen Serpentinen einen Grasberg hinaufschraubt. Die stählerne Stockspitze des Wegmachersteckens, Wander- und Wunderstab, klang gleichmäßig hell gegen die Steine und Schienen, der Rucksack wiegte auf dem Rücken hin und her und gab dem Mann eine stolze Haltung. Wollte ich nicht mehr weiter oder ging mir, vor schnellem Reden und Vorauseilen, vor neugierigem Rennen seitwärts und rückwärts, die Luft aus, lächelte Hans Nicolussi, wischte sich den Schweiß von der Stirn, nahm die Kappe ab, um das Schweißband an der Innenseite trockenzureiben, oder er gab mir ein Bonbon, denn er hatte immer etwas zum Lutschen dabei: Pfefferminzdrops, Eukalyptus oder, mir am liebsten, Blockmalz. Bei der ausgiebigen Rast auf der Bank vor dem Wegmacherhäuschen, in dem Besen, Schaufel, Pickel und Spaten, Hammer, Nägel, Schneezäune und Markierungspfähle warteten, erklärte mir der Vetter die Namen der umliegenden Bergwiesen, und mich erfaßte eine fremde wachsende Angst, fiebrig und sinnlos, obwohl mich nichts bedrohte, eine unheilkündende Beklemmung. Ich wußte nichts vom Sterben, aber dieser Augenblick war, als schaute mir der Tod beim Leben über die Schulter. Die Wiesen kamen mir steiler vor als sonst, in meinen Schläfen hämmerte es, schreckliche Bilder trieb es mir vor die Augen. Plötzlich dachte ich mir wie unter einem unerbittlichen Zwang aus, was alles sein könnte. Die Angst jubelte. Als müßte ich mit bloßen Händen in der Ebene einen Berg aufrichten. Da hörte ich, wie sich weit oben zwischen den Latschen ein Steinchen löste, verursacht durch das unvermittelte Auffliegen einer Dohle, deren Flügelschlag mich kalt zu streifen schien, ohne daß mein Vetter etwas sah oder hörte. Er war gerade bei der Berninabahn, zählte sie zu den technischen Wunderwerken der Alpen, da sie als Schmalspurbahn die enorme Höhe mit Kehrschleifen, einem Wendetunnel sowie einer offenen Spiralkehre und einem Viadukt überwinde. Und der Stein zog andere Steine nach sich, verfing sich ein-, zweimal in den Wurzeln einer Tanne, gab seinen Schwung jedoch weiter an einen größeren Brocken, der seinerseits nur ein paar Meter stolperte, ehe er an einen faustgroßen Scherben stieß, welcher ihm die Kraft nahm, ihn lahm liegen ließ, selbst aber immer schneller werdend sich den Weg zwischen Latschen und Kiefern suchend, auf Vetters Schädel zu, ja, jetzt sah ich es genau, genau auf den Schädel von Hans Nicolussi zielend. Doch der schwärmte von der offenen Kreiskehre bei Brusio und suchte in seiner Joppe nach einer Brissago. Der Alte hörte mich nicht schreien, er hörte mein Rufen nicht, reagierte auch nicht auf mein Schütteln; wie mir vorkam, war er taub. Lebte er überhaupt noch, warum drang kein Laut aus meiner schon seit bangen Sekunden gelähmten Kehle? Aber da war nichts. Hans Nicolussi verglich jetzt die Linienführung der Vierwaldstätterbahn mit ihrer Auffahrtsrampe mit jener der Brennerbahn und ihren Seitentalkehrschleifen. Der Brocken krachte heran, hüpfte übermütig und willkürlich, ganz und gar außer Kontrolle geraten, mit erbarmungsloser Planlosigkeit auf die Schläfe des Vetters zu, ein paar Meter noch, und ein weiterer Sprung, einmal zur Seite, erneut abgelenkt, diesmal von einem Grasbüschel, welches die kühne Flugkurve des faustgroßen Steinbrockens derart korrigierte, daß dieser, beeinflußt von einigen zusätzlich die Geschwindigkeit beschleunigenden taufeuchten Blättern haargenau auf Vetter Zurbrükkens linke Schädelseite zuflog. Und er? Wo war er? Bei der Sannabrücke, Vor- und Nachteile gegenüber den alten Bernischen Holzbrücken abwägend. Ein, zwei Meter über dem alten Mann sich drehend kam das Geschoß heran, um mit voller Wucht und höchster Geschwindigkeit durch die Wegmacherkappe hindurch ein spitzes tiefes Loch in die Schläfe von Hans Nicolussi Zurbrükken zu schlagen, eine Präzisionsarbeit und zielgenau, so daß er lautlos, vollkommen lautlos, wegsackte, vom Rucksack nach hinten gezogen, mitten aus dem Schritt heraus mit den Schaufelhänden an den Kopf greifend, trotz der glatten Hornhaut an den Fingerkuppen schon das warme Blut spürend, welches in dünnem, nur geringfügig durch Härchen abgelenktem Faden hinter der Augenbraue vorbei hinab durch die Furchen einer jahrelang gegerbten Gesichtshaut als Rinnsal den Weg fand, bis es sich an den Ausläufern des Schnauzbartes fing und von ihm, nicht von meinem endlich hörbaren Schrei eingefroren wurde.

In diesem Augenblick hätte ich auseinanderfliegen können. Wie lange ich vor dem Alten gestanden und ihn angeschaut habe, weiß ich nicht. Ich weiß nur noch, daß ich versuchte, mit dem Taschentuch das Blut abzutupfen, aber es kam nicht mehr besonders viel nach, so daß ich es bald bleiben ließ. Mir fiel auf, wie schnell das Blut gerann und verschorfte, wie es die Haare des Backenbartes verklebte und wie sogar ein wenig Filz von der Kappe in der dünnen Spur zu sehen war. Anna Koliks früher einmal ausgeschmückte Erzählungen über den Scheintod fielen mir ein, vielleicht war der Vetter bloß ohnmächtig, vielleicht atmete er noch, wie konnte ich es feststellen, sollte ich ihm seinen kleinen Taschenspiegel, den er mit einem Kamm in einem abgegriffenen Lederetui, angeblich Geschenk einer Freundin, von der er sonst kein Wort erzählt hatte, an den Mund, unter die Nasenlöcher halten? Der Spiegel beschlug nicht, ich steckte ihn samt Etui in die Joppentasche zurück. Kein Mensch weit und breit. Vetter Hans Nicolussi lag zusammengesackt vor mir, eingeknickt, halb sitzend, wegen des Rucksacks, eine sonderbare Haltung, die den mächtigen Mann klein machte. Ich wünschte mir den listigen Salamander meiner Kindheit herbei, der grünen Heftchen entsprang, die man Kindern schenkte, doch er kam nicht, und erst in diesem Augenblick befürchtete ich, er würde nie wieder kommen, ich brauchte nur in die glasigen Augen eines toten alten Mannes zu schauen, wässrig und blau wie der Fernsteinsee. Erstaunen war darin zu lesen und plötzliches Eingefrorensein, auch Überraschung. Mehrmals umkreiste ich wimmernd das Wegmacherhäuschen, nicht wissend, was ich jetzt tun sollte. Zuerst verschloß ich sinnlos den Rucksack, tändelte greinend und wippend mit der Kordel, knüpfte einen Knoten, den ich wieder löste, wollte mit dem Taschenmesser die Schnur durchschneiden, öffnete den Rucksack wieder und trank einen Schluck aus meines Vetters sorgsam gehüteter, filzgeschützter, dennoch eingedellter Feldflasche. Nie wußte ich, was sie enthielt, doch jetzt nach diesem viel zu hastigen Zug spürte ich sofort, daß ich leicht betrunken wurde. Also nahm ich gegen dieses Gefühl noch einen Schluck, diesmal schon mutiger, sah auf den Vetter, auf den Rucksack, auf Vetters Schuhe, nahm noch einen Schluck und noch einen, bis die Welt ins Schwimmen geriet. Da rieb ich mir die Augen, ging um die Leiche herum, umtanzte das Wegmacherhäuschen und verschwand in dessen Innerem. Heraus kam ich wieder mit dem Wagen, einem Zweirädler, einer Erfindung des Vetters: mit dem flachen Schnabel, so daß bequem durch Kippen des Wagens nach vorne Kies aufgeschüttet werden konnte. Ich bugsierte den Wagen, der auf leichten Gummireifen lief, deren Naben unlängst frisch eingefettet worden waren, in die Nähe des Erschlagenen, den Schnabel auf dem Boden aufsetzend. Mit einigem Kraftaufwand gelang es mir, den Vetter sitzend aufzurichten. Immer wieder kippte er zur Seite, als wollte er zum Rucksack greifen, den ich als Seitenstütze einsetzte, um dem Vetter Stabilität zu verleihen. Endlich hatte ich ihn so weit, daß er wie zur Brotzeit an der Wand des Wegmacherhäuschens lehnte, einen Arm schlaff herabhängen lassend, den anderen gegen den Rucksack gestützt. Als wollte ich den Vetter und meine Arbeit beschwören, murmelte ich unentwegt etwas von Brücken und Salamandern, Worte, die mir ins Hirn schossen, Farben, die ich sah, flirrend und tanzend, wie Wunderkerzen an Weihnachten, dann wieder sanft wie Schneeflocken. *Am intensivsten geträumt habe ich, wenn in der Nacht plötzlich Schnee fiel. Dann schneite es auch in mir.* Ich erinnere mich an diesen Satz, den mir der Vetter einmal aus einem Buch vorgelesen hatte. Derlei Merkwürdiges notierte Hans Nicolussi. Weil mir der Satz nicht aus dem Kopf ging und weil ich glaubte, mit den Schneeflocken zu fliegen, suchte ich in Vetters Joppentasche nach dem Büchlein: schwarzer abwaschbarer Einband, an die fünfzehn Zentimeter hoch und nicht einmal zehn Zentimeter breit, ein eigensinniges Format, zusammengehalten von einem schwarzen Hosengummi, wie ihn der Vetter bei der Reparatur seiner wollenen Socken gelegentlich mit einer Sicherheitsnadel neu einzog. An dem Büchlein hing ein Bleistift, dessen mit einer Blechkappe geschützte Spitze der Vetter vor dem Schreiben mit der Zunge zu benetzen pflegte. Neugierig schlug ich das Büchlein auf und roch daran. Die kleinkarierten Seiten gaben den intensiven Geruch von Mottenkugeln von sich. Ehe ich die letzte Eintragung zu lesen begann, sog ich dieses strenge Aroma ein und konzentrierte mich darauf, daß mir wegen meines Zustandes die Buchstaben nicht verschwammen. Des Vetters Freund Pater Fichter hatte ihm zuletzt einen Satz gesagt, den er sich notiert hatte. Ich war dabei, als er ihn aufschrieb: *aufrecht möchte ich begraben werden, mit dem Kopf über dem Boden, bis der Schädel blank geworden ist und die Jahreszeiten ungehindert durch die Höhlen des Mundes, der Nase, der Ohren und Augen aus und eingehen, als flöge ich dahin, vereint mit allen Toten.*

Die Blätter des Büchleins tanzten an meiner Nase vorbei: so also roch es, als Vetter Hans Nicolussi starb. Nach einem weiteren Zug aus der Feldflasche nun fast wirklich betrunken, packte ich meinen Vetter an der Joppe, die ich über den Knöpfen zu einer Wulst zusammengerollt hatte, schleifte den Leichnam zum Karren, in dem er zwar zusammengekrümmt, doch nicht würdelos zu sitzen kam. Die Beine baumelten vorne über den abgeflachten Schnabel, der Rucksack lag in meines Vetters Schoß, beschützt von den Schaufelhänden, die über Kreuz um den Rucksack geschlungen waren. Die Wegmacherkappe saß ein wenig schief auf dem Kopf, die dünne Blutspur von der Schläfe zum Schnauzbart war schon trocken. Durch einen Nebel von Tränen, den Rotz immer wieder hinaufziehend, hob ich den Wagen an der Deichsel an und begann, ihn vom Wegmacherhäuschen über das schneebedeckte Gras auf die Straße zu schieben. Unterm Weinen wurde mir klar, daß ich es schaffen mußte, den Vetter nach Hause zu fahren, ich allein, niemand sonst, und ich würde mir, selbst wenn sich jemand anböte, nicht helfen lassen, nicht jetzt, niemals, denn es war mein Vetter, den ich da fuhr, mein Vetter Hans Nicolussi, mitten im Satz von einem Stein erschlagen, von dem keiner wußte, woher er gekommen war, vom Himmel gefallen, geradewegs auf die Schläfe gezielt: ich würde es schaffen, diese Fuhre nach Hause zu bringen. Ich würde die Kraft dazu haben.

Ich hatte sie. Die Gummirädchen rollten leicht; da es bergab ging, hatte ich Mühe, den Wagen zu bremsen. Die angezogenen Beine schlenkerten, streiften manchmal, wenn ich den Schnabel zu weit nach vorne neigte, den Boden: auf diese Weise halfen Hans Nicolussis Wegmacherstiefel, zwiegenäht und mit Lukleinsohle, den Wagen zu bremsen. Sie stellten sich quer, zogen Rillen, legten eine Spur, die ich niemals vergessen werde. In der Ebene würde das Schieben schwerer. Ich überlegte, ob ich den Karren ziehen sollte, anstatt ihn zu schieben. Dann würde der Vetter zurückschauen können, während ich mit ihm die Strecke abfuhr, die wir gemeinsam gegangen waren, von der er jede Kurve kannte, jedes Schlagloch, jeden Markierungspfahl, verschneit oder huflattichbestanden. Um Hans Nicolussi zu ehren, bemühte ich mich in angetrunkenem Zustand, die Mitte der Straße zu halten, doch scherte ich immer wieder zu weit nach links oder nach rechts aus, mußte den Karren herumreißen, fast einen Haken schlagen, die Augen verhangen. Und dennoch: mein Wissen schien mir in diesen Augenblicken nicht viel geringer als das Gottes. Ich torkelte die Straße entlang, schob den Wagen vor mir her. Plötzlich stimmte für mich nicht mehr, daß eine Straße, je weiter sie in die Ferne läuft, anscheinend immer enger wird: sie wurde weiter, öffnete sich wie ein Trichter, die engste Stelle hatte ich schon hinter mir. Mein Blick flog hinauf zu den Berggipfeln, um die sich Dunst gelegt hatte. Kein Vogel war zu sehen, kein Ruf zu hören, eine Wüste konnte nicht stiller sein. Die zaghafte Sonne stand steil und leuchtete mir den Weg aus wie gebündeltes Scheinwerferlicht. Schwebte ich, trotz aller Mühsal, abwärts, heimwärts? Der Boden war beinhart. Vorbei ging es an Heustädeln, windschiefen, notdürftig mit Ziegeln oder Schindeln gedeckten Vorratskammern, welche in der Mehrzahl bereits verrotteten. Überall war Verrottung zu sehen, Fensterläden hingen schief in wackligen Verankerungen, Türen waren aus Stöcken gesprungen; auch die Bauern dachten nicht mehr, wie Jahrhunderte bisher, ans Überleben. Ich stolperte mit dem Karren weiter, Hans Nicolussis Stiefel schleiften, manchmal verrutschte der Rucksack, und ich mußte anhalten, um die Arme des Toten, der nach wie vor aufrecht im Wagen hockte und wegen der Rück- und der Seitenwände nicht kippen konnte, wieder um seine Habe zu legen. Die Feldflasche war mittlerweile fast leer. Es begann leicht zu schneien, und ich glaubte, Musik in den Ohren zu haben, ein sentimentales verblasenes Lied, vielleicht aus einem Film, oder wie ich es im Radio nach pfeifenden Übertragungen von Skiwettkämpfen gehört hatte. Noch hatte ich die Melodie nicht ganz zusammen, ich suchte summend die fehlenden Fetzen, der Schluß war klar, aber das Mittelstück holperte. Schneeflocken setzten sich auf Hans Nicolussis Kappe, hingen im Bart und auf den Augenbrauen, legten sich in die Falten des Rucksacks. Vorbei an bizarren Stauden, die sich leicht im Schneetreiben bewegten, führte der Weg weiter talwärts. Erst allmählich erkannte ich, wie hoch wir gestiegen waren und welche Anstrengung der Alte auf seinen einsamen Kontrollgängen Tag für Tag auf sich genommen hatte. Ich sah auf meine Füße, auf meine Schuhe, und mir kam vor, als gingen die Schuhe alleine weiter, als gäbe es ein unentwirrbares

Geheimnis zwischen Sohle und Straße, auf der langsam der Schnee liegenblieb. Mein Gefährt hinterließ seine Spuren, Rillen mit dem Profil der Gummiräder, zwei leicht geschlängelte Linien. Vetter Hans Nicolussi saß stolz im Wagen. Der Duft von frisch geschnittenem Holz lag in der klaren Luft. Es roch nach Baumpech und Sägemehl. Während es durcheinander schneite, sah ich schon Eiszapfen wachsen, spitz wie spanische Stilette, und die Musik in meinem Kopf tobte immer weiter.

Ich beschloß, den Atem eines unsichtbaren Verfolgers im Nacken spürend, heiß und ungeduldig, Hans Nicolussi Zurbrükkens Taschenuhr an mich zu nehmen und sein schwarzes Büchlein weiterzuführen. Ehe es uns vollständig einschneien würde, sollte es noch zu dem einen oder anderen Eintrag reichen.

Endlich nach längerer Stolperfahrt am Bahngleis angelangt schob ich den Karren bis zum Unterstand des Streckenwärters. Ich wußte, daß dort auf einem Nebengleis für Ausbesserungsarbeiten stets eine Draisine bereit stand. Um sie auch mit schwerer Fracht bequem beladen zu können, hatte der Vetter irgendwann einmal eine Rampe aufgeschüttet. Auf diese Rampe schob ich den Wegmacherkarren. Um schon beim ersten Mal die Steigung zu meistern, mußte ich ein wenig Anlauf nehmen. Obgleich ich deshalb den Karren noch einmal von der Rampe wegschieben und eine Kurve machen mußte, gelang es auf Anhieb. Oben angekommen bugsierte ich den Karren mit dem toten Vetter problemlos auf die Draisine, sprang von ihr wieder herab, ging zur Weiche, legte sie um, torkelte zum Fahrzeug zurück, schwang mich hinauf, was nicht sofort glückte, umklammerte schließlich aber

doch die Griffe und begann, kräftig und in gleichmäßigem Rhythmus zu pumpen. Die Draisine geriet langsam in Fahrt. Schon hatte ich die Weiche passiert, schon befand ich mich auf dem ansteigenden Hauptgleis, Richtung Endstation Fallmühle. Dies war mein Ziel.
Ich dampfte, denn die Strecke wurde immer steiler. Der Schweiß rann mir über das Gesicht, ich spürte es unter meinen Achseln und den Rücken hinunter feucht werden. Auf und ab drückte ich den Hebel, um voranzukommen. Oft war ich auf der Draisine gefahren, auch beladen, doch meist hatte Vetter Hans Nicolussi die Hauptarbeit an der Pumpe übernommen, um über die zu hohe Übersetzung der Hebel zu klagen. Ich mußte es schaffen, ich mußte den Vetter nach Hause bringen, koste es, was es wolle. Die Schienen funkelten, oder waren es die Schneeflocken, die mich täuschten? Nahm der Schneefall zu, oder trübte mir der Schweiß die Sicht? Gleich einem Uhrwerk weiter und weiterpumpend, zogen Erinnerungsfetzen an mir vorbei wie Nebelschwaden, manchmal weniger verschwommen, manchmal mehr. Zuletzt glaubte ich sogar, aus dem Tunnel heraus, den ich doch längst hinter mir hatte, zwei Gestalten kommen zu sehen, den Vetter und seinen Freund, den Missionspater, der ihm gelegentlich bei Ausbesserungsarbeiten zur Hand gegangen war. Dabei schossen mir die Bilder durch den Kopf, die sich mit Hans Nicolussis Lügengeschichten eingeprägt hatten. In diesen Augenblicken schienen sie wie von der Kette der Erinnerung gelassen, wild durcheinander, sich vermischend und auseinanderstiebend. Ganz deutlich: es waren Pater Fichter und Vetter Hans Nicolussi. Sie kamen aus dem

Tunnel, aus dem schwarzen Loch, auf das ich mit der Draisine zupumpte. Wahrscheinlich hatten sie an einem Vor- oder Einfahrtssignal zu tun gehabt, wahrscheinlich war etwas zu schweißen oder zu vernieten gewesen. Der Tunnel zog sich durch eine Kurve, deshalb konnte ich das andere Ende nicht sehen, deshalb gab es keinen hellen Punkt, auf den ich hätte zusteuern können. In der Regel ist das Licht am Ende des Tunnels nichts als das Feuer, welches aus dem Maul des Drachen dringt. Die beiden Männer kommen schwerbeladen näher. Sie gehen mitten auf dem Gleis, geradewegs auf die Draisine zu.
Da kündigt sich im Singen der Schienen sowie im Zittern des Signalkabels das Nahen eines Zuges an. Aber ich hatte doch den Streckenplan bei mir, der Vetter hatte ihn mir extra eines Abends diktiert. Laut Streckenplan war um diese Zeit kein Zug vorgesehen. Das Klingen der Gleise war jedoch nicht mehr zu überhören, der Zug kam direkt auf mich zu. Nicht um mich machte ich mir Sorgen, sondern um die beiden Männer, die vor diesem Zug hergingen und so taten, als hörten sie nichts. Die Lokomotive mußte sie direkt im Rücken erfassen.
Gewaltig wächst plötzlich in mir die Hoffnung, der Zug könnte ratlos auf offener Strecke einfach stehenbleiben – woher ich die Kraft dafür nehme, weiß ich nicht. Ich habe sie ganz einfach, und sie reicht aus, den Zug zum Halten zu zwingen. Ich erlebe in einem einzigen Augenblick, wie die Bahn stirbt, wie sie daliegt, als wäre sie tot, wo sie doch nur scheintot ist; ich spüre, wie sie wieder lebendig wird, wie sie aufersteht, um sehr langsam erneut zu sterben. Es ist der silberne Glanz der immerwährend befahrenen Schie-

nen, der mir solche Bilder zuspielt, doch in sie hinein schiebt sich das unaufhaltsame Zuwachsen der Schwellen, schon versickert der Schotter in der Verkrautung. Das Gesicht einer Lokomotive rumpelt über die Weichen, ich erkenne die Nase, die Augenlampen, Ohrenflügel, mächtig wie bei Elefanten, die Puffer, die stets dem ganzen Zug vorausspuren, das erste kleine Räderpaar der Lok, dem die Eisenbahner nicht zufällig den Namen Sucher gegeben haben. All dies leuchtet im matten Licht der Milchglasbeleuchtung, gelb wie die Latten der Sitzbänke aus wieder und wieder gebeizter Buche. Über den Bänken die merkwürdig querformatig gerahmten Reklamebilder. Auf einmal ist es Nacht, durch die der funkensprühende Schleifzug zieht, der die Strecke erleuchtet, als wäre er eine rasende Wunderkerze. Dann wieder fällt der Blick auf die schwarzen Zeiger der Bahnhofsuhr. Ich muß drei oder vier Jahre alt gewesen sein, als sich diese Bilder ein für allemal in mein Gedächtnis eingruben. Ein Satz schießt mir ins Gehirn: hier wendet der Zug. Was heißt das? Dreht er sich auf einer mächtigen Drehscheibe, die mitten in den Berg gesprengt wurde, gleich hinter der Fallmühle? Oder wurde nur rangiert, Waggon für Waggon? Wie wurde der letzte Wagen zum ersten, wer verwandelte mit welchem Geheimspruch Rückwärts in Vorwärts? Ich sehe mich als Kind: ich spiele Zugschaffner. Die Fahrkartenzange war ein ebenso magischer Gegenstand wie jene Eisspachtel, mit der die Eisverkäuferin gleich neben dem Bahnhof die Waffeltütchen füllte. Ich bin Fahrdienstleiter, trage die rote Mütze, hebe die Kelle, gebe das Signal für freie Fahrt, schrill tönt die Trillerpfeife. Ich bin Schaffner und springe als letzter auf den bereits ausfahrenden Zug, aber zugleich bin ich auch Heizer und Lokführer. Außerdem ziehe ich die Zielschilder mit Frakturschrift und befehle, von der Bahnsteigkante zurückzutreten. Ungeduldigen Fahrgästen in den Abteilen erster Klasse erschließe ich die Geheimnisse des Kursbuches, nicht ahnend, daß ich später einmal Fahrschüler werden sollte, der Mathematik und Latein im Zug feilt, wie das Abschreiben, die Mappe auf den Knien, die Finger tintenblau, genannt werden wird. Mein ganzes Leben lang werde ich die Eisenbahn riechen. Die in den letzten Kriegstagen von der SS noch gefluteten Tunnel stehen mir ebenso vor Augen wie die Hamsterfahrten nach dem Krieg, später die Ausflügler, Familien zumeist, aber auch schon im Zugabteil verschlungene Liebespaare, schließlich die Kurgäste aus dem Rheinland; worin unterscheiden sie sich eigentlich von den KdFlern?

Ein gewaltiger Luftdruck läßt ahnen, daß der Zug schon in nächster Sekunde aus dem Tunnel hervorschießt und die beiden Männer, meinen Vetter Hans Nicolussi und seinen Freund, den Pater, unter sich begräbt. Das Singen der Schienen ist zum Lärm geworden, das Signalkabel zittert und vibriert, und ich sehe, oder bilde ich es mir nur ein, nein: ich sehe es wirklich durch einen Schleier hindurch, der auf einmal zerreißt, wie im Film, ganz deutlich sehe ich es jetzt, wie Vetter Hans Nicolussi und sein Freund Fichter auf die Schwellen niedersinken, wie sie sich flach auf den Schotter legen, wie der gespenstische Zug über sie hinwegrattert und mühelos durch mich hindurchfährt, mitten durch mich hindurch.

Inschriften

Sehen Sie hinauf in den Himmel, Herr Revisor, wo weit oben ein Drachenflieger seine Bahn zieht: sehr weit, sehr nah, sehr klein. Er überfliegt das Thulserner Land, er sieht es von oben, er überblickt es, sein Wissen muß grenzenlos sein. Thulsern, Herr Revisor, ist eine Einödlandschaft, einst vorwiegend von Bauern mit freiem Eigenbesitz bewohnt, der zu keinerlei grundherrlicher Abgabe verpflichtet und nie lehensrechtlichen Bindungen unterworfen war. Das sollten Sie bedenken, wenn Sie an die Stillegung der Strecke denken. Die Bewohner dieses Seitentales, durch das meine Strecke führt, weisen sich seit 1459 als Rodungsfreie aus, deren Besitzungen freye guot sint, als sy dann ir vordern uss wilden wäldern erreutt haben. Wie sich denken läßt, Herr Revisor, wurde diese Urkunde von den Landesherrn nie bestätigt. Aber die Bauern gaben sich selbst ein Göttlich Recht, aus dem hervorgeht, daß im gesamten Gemeindebereich kein übergeordneter Grundherr geduldet wird. Das gilt letztlich auch für die Strecke, Herr Revisor: die Strecke gehört den Thulsernern, die Eisenbahngesellschaft verwaltet sie nur. Jeder Besitz galt als frey aigen guot vnd von niemant lehen. Deshalb auch durften diese freien Eigengüter weder nach auswärts verkauft noch verpfändet oder von Auswärtigen oder Leibeigenen erworben werden. Der Obrigkeit war es nicht gestattet, Herr Revisor, zu pfänden oder beim Tod des freien Eigentümers dessen Besitz einzuziehen. Sie sollten diesen Rechtsbrauch einmal auf die Strecke angewandt bedenken! Mit sechs pfuntt pfennig minder drey pfennig landswerung sowie drey scheffel habern waren die jährlichen Pflichtabgaben abgegolten. Die gelegentliche Dreingabe eines Mastochsen war freiwillig. Die Unterstützung der Stadt Thulsern im Kriegsfall sicherte den Bewohnern meines Seitentales einen Rechtsanspruch auf Schutz und Schirm, Freizügigkeit und freies Geleit. Schutz und Schirm wird jetzt die Strecke gegen die Eisenbahngesellschaft benötigen. Das freiwillige Bereitstellen von zwölf Ackergäulen für den Landvogt wurde nur ausgeführt, wenn dieser Ackergerät, Verpflegung und Futter garantierte. Die Verwaltung des Thulserner Landes lag in den Händen von fünfundzwanzig Baronen, wie die gewählten Gerichtsmänner genannt wurden. Ihnen unterstand sogar die Gerichtsbarkeit von diebstal, nottzog, fridprechen vnd todtschleg. Weitere Rodungen wurden ausschließlich genossenschaftlich vorgenommen. Bemerkenswert ist das System der Hausnummern, Herr Revisor: die freien Eigentümer nannten sich Rechtler, da sie sich das Göttlich Recht gegeben hatten. Insgesamt gab es dreihundertfünfundsechzig Rechtler. Nur sie hatten gerade Hausnummern, die freilich nicht entlang einer Straße eine nach der anderen aufgereiht waren, sondern wie die Höfe über das ganze Thulserner Land verstreut. So blieb es über Jahrhunderte: nur dreihundertfünfundsechzig gerade Nummern. Vererbte ein Rechtler seinen Kindern einen Teil seines Grund und Bodens, zum Beispiel ein Fünfundzwanzigstel, und baute der Erbe auf diesen fünfundzwanzigsten Teil des Rechtlergrundes ein neues Haus, so

erhielt dies die gerade Nummer des Stammhofes sowie die Bruchnummer entsprechend dem Anteil an Grund und Boden, der dafür verwendet wurde: zum Beispiel 218$\frac{1}{25}$. Die Häuser mit Bruchnummern wurden demzufolge nicht von Rechtlern, sondern von Stüblern bewohnt. Thulsern hatte seine eigenen Regeln, Herr Revisor. Das hätten Sie bedenken müssen, als Sie dafür stimmten, die Strecke aufzulassen und stillzulegen. Das geht nicht so einfach. Hier gelten andere Gesetze. Warum wohl weist jeder zweite Bahnhof entlang der Strecke neben der Normaluhr noch eine Sonnenuhr auf? Das gibt es sonst nirgendwo auf der Welt, Herr Revisor: Sonnenuhren auf Bahnhofsmauern. Das kommt Ihnen lachhaft vor? Warten Sie's ab, Herr Revisor, warten Sie's ab. Es hat schon mancher zu früh frohlockt. Wer zuletzt lacht und so, Sie wissen schon. Sonnenuhren haben für gewöhnlich Inschriften. Das gilt auch für die Sonnenuhren an den Bahnhöfen der Thulserner Strecke. Sooft ich an ihnen vorüberging, habe ich mir einen Spruch gemerkt. Ich kann sie Ihnen alle aufsagen, Herr Revisor, alle, ohne Ausnahme. Hören Sie zu und denken Sie bei jedem Sinnspruch an die Stillegung der Strecke und daran, daß auch Sie sterblich sind, Herr Revisor.
Die schönste aller Inschriften steht über der Eingangshalle der Endstation in der Fallmühle.
Der Tag geht über mein Gesicht / Die Nacht, sie tastet leis vorbei / Und Tag und Nacht ein Gleichgewicht / Ein Einerlei / Und ewig kreist die Schattenschrift / Im dunklen Spiel / Bis Dich des Spieles Deutung trifft / Die Zeit ist um, Du bist am Ziel.
Solche Sätze stehen bei uns, auf meiner Strecke, an der Endstation, Herr Revisor: dort, wo auch Sie mir

meine Entlassungspapiere übergeben wollen, dort, wo auch ich am Ziel sein soll. Aber sagte ich Ihnen nicht schon einmal: jede Endstation kann auch Ausgangsstation sein?
Des Spieles Deutung, Herr Revisor, die auch Sie trifft. Und ewig kreist die Schattenschrift, wie auch die Strecke ewig sein wird im dunklen Spiel. Weiter:
1. / Sooft sie dir schlagt / Stets den Tod betracht.
Von Schwelle zu Schwelle.
2. / Wie der Schatt weicht / Also alles hinschleicht.
Von Schwelle zu Schwelle.
3. / Seyt wachbar und bereit / Als krank und als gesund / Weil ihr nicht wißt den Tag / Und auch nicht wißt die Stund.
Von Schwelle zu Schwelle.
4. / Ich bin der Sonne untertan / Dem Schatten Du.
Von Schwelle zu Schwelle, Herr Revisor.
Ein jeder Spruch hat mit Ihnen zu tun und mit mir. Und mit der Strecke.
5. / Mors certa / Hora incerta.
Von Schwelle zu Schwelle.
6. / Bedenk o Mensch wie schnell die Stunden / Dahinfahren so wirst von Müßiggang / und Sünd dein Seel bewahren / ... die Zeit und Welt dem End / Gehen zu / ... daß Du magst Glück finden und ewge Ruh.
Manchmal bröckelt der Putz, Herr Revisor.
Was aber fehlt, müssen Sie selbst ergänzen.
7. / Wachet und betet / Ihr wisset weder Tag noch Stund.
Von Schwelle zu Schwelle.
8. / Von diesen eine / ist einst Deine.
Herr Revisor.

9. / Qui trop me regarde / Perd son temps.
Aus der Napoleonischen Zeit?
Von Schwelle zu Schwelle.
Sonnenuhren an der Bahnhofsmauer. Eine um die andere.
10. / Auch ich werde mit der Zeit sterben / Mit der Zeit leben / Und Dich Ewigliebe wiedersehen.
Gestiftet von einem Priester, der aus der Kutte sprang.
11. / Keines Menschen Geist hält den Lauf / Von Sonne, Mond und Sternen auf.
Von Schwelle zu Schwelle, Herr Revisor.
12. / Es stirbt der Herr mit sampt dem Knecht / Der Frumm unnd auch der Ungerecht / Unt niemant wird am Morgen geben / Zu wissen dieses Abends Leben / Unnd eh der Mensch dieß recht befint / Stund Tag und Jahr vergangen sint.
Sonnenuhren, Herr Revisor: niemand zieht sie auf, sie ticken nicht und zeigen dennoch die Vergänglichkeit an. Gewiß: für die Eisenbahn sind sie nicht so sehr geeignet – wenn keine Sonne scheint, dann schweigen diese Uhren. Licht und Schatten sind alles, was sie brauchen. Sie finden sie an Kapellen, Kirchen, Domen, Klöstern, Stadttürmen, Rathäusern, Schlössern, Universitäten und Herrschaftsgebäuden. Spiel des Lichts, Herr Revisor. Und: man kann so eine Uhr nicht einfach in die Tasche stecken und mitnehmen. Die Vielfältigkeit der Formate: halbrund, viereckig, kreisrund, verschlungen bizarr, streng, ornamental, elegant oder schlicht. Am häufigsten in Stein gehauen. Um zu überdauern. Da ist keine Stillegung möglich. Wie wollen Sie die Zeit stillegen, Herr Revisor? In Stein gehauen oder auf Stein gemalt. Die Strecke

stillegen: genausogut könnten Sie versuchen, den Eiffelturm zu versetzen. Auch eine Sonnenuhr, Herr Revisor. Wie der Kalenderstein von Biberwier. Besonders komplizierte Beispiele entstanden in den Jesuitenschulen: um den Mönchen die Gebetszeiten noch genauer zu nennen. Sie können verschiedene Ziffern wählen, Herr Revisor: römische, arabische, gotische – oder Zimmermannszahlen, wie auf der Peterskirche zu Thulsern, karg oder bunt, geheimnisvoll oder üppig. Oft mit dem Sensenmann, Herr Revisor. Welche Markierungen Sie auch immer wählen: die Zeit bleibt stets gleich. Das gilt auch für die Strecke. Bedenken Sie schließlich, daß entlang der Thulserner Strecke berühmte Sonnenuhrbauer geboren wurden: der Benediktiner Beda, Gerlach von Thulsern, Regiomontanus, Erhard Helm von Zell, Wilhelm von Grän, genannt der Schalengger. Das waren Thulserner, Herr Revisor, Thulserner wie jene, die sich eine Bahn gebaut haben, für immer und alle Zeiten, eine Bahn, um das Land mit der Welt zu verbinden, um die ganze Welt an Thulsern anzuknüpfen, um nicht ab dem Karren zu fallen und einfach so liegenzubleiben: eine Bahnstrecke, Herr Revisor, eingleisig zwar, aber immerhin. Die Sie jetzt stillegen wollen. Ein ganz und gar hoffnungsloses Unterfangen, wie ich Ihnen versichern kann. Brief und Siegel darauf.
Und jetzt werden Sie wissen wollen, Herr Revisor, was die Sonnenuhren samt ihren Sinnsprüchen auf der Friedhofsmauer mit der Strecke zu tun haben. Das werden Sie doch wissen wollen. Das werde ich Ihnen sagen, Herr Revisor, passen Sie nur gut auf. Der Wolf und die sieben jungen Geißlein, erinnern Sie sich? Aber das Jüngste im Uhrenkasten, das fand er nicht.

Das hat er übersehen, der Kreidefresser. Im Uhrenkasten. Habe ich Ihnen nicht gesagt, daß die Zeit auf meiner Seite ist? Sie und Ihresgleichen haben die Zeit immer nur messen wollen. Sie haben es versäumt, sich mit ihr zu verbünden. Gewiß: Sonnenuhren gibt es schon seit alters. Jedenfalls soll ein Thulserner als erster den um einen senkrechten Stab wandernden und sich dabei verändernden Schatten der Sonne beobachtet und so die Mittagslinie gefunden haben. Selbstverständlich habe ich nachgelesen: in meinen Büchern. Auf dem Dachboden. An langen Abenden.
Nehmen Sie die Mütze ab, Herr Revisor, wir nähern uns dem Friedhof. Es geschieht nicht oft, daß eine Eisenbahntrasse um einen Friedhof herumgeführt wird. In der Regel werden solche Friedhöfe einfach eingeebnet. Nicht aber in Thulsern. Hinter der Friedhofsmauer, Herr Revisor, liegen die Toten unter verwitterten, efeuüberwachsenen, mit Gestrüpp und allerlei Halmen verdeckten Grabplatten. Der Thulserner Friedhof. Ein außergewöhnlicher Friedhof, Herr Revisor, ich sagte es schon.
Überall auf der Welt ist es der Brauch, Geburtsdatum und Sterbetag und -jahr auf dem Grabstein festzuhalten. Nicht so in Thulsern. Nicht so auf dem Thulserner Friedhof neben dem Bahngleis. Diese Grabplatten sagen nicht, wie lange die Toten gelebt haben. Das ist unwichtig, denn was bedeutet ihnen schon die Zeit. Wichtig ist doch, was sie getan, wonach sie sich gesehnt, was sie begehrt haben und wie sie versuchten, sich ihren Anteil an Schönheit, Wissen und Glück zu holen. Die Grabplatten, Herr Revisor, enthalten Steckbriefe. Nichts als Steckbriefe, die Herren Ihrer Art anfertigen ließen. Und ist man eines Gesuchten

habhaft geworden und konnte man ihn endlich auf den Schindanger werfen, so rächten sich die Thulserner damit, daß sie dem Toten seinen Steckbrief auf den Grabstein meißelten. Auf daß die Nachgeborenen Kunde von dem erhielten, was dem Begrabenen widerfahren war. Auf diese Weise wollten die Thulserner Wissen weitergeben.
Ich habe auf meinen Schwellengängen, Herr Revisor, Platte um Platte auswendig gelernt. Oft genug mußte ich sie erst unter dem Gestrüpp und aus den Verwilderungen ausgraben und freilegen. Jeden Tag habe ich eine Grabplatte auswendig gelernt.
Von Schwelle zu Schwelle.
So wie ich die Inschriften der Sonnenuhren gelernt habe, Herr Revisor. Ich hatte Zeit genug. Von Schwelle zu Schwelle. Als ich alle auswendig kannte, Herr Revisor, da begann die endlose Wiederholung. *Wiederholung und Erinnerung sind dieselbe Bewegung, nur in entgegengesetzter Richtung. Was da erinnert wird, ist gewesen, es wird nach rückwärts wiederholt, wohingegen die eigentliche Wiederholung nach vorwärts erinnert wird*, predigte weiland der Missionar.
Sooft ich am Friedhof vorbeikommen werde, werde ich die Inschriften wiederholen, denn sie sind ebenso Bestandteil der Strecke wie das Unkraut, welches sie unaufhaltsam überwuchert.
Sie aber, Herr Revisor, Sie können die Strecke gar nicht stillegen, weil Sie die Gräber nicht mehr vergessen können. Warum: weil ich Ihnen die Inschriften jetzt sagen werde. Ich werde Ihnen die Steckbriefe meiner Vorgänger so ins Ohr brüllen, daß Sie sie nie mehr, nie mehr vergessen werden. Solange Sie auch leben.

1.

Sebastian Stapf oder Schinder Bästel auß Thulsern, gegen 30. Jahr alt, kurtz, dick, untersetzter Statur, schwartz, glatter langer Haaren, derley Barts tragt einen Aschen-grauen halb-Rock mit gelben Knöpfen, und führe ein kleines Orgele mit sich.

2.

Wolferl, das ist Wolfgang, der Feldwiß-Wolf genannt, 26. bis 28. Jahr alt, langer Statur, rothlecht starcken Angesichts, worinnen er vile weiße sogenannte Preukügelchen habe, brauner glatter Haar, hell braunen Bart, trage ein dunckel braunes Camisol, und dergleichen Rock, mit gleich-färbigen Cameel-Härenen Knöpfen, führe Hirschfänger, und Tertzrohr mit sich.

3.

Leonard, oder sogenannte Krippl, ein zimlich großer Pursch, etwas dick, bey 24. Jahr alt, braunlechter krauser Haaren, im Angesicht dupfet, sey ein Soldat gewesen, nunmehro aber gehe er auf dem Land herum, und stehle, wo Er was bekomme, deßhalben er sich in Thulsern nicht mehr darff sehen lassen, dieser habe zwey Concubinen.

4.

Obigen Leonards Bruder, der Clement, mittlerer Statur, etwas wenig gekraußter Haaren, sey gleich seinem Bruder ein Ertz-Dieb, und Bößwicht, auch schon Soldat geweßt, habe den Diebstahl zu Lechbrugg, und den zu Gaschurn in der Kirchen mit dem langen Michel außüben helfen, diser sey gegen 30. Jahr alt.

5.

Der lange Michel ein großer, und langer, aber nicht dicker, doch braitt-schulteriger Kerl, habe ein langes Gesicht, glatter schwarzer Haaren, sey in Tyrolischen Diensten gestanden, und desertirt, rede bayerisch, thulsernisch und sey einer der rennomirtesten jetzt lebenden Spitzbuben, habe im Bayerischen schon 2. Häusser gehabt, wegen Diebereyen aber solche verlassen müssen, werde bey 40. Jahr alt seyn, halte sich bald in Vordeladelberg, Montafon und Tyrol auf, trage gemeiniglich ein verborgenes Tertz-Rohr, und Hirschfänger, könne auch auffgeigen, deßgleichen sey dessen Bruder

6.

Jörgl noch länger, und größer, auch dicker als obiger Hanß Michel bey 30. Jahr alt, schwartzlechter Haaren, und dupfeten Angesichts, sey sowohl im Thulserner Land nächst Aspach, und im Schwabenland mit gegangen, und ein Camerad zum Wolf, mit welchem er die Leuth bey Nacht, und Tag überfallen, und gepeiniget, beede obige Brüder nennen sich sintemalen auch Schalengger oder Scheckereiter.

7.

Der so genannte Hiesel Seppel, Joseph Ender genannt, aus Thulsern gebürtig, magerer Statur, mageren Angesichts, und stecken ihm die Augen tieff im Kopf, habe weitherausgehende Augen-Braun, bey 40. Jahr alt, deß Hanß Jörg Tochtermann, sey zu Biberwier schon 2.mal innelegen, ein frecher Dieb, wider welchen im hiesigen Protocoll viles enthalten.

8.

Deß Hanß Jörg Sohn von erster Ehe, auch Hanß Jörg genannt, ein langer schwartzer Kerl bey 25. Jahr alt, sey zwar schon Soldat gewesen, aber desertirt, schwartzer Haaren, und ansonst ein geschwinder Kerl, sey auch ein Nacht-Dieb, und dürffte sich in Thulsern nicht mehr sehen lassen, ist im hiesigen Protocoll mehrers graviret, und rede dieser eine ausländische Sprach.

9.

Ein Pilger, dessen Namen unbekannt, so ein kurtz aber besetzter Pursch, habe einen langen etwas rothlechten Bart, dergleichen glatte lange Haar, bey 40. Jahr alt, trage zuweilen eine schwartze Pilgerkutten, und bey denen Kirchweyhen, und Märckten zeige er bald ein Miraculose Mutter Gottes, oder Crucifix, und schreye dazu, und erzehle Miracul, verkauffe Lieder, und Gebeter, auch Ablaß-Pfennig, und Rosenkräntz, komme oft nach Biberwier zum Sternen-Wirth, welcher ihn als Cameraden wohl kenne, zumal er mit diesem sowie mit dem unter 2. nähers bezeichneten Wolf einstmals in die Schweitz auf einen Raub gangen und seyen alle diese verwegenen Spitzbuben auf dem Sankt Galli Marckt erkannt worden.

10.

Der sogenannte Stranzel, so ansonsten Franz heiße, aus Thulsern gebürtig, gegen 27. Jahr alt, ein großer wohlgewachsener Kerl, starcke Waden, sehe im Gesicht braunlecht aus, sey wohl gebartet, schwartzer etwas aufgeloffener Haaren, seine Concubin nenne man die schillerte Anna Miedel, sey ein böser, und gefährlicher Kerl, trage Tertzrohr, und Hirschfänger bey sich, und rede starck thulsernisch.

11.

Der Zigeuner Peterl ein langer großer, doch starcker Kerl, gegen 36. Jahr alt, im Gesicht schwatzlecht, habe schwartze krause Haar, und ein schwartzes Schnauz-Bärtle, sey bey dem gewaltthätigen Diebstahl in Latzfons mit gewesen, und habe sich allda für den Trucker Thoni außgegeben, halte sich in Vorderadelberg, Tyrol, Bregentz, auch vilfältig im Schwabenland auf.

12.

Der Kößler Hannes bey 30. Jahr alt, langer schwartzer Haar, und Bart, ein Camerad zu dem Zigeuner Peterl, halte sich vil umb Vorderadelberg herumb auf, sey ein starcker Dieb, und im hiesigen Protocoll beschwehrt.

13.

Der Kößler Nazl mittlerer Länge und dicke, 40. Jahr wenigstens alt, schwartzbrauner Haar, und glatten Angesichts, lauffe auch schon lang dem Diebes-Leben nach und habe den letztern Einbruch in der Stadt Leutkirch auf dem Raths-Hauß ausüben helffen, sey ein böser, und frecher Pursch, trage Geschütz, und Hirschfänger bey sich.

14.

Der Kohlbrenner Caspar ein langer dürrer Kerl, schon bey 50. Jahr alt, schwartzen Angesichts, und habe vorn keinen Zahn mehr, könne auf der Geigen spihlen, sey bey dem bekannten Diebstahl zu Aufkirch implisiret.

15.

Der alte Niclas bey 60. Jahr alt, mittlerer Größe, ansonst schwartzer aber nunmehro wegen Alter weißer Haaren, habe rechter Seiten am Hals eine große Geschwulst, halte sich anjetzto mehrsten theils umb Kitzbühel, und St. Johann herumb auf. Diser sey auch ein alter Dieb, und habe er seine Kunst schon lange practiciret, könne aber wegen Alter nicht mehr nachkommen.

16.

Sein Camerad der Schleiffer gegen 70. Jahr alt, ein kleines Mändle, sey ein Pfannenflicker, halte sich mehrteils im Vorderadelberg auf.

17.

Der Tuchtrucker Thoni deß Alten durch das Rad hingerichteten Trucker Schorsch Sohn, ein langer magerer Kerl bey 40. Jahr alt, schwartzer krauser Haaren, und einen gelben Bart, diser ist puncto robbariae, & furtorum graviorum im hiesigen Protocoll graviert und bey letztem Diebstahl zu Leutkirch auf dem Raths-Hauß mit implicirt, tragt ein Hackbrettl bey sich.

18.

Der Schindler Thoni aus Bayren bey 36. Jahr alt, ein untersetzter Kerl, schwartzer Haaren und trage einen rothlechten Schnautzbart, halte sich im Montafon und Vorderadelberg auf, ist ein Soldat gewesen, und habe zwey Abschied pro forma bey sich, und zwar einen Kayserl. Königl. dann einen Französischen, diser ist puncto robbariae & multorum furtorum beschwerth.

19.

Dessen Bruder Johannes bey 26. bis 28. Jahr alt, zimlich großer, ranker Statur, gelber Haaren, und Barts, habe gleichmäßig Soldat werden müssen. Im Protocoll sehr beschwerth.

20.

Der Wolfferts Hauser Bastel, ein großer starcker Kerl bey 40. Jahr alt, schwartzer Haaren, und Barts, ist bey dem Diebstahl gravirt.

21.

Der Weber Gustl, ein langer Kerl, und mittlerer Dicke, ist auch wegen demselben Diebstahl gravirt.

22.

Der Abdnauer Jörgl, so ein Salzpurger, und ein Freymanns Sohn, ein großer starcker dicker Kerl schwartzer kurtzer krauser Haaren habe ein starckes paar Waden bey 28. Jahr alt, ist in Tafamunt mit gewesen.

23.

Der Romaner Matinerl bey 30. Jahr alt, ein kurtzer Mensch vollkommen rothbrechten Angesichts, auch ein Salzpurger, braunlecht glatter Haaren, habe vor Zeiten pro forma mit einem Kram von Strümpf und Schlaffhauben gehandelt, ist aber sehr graviret.

24.
Der Seebutz Ignatz bey 25. Jahr alt, zimlich großer Statur, und brauner kurtzer Haar dupfeten Angesichts, ist ein Vorderadelberger und zu Tafamunt mit eingestiegen.

25.
Der großmaulete Stoffel ein Thulserner mittler Postur, sey wegen der Aufwieglerei sehr gravirt.

Lange Jahre, Herr Revisor, kam in regelmäßigen Abständen eine Witwe auf den Friedhof, zupfte Unkraut, rechte die Wege zwischen den Gräbern, goß Blumen und setzte zu Allerheiligen Erikastöckchen in die schwarze Erde, die sie von frisch aufgeworfenen Maulwurfshügeln nahm.
Sprach man sie an, weshalb sie fremde Gräber pflege, so begründete sie dies mit der Bemerkung, jemand müsse sich schließlich um ihre fünfundzwanzig Barone kümmern.

Die Postagentur

Er war Streckengänger und Wegemacher, zeitweilig auch Landbote und Posthalter. Das war einmal alles eins, denn es gehörte einmal alles zusammen. Thulsern war überschaubar. Jemand wie Vetter Hans Nicolussi hätte eine Zersplitterung seiner Welt niemals hingenommen. Beim Gedanken an ihn schieben sich viele Bilder ineinander, jedes Garantie dafür, daß keiner von uns jemals verlorengeht.
Neuerdings mache ich eine seltsame Beobachtung an mir: ich werde rasch älter. Seit ich den Brief der Eisenbahngesellschaft in meiner Joppentasche mit mir herumtrage, merke ich, wie ich altere: ich erkenne, daß ich sterblich bin. Und je älter ich werde, desto lebendiger wird meine Kindheit. Ich werde sterben, wie ich jetzt weiß, erst jetzt weiß ich es mit Gewißheit, aber die Bilder aus jener Zeit sollen bleiben. So habe ich es mir immer gewünscht. Überhaupt will mir vorkommen, als entschiede sich in den ersten fünfzehn Jahren all das, was wirklich wichtig ist. Was später folge, denke ich, seien bloß Auswirkungen, Folgerungen, Gleichungen, die aufgingen – Kartenhäuser, die einstürzten. Diese Vermutungen werden mir von Schwelle zu Schwelle immer mehr zur Gewißheit. Jetzt bin ich mir sicher: in bestimmten Augenblicken kommt mir vor, als liefe ich mit dem Rücken voran, als müßte ich jetzt die Bilder festhalten – festhalten gegen das Sterben. Und zwar all die Bilder, die mir

einst davonflogen wie Drachen, die ich steigen ließ und dabei die Schnur zerschnitt. Sie flogen davon, meinem Älterwerden voraus, bis ich sie eines Tages wieder einholen sollte. Heute ist dieser Tag gekommen, heute weiß ich: damals konnte ich einfach den Tod überspringen und die Schwerkraft überwinden. Aber ich werde auch jetzt nicht aufgeben. Angeblich bin ich jemand, auf den man verzichten, den man entbehren kann. Das ist ein gewaltiger Irrtum. Ich werde mich gegen die Stillegung meiner Strecke wehren. Sogar die Sterne werden staunen.

Der kleine Konradin war ein freundliches, blond gelocktes und ein wenig pummeliges Kind, das jedermann neugierig anlächelte, sich selten vor etwas fürchtete und sich am liebsten mit sich selbst beschäftigte. Stundenlang konnte der Knirps im Sandkasten sitzen, wo er mit blechernen Formen Kuchen buk, für seine Holzlokomotive mit den rot lackierten Rädern und dem blauen Schornstein verwegene Routen baute, stets vor sich hinmurmelnd, summend, mit seinem wenigen Spielzeug sprechend, gleichviel, ob es vorhanden war oder nicht, meist aber geheimnisvolle Selbstgespräche führte. Das kleine Schäufelchen liebte ich über alles. Sobald ich mich unbeaufsichtigt wußte, schulterte ich es und marschierte zum Bahngelände, hoffend, dort Arbeiter vorzufinden, die gerade einen Kohlewaggon entleerten oder Kartoffeln auf einen Wagen luden. Ihnen wollte ich zur Hand gehen, hörte aber meist Tadel statt Lob, vor allem das wenig schmeichelhafte Urteil, ich hockte überall in den Schäden.

Hatte ich wieder einem der Handlanger mehr Mühe bereitet als Hilfe geleistet, so zog ich verlegen lächelnd den Rückzug an, verdrückte mich in meinen Sandkasten und aß eine Handvoll Sand. Außerdem erzählte ich alles ausführlich und ein wenig ausgeschmückt meinem Lieblingsspielzeug: einem Stoffzwerg, der vom vielen Drücken, Streicheln und Liebkosen schon schwarz und fettig geworden war. Daß er je gewaschen würde, war meine große Sorge. Wieviel List mußte ich ersinnen, um so Furchtbares zu vermeiden? Mein Zwerg war allmächtig, und er ist es noch heute. Ich taufte den Zwerg Siebenfroh, ein kompliziertes Wort für den kleinen Mann, über das ich lange stolperte. Sie - ben - froh! Fröschefangen, Schneckenrennen oder Leute nachäffen: damit verbrachte ich meine Tage, die aus tausend Stunden bestanden, nie endeten und niemals älter wurden. Diese Kindheit ist voll grotesker Figuren, die zur Nachahmung herausforderten. Nie mehr gab es so viele Kropfige, Hinkende, Klumpfüßige, nie mehr habe ich so viele Amputierte, Verschrammte, Verzerrte gesehen, nie mehr bin ich so vielen zirkusreifen Speichlern, Schüttlern, Hasenschartigen und Wolfsrachigen begegnet, die alle, Folge des Krieges und der gebirgsabgeschiedenen Inzucht, ganz selbstverständlich zu meinem Alltag gehörten wie der Zwerg Siebenfroh, die Lokomotive mit den roten Rädern und das Schäufelchen auf der Schulter. Wenngleich mein Geburtsort aus dreizehn Ortsteilen besteht, so war der Kleine dennoch nicht der Knabe mit den dreizehn Vätern. Von wem er stammte, kümmerte ihn zu dieser Zeit überhaupt nicht. Er hatte seine eigene Welt, im Sandkasten, hinter wilden Haselnußstauden und Rosenhecken und Halden voller Abfälle, zwischen Schutt und Scherben, in einem Bereich, der von den Erwachsenen längst aufgegeben

worden war. Die Überreste des Krieges und das Katzengold der Amerikaner wie Kaugummi, Konservendosen und Camel-Zigaretten bereiteten den Humus, auf dem meine Phantasie zu blühen begann. Es war eine eigene Welt hinter den Verbotsschildern und jenseits der rostigen Absperrungen. Ohne die Eisenbahn wäre sie nicht vorstellbar, denn die Eisenbahn gab dieser Welt ihre Farbe und ihren unverwechselbaren Duft. Selbst das Gras war rußig, sogar zerbeulte Blecheimer dufteten geheimnisvoll und verlockend. Nichts gab es, das nicht blitzschnell in etwas anderes verwandelt werden konnte, nichts war davor sicher, im Handumdrehen vom Indianerzelt in die Ritterburg, von der Hochebene von Ladurn in die Schneestürme im Kampf um den Südpol verzaubert zu werden. Immer aber beruhigte die Selbstverständlichkeit, mit welcher der Schienenstrang Felder, Wälder und Moore zerschnitt und die Straßen trennte: sogar die Feuerwehr mußte vor einer herabgelassenen Bahnschranke warten. Noch gehörte zur Eisenbahn nicht die Verabschiedung, noch galten Ziele nichts und die Schwellen alles. Tausendmal wichtiger als das Streckennetz war das, was der Wind am Bahndamm vor sich hertrieb: Stanniol und Orangenpapier, eine zerlumpte Socke, einen Fetzen Uniform, ein Stück Vorhang, das aussieht wie ein abgelegtes Ballkleid, Scherben, grün und weiß und blau, über die der Wind streicht, um dabei Butterbrotpapier mitzunehmen, ein Stückchen Seidenpapier zu wenden, um es rascheln zu lassen, so rascheln zu lassen, wie eben nur Seidenpapier in der Kindheit raschelt.
Rirarutsch, wir fahren mit der Kutsch. Die Kutsche hat ein Loch, wir fahren aber doch. Es sind die

unendlichen Tage der Fingerspiele, die der Knirps mit Begeisterung auswendig lernt: Spiele zum Necken und Kosen, Spiele, in denen Finger benannt werden, Spiele mit allen Fingern und Händen, mit Fingern gespielte Geschichten, Rätsel und Märchen, Zaubersprüche und finde den Reim: der Himmel ist blau, das Mäuschen ist . . ., ein großes Wasser nennt man Fluß, nun ist's mit dem Raten . . .

Meine Erinnerung gerät in Bewegung. Schon stellen sich Gerüche ein, Düfte und Farben, als wäre meine Welt in einem Kramladen entstanden. Ins Bild kommt die Postagentur.

Ehe man durch die überbreite, ursprünglich tannengrün gestrichene Holztüre in den überraschend großen, gewölbeartigen Raum vordrang, mußte eine Steintreppe mit vier Stufen überwunden werden, eine jede schadhaft, längst der Ausbesserung bedürftig, wie auch das angerostete Geländer an der rechten Seite, welches keinerlei Garantie mehr für Sicherheit bot. Das Haus machte schon damals einen heruntergekommenen Eindruck. Die Farbe der Türe, vor Jahren aufgetragen, blätterte vor allem an jenen Stellen ab, an denen zwei rautenförmige Fensterchen wie tote Augen auf die Straße glotzten. An heißen Tagen konnten diese Gucklöcher samt Rahmen ausgehängt werden. Von der untersten Steinstufe fehlte die linke Kante, notdürftig zementierte Stellen bröckelten. Die Postagentur bestand aus nicht viel mehr als einem schweren Tisch, auf dem die nötigsten Utensilien eng zusammenstanden, als müßten sie sich gegen die ausholende Tischfläche schützen: eine Briefwaage, von der die schwarze Farbe sprang, eine Zigarrenkiste mit ausgeleierten Scharnieren für die Briefmarken, eine schmutzig beinerne Schale für wenige stumpfe Bleistifte, worunter ein dicker Rotstift mit angebissener Kappe auffiel, ein geöffnetes trockenes Stempelkissen, ein eiernder Stempelhalter, an dem drei Stempel mit blauverschmierten Holzgriffen wackelten sowie ein großes schwarz gebundenes abgegriffenes Dienstbuch mit dünnen Linien und Spalten, vor dem ein Tintenfaß stand, in dem ein Federhalter steckte. Tisch und Stuhl für den Schalterdienst standen auf einer unebenen roh gebeizten Falltüre mit eingelassenem Griff, welche in den Keller des einstigen Wirtshauses und Pfarrhofes führte, so daß das gesamte Postamt zuerst beiseite geschoben werden mußte, wobei jedesmal die Stempel vom Halter fielen oder Tinte verschüttet wurde, wollte jemand die steile Stiege in den Keller hinunter. Über der Luke an der Wand hing eine verschossene Reproduktion des Gemäldes *Goethe in der Campagna*, das Glas war verschmiert, der Rahmen schimmerte matt und war an einigen Stellen gesprungen. Die Anzahl der Poststationen, die von der Agentur aus versorgt wurden, war nicht jeden Sommer gleich: es konnten einmal sieben, dann wieder nur drei Stationen sein, welche mit dem Rad anzufahren waren. Im Winter wurden die Botengänge auf Ski erledigt, im Winter waren es immer fünf Stationen. Das Haus steht auf einem Hügel und ist von weiten, buckligen Wiesen umgeben. Die unmittelbar zum Gebäude gehörende Wiese grenzt sich durch hohe Haselnußbüsche ab; im Sommer ein dichtes Geflecht, in dem es summt und brummt. Außer der Flüchtlingsfrau Anna Kolik, von der es hieß, ein Soldat habe sie auf der Flucht zu vergewaltigen versucht und ihr dabei den Mund bis zu den Backen auseinandergerissen, was später kreuzquer vernäht worden sei, weshalb die Frau ständig ein Tuch vor ihr Gesicht halte, wohnte nur noch mein Vetter im oberen Stock. Sonst war alles leer. Ein Feinmechaniker, der im ersten Stock gewohnt hatte, drei Zimmer mit Balkon, war längst ausgezogen. In der Nacht stöhnte das Haus, Balken krachten, der Bretterboden knarzte, der Wind pfiff durch die Dachluke, die nicht mehr vollständig verschlossen werden konnte. Es gab keinen Gegenstand und kein Zimmer dieses Hauses, welche mir nicht geheimnisvoll vorgekommen wären. Während die Sommerabende, an denen es lange hell blieb und erst langsam zunachtete, weniger gefährlich waren, erwiesen sich die diesigen Herbstabende und die Winternächte mit tosenden Schneestürmen als bedrohlich. Zwar hörte ich jeden Abend Radio, verfolgte die Programme einzelner Sender mit magischen Namen, doch die Musik konnte mich nicht vollkommen beruhigen. Wonach ich mich sehnte, während, wie ich mir vorstellte, meine Eltern draußen im Tal jeden Abend arbeiteten, war ein Verbündeter. Eines Abends, als ich wieder zitternd am Fenster saß und die Dunkelheit erwartete, erschien mein Vetter Hans Nicolussi, der, sobald er mit schweren Schritten ins Zimmer trat, mich in den Arm nahm und mir ins Ohr flüsterte, meine Eltern seien seit Jahren verschollen, einfach weg, aber ich brauche nicht mutlos zu sein, jetzt sei er da und verrate keinem die Geheimnisse meiner Kinderpost, die ich mir im Hauseingang eingerichtet hatte. Direkt vom Schalter der Postagentur aus konnte mein Vetter, der zähe Hans Nicolussi, über eine dunkle steile Holzstiege, auf der ein ausgetretener Kokosläufer mit Stäbchen, die oft aufsprangen, festge-

halten wurde, seine Wohnung erreichen. War er über die Stiege nach oben gelangt, mußte er, noch ehe er die Stube betreten konnte, einen dunklen Gang durchqueren, der links durch eine Holzgalerie, das verlängerte Stiegengeländer, rechts aber durch eine Garderobe für die schweren Überwürfe zusätzlich verengt war.
Vetter Hans Nicolussi hielt es für kommod, direkt über dem Postschalter zu wohnen, wenngleich die Wohnbedingungen nicht gerade angenehm waren. Ständig hatte man trotz der von dem alten Mann ausgelegten Matten und empfohlenen Wollsocken kalte Füße. Besonders mit dem Wasser gab es immer wieder Probleme, denn im Winter fror die Leitung, welche nur provisorisch durch einige morsche Bretter an der Außenwand geschützt war, regelmäßig ein. Hans Nicolussi ging dann vors Haus, schöpfte seine Waschschüssel voll Schnee und schmolz diesen auf dem Kohleherd, dessen schlechter Abzug seine Wohnung in eine immerwährend Räucherkammer verwandelte. Links vom Herd hatte Hans Nicolussi tatsächlich einige krumme Haken in die Decke geschraubt, an denen Geräuchertes sowie beinharte Salamis hingen, von denen er am Abend, wenn er nach Hause kam und seine Suppe kochte, mit einem langsam aus der Hosentasche emporgeholten, vorsichtig, als gelte es, besondere Sicherheitsvorkehrungen einzuhalten, aufgeklappten Taschenmesser mit einer Klinge, die krumm wie ein Schnabel war, je nach Stimmung und Gemütslage ein größeres weiches oder ein kleineres hartes Stück vom Rand heruntersäbelte, woran er einen Abend lang kaute.
Vetter Hans Nicolussi war für das Kommode, wie er gern sagte und dabei seinen Schnauzbart mit einer

blitzschnellen Handbewegung zwirbelte, während er auf den über die Oberlippe hereinhängenden Haaren herumkaute. Von der Größe meines Vetters gab es keinen in ganz Thulsern: er war wenigstens einsfünfundneunzig groß, kohlrabenschwarz, ein Schrank mit Pratzen, die jeden das Fürchten lehrten. Manchmal sagten die Thulserner, Hans Nicolussi habe die Statur eines Bräumeisters. In Wirklichkeit aber war er Wegmacher und Streckenwärter. Und dies, wie er selbst mit Stolz betonte, seit Jahr und Tag. Genauere Angaben durften von ihm nicht erwartet werden, denn er hatte zu den Tageszeiten ein ebenso eigensinniges Verhältnis wie zu den Jahreszeiten. Auch für Abweichungen wußte er umständliche, aber einleuchtende Erklärungen, berief sich dabei auf die Konstellation von Gestirnen, die Größe des Mondes sowie dunklen Thulserner Brauch.
Mit Vetter Hans Nicolussi bin ich aufgewachsen. Er war es, der mich ohne Zögern aufgenommen hatte. Meine Eltern waren unter eine Lawine gekommen. Angeblich. Zu der Zeit war ich vielleicht knapp zwei Jahre alt, so daß ich sie nur aus Erzählungen kenne, von denen die meisten von Hans Nicolussi stammten und daher immer wieder ein anderes Bild abgaben, denn wenn der Vetter nach ein paar Schoppen Rotwein ins Reden kam, waren meine Eltern bald beim Zirkus, bald Skirennläufer, einmal sind sie nach Amerika ausgewandert und ein andermal nach Australien. Hans Nicolussi war gutmütig und log für mich, daß sich die Balken bogen. Um mir mit seiner grobschlächtigen Unbeholfenheit den Verlust meiner Eltern so nebensächlich wie nur irgend möglich zu machen, holte er für mich jederzeit das Blaue vom Himmel; er

schwindelte mich in dieser Sache bei jeder Gelegenheit an, flunkerte und spann sein Garn, wann immer meine kindlich hartnäckigen Fragen in die Nähe einer Verlegenheit für ihn gerieten. Er färbte, erfand und erdichtete, phantasierte, fabulierte und spintisierte, tischte mir die unglaublichsten Geschichten auf, erzählte Romane aus seinem und meines Vaters Leben, ließ meine Mutter bald eine stolze Spanierin und dann wieder aus dem Hochschottischen eingereist sein. Auf einem zähen Salamizipfel herumkauend, taufte er meinen Vater Luis Fernandez und nannte ihn den größten Barometeringenieur aller Zeiten, den Erfinder des Holosteric, saugte sich die Vorgeschichte unserer maurischen Ahnen aus klobigen Fingern, griff dazu noch den einen oder anderen skifahrenden Norweger aus der Luft, übertrieb ausgiebig deren körperliche und geistige Fähigkeiten und wies mich dabei, das Geräucherte von einem Backenzahn schmatzend zum gegenüberliegenden befördernd, beharrlich an, geduldig zu sein, auch in Niederlagen stolz zu bleiben und niemals den Mut zu verlieren. Seine eigenen Stärken seien Kühnheit und Vorstellungskraft sowie ein unbestechliches Gedächtnis. Außerdem beherrsche er die Gabe, Nebensächlichkeiten und altes Wissen nicht huldvoll zu verklären, sondern den Schweiß von einst mit dem Fortschritt von jetzt zu versöhnen. Und darauf komme es an, wolle man nicht alles Wissen von höchstem Gebrauchswert einem nebulösen Weltgedächtnis überantworten. Auch ich lüge um mein Leben gern meine Konradinaden: am liebsten wie gedruckt.
Jeden Abend erzählte mir Vetter Hans Nicolussi, die durchschwitzten Hosenträger schon von den Schul-

tern gestreift, eine flirrende Lüge, streng der Chronologie einer fünftausendjährigen Verkehrsgeschichte folgend, über die er aufgrund seines unglaublichen Gedächtnisses verfügte, das alles bewahrte und nichts verkommen ließ. Erst im Laufe meiner langwierigen Kindheit gelang es mir, Hans Nicolussis Referate und Exkurse, die Geschichten, Legenden und Epen zu entwirren und ihr kompliziertes System als Bestandteil einer sehnsüchtigen Harmonisierung der alpenländischen Ordnung, vor allem des Wegnetzes zu begreifen, gleichviel, ob von Baumaßnahmen im transalpinen Straßen- oder Schienenverkehr die Rede sein mochte. Langsam erst entdeckte ich die mir längst selbstverständlich gewordenen Wechselspiele zwischen Salzburg, Tirol, Vorderadelberg, der autonomen Provinz Bozen und Trient, der Region Lombardei und des Kantons Graubünden, Montafon ebensowenig ausgenommen wie Savoyen.

Mit dem unvergleichlichen Geschmack von Nicolussis Geselchtem auf der Zunge lernte ich die Alpen als Klima- und Wasserscheide kennen sowie als Brücke zwischen Mittel- und Südeuropa verstehen, folgte den gleichlaufenden Längsfurchen, welche meinem Vetter zufolge verkehrsgeschichtlich noch grundlegendere Bedeutung haben als die Quertäler, wenngleich das Phänomen *morphologisch* – woher auch immer er dieses Wort haben mochte – wenig augenfällig sei. Nach einem Liter Rotwein, den er in großen Flaschen ohne Etikett von einem Händler seines Vertrauens bezog, welchen ich nie zu Gesicht bekam, versicherte er mich der Modellierung und Ausgestaltung auch des Thulserner Tales durch fließende Gewässer, und ich hörte ungläubig den Alten von der Beruhigung der

Schmelzwasserfluten fabulieren, welche ihn ermutigte, das Neolithikum des klimatischen Umschwungs sowie der geographischen Veränderungen, schließlich auch noch der Umwälzung menschlicher Daseinsweisen, als da seien Seßhaftigkeit, Ackerbau, Viehzucht, Töpferei, Nutzung der Bodenschätze, insbesondere des Kupfers zu bezichtigen, womit wesentliche Grundlagen für Handel und Verkehr gelegt worden seien.

Dazwischen flocht er jeweils die Geschichte eines Ahnherrn unserer Familie ein, ließ den einen transalpine Handelsbeziehungen knüpfen, schickte dafür den anderen mit Tragtier, Schnabelkannen und Fibeln durch das Salzkammergut, Wein und Werkzeuge tauschend und somit im Sinne eines großen Planes der Anlage fester Wege dienend, welche frühzeitig durch ein Netz von Wasserstraßen ergänzt worden seien.

Daran schloß sich ein von Salamikauen durchwirkter Exkurs über die Mondseekultur sowie die mit Elfenbein und Bernstein verzierten Ärmchenbeile aus Bronze und Eisen: die reine Lüge, wie ich irrtümlich annahm. Schließlich verstand sich Vetter Hans Nicolussi, der Wegmacher und Streckengänger mit den Schaufelhänden, vorzüglich darauf, sich, ohnedies zu diesem Zeitpunkt in der Chronologie der Verkehrsgeschichte schon angetrunken, an der Beschreibung geometrischer Ornamente in Form eines laufenden Hundes auf einem Armringpaar aus dem Goldschatz von Erstfeld an der Gotthardroute vollends zu berauschen.

Das Lob der Römer sowie ihrer Kunststraßen, auf denen mein Vetter Bauern, Händler, Postkuriere und Boten, Gelehrte, Redner, Schauspieler und Bettler ihrer Wege gehen ließ, nahm Wochen in Anspruch. Erstmals verweise ein wohl bedacht untergliedertes, planvoll angelegtes und bautechnisch ausgereiftes Straßennetz sowie das Erschließen von mehr als zwanzig Paßwegen über die Alpen auf eine ernst zu nehmende Straßenkultur. Allein fünf Alpenübergänge seien für den Verkehr mit Wagen ausgebaut worden, wovon die berühmtesten über den Reschen, den Brenner und den Fernpaß, vom Großen und Kleinen St. Bernhard zu schweigen, geführt hätten. Die bevorzugte Anlage der Straßen an sonnenseitigen Hängen sowie die Vermeidung von Lawinen- und Steinschlagstrichen seien Beweise einer hochentwickelten Kultur. Er als Wegmacher (seit Jahr und Tag) könne dies nur bestätigen. Einen langen Winter war ausschließlich die Einrichtung eines nur staatlichen Zwecken dienenden Postverkehrs mit Unterkunftsmöglichkeiten, Rast- und Pferdewechselstationen in regelmäßigen Abständen das Thema von Vetter Hans Nicolussi, der niemals müde wurde, davon zu erzählen, obgleich er zu dieser Jahreszeit um fünf Uhr früh das Haus verlassen, Schneeschaufeln und die Schneegitter entlang der Bahnlinie kontrollieren mußte. Wenn er am späten Nachmittag meist durchnäßt und erschöpft heimkehrte, brauchte er zuerst ein Fußbad, ehe er sich nach der ausgiebigen Brotzeit meiner Erziehung zuwenden konnte.

Wohl könne man sich den Weg wählen, nicht aber die Menschen, denen man begegne, habe er sich von einem Kalenderblatt heruntergenotiert. Mein Vetter Hans Nicolussi Zurbrükken erzählte von seinem Plan, sich nach seiner Pensionierung, welche freilich so schnell nicht zu erwarten sei, denn wer sei schon geeignet, ihn in seinem Amt abzulösen, wenn er auf Rente gesetzt sei, endlich in die Weihe- und Meilensteinforschung zu vertiefen und die Kulturgeschichte des Wegweisers in Angriff zu nehmen.

Nebenher skizzierte er jedoch, um seinem Gedankenflug die nötig, von ihm verehrte Anschaulichkeit angedeihen zu lassen, einen lebhaften Warenaustausch am rätischen Limes. Selbstverständlich sei übrigens mit Hannibal und dessen Gefolge arabischer Stolz in unsere Sippe gekommen, wobei sich einer meiner Vorfahren auf den Import von Kunstgewerblichem, ein weiterer, aus einem salzburgischen Nebenzweig, auf die Sigillata-Töpferei verstanden habe. Seine spezielle Linie wiederum verweise auf Straßenaufseher, seine Ahnen hätten sich schon seinerzeit, wie er sagte, als Bewacher lebenswichtiger Warentransporte am Kreuzungspunkt von Limes- und Bernsteinstraße, etwa dreißig Kilometer östlich vom heutigen Wien, sowie als flinke Kuriere der römischen Post einen Namen gemacht.

Auch ich solle mich jederzeit auf den ehrenvollen Namen Aggwyler besinnen, ihn achten und der Tatsache gedenken, daß Tunnelbauten der Römer der lebendige Beweis dafür seien, daß selbst den Weg versperrende Felssporne keinerlei Hindernis darstellten: er sage dies nicht bloß so dahin, sondern drücke darin vielmehr auch eine Erziehungs- und Lebensphilosophie mit seinen bescheidenen Möglichkeiten aus.

Sodann wartete Vetter Hans Nicolussi, bis ich, sein Zögling, große Augen machte und ehrfurchtsvoll nickte. Erst danach verlor er sich in langatmigen Beschreibungen römischer Reisewagen im Wagengeleise auf felsigem Untergrund, zeichnete mit unvermuteter Geschicklichkeit und dabei alle Schwerfälligkeit seiner klobigen Finger überlistend, Wegprofile auf das fettige Aufschnittpapier, wischte Brotbrösel beiseite oder verwendete die Brotrinde zur Veranschaulichung von Brückenkonstruktionen, deren Fundamente er ebenfalls dem Papier anvertraute, worin er seine Wegzehr eingewickelt hatte, die Bleistiftspitze vor jedem neuen Strich blitzschnell mit der Zunge netzend.

Zweifelte ich, wenn er unsere Namen auf sizilianische Brückeningenieure zurückzuführen gedachte, welche der berühmten Konstrukteursakademie von Syrakus entstammten, so war er mit seiner Rechtfertigung schnell bei der Hand: erstens sei nicht wichtig, wie es gewesen sei, sondern wie es hätte sein können – was kümmerten ihn, zweitens, ein paar hundert Jahre im Angesicht einer vieltausendjährigen Geschichte, und schließlich und endlich sei es mir nicht möglich, ihm einen schlüssigen Gegenbeweis zu seiner Ansicht zu liefern. Punktum.

Außerdem solle ich Grünschnabel nicht so vorlaut sein, sondern Alter und Erfahrung ehren. Was er tue, tue er im Gedenken an meine armen Eltern, welche beim Aufstieg zu der von ihnen als Ausflugslokal gepachteten Hütte, deren Ausbau sie über den Winter hätten vorantreiben wollen, durch eine von einem auffliegenden Latschenhäher, wie es sie in solcher Größe heute gar nicht mehr gäbe, ausgelöste Lawine gekommen, aus der sie sich, trotz jahrelanger alpinistischer Erfahrung, nicht mehr hätten befreien können.

Danach schwieg er eine Zeitlang, um mir aber bald mit seiner Pratze durchs Haar zu fahren, mich ein wenig am Kopf zu ziehen, mir noch ein Stückchen Geselchtes absäbelnd.

Wer sich bei Lügengeschichten andauernd um eine dahinterliegende, vermeintlich verborgene Bedeutung kümmere, sei es nicht wert, daß man ihm auch nur einen Satz auftische. Er habe gelesen, Lügner arbeiteten nicht mit doppeltem Boden, sondern bodenlos. Wenigstens habe ihm wörtlich dasselbe ein gewisser Schrofelfahrer gesagt: ein Schlosserlehrling, Hilfsheizer, Heizer, Reservelokführer und schließlich Weltreisender. Wichtig sei, daß Aggwyler ein guter, ein ehrlicher Name sei und daß ich ob meiner Vornamen Konradin Kaspar meinen Eltern zu jeder Stunde dankbar sein solle und daß ich durchaus in der Lage sei, als ein herausragender Aggwyler (das aus dem Lateinischen stamme, wo es – laut Pater Fichter – Adler bedeute) in die Familiengeschichte einzugehen. Schließlich sei er es, der mich aufziehe. Das färbe eines Tages durch, der Thulserner Stolz komme gesondert dazu.
Sobald es dem Frühjahr zuging und Vetter Hans Nicolussi die ersten Haselnußwürstchen von seinem Dienst mitbrachte, Krokusse auf dem Hut, stürzte er sich an den seit Lichtmeß länger werdenden Abenden auf das Verkehrswesen des Mittelalters, um die Fastenzeit bis Ostern mit Kursbüchern aus dem Archiv für Postgeschichte, den Reisen Felix Fabers durch Diroll 1483 auf 84, mit Geländestudien und Paßstraßenpolitik sowie mit dem Saumverkehr zu füllen. Mir standen Ausführungen zu Hospizgeschichte und frühem Nachrichtenverkehr bevor, außerdem Referate zur Sicherung der Paßzugänge. Siedlungsgeschichtliches und Bergbau sollten in knappen Exkursen gestreift werden.
An dem Tag, an dem die Kinder Thulserns wieder

einmal ausgestochene Wasen, Torf und Katzendreck gegen die Türe des Verschlages von Anna Kolik geschleudert, dazu gejohlt und gesungen, sogar das von der Innenseite vor das obere Zugloch geschobene Glas zertrümmert sowie den Unrat in den wegen der roh verputzten Oberfläche nur mühselig zu reinigenden Hausgang geworfen hatten, war es der laut weinenden hüftleidenden Flüchtlingsfrau mit dem entstellten Mund gelungen, eines der besonders frechen Kinder noch mit einem Strahl heißen Wassers zu erwischen, das sie in ihrer Verzweiflung vor die Türe geschüttet hatte.

An diesem Tag hielt mein Vetter wie gewöhnlich nach dem allabendlichen Fußbad während der Brotzeit seine verquere Einführung ins mittelalterliche Verkehrswesen.

Er ließ nichts aus, als er, ausgehend vom Niedergang Westroms, polternd darauf hinwies, daß man zwar die Straßen der Römer genutzt, jedoch kaum mehr ausgebessert, geschweige denn ausgebaut habe. Darüber erbost und über die Sache mit Anna Kolik, die sich herumgesprochen hatte, kein Sterbenswörtchen verlierend, spannte Hans Nicolussi einen kühnen Bogen ins 13. Jahrhundert, in dem er einen durch die Kreuzzüge verursachten verkehrswirtschaftlichen Umschwung lokalisierte. Schon war die Rede von Haupttransitstrecken, ein Wort, welches er vor noch nicht allzu langer Zeit seinem pfeifenden Radio entnommen hatte. Schon galt wegen leichter Passierbarkeit der Reschenpaß als besonders bevorzugt, schon trug der Brenner den Ehrennamen »Kaiserstraße«. St. Bernhard und Septimer füllten wegen ihrer gefährlichen Zugänge abenteuerliche Abschweifungen,

sämtliche im Jahre 1225 gipfelnd, in dem man die
Twärrenbrücke, einen an Ketten aufgehängten, um
eine Felswand in gewagter Kurve herumführenden
Saumweg errichtet habe, gerade breit genug für ein
Muli.
Aus der Küchentischschublade zauberte Hans Nicolussi ein braunes, oft mit Fettfingern abgegriffenes
Kuvert, in dem eine farbige Reproduktion der Romweg-Karte steckte: die erste Straßenkarte Mitteleuropas.
Stolz las Hans Nicolussi die Überschrift: Das ist der
Rom-Weg von meylen zu meylen mit puncten verzeychnet von einer stat zu der andern durch deutzsche
land. 1500.
Sein gesplitterter, mehrfach übereinandergewachsener
Fingernagel fuhr auf der Karte umher, streifte das
»lampartisch mer«, durchquerte bei Landeck mühelos
die Alpen, um sich rechts unten auf einem grünen
Zipfel auszuruhen, auf dem »Schotland« stand.
Viele Abende beugten wir uns über die geheimnisvolle
Karte, welche die Welt, im Gegensatz zu meinem
Schulatlas, auf den Kopf gestellt hatte. Immer wieder
las mein Vetter die Legende vor und freute sich kindisch über das Wort, welches haargenau in der Mitte
am unteren Rand stand: »Mitternacht«. So spät
wurde es nicht selten, wenn seine Gedanken der Alpenpaßpolitik Friedrich Barbarossas galten, wenn die
Bündner Pässe und ihre Einzugsgebiete zu charakterisieren waren oder eine ausgiebige Geländebegehung
altes Straßenpflaster unter einer jüngeren Straßendecke entdeckte. In einem Museum in der Hauptstadt
weit draußen im Lande habe er, berichtete Hans
Nicolussi schwärmerisch, in seiner Jugend einmal eine

Ausstellung mittelalterlicher Reiseausrüstung besucht; er könne sich genau an den lederbezogenen Holzkasten erinnern, neben dem ein zusammenklappbarer Leuchter, Lederflaschen, ein Buchbeutelbrevier sowie ein kupferner Wärmeapfel, nach dem er sich bei seinem Dienst während der strengen Winter oft gesehnt habe, außerdem noch eine Glasflasche in einem braunen Lederfutteral und ein Dolch gelegen hätten. Nie werde er diese Ausstellung vergessen, obgleich er mir nicht vorenthalten wolle, daß die Leistungen der Urner Bergbevölkerung, samt und sonders Hagelbuchene, bei der Sicherung des neuen Paßweges zwischen Vierwaldstätter See und Tessin mit politischen Freiheitsrechten abgegolten worden seien. Übrigens habe man lange Zeit die gepflasterte Straße von Bivio nach Casacca fälschlich für eine Römerstraße gehalten: sie sei erst im 14. Jahrhundert von Jacob von Castelmur, einem bischöflichen Verweser aus Chur, errichtet worden.
Er aber, Hans Nicolussi Zurbrükken, Wegmacher seit Jahr und Tag, sehe deutlich einen mittelalterlichen Fuhrmann vor sich. Vergangene Nacht und während der einsamen Kontrollgänge untertags sei er ihm erschienen: die Peitsche in der rechten Hand, den schweren Säbel an der linken Hüfte, das Barett auf dem rothaarigen Schädel und stets ein deftiges »Blutsackermant« auf den Lippen. Die Fuggerstraße sei es gewesen, welche ihn über den Korntauern geführt habe, weitaus gemächlicher als die gebauten Wege über Gemmi und Lötschen, die er gleichfalls schon gegangen sei, in elender Schinderei Kupfer, Blei, Zink, auch Salz und Eisen transportierend und aus Thulsern stämmig, »Aller Wegbereiter Mutter« genannt: Thul-

sern als Nabel der Welt, umgarnt von einem Netz aus Wegen zur Überwindung des vermeintlich Unüberwindbaren, in dessen Zentrum der Vetter saß wie eine Spinne.

Mir waren längst vor Müdigkeit die Augen zugefallen, als Brücke und Sperrfeste Altfinstermünz sowie das Castel Grande von Bellinzona meinem wortlüsternen Vetter Hans Nicolussi zwei weitere zähe Zipfel Salami wert waren.

Der Vetter fand kein Ende, obwohl ich ihm vor dem Zubettgehen noch gestehen wollte, woher meine Brandblasen am linken Arm und im Gesicht stammten. Endlich hatte ich mich mutig genug gefühlt, ihm meine Angst vor dem verzerrten Mund der Anna Kolik zu gestehen, aber auch die Lust, schneller zu sein als die auf ihren Stock gelehnte Gestalt, die vor Erregung vergessen hatte, ihr schwarzes Tuch vor das entstellte Gesicht zu halten.

Hans Nicolussi war schon bei der Erklärung der starren und ungefederten Wagen, welche stets Gefahr liefen, aufgrund der verheerenden Straßenverhältnisse umzukippen. Die komfortablere Kutschenform mit dem eingehängten, an Lederriemen befestigten stoßmildernden Korb sei seinerzeit, wie er sagte, wenig verbreitet gewesen.

Überhaupt sei die Wegmacherei im argen gelegen: Ausbesserungsarbeiten hätten sich in der Regel auf Reisig- und Knüppellagen sowie auf dürftige Kiesschüttungen beschränkt, so daß die mit einer Unzahl von Löchern, Schlägen und Rinnen zernarbten, nach mächtigen Wolkenbrüchen ganz und gar verschlammten Erdwege in erbärmlichem Zustand gewesen seien. Erst im 16. Jahrhundert habe sich die Kunst des Weg-

machens gebessert, erst seit dieser Zeit könne man zu Recht von Straßenpflege reden. Seit dieser Zeit erst sei es Wegmachern möglich gewesen, das Hospiz am Grimselpaß, das Marienhospiz auf der Lukmanier-Höhe oder das Hospiz St. Christoph am Arlberg als Depots mit ausreichend Handwerkszeug, Ersatzschaufeln und verfeinertem, den neuen Straßenverhältnissen angepaßtem Gerät auszubauen. Dies gehe aus den Botenbüchern hervor, wo die von durchziehenden Mönchen erbettelten Spenden und Mitgliedschaften verzeichnet seien.
Wichtige schriftliche Quellen seien auch die Bücher zur Erhebung von Brückenzoll und Privilegverteilung. Bei seinem damaligen Museumsbesuch, erzählte Vetter Hans Nicolussi, jetzt doch müde geworden, habe er eines der Rechenbretter gesehen, mit deren Hilfe der Zoll ermittelt worden sei. Jedes Kind aber könne jedweder Säumerordnung entnehmen, daß die Gepflogenheiten des Zollwesens mit den zahllosen Zoll- und Mautstellen die Leistungsfähigkeit des Landverkehrs auf der Straße nicht gerade gefördert hätten. Jede Route kennzeichne sich nicht nur durch ihren Verlauf, sondern zuerst durch die Schäden, die sie aufweise. Dies sei nach der Einführung aufgeschotterter Fahrstraßen nicht anders geworden. Zu bedenken sei schließlich, daß Kunststraßen einerseits Fortschritte in der Kartographie ermöglichten, andererseits jedoch für den Niedergang des Saumverkehrs verantwortlich seien: zahlreiche Nebenwege und Nebenpässe verrotteten unwiederbringlich.
An frostig klaren Frühlingsmorgen wollte der Vetter das Haus schon früh verlassen. Im Stehen schlang er sein Frühstücksbrot hinunter, füllte seine Thermosfla-

sche, ein filzumwickeltes, verbeultes, nach Arrak duftendes Heiligtum, von dem sich der alte Mann niemals trennte. Die Rinde des Brotranken kauend stieß er mich, den schlaftrunkenden, übernächtigten Buben an und schmatzte genüßlich etwas von einer neuen Zeit, die mit dem heutigen Tag beginne, denn nunmehr hätten wir die Kenntnis der Alpen aufgrund antiker Autoren überholt. Er rief unvermittelt heftig »Nieder mit Titus Livius« und verfluchte den Claudius Ptolemäus, schwärmte dagegen von Apians *Bairischen Landtaflen* sowie von Gottlieb Sigmund Gruners Werk über die Eisgebirge des Thulsernerlandes. Wozu er mich auf die höhere Schule schickte, wollte er wissen. Aber die Frage war mir zu kompliziert für diese Tageszeit, ich rieb bloß die Augen und blinzelte in die Sonne.

Damit ich die fremden Sprachen lernte, tönte es mir entgegen. Vetter Hans Nicolussi hatte einen unbeugsamen Ausdruck im Gesicht, der keine Widerrede duldete. Manchmal überfiel ihn solche Trauer über seine Unkenntnisse in Fremdsprachen. Alles andere, was man mir in der Schule beibringe, könne er mich besser lehren, behauptete er stolz: nur nicht die Sprachen. Ich solle schnell und tüchtig lernen, er habe sich schon etliche Nahrung und Proben auf die Seite gelegt und in der Stadt bestellt: Konrad Gesners *Descriptio montis fracti sive montis Pilati,* des Bezwingers des Mont Blancs, Horace Benedict de Saussures *Voyages dans les Alpes* sowie Johann Jakob Scheuchzers *Ouresiphoites Helveticus sive itinera per Helvetiae alpinas regiones:* der erste Band sei wichtig wegen seiner Abbildungen von Alpendrachen. Außerdem sei Scheuchzer *die* Kapazität bei der Entdeckung von

Mineralien und Fossilien, Ammonshörnern und Belemniten.
Ich solle gefälligst schneller lernen, denn ich müsse ihm diese Werke übersetzen.
Und noch eins: sobald ich von der Schule nach Hause käme, solle ich Anna Kolik um Verzeihung bitten und ihren Erzählungen genau zuhören. Auch von ihr könne man lernen. Meinem Vetter Hans Nicolussi entging nichts. Nichts sei verloren, war eine seiner Redensarten.
Vor der Begegnung mit Anna Kolik hatte ich Angst. Während des Vormittags erschien mir immer wieder das zerfurchte Gesicht mit dem ausgefransten Mund, der Krückstock nahm eine übernatürliche Größe an, wuchs zum knorrigen Prügel mit silberbeschlagenem Knauf. Fest entschlossen, diesen schweren Gang zu vermeiden oder doch wenigstens hinauszuzögern, nahm ich mir für den Abend vor, den Vetter Hans Nicolussi nach seinem Fußbad während der Brotzeit zum Erzählen zu verführen. Dazu dachte ich mir abschweifende Fragen aus, versuchte, mich an Details vergangener Ausführungen zu erinnern, wollte den Ziehvater repetieren lassen: noch einmal sollte er ausholen und begründen, warum er Pater Fichters Berggedichte verachtete, obwohl er die außerordentlichen Kenntnisse des Dichters durchaus schätze, die dunklen Bilder in den fünfzig zehnzeiligen Strophen des fast Siebzigjährigen aber ablehne – *die Gemsen sehn erstaunt im Himmel Ströme fließen* ... Ich wollte von Hans Nicolussi wissen, welche neuen technischen Voraussetzungen die Grundlage für die Erschließung der Alpen geliefert hätten. War das umfassend genug?

Er sollte mir die Fahrten der Kaiser, Könige und Fürsten, die beschwerlichen Handelsreisen von Kaufleuten sowie Pilger- und Mönchszüge lebendig ausmalen und darüber die Schandtat der Kinder an Anna Kolik vergessen.
Gab es nicht genug aufregende Beschreibungen wissensdurstiger Kartographen und wagemutiger Forscher?
Hatte mein Vetter Hans Nicolussi, ungeduldig seiner fünftausendjährigen Verkehrsgeschichte der Alpen vorauseilend, nicht gelegentlich großspurig behauptet, erst die Reiselust immer kühner werdender Alpinisten habe Topographien und Kosmographien ermöglicht – woher er nur solche Wörter kannte, die ich mir sofort merken mußte?
Würde es mir gelingen, durch diese List das unbestechliche Gedächtnis des Wegmachers zu täuschen?
Während ich mir die Reiseausrüstung des 17. Jahrhunderts noch einmal vorzustellen versuchte, wie sie mein Vetter in einem vorausgreifenden Ausblick schon einmal beschrieben hatte: Sattel, Ledertasche, Sporen, Pistolen, Degen, Feuerzeug und Besteck, mußte ich doch immer wieder an Anna Kolik denken und glaubte, zeitweise sogar ihre schlurfenden Schritte draußen auf dem dunklen Gang, die Holzstiege herauf gehört zu haben.
Letzte, aber sichere Zuflucht in solcher Bedrängnis waren durch lange Jahre die stets zum Guten sich wendenden Abenteuer eines listigen Salamanders, wie sie in grünen Heften standen, die von der infolge eines Kehlkopfleidens immerwährend heiseren, graubraune Strümpfe in halboffenen Sandalen tragenden Schuh-

macherswitwe mit seltsam verkrüppelten Zehen, die teilweise übereinander lagen, an Kinder und treue Kunden verschenkt wurden. Mein Vetter kaufte bei einer Witwe seit alters, wie er sagte, sein Schuhwerk: über die Knöchel gehende, mit störrischen Haken und ovalen Ösen sowie einer für Schnee und Eis, Matsch und Kälte schier unüberwindlichen Sohle versehene, im Ganzen aber doch wieder sonderbar leichtgewichtige Stiefel, die er sich anmessen ließ. Dies sei kein Luxus, versicherte er bei solcher Gelegenheit, er sei in seinem gefährlichen Beruf auf hundertprozent zuverlässige Ausrüstung angewiesen, gute Ware habe eben immer schon ihren Preis gehabt.

Das Vermessen von Hans Nicolussis riesigen Füßen dauerte Stunden, in denen sich mein Vetter, die Witwe, die er noch aus den Zeiten der Sonntagsschule kannte, sowie deren Sohn, ein kleiner, runder, schon in jungen Jahren fast kahlköpfiger Stammler, welcher das Handwerk von seinem Vater gelernt hatte, über Zehen und Ballen, Nägel, Hühneraugen, Ferse und Rist, Fußbett sowie genagelte oder zwiegenähte Schuhe, über Leder- und Lukleinsohlen disputierend ausbreiteten, indes ich mucksmäuschenstill die Serie atemberaubender Abenteuer des gescheiten Salamanders und seiner vorzüglich beschuhten Freunde, nach denen ich mich sehnte, auf einem schmalen Probierschemel mit angezogenen Knien kauernd, fiebrig verschlang. Am Ende der Prozedur zwinkerte mir die Witwe zu und verhieß mit heiserer Stimme und seltsamen Preßlauten, ich könne einen ganzen Packen dieser Hefte mit nach Hause nehmen, sie tue dies auch im Gedenken an meine Eltern, die Hüttenwirte, welche unter eine Lawine geraten seien, weil sie Steigfelle an den Skiern gehabt und deshalb nicht schnell genug aus der Gefahrenzone hätten hinausfahren können.

An solchen Abenden wankten mein Vetter Hans Nicolussi und ich wie trunken der Postagentur zu, jeder in seine Träume verkeilt: voller Begehren und Sehnsucht. Wir gingen schweigend, mit inwendig gesungenen Sätzen, Hans Nicolussi eines gewissen Kaspar Jodok von Stockalper, Le Roi du Simplon, gedenkend, der den Saumpfad zwischen Brig und Domodossola ausgebaut hatte, ich jedoch schon unterwegs mit dem Salamander.

Der Salamander dient der Bergwacht als Hubschrauberpilot und füttert mit seinen Freunden aus der Luft Wild in Not. Plötzlich entdecken sie, daß sie in ihrem Eifer auch die Maus abgeworfen haben, die sich in einem Heuballen versteckt hatte. Bald jedoch wird die Maus von den Gemsen bestaunt, die sie über Stock und Stein und gefährliche Lawinenfelder spät in der Nacht zurückbringen und durchs Hüttenfenster hereinreichen, wo sie von allen freudig begrüßt wird. Eine kleine Gemse aber wird vom Fuchs unterdessen in einer Schlinge gefangen. Da ersinnt der Salamander eine List, verkleidet sich als Schneemann und schleicht sich auf Skiern an den Wilddieb heran. Als dieser so erschrickt, daß er sich in der eigenen Falle fängt, kann der Salamander das zitternde Gemskitz befreien. Die Gemsenfamilie springt herbei und zieht den Salamander bis zur Bergwachthütte. Dort wartet schon der Auftrag, an den steilen Überhängen wegen Lawinengefahr den Schnee abzusprengen. Der Salamander bläst das Warnsignal, donnernd braust die Last zu Tal, die Igel, Maus und Piping, den Zwerg, mit sich reißt. Nur noch die Schuhe schauen aus den Schnee-

massen, als unten im Tal Touristen vorbeikommen, die sich über die wertvollen Schuhe freuen und diese gleich probieren wollen. Doch da erscheint der Salamander und baggert seine Freunde aus. Dachs, der Hüttenwart funkt unterdessen *Not in den Bergen*. Der Salamander spannt mit dem Hubschrauber vom Berggipfel über Schluchten hinweg ein Seil bis zur Hütte, dreht einige Runden, um es festzuzurren, seilt sich über den in der Felswand Verirrten ab, um sie an den Hosenträgern an die zur Bergwachthütte führenden Rettungsleine zu hängen. In rasender Schwebefahrt landen sie vor der Hütte, als ihre Rucksäcke plötzlich bersten: heraus purzeln die Schuhe von Igel, Maus und Piping.
Der Zwerg und der Salamander beschließen, den Touristen die Schuhe zu schenken, da diese einsähen, wie notwendig bestes Schuhwerk im Gebirge sei. Froh darüber, daß sie leben und sogar beschenkt soeben, drücken dankbar sie am Ende ihrem Retter beide Hände. *Lange schallt's zum Abschied noch: der Salamander lebe hoch.*
Hans Nicolussi aber durchdachte die Neigung der Tremola-Kehren der Gotthard-Abfahrt nach Airolo und überlegte, ob etwa auf Geheiß Napoleons, dessen Bataillone den Simplon überquert hatten, die Gondo-Galerie errichtet worden war. Sich auf dem Stilfserjoch in einem wütenden Schneesturm wähnend, galten seine letzten Gedanken vor dem Einschlafen dem Bau von Chausseen, fünf bis sechs Meter breiten, aufgeschotterten Fahrstraßen, welche weithin Aufsehen erregten.
Ermöglichen die Kunststraßen einerseits, wie schon einmal gesagt, Fortschritte in der Kartographie, so

waren sie andererseits für den Niedergang des Saumverkehrs samt seiner Organisationsleistungen wie etwa der Tiroler Rodgenossenschaft verantwortlich: zahlreiche bedeutungsvolle Strecken verödeten und versteppten.
Vetter Hans Nicolussi ließ sich nach dem Fußbad und während der Brotzeit nicht ablenken. Meine List hatte versagt, denn schon als er nach Hause kam, wußte er, daß ich nicht zu Anna Kolik gegangen war. Ob er sie gefragt hatte, wußte ich nicht, konnte es mir aber kaum vorstellen. Ich wagte nicht, ihn danach zu fragen, denn er wurde unwirsch, beantwortete man seine Fragen mit einer Gegenfrage. So gestand ich kleinlaut mein Versäumnis und ließ mir das Versprechen abnehmen, kommenden Tags die Alte in der Waschküche aufzusuchen und um Verzeihung zu bitten. An diesem Abend begnügte sich der Vetter mit Überlegungen zur außenseitigen Überhöhung der Straßen, was eine großartige Errungenschaft des 19. Jahrhunderts sei.
Meine Frage, ob wir denn so weit fortgeschritten seien in der Chronologie der fünftausendjährigen Verkehrsgeschichte der Alpen, tat er als durchsichtiges Ablenkungsmanöver rasch ab.
Anna Kolik war nicht mehr zu umgehen.
Oder doch?
Ich versuchte meinen letzten Trumpf: Hans Nicolussis Kindheit.
War er nicht Geißbub gewesen und später Ölhausierer?
Die Karte stach.
Die peinigenden Minuten des Schweigens waren überbrückt.

Seinerzeit, wie er sagte, habe er in einer Einöd zuhinterst in den Thulserner Alpen Dienst getan. Dies sei eine Gegend mit kurzen Sommern und langen Wintern, der Schnee liege dort oben oft noch im Mai ein paar Klafter tief, so daß man einem im Frühjahr neu angelangten Stück Vieh oftmals mit der Schaufel den Weg habe pfaden müssen. Herauswärts, dem offenen Tal zu, seien die Wegverhältnisse wegen der Sägewerke sowie der Stampf- und Pulvermühlen besser geworden. Er sei bei einem bösen Bauern gewesen, dessen Vieh den ganzen Winter keinen Himmel gesehen habe. Trotz der Bedenken der Bäuerin, die wegen ihrer Kinderlosigkeit viel auszuhalten gehabt habe, sei er mit den Geißen in den Kohlwald zum Rappenschrofen geschickt worden: die Geißen seien schlauer als so ein Bürschchen, habe der Bauer gesagt.
Obwohl er Donner und Hagel und das Hereinbrechen der Nacht gefürchtet habe, sei ihm der Gedanke an ein freies Leben unterm Rappenschrofen teuer geworden. Eine Woche habe er zuerst mit dem alten Geißhirten gehen müssen, von dem er außer den Namen der Viecher auch das Locken und Pfeifen sowie die besten Weidplätze gelernt habe. Der Lippler sei es gewesen, ein wilder, aber gütmütiger Junggeselle, der in seiner Jugend sogar wegen Mordverdacht vom Amtsdiener aus dem Bett geholt worden sei, da man eine alte Frau, welche wahrscheinlich über einen Felsen gestürzt war, tot auf einer Geißenwiese gefunden habe. Zeitig habe man jedoch einsehen müssen, daß er unschuldig gewesen sei, auch wenn ihm ein junger scharfer Gendarm noch den Genickschuß am Jäger Kranwettvogel habe anhängen wollen.
Anfangs hätten ihn, sagte mein Vetter Hans Nicolussi,

an einem Zipfel Geselchtem kauend, die anvertrauten Geißen wild gemacht, und er habe dummerweise versucht, ihnen mit Prügeln und Steinewerfen den Meister zu zeigen, doch hätten erst Streicheln und Schmeicheln die eigensinnigen Philosophen handsam gemacht.

Drei Jahre habe er seinen Dienst bei dem Bauern getan, und am Schluß habe seine Herde fast fünfzig Köpfe gezählt, ihm immer lieber und er ihnen. Seine Zöglinge habe er über die Seealpe, die Bärenmoosalpe sowie durch das Sanktmariatobel geleitet, die Geißenaugen seien seine Uhr gewesen. Welche Lust, an angenehmen Sommertagen durch Schattwälder zu streifen und Vogelnester auszunehmen, des Mittags am Bach zu lagern, seinen Keil Brot zu nagen und sein Geißchen zu saugen, im Gumpen zu baden oder mit den Zicklein zu scherzen. Denke er daran sowie an die heiß geliebten Brombeeren, an das Laub und die Kräuter, die er gekostet habe, so komme es ihm manchmal vor, die Sonne scheine jetzt nicht mehr so wie seinerzeit. Doch verkläre man zu rasch, warf mein Vetter ein, besonders die Zeiten, in denen ein Tag tausend Stunden währte. Dieser Friede sei so lange festlich gewesen, wie keiner gemerkt habe, daß nichts wiederholbar sei. So mühelos lasse sich Wohlbehagen heute nicht mehr herstellen, auch wenn das Verlangen gewachsen sei. Immer schneller müsse entschieden werden, Verstehen und Verbrauchen seien unübersichtlicher geworden.

In jenen Tagen habe er gelernt, zwei Steigen weit auf den Händen zu gehen und jedes Jahr an seinem Geburtstag über den hölzernen Brunnentrog zu springen, immer einen Ziegelstein mehr in der Hand. Eines

Nachmittags habe er entdeckt, daß es keinen auf der Welt geben könne, der ihm ähnlich sei, und sein Traum sei gewesen, groß und stark zu sein und sich unsichtbar machen zu können. Die Laute, an die er sich am deutlichsten erinnere, seien die Stimmen der Holzknechte, welche so hart gearbeitet hätten, daß sie dann drei Tage ohne Unterlaß hätten essen und trinken können.

Seine Geißen in allen Farben und Größen und mit den sonderlichsten Charakteren habe er dreimal des Tages gezählt, zuletzt, ehe er sie mit runden Bäuchen und vollen Eutern zum Melken getrieben habe: bei gutem Wetter unter freiem Himmel. Da habe jede zuerst über den Eimer gewollt. Die meiste Zeit habe er Wunden und Beulen an seinen Gliedern gehabt, sei häufig barfuß, auch bei baumstarkem Reif und reißendem Nebel, ins Feld gesprungen. Entweder habe er dabei einen Nagel verloren oder ein Stück Haut zwischen den Zehen eingebüßt. Der Bauer aber habe ihn, sofern er nicht gehütet, wo ihm geheißen oder die Tiere nicht das rechte Bauchmaß heimgebracht, mit dem Ochsenziemer grün und blau geschlagen, sei ihm mit Äxten, Prügeln und Hagstecken nachgesprungen, einmal sogar mit der Sense, schwörend, er werde ihm ein Bein vom Leib schlenzen.

Mit einem rupfenden Hemd sowie einem Paar fester, bald jedoch zu enger Schuhe als Lohn habe er den Hof verlassen, um sich als herumlaufender Ölträger bei den Bäuerinnen hausierend zu verdingen: als Nachtlager ein Bund Stroh oder eine Bank in der Stube.

Schließlich sei er, vermittelt von einem Gesellen aus Brissago, in einer Tucherei gelandet. Dieser Stumpenraucher habe gelb ausgesehen, wie aus Seife geschnit-

ten, mit pechschwarzen Haaren und Augen, die auf dunklen Gängen das Feuer einer Katze gehabt hätten. Bei Frauen und Mädchen habe der Kerl mit Erfolg den Galanten gespielt, von seinen in Italien erlebten Liebesgeschichten berichtend. Umsonst habe ihm sein Vater in Briefen Bibelstellen wider die Völlerei geschrieben. Seine Arbeit freilich, führte Hans Nicolussi aus, habe darin bestanden, von morgens bis in die Nacht auf den letzten Sproßen einer Tuchleiter im Gewölbe sitzend, Säcke von farbiger Glanzleinwand zu schneiden und diese mit Bindfaden und langer Nadel einzunähen: vor sich einen langen Tisch, auf welchem hohe Berge neu gelieferter Tücher gelegen hätten.
In solcher Lage habe er, beteuerte Hans Nicolussi, gelernt, was er bis heute nicht missen wolle: zu verlangen, was noch zu erreichen sei. Seine letzte Lehrstation sei ein Goldschmied gewesen, welcher ihn zuerst darauf hingewiesen habe, daß es bei den Handwerkern üblich sei, sich von den Lehrbuben die Schuhe putzen zu lassen, ihnen Frühstück, Zimmerreinigung und Ofenheizen sowie die allmittägliche Messer- und Gabelpolitur zu überantworten. Die Meisterin schließlich habe ihn zum Hilfskoch gemacht und nur dann, wenn es einmal einen Braten gegeben habe, selbst Hand angelegt. Zeigte er sich nicht willig, so setzte es eine Bastonade, daß er vor haselnußgroßen Beulen nicht mehr aus den Augen herausgesehen habe. Frühstück und Vesper seien am Werktisch zwischen Schleifen und Polieren eingenommen worden. Des Morgens habe es zwei Tassen Kaffee, mittags gelegentlich etwas Fleisch gegeben; das man ihm unwillig und mit spitzen Bemerkungen über seinen guten Appetit zugestanden habe.
Die Hauptarbeit sei das Schmelzen von Gold und

Silber, das Hämmern zu Blech und das Ziehen zu Drähten gewesen, stets in unmittelbarer Nähe von Kohlefeuer und Lötlampe. Vorrichtungen und Werkzeuge jedoch seien dürftig oder in erbärmlichem Zustand gewesen: weder Schmelz- noch Glühofen seien vorhanden gewesen. Man habe drei Mauersteine rechtwinklig zusammengestellt und die Kohlen dazwischengeschüttet, ein Blasebalg habe gefehlt – die Kohlen habe er mit dem Mund anblasen müssen. Stumpfe Feilen und Scheren, wacklige Zangen und morsche Hammerstiele hätten ihm die Arbeit zeitig verleidet. Außerdem habe es an Einrichtungen gefehlt, um das Verziehen beim Löten zu verhindern, oder beim Vergolden den Quecksilberdämpfen den nötigen Abzug zu verschaffen. Größere Arbeiten habe man in dieser Bude gar nicht anfertigen können, nur kleinere Gegenstände wie Ringe, Ohrringe, Fassungen und Flickarbeit: selten eine Halskette oder ein Medaillon.

Dennoch hab er auch von dieser Stelle einige Erkenntnisse mitgenommen: das heisere Flüstern der Fügsamkeit zu überhören, darauf komme es an, nicht zu erstarren, sondern sich den Verzweigungen anzuvertrauen, wie ein Kind beharrlich die Gegenwart zu begehren, um der Gerechtigkeit zu Bestand zu verhelfen, trotz herrschender Enge unter den Fuhrleuten. Sich die Reste an Vertrauen bewahrend nach der Verabschiedung der Geborgenheit, huldreich verklärt und doch nicht länger möglich, habe er sich in solchen Augenblicken abzuwarten entschlossen, bis jedwede Furcht erloschen sei: eine nunmehr gänzlich herabgebrannte Kerze.

Dies sei der Grund, weshalb er mich zu Anna Kolik schicke: ich dürfe nicht auf ihr Wissen verzichten.

Calbirra

Die Batterie ist zwar schwach, Herr Revisor, aber ich will diese Sendung unbedingt hören. Ich habe mir den Zeitpunkt, zu dem sie ausgestrahlt werden soll – so heißt es doch: ausgestrahlt – seit langem vorgemerkt. Es handelt sich nämlich wiederum um eine Sendung, die mich unmittelbar angeht. Nein: es ist keine Schulfunksendung über Eisenbahngeschichte. Das hatten wir schon. Die Sendung betrifft das Lesen. Wie Sie wissen, Herr Revisor, habe ich meine Lesedepots entlang der Strecke. Ich werde diese Depots aufgeben. Irgendwie habe ich das so im Gefühl, als gäbe ich nach dieser Radiosendung meine Lesedepots auf. Irgendwo auf der Strecke, in Unterständen und in schwer auffindbaren Verstecken, werden die Bücher liegen. Sie werden feucht werden. Sie werden Schimmel ansetzen. Aber das kann Büchern nichts anhaben. Noch immer ist die Zeit auf seiten der Bücher gewesen. Wenn ich bedenke, daß ich lesen kann, was vor fünfhundert Jahren und mehr geschrieben wurde! Welche Rolle sollte da schon die Zeit spielen, Herr Revisor? Wir kennen das Thema. Darüber haben wir schon einmal nachgedacht. Vielleicht wird später jemand meine Bücherdepots entdecken. Es wird jemand sein, der sich in diese einsame Gegend Thulserns verirrt hat. Er wird sich wundern, daß er entlang einer aufgelassenen Eisenbahnstrecke in den offenbar für den Streckengeher geschaffenen Unterständen Lesefutter findet. Als hätte sich ein Eichhörnchen Vorräte für den Winter angelegt. Vielleicht wird sich der Finder überlegen, wer die Bücher hier versteckt hat, vielleicht wird er sich fragen: was mag das wohl für ein Mensch gewesen sein? Und vielleicht wird er sich sogar wundern, wenn er die Titel der Bücher liest: das ist doch keine Lektüre für einen Streckenwärter! Weil man unsereinen schlichtweg für unbelesen hält. Welch ein Irrtum. Das Lesegift. Die Radiosendung trägt den Titel: *Das Lesegift*. Ich gäbe diesem Gift den Namen Calbirra. Jedes Gift braucht einen lateinischen Namen. Calbirra, zum Beispiel. Ich weiß schon jetzt, noch ehe ich die Radiosendung *Das Lesegift* gehört habe, was das Geheimnis dieses Giftes ist: das Gelesene ist das Erlebte, und wer nichts gelesen hat, der hat nichts erlebt. Wer liest, verläßt den sicheren Boden und wagt sich hinaus, um womöglich nie wieder heimzufinden. Die Zeit fließt anders beim Lesen. Oder sie steht still. Plötzlich denken Sie nicht mehr nur mit Ihrem Kopf, Herr Revisor. Wie auf der Strecke! Genauso wie auf der Strecke. Ewigkeiten haben zwischen zwei Buchdeckeln Platz, Herr Revisor. Ich weiß das, ich habe es selbst überprüft. Ich kenne mich aus damit. Ewigkeiten haben zwischen zwei Buchdeckeln Platz wie zwischen zwei Schienen, wie zwischen zwei Schwellen. Lesen, Herr Revisor, das ist ein dichtes Gewebe, ein Gestrüpp, wie es entlang des Bahndamms zu finden ist, ein Stramin voller Fahrpläne für unendliche Fahrten. Ehe die Alten in ihren Schriften lasen, Herr Revisor, lasen sie schon im Flug der Vögel und aus der Stellung des Gefieders. Auch das ist Lesen. Sie lasen in den Sternen, und sie lasen aus der Hand, sie lasen sogar aus dem Schwefeldampf ihre Orakelsprüche: *Siegen wirst Du nicht sterben.* Das kann man auf zweierlei Art verstehen. Welche Variante ist Ihnen lieber, Herr Revisor? Kommen Sie mir jetzt nicht mit Kommaregeln! Noch die Mönche des Mittelalters lasen ihr Lebtag nur ein einziges Buch. Immer wieder, Tag für Tag, Jahr um Jahr. Sie lasen, wie ich die Schwellen meiner Strecke abging. Lektüre als Schwellengang. Das ist das Geheimnis des Lesens, Herr Revisor. Das können Sie nur von mir erfahren, nur von mir, dem Streckenwärter. Lesen: das ist eine Unruhe stiftende Kraft, Herr Revisor. Irgendwo ist sogar von der republikanischen Freiheit des lesenden Publikums die Rede. Bedenken Sie nur: republikanisch! Jeder, der jemals las, Herr Revisor, spürte etwas von der Macht dieses Lesegifts, von dem die Radiosendung handeln soll. Die Macht Calbirras! Wenn es nach meinen Batterien geht, so ist dies wahrscheinlich die letzte Sendung, die ich hören werde. Diese Sendung dauert fünfundzwanzig Minuten! Danach werde ich bestenfalls noch einige Nachrichten hören können. Aber das wird auch schon alles sein. *Das Lesegift!* Wie ich mich darauf freue. Beim Stichwort Lesen fällt mir immer zuerst unser Lehrer ein: Ellgaß, genannt Vollgas. Jetzt ist er schon so lange unter dem Boden, doch noch immer ist seine Stimme lebendig. Ich höre sie, wie sie kommandiert: die Haltung des Rückens muß eine gestreckte sein. So behauptete die Lehrerstimme in ihren Absichten zu heilen und nicht zu verletzen. Wie aber kann ein Schulbub eine Stunde lang nur auf einen Fleck, auf die Tafel sehen und dabei stillsitzen? Mir taten die Augen weh, es kribbelte in Händen und Füßen, es juckte mich am Kopf, beständig hatte ich zu kratzen, ich mußte mei-

nem Banknachbarn etwas zuflüstern. Doch Ellgaß sagte streng: der Körper muß mit seiner vollen Breite der Tafel zugewendet sein, so daß die Linie, welche man sich von einer Schulter zur anderen gezogen denkt, mit der Tafelkante parallel läuft. Beide Vorderarme müssen bis an den Ellbogen auf der Tafel aufliegen. Die Füße müssen bequem (nicht übereinander geschlagen, was wegen der Hemmung des Blutumlaufes und außerdem auch noch aus gewissen delikaten Gründen besonders der Jugend nachteilig ist) aufruhen, entweder auf dem Boden oder, wenn die Füße denselben nicht erreichen, auf einem untergestellten Fußbänkchen. Das Verhältnis der Bank zur Tafel muß ein solches sein, daß die Tafelhöhe der Magengegend des straff sitzenden Körpers gleichsteht, Herr Revisor, sagte der alte Ellgaß.
Doch still, schon beginnt der Sprecher:
Die Zukunft ist schon vergangen, und die Vergangenheit ist nichts als eine Erinnerung an die Zukunft, höre ich aus dem Radio. Trotz mancher Widerwärtigkeiten lebte ich, im großen und ganzen gesehen, glücklich und zufrieden bis zu dem Tag, an dem mir eben dieses Buch in die Hände fiel: ein Buch, das mein Leben veränderte, wie erzählt wird. Nachdem ich es in mehreren Tagen und Nächten, fast ununterbrochen lesend, hinter mich gebracht hatte, wurde ich zuerst einmal krank. Ich fieberte, bekam Schüttelfrost, es beutelte, würgte und warf mich, ich wußte nicht, was mit mir los war. Obwohl ich untertags meinem Beruf nachkam, glaubte ich, abwesend zu sein und einem Doppelgänger bei meiner Arbeit zuzusehen, sagt die Radiostimme. Ich kenne das, Herr Revisor. Es dauerte eine Weile, bis ich mich erholt hatte, aber noch immer

spürte ich den Keim der Krankheit in mir, noch immer hatte ich das Gefühl, jederzeit wieder von einem solchen Anfall heimgesucht werden zu können. Deshalb sann ich auf Abhilfe. Es dauerte Tage, es mögen sogar Wochen gewesen sein, bis mir die rettende Idee kam. Zuerst glaubte ich, dieses Buch verbrennen zu müssen, das an allem schuld war. Nachdem ich diesen Gedanken verworfen hatte, begann ich, dem Autor zu schreiben. Dies war jedoch sinnlos, denn mein Buch hatte weder einen Titel noch einen Autor. Es begann irgendwo. Etliche Seiten vorweg fehlten, darunter auch jene, welche für gewöhnlich Autor, Titel, Verlag und Erscheinungsjahr ausweisen. Um ein für allemal herauszufinden, was es mit diesem Buch und mir auf sich hatte, beschloß ich, das Buch noch einmal zu schreiben. Nur auf diese Weise glaubte ich, höre ich, das sonderbare Verhältnis dieses namenlosen Buches zu mir, zu meiner Gesundheit, zu meinem Leben klären zu können. Jawohl: mir blieb nichts anderes übrig, als dieses Buch noch einmal zu schreiben. Und zwar Buchstabe für Buchstabe, Wort für Wort. Zu jedem Satz aber sollten die Gedanken notiert werden, die mir bei seiner Lektüre gekommen waren oder bei erneutem Lesen kamen. Jedes Bild sollte sich fortsetzen in einem weiteren Bild, jede Erinnerung könnte sich erweitern durch eine neue Erinnerung. Sobald ich mich damit näher befaßte, schien mir das Lesen nur mit einem vergleichbar: mit dem Werfen eines winzigen Kieselsteines in die Mitte eines riesigen spiegelglatten Teiches mit unbekannter Tiefe. Die entstehenden kreisförmigen Wellen waren es, die mich faszinierten. Sie zustande zu bringen machte ich mir von nun an zur Lebensaufgabe. Die ersten Sätze, soviel war mir sofort klar, würden entscheidend sein. Von ihnen hinge alles ab, sagte ich mir, sie wären zugleich Ufer und Wasser dieses Teiches, der mir noch im Traum erschien. Ich sah mich als kleinen Jungen an seinem Ufer, umgeben von tief hängenden Weiden, einen Buben, der unendlich langsam einen Stein aufhebt, ihn mit drei Fingern umfaßt, ein Kind, das sich aufrichtet, den Wurfarm weit nach hinten streckt und zeitlupenschnell den Stein über seinen Kopf hinweg durch die bis auf die Wasseroberfläche hängenden Äste der Trauerweiden weit hinaus bis in die Mitte des Teiches wirft, viel zu weit für einen kleinen Jungen, der niemals so viel Kraft haben konnte. Die Haare des Kindes bewegten sich noch immer, höre ich aus dem Radio, als erzählte es von mir, von wem sonst, obwohl der Stein längst auf das Wasser getroffen und erstaunlich schnell in ihm verschwunden war, dann aber doch unter der Wasseroberfläche eine Zeitlang zu stehen schien, ehe er sich entschloß, mühselig zu sinken. In dieses Bild sacht entstehender Wellen, die einen Kreis um den anderen zogen und auf diese Weise genau die Stelle angaben, an welcher der Stein auf den Teich getroffen war wie auf einen Spiegel, der in tausend Scherben zersprang – in dieses Bild schoben sich die ersten Worte jenes Buches, welches noch einmal zu schreiben ich mir vorgenommen hatte. Das Buch, *mein* Buch begann inmitten eines Satzes, weil es, wie ich schon erklärte, ein Buch ohne erste Seiten war, auch ohne Deckel und Umschlag, als hätte es jemand mutwillig aus seiner festen Bindung gerissen, sei es, um den Deckel anderweitig zu nützen oder wegzuwerfen, sei es, um es zu zerstören, aus Wut oder aus Ungeduld, vielleicht auch aus Enttäuschung über jene ersten Seiten, die ich nicht kannte, oder sei es aus vollkommener Unkenntnis des Umgangs mit Büchern. Ein Buchliebhaber hätte solches nie übers Herz gebracht, auch wenn ihm das Geschriebene noch so mißfallen hätte; er hätte sich bemüht, dem Fragment die ergänzenden Seiten sowie den schützenden Einband wieder zuzuführen: er hätte es neu binden lassen. Solche Überlegungen waren müßig angesichts jener Worte, mit denen mein Buch begann: das Buch, sagt die Radiostimme, welches mich aus den gewohnten Bahnen geworfen und meinem Leben eine entscheidende Wendung gegeben hatte. Zitierte ich jene Sätze, mit denen dieses Buch begann, die nicht sein richtiger Anfang sein konnten, so müßte ich vor das erste Wort drei Pünktchen setzen. So verlangen es die Zitierregeln, die jedoch in meinem Fall nicht gelten können, da ich, wollte ich ihnen gehorchen, entweder das ganze Buch, welches abzuschreiben ich mir vorgenommen habe, zwischen Gänsefüßchen setzen müßte, zwei am Anfang, den ich nicht kenne, zwei am Schluß. Und den kenne ich gleichfalls nicht, da dieses Buch, welches mich derart in Unruhe versetzte, höre ich, der Empfang ist tadellos, keinen richtigen Schluß hat, kein Ende wie andere Bücher, unter deren letztem Satz nicht selten zur Erleichterung des Lesers auch noch ENDE steht. So wie mein Buch irgendwo beginnt, wobei ich nicht weiß, ob ich mich auf die unten links und rechts angeführten Seitenzahlen verlassen kann, so endet es auch. Irgendwo, mitten im Satz sozusagen. Der Seitenzählung vertraue ich deshalb nicht, weil es immerhin sein könnte, daß jene Teile meines Buches vor dem Satz, der für mich, trotz all seiner Mängel und seiner grammatikalischen Defizite, eben der erste

Satz ist, nicht aber für den Autor des Buches, der mir auf ewig unbekannt bleiben wird, daß jene fehlenden, mir nicht bekannten Teile des Buches nach einem andern System gezählt wurden: beispielsweise mit römischen Zahlen, mit denen ich trotz einiger Jahre Lateinunterricht meine Schwierigkeiten habe. MLX habe ich stets als Emelix gelesen und nie als Zahl. Also: keine Zitierregeln, keine Anführungszeichen oder Gänsefüßchen, zwischen denen leicht philosophieren ist, keine drei Pünktchen, sondern einfach der unvollständige (ich weiß, ich wiederhole mich), der unvollständige Satz, mit dem dieses Buch begann, mein Buch, mithin das Buch aller Bücher, wenigstens für mich (und wer käme sich nicht mitunter vor wie der erste Leser auf der Welt, oder gar der letzte Leser, eine durchaus mit Erfahrungen der Wirklichkeit zu belegende Befürchtung; es könnte ebenso Stolz oder Hochmut sein): wenigstens für mich das Buch aller Bücher. Zumal es mein Leben verändert hat – wie die Radiostimme ein wenig pathetisch behauptet.

... dabei gerieten wir, las ich, *in ein wahrhaftes Labyrinth; denn da mußten wir, als wir schon am Ziele zu sein glaubten, von neuem wieder umwenden, und es zeigte sich,* fuhr mein Buch fort, dieses Buch ging so weiter, und es zeigte sich, *daß wir uns von neuem gleichsam im Ausgangspunkte unseres Vorhabens befanden und daß uns noch immer gerade so viel fehlte wie damals, als wir unsere ersten Nachforschungen begannen.* So also lautete der erste Satz dieses Werkes, ein Satz, bestehend aus vierundfünfzig Wörtern, einem Strichpunkt, fünf Kommas, soundsoviel Hauptwörtern, soundsoviel Zeitwörtern. Was brächte derlei Bestimmungsnot noch zutage? Wenig

Hilfreiches, soviel ist gewiß, Herr Revisor, höre ich, und ich denke, das geht uns an: Sie ebenso wie mich. Fast eine Woche lang überlegte ich, ob ich abweichend von der Vorlage in meiner Nachschrift neben den ersten Satz meines Buches gleich seinen letzten setzen sollte, um auf diese Weise die Sicherheit eines Rahmens zu ermöglichen, doch daß dies eine Illusion sein mußte, kam mir noch in der Sekunde zu Bewußtsein, in der ich auf diese Idee gekommen war. Dennoch: das Buch begann mitten im Satz, handelte von irgendwelchen Nachforschungen, von neu anfangen, Labyrinth und von etwas, das fehlt, nämlich genau so viel wie am Anfang, und das war doch offenbar alles, wenigstens bezogen auf mein Buch, von dem ich den Anfang nicht kannte – aber das Buch endete nicht mitten im Satz, sondern es endete mit einem vollständigen Satz, der jedoch unmöglich das wirkliche Ende des Buches bedeuten konnte. Dessen war ich mir sicher. Zum einen endete dieser (für mich) letzte Satz auf der letzten Zeile der (für mich) letzten Seite dieses Buches: ganz außen (es mußte also noch etwas kommen), zum anderen stand dort nicht dieses den Leser erlösende, seine Arbeit bestätigende und zugleich belohnende ENDE wie allgemein üblich, sondern nichts. Es war kein Platz mehr für ein eventuelles ENDE. Man hätte es regelrecht hinzwängen müssen: unverhältnismäßig klein, wie einen Wurmfortsatz. Und so läßt kein Autor, so läßt kein Verlag ein Buch mit diesem Gewicht enden. Allein das mir vorliegende Fragment hat einen beachtlichen Umfang. Obwohl ich in der Lage wäre, hier die genaue Seitenzahl anzugeben, tue ich dies aus oben genannten Gründen nicht: was hätte man auch von einer Zahl wie, sagen wir einmal, Siebenhundertachtundzwanzig. Oder Neunhundertsiebenunddreißig. Genausogut könnte ich Dreihundertdreizehn sagen. Also bitte. *Der letzte Augenblick aber,* und damit endet das Buch für mich, sagt die Stimme in meinem kleinen schwarzen Kästchen, nicht aber in Wirklichkeit, wie ich unterstelle, der letzte Augenblick aber *dürfte bestürzend und verworren sein,* heißt es da vor dem Doppelpunkt. Und danach heißt es: *stets sind wir von ihm gerade so weit entfernt, daß wir uns die Schatten schon vorzustellen vermögen,* heißt es, *die ihn verdüstern.* Also noch einmal und ohne Unterbrechung schreibe ich, werde ich schreiben, um mit dem letzten Punkt die erneute Abschrift dieses Buches zu beenden: der letzte Augenblick aber dürfte bestürzend und verworren sein: stets sind wir von ihm gerade so weit entfernt, daß wir uns die Schatten schon vorzustellen vermögen, die ihn verdüstern.

Zwischen dem ersten und dem letzten Satz, Herr Revisor, zwischen Labyrinth und letztem Augenblick, zwischen Verwirrung, Bestürzung und einem Ende, welches zugleich Ausgangspunkt ist, erzählt ein Ich von sich. Dieses Ich kann aber weder den Verfasser des Buches bedeuten, noch eine von ihm erfundene Person, sondern ein wechselndes Gemisch von beiden. Wenigstens bin ich nach meiner ersten Lektüre zu diesem Ergebnis gekommen. Das Vorhaben, von dem im ersten Satz die Rede ist (wenn es heißt: dabei gerieten wir in ein wahrhaftes Labyrinth – mit der Begründung: denn da mußten wir, als wir schon am Ziele zu sein glaubten, von neuem wieder umwenden – mit dem Ergebnis: und es zeigte sich, daß wir uns von neuem gleichsam im Ausgangspunkte unseres

Vorhabens befanden – mit der Feststellung: daß uns noch immer gerade so viel fehlte wie damals, als wir unsere erste Nachforschung begannen), dieses Vorhaben, welches ganz offensichtlich mit Nachforschung oder Nachforschungen zu tun hat, bezieht sich auf Drachen. Mit *wir* aber ist nicht das erzählende Ich in Gemeinschaft mit einem Drachen gemeint, sondern entweder eine höflich angebotene, vielleicht sogar heimlich erwünschte Gemeinschaft von Erzähler und Leser, wahrscheinlicher nach meinem Verständnis, heißt es im Radio, jedoch die oben angedeutete Verschmelzung von Verfasser und erfundener Person: das wechselnde Gemisch von beiden. Wie dieses aus Ichs bestehende Wir nach Drachen forscht, so forsche ich nach dem verschollenen Anfang des Buches sowie nach seinem ebenso unauffindbaren Ende. Folgender Anfang ist denkbar: ein Mann will morgens aus dem Haus wie jeden Tag, da sieht er unten am Fuß der Treppe einen Drachen liegen. Das Tier schnauft gemächlich, stellte ich mir vor, daß in dem Buch steht, sagt die Radiostimme, schlenkert seinen gepanzerten Schwanz und sieht den Mann mit tückischer Vertrautheit an. Der Mann weiß nicht, was er tun soll, müßte ich dann schreiben, da ich mir vorgenommen habe, dieses Buch, um sein Geheimnis zu ergründen, noch einmal zu schreiben. Wenn es ein Krokodil wäre, dem Zirkus entsprungen oder so, aber Drachen gibt es nicht. Existiert der Drache also nur in seiner Einbildung? Das wird man nie erfahren, Herr Revisor, könnte in dem mir unbekannten Teil des Buches der folgende Satz lauten, wird mir erzählt. Das wird man nie erfahren, denn wie das Tier seinen großen Rachen aufsperrt, erschrickt der Mann und fällt die Treppe hinunter. Man findet ihn unten tot, stünde im nächsten Satz, und Drache ist keiner mehr da. Aber dies kann unmöglich im verschwundenen ersten Teil meines Buches stehen, denn sonst kennte ich Titel und Autor meines Buches: *Rattenbach*. Ein bislang unveröffentlichtes Werk eines Drachenforschers. Da sich aber, wie schon einmal ausgeführt, betont die Radiostimme, Herr Revisor, die Begriffe Vorhaben und Nachforschung auf Drachen beziehen, wäre auch ein anderer Anfang denkbar, zu dem der mir bekannte Teil des Buches sowie dessen letzter Satz paßten: Der letzte Augenblick aber dürfte bestürzend und verworren sein. Stets sind wir von ihm gerade so weit entfernt, daß wir uns die Schatten schon vorzustellen vermögen, die ihn verdüstern. Auch hier dieses Verhältnis von Anfang und Ende. Wie beim ersten Satz. Vergleichbar mit der Aussage des ersten Satzes. Also jenem Satz, mit dem mein Buch beginnt, also vergleichbar mit jenem unvollständigen Satz. Änderten sich die Sinne, flüstert die fremde und doch vertraute Stimme, so änderte sich auch das Bild, das ich sehe. Wir können die Welt beschreiben (wieder dieses *wir,* weder Verfasser noch Erzähler, sondern ein wechselndes Gemisch von beiden, wie man weiß), also: wir können die Welt beschreiben als eine Gesamtheit von Symbolen, hat einmal einer gesagt, von Symbolen, die imstande sind, alles Beliebige auszudrücken; wir bräuchten nur die Einstellung unserer Sinne zu ändern, und schon läsen wir ein anders Wort in diesem natürlichen Alphabet. Also gut. Ein anderer Anfang, Herr Revisor, der den mir bekannten letzten Satz verständlich macht, sagt die Stimme, der ihm einen Sinn gibt, obwohl er gar nicht der letzte Satz dieses

Buches ist, wie gesagt. Angenommen, das Buch begönne mit folgendem Satz: *Die ersten Drachen, die in unserer Stadt auftauchten, hatten sehr unter unseren rückständigen Bräuchen zu leiden.* Und der zweite Satz lautete: *Sie erhielten eine dürftige Ausbildung, und ihre moralische Unterweisung wurde unwiderruflich beeinträchtigt durch die absurden Diskussionen, die seit ihrer Ankunft unter uns ausgebrochen waren.* Wie gesagt: begönne das Buch mit diesen Sätzen, dann wären mir nicht nur Titel und Verfasser sowie Verlag und Ersterscheinungsjahr bekannt, sondern sogar der letzte Satz, denn dieses Buch kennte ich. Im Gegensatz zu jenem Werk, das neuzuschreiben ich mir vorgenommen habe, um sein Geheimnis zu enträtseln, wie ich schon mehrfach betonte. Möglicherweise jedoch kennt der Leser meiner Aufzeichnungen dieses Buch nicht und steht vor dem Problem, daß er zwar die ersten beiden Sätze, nicht aber den letzten kennt. Auch nicht, heißt es, Herr Revisor, was zwischen beiden erzählt wird. Er wüßte nichts von den Drachen und dem Pfarrer, der sie zuerst durch Exorzismus vertreiben, später aber taufen lassen wollte. Kein Wort wäre ihm bekannt von der Aufgabe, Drachen zu erziehen und zu unterrichten, nichts von Odorico, dem Frauenhelden, der in höchste Aufregung geriet, wenn Röcke in der Nähe waren, dann aber vermutlich in den Armen von Rachel starb, nichts von João, dem letzten Drachen, welcher, nachdem er von einem kinderlosen Lehrersehepaar vom Trinken geheilt worden war, zur Freude aller Feuer spuckte, bis er eines Tages, möglicherweise wegen einer Trapezkünstlerin, in die er sich verliebt hatte, auf immer verschwand. So wird erzählt. Wie gesagt: wäre dies der mir unbekannte

Teil des mir bekannten Buchfragmentes, betont die Stimme, so lauteten die letzten Sätze: *Was auch immer der Grund gewesen sein mag* (gemeint ist der Grund für den Drachen, zu verschwinden), *seitdem sind noch viele Drachen auf unseren Straßen vorbeigezogen. Und so sehr ich und meine Schüler darauf bestehen, sie möchten hierbleiben, erhalten wir keine Antwort,* lautet der vorletzte Satz, ehe der letzte Satz beginnt: *In langen Schlangen begeben sie sich zu anderen Orten, ohne auf unsere Anrufe zu achten.* Dies kann jedoch abermals nicht Teil meines Buches sein, das noch einmal zu schreiben ich mir als Lebensaufgabe gestellt habe, heißt es im Radio, denn diese Sätze gibt es bereits: außerhalb meines Buches. Demzufolge wäre es nicht einmal rechtens, daß diese Sätze – die ersten wie die letzten – in meinem Buch stünden: es sei denn als Zitate und als solche ausgewiesen. Ich könnte jetzt sagen, was ich in diesem Falle als Quellenangabe zu schreiben hätte; da ich jedoch diese Sätze nicht in mein Buch schreiben werde, unterlasse ich es. Eines jedoch ist sicher. Mit dem Nocheinmalschreiben dieses fraglichen Buches entschied sich mein Leben. Dabei geriet ich in ein wahrhaftes Labyrinth; denn da mußte ich, sagt der Erzähler, als ich schon am Ziele zu sein glaubte, von neuem wieder umwenden, und es zeigte sich, daß ich mich von neuem gleichsam im Ausgangspunkte meines Vorhabens befand, und daß noch immer gerade soviel fehlte wie damals, als ich meine erste Nachforschung begann. Der letzte Augenblick des erneuten Schreibens dieses Buches jedoch dürfte bestürzend und verworren sein: stets bin ich von ihm gerade so weit entfernt, daß ich mir die Schatten schon vorzustellen vermag, die ihn verdüstern. Denn die Zukunft ist schon vergangen, und die Vergangenheit ist nichts als eine Erinnerung an die Zukunft.

Bei diesem letzten Satz ist die Batterie meines Radios fast leer. Das kleine Kästchen gibt nur noch schwache Töne von sich. Ich könnte es genausogut wegwerfen, aber ich lasse es weiterhin wie bisher am Handgelenk pendeln. Dabei stelle ich mir vor, Herr Revisor, daß ich alles, was ich Ihnen gesagt habe und noch sagen werde, aufgeschrieben habe. Zum Beispiel im Streckenjournal. Und Sie sind dieser Leser, Herr Revisor. Dieser Leser ist der Revisor, der das Buch stillegen will, und der Revisor ist dieser Leser meiner Aufzeichnungen. Und das Lesegift, stelle ich mir weiter vor, wurde nur für ihn gesendet. Nur für ihn.

Fünftes Buch

Der Schulweg

Ein schrilles Mittagslicht lag über den weiten Schneefeldern, durch die mich mein Schulweg an der Eisenbahnstrecke entlang führte. Ich hatte den längsten Schulweg in meiner Klasse, um fast zwei Kilometer länger als der von Hansi Blab, der in einem anderen Seitental oberhalb der Vilstalsäge wohnte; sein Vater war beim Zoll. Die Länge meines Schulweges habe ich nie beklagt. Im Gegenteil: stets habe ich sie als meinen Vorteil angesehen. Kein Lehrer schimpfte, wenn ich bei schlechtem Wetter zu spät in die Schule kam. Außerdem führte der Schulweg immer am Gleis entlang. Dies gab mir die Garantie, mich niemals zu verirren. Noch wichtiger aber war für mich die tägliche Gelegenheit, ausgiebig über die Dinge nachdenken zu können, die ich am Vormittag in der Schule gelernt hatte. Zugleich schmiedete ich Pläne für den Nachmittag. Ich beschloß, nach den Hausaufgaben Josef Kramser zu besuchen, der ein Häuschen am Fluß bewohnte, in einem verwilderten Garten ein Bienenhaus aufgestellt hatte und von Heimarbeit lebte. Ich kannte niemand, der so langsam mit dem Rad fahren konnte wie der Kramser. Sobald ich ihn auf der Straße radeln sah, begann ich zu zählen, um herauszufinden, wie viele Sekunden zwischen einer Umdrehung der Pedale vergingen. Ich kannte auch niemand, der so gleichbleibend freundlich war wie dieser Mann. Immer lächelte er, wenn man ihn ansah. Oder er zog seinen grünen breitkrempigen Velourhut, auf dem er eine sehr große Feder trug: angeblich eine Adlerfeder. Bei einem meiner Besuche hatte ich mir den Hut einmal genau ansehen dürfen. Den ganzen Nachmittag saß ich beim Kramser in der Werkstatt und hörte ihm zu. Er erzählte ausschließlich von seinem Hut, als gäbe es kein Thema sonst auf der Welt. Sicherlich werde ich nie den Geruch vergessen, der von diesem Hut ausging. Noch an diesem Nachmittag wurde mir klar, daß ich nie mehr solch einen speckigen und abgegriffenen Hut in Händen halten würde. Dieser Hut war ganz und gar einmalig. Doch er war nicht das einzige, was in Kramsers Werkstatt einmalig war. Wo sonst hätte es noch solch ein kompliziertes System von Transmissionsriemen geben sollen, die mehrere Schleifmaschinen und Polierräder antrieben? Der Kramser polierte für eine Thulserner feinmechanische Fabrik in Heimarbeit Reißzeug. Unter seiner Hand begannen Zirkel und Federn zu glänzen. Während die kostbaren Instrumente blanker wurden, wurden Kramsers Hände sowie sein Gesicht schwärzer. Mit den Fingern trommelte er den Takt zur Musik aus einem vorsintflutlichen Radio. Mir ist es immer vorgekommen, als spielte dieser mächtige Kasten unentwegt. Und immer nur Wunschkonzerte. Manchmal trug der alte Mann eine Schutzbrille, seine ehemalige Gletscherbrille, die ihn bei zahlreichen Bergtouren begleitet habe, wie er versicherte. Sobald er die Brille von den Augen über die Stirn schob und sie in den Haaren hängen ließ, deuteten seine Kohlenfinger auf den schwarzen Rand, der sich rund um die Augen gebildet hatte und genau so groß war wie die Brillengläser. Dann durfte ich mit meinem Finger diese bei-

den Kreise nachfahren, wozu wir lachten. Der Kramser war Witwer. Seine stark kurzsichtige Frau Hermine, die viel in die Beeren gegangen war und diese auf dem Markt verkauft hatte, wie er erzählte, sei schon vor dem Krieg gestorben: eine Drüsensache. Ich wußte nicht, was ich mir darunter vorstellen sollte. Sein einziges Kind, ein Mädchen namens Zenta, habe ins Norddeutsche geheiratet und arbeite als Telefonistin. Wenn der Kramser auf seine Tochter zu sprechen kam, zog er ein verknittertes Foto aus einer dünnen ledernen Brieftasche. Das Bild zeigte ein Mädchen mit einem zarten Gesicht, welches sich, leicht zur Seite geneigt, an eine Rose schmiegte, die das Kind in der Hand hielt.
Hinter dem verwilderten Garten am Flußufer, in dem das Bienenhaus stand, lebte, in einigem Abstand, Oberlehrer Ellgaß, zu dem alle Schüler Vollgas sagten. Dabei war Ellgaß sehr beliebt: vor allem wegen seines lebendigen Unterrichts. Bei ihm wurde gesungen und dazu geturnt, gemalt und gerechnet, wir spielten Theater und machten zu allen Jahreszeiten ausgiebige Wanderungen, worüber lange Aufsätze geschrieben wurden. Jeder Schüler las seinen Aufsatz vor, der beste bekam einen Preis: eine Tüte Waffelbruch oder eine Kunstpostkarte. Oberlehrer Ellgaß besaß eine große Sammlung von Kunstpostkasten, sein einziges Steckenpferd waren alte handgemalte Ansichten von Alpenvereinshütten, die er Wolkenburgen nannte. Wahrscheinlich hätte er am liebsten in solch einem Wolkenschloß gewohnt und unterrichtet. Er bedauerte es immer wieder, in einem Häuschen am Bahndamm, nicht aber in der Dresdner oder der Plauener oder der Franzensbader Hütte zu wohnen.

Der Oberlehrer stammte aus dem Vogtland und war ein leidenschaftlicher Bergsteiger. Es verging kein Wochenende, an dem er nicht in den Bergen unterwegs war. Sonst als Flüchtlingslehrer verspottet und kaum ernst genommen, verschuf er sich als Bergsteiger Respekt unter den Einheimischen. Er war sogar als Mitglied der Bergwacht geduldet. Das von seinen Schülern am meisten geliebte Unterrichtsfach war Heimatkunde. Hier war Ellgaß in seinem Element, und es waren seine mitreißenden Erzählungen, die ihm den Spitznamen Vollgas eingetragen hatten.
Mein Schulweg entlang der Eisenbahnstrecke ließ noch einmal die Stunden lebendig werden, in denen Ellgaß sein Lieblingsfach unterrichtete, und während ich so vor mich hinging, kam mir vor, als hätte der Unterricht nur aus Erzählungen über die Wolkenhäuser bestanden. Da wurden die Breslauer und die Erfurter Hütte erwandert, da übernachtete die gesamte Klasse im Rostocker Haus, um anderentags die Kattowitzer und die Greizer Hütte zu besuchen, ehe Vollgas zum Glauchauer Haus absteigen konnte. Von allen Stationen zeigte er Kunstpostkarten, womit er nicht nur Erdkunde, sondern auch Kunstgeschichte und allgemeine Geschichte unterrichtete. Der Erste Weltkrieg wurde für uns Schüler mit der Hilfe von Luis Trenker hauptsächlich in den Dolomiten ausgetragen: Kaiserjäger standen gegen Alpini, die Generalstabskarten verzeichneten die Pfalzgau-, die Reichenberger-, die Sachsendank- sowie die Crimmitschauer-Hütte. Zugleich lernten wir König Albert von Belgien sowie den Sachsenkönig Friedrich August III. als die bedeutendsten bergsteigenden Monarchen kennen: der eine sei unter dem Decknamen Rethy mit Südtiro-

ler Bergführern umhergezogen, ehe er beim Klettern in den Schieferbergen bei Namur im Alter von sechzig Jahren abgestürzt sei, der Sachsenkönig aber habe sich mit einem geflügelten Wort aus der Politik verabschiedet, das man gelegentlich auch aus dem Munde unseres Lehrers hören konnte, wenn sich der örtliche Alpenverein nicht nach seinen Verbesserungsvorschlägen richten wollte: Macht euern Dreck alleene. Ellgaß würzte seinen Lehrervortrag mit Räuberpistolen und Schmugglerlegenden, erzählte von Handwerksburschen, welche sich als Recognizierungsbesucher in die Hütten eingeschlichen hatten, sowie von einem arbeitslosen Tischlergehilfen, welcher den ersten Mord an einem Hüttenwirt begangen habe, wofür er zum Tode verurteilt und hingerichtet worden sei. In die Erklärung spartanisch eingerichteter Schutzhäuser in den Ostalpen mischten sich Schwärmereien von der Alpenvereinsbewegung in Kamerun und Tsingtau, Alexandria und Chile, abgelöst von Erklärungen über den Niedergang postalischer Künstlergrüße aus den Alpen aufgrund der großen Wirtschaftskrise sowie des Gesetzes der Reichsregierung vom 29. 5. 1933 über die Tausend-Mark-Sperre: Deutsche durften nur nach Österreich reisen, wenn sie an den Paßstellen eine Gebühr von tausend Reichsmark entrichteten. Wir Schüler erfuhren von unserem Lehrer Möglichkeiten der Umgehung ebenso wie den Tag, an dem das Schutzhaus der Kemptener Naturfreunde am Gschwandtnerhorn bei Immenstadt in Adolf Hitler-Haus umgetauft wurde. Ellgaß erzählte, wie er zum ersten Mal mit *Kraft durch Freude* ins Thulsernische gekommen sei: an diesem Tag habe der Führer des Deutschen Alpenvereins, Dr. Arthur Seyß-Inquart,

Innsbruck zur »Stadt der Bergsteiger« ernannt. Der Deutsche Reichsbund für Leibesübungen sowie die Heimholung der Ostmark hätten den Gebirglern wieder Hochkonjunktur beschert. Zur Sonnwendfeier habe man auf allen Hütten des Reiches weithin leuchtende Feuer entzündet: die Postkartenindustrie habe wieder geblüht, aus dieser Zeit besitze er zahlreiche handkolorierte Schätze. Freilich sei der Erfolg von Buntpostkarten auf Glanzpapier nicht mehr aufzuhalten gewesen. Die große Zeit der alpinen Malerei sei schon mit dem Ersten Weltkrieg zu Ende gegangen, wie dies eine Kunstausstellung auf der Münchner Praterinsel in der Isar anno Fünfzig sinnfällig bewiesen habe. Stundenlang zeigte unser Lehrer seine Sammlung handgemalter Hüttenansichten: da stapften drei Figuren auf die Stüdl-Hütte zu, da stand eine Kapelle mitten im Wald, die Dresdner Hütte schien unmittelbar an den Rand eines Gletschers gebaut, vom Dach der Payerhütte, erbaut von der Sektion Prag 1875, wehte eine rotweiße Flagge, die Rudolfshütte drohte in einen See zu kippen, das Glocknerhaus glich der Wartburg, ebenso wie das Karlsbader und das Brandenburger Haus oder die Plauener Hütte mit der Aufschrift: Vergeßt ober aa Ihr die alte Haamet net! Die Hallesche Hütte war von vier Fahnen eingerahmt, die Geraer dagegen nur von zwei, während das Sonnblick-Haus einem Leuchtturm auf einem Riff mitten im Ozean glich. Jede Hütte eine Festung, jedes Haus ein Bollwerk, und allüberall blühte das Edelweiß in steiler Felsenwand. In Oberlehrer Ellgaß' Heimatkunde lernten wir Lieder, die ich auf dem Nachhauseweg entlang der Schienen der Eisenbahnstrecke unablässig wiederholte: Ich weiß ein ernstes stilles

Tal, / So reich an klaren Quellen, / Die Berge steil, die Wege schmal, / Empor an Wasserfällen.

Kein Land gibt's in der weiten Welt, / Das wie die Heimat uns gefällt, lautete einer von Ellgaß' Sinnsprüchen, die er allmorgendlich an die Tafel malte. Dann kam der Griff zum Lesebuch: *Der Strom, Die Fähre,* und *Kranz des Lebens*. In den Dörfern krähten die Hähne, nur über die Städte ragten die Kräne, und Gottes Hände trugen das Sternenzelt. In Ellgaß' Geschichten gab es den Kachelofen mit ewig wärmender Glut und lichterloh brennenden Scheiten, es gab das Spinnrad und die um den Tisch versammelte glückliche Familie. In der Mitte des Raumes aber stand die Weihnachtskrippe, indes Mütter und Großmütter mit Strickstrümpfen und Garnknäueln beschäftigt waren. Unter warmem Dach aus Stroh und Reet klappte der Webstuhl zu altem Lied. Die Mühle war die gute Mutter der Menschen, die ihnen Mehl und Brot gab: kerniges, schwer verdientes Schwarzbrot. Und die Kirche schaute wie eine im Nest sitzende Glucke auf die Häuser des Ortes. Am Sonntag läuteten die Glocken ein feierliches Lied, der Geistliche Rat schritt über die Äcker, segnete sie und sprach, so daß es ins Herz eines jeden Menschenkindes drang: der Boden, auf dem du stehst, ist geweihter Boden. Die Ährenfelder wogten, schwere belgische Kaltblüter zogen Pflug und Egge. Ehrfurcht gebietende Väter mit schwieligen Händen und wettergegerbten Gesichtern kannten keine größere Freude, als im Märzen anzuspannen und still hinter dem Pfluge zu gehen, wenn die ganze Luft voll Lerchen hing, so daß es zwitscherte und tirilierte. Mittags ließ sich der Bauer in Nibelungenstiefeln zum dampfenden Mus nieder: zuerst der Herr, dann der

Großknecht, Mägde und Tagelöhner aber mit dem Roßbuben und dem Sauhirten zuletzt. Munter waren die Bäche im Wiesengrund, die Wässerchen hüpften und eilten selig von Stein zu Stein, es sprudelte nur so. Der Rhein hatte ein helles deutsches Herz, die Oder aber war ein Bauernweib: Kalk und Kohlestaub lagen auf ihrem Kleide von Jugend an. Berge waren stets von einem eisig gewaltigen Atem umbraust, der die Wolken jagte, und das Grauen wohnte in den öden Fensterhöhlen. Die Wälder standen wie finstere Dome, feierlich und kühl. Katastrophen regelten die Natur; ehern ewigen Gesetzen folgend, brachten sie wieder ins Lot, was aus den Fugen geraten war. Tod und Geburt sorgten für Gerechtigkeit, die Menschen grübelten oder schwiegen, bis der Himmel wieder blaute. Hast, Enge, Armut, Krankheit und Unfreiheit gab es gottlob nur in den Städten voller Fabriken, Schlote, Mietskasernen.
Vogtländer Hütte, stolz und schön / Stehst du auf felsgem Grunde, / Umringt von eisbedeckten Höhn, / Wie bist du schön, / So wunderschön. /
Das war das Lieblingslied von Oberlehrer Ellgaß aus dem Vogtland. Wir sangen es fast täglich, ehe der Lehrer von den bedeutenden Lawinenmalern schwärmte, von den federleichten Aquarelltönen der Felsmalerei, von wechselndem Licht, Schattierungen und Tönung des Gesteins, von der flirrenden Durchsichtigkeit des Firns und der marmorierten Struktur des ewigen Eises. Ellgaß wußte Geschichten vom Gletscherpfarrer Franz Senn, welcher den armen Bergbauern mit dem Alpinismus ein Zubrot als Bergführer oder Träger verschafft habe; Ellgaß betonte, daß der Plauener Sektion größere Bedeutung als allen anderen

Alpenvereinssektionen zukomme, daß die Wissenschaft den Gebirgsmalern sensationelle Erkenntnisse verdanke: so auch die Entdeckung des Gletscherflohs, Desoria glacialis, womit wir beim Biologieunterricht waren. Zu den größten Pleinairisten, wie der Oberlehrer die Lawinenmaler auch nannte, zählte er Professor Simony, den Dachstein-Monographen, den Entdecker des Gletscherflohs, den Bezwinger des Großglockners Franz Xaver Graf Salm-Reifferscheidt, Fürstbischof von Gurk, Erzherzog Johann von Österreich, der für die Ergreifung eines Tatzelwurms eine Prämie von dreißig Golddukaten ausgesetzt habe, nicht zu vergessen Carl Baedeker, Max von Prielmayer, Julius Ritter von Payer, Erschließer der Ortlergruppe, Leiter der österreichischen Nordpolexpedition, die das Franz Josef-Land entdeckte. Am meisten Bewunderung zollte der Flüchtlingslehrer jedoch dem sechzehn Meter langen und über zweieinhalb Meter hohen Rundgemälde mit Blick vom Glocknergipfel von Markus Pernhart, welches von der Naturhistorischen Abteilung des Klagenfurter Landesmuseums erworben worden sei. Allein wegen des Gemäldes sei der Maler neunmal auf 3798 Meter gestiegen. Später sei er am Hochstuhl tödlich abgestürzt. Unter den Frauen empfahl uns der Lehrer vor allem die Mutter Ludwigs II., die Königin Marie von Bayern, da sie den Alpenrosen-Orden ins Leben gerufen hatte. Zum Abschluß des Unterrichts durften wir das Heimatkundeheft aus dem Schulranzen holen. Ellgaß ging zwischen den Bankreihen auf und ab und diktierte:
Ich komme mir sehr wunderbar hier oben vor. In der reinen Luft ist eine grimmige Kälte, vor die Thüre (mit Th, wie der Lehrer ausdrücklich sagte), *merk ich*

schon, werden wir nicht viel kommen. Es wird immer kälter, man mag gar nicht vom Ofen weg; ja, es ist die größte Lust, sich obendrauf zu setzen, welches in diesen Gegenden, wo die Öfen von steinernen Platten zusammengesetzt sind, gar wohl angeht. Noch gestern abend, ehe wir zu Bette gingen, führte uns der Pater in sein Schlafzimmer. Sein Bett, das aus einem Strohsack und einer wollenen Decke bestund (nicht bestand, wie der Lehrer mit Nachdruck diktierte), *schien uns, die wir an ein gleiches Lager gewöhnt, nichts Verdienstliches zu haben. Bei der Einrichtung des Zimmers hat man, um zwei Betten an eine Wand anzubringen, beide kleiner als gehörig gemacht. Diese Unbequemlichkeit hielt mich vom Schlafe ab, bis ich mir durch zusammengestellte Stühle zu helfen wußte.* Und in das Geklingel der Schulglocke hinein konnte Ellgaß gerade noch die letzte Zeile deklamieren, indem er mit seiner mächtigen Stimme das Schellen übertönte, den Namen jenes Wanderers buchstabierend, der angeblich vom 13. auf den 14. November 17.. bei den Kapuzinern im Gotthard-Hospiz übernachtet hatte. Am Bahndamm entlang trödelnd, Ellgaß' Lied im Kopf, die Schulglocke sowie seine Stimme im Ohr, voll Vorfreude auf den nachmittäglichen Besuch der Werkstatt von Kramser vernahm ich ganz in der Nähe ein dünnes Piepen, von dem ich nicht genau wußte, woher es kam. Deshalb blieb ich kurz stehen und sah mich um. Ich versuchte, genau hinzuhören. Mein Blick fiel auf ein Brombeergestrüpp jenseits des Gleises. Ich überquerte die Schienen und entdeckte unter dem Gebüsch im Schnee einen braungesprenkelten Vogel, der angstvoll und mühselig flatterte. Er war zu kraftlos, um sich auf den Beinen zu halten. Ständig

sackte er zusammen. Ich zog meine Mütze vom Kopf und bettete den Vogel behutsam hinein. Für jedweden Widerstand war er zu schwach, schon nach einer Weile sank der Kopf zur Seite. Von Zeit zu Zeit zuckten die Flügeldecken und spreizten sich kaum merklich gerade so weit, daß ich die silberne Unterfärbung erkennen konnte. Der kleine Körper pochte, in Nacken und Hals zitterten die Federn. Immer schneller legte sich die Lidhaut über die Augenknospen.
Soeben wollte ich den Vogel vorsichtig mit den Fingern berühren, als sein Kopf von einer Seite zur anderen gebeutelt wurde, ehe die Bewegungen wieder erloschen. Der Kopf fiel nach vorne, richtete sich noch einmal auf, der Schnabel öffnete sich, schloß sich, öffnete sich noch einmal, gab für einen Augenblick sein rosafarbenes Inneres frei. Auf einmal streckte der Vogel die Beine, die Zehen krallten sich ins Futter meiner Mütze, wollten vor und zurück, verhedderten sich, gaben zuletzt nach. Der Schnabel stand weit offen. Er schloß sich nicht mehr.
Langsam hob ich die Mütze auf und trug sie mit dem toten Vogel am Bahndamm entlang.
Wieder ging ich über die Gleise, hörte den Schotter unter mir knirschen.
Als ich ihn in die hohle Hand bettete, fühlte sich der Vogel sehr warm an.
Später beschloß ich, den Vogel am Bahndamm zu vergraben. Die genaue Stelle weiß ich noch heute.
Sie liegt zwischen Löwenzahn und Taubnesseln mit roten und weißen Blütenquirlen, neben Hahnenfuß und Wiesenschaumkraut, bräunlichem Ampfer und großen weißen Wucherblumen, die ich ebenso in meinem Biologieheft preßte wie Blütenblätter der stolzen

Nachtkerze, der Königin aller Eisenbahnpflanzen. Weidenröschen und Rittersporn, Kornblumen, feuerroter Feldmohn, weiße Hundskamille und Schafgarbe, Schachtelhalm und Wegerich säumten meinen Schulweg.
Am Grab meines toten Vogels hatte ich plötzlich den unabweisbaren Wunsch, eines Tages aus Rache einen Zug entgleisen zu lassen. Es würde ein voll besetzter Luxuszug sein, der sich in dieses Tal verirrt hatte und dessen beizender Rauch schuld war am Tod jenes Vogels, den ich soeben begraben hatte. Schon spürte ich, wie der Boden unter mir zitterte, schon erkannte ich die hell erleuchteten Zugfenster, welche die Nacht durchblitzten, schon sah ich schwarze Gestalten im Gang des Waggons flanieren, träge, voll Überdruß und Langeweile. Meine Erbitterung über die satte Welt wuchs, je näher ich den Zug kommen hörte. Es gab für mich in diesen Augenblicken nichts als den Gedanken der Rache, der mich eine Handweiche umlegen ließ, so daß der Zug in wenigen Sekunden nur noch aus ineinandergeschobenen und übereinanderstürzenden Waggons bestehen konnte, beleuchtet von emporprasselnden Flammen, die mir den Stolz eines Feldherrn gaben, der wie gelähmt die letzten Zuckungen der Opfer einer verlorenen Schlacht mit stolzer Bitternis wahrnimmt. Schuljahre später kehrte ich zum Vogelgrab zurück. Die Erinnerung an den Hunger nach Rache hat mich so verwirrt, daß ich mich an den Bahndamm setzte, in meiner Schultasche kramte, einen Hausaufsatz hervorzog, den ich, nur um mich abzulenken und mich auf andere Gedanken zu bringen, mit lauter Stimme zu schreiben begann.
Arbeit schafft Heimat. Ein wesentlicher Beitrag zur

Lösung des Vertriebenenproblems. So lautete das Thema, das uns Ellgaß gestellt hatte. Am Bahndamm kauernd, diktierte ich dem toten Vogel meinen Besinnungsaufsatz.

»Gen Ostland wolln wir ziehn!« So erscholl der Ruf vor mehr als sechshundert Jahren in vielen deutschen Landen. Die Menschen verließen Haus und Heimat, um sich in der Fremde eine neue Lebensmöglichkeit zu schaffen. Sie mußten schwere Pionierarbeit leisten in den unwirtlichen Gebieten des Ostens. Mit zähem Fleiß haben sie Äcker gewonnen aus dem Brachland und haben Dörfer und Städte gebaut. So wurde ihnen das Land zur Heimat. In unseren Tagen wurden ihre Nachkommen gezwungen, oft über Nacht alles zu verlassen. Sie kamen in den Westen und suchten Unterkunft und Arbeit. Im letzten aber suchten sie eine neue Heimat, auch wenn sie es selbst noch nicht wahrhaben wollten. Der Gedanke an das verlorene Zuhause war noch zu lebendig und die Sehnsucht zu groß: »Zurück in die Heimat, zurück möcht' ich am liebsten noch heut'«, heißt es in einem Lied der Flüchtlinge. Trotzdem hat ein großer Teil von ihnen eine neue Heimat gefunden. Dazu hat die Arbeit wesentliches beigetragen, denn Arbeit schafft Heimat.

Es war durchaus keine leichte Aufgabe, vor die Westeuropa gestellt wurde, als während des Weltkrieges und in den folgenden Jahren der Flüchtlingsstrom aus dem Osten kam. 1955 waren siebzehn Prozent der Bevölkerung Deutschlands Heimatvertriebene und fünf Prozent Sowjetzonenflüchtlinge. Selbstverständlich konnte diese Aufgabe nicht in einigen Jahren vollständig gelöst werden; aber es ist sehr viel getan

worden. Der Staat sorgte für Beschäftigung, baute Wohnblocks und gab Beihilfen. Die Kirchen halfen tatkräftig mit.
Die Jahre der dicken Lügen, die magischen Jahre! Das Zauberwort heißt: Vergangenheitsbewältigung. Zu dieser Zeit wird Italien Mode. Aus den Katzelmachern werden Papagalli, die wollen immer nur Amore, und wir fahren mit dem Goggo nach Maroggo. Ich habe die deutsche Geschichte im Besinnungsaufsatz bewältigt. Bella bella bella Marie, häng dich auf, ich schneid dich ab morgen früh. Wenn bei Capri die rote Sonne, und es war an einem Frühlingstag im sonnigen Sorrent. Ich springe im Aufsatz aus der Vergangenheit in die Gegenwart und erteile gute Ratschläge. Besinnungsaufsatzthemen: Begrenzt die Pflicht unser Wesen? Höchstes Glück der Erdenkinder ist doch die Persönlichkeit. Frei atmen macht das Leben nicht allein. Nicht mitzuhassen, mitzulieben bin ich da. Erfülltes Leben ist immer voller Opfer. Wer das versteht – die Sonne zu genießen. Die beste Bildung findet ein gescheiter Mensch auf Reisen. Was ist klassisch? Aber da gibt es noch immer die Geschichten der fremden Frauen, die nicht nur anders aussehen, sondern auch anders riechen als die Einheimischen. Diese Frauen wissen unzählige und endlos lange Geschichten. Wann immer es mir möglich ist, setze ich mich still dazu und höre aufmerksam zu, viel aufmerksamer als in der Schule. Dabei sauge ich das Aroma dieser schwarz gekleideten Frauen ein, die streng duften: als hätten sie sich mit Knoblauch eingerieben, auf daß sie nicht verlorengingen in der Fremde und einander sogleich erkannten. Diese Frauen erzählen Geschichten, über die keine Besinnungsaufsätze geschrieben werden.

Flüchtlingsgeschichten.
Jede Frau eine Flüchtlingsgeschichte.
Von der Telefonistin, der sie den Hörer zwischen die Beine gerammt hatten.
Von der Angst und der sonderbaren Gelassenheit auf der Flucht.
Vom Bahnhofswartesaal, in dessen einer Ecke die Verwundeten krepierten, während in der anderen Ziehharmonika gespielt wurde.
Pferdewagengeschichten. Rotearmeegeschichten. Ostpreußenschutzstellunggeschichten.
Und die Worte von Gauleiter Koch über das Gesindel in der Ukraine. Sommerhitze und auf den Weiden Rinder und Pferde. Die Russen kommen und mit dem Treck über die Oder und auf und davon. Die Großtiere mitgenommen. Durchs Moorgelände: weil die Hauptstraße wegen der Tiefflieger.
Achtung Ziviltrecks! Scharf rechts fahren. Nicht rasten. Nicht überholen. Vieh rechts anbinden. Sonst behindert ihr den Kampf der Truppe. Zwanzig Meter Mindestabstand.
Riesige Viehherden, brüllend vor Durst, walzten Zäune nieder, brachen in Gärten ein, fraßen Bäume und Büsche kahl, stampften durchs Land.
Es fehlte auch nicht am persönlichen Einsatz vieler Menschen, die sich verpflichtet fühlten, der Not abzuhelfen. In den vergangenen Jahren hat sich der belgische Pater Dominique Pire durch seine »Europadörfer« einen Namen gemacht. Am Anfang seines Wirkens stand der Wille zu persönlicher Hilfe, der Wille, durch opfervolle Arbeit den vielen Tausenden von Vertriebenen in brüderlicher Liebe eine Heimat zu schaffen. So baute er die Siedlungen, die ein Zu-

fluchtsort zahlreicher Menschen sind, die niemand will. Sie entstanden in Augsburg, Brüssel, Aachen, Bregenz und im Saargebiet. Durch die selbstlose Arbeit anderer haben hier viele Vertriebene eine Heimat gefunden. Die Siedlungen sollen keine großen Dörfer oder Städte werden, weil darin die Flüchtlinge den anderen gegenüber doch wieder abgeschlossen und allein wären.
Man darf auch die Studenten nicht vergessen, die einen Teil ihrer Ferien geopfert haben, um für ein kleines Taschengeld auf einem Bau zu arbeiten. Sie haben mitgeholfen, ihren Brüdern eine Unterkunft zu schaffen, die ein echtes Zuhause werden kann. Pater Fichter hat eine Organisation ins Leben gerufen unter dem Losungswort »Krieg gegen die Not«. Die Mitglieder verpflichten sich, eine bestimmte Zeit zu arbeiten, um am Wohnungsbau für die Vertriebenen mitzuhelfen. Man kann freilich fragen, ob ein Haus gleichbedeutend mit Heim ist. Es ist sicher nicht das Wesentliche von der Heimat, aber es ist die wichtigste Voraussetzung. Ernst Wiechert erzählt in »Es geht ein Pflüger übers Land«, daß er als Knabe die Pilze bemitleidete, die im freien Feld stehen und nicht nach Hause gehen können. Sein Kinderherz konnte es nicht verstehen, daß sie da zu Hause sein konnten, wo doch alle Vögel in die Nester flogen und der kleinste Käfer sich unter einem Blatte barg. Manchmal packte ihn dann das Mitleid so stark, daß er des Nachts heimlich ein Tuch über sie deckte, damit sie daheim seien in dunkler Nacht. Es ist bis jetzt nur gesagt worden, wie durch unsere Arbeit den Vertriebenen eine Heimat gebaut wurde. Sie selbst haben aber auch ihre ganze Kraft eingesetzt, um durch die Arbeit eine neue Hei-

mat zu finden. Freilich sind sie weitgehend auf uns angewiesen, auf unsere Bereitschaft, ihnen zu einer Arbeit zu verhelfen. Darum hat der Pater alles getan, um Menschen zu finden, die sich der Vertriebenen annehmen. Der Sinn dieser sogenannten Patenschaften war die »Hilfe für Selbsthilfe«. Es sollte den Heimatlosen ermöglicht werden, sich durch eigene Arbeit eine Existenz aufzubauen und ein Heim zu schaffen. Es wird einem Flüchtling der Führerschein bezahlt und ihm damit die Möglichkeit gegeben, eine Stelle als Kraftfahrer anzutreten. So kann er die Mittel für den Unterhalt seiner Familie selbst verdienen. Die Vertriebenen brauchen nicht so sehr unsere Fürsorge als vielmehr unsere Mitsorge, um sich dann selbst eine Heimat schaffen zu können.
Wie sehr ein Haus Heimat sein kann und wieviel es dazu beiträgt, daß auch die Fremde zur Heimat werden kann, zeigen die Worte eines Zehnjährigen: »Wir waren so unglücklich ohne Haus. Ich glaubte, daß alle Menschen schlecht seien. Jetzt meine ich, daß ich mich getäuscht habe. Es gibt viel mehr gute als schlechte Menschen.« Damit ist gesagt, daß der tiefste Sinn der Heimat Geborgenheit ist und der Glaube an die Menschen. Wir können nicht verlangen, daß die Vertriebenen in kurzer Zeit alles vergessen, was hinter ihnen liegt. Sie denken noch oft an die Schönheit ihres Landes, an die Fruchtbarkeit ihres Heimatbodens, an das freundliche Gesicht der Nachbarn.

Mitten in der Nacht. Haus und Hof. Hab und Gut. Kind und Kegel.
Mit Mann und Maus.
Näher mein Gott zu dir.
Brachen östlich der Straße aus den Wäldern.

Schwenkten ihre Geschützrohre.
Knöpften sich den Hosenlatz auf.
Meine Nachbarin warf sich auf die Knie.
Mehr als sechzig Frauen: die Röcke hoch.
Danach Genickschuß.
Tante Käthe hat es erwischt.
Das sind doch keine Menschen.
Vater, bitte erschieß mich.
Die Wände mit Blut und so: die schönen Tapeten.

Viele kommen über das Unrecht, das ihnen zugefügt wurde, nicht hinweg und finden nur schwer den Anschluß an die Menschen im Westen. Gerade in diesen Fällen hilft die Arbeit mit, Heimat zu schaffen. Sie lenkt den Menschen ab vom sinnlosen Grübeln. Sie beansprucht seine volle Konzentration, gibt ihm zugleich aber auch die Freude am Werk. Es bleibt weniger Zeit, an die Vergangenheit zu denken. Unsere Kriegsgefangenen erzählen es oft, welche Erlösung die Arbeit für sie bedeutete, auch wenn sie in ihrer Schwere fast unerträglich war. Aber sie vertrieb das Gefühl der Öde und Trostlosigkeit ein wenig und brachte Abwechslung in die endlosen Wochen. Die Gefangenen haben es gefühlt, daß die Arbeit für den Menschen oft Erleichterung ist, trotz der äußeren Mühe und Anstrengung. Die Gedanken richten sich wieder auf die Zukunft aus. Die Gewißheit, daß das Leben trotz der vielen Greuel, die geschehen sind, weitergeht und daß es trotzdem schön werden kann, gibt den Vertriebenen Zuversicht und Glauben, nimmt ihnen das Gefühl der Heimatlosigkeit. Dazu kommt die Begegnung mit den Arbeitskameraden. Während der Flucht hatten sie alle die gleiche Not zu tragen und hatten die gleichen Sorgen. Nun erleben

sie, daß auch diejenigen, die die Heimat nicht verloren haben, mit Schwierigkeiten zu kämpfen haben. Sie dürfen aber auch mit ihrem Verstehen rechnen, und vielleicht gewinnen sie einen zum Freund. Und ein Freund gehört so wesentlich zur Heimat wie das Haus. Um den Vertriebenen durch Arbeit über die Vergangenheit wegzuhelfen, hat Oberlehrer Ellgaß eine Siedlung gegründet, der er den bezeichnenden Namen »Traumdorf« gab. Er sorgt für eine Anstellung seiner Schützlinge. Durch die Arbeit werden ihnen die Wege in die Gesellschaft geebnet, und der Kreis ihrer Bekannten wird größer. Das fremde Land wird ihnen zur Heimat durch den Umgang mit vertrauten Menschen.
Daheim fühlt sich ein Mensch nur da, wo seine Würde geachtet wird. Deshalb ist das Lager keine echte Heimat, weil oft durch menschenunwürdige Lebensbedingungen das einzige Gut der Armen, das bißchen Menschenwürde, vernichtet wird. Die Arbeit aber stärkt den Menschen im Bewußtsein seiner Würde. Er fühlt, daß sein Leben einen Sinn und einen Wert hat, daß er es selbst schaffen kann und ihm die Arbeit gelingt.
Muttimutti und dann die Salven in die Menge.
Baracken mit speziellen Zimmern.
Zum Zureiten der Weiber.
Unsere Armee auch nicht besser.
Zerschossene Euter.
Bloß noch den Rosenkranz gebetet.
Im Rucksack zwei Gläser Marmelade und ein Pfund Zucker.
Die Wilhelm Gustloff in siebzig Minuten.
Die General von Steuben in sieben.

Ist mir heut' noch ein Rätsel.
Een Jungchen scheen in Schachtelchen jepackt un in Jarten einjegraben.
Warn noch mehr Jräber da.
LiebGottchen wird se alle finden.
Jesus meine Zuversicht.
Jemand stimmte den Choral an.
Ich denke da an eine Flüchtlingsfrau, die nach dem Krieg mit ihrem Spinnrad in die Dörfer ging und den Bauern die Schafwolle spann. Sie war alt, gebeugt, aber es lag so viel Würde auf ihrem Gesicht, wenn sie am Spinnrad saß und unentwegt die Fäden durch ihre Finger glitten. Vielleicht waren ihre Gedanken oft in der Heimat, und wahrscheinlich war sie schon zu alt, um sich noch eine neue Heimat schaffen zu können, aber manchmal hat sicher auch sie durch die Arbeit das Gefühl der Heimatlosigkeit überwunden, und wenn sie abends noch bei den Leuten saß und erzählte, gewann man den Eindruck, als ob sie doch innerlich über den Geschehnissen stände. Im Wesen eines Arbeitslosen liegt oft so viel Bitterkeit, so viel Gleichgültigkeit. Er fühlt sich ausgestoßen, nutzlos, wertlos. Ganz anders der Arbeitende. Ohne Selbstüberschätzung erkennt er seinen Wert als Mensch und als Persönlichkeit durch die Arbeit, die er verrichtet. Es kommt durchaus nicht darauf an, ob er Bergmann ist, der Tag für Tag in die Grube hinunterfährt, oder Arzt oder Lehrer. So gibt die Arbeit den Vertriebenen das Wissen um ihren Wert und ihre Würde und schafft dadurch Heimat.
Die Arbeit befriedigt den Menschen. Dem Gefühl der Heimatlosigkeit steht wohl nichts so nahe wie das der Friedlosigkeit. Wer keinen inneren Frieden hat, findet

keine Heimat. Und es gilt umgekehrt. Wer zufrieden ist, dem wird auch ein fernes Land leichter zur Heimat. Die innere Zufriedenheit wächst wieder größtenteils aus der Arbeit. Es ist etwas im Menschen, das ihn zur Tätigkeit treibt. Er will seine Anlagen entfalten und sich weiterbilden. Schon das Kind fühlt sich nur da glücklich und zu Hause, wo es nach Herzenslust schaffen und »arbeiten« kann. Unsere Abendlieder sprechen von dem Frieden, der den Menschen erfüllt, wenn er das Werk des Tages vollbracht hat. Eine tiefe Ruhe und Sicherheit kehrt im Menschen ein. Er fühlt sich daheim. Diese Frucht der Arbeit leistet den Vertriebenen wertvolle Dienste auf ihrer Suche nach der Heimat. Die Wochen der Flucht waren ausgefüllt mit Unfrieden, mit Hast und Ruhelosigkeit. Sie mußten so viel Haß und Streit erleben. Das verursachte oft eine große innere Zerrissenheit. Die seelische Not war oft noch größer und drückender als die äußere Armut. Durch die Arbeit aber gewannen diese Menschen den Frieden wieder; eine gewissenhafte Erfüllung der Pflicht bringt ihn mit sich. Heimat ist nicht Raum, Heimat ist nicht Liebe, Heimat ist Friede, sagt Paul Keller einmal.

Damit sich der Mensch wirklich daheim fühlt, muß zum inneren Frieden auch das gute Einvernehmen mit den Mitmenschen kommen und die Geborgenheit im Volk. »Wo ich nütze, ist mein Vaterland«, sagte ein Schlagwort des Dritten Reiches. Man kann gegen dieses Wort sehr viel einwenden, aber es enthält im Kern auch Wahres. Der Mensch fühlt sich nur da zu Hause, wo seine Arbeit gewertet und anerkannt wird und wo er durch seine Arbeit seinen Mitmenschen dienen und helfen kann. Es war in früheren Jahrhun-

derten möglich, daß man unter Heimat nur den Kreis der Familie, des Dorfes oder des Herzogtums verstand. Wir sind heute darüber hinausgewiesen auf die große Schicksalsgemeinschaft, in die wir hineingestellt sind, auf das Vaterland. Deshalb müssen auch die Flüchtlinge, wenn sie bei uns eine echte Heimat finden sollen, im Volke geborgen sein. Es wird Jahrzehnte dauern, bis sie völlig mit dem Land und seinen Bewohnern verwurzelt sind. Aber sie überwinden die Heimatlosigkeit schneller, wenn sie den Anschluß an das politische, wirtschaftliche und kulturelle Leben des Volkes gewinnen, indem sie durch ihre Arbeit einen Beitrag dazu leisten.

»Arbeit schafft Heimat!« Das heißt aber nicht, daß allein durch die Arbeit das Problem der Vertriebenen gelöst wird. Es bleibt der Anruf an unsere persönliche Hilfsbereitschaft. Die Liebe von Mensch zu Mensch muß über soziale und nationale Schranken hinweg geweckt werden. Unser brüderliches Verstehen soll es vor allem sein, das ihnen eine neue Heimat schafft nicht nur im materiellen, sondern noch mehr im geistigen Sinn. Dann wird das alte Sehnsuchtslied »Heem will ich, suste nischt als heem« weniger schmerzvoll und entmutigt klingen.

Flüchtlingspack-Geschichten.

Karrenvolk, elendes.

Das Kontrollratsgesetz Nummer achtzehn und die vier Quadratmeter.

Das Hausen in Gartenlauben, Bunkern, Fabrikhallen, Kegelbahnen, Schweinekoben.

Tonnen mit eßbarem und nicht eßbarem Abfall.

Schnürsenkel haben sie wohl bei euch im Osten noch nicht erfunden. Karrenweiber. Kohlenbüchs'. Flücht-

lingsweiber-zum-Mausen-Geschichten. Die haben schon die Polacken weich gewichst. Die Wahrheit über Soraya. Wenn plötzlich der Religionsunterricht zur Biologiestunde wird, weil uns der Missionar aufklärt. Aus einem Buch namens *Auf den Spuren des Lebens*. Mit Wiesenblumen vornedrauf. Daraus wird vorgelesen: wie es denn möglich ist, daß in dieser winzigen Eichel Kräfte schlummern, die später einmal einen gewaltigen Baum hochwachsen lassen. Das wird immer ein Geheimnis bleiben. So eine kleine Eichel verrät eben mehr Gottesweisheit, als alle Naturwissenschaft aussprechen kann.
Bei Lilo Kuchinke läuft was. Für zwei Rollen Drops läßt sie dich. Wohnungsinhaber dürfen nicht zugleich über Wohnräume und hinreichend Schlafräume verfügen. Das gilt besonders dann, wenn Küchen mit einem Flächenraum von mehr als zehn Quadratmetern zur Verfügung stehen. Geschäftsräume, Läden, Gastwirtschaften und andere für Wohnzwecke geeignete Räume sind gegebenenfalls für die Unterbringung von Flüchtlingen freizumachen.
Sollen doch in die Baracken des Arbeitsdienstlagers.
Zigeunergesindel.
Judenfürze, Suggeldeutsche.
Als *Der Förster vom Silberwald* lief.
Wir Heimatvertriebenen verzichten auf Rache und Vergeltung.
Unermüdlich am Wiederaufbau.
Lastenausgleich.
Auf dem Dachboden untergebracht. Waren damals noch nicht verheiratet. Plötzlich steht die Großbäuerin Nana Weissenbach vor uns, die jeden Tag zur Kommunion geht, und fährt mit der Hand unter die

Bettdecke, um zu prüfen, ob das Bett noch warm ist.
Als die Flüchtlinge hinterm Haus den Hasen das Fell über die Ohren zogen.
Jieb ihm noch een, zwee Schläche. Dat Schwein rechelt noch.

Fingerspiele

Ich kaute meine Fingernägel bis zu den Nagelwurzeln. Die meiste Zeit hockte ich auf dem Fußboden oder in einem Heuschober und starrte auf meine Hände. Hatte nicht Anna Kolik einmal behauptet, die Hände seien der Spiegel der Seele? Oder war es Oberlehrer Ellgaß gewesen? Auch ihm wäre solches zuzutrauen. Ich hockte auf dem Boden, und in meinem Kopf gingen die Fingerspiele hin und her, welche die Waisenhausnonnen, voran Schwester Canisia mit den geröteten Fingern, den Kindern gelehrt hatten: das ist der Daumen, der schüttelt die Pflaumen. Zum Däumchen sag ich eins, zum Zeigefinger zwei, zum Mittelfinger drei, zum Ringfinger vier, zum kleinen Finger fünf. Hab alle ins Bettlein schlafen gelegt, still, daß keines sich mehr regt. Fünf kleine Mäuschen spitzen ihre Öhrchen. Den lieben langen Tag: das ist der Daumen, der schüttelt die Pflaumen. Und da hinein mischte sich noch *Am Brunnen vor dem Tore*. In meinem Kopf entstand ein schlimmes Durcheinander. Das ist der Daumen. Da hab ich noch im Dunkeln die Augen zugemacht. Der schüttelt die Pflaumen. Die kalten Winde bliesen mir grad ins Angesicht, hörte ich es aus dem Radio. Der Hut flog mir vom Kopfe, ich wendete mich nicht. Ich wippte und wimmerte. Mehr und mehr verlor ich mich in die Linien und Wellen meiner Hand, mehr und mehr gehorchte ich dem Sog, der von Fingern, Knöcheln, Nägeln, Formen, Kuppen,

Wellen und Inseln ausging. Schließlich begann ich, sogar von Händen zu träumen. Im Schlaf erschienen mir die Hände zusammengerackerter Bäuerinnen sowie die Finger all derer, die ich kannte. Einer um den anderen. Stundenlang saß ich allein auf dem Boden, der mit einem roten Kokosläufer bedeckt war, und ich bestaunte meine Hände, roch an ihnen, knabberte an den Nägeln, biß und lutschte die vom heimlichen Rauchen gelb gewordenen Stellen, schob die Hand wie ein Kleinkind in den Mund. Niemand konnte mich sehen, und ich brauchte mich nicht zu schämen. Erst jetzt weiß ich, wozu dieses Wippen und Wimmern und HändeindenMund gut war: es war für Sie bestimmt, Herr Revisor. Es war dazu bestimmt, in Ihren Händen lesen zu können. Nur dazu war es da. Jetzt könnte ich Ihnen aus der Hand lesen, Herr Revisor. Zuerst müßte ich wissen, ob Ihre Handform stumpf, oval, gerade oder spitz ist. Wegen Ihrer Eitelkeit ist sie vermutlich spitz: die konische Form läßt außerdem auf Haltlosigkeit schließen. Überdies geht Ihnen der Sinn für Schönes ebenso ab wie für Praktisches. Zähigkeit ist nicht gerade Ihre Stärke. Eher schon Anpassung und Duckmäuserei. Wie Sie wissen, gibt der Handrumpf Auskunft über Ihr Triebleben, während die Knöchel für den ordnenden Verstand sprechen. Bei Ihnen, Herr Revisor, werden die Knöchel weich und teigig sein, wie ich vermute. An den Fingern läßt sich das Einfühlungsvermögen ablesen. Auch damit dürfte es nicht weit her sein. Wie sonst könnten Sie die Strecke auflassen! Das wollen Sie doch, oder? Haben Ihre Hände einen großen Rumpf und kleine kurze Finger, so haben Sie eine ausgesprochen primitive Hand. Ist der Rumpf kurz, sind aber die Finger lang, so sind Sie arbeitsscheu. Sie reden lieber klug daher und verachten Arbeit mit den Händen. So einer sind Sie. Will sich die Pfötchen nicht schmutzig machen. An Ihren Knöcheln erkenne ich außerdem, ob Sie überlegt handeln können. Zu einem eigenen Urteil, Herr Revisor, sind Sie nicht fähig. Sie lassen die Eisenbahn für sich denken. Sie selbst sind nichts als ein Vollstrecker. Befehl ist Befehl. Wohin die Züge fahren, ist Ihnen gleichgültig, solange nur die Fahrpläne stimmen. Sie kümmern sich weder um die Ladung noch um die Strecke, für Kleinigkeiten haben Sie keinen Sinn. Sie gehorchen jedem Befehl, und sei er noch so erbarmungslos. Sie werden ihn ausführen, koste es, was es wolle. Hätten Sie große Hände, so wären Sie vorsichtiger und weitblickender. So aber mangelt es Ihnen am Blick für das Wesentliche: die Strecke! Sie scheuen Auseinandersetzungen. Kontroversen gehen Sie aus dem Weg. Sie sind feige, Herr Revisor. Im Büro buckeln Sie, und zu Hause spielen Sie den Tiger. Das kennt man schon. Ich sehe das an der Form Ihrer Hand. Von Großzügigkeit keine Spur. Für die Sorgen der anderen fehlt Ihnen jedes Gespür. Ihre dünne Hand zeigt mir, wie wenig Energie Sie besitzen. Wie rasch Sie ermüden. Wie schnell Sie erschöpft sind. Harte Hände sind ebenso schlimm wie schwammige oder verknöcherte Hände. Jetzt können Sie es sich aussuchen, Herr Revisor. Wahrscheinlich sind Sie auch noch geizig. Geizig und hartherzig. Die glatte Innenhand ist der beste Beweis für Ihre Überheblichkeit und Ihre zarte Konstitution. Sie sind ein Polizist. Ein Lageraufseher. Ein Schleifer. Aber einer von den Feinen. Ein warmherziger Revisor hätte behaarte Hände. Bei Ihnen dagegen fehlt die Behaarung fast ganz, wie ich erschrocken feststelle. Ihre Apothekerfinger sind leichenblaß, also schlecht durchblutet. Hier und dort entdecke ich sogar gelbe Flecken. Jetzt geben Sie mir einmal Ihre linke Hand, damit ich Ihren Charakter feststellen kann. Wichtig sind beim Finger außer Länge, Beschaffenheit, Haltung, Zustand und Form das Wurzelglied, das Mittelglied sowie das Nagelglied. Wieder erkenne ich bei Ihnen, Herr Revisor, wie wenig gute Eigenschaften Sie haben. Ihnen mangelt es vor allem an Phantasie. Das ist Ihr größter Fehler. Wie wollen Sie die Strecke verstehen, wenn Sie keinen Funken Vorstellungskraft haben? Wie wollen Sie mich verstehen? Glauben Sie, es genügt, die Strecke und mich zu vermessen wie einen Klafter Brennholz? Glauben Sie im Ernst, Tabellen und Statistiken, Berechnungen und Bilanzen reichten aus? Ich sage es Ihnen in aller Deutlichkeit: ohne Phantasie sind Sie auf hoffnungslosem Posten. Ohne Vorstellungskraft werden Sie niemals hinter das Geheimnis der Strecke kommen. Sie wird Ihnen ohne die Fähigkeit zur Einbildung dessen, wie es sein könnte, für immer verschlossen bleiben. Sie wird abweisend sein wie ein Gesteinsbrocken irgendwo in der Landschaft, von dem sich niemand erklären kann, wann und wie er dorthin gelangt ist. Alles was Sie brauchen, Herr Revisor, ist die Gabe, sich aus Mangel etwas zu wünschen, sich etwas einzubilden, sich etwas vorzustellen und auszumalen. Nur mit Hilfe der Phantasie können Sie einen Berg versetzen oder Flüsse bergauf fließen lassen. Was kümmern mich die Gesetze von Raum und Zeit? Große Töne, nicht wahr? Jawohl. Aber die Tropfen an Ihren Fingerkuppen, die knotigen Fingerhälse gefallen mir gar nicht: in der Regel gehören sie pedantischen und langweiligen Figuren. Ihre Querlinien hemmen einen phantasievollen Gedankenfluß, phantasievolle Konzentration fällt Ihnen besonders schwer, Herr Revisor. Das stimmt doch? Da treffe ich doch den Nagel auf den Kopf? Das müssen Sie doch zugeben! Ich sehe es schon, ich sehe es schon. Ich sehe es an Ihren spateligen stumpfen Kuppen: Sie werden rasch nervös. Sie sind ein Formalist. Keinerlei Intuition. Angegriffene Verdauung. Sagen Sie bloß, Sie haben Trommelschlegelfinger. Was Ihre nach innen gekrümmten Finger zu bedeuten haben? Ganz einfach: daß Sie keine Phantasie haben, keine Bereitschaft zum Fliegen, keinen Sinn für das Fliegen mit Drachen. Mißtrauisch und verschlossen sind Sie. Sie wollen nichts von sich hergeben. Aber die Strecke stillegen, das wollen Sie, koste es, was es wolle. Keine Risikobereitschaft, wie der Fingeransatz am Handrumpf zeigt. Ebenso die Lücken zwischen den Fingern. Da rinnt alles durch, da bleibt nichts hängen. Jeder Finger ein erneuter Beweis. Vom Daumen über Zeige-, Mittel- und Ringfinger bis zum kleinen Finger: der Herr Revisor hat keine Phantasie. Der ist ins Wasser gefallen. Der hat ihn wieder herausgefischt. Der hat ihn ins Bett gebracht. Der hat ihn warm zugedeckt. Und der Kleine hat ihn wieder aufgeweckt. Däumchen, Pfläumchen, Äpfelchen, Birnchen, Nüßchen. Dumedott, Lickepott, Langelott, Ringeling, Lüttjeding. So sangen junge Kurgastmütter. Das ist der Daumen, der schüttelt die Pflaumen. Kriegsgefangenen und Sklaven wurde der Daumen abgehackt: damit sie kein Daumensiegel mehr geben können, Herr Revisor. Unbewegliche Daumen gehören einem starren Charakter: so einer verliert rasch die Übersicht.

Sie verstecken wahrscheinlich den Daumen in der Hand, Sie Angsthase. Säuglinge tun das. Auch Sterbende. Wenn Sie die Hand auf den Tisch legen, Herr Revisor, ist Ihr Daumennagel nicht mehr sichtbar. Sie haben eben zu wenig Phantasie. Entschlußkraft und Widerstandsfähigkeit sind schlecht entwickelt, Würde und Stolz fehlen. Die Krümmung des Zeigefingers bestätigt es. Ihr Selbstbewußtsein kann sich lediglich als Pflichterfüllung ausdrücken. Ihre Ideen können Sie nur mit Gewalt durchsetzen, heimlich machen Sie sich ständig Vorwürfe, neigen zu Niedergeschlagenheit und Galleerkrankung. Zu jeder Leistung fühlen Sie sich gezwungen. Sie sind gehemmt, ungesellig und entschlußlahm. Etwas sehr Schweres kommt über Sie, Herr Revisor. Das sagt die Neigung des Mittelfingers zum Ringfinger. Nicht einmal in Ihrem kleinen Finger stecken Wissensdrang und Neugier. Menschen mit tief angesetztem kleinem Finger wie Sie, Herr Revisor, neigen dazu, die Wahrheit zu verdrehen. Ach, Herr Revisor: und Ihre Nägel! Abgeknabbert, schmal, entzündet, Nörglernägel, flach, mit angeborener Nervenschwäche, am Ende Störungen der Milz – seien Sie froh: konkave Nägel deuteten auf die Franzosenkrankheit. Nägel mit kleinem Mond aber verweisen auf Lahmheit, Unlust und ein blasses Temperament. Sie haben schwere Gifte im Körper, Herr Revisor. Sonnenberg, kleiner Marsberg, Mond- und Neptunberg sowie Berg des Ursprungs an der Handwurzel – all dies lernte ich von schwarz verhängten Flüchtlingsfrauen – beweisen einmal mehr Ihr altes Leiden: keine Vorstellungskraft, keine Einbildungsnot. Selbst dort, wo die Schicksalslinie entspringt, mangelt es an Phantasie. Und Ihre Linien, Herr Revisor: Herz-, Kopf-

und Lebenslinie, Bewegungs-, Hemmungs- und Marslinie, Venusgürtel, Jupiterring, schließlich Ring des Salomon und Liebeslinien: alles unterbrochen, gespalten, verfranst, verästelt. Ein Jammer. Diese Deltamündungen, welche die Zersplitterung Ihres Wesens verraten! Jammer und Elend! Unentschlossenheit, Wankelmut, Niederträchtigkeit und Rücksichtslosigkeit sehe ich dort gepaart. Schmale Inseln, schwache Ketten, Fransen, Haarlinien: Ihr Energiestrom zerfasert, splittet sich auf, versickert in dürren Rinnsalen, stumpfen Querlinien, in Pünktchen und Flecken. Der weite Bogen Ihrer Lebenslinie ist ein deutlicher Beweis für Ihren Hang, zugunsten der eigenen Position andere auf gemeine und heimtückische Art auf die Seite zu schieben. Sie werden früh altern, Herr Revisor, und kein Altersgebrechen wird Ihnen fremd sein. Die Angstlinie ist besonders ausgeprägt. Mich wundert das nicht. Dagegen bricht die Kopflinie viel zu früh und zu abrupt ab. Ihr Bogen ist nicht sanft genug. Besonnenheit ist zur Unsicherheit, Vorsicht zur Ängstlichkeit heruntergekommen. Sie neigen zu kopflosem Handeln. Sachliche Gesichtspunkte schlagen bei Ihnen nicht zu Buche. Ihre Entschlüsse sind unüberlegt. Manchmal handeln Sie wie ein trotziges Kind, dann wieder berechnend und rücksichtslos. Das sagt mir die an ihrem Ende plötzlich nach rechts biegende Kopflinie. Nirgendwo jedoch erkenne ich für Sie eine Möglichkeit, sich von Phantasmagorien, Bildern und Vorstellungen überschwemmen und davontragen zu lassen. Sie können Ihre Erfahrungen nicht richtig verarbeiten. Ihre wellige Herzlinie zeigt, wie verkümmert Ihr Gefühlsleben ist. Dafür besitzen Sie ein Übermaß an Arroganz und Überheblichkeit. Wahrscheinlich hat man Sie deshalb zum Revisor der Eisenbahngesellschaft erkoren. Ehrgeiz und Egoismus paaren sich mit eiskalter Berechnung. Wie die Schicksalslinie, so verläuft auch Ihr Lebensweg: schwankend, lavierend, voller Unsicherheiten, doch stets sind Sie auf den eigenen Vorteil bedacht. Wie ein Schakal. Nichts Gerades. Sie sind ein Frettchen. Karrieresucht herrscht vor. Alles, aber auch alles wird den ehrgeizigen Plänen untergeordnet. Nervöser Darm und Magen. Aufrichtigkeit und Zuverlässigkeit bleiben bei Ihnen auf der Strecke, Herr Revisor: auf meiner Strecke. Gewiß: auch Sie sind ein Einzelgänger. Aber das ist auch schon alles, was Sie mit mir gemeinsam haben. Selbstverständlich könnte ich Ihren Fingernägeln sowie den Hauptlinien Krankheitsanzeichen entnehmen: Kopf, Hirn, Augen, Ohren, Nerven, Herz, Kreislauf, Leber, Galle, Darm, Drüsen, Blase, Nieren, Zähne, Schilddrüse. Aber ich werde mich hüten. Ich werde nicht zu viel verraten. Zuletzt die feinen Linien der Innenhand, Herr Revisor, mit denen die Kriminalisten arbeiten. Auch ich argumentiere damit. Ich kenne Ihre Trauben und Schnecken, Ihre Tannenbogen, Wirbel, Spiralen und Doppelschleifen, und ich wiederhole: Sie werden die Strecke nie begreifen.

Wie meine Hand aussieht, wollen Sie wissen?

Um in ihr lesen zu können, müßten Sie die Strecke verstehen. Gegen ihre Stillegung wehre ich mich: mit Händen und Füßen.

Der Kartoffelkönig

Sobald ich mein Gerät einschalte und die Antenne ein wenig drehe, als hielte ich sie in den Wind, als bestimmte er die Qualität des Empfangs, beginnt es nach wenigen Worten doch noch zu knacken und zu rauschen. Es gelingt mir auf diesem Streckenabschnitt nicht, einen Sender klar und rein und ohne verfranste Stimmen hereinzubekommen. Immer wieder mischt sich ein anderer ein, überlagert oder deckt zu, was ich soeben noch lupenrein eingestellt zu haben glaubte. Ich bin auf Kinderfunk gekommen. Durch Drehen bin ich auf Kinderfunk gestoßen. Plötzlich war die Stimme ganz klar. Am liebsten hätte ich mit dem Taschenmesser an dieser Stelle der Skala eine Kerbe eingeritzt, damit ich diese Station immer wieder finde. Ich weiß schon, was sie heute bringen. Heute senden sie das Märchen vom Kartoffelkönig. Ich habe es sofort erkannt. Schon nach den ersten Worten wußte ich es: das muß jenes Märchen sein, welches in meinen Kindertagen zu meinen Lieblingsmärchen zählte. Warum? Das weiß ich nicht. Ich liebte es, so wie ich ganz bestimmte Lieder liebte, die ich nie vergesse. Genaugenommen sind es immer nur Zeilen aus Liedern, zum Beispiel: Gott der Herr hat sie gezählet, daß ihm auch nicht eines fehlet, von der ganzen großen Za- ahl, von der ga- anzen, großen Zahl. Ich bin nicht gläubig. Überhaupt nicht. Also: im Gegenteil. Das mit Gott und so, das interessiert mich nicht. Aber daß da nicht einmal ein Stern verlorengeht von der ganzen großen Zahl, das ist es, was mich wirklich beeindruckt. Es knackt und kracht, aber das Märchen ist zu hören. Ich kenne es, ich kenne es genau, ich weiß schon, wie es geht. Ich könnte mitsprechen. Eigentlich könnte ich mit der Stimme aus dem Radiokästchen mitsprechen, obwohl sie schon viel weiter ist. Der Sprecher ist schon viel weiter, ich bin noch immer beim Anfang. Ich sitze in der Schulbank; ich stelle mir vor, wie es draußen regnet, nein, es schneit, schneien ist besser für diese Geschichte: also – ich lasse es schneien und ich beginne. Ich bin der Lehrer, der die Geschichte aus dem Lesebuch vorliest, aber ich bin auch der kleine Schüler, der sie atemlos mit roten Ohren hört. Es war einmal eine große Kiste Kartoffeln. So beginne ich. So fängt der Lehrer an. Der Sprecher im Radio ist viel zu schnell. Es waren schöne dicke Kartoffeln in der Kiste, hat er längst gesagt, eine dicker als die andere. Auf einmal aber, da hat es in der Kartoffelkiste gerufen, und meine Ohren glühen: ich will nicht aufgegessen werden, ich mag nicht aufgegessen werden, hat es gerufen; ich bin doch der große Kartoffelkönig. Das ist ein Märchen für Sie, Herr Revisor. Ich empfehle Ihnen, trotz der Störungen genau hinzuhören. Ich will nicht aufgegessen werden, ich bin doch der große Kartoffelkönig. Und das ist auch wahr gewesen, hat die Stimme im Radio gesagt, als wäre es Vetter Hans Nicolussi, mein Ersatzvater. Er nämlich war es, von dem ich das Märchen das erste Mal vorgelesen bekommen hatte. Er hat es so unvergleichlich vorgelesen, daß es sofort mein Lieblingsmärchen wurde. Jede Silbe sog ich auf. Schon nach kurzer Zeit konnte ich die Geschichte auswendig.

Deshalb stört es mich überhaupt nicht, daß der Radiosprecher längst weiter ist. Mitten in der Kartoffelkiste hat der Kartoffelkönig gelegen. Der war so groß wie zwölf andere Kartoffeln zusammen, Herr Revisor. Bedenken Sie nur: wie zwölf andere Kartoffeln zusammen. Aber einmal, da ist die Großmutter in den Keller gekommen und hat ein Körbchen Kartoffeln geholt. Die wollte sie schälen und kochen zum Mittagessen. Eine Großmutter habe ich nie gekannt. Woher auch? Ich – als Waisenkind! Aber ich hatte Schwester Canisia, die Landwirtschaftsnonne, und Vetter Hans Nicolussi, den Wegbereiter, den Wegemacher. Vater und Großvater, Mutter und Großmutter. Ich hatte alles, was ich brauchte. Und da hat sie den Kartoffelkönig auch in ihr Körbchen getan und hat gesagt: ei, was ist das für eine dicke Kartoffel! Und ich sehe Schwester Canisia, die Waisenhausnonne, vor mir, während der Radiosprecher schon viel weiter ist, und weil ich das Märchen kenne, könnte ich sogar genau sagen, wo er jetzt ist; jetzt, in diesem Augenblick, habe ich die Waisenhausnonne vor mir, die gerade das Märchen vom Kartoffelkönig erzählt, in welches sie ihre Pferdegeschichten flicht, verbunden mit der Predigt eines Augustiner-Barfüßers, die sie einst gehört haben will, es mag in Mariabrünnlein gewesen sein, oder beim Traubenwirt, eine Predigt über hundert ausbündige Narren, worunter auch der Pferdenarr zähle, eine Predigt davon, daß manches Roß, Herr Revisor, bisweilen gescheiter sei als der Reiter. Wer hätte noch nie einen Esel auf einem Pferd gesehen, Herr Revisor? Der Reiter Wissenschaft sei schließlich aus der Gelehrsamkeit der Pferde entstanden. Wollte Gott, höre ich Schwester Canisia einflechten, daß die Gäule Menschenverstand hätten, sie würden oftmals ihre Aufsitzer zu Fußgehern machen. Schon der Schimmel Alexanders des Großen habe keinen anderen als diesen Feldherrn auf seinem Rücken geduldet. Es gehe die Kunde von Rappen, welche anläßlich des Todes ihres Fuhrmanns verhungerten. Canisia freilich erzählt weiter, unaufhaltsam: aber wie die Großmutter mit dem Körbchen aus dem Keller gekommen und quer über den Hof gegangen ist, da ist der Kartoffelkönig, Herr Revisor, eins, zwei, drei, aus dem Körbchen gesprungen und so geschwind in den Garten gerollt, daß ihn nicht einmal mehr die Nonne Canisia finden konnte. So schnell. Und sie hat gesagt: Ich will sie nur laufen lassen, die dicke Kartoffel, vielleicht finden sie Kinder und freuen sich. Aber der Radiosprecher ist längst weiter, er ist schon bei der Mitte. Da schiebt sich erneut Canisias Pferdeverstand dazwischen und mahnt: mancher kauft ein Pferd und weiß nicht, was es wert ist. So habe sie es in der Predigt des Augustiners gehört. Auch: so mancher ritte gescheiter auf einem Esel, Herr Revisor, anstatt hoch zu Roß. Einer, der Pferde kaufen und kein Narr dabei sein wolle, müsse von den Gäulen so viel verstehen wie ein anderer von der Brautschau. Und der Kartoffelkönig ist immer weitergerollt. Da ist ihm der Igel begegnet und hat zu ihm gesagt: he, wart' ein wenig, ich will dich heute mittag aufessen. Nein, hat da der Kartoffelkönig gesagt, Großmutter mit der Brille hat mich nicht gefangen, und du, Igel Stachelfell, wirst mich auch nicht bekommen. Der auf dem Pflaster sprengt, schob Canisia ein, und über alle Brücken rennt, ein Pferd erwirbt und es nicht kennt, der bleibt ein Narr bis an sein End. Aber der Radiosprecher war schon viel weiter. Längst hat er von der Begegnung mit dem Wildschwein erzählt. Denn eins, zwei, drei, ist der Kartoffelkönig vom Igel weitergerollt, Herr Revisor, und da ist ihm das Wildschwein begegnet. Halt, dicke Kartoffel, hat es zu ihm gesagt, wart ein bißchen, ich will dich geschwind auffressen. Nein, hat der Kartoffelkönig gesagt, Herr Revisor: Großmutter mit der Brille hat mich nicht gefangen, Igel Stachelfell hat mich nicht gefangen und du, Wildschwein Grunznikkel, du kriegst mich auch nicht, und eins, zwei, drei, ist er weitergerollt in den Wald hinein. Da ist ihm der Hase begegnet. Aber der Empfang ist jetzt so schlecht, daß sich wieder andere Sender einmischen: 125 g Mehl, 50 g Butter, ¼ l Milch, 1 Prise Salz, 3 Eier, 1 EL Zucker, 1 Messerspitze Backpulver, Fett zum Ausbakken: Nonnenfürzle. Aus Mehl, Butter und Milch wird ein Brandteig gefertigt, indem man die Milch mit Salz und Butter zum Kochen bringt. Nach kurzem Aufwallen wird das Mehl im ganzen eingerührt, und zwar so lange, bis sich der Teig vom Topf löst. Man nimmt ihn vom Feuer, gibt nun die Eier mit Zucker, Backpulver und etwas Mehl vermengt dazu und verrührt alles. Mit dem Teelöffel formt man kleine Knödel, die schwimmend in Fett goldgelb gebacken werden. Halt, dicke Kartoffel, hat da der Hase gerufen. Ich merke, wie sich beim Drehen der Antenne der Empfang bessert, warte ein wenig, ich will dich aufessen, du kommst mir gerade recht, Herr Revisor, sagt die Stimme jetzt ganz klar. Nein, hat da der Kartoffelkönig gesagt: Großmutter mit der Brille hat mich nicht gefangen, Igel Stachelfell hat mich nicht gefangen, Wildschwein Grunznickel hat mich nicht gefangen und du, Hase Langohr, heißt es in dem Märchen, bekommst mich auch nicht. Und eins, zwei, drei, ist er weitergerollt durch den Wald, der große Kartoffelkönig. Da ist ihm ein armes Kind begegnet. Das war schon lange unterwegs, Herr Revisor, und es litt Hunger. Oh, was läuft da für eine dicke Kartoffel! Wenn ich die hätte, könnte die Waisenhausschwester einen großen Auflauf davon backen. Als der Kartoffelkönig das hörte, höre ich Canisia erzählen, denn die Radiostimme ist längst mit dem Märchen zu Ende, da ist er, eins, zwei, drei, dem Kind in den Rucksack gesprungen. Aber das Kind ist nicht der kleine Konradin, wie ich in diesem Augenblick erkenne. Es ist seine Freundin Heidrun, Thulserns einziges Besatzungskind, dunkelhäutig, verlegen mit den Röllchen des Wuschelkopfes spielend, schwarzäugig. Wir gehen in die zweite, dritte Klasse, halten uns an den Händen, als könnten uns keine zehn Pferde trennen, starren auf eine spiegelglatt gebohnerte Tanzfläche des Bahnhofhotels, auf der wir uns vor fremden, mit Kettchen und Reifchen behängten Städtern tanzend im Reigen drehen müssen, bis sie uns nagelneue blinkende Münzen in meinen Hut werfen, der Heidrun aber übers Gesicht streichen. Ihre Verkleidung als Ungarin, die Rüschchen und Bänder an einem mit roten ausgeschnittenen Herzchen verklebten, senkrecht über der Stirn stehenden Schild, das Röckchen mit den Borten und schließlich die lackrot glänzenden Gummistiefelchen finden die Herrschaften ganz ganz reizend. In meiner geliehenen Hose aus Rupfen, deren Naht mit einem breiten goldenen Band verstärkt wird, wie es für die Verpackung von Geschenken verwendet wird, komme ich mir sehr stark vor. Wahrscheinlich drehe ich mich allein wegen Heidrun und wegen der Naht noch einmal im Kreis und mache vor jedem Fremden, der mir einen Nickel ins Spitzhütchen wirft, einen besonders gelungenen Diener.

Sobald ich aber die Augen schließe und meine rutschenden Strümpfe vergesse, stehe ich mit Heidrun Hand in Hand vor einer Schießbude inmitten eines großen Jahrmarktes. Mit glühenden Wangen verlangen wir danach, die silbern klingenden Ketten um unsere Kinderfersen zu schlingen. Jetzt sind wir gesichert. Jetzt können wir in dem von bunten Birnen erleuchteten Himmel vor einer staunenden Menge in der Schiffschaukel den Überschlag noch einmal und noch einmal mit atemberaubender Waghalsigkeit vorführen, als wären wir dem Märchen vom Kartoffelkönig längst entwachsen.

Sechstes Buch

Totentanz

Ich bin es nicht gewohnt, begleitet zu werden. Wer sich im Laufe der Jahre seinen eigenen Rhythmus angewöhnt hat, findet kaum einen, der mit ihm Schritt zu halten verstünde. Als ich mich seinerzeit für diese Arbeit entschied, geschah dies aus guten Gründen. Wonach ich mich sehnte, war eine Arbeit, bei der ich allein bin. Heutzutage wird bei den meisten Tätigkeiten Teamgeist verlangt. Ich dagegen bin Solist. Langeweile kenne ich dabei nicht. Ich weiß mich sehr wohl zu beschäftigen. Nicht daß ich dabei irgendeinem Stumpfsinn nachhinge oder in Schwermut verfiele. Mich aber um andere zu kümmern, habe ich mir abgewöhnt. Es ist mir nicht schwergefallen. Es interessiert mich nicht mehr, was andere über mich denken oder sagen. Es langweilt mich. Früher wollte ich mitunter zu gerne wissen, was man von mir hielt. Das ist längst vorbei. So gut es geht, weiche ich jedweder Unterhaltung aus. Mit Gesprächen käme man bei mir nicht weiter. Auf Fragen oder Feststellungen schweige ich. Meistens geht es darin doch bloß um längst Bekanntes. Die vielen Worte drehen das ohnedies Gewußte nur noch einmal um. Und dann noch einmal. Gespräch kann man das nicht nennen. Dem hinter mir gäbe ich gleich zu Beginn zu verstehen, daß er mit meiner Schweigsamkeit fertigwerden müßte. Er dürfte nicht erwarten, daß ich für ihn den Mund öffnete. Während des Gehens, noch dazu bergauf,

wenn auch vorerst kaum merklich, soll man nicht reden: sonst kommt Luft in den Bauch. Mein Vetter Hans Nicolussi hat das immer gesagt und schnell ein Malzbonbon in den Mund gesteckt, an dem er stundenlang lutschte. Wir sind tagelang gegangen, ohne dabei ein Wort zuviel zu sagen. Während der Brotzeiten war es anders. Da erfuhr ich so manche Geschichte. Ich lernte, mit Geschichten etwas am Leben zu erhalten. Ich lernte mehr als später auf der Akademie.
Sollte der Herr Revisor vor Schwäche auf der Strecke bleiben, so stellte ich einige Wiederbelebungsversuche an, ließe diese aber bald bleiben und ginge weiter bis zum nächsten Streckentelefon, in der Hoffnung, daß es funktionieren werde. Ich legte das Wrack von einem Revisor neben den Bahndamm und schaute zu, was aus ihm würde. Mit klinischem Interesse. Möglich, daß ich ihm ein wenig Schnaps aus der Feldflasche einflößte, wohl wissend, daß der Herr keinen Alkohol verträgt. Ich kann diese spindeldürren Klappergestalten nicht leiden. Vielleicht, weil ich als Kind gleichfalls abgemagert war, so sehr abgemagert, daß mich die Bauernsöhne den Magermilchkrüppel nannten. Der schnaufende Revisor in meinem Rücken stört die Erinnerung an jene Zeit, da jeder Tag noch eine spielerische Anstrengung war gegen die Macht der Schwerkraft. Immer wieder kommen sie herauf, diese Zeiten, auf meinen Gängen entlang der Strecke: Bilder an der Wand eines verfallenen Hauses, wie ein gestickter Vorhang aus Vergangenheit und Gegenwart. In einem verfilzten Gestrüpp aus Garn erkenne ich, wenn ich allein so vor mich hingehe, halb entschwundene Figuren, Männer und Frauen, verblichen und

doch deutlich genug unter einem zerfaserten Himmel, der hinweht über diese entschwindende Schar und im Brombeergestrüpp jenseits des Bahndammes zerflattert wie ein verwehter Brautschleier. Will er mich in eine Falle locken, oder bin ich Teil eines Versuchs, eines Programms, in dem meine Widerborstigkeit vorgesehen ist: ein fest eingeplanter Bestandteil? Eine wissenschaftliche Testreihe größeren Stils? Spüre ich nicht schon die Kathoden am Körper? Höre ich nicht schon das Rauschen meines Blutes? Das Geschiebe und Gezerr in meinen Ohren? Sehe ich nicht schon die Nadel am Meßgerät zittern, ausschlagen, indes fahrige Kurven auf einem endlosen Bogen Millimeterpapier wabern? Keucht der Revisor am Ende deshalb, weil er einen Sender in seinem albernen Brotbeutel mitschleppt: einen Sender, der meine Gedanken kennt, Daten meines Kreislaufs weitergibt, die Gehirnströme eines Streckenwärters auf einer stillzulegenden Strecke? Die Neurologie des Gleichmaßes. Der Abstand der Schwellen im Verhältnis zu den Hirnströmungen eines einsamen Gehers. Kapitel eins: Schrittgeschwindigkeit und Schrittgröße, Punkt einseins: Betonschwellen und Fichtenholzschwellen. Ich muß wieder ein wenig beschleunigen, vielleicht störe ich damit das Programm, vielleicht bin ich zu weit weg für den Sender, vielleicht werfe ich die geliebten Vorurteile über den Haufen, und der Herr muß neu beginnen, muß noch einmal hinter mir her, an einem anderen Tag. Aber es wird keinen anderen Tag geben. Dies ist mein letzter Tag auf der Strecke. Nie mehr werde ich sie abgehen. Es gibt nur diesen einzigen Tag. Er ist die einzige und letzte Möglichkeit für den Revisor. Unwiederbringlich. Es gibt keine Wiederholung. Die ex-

perimentelle Anordnung läßt sich nicht wiederholen. Sie läßt sich nicht ein zweites oder drittes Mal simulieren. Die einzige Chance ist zugleich die letzte Chance.
Weiß er mehr, als in den Personalpapieren zu finden ist? Kennt er mein Streckenjournal, das Schreibbuch, abgegriffen, fettig, schwarz, in der Tischschublade? Dann weiß er auch von meinem Traum von Blanchland. Vielleicht hat er schon längst ein Dossier über mich angefertigt. Oder anfertigen lassen. Solche Herren machen sich die Finger nicht selber schmutzig. Eine verschließbare Akte. Eine weggeschlossene Akte. Auf dem Deckel in sauberer Druckschrift mein Name. Während ich meiner Arbeit nachgehe, unwiderruflich zum letzten Mal meine Strecke abgehe, diesen Schienenstrang, hineingelegt in eine Landschaft, als wollte er sie aufspulen, habe ich diesen welschen Gast im Rücken. Zugeteilt, aufgezwungen. Ich habe mich nicht wehren können. Ich wurde nicht gefragt. Ist hier ein Kesseltreiben gegen mich im Gange? Zum letzten Gang ein Kesseltreiben? Ein Kesseltreiben, das jetzt zum Höhepunkt kommt? Und ich merke es erst, wenn es längst zu spät ist? Eine abgekartete Sache? Mit dem Revisor als Drahtzieher? Der Herr Revisor als Kopf des Komplotts?
Ich sehe ihn vor mir, wie er in seinem Büro sitzt, den Schreibtisch neben einem Notenständer, hinter gepolsterten Doppeltüren. Das Polsterleder wird von silbernen Nägeln gehalten. Ich verfolge die Schritte des Revisors hinüber zum Tresor. Er öffnet ihn umständlich und dennoch würdevoll. Wie ein Bankdirektor. Er sperrt das Sicherheitsfach auf. Mit zwei Umdrehungen des Schlüssels. Was nimmt er heraus? Meine Personal-

akte? Er geht mit den Papieren hinüber zu seinem ausladenden Schreibtisch, legt die Akte ab, setzt sich in den dreh- und kippbaren Ledersessel mit der weit heraufgezogenen Lehne. Was passiert? Der Kerl fläzt sich in den Sessel. Der Herr Revisor legt die Beine auf den Tisch. Der Herr lümmelt sich in den Stuhl, greift mit einer Hand nach einem Stück Torte zwischen anderen Papieren und Saftflaschen auf dem Schreibtisch. Mit der anderen Hand fingert der Mensch nach meinen Unterlagen. Ob er sie öffnet? Er wird es nicht wagen. Bilder könnten herausfallen, Zeugnisse, Gesuche, Anträge, Nachträge, Dokumente. Und dennoch: der Revisor bricht das Siegel. Und was liegt an oberster Stelle? Worauf stößt er zuerst? Was fällt ihm in die Hand, Zufall oder Fügung? Meine Bewerbung?
Vielleicht bin ich wirklich ein wenig scharf gegangen. Ich setze den Gang fort, diesmal gemächlicher, so daß der Herr Revisor neben mir gehen könnte. Die Schwellen wären breit genug. Aber ich lasse ihn nicht. Gleichauf: das kommt nicht in Frage. Ich merke, wie er sich auf den Abstand zwischen den Schwellen konzentrieren muß, um die passende Schrittlänge einzuüben. Er sieht auf meine Füße. Er will mich nachahmen, aber es gelingt ihm nicht. Zwar könnte ich ihm erklären, worauf er zu achten hätte, worin das Geheimnis bestünde, doch ich tue es nicht. Meine Aufgabe besteht darin, den Revisor und sein Vorhaben zur Strecke zu bringen.
Sagt ja, sagt nein: getanzt muß sein. So spricht der Tod auf den Fresken der Kirchenmauer von Tafamunt, der wir uns nähern. Ein Totentanz: nicht so berühmt wie der zu Basel oder der zu Bern. Aber dennoch: getanzt muß sein. Da gibt es keine Gnade,

da gibt es kein Erbarmen. Da ist ein jeder gleich, Herr Revisor. Ein jeder. Der Tod holt sie alle. So steht es auf der Kirchenmauer: Greis und Kind, Bettler und Edelmann, Papst und Kaiser, Hure und Nonne. Macht, Gewalt und Würde beeindrucken den Knochenmann nicht. Der Tanz der dürren Brüder mäht alle gleich und nieder. Das ist die Hoffnung auf den gerechten Richter, der im Jenseits wartet, nicht aber hienieden. Mir dauerte dies zu lang, ich ließ mich nicht vertrösten. Alles will ich haben. Und gleich in einem Zug. Sehen Sie sich den Totentanz zu Tafamunt an, Herr Revisor. Er zeigt Ihnen die Mächtigen der Welt: böse und unbarmherzig. Der Mächtige sind Sie, und ich nehme Rache, unbarmherzige Rache. Der Totentanz stellt die Vergehen der Mächtigen bloß. Er entlarvt, und er verurteilt sie. Das ist seine Aufgabe. Getanzt muß sein, und keiner springt vom Karren. Stundenglas und Hippe zieren auch mein Wappen.
Kommen Sie mir jetzt nicht mit der notwendigen Ungleichheit auf Erden. Gleichheit als Verheißung für die Geknechteten? Nein, Herr Revisor: als Drohung für die Mächtigen. Sinn jeden Totentanzes ist die Ebenbürtigkeit von Herr und Knecht. Da kommen Sie mit Ihrer Logik und wollen mir einreden, die Gleichheit sei nur zu erlangen, wenn jeder sein Los trage, wenn Herr und Knecht das annähmen, was und wie es ihnen aufgesetzt sei. Erzählen Sie das Ihrer Großmutter. Nein und abermals nein, wenn Sie behaupten, die Gleichheitsidee sei an die Aufforderung zur Buße gebunden. Ich weiß schon, worauf Sie da hinauswollen, ich höre Sie schon gehen: wer Buße tut, stellt den alten Zustand wieder her. Ach, die biblische Armut. Hören Sie mir auf. Wodurch ist der Knecht in die Welt

gekommen, Herr Revisor? Durch das verrutschte Kleid des besoffenen Noah. Er soll so voll gewesen sein, daß sein Schwanz hervorgeschaut habe. Und Cham, der Sohn, belustigte sich und wollte seinen Spaß mit seinen Brüdern teilen. Doch diese bedeckten den väterlichen Lustfinger und weckten den Alten, verrieten ihren Bruder, der verflucht wurde: von nun an sollten er und seine Nachkommen als Knechte dienen müssen. Ich bin nicht Ihr Knecht, Herr Revisor.
Bilden Sie sich das nur nicht ein.
Herr Revisor, Ihr seynd gar grosz / Springen dem Tod bald in den Schosz / Was schwitzend Ihr so kalten Schweysz! / Pfuch, Pfuch, Ir lond ein groszen Scheysz.
So will es der Thulserner Totentanz. Und so werden Sie es an der Kirchenmauer von Tafamunt finden. Lesen Sie nach, solange noch Zeit ist. Merckend vnnd gedenckend jr menschen gemain / Hye ligendt gebain groß vnnd klain / Wellichs seyen man frawen oder knecht / Hye hat sich yederman zu ligen recht / Der arme bey dem reychen / Also werden wir alle schleychen / Der knecht bey dem herren / Vnnd dürfen sich nit vil darumb eeren / Welliches es sey vnnden oder oben an / Es ist ains gleych alls das annder gethan / Hierumb so nement alle war / Wir müssen allesampt in die erde gar / Vnd überheb sich nyemant seins adels oder gewallt / Seins reychtumbs oder seiner schön gestallt / Dochter jetz ist schon hie din Stund / Bleich wirt werden din roter Mund / Din Lyb, din Angesicht, din Har und Brüst / Mus werden all ein fuler Mist / Herr Revisor. Getanzt muß sein. Da kommen Sie mit Ihrer Theorie: Totentänze als Bußpredigten und To-

desdrohungen. Vor dem Tod hatten die Tafamunter keine Angst. Nur vor dem unvorbereiteten jähen Sterben. Und steht dahinter nicht die Vorstellung von einem Gericht, das jedem einzelnen seine Sünden aufrechnet, seine und nur seine Sünden? Und woher das Elend des schlechten Gewissens? Von der Ohrenbeichte. Ich werde Ihnen Ihre Ohrenbeichte abnehmen, Herr Revisor. Ich bin Ihr Gericht, und ich bin Ihr Totentanz. Totentänze haben immer die gesamte Menschheit erfaßt: vom Papst bis zum Bettler, von der Badhur bis zur Heidin. Krämer, Handwerksmann, Soldat und Bürger, Jungfrau, Narr und Blinder, auch Jud, Türkin und Äbtissin. Warum sollte da nicht auch Platz für einen Revisor sein? Alle Stend, heißt es an der Kirchenmauer zu Tafamunt, Herr Revisor. Alle Stend. Reihen Sie sich ein in diese Prozession. Gehen Sie mit. Tanzen Sie mit. Getanzt muß sein. Der Tanz ist mein. Auch ein Revisor paßt hinein. Auch er wird bald gemäht sein. Bald wird der Tod Sie zwingen, als sein Gesell zu springen. Nu ziechen dich die ungeschaffen / Zu dem tanz als einen affen. Sagt ja, sagt nein, getanzt muß sein. Zuerst aber ist es der Tod, der tanzt. Das Gegenteil des Lebens stellt tanzend die Lebensfreude auf den Kopf: eine lästerliche Form der Rache, Herr Revisor. So recht nach meinem Geschmack. So steht es an der Kirchenmauer: Ich dichtete den Gräbertanz / Der all an seinem Bande leitet / Und zum Grabe sie bereitet: das ist ihr letztes Erdenhaus. Fragen Sie die letzten Thulserner, wenn Sie noch welche finden, Herr Revisor. Sie werden Ihnen sagen, in der Nacht auf Michaeli könne man auf dem Friedhof jene im Reigen der Toten tanzen sehen, welche noch im selbigen Jahr hinscheiden.

Tunnelträume

Erfüllt von flüsternden Schatten gehe ich weiter. Ich bin allein, und was ich denke oder tue, kommt aus mir selbst. Der Revisor hinkt hinter meinen Gedanken her, rote tanzende Pünktchen der Erschöpfung vor den Augen. Der Schienenweg wird immer armseliger, gelbes dürres Gras überwuchert die Gleise, manchmal ist der aufgeschüttete Damm nicht mehr erkennbar. Er steigt jetzt merklich an, vorbei an wassergefüllten Mulden und Gräben mit Gestrüpp, das ausgeschnitten gehörte. Die Wiesen sind feucht wie nach einem Wolkenbruch. Von Schwelle zu Schwelle lege ich mir den weiteren Teil meiner Strecke zurecht, meine Damen und Herren, sehr geehrter Herr Revisor. Ich denke mir aus, was ich für mein Vorhaben benötige. Je mehr die Strecke dem Gebirge entgegengeht, desto weiter sind die ausgestorbenen Dörfer von den Haltepunkten und Bahnhöfen entfernt. Kurz vor dem Ziel ist alles gleich, als stünde die Zeit still. Die Gliederung der Vorlesung ist längst belanglos geworden. Zwischen die Systematik schiebt sich das Bild einer tödlich verlassenen Station, hinter der nach wenigen Metern die Wildnis beginnt. Es ist ein Bild aus einem Film, den ich kenne, ohne ihn je gesehen zu haben. Seit Jahren bin ich nicht mehr ins Kino gekommen. Früher besuchte ich manchmal die Kurlichtspiele. Wer den Beruf eines Streckenwärters ausübt, bedarf solcher Hilfsmittel nicht. Er hat seine Bilder unterwegs im Kopf. Ihnen geht er nach. In verrosteten Lettern steht *Thulserner Bahn* auf einem Schild, welches am Wellblechdach an der Vorderfront des Stationsgebäudes hängt und im Wind klirrt wie die silberne Scheibe über dem Eingang eines Friseurladens. Wellblechfetzen, die sich vom Dach gelöst haben, wehen herab, überall liegen rostende Eisenteile herum, teilweise schon überwuchert oder mit kleinen Erdhügeln verklammert. Das Nebengebäude gleicht einer verwahrlosten Schmiede. Ein Abstellgleis ist fast zugewachsen. Der Prellbock aus Eichenschwellen ist morsch. Zwischen zwei mageren Holzapfelbäumchen hängt schlaff eine Wäscheleine, kaum bewegt baumelt daran Wäsche mit Stockflecken. Vom Zaun vor dem Gleis, der einstigen Perronsperre, fehlen etliche Latten. Andere sind angeknickt. Wer nicht genauer hinsieht, könnte glauben, die von Rost überzogenen Schienen führten nach knapp hundert Metern schnurstracks in einen dichten Dschungel, wo sie irgendwo einfach aufhörten. Unvorstellbar, daß hier jemals ein Zug durchgekommen sein soll. Zu der Szene paßt ein räudiger Köter, der auf der schmalen Veranda neben der Haustür des traurigen Gebäudes döst. Hinter dem Haus spaltet ein Mann in zerrissener Hose, die Hosenträger lasch über dem feldgrauen ärmellosen Unterhemd, auf einem Hackstock in Stücke gesägte Schwellen. An einem Nagel an der Bretterwand des Schuppens hängt die Dienstjoppe mit matt blinkenden Metallknöpfen auf ausgewaschenem Blau. Was der Mann tut, scheint nur ein Vorwand zu sein, als wollte er mit seiner Arbeit das verzweifelte Abbild einer Ordnung ermöglichen, im Angesicht der unaufhaltsamen Verrottung eine grausige Anstrengung, weil die Gegenbeweise immer

mühseliger werden. Der Mann ist barfuß. An den fleischigen Zehen kann man sehen, daß er es seit Jahren nicht mehr gewohnt ist, Schuhe zu tragen. Höchstens Sandalen. Wüßte ich nicht genau, daß ich mir diese Szene immer wieder nur einbilde, müßte ich erschrecken, denn an manchen Tagen hat dieser Mann eine gewisse Ähnlichkeit mit mir selbst. Dann wieder gleicht er in einigen Zügen Vetter Hans Nicolussi. Diesmal verblaßt die Vorstellung rasch: der Revisor taucht in der Ferne auf.
Herr Revisor: ich mache Ihnen einen Vorschlag. Sie könnten doch, sobald Sie die Strecke aufgelassen haben, den Tunnel beziehen. Sie könnten sich dort häuslich niederlassen, Sie könnten sich den Tunnel gemütlich einrichten, mit Kuckucksuhr und Hängematte. Eine richtige Wochenendidylle könnte das werden, Herr Revisor. Endlich hätten Sie Platz für Ihre Bücher, endlich hätten Ihre gelagerten Apfelsäfte gleichbleibende Temperatur. Und, bitte, wer in Ihren Kreisen könnte schon auf einen Tunnel zeigen und sagen: seht her, hier ist individuelles Wohnen möglich. Bedenken Sie die Chance, Herr Revisor. Sie könnten nicht nur eine Bibliothek einrichten, sondern sogar ein ganzes Institut. Was läge näher, als das Institut für Verkehrsgeschichte, dem Sie als Dekan vorstehen, in einen Eisenbahntunnel zu verlegen?
Sie hätten einen Stollen nur für sich. Im Traum könnten Sie dort Ihrem Vater begegnen, ebenso Ihrer kirchenchorbegeisterten Mutter. Wäre das nicht eine Gelegenheit, Dinge ins reine zu bringen, die längst geklärt werden müßten? Im Tunnel herrschen eigene Gesetze, Herr Revisor: die Zeit wird lebendig. Für einen Kletteraffen der Vernunft ist so ein Tunnel ideal.

Sie könnten endlich mit Ihrem Lieblingsprojekt beginnen, Herr Revisor: endlich könnten Sie die Geschichte der Rasierklinge schreiben. So ein Tunnel kann eine Mönchszelle sein, Herr Revisor: gerade das Richtige für einen wie Sie. Ich sehe Sie schon abends vor der Einfahrt sitzen und die Sonne beim Untergehen überwachen. Ich sehe einen Revisor, der den Tunnel einer aufgelassenen Eisenbahnstrecke bezieht, als handelte es sich um ein leerstehendes Haus, und ich sehe, Herr Revisor, wie Sie in einer Nische Aufzeichnungen finden: in ein altes, fettig abgegriffenes Kontobuch geschriebene Aufzeichnungen. Da hat einer sein Leben aufgeschrieben, werden Sie rasch feststellen. Minutiös aufgezeichnet. Jede Kleinigkeit. Nichts geht verloren. Nun werden Sie versuchen herauszufinden, wer das war, dessen Leben da komplett aufgeschrieben vor Ihnen liegt. Sie möchten erfahren, wer vor Ihnen im Tunnel gelebt hat. Der Gedanke läßt Ihnen keine ruhige Minute mehr. Tag und Nacht werden Sie sich nur diese eine Frage stellen. Gewiß, Sie werden abgelenkt werden. Sissy Chromer wird Ihnen einfallen, ein Eislaufsternchen, später Schönheitskönigin, an deren Glanz Sie gerne teilgehabt hätten. Ach, Sissy, werden Sie seufzen, Herr Revisor, und an die verwöhnte Tochter eines Sonnenschirmfabrikanten denken, die schließlich sogar eine Gesangsausbildung absolvierte, obwohl sie längst wegen der nach ihr benannten Pirouette weltberühmt geworden war. Doch Sissy hat sich nicht für Sie entschieden, Herr Revisor, Sissy entschied sich für einen anderen Mann, den sie für die große Liebe ihres Lebens hielt. Das Eislaufsternchen wählte einen Schrotthändler, Herr Revisor, doch der machte eines Tages bankrott, woraufhin sich Sissy scheiden ließ. Nun war sie wieder frei, aber sie wollte Sie nicht, Herr Revisor. Was hätte sie auch mit Ihnen anfangen sollen? Was hätte Sissy dazu bewegen sollen, sich mit einem Revisor einzulassen, der einen Tunnel bewohnt und nur über eine Frage nachdenkt: wer hat diese Aufzeichnungen in dieses fettig abgegriffene Buch geschrieben? Fein säuberlich, mit Tinte und Feder. Je genauer die Aufzeichnungen werden, Herr Revisor, desto unschärfer wird das Bild, das Sie sich von dem Verfasser dieser Zeilen machen. Dabei müßte es doch gerade umgekehrt sein. Der geheimnisvolle Schreiber, dessen Leben zusehends verworrener wird, müßte Ihnen doch immer bekannter werden. Aber nein, es soll nicht sein. Schließlich werden Sie ganz in dem Unbekannten aufgehen, und der Unbekannte wird völlig in Ihnen verschwinden, Herr Revisor. Und Sie werden es nicht einmal merken, weil es unmerklich geschehen wird, still und unauffällig. Der letzte Satz aber, den Sie in den Aufzeichnungen lesen werden, Herr Revisor, wird der Satz sein, mit dem diese Aufzeichnungen beginnen: ein leerer Ort wäre die Welt ohne mich ... Sie werden sich in Ihr Tunnelbett legen, und Sie werden Fieber bekommen. Hohes Fieber und Schüttelfrost. Es wird Ihnen Bilder vor die Augen treiben, Bilder, wie Sie sie noch nie gesehen haben. Das garantiere ich Ihnen. Sie werden sich als alten Mann erkennen, Herr Revisor. Sie werden einen grauhaarigen, am Stock gehenden Revisor sehen, der sich in einer Bahnhofswirtschaft mit seinen ehemaligen Untergebenen trifft, um die alten Zeiten wieder aufleben zu lassen. Ach, wissen Sie noch? Wie war das doch mit dem? Weiß einer von Ihnen, was aus der geworden ist? Im Laufe des Gesprächs werden Sie auf eine Person kommen, Herr Revisor, von der keiner der Runde genau weiß, wie sie aussieht. Der eine sagt so, der andere sagt so. Schließlich glauben Sie sich an eine Photographie in einem Album erinnern zu können, auf dem die Person abgebildet sei. Spontan beschließen Sie, Herr Revisor, die Bahnhofswirtschaft zu verlassen, den kurzen Weg nach Hause zu gehen, um das Album mit dem Foto herauszusuchen. Nach einer kleinen Weile erreichen Sie Ihre Wohnung, betreten die Bibliothek, gehen die prallen Regale entlang und beginnen, das Album zu suchen. Ihre Untergebenen warten gespannt. Es hat Sie an Ihrer Eitelkeit gepackt. Es wäre doch gelacht, werden Sie sich sagen, wenn ich nicht recht bekäme und meine Ansicht mit Hilfe dieses einen Fotos beweisen könnte. Endlich entdecken Sie das Album in der obersten Reihe. Um es zu erreichen, müssen Sie auf die Staffelei. Für Ihr Alter keine Kleinigkeit. Aber Sie schaffen es. Sie müssen es schaffen. Es geht um das Foto. Es geht um Ihren Ruf. Die Untergebenen warten. Da ergreifen Sie das Album, und in diesem Augenblick wird Ihnen schwarz vor Augen. Sie stürzen von der Staffelei. Wie lange Sie liegen, wissen Sie nicht. Auf jeden Fall rappeln Sie sich wieder hoch. Außer einigen Prellungen scheint Ihnen nichts zu fehlen. Sie haben sich wahrscheinlich den Knöchel verstaucht. Er schmerzt bei jedem Schritt. Sie beschließen jedoch, schleunigst in die Bahnhofswirtschaft zurückzukehren. Humpelnd machen Sie sich auf den Weg. Schneefall setzt ein, und er wird immer dichter. Sie sind viel zu leicht gekleidet, tragen weder Mantel noch Schal. Aber bis zur Bahnhofswirtschaft sind es nur noch einige Minuten. Doch der Weg wird immer länger, Herr Revisor. Sie kommen nicht mehr

weiter im Schneegestöber. Sind Sie vom Weg abgekommen? Sie wollen sich ausruhen, Ihr Knöchel schmerzt. Ihre Hand umklammert das Album, als enthielte es ein Vermögen. Es kommt der Augenblick, vor dem Sie sich immer gefürchtet haben: Sie können keinen Schritt weiter. Sie lassen sich einschneien. Endlich machen sich einige besorgte Untergebene auf die Suche und finden Sie, Herr Revisor, erfroren auf einer Parkbank, das Album in der klammen Hand. Später werden Ihre Untergebenen das Album öffnen, doch es enthält nicht eine Photographie.
Diesen Traum, Herr Revisor, werden Sie in Ihrem Tunnel immer wieder träumen. Und er wird übergehen in einen zweiten Traum, um sich schließlich mit ihm zu vermischen. Darin geht es um Ihr Faktotum, Herr Revisor. Das Faktotum haust in einem fensterlosen Raum hinter einem Vorhang in einem Kellerverschlag. Sie wecken das Faktotum und befehlen ihm, den wie einen Tapetentisch zusammenklappbaren Flugsimulator, wie ihn Fluglehrer benützen, in ein Stellwerk der Thulserner Eisenbahnstrecke zu transportieren, wo Sie das Gerät zu Demonstrationszwecken benötigten. Das Faktotum geht los, schleppt den Simulator, und es verirrt sich in den Kellerräumen. Endlich kommt das Faktotum ins Freie, doch es ist nicht die Landschaft, die es ein Lebtag lang zu kennen glaubte. Das Gerät hinter sich herziehend, irrt das Faktotum durch die fremde Gegend, begegnet singenden Wanderern, kostümierten Komparsen für einen Film, der in der Nähe gedreht werde, *Der Graf von Monte Christo*, sowie einem Stab von Filmregisseuren, die fieberhaft ihre Schauspieler suchen. Das Faktotum gelangt immer weiter ins Gebirge. Zuletzt stößt es auf

eine Gruppe von Studenten, die nach ihrem verschwundenen Professor suchen. Da kommt ihnen eine zweite Gruppe entgegen: mit schwarzen Armbinden. Einige Mädchen erzählen, sie kämen von einem Gebirgsfriedhof, wo sie soeben einen Selbstmörder begraben hätten, der sich von einer Felswand gestürzt habe, dessen Schädel aber so zertrümmert gewesen sei, daß niemand den Leichnam habe identifizieren können. Aber darüber können Sie in Ihrem Tunnel nachdenken, Herr Revisor. Ziehen Sie sich in die gemütliche Ecke zurück, schenken Sie sich ein Glas kühlen Apfelsaft ein und denken Sie nach. Klettern Sie herum im Sinngerüst, rädeln Sie die Denkmusterbögen aus, schwitzen Sie die Bedeutung aus wie die Tunnelwände die Feuchtigkeit des Gesteins. So ein Tunnel ist ein idealer Ort, um den Sinn des Lebens zu finden, Herr Revisor. Dabei wünsche ich Ihnen Glück. Und bedenken Sie, wie viele Gleichnisse sich über Tunnel erzählen lassen. Selbst das *Große Bildungsbuch* bei mir auf dem Dachboden führt mehrere Tunnelgleichnisse auf, von denen ich mir das berühmteste selbstverständlich gemerkt habe: *Wir sind,* heißt es da, Herr Revisor, *mit dem irdisch befleckten Auge gesehn, in der Situation von Eisenbahnreisenden,* Herr Revisor, *die in einem langen Tunnel verunglückt sind, und zwar an einer Stelle,* Herr Revisor, *wo man das Licht des Anfangs nicht mehr sieht, das Licht des Endes aber nur so winzig* – hören Sie, Herr Revisor: nur so winzig, *daß der Blick es immerfort suchen muß und immerfort verliert,* Herr Revisor, *wobei Anfang und Ende nicht einmal sicher sind. Rings um uns aber haben wir in der Verwirrung der Sinne oder in der Höchstempfindlichkeit der Sinne lauter Ungeheuer,*

schließt das Gleichnis, Herr Revisor. Hübsch, nicht wahr? Heutzutage beruft sich fast jeder darauf. Das Gleichnis ist bereits derart Gemeingut, daß Sie es in jeder Zeitschrift für Modelleisenbahnbau nachlesen können. Vielleicht kennen Sie es sogar. Sie müßten es eher kennen als ich. Vielleicht sind Sie sogar der Meinung, derlei dürfte ich gar nicht kennen. Aber das hat keine Bedeutung, solange ich Sie mir in einem Tunnel denke. Dort halte ich Sie in Schach. Ich halse Ihnen noch einen Traum auf, Herr Revisor. Einen typischen Tunnelbesitzertraum.
Eines Nachts werden Sie im Schlaf aufschrecken und über die Bilder sinnieren, die ich mir für Sie ausdenke. Sie haben soeben gesehen, wie an einem schwülen Nachmittag ein buckliger, vornehm gekleideter alter Mann mit schönem Gesicht und schlohweißem Haar auf der Uferpromenade von Panama jählings auf den Rücken fällt und stirbt. Ein Kasten mit präparierten Schmetterlingen ist ihm aus der Hand geglitten, und Ihnen, Herr Revisor, kommt vor, als sei sein Glas zersprungen, noch ehe der Kasten auf dem Boden aufschlug. Überall liegen plötzlich Schmetterlinge neben dem Toten. Ein Polizist mit Tropenhelm erscheint, es entsteht ein Menschenauflauf, jemand kennt den alten Mann: es handelt sich um Professor Beda Montechristo, den berühmten Schmetterlingsforscher, der in seiner außerhalb der Stadt auf einem sanften Hügel liegenden Villa zwischen Schaukästen und seltenen Büchern ein zurückgezogenes Leben führte. Die Brieftasche des Toten enthält genaue Anweisungen, wie im Falle seines Ablebens zu verfahren ist. Sie aber, Herr Revisor, erhalten kurze Zeit später ein Schreiben der Panamanesischen Botschaft, das Sie

zum Testamentsvollstrecker des Schmetterlingskundlers ernennt. Sie sind auserwählt. Sie erhoffen sich eine Dienstreise nach Panama, Eintritt in die höhere Welt der Diplomatie, internationale Anerkennung. Dabei haben Sie sich noch nie mit Schmetterlingen beschäftigt, Herr Revisor. Sie erwarten die Akte Montechristo, die Ihnen durch Boten zugestellt werden soll. Anderntags erscheint der Bote, ein Neger in Phantasieuniform mit schweren Epauletten. Sie öffnen das fragliche Bündel, auf dessen Deckel mit Zierschrift *Montechristo* geschrieben steht. Aus den Unterlagen ersehen Sie, daß der Erblasser eigentlich Beda Aggwyler hieß, in Thulsern geboren wurde, bei einem Unfall beide Eltern verloren hatte sowie selbst schwer am Rückgrat verletzt worden war. Wegen eines Makels, des Buckels, habe er fortan viel Spott ertragen müssen. Nach der Matura habe er Thulsern für immer verlassen, lange Jahre in verschiedenen Ländern Lepidopterologie studiert und die Professur in Panama erhalten, welche ihm ein von finanziellen Sorgen freies Leben ermöglicht habe. Seinen Namen habe er schon bald nach Verlassen seiner Heimat in Montechristo geändert: zum einen, weil der Roman *Der Graf von Monte Christo* ihm über den Verlust seiner Eltern sowie über langwierige Spitalaufenthalte hinweggeholfen habe, denen er sich wegen seines Buckels unterziehen mußte, zum anderen, weil er im Grafen von Monte Christo den größten Rächer aller Zeiten erkenne. Und Rache habe er auch auf seine Fahne geschrieben. Nur um Rache üben zu können, habe er sich bemüht, reich und berühmt zu werden. Sein beträchtliches Vermögen vermache er, Professor Montechristo, demjenigen Thulserner, welchem es trotz Spott, Verachtung und

Demütigung gelungen sei, eigensinnig seinen Weg zu gehen, ohne dabei selbst den Gedanken an eine dereinst Gerechtigkeit herstellende Rache für all die Schmähungen aufgegeben zu haben. Der Revisor habe die Aufgabe, den richtigen Erben zu finden, wofür er fürstlich entlohnt werde.
Er wird Sie mit Geld kaufen, Herr Revisor. Mit Geld und mit Ruhm. Bedenken Sie: endlich wird Ihr Name in aller Munde sein.
Sie erschrecken zunächst vor der Aufgabe, aber Sie gehen den Pakt ein, Herr Revisor, weil ich es so beschlossen habe. Ein Zurück gibt es nicht mehr. Aber wie jetzt den richtigen Erben finden? Wie wollen Sie das anstellen, Herr Revisor? Da müssen Sie oft und immer wieder in Ihrem Tunnel auf- und abmarschieren. Hin und her müssen Sie gehen und sich überlegen, wie Sie es anstellen wollen. Ihre Hände werden über das feuchte Gestein streichen, und manchmal werden Sie sich vor Verzweiflung in eine rußige Nische verkriechen, die für Schwellengänger zum Schutz vor heranbrausenden Zügen in den Fels gesprengt wurde. In solch einer Nische werden Sie auch die zündende Idee haben, den richtigen Kandidaten zu ermitteln. Wie Sie glauben! Sie werden Ihren Tunnel verlassen und im *Thulserner Boten* eine Annonce aufgeben, in der Sie alle, die sich für ausersehen halten, an Ihrem Geburtstag, am 18. September, den Sie mit der Garbo gemeinsam haben, wie Sie nicht müde werden zu betonen, in die Fallmühle einladen. Freibier. Kein Verkauf. Keine Parteiversammlung. Gezeichnet Professor Dr. Ing. Revisor. Sie werden stolz Ihre Zeitungsanzeige an die Tunnelwand nageln, Herr Revisor. Viele Neugierige werden kommen, Ausflügler und

solche, die es auf das Freibier abgesehen haben. Aber Ihre Augen werden auf die mürrisch abseits und einzeln Sitzenden gerichtet sein, auf Anna Kolik, die Leichenansagerin, auf Fedor, den gefangenen Russen, auf eine Landwirtschaftsnonne in zerschlissener blauer Tracht, auf Gaudenz Anwander, einen stellungslosen Bauingenieur, sowie auf den eigenbrötlerischen Landbriefträger Maroder. In der Mitte der Stube denke ich mir in Ihrem Traum, Herr Revisor, zwei Taubstumme, die mit ihrer hastigen Zeichensprache eine Insel des Schweigens bilden. Die bleierne Atmosphäre löst sich erst, wenn ich das Zeichen zum Ausschank des Freibiers gebe. Plötzlich spielt der Landbriefträger auf der Ziehharmonika, die Damen Vogelsang, auf die Sie ebenfalls aufmerksam geworden sind, Herr Revisor, beginnen zu schunkeln, Fedor, der gefangene Russe, fordert die Nonne zum Tanz auf und führt, nachdem diese energisch ablehnt, einen Kosakentanz vor. Das Bier fließt in Strömen; die Veranstaltung droht aus den Fugen zu geraten, der Revisor kann sich nicht mehr verständlich machen. Er beschließt, die nach seiner Meinung in Frage kommenden Erben persönlich aufzusuchen, und verläßt durch eine Hintertüre die Fallmühle, um zurück in seinen Tunnel zu gehen.

Zuerst werden Sie es mit dem stellungslosen Bauingenieur versuchen, Herr Revisor, der das ehemalige Schulhaus in Kaisers weit oberhalb von Thulsern bewohnt. Wegen einer über Nacht niedergegangenen Mure muß der Revisor zu Fuß hinauf. Unterwegs werden Sie Maroder, dem Landboten begegnen. Sie werden einander grüßen, einige Worte wechseln, ehe sich der Bote kichernd von Ihnen trennt. Es wird wie aus Kübeln gießen, der Weg wird sehr beschwerlich sein. Völlig durchnäßt und erschöpft werden Sie im Schulhaus ankommen und es zu Ihrer Enttäuschung leer finden. Überall an den Wänden Zeichnungen, Skizzen, Pläne für Skiflugschanzen, Herr Revisor. Dazwischen Photographien von berühmten Skifliegern, manche sogar mit persönlicher Widmung. Auf einem Filmprojektor, den auszuschalten offenbar vergessen wurde, dreht sich eine Spule. Der Revisor sieht ein, daß er wegen der rasch hereinbrechenden Dunkelheit erst am anderen Morgen zurück ins Tal kann. Er findet Essensreste und sucht nach einer Schlafmöglichkeit. Die Räume sind klamm wie in seinem Tunnel. Um sich die Zeit zu vertreiben, werden Sie im Traum den Film einlegen und Zeitlupenstudien über einen Madonnenschnitzer und Skiflieger betrachten. Anderentags werden Sie unter den an die Wand gehefteten Skizzen und Plänen eine Nachricht finden, in der Ihnen der Ingenieur mitteilt, ein unerwartet erteilter Auftrag habe ihn abberufen, er solle in den Anden die größte Skiflugschanze aller Zeiten bauen. Die Chance seines Lebens.

Der Revisor wird sich deprimiert auf den Heimweg machen. In seinem Tunnel wird es aussehen, als sei er wochenlang weggewesen. Schmutzige Wäsche, verdrecktes Geschirr, Unordnung, herumliegende lose Blätter. Wie auf dem Müll. Sie werden zuerst säubern müssen, Herr Revisor. Sie können doch Ihren Tunnel nicht einfach so vernachlässigen. Aber schon sind Sie wieder unterwegs: diesmal zu Anna Kolik. Sie erzählt Ihnen, Herr Revisor, wie die Eltern des Beda Montechristo unter eine Lawine gerieten. Vermutlich habe man sie scheintot begraben. Und Anna Kolik erzählt

von ihrer Flucht aus dem Osten, erzählt ein ungeschriebenes Kapitel unserer Geschichte, Herr Revisor: vom schmerzensreichen Einzug der Flüchtlinge nicht nur in Thulsern. Anna Kolik wird Ihnen auch noch ihre Träume aufladen. Schwere Träume, Herr Revisor. Denn einer trage des anderen Last. Träume von der Flucht, Träume von Scheintoten, Träume, die weder Trost noch Milde kennen.
Sie müssen die Träume Anna Koliks träumen, und Sie werden Sie sagen hören: *der Gehenkte, den ich auf dem Rücken trug, gab mir Fußtritte. Als er aber fand, daß ich noch nicht nach seinem Belieben galoppierte, hob er im Fluge zwei Skorpione auf, band sie sich als Sporen an die Stiefel und zerfleischte meine Flanken.*
Dies werden die Worte Anna Koliks sein, Herr Revisor, und die Flüchtlingsfrau wird sich mit einer Frage von Ihnen verabschieden: wie wenig Gepäck muß man haben, wird sie fragen, um auf dem Pfiff einer Lokomotive mitzureisen, auf einer Strecke ohne Endstation, auf der Strecke ans Ziel?
Sie kehren wiederum sehr spät nach Hause zurück, Herr Revisor. Diesmal regnet es nicht, nein, diesmal lasse ich es in Ihrem Traum schneien. Die Dramaturgie des Gewitters. Sie wissen schon. Wir verstehen uns. Kein Mensch unterwegs. Nur der Landbote. Offenbar hat er noch ein Telegramm zuzustellen. Sie sehen ihn mit wehendem Umhang über die Felder fliegen, als radle er einen halben Meter über dem Boden, bis ihn das Gestöber verschluckt. Ich träume für Sie weiter, Herr Revisor, denn ich bewohne keinen Tunnel. Ich träume Sie ganz schnell in einen strahlenden Wintertag. Sie sind unterwegs zur Endstation der

Thulserner Bahn: zur Fallmühle. Dort ist die Postagentur des Landboten Maroder, den Sie gerade beim Fußbad antreffen. Maroder erzählt Ihnen von Alpenübergängen und von der Geschichte des Wegweisers. Sie erfahren außerdem, daß Montechristos Eltern einst Besitzer der Fallmühle gewesen seien. Nachdem man sie aus einer Lawine nur noch tot habe bergen können, seien sie eineinhalb Tage auf den zusammengestellten Wirtshaustischen der Fallmühle aufgebahrt worden, auf daß sich die Bevölkerung von ihnen verabschiede.

Da sei Anna Kolik gekommen, habe vom Scheintod gesprochen und zum Beweis eine Hutnadel in die Ferse der Toten rammen wollen. Die Landwirtschaftsnonne Canisia habe das Sargmaß genommen und die Toten mit dem Fuhrwerk nach Thulsern gefahren. Der Landbote rät dem Revisor, sich an Canisia zu halten. Dort führe die Spur weiter.

Also muß ich Sie zu Canisia träumen, Herr Revisor, auch wenn Ihnen das in Ihrem Tunnel gar nicht behagen mag. Ein Stück des Weges stelle ich Ihnen noch Maroder zur Seite, dann aber müssen Sie den schmalen Weg zu einem einsam gelegenen Gehöft einschlagen, welches von der Landwirtschaftsnonne versorgt wird und als Außenstelle des Waisenhauses von Thulsern dient. Das Gehöft verrottet unaufhaltsam. Sie werden Canisia beim Stallausmisten antreffen. Später sitzen Sie gemeinsam in der niedrigen Stube, wo Canisia Kräuterkundliches erzählt und die neuesten Geschichten vom Gartenzwerg zum besten gibt, der sich jetzt als Jockey allerlei Kabinettstückchen leiste. Aber Sie erfahren auch von den Gesichtern kranker Kinder, Herr Revisor, welche die Nonne bis in den Schlaf verfolgten. Es ist kurz vor Mitternacht, als plötzlich polternd die Damen Vogelsang die Stube betreten und dem überraschten Revisor erklären, sie wohnten hier. Seit Jahr und Tag kämen sie zu Canisia in die Winterfrische. Die Damen Vogelsang, eineiige Zwillinge, beide pensionierte Lehrerinnnen, erzählen ausgiebig von ihren unendlich langen Eisenbahnreisen durch die Anden, durch Kanada, durch Australien und Neuseeland. Ihr Hobby? Selbstverständlich Schmetterlinge! Angeregt von den Veröffentlichungen des berühmten Beda Montechristo, von dem sie jedes Wort gelesen hätten. Sie besäßen sogar ein Exemplar eines Sonderdrucks (mit persönlicher Widmung) über die Familie der Iguanidae, nach der schon Erik Hjalmar Ossiannilsson, ein Landsmann Linnés, vergeblich gesucht habe. Erst Montechristo habe Licht in die Sache gebracht. Da die Damen Vogelsang es verstehen, bis in den frühen Morgen hinein den Revisor eloquent zu faszinieren, muß ich Sie, Herr Revisor, im Bauernhof übernachten lassen, ehe ich Ihnen dringend zur Heimkehr rate. Diesmal scheinen Sie noch länger weggeblieben zu sein. Ihr Tunnelhaushalt ist noch verschlampter. Die Bibliothek ist kaum wiederzuerkennen. Ratten huschen durch die Küche. Draußen fährt Fedor, der gefangene Russe mit dem Fuhrwerk vor, um die restlichen Möbel aus dem Tunnel abzutransportieren. Lösen Sie Ihren Tunnel auf? Was ist los? Was haben Sie vor? Zu spät bemerken Sie den Landboten, der Sie dringend bittet, fast fleht er Sie an, Herr Revisor, ihn zum Wochenende in der Postagentur der Fallmühle aufzusuchen. Die Sache sei überaus wichtig. Jetzt habe er allerdings keine Zeit. Er müsse weiter, etliche Telegramme warteten noch auf die

Empfänger. Also dann bis zum Wochenende. Abgemacht! Der Revisor versucht nach Kräften, seinen Tunnel in Ordnung zu bringen. Der gleicht einem finsteren Verschlag, verdreckt, verrottet. Der Tunnel ist derart heruntergekommen, daß Sie es vorziehen werden, Herr Revisor, in einem gerade vorbeikommenden Bus für Bettfedernreinigung zu übernachten. Dort sind Sie wenigstens vor den Ratten sicher.
Noch einmal träume ich Sie auf den endlos scheinenden Weg zur Postagentur in der Fallmühle, Herr Revisor, um Ihnen die letzte Hoffnung aus dem Leib zu schneiden, doch noch den Auftrag der panamanesischen Regierung erfüllen zu können und den legitimen Erben des Schmetterlingsprofessors zu finden. Sie müssen noch einmal über Wiesen und Felder, durch Äcker und ausgetrocknete Flußtäler, vorbei an sich färbenden Mooren, über Geröllhalden und verkrautete Eisenbahngleise, wo die Schwellen längst aus dem Boden gerissen wurden und die Schienen aus den Verankerungen gesprungen sind. Zunehmende Verluderung des Revisors. Erschöpfung, kalte Nächte unter freiem Himmel. Szenen wie von fern.
Endlich lasse ich den Revisor die Postagentur erreichen. Das Haus ist völlig zerstört und verlottert: zerschlagene Fensterscheiben, verdreckte Wirtsstube, vergammelte Räume, durch das Dach ziehen Regen und Wind. Von Maroder ist weit und breit nichts zu sehen. Auf den Schreibtisch der sich in einem chaotischen Zustand befindenden Postagentur mit umgestürzten Regalen, aufgeschlitzten Paketen und mit Stempelfarbe verschmierten Wänden träume ich dem Revisor eine mit einem Stein beschwerte Nachricht. Der Revisor wird die Sätze halblaut vorlesen. Er wird

sie mehrmals vor sich hinsagen und dabei verständnislos den Kopf schütteln. Plötzlich wird sein Blick auf die vielen Schmetterlingsbilder und Schmetterlingskästen überall an den Wänden fallen. Der Revisor wird nur noch Schmetterlinge sehen. Tausende von Schmetterlingen. Und sie werden zu fliegen beginnen, sie werden umherflattern wie irritierte Nachtfalter. Abertausende von Schmetterlingen, lasse ich den Revisor träumen, werden ihm durch die Fallmühle folgen, hinaus zur Türe, wo er fuchtelnd um sich schlagen wird, bis er endlich den Blick frei hat. Hoch über der Strecke der Thulserner Bahn wird der Revisor einen Drachenflieger träumen, bunt und sanft gleitend wie ein riesiger Schmetterling. Und sehr weit weg werden Sie auf einem Kamm im Gegenlicht eine Gestalt mit wehendem Umhang erkennen. Es könnte der Landbote sein. Der Postranzen steht wie ein Buckel ab.

Sie aber werden am Ende des Traumgewitters von einem Dröhnen in Ihrem Tunnel erwachen, Herr Revisor. Der Boden wird zittern, die Kuckucksuhr wird schlagen, und Mörtel wird von der Tunneldecke rieseln. Die Erde wird zu beben beginnen, Bücher und Bretter werden durch die Luft wirbeln, Splitter und Scherben, und beizender Rauch wird den Tunnel einhüllen. Sie werden zu spät erkennen, Herr Revisor, daß da ein Zug in Ihren Tunnel hineinrast, denn die Strecke ist nicht tot. Mitten durch Ihren Plunder wird er rasen, mittendurch. Zuletzt aber wird der Zug auch durch Sie hindurchtoben, und *am Ende wird er an Ihrem eigenen Leben wie an einem Fremdling vorbei und mit Mann und Maus aus der Welt hinausfahren und in einen schwarzen Abgrund hinein.*

Im Keller

Noch ein paar Schritte, und ich stehe vor Anna Kolik, von der es hieß, sie könnte mit der Zunge eine Kröte zerdrücken. Die grüngestrichene Holztüre zu Anna Koliks Behausung konnte nicht einmal abgesperrt werden. Lediglich eine altmodische Schnalle hielt sie notdürftig am Rahmen, durch die Ritzen fiel staubiges Licht in den gemauerten Gang, der mit einer Türe zur einstigen Waschküche, mit der anderen, einem Lattengitter, dessen Schloß aus einem quergelegten, in die Öffnung geschobenen abgebrochenen Kochlöffel bestand, aber zum Kellerloch führte, welches völlig finster war.
Dies war der Flur zu Anna Kolik, die aus einem wacklig an die Wand genagelten Zigarrenkistchen eine Packung Streichhölzer nahm, ein Zündholz anriß und damit einen aus dem Kistchen hervorgezauberten Kerzenstummel entzündete, um den unverhofften Besuch anzuleuchten. Sobald ich in Anna Koliks Verschlag stand, glaubte ich, in einer Gruft zu sein und Verwesendes zu riechen. Ein feuchter Kuchen, auf einem Teller auf dem in der Mitte des Raumes stehenden rohen Waschtisch liegend, schimmelte. Daneben stand eine sehr große Tasse mit aufgemaltem Enzian, ein blechern schimmernder Kaffeelöffel steckte in einer Art Kakao oder Schokoladepudding, welcher gleichfalls schon einige Tage alt zu sein schien. Über den Tisch verteilt lagen Brotrinden, teils angenagt,

teils mit dem Messer flachgeschabt. Auf einer bräunlich schäbigen Kommode entdeckte ich neben schmutzigem Geschirr einen kleinen Brotkasten, dessen Schuber aus schmalen, eng aneinanderliegenden Brettchen wie der Verschluß des Armaturenbrettes im Schienenbus aussah, mit dem ich täglich als Fahrschüler unterwegs war. Anna Kolik, in einen schwarzen Schal gehüllt, so daß nach orientalischem Vorbild nur die Augen sichtbar waren, schlurfte voraus und hieß mich mit einer Bewegung ihres Krückstockes, an dem mich die vom einseitigen Belasten schräg abgewetzte Gummikappe faszinierte, auf einem der beiden Holzstühle Platz zu nehmen. Sie selbst versank ächzend und raunend in einem knarrenden Korbsessel mit schwarzen Knöpfen an beiden Enden der durchgezogenen Armlehne, den sie energisch neben ihr gewaltig aufgetürmtes Bett gerückt hatte, welches mit einem Vorhang, seinem Muster zufolge vermutlich türkischer Herkunft, bedeckt war.

Die zu Sehschlitzen verengten Augen fragten mich, ob ich einen Schluck von dem bräunlichen Gebräu oder ein Stück von dem feuchtmarmornen Kuchen wolle, was ich mit krampfhaft höflichem Kopfschütteln verneinte. Noch war kein Wort gefallen, noch hörten wir nur das Tropfen des drohend aus der Wand wachsenden Wasserhahnes, unter dem auf einem krummen Hocker eine Schüssel mit verwittertem Emailleboden stand.

Mein neugierig umherschweifender Blick blieb an dem Nachtkästchen, genauer auf dem gestickten Deckchen über der Glasplatte hängen, die von vier Nasen gehalten wurde: dort lag ein dickes Buch. Gerade als ich es entdeckte, schien sich Anna Kolik

dieser Nachlässigkeit wegen zu schämen, griff mit gichtigen Fingern hinüber zu dem in braunes Packpapier gebundenen Buch und meinte halblaut, Schriften über den Tod seien nichts für einen Jungen meines Alters, auch wenn er auf die Lateinschule gehe, wie sie wisse.
Ich für meinen Teil wollte die lästige Pflicht der Entschuldigung so schnell wie möglich loswerden, um Vetter Hans Nicolussi mit einer Erfolgsmeldung zu neuen Geschichten über das Zollwesen im letzten Jahrhundert anzustacheln, doch auch dies schien Anna Kolik sofort bemerkt zu haben. Immer stärker setzte sich in mir der Verdacht fest, sie habe eine ähnliche Gabe des Vorhersehens wie mein Vetter, auch sie besitze ein unbestechliches Gedächtnis, welches alles aufbewahre.
Noch ehe ich meinen Entschuldigungssatz, den ich den halben Vormittag über auswendig gelernt hatte, ausstoßen konnte, war mir Anna Kolik schon nach Art alter Leute blitzschnell zuvorgekommen.
Geschenkt, winkte sie ab, und ich glaubte in meiner Verzweiflung, sie hinter dem schwarzen Strickschal lächeln zu sehen, ein furchterregendes Lächeln, das sich über die ausgefransten Mundwinkel hinaus zu verlängern schien, als hätte ich in einen Teich einen Stein geworfen, der nun unaufhörlich einen weiten Kreis um den anderen zöge, zuletzt am Ufer als Welle ausklingend.
Halbverkrüppelte Finger mit Knorpeln, Schrunden und Warzen, Auswüchsen und kleinen, rötlich-violett schimmernden Geschwüren unter den Nagelbetten blätterten jetzt in dem Buch, dessen Titel von fettigem Papier verborgen wurde. Der Krückstock lehnte am

knirschenden Korbsessel, ein dunkler Rock streifte den kalten Steinboden, auf dem ein löchriger, an den Rändern ausgefranster und wieder mit grobem Stich eingenähter Fleckenteppich lag. Unter dem Rock lugten schwarze, überraschend große, knöchelhohe, durch eine schmale Blechschließe zusammengehaltene Filzpantoffel mit absatzloser Sohle hervor: bewegungslos nebeneinander.
Mit hexenhaftem Kichern langte Anna Kolik ruckartig nach dem Kuchenteller und riß ein Stück von dem backpulverfarbenen Mehlklumpen ab, um es zwischen gelblich schimmernden, in großem Abstand auseinanderstehenden Zähnen verschwinden zu lassen. Erst jetzt sah ich, daß sie Handschuhe trug, verlängerte Pulswärmer, die bis zu den mittleren Fingerknöchelchen reichten, wo schwarze Fransen wie ungekämmte Haare abstanden.
Meine Eltern, hob Anna Kolik schnaufend an, seien Herbergseltern gewesen und unter eine Lawine geraten. Abgesehen von dem mich irritierenden Wort Herbergseltern war mir diese Nachricht schon derart vertraut, daß ich in einer mir selbst unverständlichen Weise Zutrauen zu Anna Kolik faßte. Doch schon die nächsten Sätze ihres zwischen Zahnschluchten zischend hervorgestoßenen Berichtes ließen mich wieder frieren: meine Eltern seien erstickt, sagte die Flüchtlingsfrau, deren entstelltes Gesicht ich gerne ganz gesehen hätte. Erstickt, wiederholte sie mehrmals, spitz und eine Spur zu hämisch. Ächzend erhob sie sich vom Korbstuhl, um eine Runde in dem kalten Waschraum zu drehen und sich endlich wieder mit einer stützenden Hand auf dem Stock, der anderen, aufstöhnend, flach auf die linke Hüfte gepreßt, am

Fenstersims zwischen zwei verzweifelt grünenden Geranienstöckchen auszuruhen, als sei es zu dem ersehnten Stuhl noch meilenweit zu gehen. Wortlos hatte sie diesen nach der theatralischen Verschnaufpause erreicht, ließ sich erneut ächzend nieder, das Jammern des Stuhles in die eigene Klage mischend.

Als man meine armen Eltern geborgen habe, wußte Anna Kolik mit krumm gestrecktem Zeigefinger zu korrigieren, seien sie in Wirklichkeit noch gar nicht richtig tot gewesen, sondern hätten in tiefer Bewußtlosigkeit einiger Wiederbelebungsversuche bedurft: sie selbst kenne das von ihrer Flucht, wo sie in die Gesichter zerfetzter Greise, gemarterter Kinder und geschändeter Mädchen geblickt habe. Ihr könne man nichts mehr vormachen, sie habe alles gesehen und noch mehr, meine Eltern seien – und hier durchfuhr es mich eisig lähmend – scheintot begraben worden, scheintot, scheintot, erst im Sarg seien sie wirklich erstickt, erst im Sarg, unter der Erde, die man auf sie geworfen habe. Jawohl, sie seien nicht verschollen geblieben, man habe sie schon eine halbe Stunde nach Niedergehen der Lawine ausgegraben, auf Hörnerschlitten ins Tal gebracht und scheintot begraben. Scheintot. Sie hätten noch geatmet, noch gelebt, als der Pfarrer über ihnen das Kreuz geschlagen habe zum Zeichen des Eintritts – jetzt und in alle Ewigkeit, Amen.

Hierin kenne sie sich aus, denn das Buch – und Anna Koliks gichtige Finger mit den entzündeten Nägeln klopften auf den schweren Deckel –, welches in schützendes Papier, das sie vom Metzger erbettelt habe, gehüllt sei, und dies aus gutem Grund überdies, sei eine Art Geschichte des Scheintods, genauer heiße das

Werk: *Der Scheintod, oder Sammlung der wichtigsten Thatsachen und Bemerkungen darüber, in alphabetischer Ordnung,* mit einer Vorrede von D. Christian Wilhelm Hufeland, Königl. Preuß. Geh. Rath und wirklichem Leibarzte etc. Berlin, in der Buchhandlung des Commerzien=Raths Matzdorff, 1808.

Sie habe es übereignet bekommen von einem spaniolischen Privatgelehrten, von dem sie einst im Osten, sie wisse nicht mehr, ob es in Riga oder in Reval gewesen sei, drei Wochen lang jeden Abend einen Vortrag gehört habe, eine hochwissenschaftliche Vorlesung, jawohl; Auszüge aus jenen Forschungen, die der Privatdozent später einem bestürzenden Werk anvertraut habe.

Wieder stopfte sie ein Stück von dem abscheulichen Kuchen in den Mund, wozu sie blitzschnell ihr schwarzes Tuch zur Seite schob, als lüftete sie einen geheimnisvollen Schleier, um augenblicklich die halbbehandschuhten Finger darunter verschwinden zu lassen. Erneut gelang es mir nicht, wenigstens einen Scherben dieser bei den Thulsernern schon legendären Häßlichkeit Anna Koliks, einen Beweis der Verunstaltung durch den Soldaten, zu ergattern.

Noch einmal versuchte ich zaghaft, nach Hüsteln und Räuspern ein wenig mutiger werdend, um Verzeihung für die schändliche Tat der Kinder vor ihrer Haustür zu bitten, ja auch ich habe Grasbüschel und Torf und Katzendreck in Ihren Hausgang geschleudert, ich bitte um Vergebung, ich will's nie mehr wieder tun, nie mehr – doch erneut wischte die Flüchtlingsfrau meine verzweifelten Ansätze weg, diesmal mit dem Stock fuchtelnd, eine Steigerung des Signals, daß sie weder Widerspruch noch Unterbrechung dulde.

Die knorpeligen und verwachsenen Finger Anna Koliks griffen zu dem Buch. *Die Geschichte des Scheintodes, Sammlung der wichtigsten Thatsachen und Bemerkungen darüber, in alphabetischer Ordnung* mit einer Vorrede von Anna Kolik aus dem fernen Osten, aus Stralsund oder aus Greifswald, aus Königsberg, Tilsit, Memel oder Libau, aus Livland oder Estland, Ösel, Dagö oder Dorpat: alles Namen, die ich von Flüchtlingen zum ersten Mal hörte. Crónica de la Muerte aparente, hörte ich die Frau flüstern.
Der Gelehrte sei aus dem verzweigten Geschlecht spaniolischer Devotionalienhändler gewesen, deren einer Zweig heute das Geschäft von Fatima betreibe. Doch nicht dies sei wichtig, sondern zuerst das Leben Hufelands, wie es der Spaniole referiert habe: Hufeland, dem man ein Verhältnis mit Königin Luise nachgesagt habe – immerhin ein Mann, der durchsetzte, daß bei Hofe nicht länger unter der Decke geboren wurde, ein Mann, dessen Frau Juliane ihn verlassen habe, ein Mann, der, vom Typhus geschüttelt, mit Humboldt das Eisen der Universität Berlin geschmiedet habe, ein Mann, der das Adelsprädikat ablehnt: warum? weil er für die Einführung einer Gesundheitssteuer für jedermann eintritt, mithin also gegen, sie betone: *gegen* die Steuerfreiheit des Adels. Ach was: Hufeland – ein Meister der Wiederbelebung. Schon was er über den Tod sage, nehme spätere Ausführungen über den Scheintod vorweg: das einzige sichere Kennzeichen des wahren Todes ist die Fäulnis und folglich ist das einzige Mittel, das Lebendigbegraben zu verhüten, die Leichname nicht eher zu begraben, als bis sich die Spuren der Fäulnis am Unterleibe zeigen.

Ich schluckte bei diesen Worten, und für einen Augenblick schien ein Film mit meinem Kinderleben an mir vorüberzuziehen. Wie Schuppen fiel es mir von den Augen. In Wirklichkeit befand ich mich nicht im Keller der Flüchtlingsfrau, sondern im Märchen. War da nicht die Rede von einem hübschen kleinen Jungen, dem einzigen Sohn eines armen Flickschusters und einer Gemüsefrau, welche auf dem Markt die Früchte ihres kleinen Gärtchens vor der Stadt feilbot? Kam da nicht ein altes Weib, zerlumpt, mit einem spitzen Gesicht, vom Alter zerfurcht, mit roten Augen sowie mit einer gebogenen Nase, die gegen das Kinn hinstrebte, hinkte und rutschte da nicht eine Alte mit entzündeten Fingerspitzen am Stock daher, als hätte sie Räder an den Beinen, als könnte sie jeden Augenblick mit der spitzen Nase aufs Pflaster fallen? War es das Geheimnis meiner Herkunft? Meine Eltern: Schuster und Gemüsefrau, wie im Märchen? Das mußte es sein! Im Keller Anna Koliks begann der Weg in die andere Welt.

Ich schaute auf Anna Koliks Hände, und ich begriff. Ich begriff sofort. Kräutlein schauen, Kräutlein schauen, hatte die Alte gesagt, und sie fuhr mit ein paar dunkelbraunen häßlichen Händen in den Kräuterkorb der Mutter hinein, packte die Kräutlein, die so schön und zierlich ausgebreitet waren, mit ihren langen Spinnenfingern, brachte sie dann eines um das andere hinauf an die lange Nase und beroch sie. Schlechtes Zeug, schlechtes Kraut, nichts von alledem, was ich will, sagte die Alte; war viel besser vor fünfzig Jahren; schlechtes Zeug, schlechtes Zeug. Ja, ich befand mich in einem Märchen. Jetzt wußte ich es. Jetzt wußte ich auch auf einmal, wer meine Eltern waren.

Natürlich: die Alte nahm die herrlichsten Kohlköpfe in ihre entsetzlichen Hände, drückte die Früchte zusammen, daß sie krachten, warf sie dann wieder unordentlich in den Korb und sagte noch einmal: Schlechte Ware! Und auf Geheiß der Mutter mußte ich der bösen Frau folgen: über den Markt mußte ich ihr den Korb tragen, immer weiter weg, bis wir endlich in einen ganz entlegenen Teil Thulserns kamen und vor einem kleinen baufälligen Haus stehenblieben. Dort zog sie einen rostigen Haken aus der Tasche und öffnete geschickt die Tür.

Das sei das Geheimnis des Scheintodes, mischte sich da Anna Kolik ein: Dummheit und Ignoranz verwechselten den Todesschlaf der Jungfrau Maria vor ihrer Himmelfahrt mit einem Scheintod, wie er jenes Mädchen befallen habe, welches, allein unterwegs im Wald, wegen ihres aufreizenden Ganges Wegelagerer zu mißbrauchen versucht hätten, hob Anna Kolik sich rechtfertigend an, obwohl ihr niemand widersprochen hätte bei solch herrischer Stimme.

Ich hörte noch eine zweite Stimme heraus: es war die Stimme der häßlichen Frau aus dem Märchen, die genauso aussah wie die Flüchtlingsfrau im Keller der Postagentur. In Wirklichkeit lebte sie auch gar nicht in einem feuchten Kellerverschlag, sondern das Innere ihrer Behausung war prachtvoll ausgeschmückt, von Marmor waren die Decke und die Wände, die Geräte von schönstem Ebenholz, mit Gold und geschliffenen Steinen eingelegt, der Boden aber war von Glas und so glatt, daß ich ausglitt und umfiel.

Als ich mich zu Wort melden wollte, um zu zeigen, daß ich in der Schule aufgepaßt hatte, wehrte Anna Kolik ab: Barbarossas bartwuchsfördernder Schlaf im

Kyffhäuser oder auch Dornröschen und Schneewittchen im gläsernen Sarg seien ungeeignete Lesebuchbeispiele. Der von ihr hochgeschätzte Wissenschaftler, ein Kopf vom Kaliber Lenins, dessen medizingeschichtlich hochbedeutsames, nicht mehr als dreihundertsechsundvierzig Seiten zählendes Lebenswerk ein Quell seltener Erkenntnis sei, arbeite reichhaltige Spezialliteratur zu den aus Gräbern und Grüften vernommenen Schreien sowie zu fressenden Leichnamen auf, um schließlich schlüssig zu beweisen, daß sämtliche pompösen, aber auch bürgerlich rührenden und hilflosen Grablegungsriten letztlich nichts als Vorsichtsmaßregeln gewesen seien, um vorschnelle Beerdigungen zu verhindern: drei Tage gebe man dem dreimal des Tages laut Angerufenen Frist. Selbst den größten russischen Dichter habe man (nach Art der Papstbegräbnisse) auf dem Sterbebett, als er auf einem verlassenen Bahnhof mit dem Tode gerungen, noch dreimal bei all seinen Vornamen gerufen. Niemals habe man einem lärmend ausgeschmückten Leichnam das Gesicht verhüllt, wie sie, Anna Kolik, eine der namenlosen Gedemütigten aus dem Osten, es aus guten Gründen tue. Das Geschrei der Klageweiber schließlich ziele in Wirklichkeit auf skeptische Kontrolle.

Die Alte aber zog ein silbernes Pfeifchen aus der Tasche und pfiff eine Weise darauf, die gellend durch das Haus tönte. Da kamen sogleich einige Tierchen die Treppe herab, Salamander, die aufrecht auf zwei Beinen gingen, Nußschalen statt Schuhen an den Pfoten trugen, menschliche Kleider angelegt und sogar Hüte nach der neuesten Mode auf die Köpfe gesetzt hatten. Statt der Kohlköpfe holte die Alte Menschenköpfe aus dem Korb, den ich ihr hatte tragen müssen.

Die alte Frau lachte, setzte sich auf ein Sofa, welches mit reichen Teppichen behängt war, ihre Hände legte sie auf einen Tisch von Mahagoniholz, auf den die langen Spinnenfinger trommelten. Ich will dir ein Süppchen einbrocken und einen Kuchen backen, an die du dein Leben lang denken wirst, sagte die Flüchtlingsfrau, während die Salamander, eingewickelt in Küchenschürzen und türkische Beinkleider, Pfannen und Schüsseln, Eier und Butter, Kräuter und Mehl herbeischleppten. Anna Kolik aber schaute mit ihrer langen Nase in den Topf, aus dem Dampf quoll und ins Feuer herabfloß. Da nahm sie den Topf weg, goß vom Inhalt in eine silberne Schale und setzte diese mir vor.

Aufgeregt wetzte ich auf meinem Stuhl hin und her, die einstige Waschküche der Postagentur kam mir düsterer und feuchter vor, als sie beim Eintreten auf mich gewirkt hatte. Mir war, als benötigte ich statt bläulicher Weihrauchwolken des Märchens wärmend schimmernden Speichel um Kinn und Mund. Schon im Sarg, als der Henkel gebrochen und die Kiste polternd auf das Straßenpflaster geschlagen sei, habe sich ein schöner Jüngling noch einmal retten können, hörte ich Anna Kolik aus ihrem Buch vorlesen. So mancher sei von der Bahre gesprungen, so manche Leiche habe das Tuch zerrissen, um aus der Grube zu fahren und ihrer Wege zu gehen, Scheintote hätten in ihrem späteren Leben nicht selten noch etliche Kinder gezeugt oder geboren. Aber wie oft habe man fahrlässig gehandelt oder nichts bemerkt und unübersehbare Zeichen als schiere Einbildung krankhafter Betschwestern abgetan? Ob man je ermessen könne, eiferte sich die Flüchtlingsfrau, jetzt flinker mit den Knorpelfingern in ihrem Band blätternd, welche Schrecken jenen Leichenfleddererm in die Glieder gefahren seien, als sie, eben noch mit dem Abstreifen der Ringe und Reife von den erstarrten Knöchelchen beschäftigt, den Beraubten sich regen sahen? Nicht wenige Erblasser hätten vor der Eröffnung ihres Testamentes verlangt, daß man sie mit glühenden Zangen verschiedener Proben unterziehe: eine Prinzessin, welche ihr Lebtag einen lockeren Lebenswandel geführt, habe sogar angeordnet, man solle ihr vor der endgültigen Grablegung Bambusspießchen unter die Zehennägel treiben. Bei der zunehmenden Sehnsucht nach Ordnung sei man im Laufe der Jahrhunderte zuletzt der Idee verfallen, jedwedes Abscheiden durch Gesetz von zwei Zeugen beglaubigen zu lassen, ehe man den Corpus, wie sich Anna Kolik ausdrückte, auf stacheligem Roßhaar in eiskalter Luft aufgebahrt habe: Abstellräume, Waschküchen, Asyle des zweifelhaften Lebens genannt.

Ich hörte diese Worte aus großer Entfernung. Mir war, als zöge mir die Alte meine Kleider aus und umhüllte mich dafür mit einer Salamanderhaut. Aufgaben wurden mir übertragen: die Kokosnüsse, welche die Krummnasige anstatt der Schuhe trug, mit Öl zu salben und durch Reiben zum Glänzen zu bringen, Sonnenstäubchen zu fangen und durch das feinste Haarsieb zu sieben, Tau aus den Rosen zu schöpfen, den Glasboden zu pflegen, und all das, bis sieben Jahre vergangen waren und ich ein Wandschränkchen über einem aus der Marmorwand herausragenden goldenen Wasserhahn entdeckte. Darin fand ich in einem Körbchen ein besonderes Kraut. Stengel und Blätter waren blaugrün und trugen eine Blume von brennendem Rot. Ich beroch diese Blüte, schnupperte an ihr, denn ihr Geruch war stark, so stark, daß ich zu niesen anfing, immer heftiger – bis ich am Ende niesend erwachte. Meine Glieder waren steif, ich konnte kaum den Kopf drehen. Von fern kam eine Stimme näher, welche behauptete, der spaniolische Gelehrte führe wundersam aufregende Belege an, Geschichten aus *De miraculis cadaverum* – auch sie, Anna Kolik, habe vermeintlich tote Sprachen gelernt, einst, in vergangenen Tagen, in einem heute wahrscheinlich zusammengeschossenen Kloster, befreundet mit den von strengen Stiftsdamen erzogenen höheren Gutsherrntöchtern des Ostens, welche unvergleichlich stolz ihre linnene Tracht zu tragen verstünden: Justo Dei judicio condemnatus sum. Leichen jedoch, wie der spaniolische Vortragskünstler erzählt habe, die schwitzten, bluteten, bissen, bei denen Haare und Nägel unaufhörlich wüchsen, seien meist verzweifelte Beweise für eine monströse Anomalie, niedergelegt in den Debatten eifriger Gelehrter über Sein oder Nichtsein. In jenen wissenschaftsgläubigen Jahren habe man außerdem, beiseite gesprochen, zugunsten der Ergebnisse der neueren Medizin das kunstfertige Einbalsamieren vergessen.

Ich sah mich als Opfer der bösen Fee Kräuterweis, welche als Anna Kolik in einem Flüchtlingstreck aus dem Osten gekommen war, von den Leuten auf der Straße verspottet: ei, seht den häßlichen Zwerg mit seiner langen Nase! Und wie ihm der Kopf in den Schultern steckt! Und die häßlichen schwarzen Spinnenhände. Weder meine Mutter auf dem Gemüsemarkt noch mein Vater, der Schuhmacher, erkannten mich. Sie jagten mich wieder fort, weil sie glaubten, ich verhöhnte sie im Leid, vor sieben Jahren ihr einziges Kind verloren zu haben. Es sei von einer bösen Kundschaft gestohlen worden, weggelockt auf Nimmerwiedersehen. Heute müsse es ein Jüngling von fast zwanzig Jahren sein, der dem Vater in der Werkstatt zur Hand gehen und ob seiner Schönheit Kunden anlocken könnte. Dafür machte mir der Schuster das Angebot, ein Futteral für meine häßliche Nase zu nähen. Im Salon eines Friseurs, welcher mich als Geschäftsattraktion bei freier Kost und Logis aufnehmen wollte, besah ich mich im Spiegel: meine Augen waren klein geworden, meine Nase war ungeheuer und hing über Mund und Kinn herunter, der Hals schien mir gänzlich verlorengegangen zu sein, denn mein Kopf stak tief in den Schultern, mein Körper aber war so groß wie vor sieben Jahren, Rücken und Brust waren breit ausgebogen. Ich sah aus wie ein praller Sack. Ein feister Oberkörper saß auf stakeligen dürren Beinchen, die der Last nicht gewachsen schienen. Um so größer waren die Arme, die mir am Leib herabhingen, denn sie hatten die Länge wie die eines ausgewachsenen Mannes. Meine Hände waren grob und schwarz, die Finger lang und spinnenartig, und wenn ich die Arme ausstreckte, konnte ich damit bis auf den Boden reichen, ohne mich zu bücken. Doch als ich Vater und Mutter, die ich in Wirklichkeit nie kennengelernt habe, erzählte, Anna Kolik habe mich in Zwerg Nase verzaubert, lachten sie. Der Vater nahm ein Bündel Riemen, die er soeben zugeschnitten hatte, sprang auf mich zu, schlug mir den Rücken zum Buckel und auf die langen Spinnenfinger und jagte mich zum Tor hinaus.

Ich suchte nach Halt in dieser eisigen Waschküche der

Postagentur. Am liebsten hätte ich mich augenblicklich unter dem Kissengebirge von Anna Koliks Bett versteckt, hätte ich nicht auch dort die ekelhaften Reste des naßschweren Marmorkuchens sowie Flekken, handtellergroße Flecken erkalteten Kakaos vermutet. So aber hielt ich mich mit klammen Fingern am Stuhl und schickte meinen Blick auf das vor dem Fenster sorgfältig aufgeschichtete, kleingehackte Brennholz, das die Flüchtlingsfrau wahrscheinlich mühsam mit Lederriemen und Kälberstricken, Abfällen vermutlich aus dem Papierkorb der über ihrem Verschlag liegenden Postagentur, verschnürt aus dem Wald herbeigeschleppt hatte: jeder Schritt wegen des Hüftleidens ein Wagnis, jeder gemeisterte Meter ein Beweis für die zähe Überwindung der Schwerkraft. Nach der Thulserner Gemeindeordnung stand Flüchtlingen nicht einmal Sammelholz aus dem Pfarrwald zu. Anna Koliks Augen weiteten sich, als blickten sie auf ein Meer. Ihre Hände fanden den Knoten am Hinterkopf, tastend prüfend, ob das Geflecht in Ordnung sei, woraufhin wiederum sorgfältig das schwarze Tuch über das Haar gebreitet wurde. Ich hatte mich hinter den über dem Kanonenöfchen entlang dem Ofenrohr quer durch den Raum auf einem Waschseil aufgereihten Lumpen, Handtüchern und Hemden verborgen, die schützenden klobigen Pratzen meines riesigen Vetters Hans Nicolussi sehnlichst herbeiwünschend.

Anna Kolik aber empörte sich über den Brauch, den Verstorbenen, sobald sie zu atmen aufhörten, den Mund zuzubinden: auf diese Weise würden zahllose Menschen unwissend zu Mördern. Der spaniolische Professor habe, wohlweislich auf Hufelands Abhandlung zurückgreifend, drei Grade des Todes gelehrt: erstens den Zustand, in dem alle Bewegung unserer Sinne aufgehoben sei, der Mensch äußerlich zwar das völlige Abbild des Todes, innerlich aber durchaus lebenskräftig sei. Zweitens der Zustand, in dem gleichfalls noch Lebenskraft übrig sei, diese aber zu viel an Energie verloren habe, drittens schließlich jener Grad, in dem die Auflösung durch Fäulnis eintrete. Entscheidend seien die juristische Regelung, Prüfmethoden sowie vor allem Rettungsmittel, worüber Hufeland ausgiebig handle. Diese herbetend verlor sich die Frau in Ratschlägen, wie man Scheintote reiben müsse, wie man sie im Aschbette erwärme, wie man sie zu baden habe, wie man sie in Tücher wickle, wie man ihnen die Adern zu öffnen habe, wie man ihnen Luft einblase, scharfe Klistiere einführe, wie man sie zum Brechen als auch zum Niesen reize, schließlich die Liste der Ermunterungs- und Erweckungsmittel: Salmiakgeist, Melissenblätter, Holunderblüten, Zugpflaster, spanische Fliegen, Käsepappeln, Huflattichblätter, Kampferessig, Meerrettich, Hirschhorngeist, Teichmeyerscher Balsam, die Naphta Vitrioli, Hofmannische Liquor, Lavendelgeist und Ambraessenz, Essigmet sowie Honig mit Fleischbrühe.

Sie war mit ihrer Aufzählung noch nicht fertig, als ich mich längst in der Küche des Herzogs wußte, wo sich der Zwerg als Koch bewarb, um jenes Wissen zu nützen, welches er in Gefangenschaft der Fee Kräuterweis in sieben Jahren erworben hatte. Zwar hatten der Oberküchenmeister und mit ihm das gesamte Gesinde zunächst gespottet und gemeint, der Zwerg könne bei seinem Wuchs nicht einmal in die Töpfe schauen,

doch belehrte ich ihn und den Hof rasch eines Besseren, indem ich dänische Suppe sowie rote Thulserner Knödel kochte, welche der Herzog, ein Freund guten Speisens, zum Frühstück befohlen hatte. Kurzum, ich bekam die Stelle und war von nun an wohlgelitten und bald hochangesehen.
Der Fürst taufte mich Zwerg Nase und verlieh mir die Würde eines Unterküchenmeisters. Es dauerte nicht lange, und die Städter wollten mir beim Kochen zusehen, ja, sie erbaten sogar Unterricht, was dem Herzog etliche Dukaten eintrug.
Anna Kolik durchbrach meine küchenmeisterlichen Ausführungen, indem sie eine testamentarische Verfügung herbetete, welche sie auf Anraten des durchreisenden Spaniolen seinerzeit im Osten aufgesetzt und niedergelegt habe. Sie habe dieses Papier durch alle Kriegswirren hindurch retten können, heute bewahre sie es im Umschlag des einzigen Buches auf, welches sie besitzt. Angelegt sei das Papier als Familienbündnis; je zahlreicher die Unterschriften seien, um so mehr Gewicht habe es. Wir Endesunterschriebene, Familienmitglieder, Nachbarn und Freunde, verabreden hiermit und verpflichten uns, die Leichenhäuser und andre mit großen Kosten und Schwierigkeiten verbundenen Anstalten zum Besten der Scheintoten und zur Verhinderung des Lebendigbegrabens dadurch entbehrlich für uns zu machen, daß wir folgende Festsetzungen treulich in Erfüllung bringen und ihnen, nötigenfalls gerichtlich, die pünktlichste Folgeleistung verschaffen wollen. Da war die Rede vom Warten auf deutliche Kennzeichen des Eintritts der Fäulnis, von wenigstens zwei vorurteilslosen und nüchtern beobachtenden Wachen, von der Pflicht, auf

der Stelle einen Arzt zu rufen, wenn nur die geringsten Zweifel am tatsächlichen Tod aufträten. Bei Nichteinhaltung des Paktes drohte der Kontrakt mit Gericht und Strafe – und damit die unterschriebenen Kontrahenten niemals aussterben, sich vielmehr vermehren möge, sollen die Eltern verpflichtet sein, ihre Kinder, sobald diese konfirmiert worden sind, von der Nützlichkeit eines solchen Bündnisses zu überzeugen, und, sofern es die Kinder aus Überzeugung wünschen werden, deren Namen nachtragen und diese Unterschriften gerichtlich machen zu lassen.

Während ich verzweifelt überlegte, wie ich als Zwerg Nase zurückverwandelt werden konnte, während ich längst nicht mehr genau zu unterscheiden wußte, ob ich mich in Anna Koliks Kellerverschlag oder in der riesigen Küche des Herzogs befand, meldete sich in meinem Kopf ein Salamander, der Worte flüsterte, welche mich nicht mehr losließen: stichst du mich, so beiß ich dich! Drückst du mir die Kehle ab, bring ich dich ins frühe Grab. Immer wieder: stichst du mich, so beiß ich dich! Drückst du mir die Kehle ab, bring ich dich ins frühe Grab. Deshalb war ich dankbar, als Anna Kolik in ihrem östlichen Singsang weiterfuhr, bald von Maschinen gegen den Scheintod schwatzte, bald von Kräutern zu erzählen wußte, mit denen sie sich offenbar bestens auskannte. Verworfene Tage! Die Frau sprach, kuchenkauend, von verworfenen Tagen, auch Schwendtage genannt, an denen man nichts Neues beginnen dürfe, weder Arbeit noch Reisen. Dazwischen mischte sie Wettersprüche. Die Tage werden länger: Weihnacht um an Muggenschritt, Neujahr um an Hahnentritt, Dreikönig um an Hirschsprung, Lichtmeß um a ganze Stund. Endlich wieder

Kräuter, wobei ich besonders aufmerksam zuhörte, erinnerte ich mich doch, daß Zwerg Nase mit Kräutern nicht nur verzaubert, sondern auch wieder erlöst worden war. Es solle nur an sonnigen Tagen geerntet werden, Blüten am Vormittag, ganze Pflanzen und Blätter um die Mittagszeit, Wurzeln im Frühjahr und Herbst. Getrocknet sollten nur gesunde Pflanzenteile werden: im Schatten, an luftigem Ort, auf sauberer Unterlage (kein Zeitungspapier), nicht in Herd- oder Ofennähe. Beeren und Früchte könne man im Backrohr nachtrocknen. Nur Wurzeln trockne man in der Sonne. Von den Wurzeln kam Anna Kolik auf Holzschlagregeln, sprach von nachsinnigem Schindelholz und widersinnigem Bauholz, das sich weder verdrehe noch reiße, erzählte von Holz, das am 25. März, am 29. Juni und am 21. Dezember geschlagen werde, weil es dann nicht schwinde. Brennholz, so erfuhr ich, müsse bei abnehmendem Mond gelagert werden, ansonsten es die Feuchtigkeit anziehe und rasch grau werde.

Stichst du mich, so beiß ich dich, drehte es sich in meinem Kopf, drückst du mir die Kehle ab, bring ich dich ins frühe Grab. Die Worte fuhren Karussell.

Als hätte sie es geahnt, kam die Flüchtlingsfrau auf ihr Lieblingsthema zurück, kuchenmampfend, berichtete von einem toten Matrosen, welcher nach Seemannsbrauch in eine Matte eingenäht worden sei, bis ihn ein Nadelstich in die Haut ins Leben zurückgerufen habe. Schon die ältesten Briefe über die wichtigen Gegenstände der Menschheit, so habe sie der spaniolische Wissenschaftler einst belehrt, sie wisse nicht mehr, ob es in Riga oder in Reval gewesen sei, nannten den Nadelstich das probateste Mittel, exakte Auskunft über tot oder lebendig zu geben.

Obwohl ich fror, schwitzte ich: stichst du mich, so beiß ich dich. An etwas anderes konnte ich nicht mehr denken.
Meine Sehnsucht nach Erlösung war grenzenlos; nur mit Mühe konnte ich mich erinnern, wie das Märchen endete. Aber welche Hindernisse waren bis zu diesem Ende noch zu überwinden? War da nicht noch ein Kräuterkrieg, mußte da nicht noch die Königin der Speisen, die Pastete Suzeräne gereicht werden, zu deren Fertigung ein besonderes Kraut notwendig war, ein Kraut, das ich nicht finden konnte? Anna Koliks Erzählungen holten mich zurück, lenkten meine Aufmerksamkeit auf die bunt verzierten Schädel im Beinhaus des Bergfriedhofes von Thulsern: fein säuberlich auf Holzregalen aufgereiht, liegen sie da, die kunstvoll bemalten Schädel der Thulserner. In gestochener Frakturschrift sind auf der Stirn Name, Stand, Geburts- und Sterbedatum vermerkt. Rosen- und Vergißmeinnichtsträußchen zieren die Frauen, Lorbeer und Eichenlaub die Männer. So liegen die Schädel aufgereiht, und Anna Kolik, warum fiel es mir erst jetzt ein, erst jetzt, da ich das Kräutlein für die Pastete suchte, um den Zauber zu lösen und in meine alte Gestalt zurückzufinden, ja, Anna Kolik war die Kopfmalerin. Trocknete sie die Knochen auf dem Dachboden der Postagentur, ehe sie ihre Arbeit versah? Die Angehörigen der Verstorbenen hinterlegten das Entgelt dafür wahrscheinlich in einem Postschließfach, als handelte es sich um einen Schinderlohn. Nur am Fuß alter Kastanien blüht das Kraut, fiel mir ein. Endlich fiel es mir ein. Es mußte unter einer der Kastanien auf dem Friedhof neben dem Beinhaus wachsen. Schon sah ich mich danach suchen: der winzige Friedhof befand sich

auf einem Felsplateau rund um eine verfallene Kapelle, deren Türe ständig offen stand. Im Rücken wuchs schwarz der Berg empor, nach vorne fiel der Hang jäh ab, hinunter zum Fernsteinsee, der wie ein grünsilbernes Tablett dalag, in dem sich in hellem Sonnenlicht eine Postkartenkulisse spiegelte. Der Kastanienbaum aber warf einen großen Schatten. Dennoch sah ich das Kräutlein. Ich erkannte sofort, was mir fehlte, und nahm eine Handvoll, und ich fühlte, wie sich mein Kopf aus den Schultern hob, ich schielte herab auf eine gerade Nase, Rücken und Brust fingen an sich zu ebnen, meine Beine wurden länger, bis ich wieder in normaler Größe im Verschlag der Flüchtlingsfrau saß, mich auch fast nicht mehr ängstigte.
Anna Kolik indes schlug, vermutlich erneut meine Gedanken lesend, die letzte Seite des Folianten auf, legte das Werk auf ihren Schoß, holte eine Drahtbrille aus einem schnappenden Etui, welches wie ein luxuriöser Sarg mit leuchtend violettem Filz ausgelegt war, setzte die Brille nach Art alter Frauen auf und las, ihr schützendes Tuch in einigem Abstand vor ihrem Mund, so daß sie die Worte in baltischem Singsang deutlich zischeln lassen konnte, die letzten Sätze aus ihrem einzigen Buch: in der Nähe der Schleusentore, hörte ich, durch welche die Natur in die Bezirke des Menschen eindringe, an jener Nahtstelle haben wir begonnen, schweigend Angst vor dem Tod zu bekommen. Er allein erscheint uns als Beweis der Dauer, denn alles Verlorene möchte wiedergefunden und endlich zurückgegeben werden. Wir alle wachsen in eine Zeit hinein, die den Scheintod nur deshalb verschweigt, weil er die einzige dem Menschen verbleibende Möglichkeit darstellt, den Tod auszuprobieren

und Kunde zu geben davon, wie es drüben aussieht, wo es angeblich weitergeht.

Mit bedeutungsvoll erhobenem Zeigefinger behauptete Anna Kolik, in jenem gewaltigen Werk sei ein einziger Satz versteckt – eine Frage, auf die es allein ankomme:

Denn was ist schon tot? Doch nur, was zu Lebzeiten dem Berg der Dauer mißtraut und für vergangen hält, was bloß verweht ist.

Anna Kolik schloß sanft das Buch und wandte sich ab, dem Fenster zu, sah hinaus und schwieg.

Über mir glaubte ich Schritte zu hören. Ging jemand durch die Postagentur die dunkel klingende Holzstiege hinauf, streifte da einer vorbei an den Regenmänteln und Lodenumhängen, schlug da nicht eine Türe? Kehrte Vetter Hans Nicolussi zurück?

Ich nahm dies als willkommenes Zeichen und schlich mich davon. Anna Kolik stand noch immer am Fenster, hielt sich das Tuch vor den Mund, und ihre Augen waren weit. Sehr weit.

Siebtes Buch

Der Weg der Lachse

Ich habe mich längst von Ihnen verabschiedet, Herr Revisor. Schon vor Jahren. Seither bin ich unverwundbar. Seither können Sie mir nichts mehr anhaben. Erinnern Sie sich an Ihre Verabschiedung? Sie waren doch dabei. Damals. Wissen Sie es noch? Als ich Ihr Faktotum war. Noch vor meiner Bewerbung um das Amt des Streckenwärters. Sie können das doch nicht einfach vergessen haben. Mir scheint, ich muß Ihrem Gedächtnis ein wenig nachhelfen. Wir kennen uns, Herr Revisor. Wir kennen uns. Einst war ich, stelle ich mir vor, Ihr Gehilfe. Aber ich brauche es mir nicht vorzustellen. Jede Möglichkeit, die ich nur denke, ist wahr. Ich war es. Ich war Ihr Schild und Ihr Spucknapf. Manchmal auch Ihr Vater. Ihr Freund war ich nie, obwohl Sie es gerne gehabt hätten. Am wenigsten war ich Ihr Freund dann, wenn Sie einen gebraucht hätten. Für Sie bin ich durch brennende Reifen gesprungen und habe mich zuletzt dafür von Ihnen demütigen lassen müssen. Bis der Tag der Gerechtigkeit kam, von dem ich wußte, daß ich ihn erwarten würde. Es war der Tag, an dem ich der Graf von Monte Christo wurde. Erinnern Sie sich? Ich habe Sie immer wieder vor dem Grafen von Monte Christo gewarnt, aber Sie haben mich ausgelacht. Es war der Tag, an dem wir gemeinsam abfahren wollten. Sie hatten sich verspätet, weil Sie noch mit einigen Herren verhandeln wollten. Sie wollten überall mitmischen.

Als wir endlich durch die Bahnhofshalle rannten, die
Stiegen der Unterführung hinunterstolpernd, behängt
mit Gepäckstücken, keine Hand mehr frei, hörten wir
schon, wie die Waggontüren des abfahrbereiten Zuges
zugeschlagen wurden. Der Schaffner ging auf dem
Bahnsteig auf und ab, die Trillerpfeife im Mund. Auf
der gegenüberliegenden Seite der Unterführung wieder auftauchend, die steilen Steinstufen, welche für
Ihre jämmerliche körperliche Verfassung viel zu hoch
waren, hinaufkeuchend, schier schon ohne Aussicht,
diesen Zug jemals noch zu erreichen, feuerte ich Sie,
selbst außer Atem, dennoch an, machte Ihnen, wie es
immer meine Aufgabe war, Mut, drehte mich nach
Ihnen um, damit Sie mein Gesicht sehen konnten,
denn auch ich wollte das Weiße in Ihrem Auge sehen,
Herr Revisor, und ich sorgte mich, ob Sie nicht mit
den Gepäckstücken, die ich Ihnen beim besten Willen
nicht auch noch abnehmen konnte, zu sehr überfor-
dert wären, ob ich Ihnen nicht doch noch den Beutel
mit den Büchern hätte abnehmen sollen, ob ich Sie zu
weit zurückließ während des Hinaufliegens über
diese endlos scheinende, unmenschlich steile Treppe,
die rechts und links eingerahmt war von einem gußeisernen, jugendstilhaft geschwungenen, an den Knäu-
fen verspielten Geländer, welches gerade frisch gestrichen worden war, weswegen die gesamte Unterführung nach Farbe roch, so intensiv, daß ich fürchtete,
ein empfindlicher Mensch wie Sie, Herr Revisor, bekäme davon unweigerlich höllisches Kopfweh, was
sage ich: Migräne; außerdem mußte diese leuchtende
Mennige in den Augen schmerzen – aber da rief ich
Ihnen, obwohl ich selbst fast keine Luft bekam, da rief
ich Ihnen noch zu: Mut, Herr Revisor, rief ich, wir

schaffen es. Und in den Pfiff des Fahrdienstleiters hinein sprang ich. Wie durch ein Wunder hatte ich plötzlich eine Hand frei, um mich am Haltegriff zu sichern. In den Pfiff des Zugführers hinein sprang ich auf den soeben ausfahrenden Zug. Und was taten Sie? Was taten Sie, Herr Revisor, im Augenblick der Entscheidung? Sie blieben einfach stehen. Stur, dumm, steif, ohne Luft, so standen Sie, total erschöpft. Indes der Zug mit mir die Station verließ. Da ging mir auf, Herr Revisor, welcher Unterschied zwischen uns liegt. Das ging mir auf. Jawohl. Für Sie war der Zug abgefahren. Der Zug und ich waren für Sie abgefahren. Verstehen Sie? Sie blieben zurück. Erbärmlich blieben Sie zurück in Ihrem Kettenkarussell, in dem sich immer dieselben ums Immergleiche drehen, stets zur gleichen Musik, die aus dem Bauch des Karussells dröhnt, wo es nach Holzleim riecht und nach Terpentin. Wo ich säße, wo mein Platz gewesen wäre, der entsetzliche Ort, den Sie mir zugedacht hätten. Im Augenblick der Dauer eines einzigen langen Pfiffes voll Melancholie beschloß ich: keine panischen Fahrten mehr. Woche für Woche war ich zu Ihnen gefahren, halbe Tage lang, vorbei an überschwemmten Landstrichen, durch sieben mal sieben Tunnels, benannt nach den majestätischen Gipfeln der Thulserner Bergwelt. Auf der Strecke in die Stadt der Eisheiligen und der Sängerfeste passierte ich die morschen Veranden verrottender Bahnhöfe, vor denen leuchtend rote Fahrkartenautomaten die tschechische Besatzung des Speisewagens zu dröhnendem Gelächter verführten. In Heimweh und elektrische Morgenbläue gehüllt flogen Wexrath vorüber und Schnabelwaid, Biberwier und Gstrein, Fatlarn, Roggal, Madrisa und Galtür,

Tafamunt, Mathon, Tschaffein: jeder Name Schlüssel zu einer Welt, Herr Revisor, die Ihnen auf ewig verschlossen bleibt. Auch die trostvolle Aufschrift an der Wand einer aufgelassenen Ziegelei bei Vorra gab kaum mehr Halt: *Das Meer ist weit und blau.* Sie wollten der König werden, Herr Revisor, der Beherrscher dieser Idylle der Langstreckenläufer und Fallensteller, umstellt von kunstfördernder Rüstungsindustrie. Mit diesem Sprung in diesen Pfiff, Herr Revisor, ging zu Ende, was so tosend begonnen hatte. Wie Sie dastanden auf dem leergefegten Bahnsteig, eingekreist von Ihrem Gepäck, dem jämmerlichen Rest eines aufgelösten Junggesellenhaushalts, da waren Sie ein ebenso holder wie versteinerter Beweis der gebenedeiten Verwandlung von Begehren in Verabschiedung, trotz höchster Versuchung und lockend luxuriöser Zuneigung. Früher waren es – vielleicht – Beistand oder Beifall, auch eine gewisse Weltläufigkeit, welche betörten. Kostbar wie Katzengold. Jetzt aber waren derlei Verblendungen vorbei. Wenige Tage später schickte ich Ihnen meine Schlüssel. Ich war schon weit weg, flog bereits, beschützt von der erhaben klingenden Musik Grandisons hoch über einem rotgestrichenen Zelt aus einer Haut von Erinnerungen über einem Fjord, eingebettet in weite saftige Wiesen, schraffiert von Büschen und langen Heckengeraden: ein Drachenflieger, Verbündeter von Troll und Ullr, dem Skiheiligen, in den wirbelnden Flocken einer Polarnacht. Ein Flieger, der nie mehr landen wird. Ich sehe Sie zurückbleiben, Herr Revisor. Welch ein Triumph des Grafen von Monte Christo. Welch eine Anstrengung, welch ein Triumph! Bilder spielen sie mir zu, Bilder von Capitano Raimondo, jenem Artisten, der in einem silbernen Trikot mit blinkenden Sternchen mit einem knatternden Motorrad mit Rillenbereifung auf einem Drahtseil auf den Kirchturm von Thulsern rasen konnte und weit oben an einem Trapez bis zum Überschlag turnte, so daß einen fror. Zum Schluß der Vorstellung aber, wenn es bereits dunkel war, glitt er freischwebend, den Kopf nur in einer Schlinge, mit ausgebreiteten Armen, in den Ärmeln knatterte der Wind, getragen von nichts als einem immer schneller werdenden Lichtkegel, vom Turm herab der Erde entgegen, hinein in eine vor Spannung totenstille Menge, direkt auf mich zu, direkt auf mich, bis ich endlich erkannte, wer Capitano Raimondo war. Damit, Herr Revisor, ist Ihr Anteil für immer verbraucht. Ich lasse Sie jetzt zurück. Ich, der Graf von Monte Christo. An dieser Stelle löst er sein Versprechen endgültig ein. Ringsum blühende Felder zu jeder Jahreszeit. Auf dem Bahndamm bewegt sich, auch in hellen Winternächten, leuchtender Mohn, der Wind fängt sich in grüngelb verdorrten Gräsern. Darüber die Berge, alterslos, schroff, abweisend. Zug ist auf dieser Strecke schon lange keiner mehr durchgekommen. Die Strecke scheint seit Jahren aufgelassen. Das Tal ist sanft, die Gegend einsam und still. Locker aus dem Handgelenk pendelnd, als wäre er ein kunstvoll verzierter Perpendikel eines mahagonischwarzen Regulators, klopft der Hammer mit dem langen, fettig abgegriffenen Buchenholzstiel beidseitig in gleichbleibendem Rhythmus, zuverlässig wie ein Metronom, gegen das Eisen des eingleisigen Schienenstrangs zwischen Thulsern und Fallmühle. Zwei Takte versetzt, aber nicht minder gleichmäßig, ist mein Schritt über den Schotter hinweg von Schwelle zu Schwelle, ein ebenmäßiges, aber seltenes Versmaß, erhaben und von eigensinniger Schönheit. Ich gehe die steilste Strecke im ganzen Land. Sie überwindet einen gewaltigen Höhenunterschied vom lieblichen Tal hinauf zum dunkelgrünen Fernsteinsee, dessen verwunschene Tiefe den Lohn enthält für Beharrlichkeit und Aufstieg. Drunten im See könnte der Drache den Hort bewachen. Klingend treffen Hammer und Schiene aufeinander, glockenklar, unterbrochen nur vom widerspenstig knirschenden Schotter unter den Schuhen. Distelklang stäubt auf, und wäre die Tonlage anders als sonst all die Jahre, wüßte ich sofort, wo welche Verankerung sich gelockert, wo die gußeisernen, mit fingerdicken Schrauben verankerten Zwingen nachzuziehen wären, wo sich eine Schwelle geneigt oder eine Schiene sich eine noch vor dem kommenden Kälteeinbruch zu verschweißende Schrunde zugezogen hätte. Deshalb muß mein Klopfen exakt sein, die besondere Akkuratesse verlangt ein geschärftes, über lange Jahre der Erfahrung höchst empfindlich gewordenes Gehör, welches sich nicht einmal vom gedehnten Schrei eines Raben, den der Wind von der Drusenfluh herüberweht, sorglos ablenken läßt und darüber seine verantwortungsvolle Aufgabe sträflich vernachlässigt oder gar vergißt. Selbst wenn ich mir vorstelle: großartig, eine neue Phantasie, eine neue Geschichte beginnt, ein anderer Traum, noch höher, noch verschraubter – ich steinalt und aschfahl, eingefallenes Gesicht, unterwegs hinüber nach Blanchland, wo ich mir die Entlassungspapiere abholen kann – nicht in der Fallmühle, wie zunächst verheißen, nein: noch weiter weg. Drüben im weißen Land jenseits des Fernsteinsees, wo der Drache seine Höhle hat – ich also beharrlich Barthaar kauend, die Lippen noch immer fleischig und lüstern, jeder Biß eine Wohltat, der Biß in die Zunge, um eine Geschichte beginnen zu lassen, schaurig, schön, jeder Schluck ein Genuß, eine Abschweifung mehr, von Schwelle zu Schwelle tappend, die bunten Vorstellungen lästerlich steigernd bis zur flirrenden Vision: selbst dann bleibt mein Ohr unbestechlich, obwohl ich merke, wie es mich wegen meines unumgänglichen Alters immer näher zum Erdmittelpunkt zieht.

Schon gehe ich bucklig und krumm, stets jedoch unaufhaltsam; freilich übermittelt mir mein untrügliches Ohr jede Veränderung in Rhythmus und Tonhöhe, jedwedes Crescendo mit der Geschwindigkeit eines drahtlosen Funkspruchs, Alarm signalisierend, als wäre ich Lawinenwart, als kennte ich die knisternden Laute, das verhexte Wispern und das schwirrende Gelächter, das sich die Schneeflocken in ihrem listiglustvollen Taumel über Steilhänge ins Tal nieder zuspielen. Als Streckengänger besitze ich das absolute Gehör, ich muß genauer hören als ein Klavierstimmer, schneller Falsches von Richtigem unterscheiden als ein Geigenvirtuose. Sobald mein Langhammer prüfend auf das Gleis trifft, sammeln sich in meinem Ohr doppelt so viele Kompositionen, wie sie beim Stimmen der Instrumente eines großen Symphonieorchesters neidisch konkurrierend zusammentönen. Möglicherweise erweckte ich auf Außenstehende den Eindruck, als ginge ich nur so stumpf vor mich hin und schlüge, um nicht gänzlich über der Gleichförmigkeit solcher Trostlosigkeit zu verkümmern, blödsinnig und ohne erkennbare Regel mit einem nutzlos verlängerten Hammer wie ein Tölpel automatisch gegen das Eisen der Gleise, ohne dabei eine Miene zu verziehen, ohne mit der Wimper zu zucken, einer aufgezogenen Puppe gleich, mir selbst genügend und mich zugleich durch ein derart überflüssiges wie belangloses Tun dennoch auf geheimnisvolle Weise nährend: als säte ich nicht, noch erntete ich je und eine himmlische Macht erhielte mich dennoch am Leben. Und dies nicht einmal so schlecht, denn immerhin wäre ich ordentlich, vor allem wetterfest gekleidet, was an meinem Überwurf, einem blaulodenen Umhang, dem tadellosen festen Schuhwerk sowie, im Winter, den Fausthandschuhen und der über die Ohren herunterziehbaren Kappe sichtbar wäre. Doch dieser Eindruck wäre, abgesehen von den unwiderlegbaren und wegen des scharfen Hörens nicht problemlosen Ohrenklappen, grundfalsch. In Wirklichkeit ist meine Kunst längst nicht so banal, wie es den Anschein hat, denn sie erfordert Unbestechlichkeit nicht nur des Gehörs, sondern auch aller anderen Sinne, dabei freilich kontrollierte Lust und Verlangen, bedenkt man beiläufig, daß jeder unserer fünf Sinne schon für sich selbst eine Kunst enthält. Was wäre, röche ich nicht auf Anhieb durch den dicken Dunst der am Bahndamm unerkannt vor sich hinwuchernden Kräuter ein abgestandenes Schmierfett an einer Verschraubung der schweren, mit beizender Tinktur, Karbolineum, getränkten Fichtenholzschwellen mit den grauen gußeisernen Schrägen und Zwingen, doppelköpfig den eigentlichen Bahnkörper umfassend; von den kompliziert ineinandergreifenden Fugen einer Weiche, von Flüchtlingen auch Wechselschiene genannt, ganz zu schweigen. Und erst die Signalanlagen, die Sicherheit garantieren sollen! Man denke nur an mutwillige Beschädigungen oder an hartnäckig eingeklemmte Äste, Windbruch, man denke an Schotterbröckchen, die das Ineinandergreifen der Weichen stören. Kurz: Sehen und Hören, Schmecken, Riechen, Tasten sind für meine Aufgabe so notwendig wie Übersicht, Geduld, Entschlossenheit und Kaltblütigkeit in jeder Lage, die nach einer Katastrophe aussieht oder sich zu einer solchen auswachsen könnte. So manchen fliegendurchsurrten Herbst bin ich meine Strecke abgeschritten, aufmerksam jede noch so kleine Veränderung registrierend, wie ein gewissenhafter Chronist, und wer glaubt, daß mir die Zeit darüber lang geworden ist, irrt abermals. Am liebsten gehe ich, wenn es in der Dämmerung zu schneien beginnt, wenn das schmutzige Braun der Felder, fleckig wie einst die Weste meines Vetters, beinhart gefroren ist und nach wenigen Minuten lautlosen Schneetreibens makellos wird wie ein Leintuch. Stille reicht dann von einem Ende der Welt zum anderen. Die Berge hängen im Schneenebel, der Wind treibt die Flockenschleier gegen mein Gesicht. Ich spüre jede Flocke, geben sie alle mir doch das Gefühl, gegen eine wattige Wand anzugehen, eine große Herausforderung angenommen zu haben. Fast schneidend trifft dann der Wind auf meine Haut. Ohne schneller zu werden, wird mein Schritt fester. Dabei überlege ich mir, wie weit ich vom nächsten Unterstand entfernt bin, aber ich bin schon an allen Unterständen vorbei. Ich bin über die Endstation hinausgegangen. Aufkommende Schneegestöber, welche sich zum Sturm auszuwachsen drohen, sind seit meiner Kindheit mein Begehren. Sie steigern meine Philosophie der kleinen Schritte von Schwelle zu Schwelle, die bestimmt wird von Beharrlichkeit und Gleichmaß. Beiden wohnt Erbarmungslosigkeit inne.

Wenn ich so gehe, ist mir, als wäre ich gestorben. Vielleicht bin ich ein Kind geblieben, und nur dieses Begehren ließ mich altern. Immer mehr. Immer mehr ging die Zeit durch mich hindurch. Wer jedoch wie ich seine Sinne beisammen halten muß, weil schon die geringste Unaufmerksamkeit sich zum größten Unheil entwickeln könnte, dem vergehen die Stunden wie im Flug. Tausend Überlegungen taumeln im Kopf, so daß ich in Wirklichkeit gar nicht dazu komme, sie alle, wie es ihnen nach Gewicht und Bedeutung zukäme, auseinanderzuklauben, zumal ich Augen und Ohren aufsperren muß, damit mir während meiner Arbeit das Gehen nicht einen Augenblick als Mühe erscheint. Immerhin besteht, solange ich gehe, die Möglichkeit, am Ende meiner Lauf-Bahn doch noch eine unverzeihliche Nachlässigkeit, einen Leichtsinnsfehler zuzulassen, wie er einem Anfänger unterläuft. Nach all den Verabschiedungen wäre dies unerträglich. Ich kann mir nicht einmal den Fehler eines Scherenschleifers erlauben. Und Scherenschleifer zählen gerade so viel wie Kesselflicker. Wenn ich meine Papiere erhalte, droben in der Postagentur von Blanchland, wird sich mein Bogen vollenden, und mein Tagwerk wird vollbracht sein. Tagwerk: damit bezeichnete man einst in Thulsern die Größe eines Feldes. Nicht nach Hektar. Nach Tagwerk. Deshalb ist mir das Wort teuer. Ich werde mir meine Papiere aushändigen lassen und mir zum Ausscheiden aus dem aktiven Dienst als Streckengänger der steilsten Strecke im ganzen Land von einem eigens zu diesem Anlaß herbeigeeilten höheren Beamten stellvertretend für die Eisenbahngesellschaft die Hand drücken lassen. Ausnahmsweise. Er wird mit dem Helicopter einfliegen: wie einst mein Salamander. Die Bürde, unterwegs völlig allein, nur auf mich gestellt, für eine derart außergewöhnliche Hochgebirgsstrecke verantwortlich zu sein, habe ich all die Jahre ohne Murren getragen. Ja, ich darf sagen, ich habe sie gerne getragen. Ich habe das Gebirge, das ich zu wälzen habe, angenommen. Ich habe es als mein Geröll erkannt, weil ich weiß, daß jeder einmal seinem Drachen begegnet. Als Bürde im Sinne einer schweren Last habe ich es nie empfunden. Der macht das schon, höre ich meine einstigen Vorgesetzten sagen, welche nunmehr alle unter dem Boden sind. Ich habe sie überlebt. An ihrem Grab zu stehen ist ein grausamer Triumph.

Ich habe die unterschiedlichen Tonlagen der Herren im Ohr, als handelte es sich um die von meinem Hammer durch Schläge zum Singen gebrachten Schienen: die Inspektoren, frisch von der Direktion in den Außendienst versetzt, welcher nur eine Sprosse darstellt auf der Karriereleiter zurück in die Metropole, mit einem Unsicherheit und akademische Verständnislosigkeit verratenden Vibrato auf der vorletzten Silbe meines hochmütigen Namens – die lange gedienten Schaffner vom Schlage eines Schalderle, den es nur einmal gab, die Bahnpostler und Stationsvorsteher dieser aufgelassenen Strecke, die Heizer und Vorarbeiter beim Gleisbau, die Kiesfahrer in unterschiedlich satten Tönen mit Akzent auf dem ersten Teil des Namens. Damit verströmen sie Vertrauen und Zuversicht, wie nur sie es können. Wenn ich es recht überlege, so habe ich mir niemals anderes gewünscht, als sorgsam und allein meine Strecke abgehen zu dürfen, jahraus, jahrein, im Sommer wie im Winter, zu jeder Tages- und Nachtzeit für sie bereit zu sein, um sie durch lange anhaltendes, immerwährend beharrliches Begehen zu erobern, diese steile Strecke zu der meinen zu machen, zu ihr zu stehen, in guten wie in bösen Zeiten. Und der letzte Gang hat etwas von der Schärfe jener Rückerinnerung, die das dramatische Vorrecht Ertrinkender sein soll. Mit einem langen Seufzen sei gedankt, daß nie etwas Größeres vorgekommen ist, welches die Bücher beschäftigt hätte. Somit obliegt es mir, jene Ereignisse in ihrer Bedeutung zu gewichten, da allein ich der Nabel der Welt bin, dieser Welt, wovon mein Streckenjournal, fettig abgegriffen, in der Tischschublade, dem Kunde geben wird, welcher dereinst die Schublade erbricht und es wagt, darin zu lesen. Mein Schreibbuch ist der Drache, der nur die eine Frage stellt, auf die es nur die eine Antwort gibt, bei der alle früheren Erfahrungen nichts nützen, weil im Journal eine Erfahrung enthalten ist, welche alle früheren Erfahrungen negiert. Dies wird mein Vermächtnis sein, ehe ich hinübergehe nach Blanchland. Ich bin der Chronist der Strecke. Dies zeichnet mich aus. Es erfüllt mich mit Stolz, stärkt mich, hebt mich heraus, verschweißt mich noch inniger mit meiner Strecke. Jawohl: inniger. Gewiß, es mag schwierige Routen geben. Ich aber bin lediglich diese steile Strecke gegangen und kann deshalb schwören, guten Gewissens schwören: keine ist steiler. Ich an meinem Platz und zwar so, daß niemand mich ersetzen kann, weil ich mein Bestes gebe. So lautet eine meiner Maximen, wie ich sie in dem kleinen schwarzen Büchlein notiere, das in der Joppentasche griffbereit liegt. Ich schreibe derlei auf, das Ziel meiner Arbeit dicht vor Augen. Vorerst aber klopfe ich noch mit den in sorgfältiger Schrift (wozu mein Füllfederhalter erzieht) notierten Leitsätzen, die ich den von mir immer wieder mit Hingabe gelesenen Büchern ergänzend beifüge, meine eigenen Ansichten ab, wie ich es mit meinen Schienen zu tun gewohnt bin, dabei ob solcher gehämmerter Gedanken Stein und Bein schwörend, bei der geringsten Veränderung des Tons, bei der noch so minimalen Abweichung sogleich in eine erbarmungslose Revision zu gehen, welche ebenso grausam wie unbestechlich ausfallen wird, wie es die Auffassung von meiner Tätigkeit jeher gewesen ist. Auch wenn ich drüben in Blanchland sein werde, wird sich daran nichts ändern. Dieselben Gesetze werden gelten. Dieselben Strafen werden auf Gesetzesübertretungen stehen. Da wird es weder Wenn noch Aber geben, wie es nie solches gegeben hat, solange ich meine Arbeit versah, in Loden gewickelt, den Hammer vom Handgelenk aus dirigierend, ein Taktstock, mit ihm spielend wie Edmond Dantès mit dem Degen, den man halten soll wie einen Vogel: hältst du ihn zu fest, so erstickt er – hältst du ihn zu leicht, so fliegt er dir davon. So höre ich einen alten Fechtmeister raten, eine jener sonderlichen Figuren, deren Strecke eines Tages unverhofft die eigene kreuzt. Mir ist, als redete ich jetzt in diesem Augenblick mit ihm, als wären die Jahre, die sich dazwischengeschoben haben wie granitene Tore einer auf immer verschlossenen Schleuse, ohne Bedeutung, als gehörten sie in die Wirklichkeit der Möglichkeit einer anderen Geschichte, die – auf Abruf bereit – erst beschworen werden muß – durch einen Biß in die Zunge: und die Erinnerung tropfte herunter. Jetzt in diesem Augenblick, da ich spielerisch über das Wissen mehrerer Jahrhunderte verfüge, sobald ich mich auch nur hauchdünn erinnere, steht der Fechtmeister vor mir. Ich bin sein Untermieter. Student der Akademie.

Da redet ein Alter mit einem Jungen, der sich nicht darüber wundert, wenn der Neunzigjährige, kindisch geworden, jeden Nachmittag Schwerter aus Brettern von Obstkistchen sägt, um die er vormittags am Gemüsestand bettelt. Der Student, weit mehr als hundert Meilen von der vertrauten Umgebung des abweisenden Thulsern entfernt, ist dankbar und froh, wenigstens mit dem alten Mann sprechen zu können. Mit den Gelehrten an der Akademie, deren Collegia er regelmäßig und gewissenhaft besucht, kann er dies nicht. Er fürchtet ihre geckenhaften Reden mehr, als er sie versteht. Er hört, wie sie zur Jagd blasen, und er merkt: er ist es, der zur Strecke gebracht werden soll. Er ist das Wild, welches erlegt, ausgeweidet, abgebeint werden soll. Der Oberjäger ist schlank, sogar dürr, er trägt einen Geigenkasten unter dem Arm und wird von einem bronzehäutigen Jüngling begleitet. Der Jäger ruft den Gejagten nur zu sich, um ihn zu demütigen. Sieben Jahre, stelle ich mir vor, verbrachte ich an den Akademien und fuhr zwischen meinem Biberbau und den Stätten der Gelehrsamkeit, der Verlogenheit und der Intrige aus Standesdünkel, hin und her. Jahre panischer Fahrten! Jetzt habe ich meinen letzten Dienstgang angetreten, noch einmal versichere ich mich meiner Grundausrüstung, zu der außer meinem Radio eine exakt anzeigende Schweizeruhr, ein Streckenplan, der Vierkant für das Streckentelefon, eine Signalflagge, das Signalhorn, Knallkapseln für den Fall einer akustisch notwendigen Warnung sowie der Laschenschlüssel und selbstverständlich mein Langhammer gehören. Bis auf den Hammer und das Radio befinden sich alle Gegenstände im Rucksack. An der Südseite wird, während ich marschiere, das Tal vom flach abfallenden Gebirge, an seiner Nordseite von felsigen, in geringer Höhe bewaldeten Hügeln beschützt. Gebirgsvögel wie Raben, Bussarde, Sperber und Häher bauen dort ihre Nester und umsegeln an klaren Tagen den weiten Talgrund, in dem sich der Schienenstrang zunächst wie ein gemächlicher Flußlauf hinzieht, an beiden Ufern von Auen begleitet, von Feldern, Zäunen und Buschreihen, einer kostbaren Graphik gleich gegliedert, dazwischen Wege, welche die Heustädel mit den entlegenen Weilern verbinden. Ein holdes Bild, wäre da nicht die Verrottung, die nichts ausläßt. Alles fällt ihr zum Opfer: Häuser, Weiler, Wege, Wälder. Manchmal treibt der Südwind mächtige Wolkengebilde über die eisbedeckten Gipfel; dann möchte ich im Gras liegen, geradewegs hinaufschauen und die Armeen, die Fabeltiere und Reiter dahinziehen sehen und am liebsten für immer mit ihnen fliegen, mich auflösen, verschwinden. Die fahrenden Wolkenschlachten werfen schnelle Schatten über die Wiesen. Ihnen folge ich, solange ich kann, mit ihnen wechsle ich die Farben, von Eisgrau hinüber in Heubraun, mit ihnen flimmere ich über dem Fluß: an den Stellen, wo das Wasser um Felsbrocken sprudelt, schimmern die Schatten beinahe silbern. Die letzte Weggabelung habe ich längst hinter mir. Unweit davon lag die letzte Umkehrmöglichkeit. Ich will hinüber nach Blanchland! Ruhig und klar ist mein Schritt, meine Gedanken sind durchsichtig wie der Himmel über mir, in dem gläserne Vögel sanfte Runden drehen, sich dem Treiben der sehr weit oben stehenden zarten Wolkenfetzen überlassen. Die

Straße, die drüben auf der anderen Seite durch das Tal führt, ist von Ahornbäumen gesäumt, hin und wieder biegt ein Wiesenweg seitwärts ab, hinein in die Felder, hinauf zu den Grashängen am Fuß des Gebirges. Während der Heumonate gliedern Huinzen die Felder, bewachen sie, wenn auf ihnen das mühselig gemähte Gras der Steilhänge trocknet. Gleich einer stummen unbewaffneten Armee stehen die Huinzen, hinter denen Träume in Erfüllung gehen, hinter denen Begehren gedeiht und Sehnsucht zum allererstenmal pocht. Weiter unten, der Straße wieder näher, stehen mückendurchsummte Heustädel, in denen untaugliche Huinzenschwingen und krumme Bretter aufbewahrt werden, manchmal aber auch Begegnungen stattfinden, die an verzweifelter Zartheit und ergreifender Unbeholfenheit nicht zu überbieten sind. In diesen verrottenden Städeln riecht es nach altem Heu, durch spinnwebverhangene Ritzen dringt eine steile Nachmittagssonne, und wenn es regnet, kann man in den geröteten Armen eines nach Stall und Milch und Gras duftenden Mädchens das Prasseln der Tropfen auf die Dachziegel mit unvergeßlicher Genauigkeit hören, während es einem um die Knie herum kalt wird und bald der, bald jene zu schlottern beginnen, vor Übermut und Überhitzung, vor Wagnis und Angst, bis die Zähne gegeneinander schlagen. Die weißen und grauen Häuser sind dann so weit entfernt wie das Erwachsenwerden; erst wenn der Regen nachgelassen hat, bewegt man sich, die klammen Hände vor Erregung und erloschener Glut noch immer ineinander verkrallt, wieder auf die in blaue Schürzen gekleideten Männer und Frauen zu, ungläubig zuerst, wie von einem anderen Stern gefallen, als könnte man sich unmöglich vorstellen, daß auch sie einst an solchen Nachmittagen mit hochroten Köpfen einander umfingen, das beizende Aroma überständigen Heus einsaugend. Aus offenen Stalltüren dringt strenger Geruch, Laute des gesättigten Viehs sind zu hören, in der Windstille wagt sich weißer Rauch kerzengerade himmelwärts, in den Brunnentrog fließt, nie versiegend, eisiges Wasser. Ein Kind läuft barfuß über eine frisch gemähte Wiese, die Stoppeln reißen schroffe Risse in die Fußsohlen, welche sich nach wenigen Schritten grünbraun färben, während das Kind den feuchten Untergrund durch den brennenden Schmerz hindurch schon nicht mehr spürt. An einem Scheunentor lehnt Werkzeug von der Feldarbeit. Jede Einzelheit fließt durch mich hindurch, strömt seit Jahr und Tag, verrottet in der Erinnerung, bis sie verschlackt und dann unversehens wieder heraufkommt, emporgespült, alterslos, als hätte es nie anders sein können, als wäre hier ein erbarmungslos konsequenter Plan dabei, sich ohne viel Aufhebens mit grausiger Selbstverständlichkeit zu erfüllen. Diese Strecke ist ein Gleichnis für all das, was außerhalb der Grenzen dieses Landes auch immer vor sich gehen mag. Deshalb fällt es mir federleicht, Zusammenhänge zu ermöglichen und beim Gehen entlang der Strecke hinüber nach Blanchland Beziehungen zu knüpfen, deren Knoten in meinem Gedächtnis unauflöslich sein wird. Dabei gehe ich von der Gewißheit aus, daß es so, wie es ist, nie wieder sein wird und daß dieser brennende Mangel an Dauer niemals, auch nicht durch noch so ferne Blicke in eine verheißungsvolle Zukunft aufgehoben werden kann. Deshalb auch werde ich meine Vision nicht aufgeben und auf der Suche nach Übersicht in einem vertrauten

Gelände nie kleinmütig werden. Das Entdecken und Erfinden der Abgründe, wie ich es auf meinen Kontrollgängen all die Jahre geübt habe, wird erst drüben in Blanchland in einem brodelnden Gegenentwurf münden. Begeisterung und Neugierde habe ich mir bewahrt, der Verzweiflung und dem Verzagen habe ich nur dann nachgegeben, wenn der schwarze Schatten scheinbar unüberwindbarer Vergeblichkeit drückte. Ich will meine Wünsche nicht länger in ferneren Tagen stapeln, dafür bin ich zu früh gealtert; viel Zeit habe ich nicht mehr. Aus der Verabschiedung und mit Hilfe eines Bisses in die Zunge zaubere ich mir herbei, was immer ich benötige. Für einen einzigen endlosen Sommerabend genügt schon ein Nebensatz mit einigen bescheidenen Eigenschaften. Was immer ich entbehre, mußte ich erfinden: ein altes und bewährtes Rezept. Viel redliche Anstrengung ist dabei am Werk gewesen, niemals jedoch triefendes Jammern hinter klinisch reinen Tüchlein, niemals dieses andeutungsvolle Hauchen. Die Verbindung von Sehnsucht, Zorn und Gerechtigkeit, nach der ich mich verzehre in meinen längst nicht aufgegebenen Wünschen nach Veränderung, wird in meiner aufschneiderischen Begeisterung und Zuversicht meinen Anteil an Schönheit und Wissen dauerhaft sichern. Eine nutzlose Fülle unzerlegbarer Kostbarkeiten, sperrige Verabschiedungen sowie akrobatische Zukunftsträume legen mir eine Leiter mitten hinein in einen erfundenen Himmel, wo Wohlbehagen gedeiht und Versöhnung gelingt. Hier herrschen Hoffnungen, blind gepriesene Nutzlosigkeit sowie der Mut, meine Visionen als Drachenflüge zu verstehen. Von den nach Unbefangenheit lechzenden Ideen während meiner Strekkenflüge werden sich die empfindlichsten hineinschrauben in eine immer noch komplizierter werdende Kombinatorik aus Erinnerung und verschütteter Bereitschaft zu fliegerischem Risiko. Es gibt zu der Wirklichkeit immer noch eine weitere Möglichkeit. Weil Genuß keinerlei Mühe kostet, wird dabei auch das Gedächtnis geschult sowie die Begierde nach immer neuen Geschichten bereichert. In der verwirrenden Exotik bietet sich Ordnung, hilfreich und federleicht: Lust und Fleiß, Leichtsinn und Disziplin, Wunsch und Überfluß stehen mir zur Seite – produktiv wie Rache, flink wie Klatsch, immer auf der Jagd nach Verbündeten, die es ohne meine Vision nicht geben wird. Der Weg nach Blanchland. Ohne Verwahrlosung kein Fortschritt. Einig, stark und zukunftsfroh zu sein fiel den ausgestorbenen oder abgewanderten Bewohnern Thulserns besonders schwer. Ich dagegen werde Verzweiflung in Würde verwandeln wie Verletzung in Rebellion. Schon male ich mir aus, wie ich übermütig und wißbegierig kostbare Sätze aus meinem schwarzen Merkbüchlein an die Wände von Molkereien und Wartehäuschen kritzle, denn diese Sätze bringen für alles Lösungen, wonach wir ein tiefes Verlangen haben. Jeder Satz ein Leitfaden, ein schweifendes Komplott. So gelingt es mir, Schritt für Schritt, von Schwelle zu Schwelle schwebend, allmählich die Schwerkraft zu überwinden und Verzweiflung in Zuversicht zu verwandeln. Flüsternd spreche ich mir auf meinem Gang Lob zu, auch Tadel und bunte Korrektur, mit Fleiß und Leidenschaft bin ich voll Aufruhr und Trost, aber auch rachsüchtig, boshaft und schadenfroh, bedenkenlos, voll Zartheit. Geschicklichkeit und Heiterkeit, Überblick und Me-

lancholie sind in versöhnlichem Kreislauf vereint. Unterwegs übe ich mich in schauriger Präzision und eifriger Trauer, manchmal kühl und verächtlich. Feierlich hole ich aus, schreite emphatisch fürbaß; alles bezieht sich ausschließlich auf mich. Was bedarf ich noch wackliger Beweise einer trostlosen Vergangenheit in versilbertem Licht und vorlauter Sinngebungen, hechelnd und überraschend beliebig? Unbeugsam und rechthaberisch will ich mich auf die brachliegende Fülle von Erfahrungen werfen, schamlos den Reichtum an Einfällen plündern, bis ich stolpere, mich aber wieder hochrapple. In langen abschweifenden Visionen ist unangestrengtes Nachdenken möglich, direkt und einfach, grausam und listig. Die Abgründe zwischen dem Möglichen und dem nicht Möglichen besingend lasse ich auch meinen Enttäuschungen freien Lauf und preise sie wie einen gestochenen Star, stets getrieben von Zweifel und Verlangen nach meinem Anteil. Ihn verlange ich, und ihn werde ich mir nehmen.
Solange ich begehre, vergleiche ich auch, und es entgeht mir nichts. Wenn das Haus zwei Ausgänge hat, werde ich nach dem dritten suchen. Ich bin gefaßt auf Verachtung und Abneigung und Mißverständnis seitens der übrigen Welt außerhalb von Blanchland, die nicht zu der zwingenden Notwendigkeit verflucht ist, die Welt Satz für Satz neu zu erfinden.
Im Winter, der geliebten Jahreszeit, füttere ich mich mit pfeifenden Radioübertragungen von Skiwettkämpfen, stelle mir Hundsschopf und Streif und Hahneckschuß am Lauberhorn vor oder fliege mit einem Herrgottsschnitzer auf einer Flugschanze in den Anden über zweihundert Meter hinab, getragen von

einem sanften Kissen aus Übermut. Voll Kühnheit beuge ich mich im Sommer über hundertfach gefaltete, gierig abgegriffene, verehrungswürdige Landkarten, mich an flimmernden Namen wie Ushuaia berauschend, jede Nacht von einem anderen verschneiten Land sowie von erbarmungslosen Wintern am Rand der Welt träumend. Die Karten können mir gar nicht genau genug sein. Jeden Pfad will ich erkennen, jeden Schienenstrang und dessen Krümmung eingetragen finden, im Weltfahrplan jeden Namen jedweden Hügels auch in der Sprache verschollener Feuerländer samt Höhenangabe buchstabieren, in die bunte Legende ausweichen können, am liebsten noch mit den Gezeitentabellen der zerklüfteten Küsten Patagoniens jonglieren. Die Strecke ist das Maß aller Dinge. Sie verschafft Orientierung. Obwohl hier viel Nebel herrscht, der den Rundfunkempfang empfindlich stört, kann es bei einem guten Schwellengänger dennoch nicht zu einem Kreisgang im Nebel kommen. Er braucht sich nur an den Verlauf der Schienen zu halten. Links und rechts des Gleises machen sich die Hochflächen breit, kesseln das Tal ein. Hecken, Gräben, Buschwerk, Dornsträucher. Viel ist nicht zu sehen. Das verführt dazu, mehr zu ahnen, als tatsächlich sichtbar ist. Aber auch das ist eine Falle. Die Strecke führt aufwärts, der Endstation entgegen. Ein stiller Wald wird immer dichter. Die Schienen führen mittendurch. Sie sind der Beweis dafür, daß es keine Totenstille ist. Die Schienen sind es, die singen und klingen, um sich mit dem Rauschen eines Wassers irgendwo zu verbinden, um einzustimmen in den Gesang der Drähte, bis der Nebel gefriert und meinen Bart starrig macht und die Hände klamm. Schritte von

Schwelle zu Schwelle, Gedanken manchmal im Kreis herum, dann wieder geradeaus. Jahr für Jahr habe ich diesen Dienst versehen, Tage und Nächte habe ich auf der Strecke verbracht.
Sähe ich nicht die nächsten Schwellen vor mir, ich wüßte nicht mehr, wo ich mich befinde. Solange ich aber den Schotter der Strecke unter meinen Sohlen spüre und höre, wie er springt, so lange bin ich außer Gefahr. Ringsum Stille. Der Wald steht stumm und schweiget, wie es im Lied heißt. Vor dem Mund bilden sich Wölkchen. Dampf schießt mir stoßweise aus den Nasenlöchern, als wäre ich ein Drache. Ich denke an ein heißes Getränk, an heißen Tee, der so heiß ist, daß mir beim ersten Schluck die Augen überlaufen. Auf eine Wegmarkierung muß ich nicht achten, denn ich habe die Strecke. Solange ich die Strecke vor mir habe, was sage ich: bei mir habe, so lange kann ich mich nicht verlaufen. Weder in die Moore noch in die Wälder oder in die Berge. Die Schwellen sind feucht und glatt geworden. Hätte ich nicht griffige Sohlen, rutschte ich jetzt ab, ich verstauchte mir den Fuß, hinkte, hätte Schmerzen, gelangte bestenfalls bis zum nächsten Unterstand, wo ich statt Verbandmaterial ein Lesedepot vorfände: als könnte man mit Lesestoff Verstauchungen heilen. Die Schienen führen in eine Linkskurve, anschließend ziehen sie nach rechts wieder an, steigen ein wenig. Mir ist warm und kalt, ich fröstle und schwitze, ich achte auf den vertrackten Abstand zwischen den Schwellen, unter meinen Schuhen splittert ab und zu der Schotter. Ich könnte jetzt auf die Uhr sehen, doch was wüßte ich dann schon, was hätte ich von einer Zeitangabe? Ich mache mir hier oben meine eigene Zeit. Im Herbst folgt mein

Maß dem Schwarm der Zugvögel. Auch sie ändern mehrmals die Richtung: ein Teil bevorzugt Südost, ein anderer Teil dreht nach Südwest. Während meiner Nachtdienstzeiten habe ich die Erfahrung gemacht, daß die Vögel auch nachts ziehen. Das war mir neu. Bei Gegenwind bevorzugen die Vögel tiefere Luftschichten, vermutlich um den mit steigender Höhe über dem Erdboden zunehmenden Windgeschwindigkeiten ausweichen zu können. So jedenfalls erkläre ich es mir. Wurde dieses Gebiet evakuiert, damit ich mit der Strecke allein sein kann? Am Ende gehe ich doch im Kreis, suche nach einer Markierung, erkenne die Kuppe nicht, hinter der das Gleis sanft abfällt, schwitze, wische mir den Schweiß von der Stirn, spüre, wie meine Haare feucht in den Nacken stechen, habe ich mich verlaufen, nein, entlang eines Bahndammes kann sich keiner verlaufen, jedes Gleis führt irgendwo hin, führt zu einer Station, zu einer Endstation, was war das da vorne, eine Weggabelung, Wegkreuze gibt es hier oben doch gar nicht, gehe ich im Kreis, im Nebel im Kreis gegangen, von Waldarbeitern gefunden, welche den Verirrten umstanden, einen Waldläufer mit einem Hammer in der einen und einem billigen schwarzen Transistorradio in der anderen Hand, gehe ich nach links oder nach rechts, rutsche ich ab oder geben mir die Schwellen sicheren Halt, linkerhand ginge es steil bergauf, rechterhand fiele es um so mehr ab, die nächste Krümmung gibt Gewißheit, von Schwelle zu Schwelle, nein, verirren kann sich hier keiner, hier ist noch jeder angekommen, was sind das für Gedanken, das sieht ja nach Angst aus, das riecht hier nach Furcht, nach Angst und nach Furcht, ganz deutlich, der Schweiß und der heiße Kopf und die schmerzenden Füße und das Durcheinander der Gedanken, ich müßte jetzt ruhig vor mich hinpfeifen so wie früher, wenn ich in den Keller mußte oder auf den Dachboden, einfach ein Lied vor mich hinpfeifen, Mut, Schwellengänger, nur Mut, pfeif vor dich hin, pfeif drauf, pfeif auf die Angst und die Angst und die Angst, vorbildlich, meine Gelassenheit, ich bin auf einmal ganz ruhig, ganz ruhig bin ich, nein, ich höre mein Herz nicht klopfen, nein, mein Herz ist das nicht, das da so klopft und schlägt und pocht, nein, die schwarzen Berge und der Nebel, Kreisgang im Nebel, ich und mich verlaufen, das wäre ja noch schöner, wäre das, Jahr und Tag gehe ich die Strecke, und ich habe mich noch nie verlaufen, Sehstörungen, Gelenkschmerzen, der Streckenwärter, der sich offenbar im dichten Nebel verirrt hatte, wurde noch immer nicht gefunden, es wird vermutet, daß er bei Einbruch der Dunkelheit in einem Unterstand, in einem Erdloch, wie ein Kaninchen in seinem Bau, Fuchs, du hast die Gans gestohlen, weit und breit kein Wegweiser, ein Waldläufer, den Überblick verloren, die Angst im Kopf, zurückzubleiben, allein übrigzubleiben, die Kälte, ich friere, die Feuchtigkeit, die überall hochkriecht, gib sie wieder her, gib sie wieder her, sonst wird dich der Jäger holen, ein Männlein steht im Walde, es tanzt ein Bibabutzemann, nein, Tanzen war nie meine Stärke, aber Angst, Angst, das war meine Stärke, das ist meine Stärke, mein Herr, was wurde nicht alles schon gedacht, alles Große wurde gedacht und alles Kleine und alles Gemeine, irgendwo das Wasser, der Nebel, meine Hände, die Füße, der Schotter, nein, ich gehe nicht verloren: die Strecke. Ich gehe doch bloß meine Strecke. Wie jeden Tag, wie jedes Jahr.

Aber wo sind die Schwellen? Ich habe die Schwellen unter meinen Füßen verloren. Ich habe an der Fallmühle nicht haltgemacht. Ich bin über die Endstation hinausgegangen. Die Herren werden vergeblich darauf warten, mir meine Entlassungspapiere auszuhändigen. Der letzte Prellbock, der die Strecke der Thulserner Bahn definitiv beendet, liegt weit hinter mir. Ich gehe weiter und weiter, obwohl längst keine Schwellen mehr unter meinen Füßen sind. Aber ich behalte den Rhythmus bei: von Schwelle zu Schwelle. Gegen die Auflassung der Strecke setze ich meine Schritte über die Endstation hinaus, und auf diese Weise verlängere ich das Gleis, lege neue Schwellen, von Schritt zu Schritt. Immer weiter, immer steiler, die Strecke nimmt kein Ende, es wird keine Endstation mehr geben, auch die Fallmühle ist nichts anderes als eine jener Stationen, die ich hinter mir lasse, eine mehr. Draußen in der Ebene, stelle ich mir vor, hat die Verkrautung längst überhandgenommen. Die Autobahn ist ein graugrünes Band, das sich durch das Thulserner Tal zieht. Löwenzahn hat den Asphalt gesprengt, Clematis, Knöterich und Efeu haben sich in Glas und Beton gekrallt, aus den Bahnhöfen meiner Strecke sprießen Kupuziner und Schachtelhalm. Baumhohe Schafgarben und dichte Farnwälder breiten sich aus, Pestwurz und Dotterblume schießen empor. Die Flüsse wimmeln von Fröschen, die heraufkommen, bis in das Verwaltungsgebäude der Eisenbahngesellschaft vordringen, bis in jede Lagerstatt, in Backöfen und Backtröge. Stechmücken kommen über Mensch und Vieh, die Häuser sind voll Hundsfliegen, eine geheimnisvolle Pest dezimiert den Viehbestand. Ofenruß verbreitet sich als feiner Staub über das

ganze Land, um an Mensch und Vieh Geschwüre zur Entzündung zu bringen, die in Blasen aufbrechen. Schwerer Hagel geht nieder, und jeglicher Mensch und alles Vieh, das auf dem Felde sich findet und nicht unter Dach gebracht ist, geht zugrunde. Heuschreckenschwärme fallen über Thulsern her. Sie bedecken des ganzen Landes Oberfläche, und das Land färbt sich dunkel; sie fressen alles Gewächs des Feldes und alle Baumfrüchte, welche der Hagel noch übriggelassen hat. Und es herrscht drei Tage tiefste Finsternis. Kein Mensch kann den anderen sehen, niemand kann sich drei Tage lang von seinem Platz rühren. Sterben werden alle Erstgeborenen, ebenso aller Erstlingswurf des Viehs. Ich aber werde meinen Stab vor dem Herrn Revisor hinwerfen, und der Stab wird zur Schlange werden.
Noch habe ich den Satz des Radiosprechers im Ohr, den er sagte, ehe die Sendung abbrach und *Die Stimme Thulserns* für immer schwieg.
Nachrichten waren es, Meldungen von weiteren Plagen, von Ratten in den Wartesälen, von abgebeinter Beute im zugewucherten Verwaltungsgebäude der Eisenbahngesellschaft, das wie ein Denkmal sinnlos am Horizont steht.
Vor meinen Augen flimmern die sonnenzerfressenen Farben vom Putz der verrottenden Bahnhöfe, der langsam von den Wänden blättert. Irgendwo an einem Kleiderhaken vermute ich einen abgelegten Dienstmantel mit einem mottenzerfressenen Kragen, darunter stehen ausgedörrte Lederschuhe. Längst sind die Zeiten vorbei, in denen ich die Nägel gegen die Schwellen hielt, während ein anderer mit dem Vorschlaghammer daraufschlug. Fäulniswind streicht

über die Strecke, wie Aasgeier fliegen die Krähen durch die scheibenlosen Fenster verlassener Stationsgebäude, der Dunst von Kuhdung füllt die Warteräume, auf deren Fußboden brackiges Wasser steht, als hätte es wochenlang ununterbrochen geregnet. Die vermoderte Größe einstiger Bahnhöfe, die zerbrökkelnden Auffahrtsrampen, die Trümmergruben sowie ein altersschwaches Licht über dem Tal vermitteln mir den Eindruck, als erlebte ich eine Zeitspanne kurz nach Beendigung eines Krieges; Vetter Hans Nicolussi hätte von Zusammenbruch gesprochen. Die Fliesen an den Wänden der Stellwerke sind zersprungen oder haben dem Druck des Unkrauts nachgegeben, Schwämme breiten sich aus, in den trocken gebliebenen Holzschuppen wuchern staubbedeckte Spinnweben, die Eisengitter und Perronsperren verschwinden in einem Pflanzengewirr, Abfall bedeckt die Bahnhofsvorplätze, vermodernde Wäschefetzen liegen herum, haben sich an einem Strauch festgekrallt wie zerschlissene Gardinen. Es riecht nach Fischresten, Schweiß und Katzendreck, eine gläserne Luft steht über der Strecke, eine Gewächshausschwüle, in der Krankheiten gedeihen. In einem meiner Unterstände öffne ich ein aus den Fugen geratenes Holzschränkchen, in dem ich kleine Vorräte aufbewahre. Was ich vorfinde, sind eine gärende Marmelade, ein stinkendes Kompott sowie schimmelnder Kaffeesatz. Schweißfäden laufen mir über Stirn und Gesicht, die einschläfernde Hitze schnürt mir die Kehle zu, die Kleider kleben mir am Leib. Ein angstgepeitschtes Alptraumreich tut sich auf, ich sehe läutende Glocken, die ich nicht höre, atme den Dampf feucht gestapelter Bettwäsche, gehe über einen teigigen Boden und schaue hinauf in einen sulzig grauen Himmel, und plötzlich setzt Schneewind ein wie ein überstürzt hereinbrechender Winter. War da nicht eben der langgezogene Pfiff eines durch Unwetter brausenden Zuges zu hören? Was könnte sonst diese Stille durchdringen? Dicker Speichel liegt mir auf der Zunge, als hätte ich eine Suppe aus Sägemehl gegessen. Riecht es nach Terpentin oder nach Karbolineum, liegen überhaupt noch Schienen, Schotter und Schwellen unter dem urwalddichten Kraut? Ich muß weiter, weiter, die Strecke abgehen, meine Strecke, und ich muß von den Toten sprechen, als wären sie noch am Leben, und dabei muß ich das Gefühl haben, als fehlte mir zu meiner vollkommenen Freude nur noch, daß ich all denen, die meine Strecke säumten, davon erzählte. Aber ich bin allein auf weiter Flur und mir dennoch genug und übergenug. Ich muß weiter. Vielleicht ist es tatsächlich wärmer geworden, während ich auf die Hochebene zugehe. Dort oben, wo das Plateau abfällt, stürzen die Flüsse, kaum erforschte Adern, in schweren, unpassierbaren Katarakten mehrere hundert Meter tief. Wer dort ankommt, meint, am Rand der Welt zu stehen. Ich werde noch vor dem Zunachten aus Weiden und Fichten ein Dutzend Häringe schlagen und diese kunstvoll schnitzen, ehe ich sie mit dem Hammer in den Boden treibe. Mir machen die Insekten zu schaffen, aber mein Lagerplatz soll trocken sein, eben und ein wenig mit Moos bestanden. Dürres Brennholz wäre leicht zu finden. Sobald ich erwache, denke ich mir, wischen Nebelschwaden um blasse Sterne, und ich mache mich weiter auf den Weg, laufe am Ufer des Fernsteinsees entlang, halte Ausschau nach Fischen. Möglicherweise stieße ich auf eine schilf- und seegrasbestandene Stelle, wo schwarznasse Bäume aus dem Wasser ragen, hätte aber schließlich auch dort kein Jagdglück. Der Fernsteinsee ist ein riesiger See, und mir ist, als zöge ich gemächlich nach Westen, immer in seiner Nähe, durch ebenes sumpfiges Land, vorbei an verbrannten Fichten und Lärchen, dazwischen ab und zu auch Silbertannen. Erst spät am Nachmittag gelänge es, die Krümmung zu erreichen, wo der See aussähe, als machte er, einem Verirrten gleich, plötzlich wieder kehrt und erstreckte sich in eine ganz andere Richtung, als überlegte er es sich noch einmal, um schließlich endgültig nach Süden auszugreifen. Dort wäre das Wasser plötzlich schnell, rauschte eilig über Kiesel und Kiesschwellen, bis es, nach einem ruhigen Intervall, den Rand erreicht hätte, den Rand der Welt, von dem es herunterfiele. Bei Hunger filettierte ich Saiblinge oder bereitete aus den Fischresten eine Suppe. Oder ich säße am Tisch in einer dämmrigen Wellblechhütte, tränke heißen Kaffee und schnupperte den vom Herd herüberziehenden Küchendunst. Ich würde beredt schweigen und überlegen, ob dies an dem anstrengenden Streckengang läge oder an meinem Vorhaben. In solchen Augenblicken gelänge die Versöhnung von Verbrauchtem und Erhofftem spielerisch, fast schwebend. Vor Tagen hätte ich ein Camp passiert, Zelte und ein Blockhaus, in dem Vorräte lagerten. Jetzt aber befände ich mich an einem Nebenarm des Fernsteinsees, an dessen Strand ein Vergnügungsdampfer mit morschen Schaufelrädern verrottete. Im Abendlicht glitte ich mit einem Kanu durch Nebelschwaden über den See, sähe plötzlich einen Biber aus dem Dunst auftauchen, die Barthaare voll Reif. Der Mond schiene matt, und es wäre ganz still. Während meines langen Weges am

Quellfluß des Fernsteinsees entlang, vorbei an Stromschnellen, riesigen Steinen sowie starken Strömungen und mitten im Fluß liegenden dicken Baumstümpfen, beobachtete ich die Lachse, wie auch sie unbeirrt flußaufwärts zögen, dem See ihrer Geburt entgegen, wo sie laichten, Millionen kleiner Eier zwischen glattem Flußkiesel ablegend, um dann am Ufer erschöpft und kraftlos zu sterben. Ein Bär wartete vielleicht schon vorher an flachen steinigen Stellen im Fluß, ehe er seine scharfen Krallen in den vorbeischwimmenden Fisch schlüge, voll Würde, um ihn zappelnd ans Ufer zu klatschen. Überall fände ich Spuren.
Es ist wärmer geworden. Die Mittagssonne steht zwei Handbreit über dem Horizont am blaßblauen Himmel. Wäre ich jetzt auf dem Lappenmarkt in Jokkmokk, stünde ich vor Mänteln, Westen, Mützen, Handschuhen und Stiefeln der zwei sich im rechten Winkel kreuzenden Budenstraßen. In Bart und Nasenlöchern säße beißender Frost, an der Friedhofsmauer lägen, nachlässig bedeckt, die Leichname der im Winter Verstorbenen und warteten auf das Frühjahr, sobald man wieder Gräber ausheben könnte. Im wasserreichen Land der Samen, deren Herkunft noch immer im Dunkel liegt – die einen sprechen von Zentralasien, andere wieder verweisen auf Höhlenzeichnungen mit Rentieren im Süden –, nimmt man den direkten Weg über die zugefrorenen Seen. Mir ist klar: die Samen sind versprengte Thulserner, oder umgekehrt. Beide haben sich von den Eroberern immer weiter abdrängen lassen, bis sie schließlich ein Gebiet fanden, das zu unwirtlich war, um es ihnen noch einmal streitig zu machen. Und ich bin darin ein Lachs.
Über etliche von Bibern gefällte Bäume ginge es den

Hügel hinan. Schon die ersten hundert Meter wären ausgesprochen zäh. Am jenseitigen Ufer vermutete ich einen Weg und kämpfte mich durch ein Birkenwäldchen zum Übergang. Der Schnee wäre weich und bodenlos, gelegentlich sänke ich bis zu den Oberschenkeln ein. Der Ski bliebe mitten in einer Aufwärtsbewegung stecken, ich käme zu Fall. Schweißnaß. Meine Spur folgte dem Verlauf des Baches. Rechts und links wäre die steile Böschung mit lichten Birken bestanden, gelegentlich abgelöst von einigen Kiefern. In gleißendem Sonnenlicht leuchteten die Schmelzwasserpfützen auf dem Eis türkis. Nach einer sanften Abfahrt setzte ich meinen Weg fort, diesmal auf der meterdicken Eisdecke einer Seenkette, welche zum Fernsteinsee gehörte. Schier endlos zöge sich der Weg, von entmutigender Länge. Für ein Vorwärtskommen gäbe es kaum einen Anhaltspunkt. Selbst bei selten eingelegten Verschnaufpausen käme es mir vor, als wäre ich dem jenseitigen Ufer nicht einen Meter nähergekommen. Nur meine Last auf dem Rücken wäre noch schwerer geworden, der Rucksack drückte. Endlich würde ein kleiner schwarzer Punkt in der Ferne langsam größer. Bewegung käme ins Spiel. Schließlich aber stünde ich nach stundenlanger, von falscher Hoffnung getäuschter Schinderei vor einem mächtigen Granitbrocken, der einzigen Landmarke weit und breit. Seine verwitterte Oberfläche wäre mit einem verworrenen Muster von Flechten verschiedener Farben und Formen überzogen: eine von niemand zu entziffernde Botschaft, zu deren Abfassung es Jahre gebraucht hatte. Im Windschutz des Granitbrockens legte ich endlich eine längere Rast ein, immerwährend der verschlüsselten Botschaft nachsinnend.

Später würde ich mich an neue Schneeverhältnisse gewöhnen müssen, da die Schneedecke wegen der Temperaturschwankungen der letzten Tage verharscht wäre und den Skiern beim Abdruck wenig Halt böte. Die Gipfel über mir wären von einer trüben Wolkenschicht umhüllt, die felsigen Bergwände starrten mich kalt an, der Talgrund wäre wüst und abweisend. Möglicherweise hätten die Mittagstemperaturen die Harschkruste aufgelöst: dann griffen meine Skier wieder besser. Der Bach schnitte sich schluchtartig in ein halboffenes Wäldchen, die Spur verliefe etwas oberhalb und bestünde aus einer schier endlosen Aneinanderreihung von Buckeln und Bodenwellen. Links von mir öffnete sich eventuell ein geröllreiches Seitental. Die Spur wände sich durch eine verwirrende Versammlung schroffer Felsen. Ihr folgend spürte ich einen eisigen Wind im Rücken, aber auch direkt ins Gesicht peitschend. Es wäre schlagartig wieder kälter geworden. Der Paßhöhe zustrebend stelle ich mir vor, sage ich jetzt, geriete ich zeitweilig in ein Schneetreiben. Rasch verginge es wieder, vom Sonnenlicht vertrieben; ich befände mich auf einem lichtüberfluteten Sattel zwischen zwei runden Höhenzügen, während mir der Abstieg wiederum Mühe bereitete. Steil stürzte der Südhang zum Ufer des Fernsteinsees ab, die Schneedecke wäre bis auf den Grund aufgeweicht. Alle paar Meter versänke ich wieder bis Hüfthöhe. Verzweiflung breitete sich aus. Kurzfristig. Immer schwerer fiele es mir, mich wieder aufzurichten, denn der Rucksack ließe mich in die Knie gehen, ich sackte zurück. Die Skier machten die Bewegung der Füße nicht mehr mit, mir bliebe nichts anderes übrig, als sie abzuschnallen und zu tragen. Auf diese Weise liefe ich stundenlang durch Pappschnee. Abgelenkt würde ich schließlich durch das Sonnenlicht, welches die Spitzen der Berge ringsum in ein nie gesehenes Gelb tauchte, wobei die einzeln auszumachenden Sonnenstrahlen behutsam an den zu Eis erstarrten bizarren Wasserfällen die Hänge herab zu den eisfreien Stromschnellen des Quellflusses des Fernsteinsees am Grunde der Schlucht kröchen.

Bald sähe ich eine vielgerühmte, jedoch nur von ganz wenigen mit eigenen Augen erblickte Landschaft, deren Schönheit die der Gärten der Semiramis bei weitem überträfe.

Der Dunst verflöge, die Sonne bräche in einem Ausmaß hervor, wie ich es nie vorher erlebt hätte. Leuchtend weiß ragten die schneebedeckten Hänge in einen nunmehr tiefblauen Himmel. Meine Aufregung wüchse, indes ich mich über die Serpentinen eines schmalen Pfades erneut durch ein Birkenwäldchen wände, gekreuzt von Dutzenden von Fährten. Das gleichmäßige Schleifen der Ski über den Schnee verschaffte mir erhabene Gefühle. Je näher ich der Baumgrenze käme, um so heißer dünkte es mich; ein jenseitiger Hang fiele sanft ab, so daß ich nicht über seinen Rand blicken könnte. Ich gönnte mir eine kleine Pause auf warmen Felsbrocken, auf denen ich mich ausstreckte, die dünne Luft ein- und ausatmend. Von dort aus sähe ich endlich den letzten Rest der Strecke, überblickte klar, welche Entfernungen ich noch zurückzulegen hätte. Es gibt auf jeder Strecke so einen Punkt, an dem Übersicht gedeiht, denn es ist eine Sekunde der Ortung, unbestechlich und in ihrer allmächtigen Stille nicht verrückbar. In diesen Augenblicken sind alle Ahnen um mich versammelt, jenseits der Verabschiedungen.

Dies müsse der Berg sein, in dem die Kinder verschwunden seien. Habe es nicht geheißen, nur wer sich hierher wage, habe Aussicht, hinter das Geheimnis zu kommen, es zu entschlüsseln, sei da nicht die Rede gewesen von Eis und Schnee, aber auch von größter Hitze, durch welche der hindurch müsse, dem des Rätsels Lösung als Belohnung verheißen sei. Das Mädchen im Apfel und der Tanz der Vögel, die Entstehung der Sonne sowie des Feuers, aber auch wie die Fidji-Menschen den Bootsbau erlernten, all dies klärte sich hier auf.

Wenn es endlich, endlich soweit sein wird, stelle ich mir vor, werde ich Musik hören, ein Orchester wird einsetzen, in Fahrt geraten, Fanfaren werden mich hinaufheben, getragen von Streichern und Tschinellen, hinein, dorthin, wo die Bläue beginnt, eine Bläue, wie sie an eiskalten Tagen weit hinten am Horizont als Streifen sichtbar wird, fern und tief und unwiderlegbar.

Schon jetzt fühle ich, wie mir die Ohren zugehen werden, ich ahne bereits, welche Verlangsamung meiner Bewegungen einsetzt, spüre die Schwere der Glieder. Schon sehe ich mir selbst zu.

Welche Anstrengung, werde ich mir sagen und dabei ruhig und zufrieden sein, welche Anstrengung, wenn ich an meine zurückgelegte Strecke denke: Arbeit, ohne über ihr stumpf und gleichgültig geworden, sondern empfindlich geblieben zu sein, als träte ich an einem kühlen Morgen meine erste Stunde an und achtete peinlich genau auf jedwede Veränderung im Gesicht eines strengen Vorgesetzten, meines Vetters, der klaren, unbeweglichen Blickes beobachtet, wie ich mich, von Handgriff zu Handgriff tastend, anstelle,

begleitet von einem kaum erkennbaren Zucken der Augenbraue.
Da wäre keine Musik und kein Ton, nur Stille, stehende prüfende Stille, in die hinein Urteile gesprochen werden, gleichmäßig, als handelte es sich um Stundenschläge einer unaufhaltsam arbeitenden, herrschsüchtig tickenden Uhr. Aber diese Unaufhaltsamkeit würde ich mir zu eigen gemacht haben, würde von einem Augenblick zum anderen erkannt haben, daß die Zeit von nun an auf meiner Seite ist.
Ich würde nicht aufzuhalten sein.
Nicht aufzuhalten und nie zu besiegen.
Ich nicht.
Niemals.
Kein noch so mächtiges Hindernis könnte mich hemmen.
Ich ginge meine Strecke.
Beharrlich und ebenmäßig, rhythmisch wie jene Uhr, die nie stillsteht, deren Stundenschlag sich seit Anbeginn meines Ganges für immer in meinem Gehör festgesetzt hat: der zum Maß meiner Schritte wurde, als triebe er mich an, als wäre er der geheime Motor – mich, zum Vorbild gekrönt, versöhnt mit dem Maß der Zeit, jenem planvoll gemessenen Ablauf, welcher Kühnheit spendet und Zuversicht.
Nein, aufzuhalten würde ich nicht sein.
Keiner ist aufzuhalten, der sich vorgenommen hat, was ich mir zum Ziel erkoren habe.
Ich habe das Rätsel des Verhältnisses von Weg und Ziel endlich gelöst. All die Stationen, die Stimmen, die Gewißheit der Verabschiedungen jener, die auf der Strecke blieben: für immer geklärt.
Meine Wege konnte ich ohnehin stets nur alleine

gehen. Das Ziel war so lange von Bedeutung, wie ich unterwegs war. Jetzt aber, da ich es in greifbarer Nähe weiß, ist es für mich nicht mehr wichtig. Entscheidend war allein, unterwegs gewesen zu sein. Auf der Strecke. Mir kommt vor, als ginge mein Leben jetzt schneller zu Ende, nachdem ich die Strecke hinter mir habe. Vielleicht sterbe ich im Gehen und falle um und bin einfach tot, mitten im Schritt. Wer hoch steigt, der tief fällt, pflegte Vetter Hans Nicolussi zu sagen, denn was da so luftig schwebt, gehorcht zuletzt doch der Schwerkraft. Seit alters heißt es, daß im Augenblick des Sterbens, in dem die Seele endlich erlöst ist und auffliegt gen Himmel, jeder von uns noch einmal sein Leben wie im Traum vor einem inneren Auge vorüberziehen sieht – gerade für die Dauer eines Lidschlags. Es ist der alte Traum von einer eigenen Geschichte. Am Ende träume ich mich weit vor mir.
Wäre ich jetzt Drachenflieger, stieße ich mich endlich ab, raste mit Ski auf die überhängende Schneewächte zu, spürte den Ruck, der durch das Leitgestänge liefe, aufgefangen und ausgependelt vom Gewicht meines Körpers. Ich tarierte das Fluggerät aus, hörte, wie sich das leuchtende Delta flatternd über mir spannte, höbe in diesem Augenblick voll Melancholie und Hochmut ab, stünde auf einmal in der Luft, getragen von nichts, schwebte, indes die Welt bei der ersten Kehre kippte, weil sie doch eine Scheibe ist, und ich spürte den Aufwind, ich fühlte die Thermik, ich hörte die gläserne Härte der Luft, merkte den Widerstand dieser Wand aus Glas, und nichts mehr bliebe ohne Folgen, alles Tun und Lassen mündete auf einmal in Gerechtigkeit, und das Unsichtbare wäre plötzlich sichtbar, wie auch das Unmögliche für mich, den Drachenflie-

ger, den Drachentöter, stolz am Himmel hängend, jederzeit spielerisch möglich wäre.
In solch eisiger Höhe, umgeben von einem orangefarbenen Saum, wären alle Hindernisse und Schmerzen beseitigt; auch aller Mangel. Gelassen und kalt wäre dieses Gleiten, und dennoch wäre in meinen Gedanken lauter Sommer. Von einem Winter wäre da nichts in meiner Einbildung. Von außen erschiene mir die Erde, unser blauer Planet, wie es so schön heißt, wie dem Condor: golden wie andere Sterne. Ich wüßte sogleich, wo ich mich befände, hätte endlich Übersicht, erkennte ich doch weit unter mir meine Strecke, sähe mir zu, wie ich sie abschritte, als Streckenwärter und Schwellengeher, Jahr um Jahr – ein Anblick, bei dem ich mir vorkäme, als wäre ich allein auf der Welt: ein Streckengeher, von Schwelle zu Schwelle, ein Drachenflieger, der nie mehr landen wird. So zöge ich davon und wäre bald nur noch ein winziger Punkt, der an einem durchsichtig blauen Horizont langsam verschwände, unaufhaltsam langsam. Ehe ich nicht mehr sichtbar wäre, hörte ich aus großer Entfernung noch einmal meine Stimme, die Stimme des Schwellengängers.
Den grausamen Gedanken, die nunmehr endgültig aufgelassene Strecke wieder befahrbar machen und deren ersehnte Wiedereröffnung gegen einen Revisor der Eisenbahngesellschaft durchsetzen zu müssen, neu anzufangen mit dem Aufhören, wagte ich nicht zu Ende zu denken. Er löste in mir ein gewaltiges Gelächter aus: ein ebenso reptilienhaftes wie ungewöhnlich lange nachhallendes Gelächter, welches nur scheinbar ohne jeden Anlaß ausbricht, nicht schadenfroh noch siegestrunken und nicht eigentlich heiter, denn für all

dies bestünde gar kein Grund. Es ist das Lachen eines Einzelgängers, der niemanden mehr hat und niemanden mehr braucht und der von keinem mehr erwartet wird, sondern der nur mehr federleicht sich erhebend durch allerlei Lüfte schaukelt, umkränzt von einem Ozean aus Licht und Glut auf allen Seiten. Ein Gelächter, welches geeignet ist, Verzweiflung und Glückseligkeit in ihrem ganzen entsetzlichen Ausmaß auszuloten, um schon einen Lidschlag später an deren Rändern angelangt zu sein. Ein Lachen, das schließlich zum Weltgelächter anzuwachsen droht, gewaltiger noch als das Bestiengelächter der Götter.

Denn dieses Gelächter erhält, je länger es nachhallt, die schmetternde Wucht einer Lawine, die rollend und donnernd mehr und mehr an Geschwindigkeit gewinnt, bis sie dröhnend das ganze Land unter sich begräbt.

Endlich allein, treibe ich über ein Gebiet, dessen Landkarte von Augenblick zu Augenblick schrumpft.

Gefördert durch den Deutschen Literaturfonds e.V.
Geschrieben 1981 bis 1985

Inhalt

Erstes Buch

Schwellengang 7
Scharniere 19
Die Bewerbung 43
Capri 61
Beim Friseur 85
Die Stimme Thulserns 110

Zweites Buch

Der Seitenwagen 133
Das Streckenjournal 160
Aus der Bärenzeit 177
Vom Gleiten 194
Schulfunk 216

Drittes Buch

Fallmühle 227
Drachenkunde 286
Im Waisenhaus 299
VorherSage 331

Viertes Buch

Stillstand 361
Inschriften 381
Die Postagentur. 396
Calbirra 429

Fünftes Buch

Der Schulweg. 447
Fingerspiele. 471
Der Kartoffelkönig 479

Sechstes Buch

Totentanz. 489
Tunnelträume. 497
Im Keller 515

Siebtes Buch

Der Weg der Lachse. 539